文学艺术袖珍馆 第1辑

林徽因诗文选

你是人间四月天

林徽因 著

哈尔滨出版社
HARBIN PUBLISHING HOUSE

图书在版编目 (CIP) 数据

你是人间四月天：林徽因诗文选 / 林徽因著 . —哈尔滨：哈尔滨出版社，2011.11（2023.6 重印）

（文学艺术袖珍馆 . 第 1 辑）

ISBN 978-7-5484-0668-6

Ⅰ . ①你…　Ⅱ . ①林…　Ⅲ . ①诗集—中国—现代 Ⅳ . ① I226

中国版本图书馆 CIP 数据核字（2011）第 129286 号

书　　名：**你是人间四月天——林徽因诗文选**

NI SHI RENJIAN SIYUE TIAN
LINHUIYIN SHIWEN XUAN

作　　者：林徽因 著
责任编辑：李维娜
版式设计：张文艺
封面设计：末末美书

出版发行：哈尔滨出版社（Harbin Publishing House）
社　　址：哈尔滨市香坊区泰山路 82-9 号　**邮编**：150090
经　　销：全国新华书店
印　　刷：天津光之彩印刷有限公司
网　　址：www.hrbcbs.com
E-mail：hrbcbs@yeah.net
编辑版权热线：（0451）87900271　87900272
销售热线：（0451）87900202　87900203

开　　本：787mm × 1092mm　1/32　**印张**：42　**字数**：560 千字
版　　次：2011 年 11 月第 1 版
印　　次：2023 年 6 月第 2 次印刷
书　　号：ISBN 978-7-5484-0668-6
定　　价：118.80 元（全六册）

前言 PREFACE

林徽因(1904－1955)，又名林徽音，为了避免与同时代的一位海派作家林微音名字相混，1934年发表的作品开始署名林徽因，笔名有徽音、徽因、尺棰、灰因等，西名Phyllis。

林徽因祖籍福建闽侯(今福州市)，生于浙江杭州，十岁后始随父母迁居天津、北京。父亲林长民(1876－1925)，字宗孟，号苣荖子、桂林一枝室主，毕业于日本早稻田大学，回国后曾任北洋军阀政府参议院、众议院秘书长以及段祺瑞政府司法总长，是民国初年著名的政治家，其诗文、书法也为时人推重。1919年巴黎和会上中国外交失败，林长民连夜撰文《外交警报敬告国民》，首先向国民披露这一消息，直接导引了“五四”运动的爆发。

1920年，十六岁的林徽因随父亲远赴欧洲，入英国St. Mary's College学习，在一位女建筑师房东的影响下，她立志献身建筑事业。因为父亲的关系，林徽因结识了众多文化名流，比如H. C. 威尔斯、T. 哈代、K. 曼斯菲尔德、E. M. 福斯特等，还有在剑桥留学的徐志摩。徐志摩对她展开了极其热烈的求爱行动，不过林徽因经由父亲婉拒了他的追求。后来，林徽因与梁启超之子梁思成结为连理，并一同赴美，入宾夕法尼亚大学学习，由于宾大的建筑系不收女生，她只好就读于美术系。

林徽因还是“京派”的代表作家，她不但在《大公报·文艺副刊》、《诗刊》等报刊上发表自己的创作，还提携新进，对沈从文、萧乾这些初出茅庐的作家给予帮助和鼓励。她在北总布胡同的寓所更是成为一个远近闻名的文艺沙龙，被人们亲切地称做“太太的客厅”。

1937年，随着抗战爆发，林徽因一家辗转南下，于1938年初到达昆明，两年后又搬到四川宜宾东边的李庄，一住就是六年。这一时期她贫病交加，生活极为困窘，却依然坚持写作并进行建筑学教学与研究，参与撰写了《中国建筑史》、《图像中国建筑史》等著作。1946年8月，林徽因一家回到北京，住进了清华大学教授宿舍，并开始主持清华营建系的系务工作。1955年4月1日，林徽因病逝于北京，结束了她短暂而美丽的一生。

林徽因是美的，这种美不仅仅是容貌的俊俏，也无需用男子的追捧和爱慕来彰显，也许文洁若的评价最恰当地定义了她的美：

按说经过八年抗日时期岁月的磨难，她的健康已受严重损害，但她那俊秀端丽的面容，姣好苗条的身材，尤其是那双深邃明亮的大眼睛，依然充满了美感。至今我还是认为，林徽因是我生平见过的最令人神往的东

方美人。她的美在于神韵——天生丽质和超人的才智，与后天良好高深的教育相得益彰。(《才貌是可以双全的——林徽因侧影》)

除了美丽，今天人们谈论林徽因最多的便是她与徐志摩的“爱情”，恐怕这只是人们美好的愿望。实际上徐林之间是“落花有意，流水无情”，年仅十六岁的大家闺秀林徽因无法理解，也无法接受一个大她七八岁的有妇之夫的求爱，诸多研究资料也未能给出有力的证据。倒是林徽因与金岳霖之间才真正发生了一段恋情，它最终变成了一种圣洁的柏拉图式的爱情，金与梁、林间仍保持了毕生的友谊，这种情谊与风度直至今日依然令人欷歔不已——“人间还能有更美的关系吗？”(萧乾)

其实，林徽因之所以成为林徽因，并不仅仅在于她美丽的容貌或者那些传奇的恋爱故事，而是因为她卓然不群的才华。

她写诗。她的诗清澈、单纯，却富于智性之美，饱含着深沉的哲思：“如果我的心是一朵莲花，／正中擎出一枝点亮的蜡，／荧荧虽则单是那一剪光，／我也要它骄傲的捧出辉煌……算做一次过客在宇宙里，／认识这玲珑的生从容的死，／这飘忽的途程也就是个——／也就是个美丽美丽的梦。”这些诗句一洗一般女诗人柔弱纤细的脂粉气，美丽中藏着哀愁，虚无里却又将希望点燃，显示出诗人对生命的大智慧、大领悟。

她写文。她的散文数量虽然很少，但笔调从容明快，文情并茂，对自然、人事体察入微，读者时时可以从中发现作者深厚的学养与机智的议论，名篇《窗子以外》40年代还被朱自清选入《西南联大国文示范读本》，传诵一时。

她写小说。她的小说总共只有六篇，但已足够奠定其“京派”代表人物的地位，萧乾甚至称她是“京派的灵魂”，著名批评家李健吾对她的《九十九度中》赞叹不已：“一个女性的细密而慰藉的情感，一切在这里轻轻地弹起共鸣，却又和粼粼的水纹一样轻轻地滑开。……(林徽因)用最快利的明净的镜头(理智)，摄来了人生的一个断片，而且缩在这样短小的纸张(篇幅)上。”(《咀华集·九十九度中》)

她写剧。虽然只有一部未完成的《梅真同他们》，却足以使美学大家朱光潜在读完第一幕就写下“林徽因女士的轻描淡写是闷热天气中的一剂清凉散”的赞语。

她也演剧。1924年印度大诗人泰戈尔来华，林徽因在庆祝诗翁六十四岁寿辰的晚会上用英语演出了他的诗剧《齐德拉》，担纲主角齐德拉公主，取得了极大的成功。

她还擅长绘画和舞台设计，1935年她应曹禺之邀为话剧《财狂》设计布景，时人称赞她的设计“和谐成了一首诗，有铿锵的韵调，有清浊的节奏”(伯克：《〈财狂〉评》)。

最后，她还是一位建筑学家，被誉为中国现代建筑学的先驱。自欧洲归国后，她与梁思成一道创办了东北大学建筑系(这是中国大学第一个建筑系)，后又加入“中国营造学社”，在古建筑研究领域成就斐然，建国后她还参加设计了国徽和人民英雄纪念碑……恐怕，“才女”两个字远远无法概括如此多才多艺的林徽因。

“一身诗意千寻瀑，万古人间四月天”，这个美丽的诗的灵魂所留下的点滴文字，值得后人永远去寻味、去沉思。

目录 CONTENTS

【诗歌】

你是人间的四月天 · 2
“谁爱这不息的变幻” · 5
那一晚 · 7
笑 · 10
深夜里听到乐声 · 12
情愿 · 14
仍然 · 16
激昂 · 18
一首桃花 · 21
莲灯 · 23
中夜钟声 · 25
山中一个夏夜 · 28

微光 · 30

秋天，这秋天 · 33

年关 · 38

忆 · 41

吊玮德 · 43

城楼上 · 48

深笑 · 51

风筝 · 53

别丢掉 · 55

记忆 · 57

静院 · 59

无题 · 63

题剔空菩提叶 · 65

黄昏过泰山 · 67

昼梦 · 69

过杨柳 · 72

冥思 · 74

你来了 · 76

藤花前 · 78

红叶里的信念 · 80
静坐 · 87
时间 · 89
古城春景 · 91
前后 · 93
除夕看花 · 95
给秋天 · 97
人生 · 100
六点钟在下午 · 102
一串疯话 · 104
小诗(一) · 106
小诗(二) · 108
恶劣的心绪 · 110
写给我的大姊 · 112
一天 · 114
对残枝 · 116
忧郁 · 118
哭三弟恒 · 120
我们的雄鸡 · 125

【散文】

悼志摩 · 128
山西通信 · 143
窗子以外 · 148
纪念志摩去世四周年 · 163
蛛丝和梅花 · 175
究竟怎么一回事 · 182
彼此 · 191
一片阳光 · 200

诗歌

你是人间的四月天

——一句爱的赞颂

我说你是人间的四月天；
笑响点亮了四面风；轻灵
在春的光艳中交舞着变。

你是四月早天里的云烟，
黄昏吹着风的软，星子在
无意中闪，细雨点洒在花前。

那轻，那娉婷，你是，鲜妍
百花的冠冕你戴着，你是
天真，庄严，你是夜夜的月圆。

雪化后那片鹅黄，你像；新鲜
初放芽的绿，你是；柔嫩喜悦
水光浮动着你梦期待中白莲。

你是一树一树的花开，是燕
在梁间呢喃，——你是爱，是暖，
是希望，①你是人间的四月天！

（原载 1934年 5月《学文》1卷 1期）

①是希望：作者后将“是希望”改作“是诗的一篇”。

梁思成曾告诉儿子梁从诫："这首诗是写给你的。"也有人认为这是写给徐志摩的情诗，本书依从前者，将其视做一首亲情诗。新月派诗人陈梦家在《新月诗选》的序言里写道："我们欢喜'醇正'与'纯粹'。我们爱无瑕疵的白玉和不断锻炼的纯钢。"本诗正是这样的佳作。全诗风格清丽温馨，诗人将对新生命的"爱"比做生机盎然的四月天，将无形化为有形，随着诗情的流淌，云烟、细雨、白莲、燕子等清新的意象渐次出现，仿佛一幅随意点染的山水画，美不胜收。而鹅黄、嫩绿等明亮柔和的色彩的使用，更给人以温馨感人的视觉享受。复沓的结构犹如一曲轻快的乐章，层层铺张开去，诗情流转，毫无滞涩，带给人梦幻般的审美体验。

“谁爱这不息的变幻”

谁爱这不息的变幻，她的行径？
　催一阵急雨，抹一天云霞，月亮，
　星光，日影，在在都是她的花样，
更不容峰峦与江海偷一刻安定。
骄傲的，她奉着那荒唐的使命：
　看花放蕊树凋零，娇娃做了娘；
　叫河流凝成冰雪，天地变了相；
都市喧哗，再寂成广漠的夜静！
　虽说千万年在她掌握中操纵，
她不曾遗忘一丝毫发的卑微。
难怪她笑永恒是人们造的谎，
　来抚慰恋爱的消失，死亡的痛。
但谁又能参透这幻化的轮回，
谁又大胆地爱过这伟大的变换？

香山，四月十二日

这是林徽因的诗歌处女作，一九三一年刊载于徐志摩、邵洵美主编的文学杂志《诗刊》四月第二期。这是一首关于时间和变化的诗。主人公“她”掌握着风云、日月、江海、山峦等世上万物的变迁，“她”深谙宇宙永不止息的变幻的本质，是一个全能的造物主的象征。在她眼里，“永恒”不过是蒙昧、软弱的人类造的谎言，诗末那意味深长的质问则提示我们思考人能否和如何面对“这幻化的轮回”，因为永恒的轮回在并不永恒的人类眼里，总是显得有些残酷。从本诗可以看出，林徽因的才情和境界确实从一开始就高于很多同时代的女诗人，她并未以一己小小的悲欢为全世界，作一些顽艳感伤的小诗，而是站在形而上的高度上，思索人生、宇宙的大问题。

那一晚

那一晚我的船推出了河心，
澄蓝的天上托着密密的星。
那一晚你的手牵着我的手，
迷惘的星夜封锁起重愁。
那一晚你和我分定了方向，
两人各认取个生活的模样。

到如今我的船仍然在海面飘，
细弱的桅杆常在风涛里摇。
到如今太阳只在我背后徘徊，
层层的阴影留守在我周围。
到如今我还记着那一晚的天，
星光、眼泪、白茫茫的江边！
到如今我还想念你岸上的耕种：
红花儿黄花儿朵朵的生动。

那一天我希望要走到了顶层，
蜜一般酿出那记忆的滋润。
那一天我要跨上带羽翼的箭，
望着你花园里射一个满弦。
那一天你要听到鸟般的歌唱，
那便是我静候着你的赞赏。
那一天你要看到零乱的花影，
那便是我私闯入当年的边境！

本诗原载1931年4月《诗刊》第2期，署名尺棰。林徽因曾经说过："我的主义是要生活，没有情感的生活简直是死！"这首《那一晚》正是林诗中情感最为浓烈的诗作之一，结构整齐，但炼字造句皆极富形象性，诗人以叙事之笔，书写了抒情主人公过去的别离、现在的困苦和未来的祈愿，既怅然、痛苦，又充满纯真的希望。有的评论者将此诗理解为林徽因写给徐志摩的情诗，然而，"实际林徽因离开伦敦时与徐志摩是不辞而别，根本不存在缠绵牵手这一幕"(陈学勇《莲灯微光里的梦——林徽因的一生》)，"诗无达诂"，不拘泥于诗歌的本身也许能更充分地体会它所传达的丰富的意蕴。

笑

笑的是她的眼睛，口唇，
和唇边浑圆的漩涡。
艳丽如同露珠，
朵朵的笑向
向贝齿的闪光里躲。
那是笑——神的笑，美的笑：
水的映影，风的轻歌。

笑的是她惺忪的鬈发，
散乱的挨着她耳朵。
轻软如同花影，
痒痒的甜蜜涌进了你的心窝。
那是笑——诗的笑，画的笑：
云的留痕，浪的柔波。

（原载 1931年 9月《新月诗选》）

1931年9月新月书店出版了陈梦家编选的《新月诗选》，收入了十八位新月派诗人的作品，林徽因是其中仅有的两位女性之一，《新月诗选》收录了她的《笑》等四首诗。如何以诗的形式表现笑这一普通而富有感染力的表情，林徽因把笑与"她"(应是一位美丽的女子)的五官联系起来，使得笑以一种全面的方式呈现出来。在她的笔下，笑仿佛具有了生命，"向贝齿的闪光里躲"，"涌进了你的心窝"，而每段末尾那水、风、云、浪的并列，使得全诗顿显含蓄隽永，如云淡风轻，了然无痕。

深夜里听到乐声

这一定又是你的手指，
轻弹着，
在这深夜，稠密的悲思。

我不禁颊边泛上了红，
静听着，
这深夜里弦子的生动。

一声听从我心底穿过，
忒凄凉
我懂得，但我怎能应和？

生命早描定她的式样，
太薄弱
是人们的美丽的想象。

除非在梦里有这么一天，
你和我
同来攀动那根希望的弦。

（原载1931年9月《新月诗选》）

诗人在万籁俱寂的深夜里听到美妙的琴声，乐声穿过她的心底，激起的不是欢欣，而是凄凉，诗里并未说明到底是什么阻碍了她与弹琴者心灵的沟通，只留下对生命“薄弱”的一片深深惆怅，将心灵交会的希望放置在梦里。这首诗在结构上也很有特点，复沓的句式层层架构，富有建筑美，而两长一短的句式，更给全诗平添了丰富的节奏感和音乐感，回味悠长。

情愿

我情愿化成一片落叶，
让风吹雨打到处飘零；
或流云一朵，在澄蓝天，
和大地再没有些牵连。

但抱紧那伤心的标志，
去触遇没着落的怅惘；
在黄昏，夜半，蹑着脚走，
全是空虚，再莫有温柔；

忘掉曾有这世界；有你；
哀悼谁又曾有过爱恋；
落花似的落尽，忘了去
这些个泪点里的情绪。

到那天一切都不存留，

比一闪光，一息风更少
痕迹，你也要忘掉了我
曾经在这世界里活过。

（原载1931年9月《新月诗选》）

法国诗人缪塞曾经说过："最美丽的诗歌是最绝望的诗歌，有些不朽的篇章是纯粹的眼泪。"林徽因的这首诗充溢着伤感、怅惘的情绪，希望像一片落叶或一朵流云一样忘掉过往，对方也忘掉自己，但希望忘记却不能忘记，仍然"抱紧那伤心的标志"，沉浸在难以自拔的哀伤之中。"忘记她，像一朵花忘掉的花"（闻一多），忘却和记忆是爱情中永恒的命题，这首诗充分体现了诗人林徽因对爱的丰富况味和深深执着。

仍然

你舒伸得像一湖水向着晴空里
白云，又像是一流冷涧澄清
许我循着林岸穷究你的泉源：
我却仍然怀抱着百般的疑心
对你的每一个映影！

你展开像个千瓣的花朵！
鲜妍是你的每一瓣，更有芳沁，
那温存袭人的花气，伴着晚凉：
我说花儿，这正是春的捉弄人，
来偷取人们的痴情！

你又学叶叶的书篇随风吹展，
揭示你的每一个深思，每一角心境；
你的眼睛望着，我不断的在说话：

我却仍然没有回答，一片的沉静
永远守住我的魂灵。

（原载1931年9月《新月诗选》）

这首诗一方面运用湖水、白云、冷涧、花朵、书篇等玲珑的意象，尽情铺展对方的美好，另一方面则表现了诗人内心的疑虑，她提醒自己，不要上了爱捉弄人的春天的当，被偷取了纯洁的痴情，显示了诗人对于爱情矜持的态度和认真的思考。如果对照林徽因与徐志摩的交往来读这首诗则更有意味。林徽因后来说，她爱徐志摩远没有徐志摩爱她深，毕竟，一个十六七岁的大家闺秀面对大她七岁的已婚男子的示爱，怀着一种疑惧的心理也在情理之中。

激昂

我要借这一时的豪放
和从容，灵魂清醒的
在喝一泉甘甜的鲜露，
来挥动思想的利剑，
舞它那一瞥最敏锐的
锋芒，像皑皑塞野的雪
在月的寒光下闪映，
喷吐冷激的辉艳；——斩，
斩断这时间的缠绵，
和猥琐网布的纠纷，
剖取一个无瑕的透明，
看一次你，纯美，
你的裸露的庄严。
……

　　　　然后踩登
任一座高峰，攀牵着白云
和锦样的霞光，跨一条
长虹，瞰临着澎湃的海，
在一穹匀净的澄蓝里，
书写我的惊讶与欢欣，
献出我最热的一滴眼泪，
我的信仰，至诚，和爱的力量，
永远膜拜，
膜拜在你美丽的面前！

五月，香山

（原载1931年9月《北斗》创刊号）

林徽因在《纪念志摩去世四周年》一文中说："我认为我们这写诗的动机既如前面所说那么简单愚诚；因在某一时，或某一刻敏锐地接触到生活上的锋芒，或偶然地触遇到理想峰巅上云彩星霞，不由得不在我们所习惯的语言中，编缀出一两串近于音乐的句子来，慰藉自己，解放自己，去追求超实际的真美。"本诗不妨看做林徽因以诗论诗。乘着一时感情的际会、灵感的迸发，诗人将"信仰，至诚，和爱的力量"化做一行行文字，斩断俗世的牵绊，膜拜在美，也就是最有价值的生活面前。这也是新月派诗人普遍所持的观点。

一首桃花

桃花，
那一树的嫣红，
像是春说的一句话：
朵朵露凝的娇艳，
是一些
玲珑的字眼，
一瓣瓣的光致，
又是些
柔的匀的吐息；
含着笑，
在有意无意间
生姿的顾盼。
看，——
那一颤动在微风里，
她又留下，淡淡的，
在三月的薄唇边，

一瞥，

一瞥多情的痕迹！

二十年五月，香山

（原载1931年10月《诗刊》第3期）

全诗构筑在开头那一个奇妙的比喻上：一树嫣红的桃花像春说的一句话。诗人随即将这个比喻层层深入下去，构成了一个比喻的系列或集团，将生气勃勃的春日渲染得恰到好处，感情充沛而有节制，语调活泼却不流于浅俗。在诗人笔下，春天不但富有生命力，而且成了一个多情的灵魂。

莲灯

如果我的心是一朵莲花，
正中擎出一枝点亮的蜡，
荧荧虽则单是那一剪光，
我也要它骄傲的捧出辉煌；
不怕它只是我个人的莲灯，
照不见前后崎岖的人生——
浮沉它依附着人海的浪涛，
明暗自成了它内心的秘奥。
单是那光一闪花一朵——
像一叶轻舸驶出了江河——
宛转它飘随命运的波涌，
等候那阵阵风向远处推送。
算做一次过客在宇宙里，
认识这玲珑的生从容的死，
这飘忽的途程也就是个——

也就是个美丽美丽的梦。

二十一年七月半，香山

（原载1933年3月《新月》4卷6期）

这首诗是林徽因对生命思考的结晶。柔弱而美丽的莲花是生命的象征，光亮虽然微弱，诗人却“要它骄傲的捧出辉煌”。面对生死，诗人保持着一颗从容淡定的心，因为她知道，每个人不过是宇宙间的一个过客，一生不过白驹过隙般短暂，但重要的是，以美的眼观照生命，生命不是毫无价值的，至少“是个美丽美丽的梦”。最后两句采用跨行叠词的手法，仿佛音乐中的一个休止符，留下听觉上的空白，给予读者音乐上无限的美感。

中夜钟声

钟声
　敛住又敲散
　　一街的荒凉

听——
　那圆的一颗颗声响
　直沉下时间
　　　　　静寂的
　　　　　咽喉

　　像哭泣
　　像哀恸
将这僵黑的
中夜
　葬入
　那永不见曙星的

空洞——

轻——重……
——重——轻……
这摇曳的一声声
　又凭谁的主意
　把那余剩的忧惶
随着风冷——
　　纷纷
　　　掷给还不成梦的
　　　　　　　人

（原载 1933年 3月《新月》4卷 6期）

这首诗是林徽因的杰作之一，它几乎完美地将白话整合为诗的形式，既没有早期白话诗的浅近鄙俗，也不落旧诗因循的俗套。在结构上它采用“阶梯式”技法，参差错落的排布仿佛钟声的断续绵延，意象与结构达到美妙的和谐，这是新诗中较早的阶梯式诗歌的尝试，有学者认为，林徽因或许受到了苏联诗人马雅可夫斯基的影响。钟声本属听觉，林徽因则将其形容为“那圆的一颗颗声响”，将听觉与视觉(甚至触觉)有效地沟通起来，如在眼前。全诗浸透在低沉阴郁的调子中，烘托出一种深沉的孤独感。

山中一个夏夜

山中有一个夏夜，深得
像没有底一样；
黑影，松林密密的；
周围没有点光亮。
　　对山闪着只一盏灯——两盏
　　像夜的眼，夜的眼在看！

满山的风全蹑着脚
像是走路一样
躲过了各处的枝叶
各处的草，不响。
　　单是流水，不断的在山谷上
　　石头的心，石头的口在唱。

均匀的一片静，罩下
　　像张软垂的幔帐。

疑问不见了，四角里
模糊，是梦在窥探？
　　夜像在祈祷，无声的在期望，
　　幽馥的虔诚在无声里布漫。①

（原载1933年6月《新月》4卷7期）

本诗描写了山中一个夏夜里诗人对自然的领悟和契合，意象的选择、诗境的营造都独具匠心，具有一种空灵的禅意。树、灯、风、叶、水、石仿佛在静谧的暗夜里全获得了灵性，连抽象的“静”都成了一张具象的“软垂的幔帐”，意象之间相互绵延流转，和谐自然，烘托出这山中夏夜的宁静与神秘。

微光

街上没有光，没有灯，
店廊上一角挂着有一盏；
他和她把他们一家的运命
含糊的，全数交给这黯淡。

街上没有光，没有灯，
店窗上，斜角，照着有半盏。
合家大小朴实的脑袋，
并排儿，熟睡在土炕上。

外边有雪夜；有泥泞；
沙锅里有不够明日的米粮；
小屋，静守住这微光，
缺乏着生活上需要的各样。

缺的是把干柴；是杯水；麦面……

为这吃的喝的，本说不到信仰，——
生活已然，固定的，单靠气力，
在肩臂上边，来支持那生的胆量。

明天，又明天，又明天……
一切都限定了，谁还说希望，——
即使是做梦，在梦里，闪着，
仍旧是这一粒孤勇的光亮?

街角里有盏灯，有点光，
挂在店廊；照在窗槛；
他和她，把他们一家的运命
明白的，全数交给这凄惨。

二十二年九月

人们往往过于重视林徽因的婚恋生活，却忽视了她不让须眉的人生境界和家国情怀。事实上，传统意义上的“才女”、“闺秀”远远不能概括经历过古典和西潮双重洗礼的林徽因。这首诗展现了林徽因不为人所熟悉的另一面，即对国事民瘼的关心，诗人以充满了人道主义的笔触，用白描的手法，书写一户穷人家的夜晚，那一盏昏暗的灯成了他们凄惨生活的鲜明象征。全诗简练却不乏动人的力量，感情真诚却纯粹、干净，丝毫没有同时代很多诗人一描写底层就流于粗制滥造的毛病。

秋天，这秋天

这是秋天，秋天，——
风还该是温软；
太阳仍笑着那微笑，
闪着金银，夸耀
他实在无多了的
最奢侈的早晚！
这里那里，在这秋天，
斑彩错置到各处
山野，和枝叶中间，
像醉了的蝴蝶，或是
珊瑚珠翠，华贵的失散，
缤纷降落到地面上。
这时候心得像歌曲；
由山泉的水光里闪动，
浮着珠沫，溅开
山石的喉嗓唱。这时候满腔的热情

全是你的，秋天懂得，
秋天懂得那狂放，——
秋天爱的是那不经意
不经意的零乱！

但是秋天，这秋天，
他撑着梦一般的喜筵，
不为的是你的欢欣：
他撒开手，一掬璎珞，
一把落花似的幻变，
还为的是那不定的
悲哀，归根儿蒂结住
在这人生的中心！
一阵萧萧的风，起自
昨夜西窗的外沿，
摇着梧桐树哭。——
起始你怀疑着：
荷叶还没有残败；
小划子停在水流中间；
夏夜的细语，夹着虫鸣，

那一晚我的船推出了河心，

澄蓝的天上托着密密的星。

那一晚你的手牵着我的手，

迷茫的星夜封锁起重愁。

那一晚你和我分定了方向，

两人各认取个生活的模样。

—— 林徽因《那一晚》

1931年4月《诗刊》第2期

还信得过仍然偎着
耳朵旁温甜；
但是梧桐叶带来桂花香，
已打到灯盏的光前。
一切都两样了，他闪一闪说，
只要一夜的风，一夜的幻变。

冷雾迷住我的两眼，
在这样的深秋里，
你又同谁争？现实的背面
是不是现实，荒诞的，
果属不可信的虚妄？
疑问抵不住简单的残酷，
再别要悯惜流血的哀惶，
趁一次里，要认清
造物更是摧毁的工匠。
信仰只一细炷香，
那点子亮再经不起西风
沙沙的隔着梧桐树吹！
如果你忘不掉，忘不掉

那同听过的鸟啼；
同看过的花好，信仰
该在过往的中间安睡。……
秋天的骄傲是果实，
不是萌芽，——生命不容你
不献出你积累的馨芳；
交出受过光热的每一层颜色；
点点沥尽你最难堪的酸怆。
　　　　　　　　　这时候，
切不用哭泣；或是呼唤；
更用不着闭上眼祈祷；
(向着将来的将来空等盼)；
只要低低的，在静里，低下去
已困倦的头来承受，——承受
这叶落了的秋天，
听风扯紧了弦索自歌挽：
这秋，这夜，这惨的变换！

二十二年十一月中旬

(原载1933年 11月 18日《大公报·文艺副刊》)

秋是中国古代诗人热衷歌咏的主题，宋玉《九辩》中说："悲哉！秋之为气也。萧瑟兮，草木摇落而变衰。"古人常常借悲秋抒发自己内心的积郁。秋也是林徽因喜爱的意象，在她一生六十多首诗歌中，以秋为主题的就有六首，林徽因继承并发展了古代的悲秋传统，在书写秋天中融入了自己真诚的感悟和智性的思索。全诗沿着静——动——静的节奏交替前进，由秋的美丽，到秋的幻灭，再到对秋的思考，贯穿其中的还是一种造物主残酷的"动"的精神（正如她的处女作《"谁爱这不息的变幻"》所表现的）。"信仰只一细炷香，/那点子亮再经不起西风/沙沙的隔着梧桐树吹！"现实的背面竟是虚妄。然而，诗人并未沉溺于虚无主义中无法自拔，她以非凡的坚忍承受这残酷的造物，在绝望中安置自己的人生价值。本诗笔法自由，缓急有致，具有较为明显的散文化特征。

年关

哪里来，又向哪里去，
这不断，不断的行人，
奔波杂遝的，这车马？
红的灯光，绿的紫的，
织成了这可怕，还是
可爱的夜？高的楼影
渺茫天上，都象征些
什么现象？这噪聒中
为什么又凝着这沉静；
这热闹里，会是凄凉？

这是年关，年关，有人
由街头走着，估计着，
孤零的影子斜映着，
一年，又是一年辛苦，
一盘子算珠的艰和难。

日中你敛住气，夜里
你喘，一条街，一条街
跟着太阳灯光往返，——
人和人，好比水在流，
人是水，两旁楼是山！

　　一年，一年，
连年里，这穿过城市
胸腑的辛苦，成千万，
成千万人流的血汗，
才会造成了像今夜
这神奇可怕的灿烂！
看，街心里横一道影
灯盏上开着血印的花
夜在凉雾和尘沙中
进展，展进，许多口里
在喘着年关，年关……

二十三年废历除夕

（原载1934年2月21日《大公报·文艺副刊》）

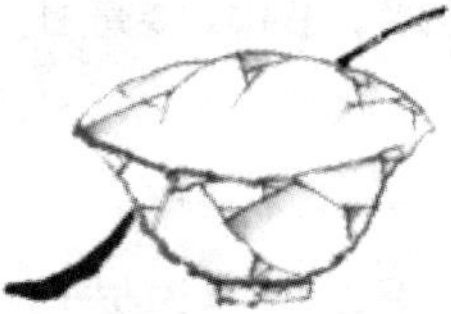

本诗表现了林徽因对底层百姓的关怀和对都市的思考。强烈色彩的对比已非纯粹的写实，而是包含了主观的移情活动，因此极生动地描摹出都市的喧嚣和浮躁。在热闹的表象下，诗人发现，都市的灿烂尽管神奇，却也可怕，它凝聚了一群孤独的灵魂的血汗，人道主义的情愫不言而喻。叠词的反复运用使诗人愤慨的心情更显深沉，有一唱三叹之感。

忆

新年等在窗外，一缕香，
枝上刚放出一半朵红。
心在转，你曾说过的
几句话，白鸽似的盘旋。

我不曾忘，也不能忘
那天的天澄清的透蓝，
太阳带点暖，斜照在
每棵树梢头，像凤凰。

是你在笑，仰脸望，
多少勇敢话那天，你我
全说了，——像张风筝
向蓝穹，凭一线力量。

二十二年岁终

本诗格调欢快温馨，抒发了对于美好爱情的深深回忆。诗人善于运用红、白、蓝等鲜妍明朗的色彩，使现实环境与诗人的主观心理相互融汇，“一切景语，皆情语也”(王国维《人间词话》)，再加上花儿、白鸽、蓝天、风筝等清丽优美的意象，渲染出一片柔情密意的爱的氛围。诗人对心理和事件的白描同样清澈如水，意蕴无穷，“我不曾忘，也不能忘”，虽然直白但强烈动人，结尾那“凭一线力量”飞向蓝穹的风筝的隐喻，巧妙而有力，给人以无限的想象。

吊玮德

玮德，是不是那样，
你觉到乏了，有点儿
不耐烦，
并不为别的缘故
你就走了，
向着哪一条路?
玮德你真是聪明;
早早的让花开过了
那顶鲜妍的几朵，
就选个这样春天的清晨，
挥一挥袖
对着晓天的烟霞
走去，轻轻的，轻轻的
背向着我们。
春风似的不再停住!
春风似的吹过，

你却留下
永远的那么一颗
少年人的信心；
少年的微笑
和悦的
洒落在别人的新枝上。
我们骄傲
你这骄傲
但你，玮德，独不惆怅
我们这一片
懦弱的悲伤？

黯淡是这人间
美丽不常走来
你知道。
歌声如果有，也只在
几个唇边旋转！
一层一层尘埃，
凄怆是各样的安排，
即使狂飙不起，狂飙不起，

这远近苍茫，
雾里狼烟，
谁还看见花开！

你走了，
你也走了，
尽走了，再带着去
那些儿馨芳，
那些个嘹亮，
明天再明天，此后
寂寞的平凡中
都让谁来支持？
一星星理想，难道
从此都空挂到天上？
玮德你真是个诗人
你是这般年轻，好像
天方放晓，钟刚敲响……
你却说倦了，有点儿
不耐烦忍心，
一条虹桥由中间拆断；

情愿听杜鹃啼唱，
相信有明月长照，
寒光水底能依稀映成
那一半连环
憬憧中
你诗人的希望！

玮德是不是那样
你觉得乏了，人间的怅惘
你不管；
莲叶上笑着展开
浮烟似的诗人的脚步。
你只相信天外那一条路？

（原载1935年6月《文艺月刊》7卷6期）

方玮德(1908—1935)，安徽桐城人，是新月派后期的重要诗人之一，1935年因患肺结核去世，享年仅仅27岁，有《玮德诗文集》。林徽因的这首悼亡诗格调不凡，她并未拘泥于抒发一己悲恸的俗套，而是以商量的口吻，在哀悼中渗透了诗人对逝者的理解和对生命的思考。在她笔下，年轻的玮德的死不纯是一种可惜，而是诗人玮德的诗意的选择，只不过仍在尘世的我们更加孤独。全诗采用第二人称，与逝者进行一场跨越幽冥的对话，既亲切自然，又真挚动人。

城楼上

你说什么？
鸭子，太阳，
城墙下那护城河？
——我？
我在想，
——不是不在听——想怎样
从前，……
——
对了，
也是秋天！

你也曾去过，
你？那小树林？
还记得么；
山窝，红叶像火？
映影

湖心里倒浸，
那静？
天！……
（今天的多蓝，你看！）
白云，
像一缕烟。

谁又啰唆？
你爱这里城墙，
古墓，长歌，
蔓草里开野花朵。
好，我不再讲
从前的，单想
我们在古城楼上
今天，——
白鸽，
（你准知道是白鸽？）
飞过面前。

二十四年十月

本诗原载1935年 11月 8日《大公报 · 文艺副刊》。全诗以对话体结构，自然、灵活，语言浅白，节奏短促，富有生气。对话体在这儿既可以看做诗人与他人的对话，也可以视为诗人自己的独白，仿佛内心有一主一宾，相互问答，生动地展现了城楼上所见的美景和由此触发的淡淡回忆。

深笑

是谁笑得那样甜，那样深，
那样圆转？一串一串明珠
大小闪着光亮，迸出天真！
清泉底浮动，泛流到水面上，
　灿烂，
分散！

是谁笑得好花儿开了一朵？
那样轻盈，不惊起谁。
细香无意中，随着风过，
拂在短墙，丝丝在斜阳前
　挂着
留恋。

是谁笑成这百层塔高耸，
让不知名鸟雀来盘旋？是谁

笑成这万千个风铃的转动，
从每一层琉璃的檐边
　摇上
云天？

(原载1936年1月5日《大公报·文艺副刊》)

新月派诗人闻一多曾经提出过著名的“三美说”：“诗的实力不独包括音乐的美(音节)，绘画的美(词藻)，并且还有建筑的美(节的匀称和句的均齐)。”林徽因此诗很好地体现了新月派诗歌的这一理论主张。全诗共分三节，每节六句，且都以“是谁笑……”开头，以两个交错的短句结束，在严整之中给人以灵动的美感。诗人化抽象为具体，以水珠、花儿、高塔、风铃等美丽的意象隐喻深笑，笑仿佛具有了形状和质感，并且，各个意象之间也有轻重之别，百层高塔的隐喻尤为奇崛。

风筝

看，那一点美丽
会闪到天空！
几片颜色，
挟住双翅，
心，缀一串红。

飘摇，它高高的去，
逍遥在太阳边
太空里闪
一小片脸，
但是不，你别错看了
错看了它的力量，
天地间认得方向！
它只是
轻的一片，
一点子美

像是希望，又像是梦；
一长根丝牵住
天穹，渺茫——
高高推着它舞去，
白云般飞动，
它也猜透了不是自己，
它知道，知道是风！

正月十一日

诗人以风筝隐喻生命，它美丽、绚烂、逍遥，然而，诗人清楚地认识到，生命只不过是“轻的一片”，“一点子美”而已，决定它的是风。在这首小诗里，诗人表现了短暂与永恒、渺小的生命与伟大的造物的对立，具有一种智性的美。

别丢掉

别丢掉
这一把过往的热情，
现在流水似的，
轻轻
在幽冷的山泉底，
在黑夜在松林，
叹息似的渺茫，
你仍要保存着那真！
一样是月明，
一样是隔山灯火，
满天的星，
只使人不见，
梦似的挂起，
你问黑夜要回
那一句话——你仍得相信

山谷中留着

有那回音！

二十一年夏

梁实秋批评本诗晦涩难懂，朱自清撰文辩白道：“(这)是一首理想的爱情诗，托为当事人的一造向另一造的说话。”林徽因的许多诗歌正是这样，只创造了一个虚化的审美境界，读者根据自己的审美经验和人生阅历，各有各的理解，如果硬要寻出一个确切的所指来，反而越读越糊涂。林徽因曾经说：“写诗究竟是怎么一回事，真是惟有天知道得最清楚！……因为老实地说，谁也仍然不知道写诗是怎么一回事的，除却这篇文字所表示的，勉强以抽象的许多名词，具体的一些比喻来捉摸描写那一种特殊的直觉活动，献出一个极不能令人满意的答案。”(《究竟怎么一回事》)

记忆

断续的曲子，最美或最温柔的
夜，带着一天的星。
记忆的梗上，谁不有
两三朵娉婷，披着情绪的花
无名的展开
野荷的香馥，
每一瓣静处的月明。

湖上风吹过，头发乱了，或是
水面皱起像鱼鳞的锦。
四面里的辽阔，如同梦
荡漾着中心彷徨的过往
不着痕迹，谁都
认识那图画，
沉在水底记忆的倒影！

二十五年二月

林徽因深受19世纪英国浪漫主义诗人，特别是拜伦、雪莱、济慈的影响，他们对“纯美”的热烈追求也影响了林徽因的诗歌写作。本诗表达了诗人对美的感受与领悟，诗人将这种情感熔铸在玲珑的意象里，它们共同构成了一个意象群，烘托出沉浸在记忆中那种朦胧、温柔的氛围。

静院

你说这院子深深的——
美从不是现成的。
这一掬静，
到了夜，你算，
就需要多少铺张？
月圆了残，叫卖声远了，
隔过老杨柳，一道墙，又转，
初一？凑巧谁又在烧香，……
离离落落的满院子，
不定是神仙走过，
仅是迷惘，像梦，……
窗槛外或者是暗的，
或透那么一点灯火。

这掬静，院子深深的

——有人也叫它做情绪——
情绪，好，你指点看
有不有轻风，轻得那样
没有声响，吹着凉？
黑的屋脊，自己的，人家的，
兽似的背耸着，又像
寂寞在嘶声的喊！
石阶，尽管沉默，你数，
多少层下去，下去，
是不是还得栏杆，斜斜的
双树的影去支撑？

对了，角落里边
还得有人低着头脸。
会忘掉又会记起，——会想，
——那不论——或者是
船去了，一片水，或是
小曲子唱得嘹亮；
或是枝头粉黄一朵，
记不得谁了，又向谁认错！

又是多少年前，——夏夜。
有人说：“今夜，天，……”(也许是秋夜)
又穿过藤萝，
指着一边，小声的：“你看，
星子真多！”
草上人描着影子；
那样点头，走，
又有人笑，……

静，真的，你可相信
这平铺的一片——
不单是月光，星河，
雪和萤虫也远——
夜，情绪，进展的音乐，
如果慢弹的手指
能轻似蝉翼，
你拆开来看，纷纭，
那玄微的细网
怎样深沉的拢住天地，

又怎样交织成
这细致飘渺的彷徨！

二十五年一月

本诗恬淡平和，静谧幽微，诗人以深深院落为宇宙，写出了静的声音。“黑的屋脊，自己的，人家的，/兽似的背耸着，又像/寂寞在嘶声的喊！”屋脊、兽背和寂寞相互映照，相互勾连，虚与实混为一体，“这已是典型的现代主义的意象结构了”(《林徽因诗歌创作论》)。

无题

什么时候再能有
那一片静；
溶溶在春风中立着，
面对着山，面对着小河流？

什么时候还能那样
满掬着希望；
披拂新绿，耳语似的诗思，
登上城楼，更听那一声钟响？

什么时候，又什么时候，心
才真能懂得
这时间的距离；山河的年岁；
昨天的静，钟声
昨天的人

怎样又在今天里划下一道影！

二十五年春四月

本诗由三个深沉的追问组成，每个问题都以“什么时候”开始，回环递进，准确地传达出诗人内心惆怅的层层递进，犹如音乐的旋律。全诗浸透了诗人对于过往的追索和怀念，更有对生命的思考：“昨天的静，钟声/昨天的人/怎样又在今天里划下一道影！”

题剔空菩提叶

认得这透明体，
智慧的叶子掉在人间？
消沉，慈净——
那一天一闪冷焰，
一叶无声的坠地，
仅证明了智慧寂寞
孤零的终会死在风前！
昨天又昨天，美
还逃不出时间的威严；
相信这里睡眠着最美丽的
骸骨，一丝魂魄月边留念，——
……
菩提树下清荫则是去年！

二十五年四月二十三日

王国维《人间词话》中说："有有我之境，有无我之境"，"有我之境，以我观物，故物皆著我之色彩。无我之境，以物观物，故不知何者为我，何者为物。""那一天一闪冷焰，／一叶无声的坠地"，林徽因以禅意入诗歌，以诗人个体静观自然的变化，一己小我消融于宇宙大我之中，接近王国维所谓的"无我之境"，营造了一派空灵澄明的境界。

黄昏过泰山

记得那天
心同一条长河，
让黄昏来临，
月一片挂在胸襟。
如同这青黛山，
今天，
心是孤傲的屏障一面；
葱郁，
不忘却晚霞，
苍莽，
却听脚下风起，
来了夜——

1936年6月，梁思成、林徽因赴河南、山东考察古建筑，此行约两个多星期，此诗应是当时所作。通过今昔不同的比拟，诗人书写了经历了十几年人生的磨砺，内心由单纯天真到孤傲坚忍的变化。然而，美丽的晚霞是诗人仍不能忘却的，只是这时的心境已经不是过去那般简单，诗人知道，紧接着晚霞的是狂风与黑夜。本诗在色彩的运用上也别具一格，虽然没有大量字面上的色彩词，但“黄昏”、“青黛山”、“葱郁”等意象的色彩组合虚实相间，生动地唤起了读者的色彩感。

昼梦

昼梦
垂着纱，
无从追寻那开始的情绪
还未曾开花；
柔韧得像一根
乳白色的茎，缠住
纱帐下；银光
有时映亮，去了又来；
盘盘丝络
一半失落在梦外。

花竟开了，开了；
零落的攒集，
从容的舒展，
一朵，那千百瓣！
抖擞那不可言喻的

刹那情绪，
庄严峰顶——
天上一颗星……
　　　晕紫，深赤，
天空外旷碧，
是颜色同颜色浮溢，腾飞……
深沉，
又凝定——
悄然香馥，
袅娜一片静。

昼梦
垂着纱，
无从追踪的情绪
开了花；
四下里香深，
低覆着禅寂，
间或游丝似的摇移，
悠忽一重影；
悲哀或不悲哀

全是无名，
一闪娉婷。

二十五年暑中北平

在致美国友人费慰梅的书信中，林徽因谈到她的写作态度：“自内心的快乐或悲伤的产物，是当我发现或知道了什么，或我学会了去理解什么而急切地要求表达出来，严肃而认真地要求与别人共享这点秘密的时候的产物。”林徽因的诗正是她希望与他人分享的人生况味的结晶。“昼梦”即白日梦，诗人用花、纱等意象追索那一种朦胧、微妙、“无从追踪”的情绪，在这短暂的梦里充满了色彩的升腾、凝固、流转、浮移，梦幻的色彩仿佛成了生命的一种象征，由静到动再复归于静，梦醒之后，“全是无名，/一闪娉婷”，留下一缕耐人寻味的禅意。

过杨柳

反复的在敲问心同心，
彩霞片片已烧成灰烬，
街的一头到另一条路，
同是个黄昏扑进尘土。

愁闷压住所有的新鲜，
奇怪街边此刻还看见
混沌中浮出光妍的纷纠，
死色楼前垂一棵杨柳！

二十五年十月一日

本诗原载1936年11月1日《大公报·文艺副刊》，后来易题为《黄昏过杨柳》，发表在1948年2月22日《经世日报》“文艺”周刊上。本诗意在抒发一种惊异的情绪：“混沌中浮出光妍的纷纠，／死色楼前垂一棵杨柳！”诗歌第一节反复渲染黯淡、愁闷的氛围，彩霞烧成灰烬，黄昏扑进尘土，似乎天地间一切都是灰蒙蒙的；但诗人忽见一株光妍的杨柳，与周围环境形成极为鲜明的对比。杨柳也可以看做是这混沌、黑暗的中国社会上美好纯洁事物的一种象征。奇怪于这种对比，欣喜死寂中的一线生机还是为之叹息，诗人并未明言，诸种情绪都交织混合在这意象的对峙结构中，留给读者咀嚼回味的审美空间。

冥思

心此刻同沙漠一样平，
思想像孤独的一个阿拉伯人；
仰脸孤独的向天际望
落日远边奇异的霞光，
安静的，又侧个耳朵听
远处一串骆驼的归铃。

在这白色的周遭中，
一切像凝冻的雕形不动；
白袍，腰刀，长长的头巾，
浪似的云天，沙漠上风！
偶有一点子振荡闪过天线，
残霞边一颗星子出现。

二十五年夏末

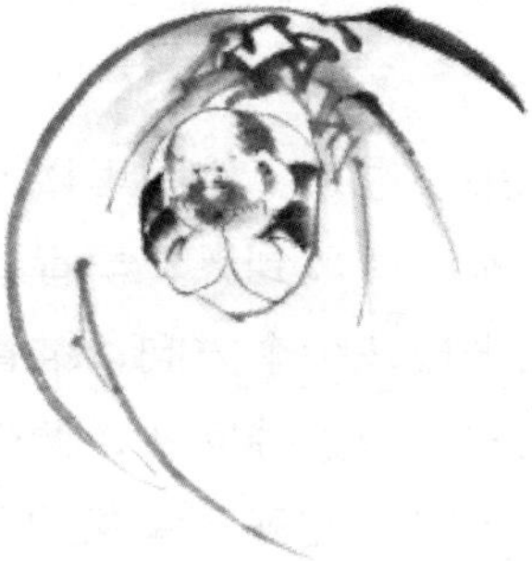

本诗以一个孤独的阿拉伯人的意象描摹此刻的心境，虚实相生，两类形象互为支持、相互转化。意象的设置极富雕塑感和视觉感，仿佛电影中的一个定格镜头，而“骆驼的归铃”、“一点子振荡闪过天线”则又打破了这种凝固，将有声与无声、运动与静止结合起来，相映成趣，传达出诗人现代主义式的孤独感与精神焦虑。

你来了

你来了你来了，画里楼阁立在山边，
交响曲由风到风，草青到天！
阳光投多少个方向，谁管？你，我
如同画里人掉回头，便就不见！
你来了，花开到深深的深红，
绿萍遮住池塘上一层晓梦，
鸟唱着，树梢交织着枝柯，——白云
却是我们，悠忽翻过几重天空！

本诗是一首情诗，前半部分诗人以急促、热情的口吻生动地描画出恋人见面时的喜悦心情，“交响曲由风到风，／草青到天！／阳光投多少个方向”，意象的铺排自由随意，无端发问，毫无来由，表现了一种兴奋到慌乱的情绪。后半部分则以鲜妍的色彩，营造了一片爱情的欢畅氛围，丰富而和谐的色彩使得诗歌画意盎然，成为诗人心绪的生动载体。

藤花前

——独过静心斋

紫藤花开了
轻轻的放着香，
没有人知道……

紫藤花开了
轻轻的放着香，
没有人知道。
楼不管，曲廊不做声，
蓝天里白云行去，
池子一脉静；
水面散着浮萍，
水底下挂着倒影。

紫藤花开了
没有人知道！

蓝天里白云行去，
小院，
无意中我走到花前。
轻香，风吹过
花心，
风吹过我，——
望着无语，紫色点。

这首诗意在传达一种禅家“无念”的境界，花开何须人知，二者的结合只是“无意”的一念，只是一种无法言喻的机缘。苏轼有诗云：“人生到处知何似，应似飞鸿踏雪泥。泥上偶然留指爪，鸿飞哪复计东西。”人生也就这偶然的一瞬而已。诗人以禅入诗，写出了自然的静默、安谧和自由自在，抒发了自己随缘自适、淡泊宁静的人生态度。

红叶里的信念

年年不是要看西山的红叶，
谁敢看西山红叶？不是
要听异样的鸟鸣，停在
那一个静幽的树枝头，
是脚步不能自已的走——
走，迈向理想的山坳子
寻觅从未曾寻着的梦：
一茎梦里的花，一种香，
斜阳四处挂着，风吹动，
转过白云，小小一角高楼。

钟声已在脚下，松同松
并立着等候，山野已然
百般渲染豪侈的深秋。
梦在哪里，你的一缕笑，
一句话，在云浪中寻遍

不知落到哪一处？流水已经
渐渐的清寒，载着落叶
穿过空的石桥，白栏杆，
叫人不忍再看，红叶去年
同踏过的脚迹火一般。
好，抬头，这是高处，心卷起
随着那白云浮过苍茫，
别计算在哪里驻脚，去，
相信千里外还有霞光，
像希望，记得那烟霞颜色，
就不为编织美丽的明天，
为此刻空的歌唱，空的
凄恻，空的缠绵，也该放
多一点勇敢，不怕连牵
斑驳金银般旧积的创伤！

再看红叶每年，山重复的
流血，山林，石头的心胸
从不倚借梦支撑，夜夜
风像利刃削过大土壤，

天亮时沉默焦灼的唇，
忍耐的仍向天蓝，呼唤
瓜果风霜中完成，呈光彩，
自己山头流血，变坟台！
平静，我的脚步，慢点儿去，
别相信谁曾安排下梦来！
一路上枯枝，鸟不曾唱，
小野草香风早不是春天。
停下！停下！风同云，水同
水藻全叫住我，说梦在
背后；蝴蝶秋千理想的
山坳同这当前现实的
石头子路还缺个牵连！
愈是山中奇妍的黄月光
挂出树尖，愈得相信梦，
梦里斜晖一茎花是谎！

但心不信！空虚的骄傲
秋风中旋转，心仍叫喊
理想的爱和美，同白云

角逐；同斜阳笑吻；同树，
同花，同香，乃至同秋虫
石隙中悲鸣，要携手去；
同奔跃嬉游水面的青蛙，
盲目的再去寻盲目日子，——
要现实的热情另涂图画，
要把满山红叶采作花！

这萧萧瑟瑟不断的呜咽，
掠过耳鬓也还卷着温存，
影子在秋光中摇曳，心再
不信光影外有串疑问！
心仍不信，只因是午后，
那片竹林子阳光穿过
照暖了石头，赤红小山坡，
影子长长两条，你同我
曾经参差那亭子石路前，
浅碧波光老树干旁边！

生命中的谎再不能比这把

颜色更鲜艳！记得那一片
黄金天，珊瑚般玲珑叶子
秋风里挂，即使自己感觉
内心流血，又怎样个说话？
谁能问这美丽的后面
是什么？赌博时，眼闪亮，
从不悔那猛上孤注的力量；
都说任何苦痛去换任何一分，
一毫，一个纤微的理想！

所以脚步此刻仍在迈进，
不能自已，不能停！虽然山中
一万种颜色，一万次的变，
各种寂寞已环抱着孤影：
热的减成微温，温的又冷，
焦黄叶压踏在脚下碎裂，
残酷地散排昨天的细屑，
心却仍不问脚步为甚固执，
那寻不着的梦中路线，——
仍依恋指不出方向的一边！

西山，我发誓地，指着西山，
别忘记，今天你，我，红叶，
连成这一片血色的伤怆！
知道我的日子仅是匆促的
几天，如果明年你同红叶
再红成火焰，我却不见，……
深紫，你山头须要多添
一缕抑郁热情的象征，
记下我曾为这山中红叶，
今天流血地存一堆信念！

（原载1937年1月《新诗》第四期）

本诗以诗人的情感起伏流动为线索，呈现出缓——急——缓的节奏，由一开始喜悦，到心与现实发生激烈的冲突，“梦里斜晖一茎花是谎！”“但心不信！”最后诗人寄语西山红叶，如果她死去，再不能见明年的红叶，“深紫，你山头须要多添／一缕抑郁热情的象征，／记下我曾为这山中红叶，／今天流血地存一堆信念！”形成一种戏剧式的突转。正如林徽因另一首诗作中写道：“美／还逃不出时间的威严。”(《题剔空菩提叶》)在诗人那里，美的信念总是与严酷的造物相互冲突，生命的热力与法则的无情不能相容，诗人只好在冲突和绝望中继续前行。

静坐

冬有冬的来意，
寒冷像花，——
花有花香，冬有回忆一把。
一条枯枝影，青烟色的瘦细，
在午后的窗前拖过一笔画；
寒里日光淡了，渐斜……
就是那样地
像待客人说话
我在静沉中默啜着茶。

二十五年冬十一月

（原载1937年1月31日《大公报·文艺副刊》）

宗白华说："禅是动中的极静，也是静中的极动，寂而常照，照而常寂，动静不二，直探生命的本原。"林徽因的这首小诗深得禅意，体现了一种与俗世相对的清静优雅的生活样态。诗人描摹一幅万籁俱寂的冬日图画，其中主客体皆静默无语，而一条枯枝"在午后的窗前拖过一笔画"，"日光淡了，渐斜……"则为这幅图画增添一点动态。在诗人笔下，冬天不再是一个自然的时间段落，而是一个可以与之交流的客人，其中深深浸染了诗人自己淡泊自适的人生态度。全诗词句清丽自然，词与词之间辗转相磨，和谐并处，具有一种空间之美。

时间

人间的季候永远不断在转变
春时你留下多处残红，翩然辞别，
本不想回来时同谁叹息秋天！

现在连秋云黄叶又已失落去
辽远里，剩下灰色的长空一片
透彻的寂寞，你忍听冷风独语？

（原载1937年3月14日《大公报·文艺副刊》）

在林徽因的诗歌中，以时间为主题的诗占了很大比重，主要有《那一晚》、《秋天，这秋天》、《题剔空菩提叶》、《一天》等。本诗传达了诗人林徽因对时间的理解和思考，春去秋来，四季更替，是不可抗拒的自然轮回，诗人在寂寞中看欢愉之景、凄凉之景同归于“灰色的长空一片”，天地露出它严酷的底色。在诗人看来，这种轮转和寂寞正是时间的本质。

古城春景

时代把握不住时代自己的烦恼，——
轻率的不满，就不叫它这时代牢骚——
偏又流成愤怨，聚一堆黑色的浓烟
喷出烟囱，那矗立的新观念，
　在古城楼对面！

怪得这嫩灰色一片，带疑问的春天
要泥黄色风沙，顺着白洋灰街沿，
再低着头去寻觅那已失落了的浪漫
到蓝布棉帘子，万字栏杆，仍上
　老店铺门槛？

寻去，不必有新奇的新发现，旧有保障
即使古老些，需要翡翠色甘蔗做拐杖
来支撑城墙下小果摊，那红鲜的冰糖葫芦

仍然光耀，串串如同旧珊瑚，还不怕新时
　　代的尘土。

（原载1937年4月《新诗》2卷1期）

古城应指北平。本诗表达了诗人对现代工业化社会入侵的深深隐忧，“蓝布棉帘子”、“万字栏杆”、“翡翠色甘蔗”的拐杖、“红鲜的冰糖葫芦”，这些色彩鲜明的意象象征着传统文明，它们是沉静安详的存在，而“黑色的浓烟”、“矗立的新观念”则躁动、怨愤、不安。“京派”文学更关注乡土和传统，他们追求一种自然纯正的生活趣味，对现代化的崛起持一种反省的态度。林徽因正是如此，在她眼里，“无论哪一个巍峨的古城楼，或一角倾颓的殿基的灵魂里，无形中都在诉说，乃至于歌唱，时间上漫不可信的变迁；由温雅的儿女佳话，到流血成河的杀戮。”

前后

河上不沉默的船
载着人过去了；
桥——三环洞的桥基，
上面再添了足迹；
早晨，
早又到了黄昏，
这赓续
绵长的路……

不能问谁
想望的终点，——
没有终点
这前面。
背后，
历史是片累赘！

（原载1937年5月16日《大公报·文艺副刊》）

诗的第一节通过船、桥、路的意象，传达了一种时间绵延行进的感觉，像林徽因的其他关于时间的诗歌一样，这里的时间也是无限的、不可抗拒的存在，默然无语。第二节则直抒胸臆，在自我这里，诗人无视时间的强力，将赓续绵长的时间链条打断："没有终点"，"历史是片累赘"，这意味着自我只关注当下和现世，理想在此刻才获得自由伸展的空间。全诗运用叙事化的白描手法，朴素无华，却意味深长。

除夕看花

新从嘈杂着异乡口调的花市上买来，
碧桃雪白的长枝，同红血般的山茶花。
着自己小角隅再用精致鲜艳来结采，
不为着锐的伤感，仅是钝的还有剩余下！

明知道房里的静定，像弄错了季节，
气氛中故乡失得更远些，时间倒着悬挂；
过年也不像过年，看出灯笼在燃烧着
　点点血，
帘垂花下已记不起旧时热情、旧日的话。

如果心头再旋转着熟识旧时的芳菲，
模糊如条小径越过无数道篱笆，
纷纭的花叶枝条，草看弄得人昏迷，
今日的脚步，再不甘重踏上前时的泥沙。

月色已冻住，指着各处山头，河水
　更零乱，
关心的是马蹄平原上辛苦，无响在刻画，
除夕的花已不是花，仅一句言语
　梗在这里，
抖战着千万人的忧患，每个心头上牵挂。

（原载1939年6月28日香港《大公报·文艺副刊》）

随着抗战爆发，北平文人纷纷南下，躲避战火。1938年1月中旬，历尽艰险的林徽因到达昆明，租居于翠湖边巡津街尽头的昆明前市长宅寓“止园”，后移居巡津街九号。这首诗由一个小小的生活片段写起，诗人除夕前从花市上买来一束山茶花，为节日增添喜庆的气氛，但她发现“过年也不像过年”，山河破碎、背井离乡的现状已没有旧时的热情，于是牵起了对故土的怀念和对国家命运的关注，表现了诗人开阔的胸襟和深深的爱国情怀。

给秋天

正与生命里一切相同，
我们爱得太是匆匆；
好像只是昨天，
你还在我的窗前！

笑脸向着晴空
你的林叶笑声里染红
你把黄光当金子般散开
稚气，豪侈，你没有悲哀。

你的红叶是亲切的牵绊，那零乱
每早必来缠住我的晨光。
我也吻你，不顾你的背影隔过玻璃！
你常淘气的闪过，却不对我忸怩。
可是我爱的多么疯狂，
竟未觉察凄厉的夜晚

已在背后尾随，——
等候着把你残忍的摧毁！
一夜呼号的风声
果然没有把我惊醒
等到太晚的那个早晨
啊。天！你已经不见了踪影。

我苛刻的咒诅自己
但现在有谁走过这里
除却严冬铁样长脸
阴雾中，偶然一见。

《给秋天》是献给秋天的一首悼词，诗人深情地回忆起她与秋之间的爱情，但一夜之间，“稚气，豪侈”、“没有悲哀”的秋被冬残忍地摧毁，触目所及只有“严冬铁样长脸”，传达了诗人对美好事物备受摧残的惋惜与惆怅，充满了一种幻灭感。诗歌节奏由缓入急，具有戏剧化的张力。林徽因一生中屡遭打击，1925年父亲林长民在东北战乱中丧生，1931年挚友徐志摩因飞机失事英年早逝，1941年三弟林恒又在空战中壮烈牺牲，再加上国家生灵涂炭的现状，不能不引起诗人痛苦的失落之感。

人生

人生，
你是一支曲子，
我是歌唱的；

你是河流
我是条船，一片小白帆
我是个行旅者的时候，
你，田野，山林，峰峦。
无论怎样，
颠倒密切中牵连着
你和我，我永从你中间经过；

我生存，
你是我生存的河道，
理由同力量。
你的存在
则是我胸前心跳里

五色的绚彩
但我们彼此交错
并未彼此留难。
……
现在我死了，
你，——
我把你再交给他人负担！

“生命在追求超越和完美的过程中所遇到的最大敌人是死亡，由此决定了死亡必然是缠绕艺术宫殿的常春藤，艺术家是死亡真切的观察者和体验者。”(靳凤林)在病痛的长期折磨下，林徽因更深入地思索死亡的命题，在她看来，“我”只是人生的一个过客，犹如歌唱之于乐曲，船舶之于河流，后者是前者存在的前提，前者却不断地消长、更替、新陈代谢。诗人对死亡抱着一颗豁达的心，将自己的小我融入生命大我的运行中，无惧无畏，淡然处之。

六点钟在下午

用什么来点缀
六点钟在下午？
六点钟在下午
点缀在你生命中，
仅有仿佛的灯光，
褪败的夕阳，窗外
一张落叶在旋转！

用什么来陪伴
六点钟在下午？
六点钟在下午
陪伴着你在暮色里闲坐，
等光走了，影子变换，
一支烟，为小雨点
继续着，无所盼望！

（原载1948年2月22日《经世日报·文艺周刊》第58期）

本诗抒发了林徽因对时间的感慨与忧伤。下午六点钟是白日逝去、黑夜降临的过渡，诗人试图用艺术的手段，捕捉这明暗交接时内心的低沉、怅惋的心情。诗人用电影式的特写镜头描绘了这一派萧索之景："褪败的夕阳，窗外／一张落叶在旋转！"物理时间被诗人的心理时间取代，时间被无限地放大，而那句"六点钟在下午"回环反复，为诗歌增添了音乐般的旋律感，很好地渲染了那一份感伤。

一串疯话

好比这树丁香，几枝山红杏，
相信我的心里留着有一串话，
绕着许多叶子，青青的沉静，
风露日夜，只盼五月来开开花！

如果你是五月，八月里为我吹开
蓝空上霞彩，那样子来了春天，
忘掉腼腆，我定要转过脸来，
把一串疯话全说在你的面前！

（原载 1948年 2月 22日《经世日报·文艺周刊》第 58 期）

《一串疯话》是梁思成最喜欢的一首诗，据林洙先生《建筑大师梁思成》一书记载，梁先生当年向林先生求婚时即用这首诗起“兴”。不同于一般的“才女”，林徽因对人生、爱情等命题都有非常理性的思考，爱情虽然美好，但是诗人每每心怀疑虑，“我却仍然没有回答，一片的沉静/永远守住我的魂灵”(《仍然》)。在这首诗里，诗人最终拂去了心头的矜持和忧郁，向爱情打开心扉，“忘掉腼腆”，“把一串疯话全说在你的面前！”诗人邵燕祥对这首诗有很高的评价，他说：“以现代汉语为基础的格律诗，在这里，在林徽因手里运用得游刃有余，在艺术上与徐志摩、闻一多、冯至、卞之琳写的最好的格律诗相比，也是没有愧色的。”(《林徽因的诗》)

小诗(一)

感谢生命的讽刺嘲弄着我，
会唱的喉咙哑成了无言的歌。
一片轻纱似的情绪，本是空灵，
现时上面全打着拙笨补钉。

肩头上先是挑起两担云彩，
带着光辉要在从容天空里安排；
如今黑压压沉下现实的真相，
灵魂同饥饿的脊梁将一起压断！

我不敢问生命现在人该当如何
喘气！经验已如旧鞋底的穿破，
这纷歧道路上，石子和泥土模糊，
还是赤脚方便，去认取新的辛苦。

这首诗充满了林徽因对于生活的忧伤和苦涩之感，出身高贵、家庭优裕的林徽因一生充满了坎坷与不幸，命运仿佛向她开了一个残忍的玩笑，“会唱的喉咙哑成了无言的歌”，人到中年的诗人回首过往，为青春、理想的消散而痛心。然而诗人并未走入彻底的虚无主义，虽然不再询问“生命现在人该当如何/喘气”，不再以梦想指导自己，但她仍没有停止前行，内心多了一份沧桑，传达出一种现代主义特有的焦虑与沉重。诗人将这种微妙的情绪转化为视觉感强烈的意象，“一片轻纱似的情绪，本是空灵，/现时上面全打着拙笨补钉”，带给读者震惊的审美体验。

小诗(二)

小蚌壳里有所有的颜色；
整一条虹藏在里面。
绚彩的存在是他的秘密，
外面没有夕阳，也不见雨点。

黑夜天空上只一片渺茫；
整宇宙星斗那里闪亮，
远距离光明如无边海面，
是每小粒晶莹，给了你方向。

林徽因的诗歌受到十九世纪欧洲象征主义文学潮流的影响，象征主义并不直接描摹现实，而是强调意象的隐喻性、暗示性，将客观与主观、隐匿与可见、物质与精神相互融洽、契合，代表人物有波德莱尔、魏尔伦、兰波等。本诗具有鲜明的象征主义色彩，蚌壳、星斗都是诗人精心选择的隐喻，“小蚌壳有所有的颜色”，通过“虹”这一中介，诗人暗示我们小小的蚌壳里藏着一个绚彩的世界，有自己的明晦和风雨，与外界相互对应。每一颗星星都是“远距离光明”(因为他们距离地球十分遥远)，所以顺着一点星光，人们就可以追溯到星星的方向。至于这首诗到底象征了什么，生命、理想、爱，或者一种情绪？不同的读者根据自己的审美经验会有不同的理解，并且永没有穷尽，这也正是象征主义诗歌的魅力所在。

恶劣的心绪

我病中，这样缠住忧虑和烦扰，
好像西北冷风，从沙漠荒原吹起，
逐步吹入黄昏街头巷尾的垃圾堆；
在霉腐的琐屑里寻讨安慰，
自己在万物消耗以后的残骸中惊骇，
又一点一点给别人扬起可怕的尘埃！

吹散记忆正如陈旧的报纸飘在各处彷徨，
破碎支离的记录只颠倒提示过去的骚乱。
多余的理性还像一只饥饿的野狗
那样追着空罐同肉骨，自己寂寞的追着
咬嚼人类的感伤；生活是什么
　都还说不上来，
摆在眼前的已是这许多渣滓！

我希望：风停了；今晚情绪能像一场小雪，

沉默的白色轻轻降落地上；
雪花每片对自己和他人都带一星耐性的
　仁慈，
一层一层把恶劣残破和痛苦的一起掩藏；
在美丽明早的晨光下，焦心暂不必再有，
　——
绝望要来时，索性是雪后残酷的寒流！

三十六年十二月病中动手术前

1947年夏，林徽因常年郁积的肺结核病恶化，感染到肾，需做肾切除手术。10月她住入北平西四牌楼中央医院准备，及至深秋其病情又有所好转。12月20日左右，林得知自己必须做手术，于是在手术前写下此诗。诗人在等待中期望痛苦早点结束，即使结局是绝望，也希望它来得猛烈一些，而不要是一堆琐碎的渣滓和尘埃。本诗即是诗人对个人心绪的描写，同时也是对死亡这一命题的深刻思考，使得本诗具有了普遍的意义。

写给我的大姊

当我去了，还有没说完的话，
好像客人去后杯里留下的茶；
说的时候，同喝的机会，都已错过，
主客黯然，可不必再去惋惜它。
如果有点感伤，你把脸掉向窗外，
落日将尽时，西天上，总还留有晚霞。

一切小小的留恋算不得罪过，
将尽未尽的衷曲也是常情。
你原谅我有一堆心绪上的闪躲，
黄昏时承认的，否认等不到天明；
有些话自己也还不曾说透，
他人的了解是来自直觉的会心。

当我去了，还有没说完的话，
像钟敲过后，时间在悬空里暂挂，

你有理由等待更美好的继续；
对忽然的终止，你有理由惧怕。
但原谅吧，我的话语永远不能完全，
亘古到今情感的矛盾做成了嘶哑。

1947年写于北平

“大姊”指林徽因大姑妈的长女王稚桃，她是林的童年伙伴。给王稚桃的这首诗无异于诗人的临终遗言，因为林的肺结核已扩散到肾，严重到不得不做肾切除手术的地步，而这种手术在当时的中国风险很高，林徽因已作好了死的准备，本诗即写于这种心境中。诗人对死抱着淡定从容的态度，有一丝伤感却毫无绝望，反而劝大姊乐观，不要惧怕。

一天

今天十二个钟头，
是我十二个客人，
每一个来了，又走了，
最后夕阳拖着影子也走了！
我没有时间盘问我自己胸怀，
黄昏却蹑着脚，好奇的偷着进来！
我说：朋友，这次我可不对你诉说啊，
每次说了，伤我一点骄傲。
黄昏黯然，无言的走开，
孤单的、沉默的，我投入夜的怀抱！

三十一年春 李庄

1940年底，林徽因一家搬至四川宜宾以东数十里的李庄，在这个偏僻的小村庄里，林徽因感到极为孤寂和失落，她告诉好友费慰梅：“我也告别了创作的旧习惯，失去了同那些诗人作家朋友们的联系，并且放弃了在我所喜爱的并且可能有某些才能和颖悟的新戏剧方面工作的一切机会。”同时，日益严重的病情、穷困潦倒的生活、三弟林恒的牺牲以及无休止的琐屑的烦恼也不断地侵袭她，《一天》正是诗人李庄生活和情绪的写照。本诗渲染了一种孤独、无聊的心绪，诗人将十二个钟头比做十二个客人，“每一个来了，又走了”，简洁直白的语句恰到好处地表现了生活的单调乏味，而繁忙的事务使得诗人甚至“没有时间盘问我自己胸怀”，因此愈发感到焦虑和苦闷。

对残枝

梅花你这些残了后的枝条，
是你无法诉说的哀愁！
今晚这一阵雨点落过以后，
我关上窗子又要同你分手。

但我幻想夜色安慰你伤心，
下弦月照白了你，最是同情，
我睡了，我的诗记下你的温柔，
你不妨安心放芽去做成绿荫。

1946年写于北京

林庚在评价孟浩然的《春晓》时说："一种雨过天晴的新鲜感受，把落花的淡淡哀愁冲洗得何等纯净！花总是要落的，而落花也总是有些可惜。春天就是这样在花开花落中发展着。"(《我为什么特别喜爱唐诗》)林徽因的这首《对残枝》深得唐诗温柔蕴藉之旨。诗人将梅树的残枝视做一位好友，她体谅他，安慰他，同情他，希望他发芽做成新的绿荫，看似无端却颇有谐趣。诗人在书写自然中传达了自己美好的心愿，与其说是安慰残枝，倒不如说是安慰自己。

忧郁

忧郁自然不是你的朋友；
但也不是你的敌人，你对他不能冤屈！
他是你强硬的债主，你呢？是
把自己灵魂压给他的赌徒。

你曾那样拿理想赌博，不幸
你输了；放下精神最后保留的田产，
最有价值的衣裳，然后一切你都
赔上，连自己的情绪和信仰，那不是自然？

你的债权人他是，那么，别尽问他脸貌
到底怎样！呀天，你如果一定要看清
今晚这里有盏小灯，灯下你无妨同他
面对面，你是这样的绝望，他是这样无情！

1944年写于李庄

李健吾曾经这样评价林徽因："她对于任何问题都感兴趣，特别是文学和艺术，具有本能的直接的感悟。生长高贵，然而命运坎坷；修养让她把热情藏在里面，热情却是她生活的支柱；喜好和人辩论——因为她爱真理，但是孤独，寂寞，忧郁，永远用诗句表达她的哀怨。"(《林徽因》)在李庄的生活是极为艰苦的，不但面临着衣食的短缺，诗人的病情也愈发严重，在病中她以写诗排遣抑郁的心情。本诗风格沉重压抑，诗人仿佛是将灵魂出卖给魔鬼的浮士德，到头来却理想破灭，才发现现实是这样的残酷无情，传达出一种现代主义式的焦虑情绪。诗歌以向对方倾诉的方式娓娓道来，其实也不妨看做诗人内心的独语，自己与自己的辩论。

哭三弟恒

——三十年空战阵亡

弟弟，我没有适合时代的语言
来哀悼你的死；
它是时代向你的要求，
简单的，你给了。
这冷酷简单的壮烈是时代的诗
这沉默的光荣是你。

假使在这不可免的真实上
多给了悲哀，我想呼喊，
那是——你自己也明了——
因为你走得太早，
太早了，弟弟，难为你的勇敢，
机械的落伍，你的机会太惨！

三年了，你阵亡在成都上空，

这三年的时间所做成的不同，
如果我向你说来，你别悲伤，
因为多半不是我们老国，
而是他人在时代中辗动，
我们灵魂流血，炸成了窟窿。

我们已有了盟友、物资同军火，
正是你所曾经希望过。
我记得，记得当时我怎样同你
讨论又讨论，点算又点算，
每一天你是那样耐性的等着，
每天却空的过去，慢得像骆驼！

现在驱逐机已非当日你最想望
驾驶的"老鹰式七五"那样——
那样笨，那样慢，啊，弟弟不要伤心，
你已做到你们所能做的，
别说是谁误了你，是时代无法衡量，
中国还要上前，黑夜在等天亮。

弟弟，我已用这许多不美丽言语
算是诗来追悼你，
要相信我的心多苦，喉咙多哑，
你永不会回来了，我知道，
青年的热血做了科学的代替；
中国的悲怆永沉在我的心底。

啊，你别难过，难过了我给不出安慰。
我曾每日那样想过了几回：
你已给了你所有的，同你去的弟兄
也是一样，献出你们的生命；
已有的年轻一切；将来还有的机会，
可能的壮年工作，老年的智慧；

可能的情爱，家庭，儿女，及那所有
生的权利，喜悦；及生的纠纷！
你们给的真多，都为了谁？你相信
今后中国多少人的幸福要在
你的前头，比自己要紧；那不朽
中国的历史，还需要在世上永久。

你相信，你也做了，最后一切你交出。
我既完全明白，为何我还为着你哭？
只因你是个孩子却没有留什么给自己，
小时我盼着你的幸福，战时你的安全，
今天你没有儿女牵挂需要抚恤同安慰，
而万千国人像已忘掉，你死是为了谁！

三十三年 李庄

林恒是林徽因同父异母的三弟，他投笔从戎，参加空军。1941年3月14日，由于我方地面警戒系统失灵，战机行动延迟，林恒座机匆匆起飞便被敌机击中，牺牲时年仅二十多岁。在这首悼亡诗中，对亡者的缅怀和对国家的忧思紧紧联系在一起，诗人明白，三弟的死是时代造就的，“这冷酷简单的壮烈是时代的诗”，牺牲也是一种光荣，但是诗人还是不禁哀叹三弟的不幸，因为中国科技的落后，使得“青年的热血做了科学的代替”，三弟献出了自己的一切，却没有留下什么，“而万千国人像已忘掉，你死是为了谁！”在悲悼中诗人反思中国的现状并对未来充满希望，显示出浓浓的爱国精神。在致费慰梅的信中林徽因曾说过：“在今天中国的任何地方，没有一个人能够远离战争。我们和它联成了一个不可分割的整体，不管我们是否实际参加打仗。”三弟林恒的牺牲使林徽因真正感到战争、国家离自己是如此之近。

我们的雄鸡

我们的雄鸡从没有以为
　　自己是孔雀
自信他们鸡冠已够他
　　仰着头漫步——
一个院子他绕上了一遍
　　仪表风姿
都在群雌的面前！

我们的雄鸡从没有以为
　　自己是首领
晓色里他只扬起他的呼声
　　这呼声叫醒了别人
他经济地保留这种叫喊
　　（保留那规则）
于是便象征了时间！

一九四八年二月十八日　清华

这是林徽因创作的最后一首诗，生前未发表。本诗以浅白的语言，塑造了一个独立自持的雄鸡的形象，它不像孔雀一样虚荣，也不像首领一样傲慢，它清楚自己的使命与价值：“晓色里他只扬起他的呼声/这呼声叫醒了别人”，于是这雄鸡便“象征了时间”！如果说雄鸡是人的象征的话，那么诗人旨在告诉我们：坚守自己的界线和原则，不为外物所动，也就保持了自己人格的独立性与主体性。

散文

悼志摩

十一月十九日我们的好朋友，许多人都爱戴的新诗人，徐志摩突兀的，不可信的，残酷的，在飞机上遇险而死去。这消息在二十日的早上像一根针刺触到许多朋友的心上，顿使那一早的天墨一般地昏黑，哀恸的咽哽锁住每一个人的嗓子。

志摩……死……谁曾将这两个句子联在一处想过！他是那样活泼的一个人，那样刚刚站在壮年的顶峰上的一个人。朋友们常常惊讶他的活动，他那像小孩般的精神和认真，谁又会想到他死？

突然的，他闯出我们这共同的世界，沉入永远的静寂，不给我们一点预告，一点准备，或是一个最后希望的余地。这种几乎近于忍心的决绝，那一天不知震麻了多少朋友的心？现在那不能否认的事实，仍然无情地挡住我们前面。任凭我们多苦楚的哀悼他的惨死，多迫切的希翼能够仍然接触到他原来的音容，事实是不会为我们这伤悼而有些须活动的可能！这难堪的永远静寂和消沉便是死的最残酷处。

我们不迷信的，没有宗教地望着这死的帷幕，更是丝毫没有把握。张开口我们不会呼吁，闭上眼不会入梦，徘徊在理智和情感的边沿，我们不能预期后会，对这死，我们只是永远发怔，吞咽枯涩的泪；待时间来剥削着哀恸的尖锐，痂结我们每次悲悼的创伤。那一天下午初得到消息的许多朋友不是全跑到胡适之先生家里么？但是除去拭泪相对，默然围坐外，谁也没有主意，谁也不知有什么话说，对这死！

谁也没有主意，谁也没有话说！事实不容我们安插任何的希望，情感不容我们不伤悼这突兀的不幸，理智又不容我们有超自然的幻想！默然相对，默然围坐……

而志摩则仍是死去没有回头，没有音讯，永远地不会回头，永远地不会再有音讯。

我们中间没有绝对信命运之说的，但是对着这不测的人生，谁不感到惊异，对着那许多事实的痕迹又如何不感到人力的脆弱，智慧的有限。世事尽有定数？世事尽是偶然？对这永远的疑问我们什么时候能有完全的把握？

在我们前边展开的只是一堆坚质的事实：

“是的，他十九晨有电报来给我……

“十九早晨，是的！说下午三点准到南苑，派车接……

“电报是九时从南京飞机场发出的……

“刚是他开始飞行以后所发……

“派车接去了，等到四点半……说飞机没有到……

“没有到……航空公司说济南有雾……很大……”只是一个钟头的差别；下

午三时到南苑，济南有雾！谁相信就是这一个钟头中便可以有这么不同事实的发生，志摩，我的朋友！

他离平的前一晚我仍见到，那时候他还不知道他次晨南旅的，飞机改期过三次，他曾说如果再改下去，他便不走了的。我和他同由一个茶会出来，在总布胡同口分手。在这茶会里我们请的是为太平洋会议来的一个柏雷博士，因为他是志摩生平最爱慕的女作家曼殊斐儿的姊丈，志摩十分的殷勤；希望可以再从柏雷口中得些关于曼殊斐儿早年的影子，只因限于时间，我们茶后匆匆地便散了。晚上我有约会出去了，回来时很晚，听差说他又来过，适遇我们夫妇刚走，他自己坐了一会儿，喝了一壶茶，在桌上写了些字便走了。我到桌上一看：——

“定明早六时飞行，此去存亡不卜……”我怔住了，心中一阵不痛快，却忙给他一个电话。

“你放心。”他说，“很稳当的，我还要留着生命看更伟大的事迹呢，哪能便死？……”

话虽是这样说，他却是已经死了整两周了！

现在这事实一天比一天更结实，更固定，更不容否认。志摩是死了，这个简单残酷的实际早又添上时间的色彩，一周，两周，一直的增长下去……

我不该在这里语无伦次的尽管呻吟我们做朋友的悲哀情绪。归根说，读者抱着我们文字看，也就是像志摩的请柏雷一样，要从我们口里再听到关于志摩的一些事。这个我明白，只怕我不能使你们满意，因为关于他的事，动听的，使青年人知道这里有个不可多得的人格存在的，实在太多，决不是几千字可以表达得完。谁也得承认像他这样的一个人世间便不轻易有几个的，无论在中国或是外国。

我认得他，今年整十年，那时候他在

伦敦经济学院，尚未去康桥。我初次遇到他，也就是他初次认识到影响他迁学的狄更生先生。不用说他和我父亲最谈得来，虽然他们年岁上差别不算少，一见面之后便互相引为知己。他到康桥之后由狄更生介绍进了皇家学院，当时和他同学的有我姊丈温君源宁。一直到最近两个月中源宁还常在说他当时的许多笑话，虽然说是笑话，那也是他对志摩最早的一个惊异的印象。志摩认真的诗情，绝不含有任何矫伪，他那种痴，那种孩子似的天真实能令人惊讶。源宁说，有一天他在校舍里读书，外边下起了倾盆大雨——惟是英伦那样的岛国才有的狂雨——忽然他听到有人猛敲他的房门，外边跳进一个被雨水淋得全湿的客人。不用说他便是志摩，一进门一把扯着源宁向外跑，说快来我们到桥上去等着。这一来把源宁怔住了，他问志摩等什么在这大雨里。志摩睁大了眼睛，孩子似的高兴地说“看雨后的虹去”。源宁不止说他不去，并且劝志摩趁早将湿透的衣服换下，再穿上雨衣出去，英国的湿气岂是儿戏，志摩不等他说完，一溜烟地自己跑了。

以后我好奇地曾问过志摩这故事的真确，他笑着点头承认这全段故事的真实。我问：那么下文呢，你立在桥上等了多久，并且看到虹了没有？他说记不清但是他居然看到了虹。我诧异地打断他对那虹的描写，问他：怎么他便知道，准会有虹的。他得意地笑答我说：“完全诗意的信仰！”

“完全诗意的信仰”，我可要在这里哭了！也就是为这“诗意的信仰”他硬要借航空的方便达到他“想飞”的宿愿！“飞机是很稳当的，”他说，“如果要出事那是我的运命！”他真对运命这样完全诗意的信仰！

志摩我的朋友，死本来也不过是一个新的旅程，我们没有到过的，不免过分地怀疑，死不定就比这生苦，“我们不能轻易断定那一边没有阳光与人情的温慰”，但是我前边说过最难堪的是这永远的静寂。我们生在这没有宗教的时代，对这死实在太没有把握了。这以后许多思念你的日子，怕要全是昏暗的苦楚，不会有一点点光明，除非我也有你那美丽的诗意的信仰！

我个人的悲绪不竟又来扰乱我对他生前许多清晰的回忆，朋友的原谅。

诗人的志摩用不着我来多说，他那许多诗文便是估价他的天平。我们新诗的历史才是这样的短，恐怕他的判断人尚在我们儿孙辈的中间。我要谈的是诗人之外的志摩。人家说志摩的为人只是不经意的浪漫，志摩的诗全是抒情诗，这断语从不认识他的人听来可以说很公平，从他朋友们看来实在是对不起他。志摩是个很古怪的人，浪漫固然，但他人格里最精华的却是他对人的同情，和蔼，和优容；没有一个人他对他不和蔼，没有一种人，他不能优容，没有一种的情感，他绝对地不能表同情。我不说了解，因为不是许多人爱说志摩最不解人情么？我说他的特点也就在这上头。

我们寻常人就爱说了解；能了解的我们便同情，不了解的我们便很落寞乃至于酷刻。表同情于我们能了解的，我们以为很适当；不表同情于我们不能了解的，我们也认为很公平。志摩则不然，了解与不了解，他并没有过分地夸张，他只知道温存，和平，体贴，只要他知道有情感的存在，无论出自何人，在何等情况下，他理智上认为适当与否，他全能表几分同情，他真能体会原谅他人与他自己不相同处。从不会刻薄地单支出严格的迫仄的道德的天平指摘凡是与他不同的人。他这样的温和，这样的优容，真能使许多人惭愧，我可以忠实地说，至少他要比我们多数的人伟大许多；他觉得人类各种的情感动作全有它不同的，价值放大了的人类 的眼光，同情是不该只限于我们划定的范围内。他是对的，朋友们，归根说，我们能够懂得几个人，了解几桩事，几种情感？哪一桩事，哪一个人没有多面的看法！为此说来志摩的朋友之多，不是个可怪的事；凡是认得他的人不论深浅对他全有特殊的感情，也是极为自然的结果。而反过来看他自己在他一生的过程中却是很少得着同情的。不止如是，他还曾为他的一点理想的愚诚几次几乎不见容于社会。但是他却未曾为这个鄙吝他给他人的同情心，他的性情，不曾为受了刺激而转变刻薄暴戾过，谁能不承认他几有超人的宽量。

志摩的最动人的特点，是他那不可信的纯净的天真，对他的理想的愚诚，对艺术欣赏的认真，体会情感的切实，全是难能可贵到极点。他站在雨中等虹，他甘冒社会的大不韪争他的恋爱自由；他坐曲折的火车到乡间去拜哈岱，他抛弃博士一类的引诱卷了书包到英国，只为要拜罗素做老师，他为了一种特异的境遇，一时特异的感动，从此在生命途中冒险，从此抛弃所有的旧业，只是尝试写几行新诗——这几年新诗尝试的运命并不太令人踊跃，冷嘲热骂只是家常便饭——他常能走几里路去采几茎花，费许多周折去看一个朋友说两句话；这些，还有许多，都不是我们寻常能够轻易了解的神秘。我说神秘，其实竟许是傻，是痴！事实上他只是比我们认真，虔诚到傻气，到痴！他愉快起来他的快乐的翅膀可以碰得到天，他忧伤起来，他的悲戚是深得没有底。寻常评价的衡量在他手里失了效用，利害轻重他自有他的看法，纯是艺术的情感的脱离寻常的原则，所以往常人常听到朋友们说到他总爱带着嗟叹的口吻说："那是志摩，你又有什么法子！"他真的是个怪人么？朋友们，不，一点都不是，他只是比我们近情，比我们热诚，比我们天真，比我们对万物都更有信仰，对神，对人，对灵，对自然，对艺术！

朋友们我们失掉的不止是一个朋友，一个诗人，我们丢掉的是个急难得可爱的人格。

至于他的作品全是抒情的么？他的兴趣只限于情感么？更是不对。志摩的兴趣是极广泛的。他始终极喜欢天文，他对天上星宿的名字和部位就认得很多，最喜暑夜观星，好几次他坐火车都是带着关于宇宙的科学的书。他曾经译过爱因斯坦的相对论，并且在一九二二年便写过一篇关于相对论的东西登在《民铎》杂志上。他常向思成说笑："任公先生的相对论的知识还是从我徐君志摩大作上得来的呢，因为他说他看过许多关于爱因斯坦的哲学都未曾看懂，看到志摩的那篇才懂了。"今夏我在香山养病，他常来闲谈，有一天谈到他幼年上学的经过和美国克莱克大学两年学经济学的景况，我们不禁对笑了半天，后来他在他的《猛虎集》的"序"里也说了那么一段。可是奇怪的！他不象许多天才，幼年里上学，不是不及格，便是被斥退，他是常得优等的，听说有一次康乃尔暑校里一个极严的经济教授还写了信去克莱克大学教授那里恭维他的学生，关于一门很难的功课。我不是为志摩在这里夸张，因为事实上只有为了这桩事，今夏志摩自己便笑得不亦乐乎！

此外他的兴趣对于戏剧绘画都极深浓，戏剧不用说，与诗文是那么接近，他领略绘画的天才也颇为可观，后期印象派的几个画家，他都有极精密的爱恶，对于文艺复兴时代那几位，他也很熟悉，他最爱鲍蒂切利和达文骞。自然他也常承认文人喜画常是间接地受了别人论文的影响，他的，就受了法兰(ROGER FRY)和斐德(WALTER PATER)的不少。对于建筑审美他常常对思成和我道歉说：“太对不起，我的建筑常识全是RUSKINS那一套。”他知道我们是讨厌RUSKINS的。但是为看一个古建的残址，一块石刻，他比任何人都热心，都更能静心领略。

他喜欢色彩，虽然他自己不会作画，暑假里他曾从杭州给我几封信，他自己叫它们做“描写的水彩画”，他用英文极细致地写出西桑田的颜色，每一分嫩绿，每一色鹅黄，他都仔细地观察到。又有一次他望着我园里一带断墙半晌不语，过后他告诉我说，他正在默默体会，想要描写那墙上向晚的艳阳和刚刚入秋的藤萝。

对于音乐，中西的他都爱好，不止爱好，他那种热心便唤醒过北京一次——也许唯一的一次——对音乐的注意。谁也忘不了那一年，克拉斯拉到北京在“真光”拉一个多钟头的提琴。对旧剧他也得算“在行”，他最后在北京那几天我们曾接连地同去听好几出戏，回家时我们讨论的热闹，比任何剧评都诚恳都起劲。

谁相信这样的一个人，这样忠实于“生”的一个人，会这样早地永远地离开我们另投一个世界，永远地静寂下去，不再透些许声息！

我不敢再往下写，志摩若是有灵听到比他年轻许多的一个小朋友拿着老声老气的语调谈到他的为人不觉得不快么？这里我又来个极难堪的回忆，那一年他在这同一个的报纸上写了那篇伤我父亲惨故的文章，这梦幻似的人生转了几个弯，曾几何时，却轮到我在这风紧夜深里握吊他的惨变。这是什么人生？什么风涛？什么道路？志摩，你这最后的解脱未始不是幸福，不是聪明，我该当羡慕你才是。

1931年12月7日

山西通信

居然到了山西，天是透明的蓝，白云更流动得使人可以忘记很多的事，单单在一点什么感情底下，打滴溜转；更不用说到那山山水水，小堡垒，村落，反映着夕阳的一庙，一座塔！景物是美得到处使人心慌心痛。

我是没有出过门的，没有动身之前不容易动，走出来之后却就不知道如何流落才好。旬日来眼看去的都是图画，日子都是可以歌唱的古事。黑夜里在山场里看河南来到山西的匠人，围住一个大红炉子打铁，火花和铿锵的声响，散到四围黑影里去。微月中步行寻到田陇废庙，划一根“取灯”偷偷照看那产望观音的脸，一片平静，几百年来没有动过感情的，在那一闪光底下，倒像挂上一缕笑意。

我们因为探访古迹走了许多路；在种种情形之下感慨到古今兴废。在草丛里读碑碣，在砖堆中间偶然碰到菩萨的一只手一个微笑，都是可以激动起一些不平常的感觉来的。乡村的各种浪漫的位置，秀丽天真；中间人物维持着老老实实的鲜艳颜色，老的扶着拐杖，小的赤着胸背，沿路上点缀的，尽是他们明亮的眼睛和笑脸。由北平城里来的我们，东看看，西走走，夕阳背在背上，真和掉在另一个世界里一样！云块，天，和我们之间似乎失掉了一切障碍。我乐时就高兴的笑，笑声一直散到对河对山，说不定哪一个林子，哪一个村落里去！我感觉到一种平坦，竟许是辽阔，和地面恰恰平行着舒展开来，感觉的最边沿的边沿，和大地的边沿，永远赛着向前伸……

我不会说，说起来也只是一片疯话，人家不耐烦听。以我描写一些实际情形，我又不大会。总而言之，远地里，一处田亩有人在工作，上面青的，白的，紫的，分行的长着；每一处山坡上，有人在走路，放羊，迎着阳光，背着阳光，投射着转动的光影；每一个小城，前面站着城楼，旁边睡着小庙，那里又托出一座石塔，神和人，都服帖的，满足的，守着他们那一角天地，近地里，则更有的是热闹，一条街里满了人，孩子头上梳着三个小辫子的，四个小辫子的，乃至于五六个小辫子的，衣服简单到只剩一个红兜肚，上面隐约也总有他嬷嬷挑的两三朵花！

娘娘庙前面树阴底下，你又能阻止谁来看热闹？教书先生出来了，军队里兵卒拉着马过来了，几个女人娇羞的手拉着手，也扭着来站在一边了，小孩子争着挤，看我们照相，拉皮尺量平面，教书先生帮忙我们拓碑文。说起来这个那个庙，都是年代可多了，什么时候盖的，谁也说不清了！说话之人来得太多，我们工作实在发生困难了，可是我们大家都顶高兴的，小孩子一边抱着饭碗吃，一边睁着大眼看，一点子也不松懈。

我们走时总是一村子的人来送的，儿媳妇指着说给老婆婆听，小孩们跑着还要跟上一段路。开栅镇，小相村，大相村，哪一处不是一样的热闹，看到北齐天保三年造像碑，我们不小心的，漏出一个惊异的叫喊，他们乡里弯着背的，老点儿的人，就也露出一个得意的微笑，知道他们村里的宝贝，居然吓着这古怪的来客了。“年代多了吧？”他们骄傲的问。“多了多了，”我们高兴的回答，“差不多一千四百年了。”“呀，一千四百年！”我们便一齐骄傲起来。

我们看看这里金元重修的，那里明季重修的殿宇，讨论那式样做法的特异处，塑像神气，手续，天就渐渐黑下来，嘴里觉到渴，肚里觉到饿，才记起一天的日子圆圆整整的就快结束了。回来躺在床上，绮丽鲜明的印象仍然挂在眼睛前边，引导着种种适意的梦，同时晚饭上所吃的菜蔬果子，便给养充实着，我们明天的精力，直到一大颗太阳，红红的照在我们的脸上。

窗子以外

话从哪里说起？等到你要说话，什么话都是那样渺茫地找不到个源头。

此刻，就在我眼帘底下坐着是四个乡下人的背影：一个头上包着黯黑的白布，两个褪色的蓝布，又一个光头。他们支起膝盖，半蹲半坐的，在溪沿的短墙上休息。每人手里一件简单的东西：一个是白木棒，一个篮子，那两个在树荫底下我看不清楚。无疑地他们已经走了许多路，再过一刻，抽完一筒旱烟以后，是还要走许多路的。兰花烟的香味频频随着微风，袭到我官觉上来，模糊中还有几段山西梆子的声调，虽然他们坐的地方是在我廊子的铁纱窗以外。

铁纱窗以外，话可不就在这里了。永

远是窗子以外，不是铁纱窗就是玻璃窗，总而言之，窗子以外！

所有的活动的颜色、声音、生的滋味，全在那里的，你并不是不能看到，只不过是永远地在你窗子以外罢了。多少百里的平原土地，多少区域的起伏的山峦，昨天由窗子外映进你的眼帘，那是多少生命日夜在活动着的所在；每一根青的什么麦黍，都有人流过汗；每一粒黄的什么米粟，都有人吃去；其间还有的是周折，是热闹，是紧张！可是你则并不一定能看见，因为那所有的周折，热闹，紧张，全都在你窗子以外展演着。

在家里罢，你坐在书房里，窗子以外的景物本就有限。那里两树马缨，几棵丁香；榆叶梅横出疯杈的一大枝；海棠因为缺乏阳光，每年只开个两三朵——叶子上满是虫蚁吃的创痕，还卷着一点焦黄的边；廊子幽秀地开着扇子式，六边形的格子窗，透过外院的日光，外院的杂音。什么送煤的来了，偶然你看到一个两个被煤炭染成黔黑的脸；什么米送到了，一个人掮着一大口袋在背上，慢慢踱过屏门；还有自来水、电灯、电话公司来收账的，胸口斜挂着皮口袋，手里推着一辆自行车；更有时厨子来个朋友了，满脸的笑容，“好呀，好呀！”地走进门房；什么赵妈的丈夫来拿钱了，那是每月一号一点都不差的，早来了你就听到两个人唧唧哝哝争吵的声浪。那里不是没有颜色，声音，生的一切活动，只是他们和你总隔个窗子，——扇子式的，六边形的，纱的，玻璃的！

你气闷了把笔一搁说，这叫做什么生活！你站起来，穿上不能算太贵的鞋袜，但这双鞋和袜的价钱也就比——想它做什么，反正有人每月的工资，一定只有这价钱的一半乃至于更少。你出去雇洋车了，拉车的嘴里所讨的价钱当然是要比例价高得多，难道你就傻子似地答应下来？不，不，三十二子，拉就拉，不拉，拉倒！心里也明白，如果真要充内行，你就该说，二十六子，拉就拉——但是你好意思争！

车开始辗动了，世界仍然在你窗子以外。长长的一条胡同，一个个大门紧紧地关着。就是有开的，那也只是露出一角，隐约可以看到里面有南瓜棚子，底下一个女的，坐在小凳上缝缝做做的；另一个，抓住还不能走路的小孩子，伸出头来喊那过路卖白菜的。至于白菜是多少钱一斤，那你是听不见了，车子早已拉得老远，并且你也无需乎知道的。在你每月费用之中，伙食是一定占去若干的。在那一笔伙食费里，白菜又是多么小的一个数。难道你知道了门口卖的白菜多少钱一斤，你真把你哭丧着脸的厨子叫来申斥一顿，告诉他每一斤白菜他多开了你一个“大子儿”？

车越走越远了，前面正碰着粪车，立刻你拿出手绢来，皱着眉，把鼻子蒙得紧紧的，心里不知怨谁好。怨天做的事太古怪，好好的美丽的稻麦却需要粪来浇！怨乡下人太不怕臭，不怕脏，发明那么两个篮子，放在鼻前手车上，推着慢慢走！你怨市里行政人员不认真办事，如此脏臭不卫生的旧习不能改良，十余年来对这粪车难道真无办法？为着强烈的臭气隔着你窗子还不够远，因此你想到社会卫生事业如何还办不好。

路渐渐好起来，前面墙高高的是个大衙门。这里你简直不止隔个窗子，这一带高高的墙是不通风的。你不懂里面有多少办事员，办的都是什么事；多少浓眉大眼的，对着乡下人做买卖的吆喝诈取；多少个又是脸黄黄的可怜虫，混半碗饭分给一家子吃。自欺欺人，里面天天演的到底是什么把戏？但是如果里面真有两三个人拼了命在那里奋斗，为许多人争一点便利和公道，你也无从知道！

到了热闹的大街了，你仍然像在特别包厢里看戏一样，本身不会，也不必参加那出戏；倚在栏杆上，你在审美的领略，你有的是一片闲暇。但是如果这里洋车夫问你在哪里下来，你会吃一惊，仓卒不知所答，生活所最必需的你并不缺乏什么，你这出来就也是不必需的活动。

偶一抬头，看到街心和对街铺子前面那些人，他们都是急急忙忙地，在时间金钱的限制下采办他们生活所必需的。两个女人手忙脚乱地在监督着店里的伙计称秤。二斤四两，二斤四两的什么东西，且不必去管，反正由那两个女人的认真的神气上面看去，必是非同小可，性命交关的货物。并且如果称得少一点时，那两个女人为那点吃亏的分量必定感到重大的痛苦；如果称得多时，那伙计又知道这年头那损失在东家方面真不能算小。于是那两边的争持是热烈的，必需的，大家声音都高一点；女人脸上呈块红色，头发披下了一缕，又用手抓上去；伙计则维持着客气，口里嚷着：错不了，错不了！

热烈的，必需的，在车马纷纭的街心

里，忽然由你车边冲出来两个人；男的，女的，各各提起两脚快跑。这又是干什么的，你心想，电车正在拐大弯。那两个原就追着电车，由轨道旁边擦过去，一边追着，一边向电车上卖票的说话。电车是不容易赶的，你在洋车上真不禁替那街心里奔走赶车的担心。但是你也知道如果这趟没赶上，他们就可以在街旁站个半点来钟，那些宁可望穿秋水不雇洋车的人，也就是因为他们的生活而必需计较和节省到洋车同电车价钱上那相差的数目。

此刻洋车跑得很快，你心里继续着疑问你出来的目的，到底采办一些什么必需的货物。眼看着男男女女挤在市场里面，门首出来一个进去一个，手里都是持着包包裹裹，里边虽然不会全是他们当日所必需的，但是如果当中夹着一盒稍微奢侈的物品，则亦必是他们生活中间闪着亮光的一个愉快！你不是听见那人说么？里面草帽，一块八毛五，贵倒贵点，可是“真不赖”！他提一提帽盒向着打招呼的朋友，他摸一摸他那剃得光整的脑袋，微笑充满了他全个脸。那时那一点迸射着光闪的愉快，当然的归属于他享受，没有一点疑问，因为天知道，这一年中他多少次地克己省俭，使他赚来这一次美满的，大胆的奢侈！

那点子奢侈在那人身上所发生的喜悦，在你身上却完全失掉作用，没有闪一星星亮光的希望！你想，整年整月你所花费的，和你那窗子以外的周围生活程度一比较，严格算来，可不都是非常靡费的用途？每奢侈一次，你心上只有多难过一次，所以车子经过的那些玻璃窗口，只有使你更惶恐，更空洞，更怀疑，前后彷徨不着边际。并且看了店里那些形形色色的货物，除非你真是傻子，难道不晓得它们多半是由那一国工厂里制造出来的！奢侈是不能给你愉快的，它只有要加增你的戒惧烦恼。每一尺好看点的纱料，每一件新鲜点的工艺品！

你诅咒着城市生活，不自然的城市生活！检点行装说，走了，走了，这沉闷没有生气的生活，实在受不了，我要换个样子过活去。健康的旅行既可以看看山水古刹的名胜，又可以知道点内地纯朴的人情风俗。走了，走了，天气还不算太坏，就是走他一个月六礼拜也是值得的。

没想到不管你走到哪里，你永远免不了坐在窗子以内的。不错，许多时髦的学者常常骄傲地带上“考察”的神气，架上科学的眼镜，偶然走到哪里一个陌生的地方瞭望，但那无形中的窗子是仍然存在的。不信，你检查他们的行李，有谁不带着罐头食品，帆布床，以及别的证明你还在你窗子以内的种种零星用品，你再摸一摸他们的皮包，那里短不了有些钞票；一到一个地方，你有的是一个提梁的小小世界。不管你的窗子朝向哪里望，所看到的多半则仍是在你窗子以外，隔层玻璃，或是铁纱！隐隐约约你看到一些颜色，听到一些声音，如果你私下满足了，那也没有什么，只是千万别高兴起说什么接触了，认识了若干事物人情，天知道那是罪过！洋鬼子们的一些浅薄，千万学不得。

你是仍然坐在窗子以内的，不是火车的窗子，汽车的窗子，就是客栈逆旅的窗子，再不然就是你自己无形中习惯的窗子，把你搁在里面。接触和认识实在谈不到，得天独厚的闲暇生活先不容你。一样是旅行，如果你背上掮的不是照相机而是一点做买卖的小血本，你就需要全副的精神来走路：你得留神投宿的地方；你得计算一路上每吃一次烧饼和几颗沙果的钱；遇着同行的战战兢兢的打招呼，互相捧出诚意，遇着困难时好互相关照帮忙，到了一个地方你是真带着整个血肉的身体到处碰运气，紧张的境遇不容你不奋斗，不与其他奋斗的血和肉的接触，直到经验使得你认识。

前日公共汽车里一列辛苦的脸，那些谈话，里面就有很多生活的分量。陕西过来做生意的老头和那旁坐的一股客气，是不得已的；由交城下车的客人执着红粉包纸烟递到汽车行管事手里也是有多少理由的，穿棉背心的老太婆默默地挟住一个蓝布包袱，一个钱包，是在用尽她的全副本领的，果然到了冀村，她错过站头，还亏别个客人替她要求车夫，将汽车退行两里路，她还不大相信地望着那村站，口里噜苏着这地方和上次如何两样了。开车的一面发牢骚一面爬到车顶替老太婆拿行李，经验使得他有一种涵养，行旅中少不了有认不得路的老太太，这个道理全世界是一样的，伦敦警察之所以特别和蔼，也是从迷路的老太太孩子们身上得来的。

话说了这许多，你仍然在廊子底下坐着，窗外送来溪流的喧响，兰花烟气味早已消失，四个乡下人这时候当已到了上流“庆和义”磨坊前面。昨天那里磨坊的伙计很好笑的满脸挂着面粉，让你看着磨坊的构造；坊下的木轮，屋里旋转着的石碾，又在高低的院落里，来回看你所不经见的农具在日影下列着。院中一棵老槐、一丛鲜艳的杂花、一条曲曲折折引水的沟渠，伙计和气地说闲话。他用着山西口音，告诉你，那里一年可出五千多包的面粉，每包的价钱约略两块多钱。又说这十几年来，这一带因为山水忽然少了，磨坊关闭了多少家，外国人都把那些磨坊租去做他们避暑的别墅。惭愧的你说，你就是住在一个磨坊里面，他脸上堆起微笑，让面粉一星星在日光下映着，说认得认得，原来你所租的磨坊主人，一个外国牧师，待这村子极和气，乡下人和他还都有好感情。

这真是难得了，并且好感的由来还有实证。就是那一天早上你无意中出去探古寻胜，这一省山明水秀，古刹寺院，动不动就是宋辽的原物，走到山上一个小村的关帝庙里，看到一个铁铎，刻着万历年号，原来是万历赐这村里庆成王的后人的，不知怎样流落到卖古董的手里。七年前让这牧师买去，晚上打着玩，嘹亮的钟声被村人听到，急忙赶来打听，要凑原价买回，情辞恳切。说起这是他们吕姓的祖传宝物，决不能让它流落出境。这牧师于是真个把铁铎还了他们，从此便在关帝庙神前供着。

这样一来你的窗子前面便展开了一张浪漫的图画，打动了你的好奇，管它是隔一层或两层窗子，你也忍不住要打听点底细，怎么明庆成王的后人会姓吕！这下子文章便长了。

如果你的祖宗是皇帝的嫡亲弟弟，你是不会，也不愿，忘掉的。据说庆成王是永乐的弟弟，这赵庄村里的人都是他的后代。不过就是因为他们记得太清楚了，另一朝的皇帝都有些老大不放心，雍正间诏命他们改姓，由姓朱改为姓吕，但是他们还有用二十字排行的方法，使得他们不会弄错他们是这一脉子孙。

这样一来你就有点心跳了，昨天你雇来那打水洗衣服的不也是赵庄村来的，并且还姓吕！果然那土头土脑圆脸大眼的少年是个皇裔贵族，真是有失尊敬了。那么这村子一定穷不了，但事实上则不见得。

田亩一片，年年收成也不坏。家家户户门口有特种围墙，像个小小堡垒——当时防匪用的。屋子里面有大漆衣柜衣箱，柜门上白铜擦得亮亮；炕上棉被红红绿绿也颇鲜艳。可是据说关帝庙里已有四年没有唱戏了，虽然戏台还高巍巍地对着正殿。村子这几年穷了，有一位王孙告诉你，唱戏太花钱，尤其是上边使钱。这里到底是隔个窗子，你不懂了，一样年年好收成，为什么这几年村子穷了，只模模糊糊听到什么军队驻了三年多等，更不懂是，村子向上一年辛苦后的娱乐，关帝庙里唱唱戏，得上面使钱？既然隔个窗子听不明白，你就通气点别尽管问了。

隔着一个窗子你还想明白多少事？昨天雇来吕姓倒水，今天又学洋鬼子东逛西逛，跑到下面养着鸡羊，上面挂有武魁匾额的人家，让他们用你不懂得的乡音招呼你吃菜，炕上坐，坐了半天出到门口，和那送客的女人周旋客气了一回，才恍然大悟，她就是替你倒脏水洗衣裳的吕姓王孙的妈，前晚上还送饼到你家来过！

这里你迷糊了。算了算了！你简直老老实实地坐在你窗子里得了，窗子以外的事，你看了多少也是枉然，大半你是不明白，也不会明白的。

(原载 1934年 9月 5日《大公报 · 文艺副刊》)

纪念志摩去世四周年

今天是你走脱这世界的四周年！朋友，我们这次拿什么来纪念你？前两次的用香花感伤地围上你的照片，抑住嗓子底下叹息和悲哽，朋友和朋友无聊地对望着，完成一种纪念的形式，俨然是愚蠢的失败。因为那时那种近于伤感，而又不够宗教庄严的举动，除却点明了你和我们中间的距离，生和死的间隔外，实在没有别的成效；几乎完全不能达到任何真实纪念的意义。

去年今日我意外地由浙南路过你的家乡，在昏沉的夜色里我独立火车门外，凝望着那幽暗的站台，默默地回忆许多不相连续的过往残片，直到生和死间居然幻成一片模糊，人生和火车似的蜿蜒一串疑问在苍茫间奔驰。我想起你的：

火车禽住轨，在黑夜里奔
过山，过水，过……

如果那时候我的眼泪曾不自主地溢出睫外，我知道你定会原谅我的。你应当相信我不会向悲哀投降，什么时候我都相信倔强的忠于生的，即使人生如你底下所说：

就凭那精窄的两道，算是轨，
驮着这份重，梦一般的累坠！

就在那时候我记得火车慢慢地由站台拖出，一程一程地前进，我也随着酸怆的诗意，那“车的呻吟”，“过荒野，过池塘，……过噤口的村庄”。到了第二站——我的一半家乡。

今年又轮到今天这一个日子！世界仍

旧一团糟，多少地方是黑云布满着粗筋络往理想的反面猛进，我并不在瞎说，当我写：

信仰只一细炷香，
那点子亮再经不起西风
沙沙的隔着梧桐树吹

朋友，你自己说，如果是你现在坐在我这位子上，迎着这一窗太阳：眼看着菊花影在墙上描画作态；手臂下倚着两叠今早的报纸；耳朵里不时隐隐地听着朝阳门外“打靶”的枪弹声；意识的，潜意识的，要明白这生和死的谜，你又该写成怎样一首诗来，纪念一个死别的朋友？

此时，我却是完全的一个糊涂！习惯上我说，每桩事都像是造物的意旨，归根都是运命，但我明知道每桩事都有我们自己的影子在里面烙印着！我也知道每一个日子是多少机缘巧合凑拢来拼成的图案，但我也疑问其间的摆布谁是主宰。据我看来：死是悲剧的一章，生则更是一场悲剧的主干！我们这一群剧中的角色自身性格与性格矛盾；理智与情感两不相容；理想与现实当面冲突，侧面或反面激成悲哀。日子一天一天向前转，昨日和昨日堆垒起来混成一片不可避脱的背景，做成我们周遭的墙壁或气氲，那么结实又那么缥渺，使我们每一人站在每一天的每一个时候里都是那么主要，又是那么渺小无能为！

此刻我几乎找不出一句话来说，因为，真的，我只是个完全的糊涂；感到生和死一样的不可解，不可懂。

但是我却要告诉你，虽然四年了你脱离去我们这共同活动的世界，本身停掉参加牵引事体变迁的主力，可是谁也不能否认，你仍立在我们烟涛渺茫的背景里，间接地是一种力量，尤其是在文艺创造的努力和信仰方面。间接地你任凭自然的音韵，颜色，不时的风轻月白，人的无定律的一切情感，悠断悠续地仍然在我们中间继续着生，仍然与我们共同交织着这生的纠纷，继续着生的理想。你并不离我们太远。你的身影永远挂在这里那里，同你生前一样的飘忽，爱在人家不经意时莅止，带来勇气的笑声也总是那么嘹亮，还有，还有经过你热情或焦心苦吟的那些诗，一首一首仍串着许多人的心旋转。

说到你的诗，朋友，我正要正经的同你再说一些话。你不要不耐烦。这话迟早我们总要说清的。人说盖棺论定，前者早已成了事实，这后者在这四年中，说来叫人难受，我还未曾读到一篇中肯或诚实的论评，虽然对你的赞美和攻讦由你去世后一两周间，就纷纷开始了。但是他们每人手里拿的都不像纯文艺的天平；有的喜欢你的为人，有的疑问你私人的道德；有的单单尊崇你诗中所表现的思想哲学，有的仅喜爱那些软弱的细致的句子，有的每发议论必须牵涉到你的个人生活之合乎规矩方圆，或断言你是轻薄，或引证你是浮奢豪侈！朋友，我知道你从不介意过这些，许多人的浅陋老实或刻薄处你早就领略过一堆，你不止未曾生过气，并且常常表现怜悯同原谅；你的心情永远是那么洁净；头老抬得那么高；胸中老是那么完整的诚挚；臂上老有那么许多不折不挠的勇气。但是现在的情形与以前却稍稍不同，你自己既已不在这里，做你朋友的，眼看着你被误解，曲解，乃至于谩骂，有时真忍不住替你不平。

但你可别误会我心眼儿窄，把不相干的看成重要，我也知道误解曲解谩骂，都是不相干的，但是朋友，我们谁都需要有人了解我们的时候，真了解了我们，即使是痛下针砭，骂着了我们的弱处错处，那整个的我们却因而更增添了意义，一个作家文艺的总成绩更需要一种就文论文，就艺术论艺术的和平判断。

你在《猛虎集》“序”中说“世界上再没有

比写诗更惨的事”，你却并未说明为什么写诗是一桩惨事，现在让我来个注脚好不好？我看一个人一生为着一个愚诚的倾向，把所感受到的复杂的情绪尝味到的生活，放到自己的理想和信仰的锅炉里烧炼成几句悠扬铿锵的语言（哪怕是几声小唱），来满足他自己本能的艺术的冲动，这本来是个极寻常的事。哪一个地方哪一个时代，都不断有这种人。轮着做这种人的多半是为着他情感来的比寻常人浓富敏锐，而为着这情感而发生的冲动更是非实际的——或不全是实际的——追求，而需要那种艺术的满足而已。说起来写诗的人的动机多么简单可怜，正是如你“序”里所说“我们都是受支配的善良的生灵”！虽然有些诗人因为他们的成绩特别高厚广阔包括了多数人，或整个时代的艺术和思想的冲动，从此便在人间披上神秘的光圈，使“诗人”两字无形中挂着崇高的色彩。这样使一般努力于用韵文表现或描画人在自然万物相交错时的情绪思想的，便被人的成见看做夸大狂的旗帜，需要同时代人的极冷酷地讥讪和不信任来扑灭它，以挽救人类的尊严和健康。

我承认写诗是惨淡经营，孤立在人中挣扎的勾当，但是因为我知道太清楚了，你在这上面单纯的信仰和诚恳的尝试，为同业者奋斗，卫护他们的情感的愚诚，称扬他们艺术的创造，自己从未曾求过虚荣，我觉得你始终是很逍遥舒畅的。如你自己所说：“满头血水”，你“仍不曾低头”，你自己相信“一点性灵还在那里挣扎”，“还想在实际生活的重重压迫下透出一些声响来”。

简单地说，朋友，你这写诗的动机是坦白不由自主的，你写诗的态度是诚实，勇敢而倔强的。这在讨论你诗的时候，谁都先得明了的。

至于你诗的技巧问题，艺术上的造诣，在这新诗仍在彷徨歧路的尝试期间，谁也不能坚决地论断，不过有一桩事我很想提醒现在讨论新诗的人，新诗之由于无条件无形制宽泛到几乎没有一定的定义时代，转入这讨论外形内容，以至于音节韵脚章句意象组织等艺术技巧问题的时期，即是根据着对这方面努力尝试过的那一些诗，你的头两个诗集子就是供给这些讨论见解最多材料的根据。外国的土话说“马总得放在马车的前面”，不是？没有一些尝试的成绩放在那里，理论家是不能老在那里发一堆空头支票的，不是？

你自己一向不止在那里倔强地尝试用功，你还会用尽你所有活泼的热心鼓励别人尝试，鼓励“时代”起来尝试，——这种工作是最犯风头嫌疑的，也只有你胆子大头皮硬顶得下来！我还记得你要印诗集子时我替你捏一把汗，老实说还替你在有文采的老前辈中间难为情过，我也记得我初听到人家找你办《晨报副刊》时我的焦急，但你居然板起个脸抓起两把鼓槌子为文艺吹打开路乃至于扫地，铺鲜花，不顾旧势力的非难，新势力的怀疑，你干你的事“事有人为，做了再说”那股子劲，以后别处也还很少见。

现在你走了，这些事渐渐在人的记忆中模糊下来，你的诗和文章也散漫在各小本集子里，压在有极新鲜的封皮的新书后面，谁说起你来，不是马马糊糊地承认你是过去中一个势力，就是拿能够挑剔看轻你的诗为本事(散文人家很少提到，或许“散文家”没有诗人那么光荣，不值得注意)，朋友，这是没法子的事，我却一点不为此灰心，因为我有我的信仰。

我认为我们这写诗的动机既如前面所说那么简单愚诚；因在某一时，或某一刻敏锐地接触到生活上的锋芒，或偶然地触遇到理想峰巅上云彩星霞，不由得不在我们所习惯的语言中，编缀出一两串近于音乐的句子来，慰藉自己，解放自己，去追求超实际的真美，读诗者的反应一定有一大半也和我们这写诗的一样诚实天真，仅想在我们句子中间由音乐性的愉悦，接触到一些生活的底蕴渗合着美丽的憧憬；把我们的情绪给他们的情绪搭起一座浮桥；把我们的灵感，给他们生活添些新鲜；把我们的痛苦伤心再揉成他们自己忧郁的安慰！

我们的作品会不会再长存下去，就看它们会不会活在那一些我们从来不认识的人，我们作品的读者，散在各时、各处互相不认识的孤单的人的心里的，这种事它自己有自己的定律，并不需要我们的关心的。你的诗据我所知道的，它们仍旧在这里浮沉流落，你的影子也就浓淡参差地系在那些诗句中，另一端印在许多不相识人的心里。朋友，你不要过于看轻这种间接的生存，许多热情的人他们会为着你的存在，而加增了生的意识的。伤心的仅是那些你最亲热的朋友们和同兴趣的努力者，你不在他们中间的事实，将要永远是个不能填补的空虚。

你走后大家就提议要为你设立一个“志摩奖金”来继续你鼓励人家努力诗文的素志，勉强象征你那种对于文艺创造拥护的热心，使不及认得你的青年人永远对你保存着亲热。如果这事你不觉到太寒伧不够热气，我希望你原谅你这些朋友们的苦心，在冥冥之中笑着给我们勇气来做这一些蠢诚的事吧。

二十四年十一月十九日 北平

（原载 1935年 12月 8日《大公报·文艺副刊》）

蛛丝和梅花

真真地就是那么两根蛛丝，由门框边轻轻地牵到一枝梅花上。就是那么两根细丝，迎着太阳光发亮……再多了，那还像样么？一个摩登家庭如何能容蛛网在光天白日里作怪，管它有多美丽，多玄妙，多细致，够你对着它联想到一切自然，造物的神工和不可思议处；这两根丝本来就该使人脸红，且在冬天够多特别！可是亮亮的，细细的，倒有点像银，也有点像玻璃制的细丝，委实不算讨厌，尤其是它们那么满脱风雅，偏偏那样有意无意地斜着搭在梅花的枝梢上。

你向着那丝看，冬天的太阳照满了屋内，窗明几净，每朵含苞的，开透的，半开的梅花在那里挺秀吐香，情绪不禁迷茫缥缈地充溢心胸，在那刹那的时间中振荡。同蛛丝一样的细弱，和不必需，思想开始抛引出去：由过去牵到将来，意识的，非意识的，由门框梅花牵出宇宙，浮云沧波踪迹不定。是人性，艺术，还是哲学，你也无暇计较，你不能制止你情绪的充溢，思想的驰骋，蛛丝梅花竟然是瞬息可以千里！

好比你是蜘蛛，你的周围也有你自织的蛛网，细致地牵引着天地，不怕多少次风雨来吹断它，你不会停止了这生命上基本的活动。此刻……“一枝斜好，幽香不知甚处，”……

拿梅花来说吧，一串串丹红的结蕊缀在秀劲的傲骨上，最可爱，最可赏，等半绽将开地错落在老枝上时，你便会心跳！梅花最怕开；开了便没话说。索性残了，沁香拂散同夜里炉火都能成了一种温存的凄清。

记起了，也就是说到梅花，玉兰。初

是有个朋友说起初恋时玉兰刚开完，天气每天的暖，住在湖旁，每夜跑到湖边林子里走路，又静坐幽僻石上看隔岸灯火，感到好像仅有如此虔诚地孤对一片泓碧寒星远市，才能把心里情绪抓紧了，放在最可靠最纯净的一撮思想里，始不至亵渎了或是惊着那“寤寐思服”的人儿。那是极年轻的男子初恋的情景，——对象渺茫高远，反而近求“自我的”郁结深浅——他问起少女的情绪。

就在这里，忽记起梅花。一枝两枝，老枝细枝，横着，虬着，描着影子，喷着细香；太阳淡淡金色地铺在地板上；四壁琳琅，书架上的书和书签都像在发出言语；墙上小对联记不得是谁的集句；中条是东坡的诗。你敛住气，简直不敢喘息，巅起脚，细小的身形嵌在书房中间，看残照当窗，花影摇曳，你像失落了什么，有点迷惘。又像“怪东风着意相寻”，有点儿没主意！浪漫，极端的浪漫。“飞花满地谁为扫？”你问，情绪风似地吹动，卷过，停留在惜花上面。再回头看看，花依旧嫣然不语。“如此娉婷，谁人解看花意，”你更沉默，几乎热情地感到花的寂寞，开始怜花，把同情统统诗意地交给了花心！

这不是初恋，是未恋，正自觉“解看花意”的时代。情绪的不同，不止是男子和女子有分别，东方和西方也甚有差异。情绪即使根本相同，情绪的象征，情绪所寄托，所栖止的事物却常常不同。水和星子同西方情绪的联系，早就成了习惯。一颗星子在蓝天里闪，一流冷涧倾泻一片幽愁的平静，便激起他们诗情的波涌，心里甜蜜地，热情地便唱着由那些鹅羽的笔锋散下来的“她的眼如同星子在暮天里闪”，或是“明丽如同单独的那颗星，照着晚来的天”，或“多少次了，在一流碧水旁边，忧愁倚下她低垂的脸”。

惜花，解花太东方，亲昵自然，含着人性的细致是东方传统的情绪。

此外年龄还有尺寸，一样是愁，却跃跃似喜，十六岁时的，微风零乱，不颓废，不空虚，巅着理想的脚充满希望，东方和西方却一样。人老了脉脉烟雨，愁吟或牢骚多折损诗的活泼。大家如香山，稼轩，东坡，放翁的白发华发，很少不梗在诗里，至少是令人不快。话说远了，刚说是惜花，东方老少都免不了这嗜好，这倒不论老的雪鬓曳杖，深闺里也就攒眉千度。

最叫人惜的花是海棠一类的“春红”，那样娇嫩明艳，开过了残红满地，太招惹同情和伤感。但在西方即使也有我们同样的花，也还缺乏我们的廊庑庭院。有了“庭院深深深几许”才有一种庭院里特有的情绪。如果李易安的“斜风细雨”底下不是“重门须闭”也就不“萧条”得那样深沉可爱；李后主的“终日谁来”也一样的别有寂寞滋味。看花更须庭院，深深锁在里面认识，不时还得有轩窗栏杆，给你一点凭藉，虽然也用不着十二栏杆倚遍，那么慵弱无聊。

当然旧诗里伤愁太多；一首诗竟像一张美的证券，可以照着市价去兑现！所以庭花，乱红，黄昏，寂寞太滥，诗常失却诚实。西洋诗，恋爱总站在前头，或是“忘掉”，或是“记起”，月是为爱，花也是为爱，只使全是真情，也未尝不太腻味。就以两边好的来讲。拿他们的月光同我们的月色比，似乎是月色滋味深长得多。花更不用说了；我们的花“不是预备采下缀成花球，或花冠献给恋人的”，却是一树一树绰约的，个性的，自己立在情人的地位上接受恋歌的。

所以未恋时的对象最自然的是花，不是因为花而起的感慨，——十六岁时无所谓感慨，——仅是刚说过的自觉解花的情绪，寄托在那清丽无语的上边，你心折它绝韵孤高，你为花动了感情，实说你同花恋爱，也未尝不可，——那惊讶狂喜也不减于初恋。还有那凝望，那沉思……

一根蛛丝！记忆也同一根蛛丝，搭在梅花上就由梅花枝上牵引出去，虽未织成密网，这诗意的前后，也就是相隔十几年的情绪的联络。

午后的阳光仍然斜照，庭院阒然，离离疏影，房里窗棂和梅花依然伴和成为图案，两根蛛丝在冬天还可以算为奇迹，你望着它看，真有点像银，也有点像玻璃，偏偏那么斜挂在梅花的枝梢上。

二十五年新年漫记

（原载1936年2月2日《大公报·文艺副刊》）

究竟怎么一回事

写诗究竟是怎么一回事?

写诗，或可说是要抓紧一种一时闪动的力量，一面跟着潜意识浮沉，摸索自己内心所萦回，所着重的情感——喜悦，哀思，忧怨，恋情，或深，或浅，或缠绵，或热烈，又一方面顺着直觉，认识，辨味，在眼前或记忆里官感所触遇的意象——颜色，形体，声音，动静，或细致，或亲切，或雄伟，或诡异；再一方面又追着理智探讨，剖析，理会这些不同的性质，不同分量，流转不定的情感意象所互相融会，交错策动而发生的感念；然后以语言文字(运用其声音意义)经营，描画，表达这内心意象，情绪，理解在同时间或不同时间里，适应或矛盾的所共起的波澜。

写诗，或又可说是自己情感的，主观的，所体验了解到的；和理智的客观的所体察辨别到的，同时达到一个程度，腾沸横溢，不分宾主地互相起了一种作用，由于本能的冲动，凭着一种天赋的兴趣和灵巧，驾驭一串有声音，有图画，有情感的言语，来表现这内心与外物息息相关的联系，及其所发生的悟理或境界。

写诗，或又可以说是若不知其所以然的，灵巧的，诚挚的，在传译给理想的同情者，自己内心所流动的情感穿过繁复的意象时，被理智所窥探而由直觉与意识分着记取的符录！一方面似是惨淡经营，——至少是专诚致意，一方面似是藉力于平时不经意的准备，“下笔有神”的妙手偶然拈来；忠于情感，又忠于意象，更忠于那一串刹那间内心整体闪动的感悟。

写诗，或又可说是经过若干潜意识的酝酿，突如其来的，在生活中意识到那么凑巧的一顷刻小小时间；凑巧的，灵异的，不能自已的，流动着一片浓挚或深沉的情感，敛聚着重重繁复演变的情绪，更或凝定入一种单纯超卓的意境，而又本能地迫着你要刻划一种适合的表情。这表情积极的，像要流泪叹息或歌唱欢呼，舞蹈演述；消极的，又像要幽独静处，沉思自语。换句话说，这两者合一，便是一面要天真奔放，热情地自白去邀同情和了解，同时又要寂寞沉默，孤僻地自守来保持悠然自得的完美和严肃！

在这一个凑巧的一顷刻小小时间中，(着重于那凑巧的)你的所有直觉，理智，官感，情感，记性和幻想，独立的及交互的都迸出它们不平常的锐敏，紧张，雄厚，壮阔及深沉。在它们潜意识的流动，——独立的或交互的融会之间——如出偶然而又不可避免地涌上一闪感悟，和情趣——或即所谓灵感——或是亲切的对自我得失悲欢；或辽阔的对宇宙自然；或智慧的对历史人性。这一闪感悟或是混沌朦胧，或是透彻明晰。像光同时能照耀洞察，又能揣摩包含你的所有已经尝味，还在尝味，及幻想尝味的“生”的种种形色质量，且又活跃着其间错综重叠于人于我的意义。

这感悟情趣的闪动——灵感的脚步——来得轻时，好比潺潺清水婉转流畅，自然的洗涤，浸润一切事物情感，倒影映月，梦残歌罢，美感的旋起一种超实际的权衡轻重，可抒成慷慨缠绵千行的长歌，可留下如幽咽微叹般的三两句诗词。愉悦的心声，轻灵的心画，常如啼鸟落花，轻风满月，夹杂着情绪的缤纷；泪痕巧笑，奔放轻盈，若有意若无意地遗留在各种言语文字上。

但这感悟情趣的闪动，若激越澎湃来得强时，可以如一片惊涛飞沙，由大处见到纤微，由细弱的物体看它变动，宇宙人生，幻若苦谜。一切又如经过烈火燃烧锤炼，分散，减化成为净纯的茫焰气质，升处所有情感意象于空幻，神秘，变移无定，或不减不变绝对，永恒的玄哲境域里去，卓越隐奥，与人性情理遥远的好像隔成距离。身受者或激昂通达，或禅寂淡远，将不免挣扎于超情感，超意象，乃至于超言语，以心传心的创造。隐晦迷离，如禅偈玄诗，便不可制止地托生在与那幻想境界几不适宜的文字上，估定其生存权。

写诗……

总而言之，天知道究竟写诗是怎么一回事。在写诗的时候，或者是“我知道，天知道”；到写了之后，最好学 Browning不避嫌疑的自讥的，只承认“天知道”，天下关于写诗的笔墨官司便都省了。

我们仅听到写诗人自己说一阵奇异的风吹过，或是一片澄清的月色，一个惊讶，一次心灵的振荡，便开始他写诗的尝试，迷于意境文字音乐的搏斗，但是究竟这灵异的风和月，心灵的振荡和惊讶是什么？是不是仍为那可以追踪到内心直觉的活动；到潜意识后面那综错交流的情感与意象；那意识上理智的感念思想；以及要求表现的本能冲动？灵异的风和月所指的当是外界的一种偶然现象，同时却也是指它们是内心活动的一种引火线。诗人说话没有不打比喻的。

我们根本早得承认诗是不能脱离象征比喻而存在的。在诗里情感必依附在意象上，求较具体的表现；意象则必须明晰地或沉着地，恰适地烘托情感，表征含义。如果这还需要解释，常识的，我们可以问：在一个意识的或直觉的，官感，情感，理智，同时并重的一个时候，要一两句简约的话来代表一堆重叠交错的外象和内心情绪思想所发生的微妙的联系，而同时又不失却原来情感的质素分量，是不是容易或可能的事？一个比喻或一种象征在字面或事物上可以极简单，而同时可以带着字面事物以外的声音颜色形状，引起它们与其他事关系的联想。这个办法可以多方面地来辅助每句话确实的含义，而又加增官感情感理智每方面的刺激和满足，道理甚为明显。

无论什么诗都从不会脱离过比喻象征，或比喻象征式的言语。诗中意象多不是寻常纯客观的意象。诗中的云霞星宿，山川草木，常有人性的感情，同时内心人性的感触反又变成外界的体象，虽简明浅现隐奥繁复各有不同的。但是诗虽不能缺乏比喻象征，象征比喻却并不是诗。

诗的泉源，上面已说过，是意识与潜意识地融会交流错综的情感意象和概念所促成；无疑地，诗的表现必是一种形象情感思想合一的语言。但是这种语言，不能仅是语言，它又须是一种类似动作的表情，这种表情又不能只是表情，而须是一种理解概念的传达。它同时须不断传译情感，描写现象诠释感悟。它不是形体而须创造形体颜色；它是音声，却最多仅要留着长短节奏。最要紧地是按着疾徐高下，和有限的铿锵音调，依附着一串单独或相联的字义上边；它须给直觉意识，情感理智，以整体的快惬。

因为相信诗是这样繁难的一列多方面条件的满足，我们不能不怀疑到纯净意识的，理智的，或可以说是“技术的”创造——或所谓“工”之绝无能为。诗之所以发生，就不叫它做灵感的来临，主要的亦在那一闪力量突如其来，或灵异的一刹那的“凑巧”，将所有繁复的“诗的因素”都齐集荟萃于一俄顷偶然的时间里。所以诗的创造或完成，主要亦当在那灵异的，凑巧的，偶然的活动一部分属意识，一部分属直觉，更多一部分属潜意识的，所谓“不以文而妙”的“妙”。理智情感，明晰隐晦都不失之过偏。意象瑰丽迷离，转又朴实平淡，像是纷纷纭纭不知所从来，但飘忽中若有必然的缘素可寻，理解玄奥繁难，也像是纷纷纭纭莫明所以。但错杂里又是斑驳分明，情感穿插联系其中，若有若无，给草木气候，给热情颜色。一首好诗在一个会心的读者前边有时真会是一个奇迹！但是伤感流丽，铺张的意象，涂饰的情感，用人工连缀起来，疏忽地看去，也未尝不像是诗。故作玄奥渊博，颠倒意象，堆砌起重重理喻的诗，也可以赫然惊人一下。

写诗究竟是怎么一回事，真是惟有天知道得最清楚！读者与作者，读者与读者，作者与作者关于诗的意见，历史告诉我传统的是要永远地差别分歧，争争吵吵到无尽时。因为老实地说，谁也仍然不知道写诗是怎么一回事的，除却这篇文字所表示的，勉强以抽象的许多名词，具体的一些比喻来捉摸描写那一种特殊的直觉活动，献出一个极不能令人满意的答案。

（原载 1936年 8月 30日《大公报·文艺副刊》）

彼此

朋友又见面了，点点头笑笑，彼此晓得这一年不比往年，彼此是同增了许多经验。个别地说，这时间中每一人的经历虽都有特殊的形相，含着特殊的滋味，需要个别的情绪来分析来描述。

综合地说，这许多经验却是一整片仿佛同式同色，同大小，同分量的迷惘。你触着那一角，我碰上这一头，归根还是那一片迷惘笼罩着彼此。七月！——这两字就如同史歌的开头那么有劲——八月，九月带来了那狂风，后来。后来过了年，——那无法忘记的除夕！——又是那一月，二月，三月，到了七月，再接再厉的又到了年夜。现在又是一月二月在开始……谁记得最清楚，这串日子是怎样地延续下来，生活如何地变？想来彼此都不会记得过分清晰，一切都似乎在迷离中旋转，但谁又会忘掉那么切肤的重重忧患的网膜？

经过炮火或流浪的洗礼，变换又变换的日月，难道彼此脸上没有一点记载这经验的痕迹？但是当整一片国土纵横着创痕，大家都是“离散而相失……去故乡而就远”，自然“心婵媛而伤怀兮，眇不知其所蹠”，脸上所刻那几道并不使彼此惊讶，所以还只是笑笑好。口角边常添几道酸甜的纹路，可以帮助彼此咀嚼生活。何不默认这一点：在迷惘中人最应该有笑，这种的笑，虽然是敛住神经，敛住肌肉，仅是毅力的后背，它却是必需的，如同保护色对于许多生物，是必需的一样。

那一晚在××江心，某一来船的甲板上，热臭的人丛中，他记起他那时的困顿饥渴和狼狈，旋绕他头上的却是那真实倒如同幻象，幻象又成了真实的狂敌杀人的工具，敏捷而近代型的飞机：美丽得像鱼像鸟……这里黯然的一掬笑是必需的，因为同样的另外一个人懂得那原始的骤然唤起纯筋肉反射作用的恐怖。他也正在想那时他在××车站台上露宿，天上有月，左右有人，零落如同被风雨摧落后的落叶，瑟索地蜷伏着，他们心里都在回味那一天他们所初次尝到的敌机的轰炸！谈话就可以这样无限制的延长，因为现在都这样的记忆，——比这样更辛辣苦楚的——在各人心里真是太多了！随便提起一个地名大家所熟悉的都会或商埠，随着全会涌起怎样的一个最后印象！

再说初入一个陌生城市的一天，——这经验现在又多普遍——尤其是在夜间，这里就把个别的情形和感触除外，在大家心底曾留下的还不是一剂彼此都熟识的清凉散？苦里带涩，那滋味侵入脾胃时，小小的冷噤会轻轻在背脊上爬过，用不着丝毫锐性的感伤！也许他可以说他在那夜进入某某城内时，看到一列小店门前凄惶的灯，黄黄的发出奇异的晕光，使他嗓子里如梗着刺，感到一种发紧的触觉。你所记得的却是某一号车站后面黯白的煤气灯射到陌生的街心里，使你心里好像失落了什么。

那陌生的城市，在地图上指出时，你所经过的同他所经过的也可以有极大的距离，你同他当时的情形也可以完全的不相同。但是在这里，个别的异同似乎非常之不相干；相干的仅是你我会彼此点头，彼此会意，于是也会彼此地笑笑。

七月在芦沟桥与敌人开火以后，纵横中国土地上的脚印密密地衔接起来，更加增了中国地域广漠的证据。每个人参加过这广漠地面上流转的大韵律的，对于尘土和血，两件在寻常不多为人所理会的，极寻常的天然质素，现在每人在他个别的角上，对它们都发生了莫大亲切的认识。每一寸土，每一滴血，这种话，已是可接触，可把持的十分真实的事物，不仅是一句话一个“概念”而已。

在前线的前线，兴奋和疲劳已掺拌着尘土和血另成一种生活的形体魂魄。睡与醒中间，饥与食中间，生和死中间，距离短得几乎不存在！生活只是一股力，死亡一片沉默的恨，事情简单得无可再简单。尚在生存着的，继续着是力，死去的也继续着堆积成更大的恨。恨又生力，力又变恨，惘惘地却勇敢地循环着，其他一切则全是悬在这两者中间悲壮热烈地穿插。

在后方，事情却没有如此简单，生活仍然缓弛地伸缩着；食宿生死间距离恰像黄昏长影，长长的，尽向前引伸，像要扑入夜色，同夜溶成一片模糊。在日夜宽泛的循回里于是穿插反更多了，真是天地无穷，人生长勤。生之穿插零乱而琐屑，完全无特殊的色泽或轮廓，更不必说英雄气息壮烈成分。斑斑点点仅像小血锈凝在生活上，在你最不经意中烙印生活。如果你有志不让生活在小处窳败，逐渐减损，由锐而钝，由张而弛，你就得更感谢那许多极平常而琐碎的磨擦，无日无夜地透过你的神经，肌肉或意识。这种时候，叹息是悬起了，因一切虽然细小，却绝非从前所熟识的感伤。每件经验都有它粗壮的真实，没有叹息的余地。口边那酸甜的纹路是实际哀乐所刻划而成，是一种坚忍韧性的笑。因为生活既不是简单的火焰时，它本身是很沉重，需要韧性地支持，需要产生这韧性支持的力量。

现在后方的问题，是这种力量的源泉在哪里？决不凭着平日均衡的理智，——那是不够的，天知道！尤其是在这时候，情感就在皮肤底下“踊跃其若汤”，似乎它所需要的是超理智的冲动！现在后方被缓的生活，紧的情感，两面磨擦得愁郁无快，居戚戚而不可解，每个人都可以苦恼而又热情地唱“终长夜之曼曼兮，掩此哀而不去，”或“宁溘死而流亡兮，不忍为此之常愁！”支持这日子的主力在哪里呢？你我生死，就不检讨它的意义以自大。也还需要一点结实的凭借才好。

我认得有个人，很寻常地过着国难日子的寻常人，写信给他朋友说，他的嗓子虽然总是那么干哑，他却要哑着嗓子私下告诉他的朋友：他感到无论如何在这时候，他为这可爱的老国家带着血活着，或流着血或不流着血死去，他都觉到荣耀，异于寻常的，他现在对于生与死都必然感到满足。这话或许可以在许多心弦上叩起回响，我常思索这简单朴实的情感是从哪里来的。信念？像一道泉流透过意识，我开始明了理智同热血的冲动以外，还有个纯真的力量的出处。信心产生力量，又可储蓄力量。

信仰坐在我们中间多少时候了，你我可曾觉察到？信仰所给予我们的力量不也正是那坚忍韧性的倔强？我们都相信，我们只要都为它忠贞地活着或死去，我们的大国家自会永远地向前迈进，由一个时代到又一个时代。我们在这生是如此艰难，死是这样容易的时候，彼此仍会微笑点头的缘故也就在这里吧？现在生活既这样的彼此患难同味，这信心自是，我们此时最主要的联系，不信你问他为什么仍这样硬朗地活着，他的回答自然也是你的回答，如果他也问你。

信仰坐在我们中间多少时候了？那理智热情都不能代替的信心！

思索时许多事，在思流的过程中，总是那么晦涩，明了时自己都好笑所想到的是那么简单明显的事实！此时我拭下额汗，差不多可以意识到自己口边的纹路，我尊重着那酸甜的笑，因为我明白起来，它是力量。

话不用再说了，现在一切都是这么彼此，这么共同，个别的情绪这么不相干。当前的艰苦不是个别的，而是普遍的，充满整一个民族，整一个时代！

我们今天所叫做生活的，过后它便是

历史。客观的无疑我们彼此所熟识的艰苦正在展开一个大时代。所以别忽略了我们现在彼此地点点头。且最好让我们共同酸甜的笑纹，有力地，坚韧地，横过历史。

（原载1939年2月5日《今日评论》1卷6期）

一片阳光

放了假，春初的日子松弛下来。将午未午时候的阳光，澄黄的一片，由窗棂横浸到室内，晶莹地四处射。我有点发怔，习惯地在沉寂中惊讶我的周围。我望着太阳那湛明的体质，像要辨别它那交织绚烂的色泽，追逐它那不着痕迹的流动。看它洁净地映到书桌上时，我感到桌面上平铺着一种恬静，一种精神上的豪兴，情趣上的闲逸；即或所谓“窗明几净”，那里默守着神秘的期待，漾开诗的气氛。那种静，在静里似可听到那一处琤琮的泉流，和着仿佛是断续的琴声，低诉着一个幽独者自误的音调。看到这同一片阳光射到地上时，我感到地面上花影浮动，暗香吹拂左右，人随着晌午的光霭花气在变幻，那种动，柔谐婉转有如无声音乐，令人悠然轻快，不自觉地脱落伤愁。至多，在舒扬理智的客观里使我偶一回头，看看过去幼年记忆步履所留的残迹，有点儿惋惜时间；微微怪时间不能保存情绪，保存那一切情绪所曾流连的境界。

倚在软椅上不但奢侈，也许更是一种过失，有闲的过失。但东坡的辩护："懒者常似静，静岂懒者徒"，不是没有道理。如果此刻不倚榻上而"静"，则方才情绪所兜的小小圈子便无条件地失落了去！人家就不可惜它，自己却实在不能不感到这种亲密的损失的可哀。

就说它是情绪上的小小旅行吧，不走并无不可，不过走走未始不是更好。归根说，我们活在这世上到底最珍惜一些什么？果真珍惜万物之灵的人的活动所产生的种种，所谓人类文化？这人类文化到底又靠一些什么？我们怀疑或许就是人身上那一撮精神同机体的感觉，生理心理所共起的情感，所激发出的一串行为，所聚敛的一点智慧，——那么一点点人之所以为人的表现。宇宙万物客观的本无所可珍惜，反映在人性上的山川草木禽兽才开始有了秀丽，有了气质，有了灵犀。反映在人性上的人自己更不用说。没有人的感觉，人的情感，即便有自然，也就没有自然的美，质或神方面更无所谓人的智慧，人的创造，人的一切生活艺术的表现！这样说来，谁该鄙弃自己感觉上的小小旅行？为壮壮自己胆子，我们更该相信惟其人类有这类情绪的驰骋，实际的世间才赓续着产生我们精神所寄托的文物精萃。

此刻我竟可以微微一咳嗽，乃至于用播音的圆润口调说：我们既然无疑的珍惜文化，即尊重盘古到今种种的艺术——无论是抽象的思想的艺术，或是具体的驾驭天然材料另创的非天然形象，——则对于艺术所由来的渊源，那点点人的感觉，人的情感智慧(通称人的情绪)，又当如何地珍惜才算合理?

但是情绪的驰骋，显然不是诗或画或任何其他艺术建造的完成。这驰骋此刻虽占了自己生活的若干时间，却并不在空间里占任何一个小小位置!这个情形自己需完全明了。此刻它仅是一种无踪迹的流动，并无栖身的形体。它或含有各种或可捉摸的质素，但是好奇地探讨这个质素而具体要表现它的差事，无论其有无意义，除却本人外，别人是无能为力的。我此刻为着一片清婉可喜的阳光，分明自己在对内心交流变化的各种联想发生一种兴趣的注意，换句话说，这好奇与兴趣的注意已是我此刻生活的活动。一种力量又迫着我来把握住这个活动，而设法表现它，这不易抑制的冲动，或即所谓艺术冲动也未可知!只记得冷静的杜工部散散步，看看花，也不免会有“江上被花恼不彻，无处告诉只颠狂”的情绪上一片紊乱!玲珑煦暖的阳光照人面前，那美的感人力量就不减于花，不容我生硬地自己把情绪分划为有闲与实际的两种，而权其轻重，然后再决定取舍的。我也只有情绪上的一片紊乱。

情绪的旅行本偶然的事，今天一开头并为着这片春初晌午的阳光，现在也还是为着它。房间内有两种豪侈的光常叫我的心绪紧张如同花开，趁着感觉的微风，深浅零乱于冷智的枝叶中间。一种是烛光，高高的台座，长垂的烛泪，熊熊红焰当帘幕四下时各处光影掩映。那种闪烁明艳，雅有古意，明明是画中景象，却含有更多诗的成分。另一种便是这初春晌午的阳光，到时候有意无意的大片子洒落满室，那些窗棂栏板几案笔砚浴在光蔼中，一时全成了静物图案；再有红蕊细枝点缀几处，室内更是轻香浮溢，叫人俯仰全触到一种灵性。

这种说法怕有点会发生误会，我并不说这片阳光射入室内，需要笔砚花香那些儒雅的托衬才能动人，我的意思倒是：室内顶寻常的一些供设，只要一片阳光这样又幽娴又洒脱地落在上面，一切都会带上另一种动人的气息。

这里要说到我最初认识的一片阳光。那年我六岁，记得是刚刚出了水珠以后——水珠即寻常水痘，不过我家乡的话叫它做水珠。当时我很喜欢那美丽的名字，忘却它是一种病，因而也觉到一种神秘的骄傲。只要人过我窗口问问出“水珠”么？我就感到一种荣耀。那个感觉至今还印在脑子里。也为这个缘故，我还记得病中奢侈的愉悦心境。虽然同其他多次的害病一样，那次我仍然是孤独的被囚禁在一间房屋里休养的。那是我们老宅子里最后的一进房子；白粉墙围着小小院子，北面一排三间，当中夹着一个开敞的厅堂。我病在东头娘的卧室里。西头是婶婶的住房。娘同婶永远要在祖母的前院里行使她们女人们的职务的，于是我常是这三间房屋惟一留守的主人。

在那三间屋子里病着，那经验是难堪的。时间过得特别慢，尤其是在日中毫无睡意的时候。起初，我仅集注我的听觉在各种似脚步，又不似脚步的上面。猜想着，等候着，希望着人来。间或听听隔墙各种琐碎的声音，由墙基底下传达出来又消敛了去。过一会，我就不耐烦了——不记得是怎样的，我就趿着鞋，扶着木床走到房门边。房门向着厅堂斜斜地开着一扇，我便扶着门框好奇地向外探望。

那时大概刚是午后两点钟光景，一张刚开过饭的八仙桌，异常寂寞地立在当中。桌下一片由厅口处射进来的阳光，泄泄融融地倒在那里。一个绝对悄寂的周围伴着这一片无声的金色的晶莹，不知为什么，忽使我六岁孩子的心里起了一次极不平常的振荡。

那里并没有几案花香，美术的布置，只是一张极寻常的八仙桌。如果我的记忆没有错，那上面在不多时间以前，是刚陈列过咸鱼、酱菜一类极寻常俭朴的午餐的。小孩子的心却呆了。或许两只眼睛倒张大一点，四处地望，似乎在寻觅一个问题的答案。为什么那片阳光美得那样动人？我记得我爬到房内窗前的桌子上坐着，有意无意地望望窗外，院里粉墙疏影同室内那片金色和煦绝然不同趣味。顺便我翻开手边娘梳妆用的旧式镜箱，又上下摇动那小排状抽屉，同那刻成花篮形小铜坠子，不时听雀跃过枝清脆的鸟语。心里却仍为那片阳光隐着一片模糊的疑问。

时间经过二十多年，直到今天，又是这样一泄阳光，一片不可捉摸，不可思议流动的而又恬静的瑰宝，我才明白我那问题是永远没有答案的。事实上仅是如此：一张孤独的桌，一角寂寞的厅堂。一只灵巧的镜箱，或窗外断续的鸟语，和水珠——那美丽小孩子的病名——便凑巧永远同初春静沉的阳光整整复斜斜地成了我回忆中极自然的联想。

(原载1946 年11 月24 日《大公报·文艺副刊》

文学艺术袖珍馆 第1辑

雨巷

戴望舒诗选

戴望舒 著

哈尔滨出版社
HARBIN PUBLISHING HOUSE

图书在版编目（CIP）数据

雨巷：戴望舒诗选／戴望舒著．—哈尔滨：哈尔滨出版社，2011.11（2023.6 重印）

（文学艺术袖珍馆．第 1 辑）

ISBN 978-7-5484-0668-6

Ⅰ．①雨…　Ⅱ．①戴…　Ⅲ．①诗集—中国—现代　Ⅳ．① I226

中国版本图书馆 CIP 数据核字（2011）第 129292 号

书　　名：雨巷——戴望舒诗选

YUXIANG
DAIWANGSHU SHI XUAN

作　　者：戴望舒 著
责任编辑：李维娜
版式设计：张文艺
封面设计：末末美书

出版发行：哈尔滨出版社（Harbin Publishing House）
社　　址：哈尔滨市香坊区泰山路 82-9 号　**邮编：**150090
经　　销：全国新华书店
印　　刷：天津光之彩印刷有限公司
网　　址：www.hrbcbs.com
E-mail：hrbcbs@yeah.net
编辑版权热线：（0451）87900271　87900272
销售热线：（0451）87900202　87900203

开　　本：787mm × 1092mm　1/32　**印张：**42　**字数：**560 千字
版　　次：2011 年 11 月第 1 版
印　　次：2023 年 6 月第 2 次印刷
书　　号：ISBN 978-7-5484-0668-6
定　　价：118.80 元（全六册）

前言 PREFACE

作为中国浪漫主义文学的滥觞，屈原大夫恐不知——两千余年后一位拾掇着他的《离骚》——“前望舒使先驱兮，后飞廉使奔属”一句中“望舒”二字而成长起来的后世诗人，将一首诗篇《雨巷》摆进了中国现代诗歌博物馆里的不刊之位；而在这位后世诗人的墓碑上亲笔题写“诗人戴望舒之墓”的中国现代大文豪矛盾先生——则有机会慧眼如炬地在当时诗坛纷繁的星空中，找到属于这位后世诗人的不朽之星象。

戴望舒(1905～1950)，原名戴朝安，又名戴梦鸥，1905年3月5日，在西子湖畔的一个小康之家诞生，其母卓佩其有着较高的文化素养，这些为日后戴望舒的成长奠定了良好的基础。戴望舒对文学的喜爱始之于在杭州宗文中学求学的时代，那时他就和施蛰存、杜衡一起探讨诗歌艺术、办文艺刊物等。1923年入上海大学中国文学系，这段时期内，英国颓废派诗人道生和法国浪漫主义诗人雨果对他影响甚深，晚唐诗人伤感而纤弱的艺术气氛也深深吸引了他，因而此时他的诗歌距离现实生活较远，而带有某种“泄露隐秘的灵魂”的特性。

1925年，因为“五卅”惨案及其之后的学生运动，上海大学被查封，戴望舒遂转入震旦大学法文班，并于翌年在该校法科就读。此时他从浪漫派的身边走开，转而走向法国象征派诗歌，如魏尔伦等诗人的作品，并且开始对一些法国象征派诗歌进行翻译，由此也极大地影响了他此后的诗歌创作。1926年春，戴望舒的诗歌开始出现于他和施蛰存合编的《璎珞》旬刊上。可是政治事件频仍，

1927年的四一二政变，使得戴望舒只能避离上海，先至江苏松江，后抵北京，与冯雪峰、李霁野等人结识，并在《莽原》上发表诗作。1928年戴望舒回到上海，开始专心于文学创作和文学翻译的生活，其间与施蛰存、杜衡、冯雪峰一起创办了《文学工场》。在这期间，他爱上了施蛰存的妹妹，为了表达他深沉的爱情，戴望舒用充满忧郁的诗来表达他的感受。

1929年4月，戴望舒的第一本诗集《我的记忆》出版，这本诗集集中展现了他早期象征主义的诗歌创作，《雨巷》就是其中最著名的一首，这首诗受到了叶圣陶的极力称赞，称其“替新诗的音节开了一个新的纪元”，一时之间广为传诵，戴望舒也由此获得“雨巷诗人”的称号。

1930年3月2日，经由冯雪峰介绍，戴望舒参加了左联成立大会，成为左联第一批盟员。不久之后，他因对某些文艺问题的看法与左翼作家有分歧，不满意于无产阶级文学及其创作题材的狭窄和艺术的贫弱，开始转向于表现自己的另一种艺术潮流。1932年5月，他参加创办《现代》杂志，领中国现代派诗歌之风骚。11月初戴望舒赴法国留学，先后就读于巴黎大学、里昂中法大学。不过在留学期间，他并不喜欢去课堂听课，而是在翻译外国文学著作上花费了更多的时间和精力。他当时翻译的作品有《苏联文学史话》、《比利时短篇小说集》和《意大利短篇小说集》等，另外对西班牙很多作家的作品也有研读。留法期间，他进一步领略了法国驳杂的艺术，由对象征主义的热衷而转向对现代派、超现实主义诗人的推崇。从艾吕雅、许拜维艾尔等诗人那里，他进一步深味了诗是一种心灵“难以把握得住的东西”的艺术观念。1933年，戴望舒又出版了他的第二本诗集《望舒草》，他不断用《路上小语》、《夜》、《独自的时候》、《到我这里来》向他心爱的姑娘表白自己的心迹，泣诉深沉的爱情。至1935年春天，由于他参加了法国和西班牙的一些反法西斯游行，被学校开除，于是由巴黎返国。

回国后的1936年10月，戴望舒和冯至、卞之琳、梁宗岱、孙大雨等人创办了中国现代诗坛上最重要的文学期刊之一，即《新诗》月刊。1937年1月，戴望舒诗歌创作合集《望舒诗稿》出版。但《新诗》却在1937年7月停刊，共出版10期。这短短的十期，恰是现代派、新月派诗人共同交流的重要之所。

抗战爆发以后不到一年，戴望舒举家由上海迁到香港，与许地山等人组织中华全国文艺界抗敌协会香港分会，任理事，后在文协举办的文学讲习所讲课。期间他主编《大公报》文艺副刊，发起出版《耕耘》杂志。1938年8月戴望舒主编的《星岛日报》副刊《星座》创刊，他决心在敌人入侵造成的"阴霾气候"中挣扎，以自己微渺的光明，"与港岸周遭的灯光尽一点照明之责"。国内的和流亡在香港、南洋的许多作家，都成了《星座》的作者。该刊成为当时文化界支持以文艺为武器、为民族危亡尽力的一个重要阵地。1939年戴望舒和艾青主编《顶点》，宣传抗日。

1941年末，香港沦陷。1942年春，戴望舒被日寇逮捕入狱，受尽酷刑，仍自守坚节，保持了一个真正的知识分子崇高的民族气节。在狱中，他写下了《狱中题壁》、《我用残损的手掌》等光辉的诗篇，后经叶灵凤保释出狱。出狱后，戴望舒既无固定收入的职业，又患了严重的气喘病，只能在苦难和屈辱中企盼着民族的解放，他此时的心情，被生动地记录在了《等待》、《等待其二》等诗篇中。

抗战胜利后，戴望舒回到上海，在上海师范专科学校任教，并进行著、译、研究等工作。1948年，因参加民主运动受国民党政府通缉，他再次辗转香港。1949新中国成立，戴望舒带着喜悦激动的心情，带着两个女儿，和诗人卞之琳一起回到北京。然而在长期的斗争生活和不幸的婚姻生活中，戴望舒患了哮喘病，不久之后的1950年2月8日，他因病在北京逝世。至此，“一个决心为人民服务的有才能的抒情诗人”走完了他一生的道路，留给世人的是他那道悠长且湿漉的雨巷。

斯人已逝，托体同山阿。但戴望舒诗歌的魅力却在几经命运沉浮后，魅力不减，风行几十载。从某种程度上可以说，他的诗歌标示了现代诗歌流变和发展的方——在新诗发展的大浪淘沙中，无数的诗人和诗作曾经名噪一时，而最终湮没无闻，可是戴望舒融合了中国古典诗词的优美意象和西方现代派的表现手法，苦心孤诣，用心灵陶铸诗歌，终于写出了拥有自己独特风格和色调的诗歌。

戴望舒的诗，是不朽的。

目录 CONTENTS

【雨巷】

雨巷 · 2
不要这样盈盈地相看 · 6
回了心儿吧 · 8
忧郁 · 10
残叶之歌 · 12
闻曼陀铃 · 14

【旧锦囊】

夕阳下 · 17
寒风中闻雀声 · 19
自家伤感 · 21
生涯 · 23
流浪人的夜歌 · 26

断章 · 28
凝泪出门 · 29
可知 · 31
静夜 · 33
山行 · 35
残花的泪 · 37
十四行 · 40

【我的记忆】

我的记忆 · 43
路上的小语 · 46
林下的小语 · 48
夜 · 50
独自的时候 · 52
秋天 · 54
对于天的怀乡病 · 56
断指 · 58

【望舒草】

印象 · 62
到我这里来 · 64
祭日 · 66
烦忧 · 69
百合子 · 71
八重子 · 73
梦都子 · 75
我的素描 · 77
单恋者 · 79
老之将至 · 82
秋天的梦 · 84
前夜 · 86
我的恋人 · 88
村姑 · 90
野宴 · 93
三顶礼 · 95
二月 · 97
小病 · 99

款步一 · 101
款步二 · 103
过时 · 105
有赠 · 107
游子谣 · 109
秋蝇 · 111
夜行者 · 114
微辞 · 116
妾薄命 · 118
少年行 · 120
旅思 · 122
不寐 · 124
深闭的园子 · 126
灯 · 128
寻梦者 · 131
乐园鸟 · 134

【古神祠前】

古神祠前 · 137

见勿忘我花 · 140
微笑 · 142
霜花 · 144

【灾难的岁月】

古意答客问 · 147
灯 · 149
秋夜思 · 152
小曲 · 154
赠克木 · 156
眼 · 159
夜蛾 · 162
寂寞 · 164
我思想 · 166
元日祝福 · 167
白蝴蝶 · 169
致萤火 · 171
狱中题壁 · 174
我用残损的手掌 · 176

心愿 · 179
过旧居(初稿) · 181
过旧居 · 183
赠内 · 188
示长女 · 190
在天晴了的时候 · 194
偶成 · 196
萧红墓畔口占 · 198

【附录：诗论零札】

雨巷

雨巷

撑着油纸伞
独自 彷徨在悠长
悠长 又寂寥的雨巷
我希望逢着
一个丁香一样地
结着愁怨的姑娘

她是有
丁香一样的颜色
丁香一样的芬芳
丁香一样的忧愁
在雨中哀怨
哀怨又彷徨

她彷徨在这寂寥的雨巷
撑着油纸伞

像我一样
像我一样地
默默彳亍着
冷漠、凄清，又惆怅

她静默地走近
走近，又投出
太息一般的眼光
她飘过
像梦一般地
像梦一般地凄婉迷茫

像梦中飘过
一枝丁香地
我身旁飘过这女郎
她静默地远了、远了
到了颓圮的篱墙
走尽这雨巷

在雨的哀曲里

消了她的颜色
散了她的芬芳
消散了，甚至她的
太息般的眼光
丁香般的惆怅

撑着油纸伞，独自
彷徨在悠长、悠长
又寂寥的雨巷
我希望飘过
一个丁香一样地
结着愁怨的姑娘

1927年夏天，22岁的戴望舒将一年前的诗作《雨巷》投寄到《小说月报》，代理编辑叶圣陶读后说它“替新诗的音节开了一个新的纪元”，随即将“雨巷诗人”这一桂冠送给了戴望舒。本诗的音韵之美无需多说，朗诵一遍就觉口有余香。而本诗中所塑造的那个“丁香一般的姑娘”，那惆怅、迷惘、伤感而寂寥的氛围，也都体现了在那个风雨如晦的日子里，作者自己的内心感触。这种感触给予了本诗以朦胧而幽深的美感，让人回味无穷。

不要这样盈盈地相看

不要这样盈盈地相看，
把你伤感的头儿垂倒，
静，听啊，远远地，在林里，
在死叶上的希望又醒了。

是一个昔日的希望，
它沉睡在林里已多年：
是一个缠绵烦琐的希望，
它早在遗忘里沉湮。

不要这样盈盈地相看，
把你伤感地头儿垂倒，
这一个昔日的希望，
它已被你惊醒了。

这是缠绵烦琐的希望，

撑着油纸伞
独自 彷徨在悠长
悠长 又寂寥的雨巷
我希望逢着
一个丁香一样地
结着愁怨的姑娘

她是有
丁香一样的颜色
丁香一样的芬芳
丁香一样的忧愁
在雨中哀怨
哀怨又彷徨

她彷徨在这寂寥的雨巷
撑着油纸伞
像我一样
像我一样地
默默彳亍着
冷漠、凄清，又惆怅

——戴望舒《雨巷》

1927年夏，22岁的戴望舒投稿于《小说月报》

如今已被你惊起了，
它又要依依地前来
将你与我烦忧。

不要这样盈盈地相看，
把你伤感的头儿垂倒，
静，听啊，远远地，从林里，
惊醒的昔日的希望来了。

不需要太多的语言，仅仅是盈盈相望，已经胜过任何辞藻。大声希音，大象无形。那幽微复杂的万千情愫该如何表达呢？最好的方法大概就是，什么也不说，只凭着双眸间流转着浓浓情意，另外开辟一方世界，来言说怨念与烦忧。诗人对于恋人的温柔呵护，丝丝缕缕，温暖人心。

回了心儿吧

回了心儿吧，Ma chère ennemie，[①]
我从今不更来无端地烦恼你。

你看我啊，你看我伤碎的心
我惨白的脸，我哭红的眼睛！

回来啊，来一抚我伤痕，
用盈盈的微笑或轻轻的一吻。

Aime un peu！[②]我把无主的灵魂付你
这是我无上的愿望和最大的希冀。

回了心儿吧，我这样向你泣诉！

---

① 法文，意为“亲爱的冤家”。
② 法文，意为“给我一点爱”。

Un peu d'amour, pour moi, c'est déjà trop! ③

“回了心儿吧！”这样的一句倾诉甚至是低低的请求，其间究竟承载了多少柔肠百转谁也无从知晓，唯一可以确定的是其中蕴积着的谁也无法忽视的深挚感情。这个声音一遍遍在恋人的耳边回转，抓住每一丝的希望和可能。“回了心儿吧！”这么一句普普通通的呼唤，却让人深深地感受到爱情的慌乱与失神，以及失神中浓郁的爱情之力。

③ 法文，意为“给我一点爱，对我来说已是太多了！”

忧郁

我如今已厌看蔷薇色，
一任她娇红披满枝。

心头的春花已不更开，
幽黑的烦忧已到我欢乐之梦中来。

我的唇已枯，我的眼已枯，
我呼吸着火焰，我听见幽灵低诉。

去吧，欺人的美梦，欺人的幻像，
天上的花枝，世人安能痴想！

我颓唐地在挨度这迟迟的朝夕，
我是个疲倦的人儿，我等待着安息。

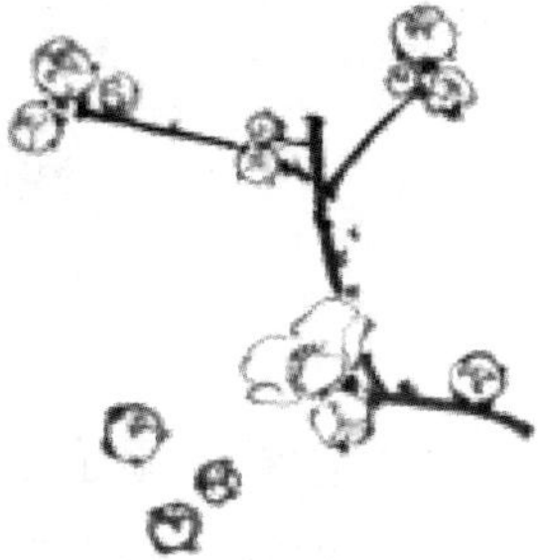

忧郁是戴望舒诗歌的关键词之一，以至于有人称呼戴望舒为“忧郁的诗魂”。然而忧郁作为一种笼统的心绪，该如何描摹？显然，言不能尽意。于是作者描述了一种梦幻般的氛围，如梦似幻的场景赋予了忧郁一种实在的质感，再辅之以“唇已枯”等意象，让读者俨然觉得忧郁的黑梦也袭上了自己的心头，于是，在忧郁中“疲倦”了的人，只有等待“安息”的来临。

残叶之歌

男子

你看，湿了雨珠的残叶，
摇摇地停在枝头，
(湿了泪珠的心儿
轻轻地贴在你心头。)

它踌躇着怕那微风，
吹它到缥缈的长空。

女子

你看，那小鸟恋过枝叶，
如今却要飘飞无迹。
(我底心儿和残叶一样，
你啊，忍心人，你要去他方。)

它可怜地等待着微风，
要依风去追逐爱的行踪。

男子

那么，你是叶儿，我是那微风，
我曾爱你在枝上，也爱你在街中。

女子

来吧，你把你微风吹起，
我将我残叶的生命还你。

世间万物经过了诗人满怀柔情的书写，往往给读者更为深切的体悟。爱情是中国诗歌的一个传统主题，因为爱情中散发着诚挚的心灵和光彩的生命。这首诗所表达的主题便是男女间刻骨铭心、万般思量却又无怨无悔的爱恋。其中有着青春时光流动的投影和纯粹专注的倾听。语言干净清澈，一如流泻的山泉，在这样一个清冷的秋天里，任身外十丈喧嚣，天地间却只有彼此的唯一。

闻曼陀铃

从水上飘起的，春夜的曼陀铃，
你咽怨的亡魂，孤寂又缠绵，
你在哭你的旧时情？

你徘徊到我的窗边，
寻不到昔日的芬芳，
你惆怅地哭泣到花间。

你凄婉地又重进我的纱窗，
还想寻些坠鬟的珠屑——啊，
你又失望地咽泪去他方。

你依依地又来到我耳边低泣；
啼着那颓唐哀怨之音；
然后，懒懒地，到梦水间消歇。

在相关的文学作品中，曼陀铃已经不单纯是一种乐器的名称，它往往蕴藉着姗姗来迟的美好，如同一声悠长的叹息，带着韶华流逝的感慨。诗中咽怨的亡魂是一个颇具人情化的角色，在哀怨中一一回访旧时的记忆，然而现实的残忍注定了她的失望哽咽。在未知之前，有谁不是满怀忐忑和希望而来？然而谁又能在一番周折之后，得到最终的答案？也许，世事原本就是一场无常的游戏。

旧锦囊

夕阳下

晚云在暮天上散锦，
溪水在残日里流金；
我瘦长的影子飘在地上，
像山间古树底寂寞的幽灵。

远山啼哭得紫了，
哀悼着白日底长终；
落叶却飞舞欢迎
幽夜底衣角，那一片清风。

荒冢里流出幽古的芬芳，
在老树枝头把蝙蝠迷上，
它们缠绵琐细的私语
在晚烟中低低地回荡。

幽夜偷偷地从天末归来，

我独自还恋恋地徘徊；
在这寂寞的心间，我是
消隐了忧愁，消隐了欢快。

清冷孤寂的情绪从一开始就笼罩全诗，随着诗歌的展开，这种情绪愈加浓厚。通过对暗夜中的远山及荒冢的描写，诗人表达了内心的苍茫和悲凉之感。诗人展开自己的神思，随着飞舞的落叶寻觅荒冢间不为人知的故事。诗歌的最后，诗人的思绪回归自身，在留恋中徘徊。在这一场神游中，心底的寂寞在渐渐“消隐”，忧愁和寂寞变得无关紧要，重要的是一种朦胧而美妙的情绪在年轻的心中流淌，在这场暗夜的旅行中，一朵精神之花悄然绽放。

寒风中闻雀声

枯枝在寒风里悲叹，
死叶在大道上萎残；
雀儿在高唱薤露歌，
一半儿是自伤自感。

大道上是寂寞凄清，
高楼上是悄悄无声，
只有那孤零的雀儿，
伴着孤零的少年人。

寒风已吹老了树叶，
更吹老少年的华鬓，
又复在他的愁怀里，
将一丝的温馨吹尽。

唱啊，同情的雀儿，

唱破我芬芳的梦境；
吹罢，无情的风儿，
吹断我飘摇的微命。

面对死亡可以有多种态度，平静接受或失措彷徨。现代派的诗人对于死亡这个话题多数总是赋予其一抹清冷的色调，在伤感的氛围下暗淡却极有耐心地抒写死亡。生命渐渐成为寒风中若有若无的悲叹，正是现代派诗人吟咏的重点。当耐心成为主导的时候，死亡的抒写也渐渐脱离开原先既定的色调，产生一种别样的美感。在临近死亡的哀伤氛围里，长出一种凄冷的美丽。

自家伤感

怀着热望来相见，
希冀从头细说，
偏你冷冷无言；
我只合踏着残叶
远去了，自家伤感。

希望今又成虚，
且消受终天长怨。
看风里的蜘蛛，
又可怜地飘断
这一缕零丝残绪。

诗人清楚地明白，这种莫名萌生的愁绪是单单属于自己的伤感，别人不会知道也不能体会。然而尽管如此，心底还是希望有人来理解、来安慰。尤其是面对心心相系的恋人时，这种盼望和期待就更是深沉。可是只等来冷淡，满腔热情被冰雪浇熄，诗人只剩下失望和哀愁。笔法细腻动人，让读者如入其境、身感其情。

生涯

泪珠儿已抛残，
只剩了悲思。
无情的百合啊，
你明丽的花枝，
你太娟好，太轻盈，
人间天上不堪寻。

人间伴我唯孤苦，
白昼给我是寂寥；
只有那甜甜的梦儿
慰我在深宵：
我希望长睡沉沉，
长在那梦里温存。

可是清晨我醒来
在枕边找到了悲哀：

欢乐只是一幻梦，
孤苦却待我生挨！
我暗把泪珠哽咽，
我又生活了一天。

泪珠儿已抛残，
悲思偏无尽，
啊，我生命的慰安！
我屏营待你垂悯：
在这世间寂寂，
朝朝只有呜咽。

悲痛时，眼泪是最好的宣泄，也是最好的慰藉；然而如果泪水已尽，而悲伤依旧没有止境，又该当如何？又要用什么来冲洗伤口、消泯伤痛？在悲思未尽而“泪珠儿已抛残”的时候，那“明丽的花枝”就更是让人心中疼痛。然后，疼痛变成了麻木，寂寥成了心灵的主调。清醒时要接受寂寥的摧残，于是就到睡梦中寻求欢乐。可虚幻毕竟只是虚幻，一觉醒来，孤独依旧，从梦幻中的欢乐醒来，那孤独和寂寥，更加让人难以忍受。就这样捱了一天又一天，“我”唯一的期待，就只剩下了“你”来“垂悯”。

流浪人的夜歌

残月是已死美人，
在山头哭泣嘤嘤，
哭她细弱的魂灵。

怪枭在幽谷悲鸣，
饥狼在嘲笑声声，
在那莽莽的荒坟。

此地黑暗的占领，
恐怖在统治人群，
幽夜茫茫地不明。

来到此地泪盈盈，
我是飘泊的孤身，
我要与残月同沉。

在这样一个失去月色、怪枭悲鸣、恐怖弥漫的黑夜里，诗人将自己比作不堪承受的残月，黯然下沉。仍然是满含心思的描写，仍然是黯然失落的心情。融情于景，情景交融，共同缔造出一个恐慌失神的夜晚，一颗恐慌哀鸣的心。

断章

不要说爱还是恨，
这问题我不要分明：
当我们提壶痛饮时，
可先问是酸酒是芳醇？

愿她温温的眼波
荡醒我心头的春草：
谁希望有花儿果儿？
但愿在春天里活几朝。

这首诗的内容便如题目一样，是在无数生活片段、无数感情波动里撷取的一个断章。爱和恨的判断已经不再重要，判断的分明又怎能及得上眼底软软的温柔。只要眼中还有爱，只要心中还有爱，再大的波澜起伏也会变成爱情长途上最为动人的细节。

凝泪出门

昏昏的灯
溟溟的雨
沉沉的未晓天
凄凉的情绪
将我的愁怀占住

凄绝的寂静中
你还酣睡未醒
我无奈踯躅徘徊
独自凝泪出门
啊
我已够伤心

清冷的街灯
照着车儿前进
在我的胸怀里

我是失去了欢乐
愁苦已来临。

这首诗歌是戴望舒的早期作品，诗中满是浓郁的浪漫主义的色彩，以及此后在其诗歌中占有重要地位的悲伤气氛。在这个一个小小的细节——凝泪出门——生活中最为平常的意象、每个读者都感到无比熟悉的场景中，作者注入了一种不同寻常的细腻情思，在让人感觉亲近的同时，也唤起某种属于读者自己的回忆。

可知

可知怎的旧时的欢乐
到回忆都变作悲哀，
在月暗灯昏时候
重重地兜上心来，
　　啊，我的欢爱！

为了如今惟有愁和苦，
朝朝的难遣难排，
恐惧以后无欢日，
愈觉得旧时难再，
　　啊，我的欢爱！

可是只要你能爱我深，
只要你深情不改，
这今日的悲哀，
会变作来朝的欢快，

啊，我的欢爱！

否则悲苦难排解，
幽暗重重向我来，
我将含怨沉沉睡，
睡在那碧草青苔，
啊，我的欢爱！

对于诗人来说，敏感细腻的心思常常成为感伤的源泉。在无从把握的情感中找不到明晰的指引，却又不愿就此离开，为此辗转反侧，九死不悔。爱情的无常总让人为此伤神烦恼，但是谁又能说这不是爱情最迷恋的地方？因为诚挚，所以放逐一切的阻隔；因为忠贞，所以愿意承担所有的悲苦。人生自是有情痴，此恨不关风与月。

静夜

像侵晓蔷薇的蓓蕾
含着晶耀的香露，
你盈盈地低泣，低着头，
你在我心头开了烦忧路。

你哭泣嘤嘤地不停，
我心头反覆地不宁；
这烦忧是从何处生
使你堕泪，又使我伤心？

停了泪儿啊，请莫悲伤，
且把那原因细讲，
在这幽夜沉寂又微凉，
人静了，这正是时光。

夜晚的安宁适合许多事情的生长蔓延。静夜，一切都变得清凉，白天过于明亮的光线和烦躁的气温都一扫而空，似乎所有的人与物都凝结在水里，不急不缓。在这首诗中，我们看到“她”好像放得下，而那抽泣却又总也停不下来，于是诗人只能用反复而慌乱的言语说出自己的担心。对于爱情持久的渴望和耐心是戴望舒面对爱情的姿态，他相信在漫长的努力和等待之后，终会收获宁静。

山行

见了你朝霞的颜色，
便感到我落月的沉哀，
却似晓天的云片，
烦怨飘上我心来。

可是不听你啼鸟的娇音，
我就要像流水的呜咽，
却似凝露的山花，
我不禁地泪珠盈睫。

我们行在微茫的山径，
让梦香吹上了征衣，
和那朝霞，和那啼鸟，
和你不尽的缠绵意。

徜徉山水之间，便容易唤醒在心底沉睡酣眠的诗情画意。面对朝霞的绮旎、啼鸟的娇音和清风拂香的山径，诗人为之喜悦和震撼，却又同时在大自然宏大的美的前面黯淡了自己。诗人的心情应当是复杂迂回的，既享受于自然的馈赠，又时时对比起自己的愁怨嗟叹。这样的一个旅行，是生命面对现实的最真实的表达。

残花的泪

寂寞的古园中，
明月照幽素，
一枝凄艳的残花
对着蝴蝶泣诉：

我的娇丽已残，
我的芳时已过，
今宵我流着香泪，
明朝会萎谢尘土。

我的旖艳与温馨，
我的生命与青春
都已为你所有，
都已为你消受尽！

你旧日的蜜意柔情

如今已抛向何处？
看见我憔悴的颜色，
你啊，你默默无语！

你会把我孤凉地抛下，
独自蹁跹地飞去，
又飞到别枝春花上，
依依地将她恋住。

明朝晓日来时
小鸟将为我唱薤露歌；
你啊，你不会眷顾旧情
到此地来凭吊我！

古词中有个优美的词牌名叫做“蝶恋花”，花只能“被”恋着，一旦蝴蝶离去，被抛弃的花儿又该如何？于是残花对蝴蝶有了这番哭诉。这首诗的题材可以称得上古旧，从《诗经·氓》中就可以看到它遥远的影子——被抛弃者的哀怨倾诉。当诗人选用现代诗的形式重写这一题材时，大约也是在心里存着向古诗挑战的心思？这种挑战无疑是成功的，面对那样哀怨的语调，哪怕是铁石心肠，也要流下两滴眼泪。

十四行

看微雨飘落在你披散的鬓边，
像小珠散落在青色的海带草间，
或是死鱼浮在碧海的波浪上，
闪出万点神秘又凄切的幽光。

它诱着又带着我青色的魂灵，
到爱和死底梦的王国中逡巡，
那里有金色山川和紫色太阳，
而可怜的生物流喜泪到胸膛；

就像一只黑色的衰老的瘦猫，
在幽光中我憔悴又伸着懒腰，
吐出我一切虚伪真诚的骄傲；

然后，又跟着它踉跄在薄雾朦胧，
像淡红的酒沫飘浮在琥珀钟，

我将有情的眼埋藏在记忆中。

这首诗通篇并无晦涩难懂的字眼，但却构成了一副飘渺难寻的画面，极具梦幻色彩。诗中没有明确的对于恋人的描绘，但是恋人的气息早已深藏在字里行间。诗人没有直切明白的心迹剖露，却比任何滚烫醉人的话语都更有摄人心魂的效果。这样的诗句唯有真爱过的人才能吟诵得出来，它像是获得了一种未可知的魔力，在幽暗的记忆里开出妖娆的花。

我的记忆

我的记忆

我的记忆是忠实于我的
忠实甚于我最好的友人。

它生存在燃着的烟卷上，
它生存在绘着百合花的笔杆上，
它生存在破旧的粉盒上，
它生存在颓垣的木莓上，
它生存在喝了一半的酒瓶上，
在撕碎的往日的诗稿上，在压干的花片上，
在凄暗的灯上，
在平静的水上，
在一切有灵魂没有灵魂的东西上，
它在到处生存着，像我在这世界一样。

它是胆小的，它怕着人们的喧嚣，

但在寂廖时，它便对我来作密切的拜访。
它的声音是低微的，
但它的话却很长，很长，
很长，很琐碎，而且永远不肯休；
它的话是古旧的，老讲着同样的故事，
它的音调是和谐的，老唱着同样的曲子，
有时它还模仿着爱娇的少女的声音，

它的声音是没有气力的，
而且还挟着眼泪，夹着太息。
它的拜访是没有一定的，

在任何时间，在任何地点，
时常当我已上床，
朦胧地想睡了；
人们会说它没有礼貌，
但是我们是老朋友。

它是琐琐地永远不肯休止的，
除非我凄凄地哭了，或者沉沉地睡了，

但是我永远不讨厌它，
因为它是忠实于我的。

如果抛开各种铺垫和烘托，这首诗想要表达的内容只有这么几句：我的记忆是忠实于我的，忠实甚于我最好的友人。受西方象征主义影响颇深的戴望舒在《我的记忆》中用充满了感伤的情调一一罗列自己的记忆。他所罗列的事物之间没有明确的联系，“烟卷”、“笔杆”、“百合花”、“粉盒”、“木莓”、“酒瓶”等，这些形象一方面是记忆的附着物，同时也是记忆的一部分，他们寻常而零散的特质也是记忆的特质。诗人用含蓄的手法在暗示中传达着自我的情感，隐晦中有着深长的意味。

路上的小语

——给我吧，姑娘，那朵簪在你发上的
小小的青色的花，
它是会使我想起你的温柔来的。

——它是到处都可以找到的，
那边，你看，在树林下，在泉边，
而它又只会给你悲哀的记忆的。

——给我吧，姑娘，你的像花一样燃着的，
像红宝石一般晶耀着的嘴唇，
它会给我蜜的味，酒的味。

——不，它只有青色的橄榄的味，
和未熟的苹果的味，
而且是不给说谎的孩子的。

——给我吧，姑娘，那在你衫子下的
你的火一样的，十八岁的心，
那里是盛着天青色的爱情的。

——它是我的，是不给任何人的，
除非别人愿意把他自己的真诚地
来作一个交换，永恒地。

戴望舒的爱情诗歌中有很大一部分是有具体可循的表达对象的，他的三段爱情是其哀伤叹惋和温馨浪漫的主要源泉。诗人敏感的内心常常无奈于现实和希望的差距，感伤成为了诗歌的主线。路上的小路真切地表达了诗人在满腔爱意无以回应之时彷徨乃至绝望的心境，一唱三叹，徘徊悠长。

林下的小语

走进幽暗的树林里
人们在心头感到寒冷，
亲爱的，在心头你也感到寒冷吗，
当你在我的怀里
而我们的唇又粘着的时候？

不要微笑，亲爱的，
啼泣一些是温柔的，
啼泣吧，亲爱的，啼泣在我的膝上，
在我的胸头，在我的颈边。
啼泣不是一个短促的欢乐。

“追随你到世界的尽头，”
你固执地这样说着吗？
你在戏谑吧！你去追平原的天风吧！
我呢，我是比天风更轻，更轻，

是你永远追随不到的。

哦，不要请求我的无用心了！
你到山上去觅珊瑚吧，
你到海底去觅花枝吧；

什么是我们的好时光的纪念吗？
在这里，亲爱的，在这里，
这沉哀，这绛色的沉哀。

“绛色的哀沉”下是诗人敏感多愁的心。爱情的前途飘渺不定，想要剖心掏肝却连机会也不曾获得。或许这样才是爱情最初的模样，只属于等待，属于一个人最为隐秘的想象。也许诗人仍然怀着一丝希望和期待，所以还在耐心的等待恋人的回应，虽然辗转难熬，但终好于彻底的灰心丧气。

夜

夜是清爽而温暖；
飘过的风带着青春和爱的香味，
我的头是靠在你裸着的膝上，
你想笑，而我却想啜泣。

温柔的是缢死在你的发丝上，
它是那么长，那么细，那么香；
但是我是怕着，那飘过的风
要把我们的青春带去。

我们只是被年海的波涛
挟着飘去的可怜的沉舟，
不要讲古旧的旖旎风光了，
纵然你有柔情，我有眼泪。

我是害怕那飘过的风

那带去了别人的青春和爱的飘过的风，
它也会带去了我们的，
然后丝丝地吹入凋谢了的蔷薇花丛。

从戴望舒的诗歌中似乎可以得到这样一个感觉，诗人的孤独是无时无刻不在心头弥漫的，他忧郁又敏感，一个人踽踽独行。这种极度诗意化的忧郁成就了诗人作品中独特的气质。对感情的看重本已能产生足够多的忧愁，再加上一颗敏感多思的心，就演化成一场缠绵细致的忧郁的“灾难”。于是，在“夜”里，诗人又禁不住怀想自己的青春和爱恋，在“微笑”和“啜泣”的缠绵中，肆意地抒发着自己的忧伤。

独自的时候

房里曾充满过清朗的笑声，
正如花园里充满过蔷薇，
人在满积着梦的灰尘中抽烟，
沉想着消逝了的音乐。

在心头飘来飘去的是什么啊，
像白云一样的无定，像白云一样的沉郁？
而且要对它说话也是徒然的，
正如人徒然向白云说话一样。

幽暗的房里耀着的只有光泽的木器，
独语着的烟斗也黯然缄默，
人在尘雾的空间描摹着惨白的裸体
和烧着人的火一样的眼睛。

为自己悲哀和为别人悲哀是一样的事，

虽然自己的梦是和别人的不同，
但是我知道今天我是流过眼泪，
而从外边，寂静是悄悄地进来。

有多少思想的火花来自于独自一人时的沉思？有多少伟大的作品来自于那长久枯寂的煎熬？然而这种孤寂的时刻，却被很多人所忽略。走进这首诗中，就是走进了那种枯寂的氛围。心头萦绕的凋残的音乐，那神秘飘忽的白云，那欲说而无法说的感受，以及沉默的烟斗、暗暗的木器，完美地刻画出了“独自的时候”的样子。

秋天

再过几日秋天是要来了，
默坐着，抽着陶制的烟斗
我已隐隐听见它的歌吹
从江水的船帆上。

它是在奏着管弦乐；
这个使我想起做过的好梦；
我从前认它为好友是错了，
因为它带了烦忧来给我。

林间的猎角声是好听的，
在死叶上的漫步也是乐事，
但是，独身汉的心地我是很清楚的，
今天，我没有这闲雅的兴致。

我对它没有爱也没有恐惧，

你知道它所带来的东西的重量，
我是微笑着，安坐在我的窗前，
当浮云带着恐吓的口气来说：
秋天要来了，望舒先生！

对于农人来说，秋天意味着丰收；对于诗人来说，秋天往往带来了忧思，因为或多或少的，秋天总沾染着死亡的气息。秋天也有它的美，如听“林间的猎角”，如漫步于“死叶上”，然而“独身”的我，又哪有“闲雅的兴致”来欣赏这份美呢？于是，我只能抚平自己的心绪，带着无爱亦无嗔的得道者的表情，等待着秋天的到来。

对于天的怀乡病

怀乡病，怀乡病，
这或许是一切
有一张有些忧郁的脸，
一颗悲哀的心，
而且老是缄默着，
还抽着一枝烟斗的
人们的生涯吧。

怀乡病，哦，我啊，
我也许是这类人之一吧，
我呢，我渴望着回返
到那个天，到那个如此青的天，
在那里我可以生活又死灭，
像在母亲的怀里，
一个孩子欢笑又啼泣。

我啊，我是一个怀乡病者：
对于天的，对于那如此青的天的；
那里，我是可以安憩地睡眠，
没有半边头风，没有不眠之夜，
没有心的一切的烦恼，
这心，它，已不是属于我的，
而有人已把它抛弃了，
像人们抛弃了敝舄一样。

戴望舒的一生坎坷多舛，背井离乡外出求学的孤独感和漂泊感一直在他的诗歌中隐隐浮现。当经历着现世的动乱和磨难时，诗人渴望幸福美满的爱情生活，但他的三段爱情留下的都是悲凉的结局。种种不如意下的诗人为自己找到一个最合适的形容：天的怀乡病。不同于其他病症的可述可听，天的怀乡病是和它的名字一样，是一种说不清道不明的思绪。正是因为这样的不可名状，成为所有随时发生的情绪的代表，成为每个阶段都能找寻到的莫名低落的代表。

断指

在一口老旧的、满积着灰尘的书橱中，
我保存着一个浸在酒精瓶中的断指；
每当无聊地去翻寻古籍的时候，
它就含愁地勾起一个使我悲哀的记忆。

这是我一个已牺牲了的朋友底断指，
它是惨白的，枯瘦的，和我的友人一样；
时常萦系着我的，而且是很分明的，
是他将这断指交给我的时候的情景：

“替我保存这可笑可怜的恋爱的纪念吧，
在零落的生涯中，它是只能增加我的不幸。”
他的话是舒缓的，沉着的，像一个叹息，
而他的眼中似乎含有泪水，虽然微笑在脸上。

关于他“可笑可怜的恋爱”我可不知道，
我知道的只是他在一个工人家里被捕去；
随后是酷刑吧，随后是惨苦的牢狱吧，
随后是死刑吧，那等待着我们大家的死刑
　吧。

关于他“可笑可怜的恋爱”我可不知道，
他从未对我谈起过，即使在喝醉酒时。
但我猜想这一定是一段悲哀的事，
他隐藏着，他想使它随着截断的手指一同
　被遗忘了。

这断指上还染着油墨底痕迹，是赤色的，
是可爱的光辉的赤色的，
它很灿烂地在这截断的手指上，
正如他责备别人懦怯的目光在我心头一
　样。

这断指常带了轻微又粘着的悲哀给我，

但是这在我又是一件很有用的珍品，
每当为了一件琐事而颓丧的时候，
我会说："好，让我拿出那个玻璃瓶来
　吧。"

诗人笔下的这枚断指惨白枯瘦，没有丝毫美感。然而正是这么一枚丝毫未被修饰的断指，直接而突兀地横亘在读者眼前，给读者一种强烈而真实的冲击感。然后我们才知道，这断指中隐含着一个高贵的灵魂。诗人用并不完整的语言讲述了一个英雄的故事，词句的梗塞恰如断指主人的经历一般残缺，恰如这枚断指；然而作者的感情却是一气呵成并且饱满的，因为那枚断指所代表的高贵，值得每个人仰望。

望舒草

印象

是飘落深谷去的
幽微的铃声吧，
是航到烟水去的
小小的渔船吧，
如果是青色的珍珠；
它已堕到古井的暗水里。

林梢闪着的颓唐的残阳，
它轻轻地敛去了
跟着脸上浅浅的微笑。

从一个寂寞的地方起来的，
迢遥的，寂寞的呜咽，
又徐徐回到寂寞的地方，寂寞地。

诗歌中譬如烟水、古井、残阳等经典意象，构成了这首诗的整体氛围。然而它们很快就被暗水和夜晚湮没，倏忽犹如彩虹。这是一个理想中的美好世界，是诗人精心构造、心向往之的桃花源。只是诗人同时也明白，这个理想终究无法成为现实，多番挣扎也逃不开现实的樊笼。也许只有保留下最后的一丝微笑，就像是保留下内心对于希望的一份执着。虽然渺茫，却多少是一个慰藉。

到我这里来

到我这里来，假如你还存在着，
全裸着，披散了你的发丝：
我将对你说那只有我们两人懂得的话。

我将对你说为什么蔷薇有金色的花瓣，
为什么你有温柔而馥郁的梦，
为什么锦葵会从我们的窗间探首进来。

人们不知道的一切我们都会深深了解，
除了我的手的颤动和你的心的奔跳；
不要怕我发着异样的光的眼睛，
向我来：你将在我的臂间找到舒适的卧榻。

可是，啊，你是不存在了，
虽则你的记忆还使我温柔地颤动，

而我是徒然地等待着你，每一个傍晚，
在菩提树下，沉思地，抽着烟。

这是一首写给戴望舒的“丁香姑娘”、诗人施蛰存的妹妹施绛年的诗。诗人在其第一部诗集《我的记忆》的扉页上，给绛年几个法文大字，并用拉丁文题上了古罗马诗人提布卢斯的诗句：“IeSpectem Suprema mihi Cum Veneril hari，Ie teneam mor iens deziciente manu。”他将这两句诗译为：“愿我在最后的时间将来的时候看见你，愿我在垂死的时候用我的虚弱的手把握着你。”诗人从来就不惧于表达自己对于绛年的感情，然而获得下的往往是一个人的寂寞。面对爱情的逝去，唯一能够唤回一丝温暖的，大概也只有这臆想中的温柔和记忆中的对话了吧。

祭日

今天是亡魂的祭日，
我想起了我的死去了六年的友人。
或许他已老一点了，怅惜他爱娇的妻，
他哭泣着的女儿，他剪断了的青春。

他一定是瘦了，过着漂泊的生涯，在幽冥中，
但他的忠诚的目光是永远保留着的，
而我听到他往昔的熟稔有劲的声音，
"快乐吗，老戴？"(快乐，唔，我现在已没有了。)

他不会忘记了我：这我是很知道的，
因为他还来找我，每月一二次，在我的梦里，
他老是饶舌的，虽则他已归于永恒的沉

寂，
而他带着忧郁的微笑的长谈使我悲哀。

我已不知道他的妻和女儿到哪里去了，
我不敢想起她们，我甚至不敢问他，在梦里；
当然她们不会过着幸福的生涯的，
像我一样，像我们大家一样。

快乐一点吧，因为今天是亡魂的祭日；
我已为你预备了在我算是丰盛了的晚餐，
你可以找到我园里的鲜果，
和那你所嗜好的陈威士忌酒。
我们的友谊是永远地柔和的，
而我将和你谈着幽冥中的快乐和悲哀。

悼念友人这个传统诗歌题材往往在纪念之外添加上了更多的色彩。平日无以倾诉的言语情感在瞬间有了依托和搀扶。从来没有一种感情，如这首诗一样肆无忌惮、酣畅淋漓地被释放开来，这里面有自己郁郁之情的倾吐，亦有对故人一生不如意的嗟叹。还有更多的，则是琐碎零散，饮食儿女。人在这个时候变得纯粹和真诚，没有什么能够停止生死之间的默契，这样的默契让人有所安慰。这首诗，就是作者在混沌彷徨的时间记录下的最坚硬的温暖。

烦忧

说是寂寞的秋的清愁，
说是辽远的海的相思。
假如有人问我的烦忧，
我不敢说出你的名字。

我不敢说出你的名字，
假如有人问我的烦忧：
说是辽远的海的相思，
说是寂寞的秋的清愁。

这首《烦忧》是戴望舒较有代表性的一首诗歌。其主旨内容虽不外乎对异性暗暗的思恋，然而诗作构造巧妙，传达出的悠远意境使诗作格调陡升。这首诗总共八句，并且后四句诗是前四句倒过来的重复。这样的书写方式，写出了诗人徘徊往复的情思，将这难以言说却挚爱不渝的思恋生动地表现了出来。诗人写烦忧，脱口而出的却是秋的伤怀和海的遥远。秋天和大海之于爱恋和追寻，看起来似无联系，但是恰恰是这种无所指向却又无所不在的思恋，是最为诚挚的表白。

百合子

百合子是怀乡病的可怜的患者，
因为她的家是在灿烂的樱花丛里的；
我们徒然有百尺的高楼和沉迷的香夜，
但温煦的阳光和朴素的木屋总常在她缅想中。

她度着寂寂的悠长的生涯，
她盈盈的眼睛茫然地望着远处；
人们说她冷漠是错了，
因为她沉思的眼里有着火焰。

她将使我为她而憔悴吗？
或许是的，但是谁能知道？
有时她向我微笑着，
而这忧郁的微笑使我也坠入怀乡病里。

她是冷漠吗？不。
因为我们的眼睛是秘密地交谈着；
而她是醉一样地合上了她的眼睛的，
如果我轻轻地吻着她花一样的嘴唇。

戴望舒的诗作《百合子》、《八重子》和《梦都子》以三个舞女的名字写下了自己“内心的怀想病”。百合子是一个沉浸在对故乡的思念中的女子，她的举手投足之间总有茫然失措的憔悴。我们不需要追究，到底是爱情的忧郁抑或是思乡的惆怅造成了她这样的憔悴，天涯相逢何须相对猜测，能够遇见同样嗟叹的人，这本身就是让人感到温暖幸运的事情。虽然诗人和百合子两人的内心交织着不同的孤独，然而他们相聚融合，于是就成为现世难能可贵的相依。

八重子

八重子是永远地忧郁着的，
我怕她会郁瘦了她的青春。
是的，我为她的健康挂虑着，
尤其是为她的沉思的眸子。

发的香味是簪着辽远的恋情，
辽远到要使人流泪；
但是要使她欢喜，我只能微笑，
只能像幸福者一样地微笑。

因为我要使她忘记她的孤寂，
忘记萦系着她的渺茫的乡思，
我要使她忘记她在走着
无尽的、寂寞的、凄凉的路。

而且在她的唇上，我要为她祝福，

为我的永远忧郁着的八重子，
我愿她永远有着意中人的脸，
春花的脸，和初恋的心。

对于爱人的柔情蜜意和给予对方幸福的强烈渴望，构成了这首诗温柔绵长的基调。在具有浓郁真实气息的人情常态的描述中，让读者也被幸福感所包裹。这首诗相对于诗人其他作品而言，不再着重讲求意境的塑造和若即若离的美感，而是用充满感情的笔调描写了初恋的新娘，让人回味悠长。

梦都子

——致霞村

她有太多的蜜饯的心——
在她的手上，在她的唇上；
然后跟着口红，跟着指爪，
印在老绅士的颊上，
刻在醉少年的肩上。

我们是她年青的爸爸，诚然，
但也害怕我们的女儿到怀里来撒娇，
因为在蜜饯的心以外，
她还有蜜饯的乳房，
而在撒娇之后，她还会放肆。

你的衬衣上已有了贯矢的心，
而我的指上又有了纸捻的约指，
如果我爱惜我的秀发，
那么你又该受那心愿的忤逆。

梦都子和“百合子”、“八重子”一样，都是日本某舞女的名字。霞村即徐霞村，是三十年代我国的新感觉派小说家，也是外国文学翻译家，当时戴望舒时常与之一起光顾舞厅。这连续三首写日本舞女的诗，都是在戴望舒和施绛年举行了订婚仪式之后所作，此时的他，既感受到了爱情的甜蜜，然而对这甜蜜又有着小小的惊恐和不安：生怕这一切犹如幻梦般突然消失。从这三首诗中，我们都可以看到施绛年的影子，诗中女子那忧郁的美、那“蜜饯的心”以及让人心醉的动作，都透露着戴望舒对施绛年的某种感情和看法。在这首诗中，我们看到的更多的是甜蜜和温柔，细细品味，仿佛可以看到诗人和女子之间的甜言密爱，那介于情人和夫妻之间的亲密动作，让诗人沉醉，也让读者的心为之柔软。

我的素描

辽远的国土的怀念者，
我，我是寂寞的生物。

假若把我自己描画出来，
那是一幅单纯的静物写生。

我是青春和衰老的集合体，
我有健康的身体和病的心。

在朋友间我有爽直的声名，
在恋爱上我是一个低能儿。

因为当一个少女开始爱我的时候，
我先就要栗然地惶恐。

我怕着温存的眼睛，

像怕初春青空的朝阳。

我是高大的，我有光辉的眼；
我用爽朗的声音恣意谈笑。

但在悒郁的时候，我是沉默的，
悒郁着，用我二十四岁的整个的心。

这是一张简单的写生，用最简单的线条将自己描画出来。诗人的心就像他的素描一般纯净简单，他一种在用毫无杂质的眼睛去看、去感受、去触摸一个世界的体温。在这样的目光下，能让人透过层层外在的表象，触及内心，自然没有阻隔。这样的一种美丽让人完全沉浸其间，虽然青涩，虽然有着淡淡的忧郁。

单恋者

我觉得我是在单恋着，
但是我不知道是恋着谁：
是一个在迷茫的烟水中的国土吗，
是一支在静默中零落的花吗，
是一位我记不起的陌路丽人吗？
我不知道。
我知道的是我的胸膨胀着，
而我的心悸动着，像在初恋中。

在烦倦的时候，
我常是暗黑的街头的踯躅者，
我走遍了嚣嚷的酒场，
我不想回去，好像在寻找什么。
飘来一丝媚眼或是塞满一耳腻语，
那是常有的事。
但是我会低声说：

"不是你！"然后踉跄地又走向他处。

人们称我为"夜行人"，
尽便吧，这在我是一样的；
真的，我是一个寂寞的夜行人。
而且又是一个可怜的单恋者。

很多时候，我们都感觉心里被一种说不清道不明的情绪所充溢着，这种情绪在胸腹间鼓荡、冲突，我们想要张口呐喊，却不知道要喊些什么；我们想要抓住这股冲动，它又似是无踪无影的幽灵，倏然不见。诗人对这种微妙的感情从来都是最为敏感的，于是，当这种情绪再度袭来，诗人感觉到一种“初恋”般的“悸动”时，挥笔写下了这首诗。这种情绪是什么呢？也许，弗洛伊德会说是生本能、死本能或性本能；尼采会说是生命激情的洋溢……或许，它实际上就是人内心深处最隐秘的一丝渴望，那渴望虽细如蚕丝，却总是牵引着我们的生命。在这生命的隐秘渴望被我们的心抓捕到之前，我们永远都是“单恋者”：渴望得到它，它却总是躲躲闪闪……

老之将至

我怕自己将慢慢地慢慢地老去，
随着那迟迟寂寂的时间，
而那每一个迟迟寂寂的时间，
是将重重地载着无量的怅惜的。

而在我坚而冷的圈椅中，在日暮，
我将看见，在我昏花的眼前
飘过那些模糊的暗淡的影子；
一片娇柔的微笑，一只纤纤的手，
几双燃着火焰的眼睛，
或是几点耀着珠光的眼泪。

是的，我将记不清楚了：
在我耳边低声软语着
“在最适当的地方放你的嘴唇”的，
是那樱花一般的樱子吗？
那是茹丽茵吗，飘着懒倦的眼

望着他已卸了的锦缎的鞋子？……
这些，我将都记不清楚了，
因为我老了。

我说，我是担忧着怕老去，
怕这些记忆凋残了，
一片一片的，像花一样；
只剩着垂枯的枝条，孤独地。

人生不满百，常怀千岁忧。死亡和衰老，从来都是诗人吟咏不息的主题。死亡的可怕在于一切都尽归于虚无；而衰老的可怕，也在于思想被掏空——如果我们连记忆都失去了，只剩下衰朽的躯壳还有什么意义呢？现在，诗人的记忆中还存着樱子(日本女子的名字)和茹丽萏(法国女子常用名的音译)的“低声软语”，然而连她们“我将都记不清楚了”，“因为我老了”。衰老的孤独和可怕，那腐蚀人心的力量，就在于这种记忆的“凋残”吧。

秋天的梦

迢遥的牧女的羊铃，
摇落了轻的树叶。

秋天的梦是轻的，
那是窈窕的牧女之恋。

于是我的梦静静地来了，
但却载着沉重的昔日。

哦，现在，我有一些寒冷，
一些寒冷，和一些忧郁。

这首诗在写秋天，但标题又是秋天的梦。对于诗人来说，他的秋天可以用两件事来表达，一件是牧羊女摇落落叶的美丽，另一件是沉重的满载回忆的梦。这两件事看似毫无干系，然而正是摇落树叶的美丽，唤醒了诗人的视觉记忆，想起缤纷的往事。或者诗人希望借此传达出他的观念，美丽和哀伤永远是咫尺之遥的。虽然生命的美丽与悲哀都是不可遏制的，可是记住美丽，追忆往事同样是生命不可多得的珍贵体验。

前夜

—夜的纪念，呈呐鸥兄

在斯登布尔启碇的前夜，
托密的衣袖变作了手帕，
她把眼泪和着唇脂拭在上面，
要为他壮行色，更加一点粉香。

明天会有太淡的烟和太淡的酒，
和磨不损的太坚固的时间，
而现在，她知道应该有怎样的忍耐：
托密已经醉了，而且疲倦得可怜。

这有橙花香味的南方的少年，
他不知道明天只能看见天和海——
或许在“家，甜蜜的家”里他会康健些，
但是他的温柔的亲戚却更瘦，更瘦。

呐鸥即刘呐鸥(1900—1939)，三十年代我国著名的新感觉派小说家。诗中的“斯登布尔”是当时一艘邮船的名字，“托密”乃当时一日本舞女的绰号。这首诗，显然是诗人为友人刘呐鸥送行而作。诗人在纪念的夜里率先写下的是一个舞女的思念，那个有橙花香味的少年(即刘呐鸥)早已恍惚了面目，别离的颜色却愈加清晰，清晰到记得住唇脂和泪水交错的味道。这样的夜晚想起一些看似微不足道的记忆，覆盖着微妙复杂的喃喃细语，那是单属于诗人和刘呐鸥两个人的时间。

我的恋人

我将对你说我的恋人，
我的恋人是一个羞涩的人，
她是羞涩的，有着桃色的脸，
桃色的嘴唇，和一颗天青色的心。

她有黑色的大眼睛，
那不敢凝看我的黑色的大眼睛
——不是不敢，那是因为她是羞涩的，
而当我依在她胸头的时候，
你可以说她的眼睛是变换了颜色，
天青的颜色，她的心的颜色。

她有纤纤的手，
它会在我烦忧的时候安抚我，
她有清朗而爱娇的声音，
那是只向我说着温柔的，

温柔到销熔了我的心的话的。

她是一个静娴的少女，
她知道如何爱一个爱她的人，
但是我永远不能对你说她的名字，
因为她是一个羞涩的恋人。

如果诗人此时站在你的面前，他肯定无法用如此细致温柔的语调向你描述他的恋人。诗歌的魅力既指向读者也指向作者，诗人在现实中难以开口和无法用言语表述的思想感情，都可以寄放在诗歌中来。她或许是现实，或许是幻想，然而那字里行间中流淌出来的诗人内心的热情，则是确凿无疑的。

村姑

村里的姑娘静静地走着，
提着她的饰着青苔的水桶；
溅出来的冷水滴在她的跣足上，
而她的心是在泉边的柳树下。

这姑娘会静静地走到她的旧屋去，
那在一棵百年的冬青树荫下的旧屋，
而当她想到在泉边吻她的少年，
她会微笑着，抿起了她的嘴唇。

她将走到那古旧的木屋边，
她将在那里惊散了一群在啄食的瓦雀，
她将静静地走到厨房里，
又将静静地把水桶放在干刍边。

她将帮助她的母亲造饭，

而从田间回来的父亲将坐在门槛上抽烟，
她将给猪圈里的猪喂食，
又将可爱的鸡赶进它们的窠里去。

在暮色中吃晚饭的时候，
她的父亲会谈着今年的收成，
他或许会说到她的女儿的婚嫁，
而她便将羞怯地低下头去。

她的母亲或许会说她的懒惰，
(她打水的迟延便是一个好例子，)
但是她会不听到这些话，
因为她在想着那有点鲁莽的少年。

这样的抒写让人想起民歌中歌唱爱情的篇章，同样传神的细节，同样辗转反侧的心思，都是淳朴中流露的真挚。不需要精致的辞藻，单单一个微笑就可以代表一切。那个少年早已占据了内心，她的心中再也没有空隙去容纳其他。这个羞涩的姑娘没有说出她的爱情，但是她的举手投足间早已沾染了恋爱的气息。

野宴

对岸青叶荫下的野餐，
只有百里香和野菊做伴；
河水已洗涤了碍人的礼仪，
白云遂成为飘动的天幕。

哪里有木叶一般的薄荷酒，
和你所爱的芬芳的腊味，
但是这里有更可口的芦笋
和更新鲜的乳酪。

我的爱软的草的小姐，
你是知味的美食家：
先尝这开胃的饮料，
然后再试那丰盛的名菜。

早在几千年前，孔子就已用简单的词句让我们明白应该如何亲近自然——“暮春者，春服既成，冠者五六人，童子六七人，浴乎沂，风乎舞雩，咏而归。”唯有自由是生命最好的诠释，唯有自然是生命最终的目标。为所来而来，为所去而去，随性而为，自有一番绝妙的所在。不为窠臼所束缚，真正而彻底地回归自然、回归本我。这首诗，就给我们描写了这样一种境界。

三顶礼

引起寂寂的旅愁的，
翻着软浪的暗暗的海，
我的恋人的发，
受我怀念的顶礼。

恋之色的夜合花，
佻达的夜合花，
我的恋人的眼，
受我沉醉的顶礼。

给我苦痛的螫的，
苦痛的但是欢乐的螫的，
你小小的红翅的蜜蜂，
我的恋人的唇，
受我怨恨的顶礼。

面对爱人，诗人总想用最为美丽、最为清新脱俗的比喻寄托自己绵长的情思，似乎世间所有的事物在恋人明丽的面孔前都变得黯然失色，不足抒发。这首诗写得很美，只是三个比喻便足以传情达意。恋人的头发，恋人的眼睛和恋人的双唇，都是诗人眼中久存的佳酿，让人神魂颠倒，让人沉醉而不能自拔。

二月

春天已在野菊的头上逡巡着了，
春天已在斑鸠的羽上逡巡着了，
春天已在青溪的藻上逡巡着了，
绿荫的林遂成为恋的众香国。

于是原野将听倦了谎话的交换，
而不载重的无邪的小草
将醉着温软的皓体的甜香；

于是，在暮色冥冥里
我将听了最后一个游女的惋叹，
拈着一支蒲公英缓缓地归去。

初春清寒，然而因为有了爱情的归依，整个二月都变得温暖起来。尽管幸福的光芒才初撒心田，但是诗人的思绪早已漫延到未来每一天的明媚生活，像是一个反复斟酌了许久的梦即将实现。或许唯有诗人们才能将爱情的魅力演绎得如此淋漓尽致，他们投入所有的向往和热情，只为了爱人的一个字眼。或许，诗人最大的梦想就是，让生命中最辉煌的一刻，在那一瞬间迸发。这迸发散落的碎片光羽，就是诗。

小病

从竹连木里漏进来的泥土的香，
在浅春的风里它几乎凝住了；
小病的人嘴里感到了莴苣的脆嫩，
于是遂有了家乡小园的神往。

小园里阳光是常在芸台的花上吧，
细风是常在细腰蜂的翅上吧，
病人吃的莱菔的叶子许被虫蛀了，
而雨后的韭菜却许已有甜味的嫩牙了。

现在，我是害怕那使我脱发的饕餮了，
就是那滑腻的海鳗般美味的小食也得斋戒，
因为小病的身子在浅春的风里是软弱的，
况且我又神往于家园阳光下的莴苣。

张爱玲小说里的葛薇龙在病中想起的是包裹着糖衣的药丸和家里的铁床，这里的诗人则神往家乡小园莴苣的脆嫩。声色动人。都是再寻常不过的事物，却因沾染了故园的泥土而弥足珍贵。仿佛是一剂催化剂，唤醒对于土地的向往，对于最初的回归。不仅仅是心血来潮的念想，这是生命的最质朴的底色，声声催人。

款步一

这里是爱我们的苍翠的松树，
它曾经遮过你的羞涩和我的胆怯，
我们的这个同谋者是有一个好记性的，
现在，它还向我们说着旧话，但并不揶揄。

还有那多嘴的深草间的小溪，
我不知道它今天为什么缄默；
我不看见它，或许它已换一条路走了，
饶舌着，施施然绕着小村而去了。

这边是来做夏天的客人的闲花野草，
它们是穿着新装，像在婚筵里，
而且在微风里对我们作有礼貌的礼敬，
好像我们就是新婚夫妇。

我的小恋人，今天我不对你说草木的恋
　爱，
却让我们的眼睛静静地说我们自己的，
而且我要用我的舌头封住你的小嘴唇了，
如果你再说：我已闻到你的愿望的气味。

当一个人处在恋爱中时，他就会觉得世界宇宙的每个角落都充满了爱；恋爱中的诗人于是就觉得那“苍翠的松树”也是“爱我们的”。不仅是这“苍翠的松树”，就连那“深草间的小溪”、那“来做夏天的客人的闲花野草”，它们都曾见证过“我们”的爱恋，此刻也都在善意地观望着“我们”，观望着“我们”的幸福和浓情。不过这一切都是铺垫，“我们的眼睛”才是重点，四目相对，脉脉含情，然后温柔地接吻，恋爱中的恋人融为一体了。

款步二

答应我绕过这些木棚，
去坐在江边的游椅上。
啮着沙岸的永远的波浪，
总会从你投出着的素足
撼动你抿紧的嘴唇的。
而这里，鲜红并寂静得
与你的嘴唇一样的枫林间，
虽然残秋的风还未来到，
但我已经从你的缄默里，
觉出了它的寒冷。

对恋人的一举一动，诗人都报以极大的关注，从抿紧的嘴唇中，都能看出那蕴藉着的喜怒哀乐。但是诗人却又没有直接抒发情感的波动，而是用残秋的风婉转曲折地表达出内心的凉意。将风景变更、季节轮换作为感情的载体，虽没有一笔写情，却处处流情，细腻感人。

过时

说我是一个在怅惜着，
怅惜着好往日的少年吧，
我唱着我的崭新的小曲，
而你却揶揄：多么“过时！”

是呀，过时了，我的“单恋女”
都已经变作妇人或是母亲，
而我，我还可怜地年轻——
年轻？不吧，有点靠不住。

是呀，年轻是有点靠不住，
说我是有一点老了吧！
你只看我拿手杖的姿态
它会告诉你一切；而我的眼睛亦然。

老实说，我是一个年轻的老人了：

对于秋草秋风是太年轻了，
而对于春月春花却又太老。

诗人的心态被巧妙的比喻表达得通透灵巧，“在中间”的尴尬地位在读者眼前展露无遗。诗中所体现的，既有对已然逝去青春的无奈惋惜，更有对这份惋惜的小小的戏谑和会意。面对即将到来的苍老，诗人用坦然和幽默的言语进行了描述。只是在戏谑和坦然的背后，诗人还有着更为复杂的心绪波动，这些，应该是读者和诗人间只可意会的默契。

有赠

谁曾为我束起许多花枝，
灿烂过又憔悴了的花枝，
谁曾为我穿起许多泪珠，
又倾落到梦里去的泪珠？

我认识你充满了怨恨的眼睛，
我知道你愿意缄在幽暗中的话语，
你引我到了一个梦中，
我却又在另一个梦中忘了你。

我的梦和我的遗忘中的人，
哦，受过我暗自祝福的人，
终日有意地灌溉着蔷薇，
我却无心地让寂寞的兰花愁谢。

没有任何一个词语或一段文字能完满地描绘出爱情的样子，爱情似乎就应该是万般无奈的纠结缠绵，是无怨无悔如泣如慕的倾诉，惟有这样才能拼凑出爱情的风雨晴暖，直抵人心。诗中主人公用梦境来解读爱情的滋味，但是什么都不说，只有独自的叹息和微笑，甚至包括眼泪都成为珍贵的点点滴滴，用以回味和思量。

游子谣

海上微风起来的时候，
暗水上开遍青色的蔷薇。
——游子的家园呢？

篱门是蜘蛛的家，
土墙是薜荔的家，
枝繁叶茂的果树是鸟雀的家。

游子却连乡愁也没有，
他沉浮在鲸鱼海蟒间：
让家园寂寞的花自开自落吧。

因为海上有青色的蔷薇，
游子要萦系他冷落的家园吗？
还有比蔷薇更清丽的旅伴呢。

清丽的小旅伴是更甜蜜的家园，
游子的乡愁在那里徘徊踯躅。
唔，永远沉浮在鲸鱼海蟒间吧。

游子思乡是中国传统诗歌的主题之一。本诗就是借游子思归以浇心中块垒，将种种失意和忧愁都溶在思乡的酒里。海上的“蔷薇”让游子想起了故乡，但是能够想起的一切却早已颓败，家乡从此无所依着，连对家乡的思念都成为一种奢侈。没有确切依托的乡愁让人更是怅惘。最后一节诗人写到了旅伴，看似是要轻松起来，缓解内心的忧思，然而实质上，游子的心却依旧没有找到“家乡”的托付，就这么延宕下去，成为一个苦涩的结局。

秋蝇

木叶的红色，
木叶的黄色，
木叶的土灰色：
窗外的下午！

用一双无数的眼睛，
衰弱的苍蝇望得昏眩。
这样窒息的下午啊！
它无奈地搔着头搔着肚子。

木叶，木叶，木叶，
无边木叶萧萧下。

玻璃窗是寒冷的冰片了，
太阳只有苍茫的色泽。
巡回地散一次步吧！

它觉得它的脚软。

红色，黄色，土灰色，
昏眩的万花筒的图案啊！
迢遥的声音，古旧的，
大伽蓝的钟磬？天末的风？
苍蝇有点僵木，
这样沉重的翼翅啊！

飘下地，飘上天的木叶旋转着，
红色，黄色，土灰色的错杂的回轮。

无数的眼睛渐渐模糊，昏黑，
什么东西压到轻绡的翅上，
身子像木叶一般地轻，
载在巨鸟的翎翮上吗？

秋风袅袅，木叶渐下。秋天的清冷氛围更容易让人敏感多思，情感变得细腻婉转。一点点的凋零都能引起诗人寄寓深沉的慨叹。诗中苍老的秋蝇代表了生命将尽的衰弱，在已然到来的迟暮前试图再走几步却终究无奈垂下沉重的双翼。虽然还保留着对于昔日活力的美好回忆，但这份回忆使得现在的哀愁更添了一层悲伤。

夜行者

这里他来了：夜行者！
冷清清的街道有沉着的跫音，
从黑茫茫的雾，
到黑茫茫的雾。

夜的最熟稔的朋友，
他知道它的一切琐碎，
那么熟稔，在它的熏陶中，
他染了它一切最古怪的脾气。

夜行者是最古怪的人。
你看他走在黑夜里：
戴着黑色的毡帽，
迈着夜一样静的步子。

夜行者的特质被描述得充满了黑夜的气息，抑或是，夜行者就是夜本身？冷清清的街道、黑茫茫的雾。大概也只有夜行者才能知道黑夜的“一切琐碎”吧。戴望舒用诗歌的语言，将夜和夜行者的特点刻画得惟妙惟肖，在诗歌的最后一节，我们甚至能看到“他”的样子，怪诞中透露着优雅的气息。将自己沉入到诗人所描述的世界之中，体会那暗夜的一切，是一种令人着迷的探险。

微辞

园子里蝶褪了粉蜂褪了黄，
则木叶下的安息是允许的吧，
然而好玩弄的女孩子是不肯休止的，
“你瞧我的眼睛，”她说，“它们恨你！”

女孩子有恨人的眼睛，我知道，
她还有不洁的指爪，
但是一点恬静和一点懒是需要的，
只瞧那新叶下静静的蜂蝶。

魔道者使用曼陀罗根或是枸杞，
而人却像花一般地顺从时序，
夜来香娇妍地开了一个整夜，
朝来送入温室一时能重鲜吗？

园子都已恬静，

蜂蝶睡在新叶下，
迟迟的永昼中，
无厌的女孩子也该休止。

爱情不可能永远都是“水深火热”的，不可能或者如胶似漆或者伤痛欲绝，生活毕竟是生活，手牵着手平静淡然地走着，或偶然有点小矛盾小怄气，这才是生活的常态。戴望舒对施绛年的热恋，中间就夹杂着这样的“微辞”。不过诗人就是诗人，生活中这些看似一地鸡毛的东西，在诗人的妙笔之下，照样能散发出美丽和诗意的光辉。戴望舒对于“女孩子”施绛年的“微辞”，在于她总是“不肯休止”，在于她太过“好玩弄”，在诗人需要“恬静”与“懒”的时候，她不能如“新叶下”的“蜂蝶”一样安静下来，这让诗人觉得有些不耐烦，所以通过这首诗，发出了“无厌的女孩子也该休止”的愿望。

妾薄命

一枝，两枝，三枝，
床巾上的图案花
为什么不结果子啊！
过去了：春天，夏天，秋天。

明天梦已凝成了冰柱；
还会有温煦的太阳吗？
纵然有温煦的太阳，跟着檐溜，
去寻坠梦的玎咚吧！

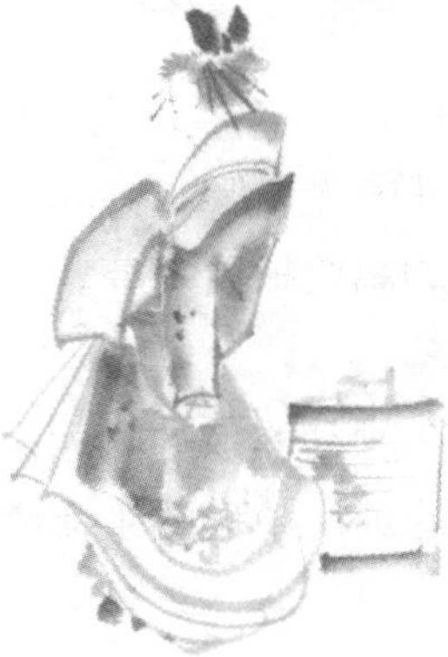

题目早已揭示主旨，却又在接下来的诗篇里转开笔锋。不需要哀怨凄切地直面诉说，只用婉转的几笔就勾出失去爱情的女子的怅惘悲凉。诗歌通篇笼罩在一种凄清的氛围里，在孤乏花枝的伴随下度过长长短短的寂寞与空虚。虽是怨念满怀，却依然是有所节制，哀而不伤，令人难忘。

少年行

是簪花的老人呢，
灰暗的篱笆披着茑萝；

旧曲在颤动的枝叶间死了，
新锐的蝉用单调的生命赓续。

结客寻欢都成了后悔，
还要学少年的行蹊吗？

平静的天，平静的阳光下，
烂熟的果子平静地落下来了。

这首诗用寥寥几笔勾画出了生命尽头的安静氛围，然而诗中却没有因即将离开人世而带来的忧愁凄凉。平静的阳光下，老人在硕果累累的树下安详地等待生命的最后时节。少年蓬勃的朝气与披着茑萝的灰暗篱笆并没有本质意义上的区别，他们都是生命必然的一部分，只是在经历时有不同的感受、不同的情绪。只要向往还在，生命的长度就无法由时间来定夺。

旅思

故乡芦花开的时候，
旅人的鞋跟染着征泥，
粘住了鞋跟，粘住了心的征泥，
几时经可爱的手拂拭？

栈石星饭的岁月，
骤山骤水的行程：
只有寂静中的促织声，
给旅人尝一点家乡的风味。

天涯游子内心中最柔软的地方一定是他的家乡，而在奔波之后突然碰到一点家乡的味道，则更是容易勾连起怀乡的情思。诗的第一节用清凌凌的语言勾勒出温馨的画面，芦花开如雪，巧手温柔的拂拭一直藏在心间。就这样倚靠着骤然到来的乡情，暂停脚步，在寂静的夜里，宛如重回儿时的窗前，聆听蟋蟀的声响。

不寐

在沉静的音波中，
每个爱娇的影子，
在眩晕的闹里，
作瞬间的散步；

只是短促的瞬间，
然后列成桃色的队伍，
月移花影地淡然消溶：
飞机上的阅兵式。

掌心抵着炎热的前额，
腕上有急促的温息；
是那一宵的觉醒啊？
这种透过皮肤的温息。

让沉静的最高的音波

来震破脆弱的耳膜吧。
窒息的白色的帐子，墙……
什么地方去喘一口气呢？

这首诗写的是“失眠”。夜已沉静，然而脑海中还是走马观花式地热闹地跑过一个个“爱娇的影子”。可这影子也是“短促的瞬间”，甫一出现随即消失，其亮丽与迅捷一如“飞机上的阅兵式”。在这失眠的状态中，诗人不禁用手摸摸自己的额头，觉察到心跳急促，失眠啊，使“这种透过皮肤的温息”也让人无奈。这样的境况让诗人难以忍受，还不如来一声震耳欲聋的声音，“来震破脆弱的耳膜”，把自己从迷糊的失眠中彻底惊醒，当然这声音并没有到来，失眠依旧。就这么眼睁睁地睡着，感觉那白色的帐子和墙都让人“窒息”，让人想要逃避、想要喘息。啊，这不寐，这失眠，是为了谁？大概，还是为了那从脑海中闪过的“爱娇的影子”吧。

深闭的园子

五月的园子
已花繁叶满了，
浓荫里却静无鸟喧。

小径已铺满苔藓，
而篱门的锁也锈了——
主人却在迢遥的太阳下。

在迢遥的太阳下，
也有璀璨的园林吗？

陌生人在篱边探首，
空想着天外的主人。

游园却逢主人不在的情景，古代的诗人也写过这样的诗句。古人遗憾于春色难觅，却又邂逅一枝斜出的红杏，从细微处窥见处处皆有春意。这首诗里的访客，同样有着寻景不遇的遗憾，但却笔锋一转，遥想到主人现在的所在，是否也有满园盎然的绿意？这样一来便是另一重深意，打破了原有的抒情范畴，重建了另一个想象无限的世界。

灯

士为知己者用，
故承恩的灯
遂做了恋的同谋人：
作憧憬之雾的
青色的灯，
作色情之屏的
桃色的灯。

因为我们知道爱灯，
如仁者乐山，智者乐水，
为供它的法眼的鉴赏
我们展开秘藏的风俗画：
灯却不笑人的风魔。

在灯的友爱的光里，
人走进了美容院；

千手千眼的技师，
替人匀着最宜雅的脂粉，
于是我们便目不暇给。

太阳只发着学究的教训，
而灯光却作着亲切的密语，
至于交头接耳的暗黑，
就是饕餮者的施主了。

任何平凡的所在都能成为诗人内心思想的载体，而恰恰是平时普通到极致的事物，往往更容易被赋予多一层的含义。灯，是我们视之如不见的普通之物，然而在作者的笔下，灯成了“恋的同谋人”，灯的光是“友爱”的，灯不同于太阳，人们在灯光下，可以“作着亲切的密语”——在灯光之中，人们之间的距离拉得很近，隐秘的氛围促成了熟稔的感觉。诗是一种“眼”，通过“诗之眼”，人们能看到一个不同的世界。这个不同的世界也许是激荡的情感、痴缠的恋情，也许只是平平淡淡的物件。感谢诗人，让我们可以看到这么美丽动人的“灯”。

寻梦者

梦会开出花来的，
梦会开出娇妍的花来的：
去求无价的珍宝吧。

在青色的大海里，
在青色的大海的底里，
深藏着金色的贝一枚。

你去攀九年的冰山吧，
你去航九年的旱海吧，
然后你逢到那金色的贝。

它有天上的云雨声，
它有海上的风涛声，
它会使你的心沉醉。

把它在海水里养九年，
把它在天水里养九年，
然后，它在一个暗夜里开绽了。

当你鬓发斑斑了的时候，
当你眼睛朦胧了的时候，
金色的贝吐出桃色的珠。

把桃色的珠放在你怀里，
把桃色的珠放在你枕边，
于是一个梦静静地升上来了。

你的梦开出花来了，
你的梦开出娇妍的花来了，
在你已衰老了的时候。

在这首诗中，寻梦者可以说是诗人自己的写照，在长河里寻找着醉人的梦境；寻梦者也可以说是这世上一切有希望和有追求的人的写照，在寻找一个生命的理想。梦境是复杂而美妙的，如同一生的追求那样光鲜夺目。尽管这样终其一生的寻觅也不一定能找到那“金色的贝”和“桃色的珠”，但是在此漫长的路途中，已经拥有了足够的憧憬和甜美的幻境。又有什么遗憾呢？

乐园鸟

飞着，飞着，春，夏，秋，冬，
昼，夜，没有休止，
华羽的乐园鸟，
这是幸福的云游呢，
还是永恒的苦役？

渴的时候也饮露，
饥的时候也饮露，
华羽的乐园鸟，
这是神仙的佳肴呢，
还是为了对于天的乡思？

是从乐园里来的呢，
还是到乐园里去的？
华羽的乐园鸟，
在茫茫的青空中

也觉得你的路途寂寞吗?

假使你是从乐园里来的
可以对我们说吗,
华羽的乐园鸟,
自从亚当、夏娃被逐后,
那天上的花园已荒芜到怎样了?

飞翔是幸福,还是枷锁?此中答案并不是诗人所在意的,失乐园后的世界,才是诗人的落脚所在。一只乐园鸟,成为诗人思恋和追问的对象。从另外一个方面说,每个尘世中仰望那虚幻的所在的人,都会如作者一般不停地追问乐园鸟,问那乐园何在,问那乐园境况如何?在这种执著追问的背后,既体现了诗人对于人间、天堂的哲学思考,也揭示了乐园——理想对人类永恒的蛊惑。

古神祠前

古神祠前

古神祠前逝去的
暗暗的水上，
印着我多少的
思量底轻轻的脚迹，
比长脚的水蜘蛛，
更轻更快的脚迹。

从苍翠的槐树叶上，
它轻轻地跃到
饱和了古愁的钟声的水上
它掠过涟漪，踏过荇藻，
跨着小小的，小小的
轻快的步子走。
然后，踌躇着，
生出了翼翅……

它飞上去了，
这小小的蜉蝣，
不，是蝴蝶，它翩翩飞舞，
在芦苇间，在红蓼花上；
它高升上去了，
化作一只云雀，
把清音撒到地上……
现在它是鹏鸟了。
在浮动的白云间，
在苍茫的青天上，
它展开翼翅慢慢地，
作九万里的翱翔，
前生和来世的逍遥游。

它盘旋着，孤独地，
在迢遥的云山上，
在人间世的边际；
长久地，固执到可怜。
终于，绝望地

它疾飞回到我心头
在那儿忧愁地蛰伏。

古神祠这个意象，象征着古老的传统、历史以及精神的积淀。走到这样一个寄寓了太多传统意味的神祠前，神祠的厚重和神秘没有震慑诗人的思想，诗人放任自己的遐思，天上地下，任意东西，从虚幻到真实，又由实体到渺远的理想画面，壮阔宏大。然而这试图超越神祠的庄重远游，最终却又回到了原地。这种最终回到起点的追求，不由得让人叹息并深思——究竟应该怎样面对高远的理想和沉重的现实之间的矛盾？这是每个人都要面临的问题。

见勿忘我花

为你开的，
为我开的勿忘我花，
为了你的怀念，
为了我的怀念，
它在陌生的太阳下，
陌生的树林间，
谦卑地，悒郁地开着。

在僻静的一隅，
它为你向我说话，
它为我向你说话；
它重数我们用凝望
远方潮润的眼睛，
在沉默中所说的话，
而它的语言又是
像我们的眼一样沉默。

开着吧，永远开着吧，
挂虑我们的小小的青色的花。

“勿忘我”花的花语大概来自于它的名字，即代表了永恒的思念，不管何时何地，都让我的形象鲜明地留在你的脑海之中。当爱人已经不在，当曾经热情燃烧的爱恋化成了一堆灰烬，于是从这灰烬的余温与沃土中，长出了这朵娇妍美丽的“勿忘我”。勿忘我只是静静地开着，就像诗人心中的思念一般，“谦卑地，悒郁地开着”。看着它，诗人不禁想起了曾经的日子，曾经“我们”“潮湿的眼睛”互相凝视着对方，默默无语——那凝视，是深情，还是离别？也许只有诗人自己才知道。如今，诗人已经不再奢求重新找回爱情，只希望这“小小的青色的花”能“永远开着”，不要让时光的流水将曾经的热恋冲洗得一干二净。

微笑

轻岚从远山飘开，
水蜘蛛在静水上徘徊；
说吧：无限意，无限意。

有人微笑，
一颗心开出花来，
有人微笑，
许多脸儿忧郁起来。

做定情之花带的点缀吧，
做迢遥之旅愁的凭借吧。

这首诗很好地代表了戴望舒的诗歌风格，似乎总是这样的轻盈和灵动，倏忽间却留下了广阔的天地供读者漫游想象。在这首诗中，抒情意象被赋予了曲折迂回含蓄乃至晦涩的特征——尽管已经写出了微笑的芬芳，而在芬芳背后仍然驳杂着更为深沉的隐喻。它的言语虽然极为平淡，然而流动其间的，却是浓浓的诗意。

霜花

九月的霜花，
十月的霜花，
雾的娇女，
开到我鬓边来。

装点着秋叶，
你装点了单调的死，
雾的娇女，
来替我簪你素艳的花。

你还有珍珠的眼泪吗？
太阳已不复重燃死灰了。
我静观我鬓丝的零落，
于是我迎来你所装点的秋。

这首诗与《到我这里来》一样，同样和施绛年有着密不可分的关系。秋天在诗人的笔下没有了往日的丰硕，专而变成了一片萧索。虽然爱恋一个人并不因得不到她的回应而失去爱情的光彩，但是长久的孤单依然会使信念变得黯淡，无法绽放开来。等到惆怅长到已经变成一个习惯，思念就像悄然爬上的窗花，看不清，抹不掉。

灾难的岁月

古意答客问

孤心逐浮云之炫烨的卷舒，
惯看青空的眼喜侵阈的青芜。
你问我的欢乐何在?
——窗头明月枕边书。

侵晨看岚踯躅于山巅，
入夜听风琐语于花间。
你问我的灵魂安息于何处?
——看那袅绕地，袅绕地升上去的炊烟。

渴饮露，饥餐英；
鹿守我的梦，鸟祝我的醒。
你问我可有人间世的挂虑?
——听那消沉下去的百代之过客的跫音。

在戴望舒的诗歌中既能看到西方现代派的手法，也能追觅到中国古典诗歌的典雅优美。这首诗除了自由体的构造形式和句法上的现代化，其意境和语言都充满了浓郁的传统风味。孤心、浮云、明月、夜风，诗人将一系列具有中国传统美感的词语布列开来，形成一个富于文化涵义的情境，而这样精心创造的清灵意境，也正是诗人内心对于永恒的美的理想和追求。

灯

灯守着我，劬劳地，
凝看我眸子中
有穿着古旧的节日衣衫的
欢乐儿童，
忧伤稚子，
像木马栏似地
转着，转着，永恒地……

而火焰的春阳下的树木般的
小小的爆裂声，
摇着我，摇着我，
柔和地。

美丽的节日萎谢了，
木马栏犹自转着，转着……
灯徒然怀着母亲的劬劳，

孩子们的彩衣已褪了颜色。

已矣哉！
采撷黑色大眼睛的凝视，
去织最绮丽的梦网！
手指所触的地方：

火凝作冰焰，
花幻为枯枝。
灯守着我。让它守着我！

曦阳普照，蜥蜴不复浴其光，
帝王长卧，鱼烛永恒地高烧
在他森森的陵寝。

这里，一滴一滴地，
寂静坠落，坠落，坠落。

一九三四年十二月二十一日

童稚之时，谁都有过美好的想象，将“黑色大眼睛的凝视”采撷在一起，就能编织“最绮丽的梦网”。那时候，我们“穿着古旧的节日衣衫”，那时我们欢乐，当然也有小小的忧伤，而即便是忧伤，也是纯真美丽的。那时的“灯”照耀着我们。如春天的阳光一般温暖柔和。然而，时光流逝，现实破碎了梦幻，曾经温暖的火光“凝作冰焰”，“花幻为枯枝”，“灯”也已不再是那个温暖如“春阳”的灯，而成了在古墓中幽幽闪烁的长明灯。这种感觉，是不是，就叫做“幻灭”？

秋夜思

谁家动刀尺?
心也需要秋衣。

听鲛人的召唤,
听木叶的呼息!
风从每一条脉络进来,
窃听心的枯裂之音。

诗人云:心即是琴。
谁听过那古旧的阳春白雪?
为真知的死者的慰藉,
有人已将它悬在树梢,
为天籁之凭托——
但曾一度谛听的飘逝之音。

而断裂的吴丝蜀桐,

仅使人从弦柱间思忆华年。

秋天是气候转凉的季节，所以有人“动刀尺”来做衣服；秋天也是怀人的季节，所以孤冷的心“也需要秋衣”。心怎么会需要秋衣呢？因为南方“鲛人的召唤”和北方“木叶的呼息”都使诗人的心感到“枯裂”。此时是需要友人的，然而高山流水式阳春白雪的朋友，又到哪里去找呢？思之不得，只能任由自己的心“悬在树梢”，让风拨动琴弦发出天籁，这天籁之音，不就是这首惆怅优美的诗吗？

小曲

啼倦的鸟藏喙在彩翎间，
音的小灵魂向何处翩跹？
老去的花一瓣瓣委尘土，
香的小灵魂在何处流连？

它们不能在地狱里，不能，
这那么好，那么好的灵魂！
那么是在天堂，在乐园里？
摇摇头，圣彼得可也否认。

没有人知道在哪里，没有，
诗人却微笑而三缄其口：
有什么东西在调和氤氲，
在他的心的永恒的宇宙。

像是因拥有的满足而故意发出的询问，中间满满的都是未得遮掩的骄傲和自足。音的灵魂和香的灵魂弥漫在诗人的心中，又有什么更多的索求呢？这一刻的美好并不是能够时常遇见的，特别是在战火纷飞离情处处的年代里，片刻的一丝流连便足以慰藉所有的尘埃旧梦。

赠克木

我不懂别人为什么给那些星辰
取一些它们不需要的名称，
它们闲游在太空，无牵无挂，
不了解我们，也不求闻达。

记着天狼、海王、大熊……这一大堆，
还有它们的成份，它们的方位，
你绞干了脑汁，涨破了头，
弄了一辈子，还是个未知的宇宙。

星来星去，宇宙运行，
春秋代序，人死人生，
太阳无量数，太空无限大，
我们只是倏忽渺小的夏虫井蛙。

不痴不聋，不作阿家翁，

为人之大道全在懵懂，
最好不求甚解，单是望望，
看天，看星，看月，看太阳。

也看山，看水，看云，看风，
看春夏秋冬之不同，
还看人世的痴愚，人世的倥偬：
静默地看着，乐在其中。

乐在其中，乐在空与时以外，
我和欢乐都超越过一切境界，
自己成一个宇宙，有它的日月星，
来供你钻究，让你皓首穷经。

或是我将变成一颗奇异的彗星，
在太空中欲止即止，欲行即行，
让人算不出轨迹，瞧不透道理，
然后把太阳敲成碎火，把地球撞成泥。

诗篇的开始是类似于屈原天问般的疑问，只是这疑问没有变成长篇的激昂，而这失去的激昂可能就是最该被剥离的状态。生命的常态在于仰望和自感，任何叱咤风云的伟绩都会在时间里坍塌，唯有自然随性才是正解。虽然联系起这首诗的写作背景往往给人以失望消沉的印象，但是不得不承认，即便是太多的无奈而导致的顺从，也是生命智慧的一种体现。我们不能消极摆脱，那就只能积极忘却。因为我们无法改变，所以只能顺其自然。从容的语句咀嚼出的却是消极的心态，诗歌中氤氲着一种忧郁的气息。

眼

在你的眼睛的微光下
迢遥的潮汐升涨：
玉的珠贝，
青铜的海藻……
千万尾飞鱼的翅，
剪碎分而复合的
顽强的渊深的水。

无渚崖的水，
暗青色的水；
在什么经纬度上的海中，
我投身又沉溺在
以太阳之灵照射的诸太阳间，
以月亮之灵映光的诸月亮间，
以星辰之灵闪烁的诸星辰间，
于是我是彗星，

有我的手，
有我的眼，
并尤其有我的心。

我唏曝于你的眼睛的
苍茫朦胧的微光中，
并在你上面，
在你的太空的镜子中
鉴照我自己的
透明而畏寒的
火的影子，
死去或冰冻的火的影子。

我伸长，我转着，
我永恒地转着，
在你永恒的周围
并在你之中……

我是从天上奔流到海，
从海奔流到天上的江河，

我是你每一条动脉，
每一条静脉，
每一个微血管中的血液，
我是你的睫毛
(它们也同样在你的
眼睛的镜子里顾影)
是的，你的睫毛，你的睫毛，

而我是你，
因而我是我。

一如诗人的其他诗篇，这首诗同样受到了象征主义极大的影响。眼睛被化为潮汐、珠贝、海藻、飞鱼、水、太阳、月亮等等一系列的意象。而这一切，日月星辰的光辉也好，永恒的旋转和依恋也好，都共同指向最开始的原点——你的眼睛。在诗歌的最后一节，诗人愿意做一扇睫毛，只为与你的眼睛朝夕相伴。如此的爱恋，让人魂销。

夜蛾

绕着蜡烛的圆光，
夜蛾作可怜的循环舞，
这些众香国的谪仙不想起
已死的虫，未死的叶。

说这是小睡中的亲人，
飞越关山，飞越云树，
来慰藉我们的不幸，
或者是怀念我们的死者，
被记忆所逼，离开了寂寂的夜台来。

我却明白它们就是我自己，
因为它们用彩色的大绒翅
遮覆住我的影子，
让它留在幽暗里。
这只是为了一念，不是梦，

就像那一天我化成凤。

在诗人的笔下，扑火的飞蛾被赋予了另外一重涵义。是相隔千山的亲人的绵绵思念化为枕上的一梦？或者是幽冥相隔的侍者依旧不舍的怀恋？不管这重意象里包含的想念究竟是如何的渺远和不经，却在诗歌中超越了时间和空间，以“爱”的形式永驻人间。诗人知道它们就是自己，是切实的存在。纵然有现实的撕扯，却让人在穿越荆棘之时，不觉痛苦。

寂寞

园中野草渐离离，
托根于我旧时的脚印，
给他们披青春的彩衣：
星下的盘桓从兹消隐。

日子过去，寂寞永存，
寄魂于离离的野草，
像那些可怜的灵魂，
长得如我一般高。

我今不复到园中去，
寂寞已如我一般高：
我夜坐听风，昼眠听雨，
悟得月如何缺，天如何老。

新婚的诗人沉醉于甜蜜的相知相伴里，快乐而知足的日子可以抹杀昔日因爱生出的种种羁绊和彷徨，幸福生活的痕迹留驻于爱人的眼角眉梢。只是也许激情是诗人是所以成为诗人的最原始的动力，安宁的细水长流渐渐衍生为寂寞，夜坐听风，昼眠听雨，寂寞的美感在漫长的时间里被消磨殆尽，不知如何来去的诗人只剩下一首找不到出路的诗句。

我思想

我思想，故我是蝴蝶……
万年后小花的轻呼，
透过无梦无醒的云雾，
来振撼我斑斓的彩翼。

诗人的思想在诗歌中变为一只彩蝶，蹁跹万年。这只彩蝶寄托着诗人的理想和追求，包括一点点的使命感，奇妙而诱人。蝴蝶的意象承载着诗人的希望而飞跃重生，呈现出一种跳跃性的、浓密的画面。在翅膀和云雾的碰撞之中，萦绕着诗人心中细微颤动的情思。

元日祝福

新的年岁带给我们新的希望。
祝福！我们的土地，
血染的土地，焦裂的土地，
更坚强的生命将从而滋长。

新的年岁带给我们新的力量。
祝福！我们的人民，
坚苦的人民，英勇的人民，
苦难会带来自由解放。

民族存亡之际，民众的热情往往喷薄得尤为壮烈灿烂。诗人的感情本来就要比常人更为细腻更为敏感也更为激越，因而在火与血的激荡下，就更容易抒写下激昂动人的诗篇。在辞旧迎新的时刻，人们愿意对自己也向他人传达一份坚定和执着，来激励自己以及共同奋战的所有同胞。时至今日，情境虽改，然壮美尤存。

白蝴蝶

给什么智慧给我，
小小的白蝴蝶，
翻开了空白之页，
合上了空白之页？

翻开的书页：
寂寞；
合上的书页：
寂寞。

在戴望舒的诗歌中，象征主义的手法被广泛应用。这首白蝴蝶便是其中的代表之一。在这首诗中，翻飞的书页被诗人比喻成蝴蝶的翅膀，巧妙而传神。此时的白蝴蝶已成为一个生动的意象，其间积酿着诗人的寂寞和细微的愁思。这样的寂寞给人以无尽的遐思，或许在这层寂寞里还有另一份涵义。庄周梦蝶而不分现实与梦境。也许诗人的寂寞也如此细腻而恍惚，充满了种种情思，百转千回。

致萤火

萤火，萤火，
你来照我。

照我，照这沾露的草，
照这泥土，照到你老。

我躺在这里，让一颗芽
穿过我的躯体，我的心，
长成树，开花；

让一片青色的藓苔，
那么轻，那么轻
把我全身遮盖，

像一双小手纤纤，
当往日我在昼眠，

把一条薄被
在我身上轻披。

我躺在这里
咀嚼着太阳的香味；
在什么别的天地，
云雀在青空中高飞。

萤火，萤火
给一缕细细的光线——
够担得起记忆，
够把沉哀来吞咽！

这是一首基调安详、沉稳的诗，沉稳得能将日月星辰托在手掌。然而，它的底色却是“沉哀”的，作者在呼唤萤火“你来照我”的时候，是希望萤火能够“给一缕细细的光线”，让自己能“把沉哀来吞咽”。当我们的心中填满哀愁，当“记忆”犹如乌云遮盖我们心灵的天空，这时候，也许每个人都需要一缕“萤火”，能让自己重新品味人世间的美好，重新燃起心灵的灯。

狱中题壁

如果我死在这里，
朋友啊，不要悲伤，
我会永远地生存
在你们的心上。

你们之中的一个死了，
在日本占领地的牢里，
他怀着的深深仇恨，
你们应该永远地记忆。

当你们回来，
从泥土掘起他伤损的肢体，
用你们胜利的欢呼
把他的灵魂高高扬起。

然后把他的白骨放在山峰，

曝着太阳，沐着飘风：
在那暗黑潮湿的土牢，
这曾是他唯一的美梦。

这首诗想传递的内容在第一节便已昭然揭示。狱中的诗人并没有因为失去自由乃至可能会失去生命而陷入悲伤，相反，他以更为高昂的姿态面对现实人生。对于国家的忠贞和对侵略者的愤怒共同化为对朋友的嘱托。他的希望和信心用充满诗意的语言进行着最后的一次的喷薄，永恒而不朽。

我用残损的手掌

我用残损的手掌
摸索这广大的土地：
这一角已变成灰烬，
那一角只是血和泥；
这一片湖该是我的家乡，
（春天，堤上繁花如锦幛，
嫩柳枝折断有奇异的芬芳，）
我触到荇藻和水的微凉；
这长白山的雪峰冷到彻骨，
这黄河的水夹泥沙在指间滑出；
江南的水田，你当年新生的禾草
是那么细，那么软……现在只有蓬蒿；
岭南的荔枝花寂寞地憔悴，
尽那边，我蘸着南海没有渔船的苦水……
无形的手掌掠过无限的江山，
手指沾了血和灰，手掌沾了阴暗，
只有那辽远的一角依然完整，

温暖，明朗，坚固而蓬勃生春。
在那上面，我用残损的手掌轻抚，
像恋人的柔发，婴孩手中乳。
我把全部的力量运在手掌
贴在上面，寄与爱和一切希望，
因为只有那里是太阳，是春，
将驱逐阴暗，带来苏生，
因为只有那里我们不像牲口一样活，
蝼蚁一样死……那里，永恒的中国！

这首诗的意义，并非因为它是戴望舒诗歌美学的精髓所在，而是因为它的内容：国难之时一个传统知识分子所表现出来的家国情怀，最为珍贵。在山河沦丧命运流离的岁月里，我们希望这样的声音给我们力量，用以揭露黑暗和期盼光明。这首诗用象征的手法，撷取传统意向：憔悴寂寞的荔枝花和恋人的柔发进行感情的表达。在沦陷区和解放区鲜明的对比中，表现出了对永恒中国的深切依恋。

心愿

几时可以开颜笑笑，
把肚子吃一个饱，
到树林子去散一会儿步，
然后回来安逸地睡一觉？
　　只有把敌人打倒。

几时可以再看见朋友们，
跟他们游山，玩水，谈心，
喝杯咖啡，抽一支烟，
念念诗，坐上大半天？
　　只有送敌人入殓。

几时可以一家团聚，
拍拍妻子，抱抱女儿，
烧个好菜，看本电影，
回来围炉谈笑到更深？

只有将敌人杀尽。

只有起来打击敌人，
自由和幸福才会降临，
否则这些全是白日梦
和没有现实的游想。

一九四三年一月二十八日

作者写作这首诗的时候，正是中华民族灾难最为深重的岁月，亦是诗人个人生活的非常时期。在每段诗的前面几句，诗人用极简的几笔勾画出最为寻常平凡的幸福时光，但是末尾的一句只有“将敌人打倒”却使所有明媚的畅想成为可想而不可及的奢望。几时能够实现这些梦想？那时大概谁也无法给出一个具体的回答，但是对于自由和幸福的永恒向往，则是时时刻刻激励每个国人的不变的信念。国仇家恨之际的理想在战火中显得尤为珍贵，而坚定的信念更是成就理想最坚固的脊梁。

过旧居（初稿）

静掩的窗子隔住尘封的幸福，
寂寞的温暖饱和着辽远的炊烟——
陌生的声音还是解冻的呼唤？……
挹泪的过客在往昔生活了一瞬间。

一九四四年三月二日

诗人以《过旧居》为题写过两首诗，这首诗是其初稿。较之于铺陈开来描述的另一首《过旧居》，这首初稿的凝练和蕴藉更具有诗歌的魅力。窗户静掩，被尘封的幸福在窗子的那一边；曾经平和、幸福而温暖的炊烟对比着此时的寂寞，此时诗人的心中出现了一个声响，那声响是在呼唤往日的幸福，还是意味着曾经的幸福又将归来？谁也不清楚。诗人在回忆中重温了往日生活的瞬间，泪水潸然。整首诗只有四句，极为凝练，然而其中饱含着对往昔的怀念、对幸福与和平的向往，让人回味无穷。

过旧居

这样迟迟的日影，
这样温暖的寂静，
这片午炊的香味，
对我是多么熟稔。

这带露台，这扇窗
后面有幸福在窥望，
还有几架书，两张床，
一瓶花……这已是天堂。

我没有忘记：这是家，
妻如玉，女儿如花，
清晨的呼唤和灯下的闲话，
想一想，会叫人发傻；

单听他们亲昵地叫，

就够人整天地骄傲，
出门时挺起胸，伸直腰，
工作时也抬头微笑。

现在……可不是我回家的午餐？
……桌上一定摆上了盘和碗，
亲手调的羹，亲手煮的饭，
想起了就会嘴馋。

这条路我曾经走了多少回！
多少回？……过去都压缩成一堆，
叫人不能分辨，日子是那么相类，
同样幸福的日子，这些孪生姊妹！

我可糊涂啦，
是不是今天出门时我忘记说“再见”？
还是这事情发生在许多年前，
其中间隔着许多变迁？

可是这带露台，这扇窗，

那里却这样静，没有声响，
没有可爱的影子，娇小的叫嚷，
只是寂寞，寂寞，伴着阳光。

而我的脚步为什么又这样累？
是否我肩上压着苦难的岁月，
压着沉哀，透渗到骨髓，
使我眼睛朦胧，心头消失了光辉？

为什么辛酸的感觉这样新鲜？
好象伤没有收口，苦味在舌间。
是一个归途的设想把我欺骗，
还是灾难的岁月真横亘其间？

我不明白，是否一切都没改动，
却是我自己做了白日梦，
而一切都在那里，原封不动：
欢笑没有冰凝，幸福没有尘封？

或是那些真实的岁月，年代，

走得太快一点，赶上了现在，
回过头来瞧瞧，匆忙又退回来，
再陪我走几步，给我瞬间的欢快？

有人开了窗，
有人开了门，
走到露台上
——一个陌生人。

生活，生活，漫漫无尽的苦路！
咽泪吞声，听自己疲倦的脚步：
遮断了魂梦的不仅是海和天，云和树，
无名的过客在往昔作了瞬间的踌躇。

这首诗的笔法，让人联想起《项脊轩志》中对于旧宅眷恋之情，在对旧物的描述中渗透着对于往事和故人的深情。在戴望舒的回忆中，人与事历历在目，清晰如昨。然而即便往景再美，也只能驻足回观而已。现实婚恋的破裂是一个必须面对的痛苦，此时此刻能给给予安慰的，也许只有这老房子的印象，虽然物是人非，但多少仍然像一个老旧的梦，换来一时半刻的温暖。

赠内

空白的诗贴，
幸福的年岁；
因为我苦涩的诗节，
只为灾难树里程碑。

即使清丽的词华，
也会消失它的光鲜，
恰如你鬓边憔悴的花
映着明媚的朱颜。

不如寂寂地过一世，
受着你光彩的熏沐，
一旦为后人说起时，
但叫人说往昔某人最幸福。

一九四四年六月九日

虽然让人愁肠百结的感情从来都是无法把握的，然而，爱情的甜蜜却足以让人有足够的理由去永久地追寻。这是一首写给与自己厮守着的爱人的诗，然而此时的爱情，已经返璞归真。诗歌从来都是灾难和痛苦孕育而出的，因此“幸福”的年月只会让诗贴变成“空白”。可是即便写出再美丽的诗句又能如何呢？它终究也会失去华彩，就像花儿终归要憔悴一样。与其如此，倒不如去“受着你光彩的熏沐”，虽然一生寂寂，然而此生毕竟幸福。平凡的幸福往往是最难的，也是人们最容易忽视的；诗人在历经沧桑之后，对这样一句老话有了更多的体悟——平平淡淡才是真。

示长女

记得那些幸福的日子！
女儿，记住你幼小的心灵：
你童年点缀着海鸟的彩翎，
贝壳的珠色，潮汐的清音，
山岚的苍翠，繁华的绣锦，
和爱你的父母的温存。

我们曾有一个安乐的家，
环绕着淙淙的泉水声，
冬天曝着太阳，夏天笼着清荫，
白天有朋友，晚上有恬静，
岁月在窗外流，不来打搅
屋里终年长驻的欢欣，
如果人家窥见我们在灯下谈笑，
就会觉得单为了这也值得过一生。

我们曾有一个临海的园子，
它给我们滋养的番茄和金笋，
你爸爸读倦了书去垦地，
你妈妈在太阳阴里缝纫，
你呢，你在草地上追彩蝶，
然后在温柔的怀里寻温柔的梦境。

人人说我们最快活，
也许因为我们生活过得蠢，
也许因为你妈妈温柔又美丽，
也许因为你爸爸诗句最清新。

可是，女儿，这幸福是短暂的，
一刹时都被云锁烟埋；
你记得我们的小园临大海，
从那里你们一去就不再回来，
从此我对着那迢遥的天涯，
松树下常常徘徊带暮霭。

那些绚烂的日子，像彩蝶，

现在枉费你摸索追寻，
我仿佛看见你从这间房
到那间，用小手挥逐阴影，
然后，缅想着天外的父亲，
把疲倦的头搁在小小的绣枕。

可是，记着那些幸福的日子，
女儿，记在你幼小的心灵：
你爸爸仍旧会来，像往日，
守护你的梦，守护你的醒。

一九四四年六月二十七日

诗人的心总是敏感的，因而诗人的情绪总是变幻起伏难以稳定，说不定什么时候高兴、什么时候忧愁。在写下了幸福的《赠内》之后不过十几天，诗人就又陷入了落寞的情绪。《赠内》是写给自己的妻子的，而这首诗，则是写给诗人的女儿的。也许是因为生活过得幸福，因而想到了遥隔异地的女儿。诗人要想昔日那“安乐的家”，那时候女儿“在草地上追彩蝶”，妻子在树荫下缝纫，自己读书又“垦地”，“屋里终年长驻的欢欣”。可是，幸福总是那么短暂，离散突然之间就到来，于是，昔日的幸福就只能在记忆里寻找。于是诗人梦想着，想着有一天，能找回那曾经的幸福……

在天晴了的时候

在天晴了的时候，
该到小径中去走走：
给雨润过的泥路，
一定是凉爽又温柔；
炫耀着新绿的小草，
已一下子洗净了尘垢；
不再胆怯的小白菊，
慢慢地抬起它们的头，
试试寒，试试暖，
然后一瓣瓣地绽透；
抖去水珠的凤蝶儿
在木叶间自在闲游，
把它的饰彩的智慧书页
曝着阳光一开一收。

到小径中去走走吧，

在天晴了的时候：
赤着脚，携着手，
踏着新泥，涉过溪流。

新阳推开了阴霾了，
溪水在温风中晕皱，
看山间移动的暗绿——
云的脚迹——它也在闲游。

对于天气的盼望也是自己内心晴雨的写照。等天晴的时候，这些内心暖洋洋的惬意便自然而然转为蜿蜒的小路，新绿的花草，绽放的白菊和风雨后的蝴蝶。晴朗的内心会在晴朗的天气里舒展开来，也让人用崭新的姿态面对现实和未来。作者不仅仅在等待天晴后的行走，更重要的是对于未来晴好的现实的期盼。舒适和闲逸只是一个开始，之后的一切才是重点。

偶成

如果生命的春天重到，
古旧的凝冰都哗哗地解冻，
那时我会再看见灿烂的微笑，
再听见明朗的呼唤——这些迢遥的梦。

这些好东西都决不会消失，
因为一切好东西都永远存在，
它们只是像冰一样凝结，
而有一天会像花一样重开。

《偶成》的情感基调是难得一见的明媚和希望，写出了对于美好的信心，对于未来的向往。他坚信所有的失去，都不过是转化成了被冰封的沉淀："它们只是像冰一样凝结，而有一天会像花一样重开"。这首诗虽短，却光芒四射。没有意象在时空挪移上的大开大合，单单是一句朴素却坚定的相信，就能让人晃落一身的哀愁，带着明天的希望，重新上路。

萧红墓畔口占

走六小时寂寞的长途
到你头边放一束红山茶
我等待着，长夜漫漫
你却卧听着海涛闲话

作为东北作家群杰出的一位女作家，萧红的一生波折而坎坷，最终在香港郁郁而终，葬于浅水湾。六个小时寂寞的山路，既写实性地记录作者探访萧红墓的过程，也暗喻了萧红生前不如意的孤独人生之旅。然而，从一束火红的山茶花上，我们又看到了热情和希望的色彩。诗人以山茶花这一意象，表达出自己对于未来的等待，纵使长夜漫漫，也坚守不怠。最后一句的卧听海涛闲话，既是生者的继续前行与逝者之间的相见与告别，亦是对于自己的一种安慰。

附录

诗论零札

诗论零札（一）

一

诗不能借重音乐，它应该去了音乐的成分。

二

诗不能借重绘画的长处。

三

单是美的字眼的组合不是诗的特点。

四

象征派的人们说："大自然是被淫过一千次的娼妇。"但是新的娼妇安知不会被淫过一万次。被淫的次数是没有关系的，我们要有新的淫具，新的淫法。

五

诗的韵律不在字的抑扬顿挫上，而在诗的情绪的抑扬顿挫上，即在诗情的程度上。

六

新诗最重要的是诗情上的nuance而不是字句的nuance。①

七

韵和整齐的字句会妨碍诗情，或使诗情成为畸形的。倘把诗的情绪去适应呆滞的，表面的旧规律，就和把自己的足去穿别人的鞋子一样。愚劣的人们削足适履，比较聪明一点的人选择合脚的鞋子，但是智者却为自己制最合自己脚的鞋子。

八

诗不是某一个感官的享乐，而是全感

① Nuance，法文，意为细微的差别。

官或超感官的东西。

九

新的诗应该有新的情绪和表现这情绪的形式。所谓形式，绝非表面上的字的排列，也绝非新的字眼的堆积。

十

不必一定拿新的事物来做题材(我不反对拿新的事物来做题材)，旧的事物中也能找到新的诗情。

十一

旧的古典的应用是无可反对的，在它给予我们一个新情绪的时候。

十二

不应该有只是炫奇的装饰癖，那是不永存的。

十三

诗应该有自己的originalité，但你须使它有cosmopolité性，两者不能缺一。①

十四

诗是由真实经过想象而出来的，不单是真实，亦不单是想象。

十五

诗应当将自己的情绪表现出来，而使人感到一种东西，诗本身就像是一个生物，不是无生物。

十六

情绪不是用摄影机摄出来的，它应当用巧妙的笔触描出来。这种笔触又须是活的，千变万化的。

---

① Originalité，法文，意为特征；Cosmopolité，法文，意为普遍。

十七

只在用某一种文字写来，某一国人读了感到好的诗，实际上不是诗，那最多是文字的魔术。真的诗的好处并不就是文字的长处。

诗论零札（二）

竹头木屑，牛溲马勃，运用得法，可陈为诗，否则仍是一堆弃之不足惜的废物。罗绮锦绣，贝玉金珠，运用得法，亦可成为诗，否则还是一些徒炫眼目的不成器的杂碎。

诗的存在在于它的组织。在这里，竹头木屑，牛溲马勃，和罗绮锦绣，贝玉金珠，其价值是同等的。

批评别人的诗说“如七宝楼台，炫人眼目，拆碎下来，不成片段”，是一种不成理论之论。问题不是在于拆碎下来成不成片段，却是在搭起来是不是一座七宝楼台。

*

西子捧心，人皆曰美，东施效颦，见者掩面。西子之所以美，东施之所以丑的，并不是捧心或眉颦，而是他们本质上美丑。本质上美的，荆钗布裙不能掩。本质上丑的，珠衫翠袖不能饰。

诗也是如此，它的佳劣不在形式而在内容。有“诗”的诗，虽以佶屈聱牙的文字写来也是诗；没有“诗”的诗歌，虽韵律齐整音节铿锵，仍然不是诗。只有乡愚才会把穿了彩衣的丑妇当作美人。

说“诗不能翻译”是一个通常的错误。只有坏诗一经翻译才失去一切，因为实际它没有“诗”包涵其内，而只是字眼和声音的炫弄，只是渣滓。真正的诗在任何语言的翻译中都永远保持它的价值。而这价值，不但是地域，就是时间也不能损坏的。

翻译可以说是诗的试金石，诗的滤萝。

不用说，我是指并不歪曲原作的翻译。

*

韵律齐整论者说：有了好的内容而加上"完整"的形式，诗始达于完美之境。

此说听上去好像有点道理，仔细想想，就觉得大谬。诗情是千变万化的，不是仅仅几套形式和韵律的制服所能衣蔽。以为思想该穿衣裳已经是专断之论了（梵乐希：《文学》），何况主张不论肥瘦高矮，都应该一律穿上一定尺寸的制服？

所谓"完整"并不应该就是"与其他相同"。每一首诗应该有它自己固有的"完整"，即不能移植的它自己固有的形式，固有的韵律。

*

弥尔顿说，韵是野蛮人的创造；但是，一般意义的"韵律"，也不过是半开化人的产物而已。仅仅非难韵实乃五十步笑百步之见。

诗的韵律不应只有肤浅的存在。它不应存在于文字的音韵抑扬这表面，而应存在于诗情的抑扬顿挫这内里。

在这一方面，昂德莱·纪德提出过这更正确的意见："语辞的韵律不应是表面的，矫饰的，只在于铿锵的语言的继承；它应该随着那由一种微妙的起承转合所按拍着的，思想的曲线而波动着。"

*

定理：

音乐：以音和时间来表现的情绪的和谐。

绘画：以线条和色彩来表现的情绪的和谐。

舞蹈：以动作来表现的情绪的和谐。

诗：以文字来表现的情绪的和谐。

对于我，音乐，绘画，舞蹈等等，都是同义词，因为它们所要表现的是同一样的东西。

*

把不是“诗”的成分从诗里放逐出去。所谓不是“诗”的成分，我的意思是说，在组织起来时对于诗并非必需的东西。例如通常认为美丽的词藻，铿锵的韵音等等。

并不是反对这些词藻、音韵本身。只当它们对于“诗”并非必需，或妨碍“诗”的时候，才应该驱除它们。

灯下漫笔

鲁迅诗文选

文学艺术袖珍馆 第1辑

鲁迅——著

哈尔滨出版社
HARBIN PUBLISHING HOUSE

图书在版编目（CIP）数据

灯下漫笔：鲁迅诗文选 / 鲁迅著．—哈尔滨：哈尔滨出版社，2011.11（2023.6 重印）

（文学艺术袖珍馆．第 1 辑）

ISBN 978-7-5484-0668-6

Ⅰ．①灯…　Ⅱ．①鲁…　Ⅲ．①鲁迅诗歌—选集②鲁迅—散文—选集　Ⅳ．① I210

中国版本图书馆 CIP 数据核字（2011）第 129299 号

书　　名：**灯下漫笔——鲁迅诗文选**

DENG XIA MANBI
LUXUN SHIWEN XUAN

作　　者：鲁迅 著
责任编辑：李维娜
版式设计：张文艺
封面设计：末末美书

出版发行：哈尔滨出版社（Harbin Publishing House）
社　　址：哈尔滨市香坊区泰山路 82-9 号　**邮编**：150090
经　　销：全国新华书店
印　　刷：天津光之彩印刷有限公司
网　　址：www.hrbcbs.com
E-mail：hrbcbs@yeah.net
编辑版权热线：（0451）87900271　87900272
销售热线：（0451）87900202　87900203

开　　本：787mm × 1092mm　1/32　**印张**：42　**字数**：560 千字
版　　次：2011 年 11 月第 1 版
印　　次：2023 年 6 月第 2 次印刷
书　　号：ISBN 978-7-5484-0668-6
定　　价：118.80 元（全六册）

凡购本社图书发现印装错误，请与本社印制部联系调换。
服务热线：（0451）87900279

前言
PREFACE

回望上世纪的中国文学史，鲁迅是矗立其中的一座大山。20世纪的上半叶，中国的各行各业都井喷出诸多伟大的人物，鲁迅之名，就是那璀璨星空中的一个耀眼存在。甚至我们都很难想象，中国现代文坛如果没有鲁迅的参与，会是怎样一件憾事；中华民族少了鲁迅，又会是怎样一种损失。

举目古今中外，肩着黑暗的闸门负重前行如鲁迅者几稀，以鹰隼般锐利的眼光剖析国民性格如鲁迅者几稀，用投枪匕首般的文字直刺黑暗虚空勇敢战斗如鲁迅者几稀。是鲁迅，体现了一个现代中国人所能抵达的精神高度，在他的精神光芒的照耀下，我们获得启迪，同时感到渺小。为了获得启迪，我们要读鲁迅；为了明白自我本身的渺小，我们更要读鲁迅。

关于鲁迅的生平，大约不用笔者在此絮叨，读者也都知晓，且本书所选《自叙传略》对此也有论及，因而不再详述。在这里，我们只约略勾勒一下与其文学生涯有关的人生轨迹。

鲁迅初名周樟寿，1881年9月25日生于浙江绍兴一个书香之家，家境还算殷实，也可说是享受过一段时间阔少爷的福。然而世事多变，此等幸福并未享受几年，他的家庭就突遭变故，家境一落千丈。他也因此过早地体会到了人生的坎坷、世态的炎凉。

十八岁那年，鲁迅怀揣母亲多方筹借而来的八块银元，只身前往南京求学，并更名树人，从此踏上一条漫长而又孤独的旅途。二十二岁那年，他赴日本留学，异国求学，自然免不了遭受欺凌侮辱的眼光，然而作为一种补偿，他也有幸结识了一批良师益友。刚到日本他学的是医术，后从文，此中转变在其《藤野先生》及《呐喊·自序》两篇文章中论说甚细。而从中我们也可以看出，他遵从自己内心的意愿作出了自己的选择，并为此奔忙终生，未曾懈怠。

回国后，鲁迅在家乡当了几年教师。自1912年至1925年，他又在教育部当了大约14年的公务员，此后又辗转于北京、厦门、广州、上海等地，最终还是以写作谋生，成为专业作家。1936年10月19日，鲁迅先生因病逝于上海。和他另外两位高寿的兄弟相比，56岁而亡的他委实算英年早逝。

臧克家先生曾有诗道："有的人死了，他还活着。"生命总有尽头，精神的穿透却无止境，在时光的汰洗之下，鲁迅的精神，愈益彰显出其可贵的质地，成为中华民族永恒的文化遗产和精神财富。

鲁迅的文字，是一块块疙瘩似的煤块，

不仅给人一种诡异的美感，其中蕴涵的精神能量和火热的激情，更能让每一个逼近它的人感觉到如炙如烤般的疼痛——这疼痛，是生命的觉醒，这疼痛，是精神的升华。鲁迅先生的文字和精神，是一笔任何人都能利用的宝藏。我们想让更多的人能接触这份宝藏，走近鲁迅，夯实生命存在的根基，拔高精神标杆的尺度，因而精选鲁迅先生的文字，辑成此书。

本书篇幅不大，然而编选的都是鲁迅先生的经典篇目。我相信，每个手握此书、对其中文章细细品读的人，都能获得一份属于自己的启迪和感悟。

鲁迅先生对于历史、现实、文化、人生，都有着自己独特而深刻的见解。《灯下漫笔》中，他对中国古往今来当政者所实施的“奴化”统治予以无情批判和辛辣讽刺，指出各色太平光环掩罩下的中国社会实则都是生产奴隶的厂房；而在《记念刘和珍君》和《“友邦惊诧”论》中，他则猛烈而尖锐地抨击着黑暗的现实；《说“面子”》一文里，他以惊人的敏锐发现了中国式的“要面子”与“不要脸”之间竟然有着“很难分辨”的关系这一结论，让人读后不由得冷汗淋漓；即便到了《死》的时候，他还丝毫不改往日倔强，直言“让他们怨恨去，我也一个都不宽恕”。其实，这些思考往往又掺杂在一起，很难截然分开，例如《魏晋风度及文章与药及酒之关系》一篇，就能看到诸种因素相互交织的场面。

当然还不止于此！那些回忆里的事、记忆中的人，在鲁迅笔下都凝聚成了永远的定格：儿时烂漫无羁的时代可以乘着冬日在雪地捕鸟，还能从长妈妈那里听来各种千奇百怪的故事，等到长大以后出国留学又遇到了仁爱无私的藤野先生……这些文章，至今读来仍有一种温暖、温馨之感。

此外，本书还选编了一些纯粹个人化的文字，如散文诗、旧体诗等，值得耐心品读。对于这类文字，理解上可能要费些周折，然而若能深入进去，就能发现一个更为广阔和深厚的精神世界。

等等，等等。

读鲁迅的文字，常常使人于不觉间会心一笑，为他犀利的言语和敏锐的洞察大声叫好；笑过之后又时时觉得悲哀。这悲哀来自对人性、人生的反思和内省，而这笑大约类似俄国作家果戈理的小说所带给人的那种“含泪的笑”吧。总之，那是一种极为复杂的情绪。

任何对于鲁迅文章的评价和介绍，实际上都有佛头着粪之弊，这些文字也不例外。理解鲁迅、走近鲁迅的最好方式，莫过于直面先生的文字。因此，就请读者翻过此页，走向那个瘦而倔强的身影吧。

目录 CONTENTS

灯下漫笔 · 1

关于中国的两三件事 · 13

春末闲谈 · 24

魏晋风度及文章与药及酒之关系 · 31

论“他妈的！” · 56

拿来主义 · 62

娜拉走后怎样 · 66

从百草园到三味书屋 · 76

藤野先生 · 83

记念刘和珍君 · 92

为了忘却的记念 · 100

悼杨铨 · 115

未有天才之前 · 116

杂感 · 122

“友邦惊诧”论 · 126

二丑艺术 · 130

说“面子” · 133

从帮忙到扯淡 · 138

自嘲 · 141

秋夜 · 142

复仇 · 145

这样的战士 · 148

过客 · 150

影的告别 · 159

淡淡的血痕中 · 161

死火 · 163

墓碣文 · 166

题《彷徨》 · 168

《野草》题辞 · 169

《呐喊》自序 · 171

写在《坟》后面 · 179

我要骗人 · 188

死 · 195

俄文译本《阿Q正传》序及著者自叙传略 · 203

自题小像 · 211

灯下漫笔[①]

一

有一时，就是民国二三年时候，北京的几个国家银行的钞票，信用日见其好了，真所谓蒸蒸日上。听说连一向执迷于现银的乡下人，也知道这既便当，又可靠，很乐意收受，行使了。至于稍明事理的人，则不必是“特殊知识阶级”，也早不将沉重累坠的银元装在怀中，来自讨无谓的苦吃。想来，除了多少对于银子有特别嗜好和爱情的人物之外，所有的怕大都是钞票了罢，而且多是本国的。但可惜后来忽然受了一个不小的打击。

就是袁世凯想做皇帝的那一年，蔡松坡先生溜出北京，到云南去起义。这边所受的影响之一，是中国和交通银行的停止兑现。

① 本篇最初分两次发表于1925年5月1日、22日《莽原》周刊的第二期和第五期。后收入《坟》。

虽然停止兑现，政府勒令商民照旧行用的威力却还有的；商民也自有商民的老本领，不说不要，却道找不出零钱。假如拿几十几百的钞票去买东西，我不知道怎样，但倘使只要买一枝笔，一盒烟卷呢，难道就付给一元钞票么？不但不甘心，也没有这许多票。那么，换铜元，少换几个罢，又都说没有铜元。那么，到亲戚朋友那里借现钱去罢，怎么会有？于是降格以求，不讲爱国了，要外国银行的钞票。但外国银行的钞票这时就等于现银，他如果借给你这钞票，也就借给你真的银元了。

我还记得那时我怀中还有三四十元的中交票[1]，可是忽而变了一个穷人，几乎要绝食，很有些恐慌。俄国革命以后的藏着纸卢布的富翁的心情，恐怕也就这样的罢；至多，不过更深更大罢了。我只得探听，钞票可能折价换到现银呢？说是没有行市。幸而终于，暗暗地有了行市了：六折几。我非常高兴，赶紧去卖了一半。后来又涨到七折

---

① 当时的国家银行中国银行和交通银行发行的钞票。

了，我更非常高兴，全去换了现银，沉垫垫地坠在怀中，似乎这就是我的性命的斤两。倘在平时，钱铺子如果少给我一个铜元，我是决不答应的。

但我当一包现银塞在怀中，沉垫垫地觉得安心，喜欢的时候，却突然起了另一思想，就是：我们极容易变成奴隶，而且变了之后，还万分喜欢。

假如有一种暴力，“将人不当人”，不但不当人，还不及牛马，不算什么东西；待到人们羡慕牛马，发生“乱离人，不及太平犬”的叹息的时候，然后给与他略等于牛马的价格，有如元朝定律，打死别人的奴隶，赔一头牛，则人们便要心悦诚服，恭颂太平的盛世。为什么呢？因为他虽不算人，究竟已等于牛马了。

我们不必恭读《钦定二十四史》，或者入研究室，审察精神文明的高超。只要一翻孩子所读的《鉴略》，——还嫌烦重，则看《历代纪元编》，就知道“三千余年古国古”的中华，历来所闹的就不过是这一个小玩艺。但在新近编纂的所谓“历史教科书”一流东西里，却不大看得明白了，只仿佛说：咱们向来就很好的。

但实际上，中国人向来就没有争到过“人”的价格，至多不过是奴隶，到现在还如此，然而下于奴隶的时候，却是数见不鲜的。中国的百姓是中立的，战时连自己也不知道属于那一面，但又属于无论那一面。强盗来了，就属于官，当然该被杀掠；官兵既到，该是自家人了罢，但仍然要被杀掠，仿佛又属于强盗似的。这时候，百姓就希望有一个一定的主子，拿他们去做百姓，——不敢，是拿他们去做牛马，情愿自己寻草吃，只求他决定他们怎样跑。

假使真有谁能够替他们决定，定下什么奴隶规则来，自然就“皇恩浩荡”了。可惜的是往往暂时没有谁能定。举其大者，则如五胡十六国的时候，黄巢的时候，五代时候，宋末元末时候，除了老例的服役纳粮以外，都还要受意外的灾殃。张献忠的脾气更古怪了，不服役纳粮的要杀，服役纳粮的也要杀，敌他的要杀，降他的也要杀：将奴隶规则毁得粉碎。这时候，百姓就希望来一个另外的主子，较为顾及他们的奴隶规则的，无论仍旧，或者新颁，总之是有一种规则，使他们可上奴隶的轨道。

“时日曷丧，予及汝偕亡！”愤言而已，决心实行的不多见。实际上大概是群盗如麻，纷乱至极之后，就有一个较强，或较聪明，或较狡滑，或是外族的人物出来，较有秩序地收拾了天下。厘定规则：怎样服役，怎样纳粮，怎样磕头，怎样颂圣。而且这规则是不像现在那样朝三暮四的。于是便“万姓胪欢”了；用成语来说，就叫作“天下太平”。

任凭你爱排场的学者们怎样铺张，修史时候设些什么“汉族发祥时代”“汉族发达时代”“汉族中兴时代”的好题目，好意诚然是可感的，但措辞太绕湾子了。有更其直捷了当的说法在这里——

一，想做奴隶而不得的时代；

二，暂时做稳了奴隶的时代。

这一种循环，也就是“先儒”之所谓“一治一乱”；那些作乱人物，从后日的“臣民”看来，是给“主子”清道辟路的，所以说：“为圣天子驱除云尔。”

现在入了那一时代，我也不了然。但看

国学家的崇奉国粹，文学家的赞叹固有文明，道学家的热心复古，可见于现状都已不满了。然而我们究竟正向着那一条路走呢？百姓是一遇到莫名其妙的战争，稍富的迁进租界，妇孺则避入教堂里去了，因为那些地方都比较的“稳”，暂不至于想做奴隶而不得。总而言之，复古的，避难的，无智愚贤不肖，似乎都已神往于三百年前的太平盛世，就是“暂时做稳了奴隶的时代”了。

但我们也就都像古人一样，永久满足于“古已有之”的时代么？都像复古家一样，不满于现在，就神往于三百年前的太平盛世么？

自然，也不满于现在的，但是，无须反顾，因为前面还有道路在。而创造这中国历史上未曾有过的第三样时代，则是现在的青年的使命！

二

但是赞颂中国固有文明的人们多起来了，加之以外国人。我常常想，凡有来到中国的，倘能疾首蹙额而憎恶中国，我敢诚意地捧献我的感谢，因为他一定是不愿意吃中国人的肉的！

鹤见祐辅[1]氏在《北京的魅力》中，记一个白人将到中国，预定的暂住时候是一年，但五年之后，还在北京，而且不想回去了。有一天，他们两人一同吃晚饭——

"在圆的桃花心木的食桌前坐定，川流不息地献着出海的珍味，谈话就从古董，画，政治这些开头。电灯上罩着支那式的灯罩，淡淡的光洋溢于古物罗列的屋子中。什么无产阶级呀，Proletariat[2]呀那些事，就像不过在什么地方刮风。

"我一面陶醉在支那生活的空气中，一面深思着对于外人有着'魅力'的这东西。元人也曾征服支那，而被征服于汉人种的生活美了；满人也征服支那，而被征服于汉人种的生活美了。现在西洋人也一样，嘴里虽然

---

① 鹤见祐辅(1885～1972)，日本评论家。作者曾选译其随笔集《思想·山水·人物》，《北京的魅力》一文即见于该书。

② Proletariat　英语：无产阶级。

说着Democracy[①]呀，什么什么呀，而却被魅于支那人费六千年而建筑起来的生活的美。一经住过北京，就忘不掉那生活的味道。大风时候的万丈的沙尘，每三月一回的督军们的开战游戏，都不能抹去这支那生活的魅力。”

这些话我现在还无力否认他。我们的古圣先贤既给与我们保古守旧的格言，但同时也排好了用子女玉帛所做的奉献于征服者的大宴。中国人的耐劳，中国人的多子，都就是办酒的材料，到现在还为我们的爱国者所自诩的。西洋人初入中国时，被称为蛮夷，自不免个个蹙额，但是，现在则时机已至，到了我们将曾经献于北魏，献于金，献于元，献于清的盛宴，来献给他们的时候了。出则汽车，行则保护：虽遇清道，然而通行自由的；虽或被劫，然而必得赔偿的；孙美瑶[②]掳去他们站在军前，还使官兵不敢开

① Democracy，英语：民主。

② 孙美瑶，一土匪头领，占据山东抱犊崮。1923年5月5日，他在津浦铁路临城站劫持中外旅客二百多人。此事在当时颇为哄动。

火。何况在华屋中享用盛宴呢？待到享受盛宴的时候，自然也就是赞颂中国固有文明的时候；但是我们的有些乐观的爱国者，也许反而欣然色喜，以为他们将要开始被中国同化了罢。古人曾以女人作苟安的城堡，美其名以自欺曰“和亲”，今人还用子女玉帛为作奴的贽敬，又美其名曰“同化”。所以倘有外国的谁，到了已有赴宴的资格的现在，而还替我们诅咒中国的现状者，这才是真有良心的真可佩服的人！

但我们自己是早已布置妥帖了，有贵贱，有大小，有上下。自己被人凌虐，但也可以凌虐别人；自己被人吃，但也可以吃别人。一级一级的制驭着，不能动弹，也不想动弹了。因为倘一动弹，虽或有利，然而也有弊。我们且看古人的良法美意罢——

“天有十日，人有十等。下所以事上，上所以共神也。故王臣公，公臣大夫，大夫臣士，士臣皁，皁臣舆，舆臣隶，隶臣僚，僚臣仆，仆臣台。”(《左传》昭公七年)

但是“台”没有臣，不是太苦了么？无须担心的，有比他更卑的妻，更弱的子在。而且其子也很有希望，他日长大，升而为“台”，便又有更卑更弱的妻子，供他驱使了。如此连环，各得其所，有敢非议者，其罪名曰不安分！

虽然那是古事，昭公七年离现在也太辽远了，但“复古家”尽可不必悲观的。太平的景象还在：常有兵燹，常有水旱，可有谁听到大叫唤么？打的打，革的革，可有处士来横议么？对国民如何专横，向外人如何柔媚，不犹是差等的遗风么？中国固有的精神文明，其实并未为共和二字所埋没，只有满人已经退席，和先前稍不同。

因此我们在目前，还可以亲见各式各样的筵宴，有烧烤，有翅席，有便饭，有西餐。但茅檐下也有淡饭，路傍也有残羹，野上也有饿莩；有吃烧烤的身价不资的阔人，也有饿得垂死的每斤八文的孩子①（见《现代

---

① 每斤八文的孩子：仲瑚的《一个四川人的通信》中叙述当时军阀统治下四川劳动人民的悲惨生活，其中说：“男小孩只卖八枚铜子一斤，女小孩连这个价钱也卖不了。”见1925年5月2日《现代评论》第一卷第二十一期。

评论》二十一期)。所谓中国的文明者，其实不过是安排给阔人享用的人肉的筵宴。所谓中国者，其实不过是安排这人肉的筵宴的厨房。不知道而赞颂者是可恕的，否则，此辈当得永远的诅咒!

外国人中，不知道而赞颂者，是可恕的；占了高位，养尊处优，因此受了蛊惑，昧却灵性而赞叹者，也还可恕的。可是还有两种，其一是以中国人为劣种，只配悉照原来模样，因而故意称赞中国的旧物。其一是愿世间人各不相同以增自己旅行的兴趣，到中国看辫子，到日本看木屐，到高丽看笠子，倘若服饰一样，便索然无味了，因而来反对亚洲的欧化。这些都可憎恶。至于罗素在西湖见轿夫含笑①，便赞美中国人，则也许别有意思罢。但是，轿夫如果能对坐轿的

---

① 罗素(B. Russell，1872～1970)，英国哲学家。1920年曾来中国讲学，并游览各处。关于“轿夫含笑”事，见其《中国问题》一书：“我记得一个大夏天，我们几个人坐轿过山，道路崎岖难行，轿夫非常的辛苦；我们到了山顶，停十分钟，让他们休息一会。立刻他们就并排的坐下来了，抽出他们的烟袋来，谈着笑着，好像一点忧虑都没有似的。”

人不含笑，中国也早不是现在似的中国了。

这文明，不但使外国人陶醉，也早使中国一切人们无不陶醉而且至于含笑。因为古代传来而至今还在的许多差别，使人们各各分离，遂不能再感到别人的痛苦；并且因为自己各有奴使别人，吃掉别人的希望，便也就忘却自己同有被奴使被吃掉的将来。于是大小无数的人肉的筵宴，即从有文明以来一直排到现在，人们就在这会场中吃人，被吃，以凶人的愚妄的欢呼，将悲惨的弱者的呼号遮掩，更不消说女人和小儿。

这人肉的筵宴现在还排着，有许多人还想一直排下去。扫荡这些食人者，掀掉这筵席，毁坏这厨房，则是现在的青年的使命！

一九二五年四月二十九日。

关于中国的两三件事[①]

一 关于中国的火

希腊人所用的火，听说是在一直先前，普洛美修斯[②]从天上偷来的，但中国的却和它不同，是燧人氏自家所发见——或者该说是发明罢。因为并非偷儿，所以拴在山上，给老雕去啄的灾难是免掉了，然而也没有普洛美修斯那样的被传扬，被崇拜。

中国也有火神的。但那可不是燧人氏，而是随意放火的莫名其妙的东西。

自从燧人氏发见，或者发明了火以来，能够很有味的吃火锅，点起灯来，夜里也可

① 最初发表于1934年3月号日本《改造》月刊，后收入《且介亭杂文》。

② 普洛美修斯，通译普罗米修斯，希腊神话中的神。相传他从主神宙斯处盗火种给人类，被宙斯惩罚，钉在高加索山的岩石上，让神鹰啄食其肝脏。

以工作了，但是，真如先哲之所谓“有一利必有一弊”罢，同时也开始了火灾，故意点上火，烧掉那有巢氏所发明的巢的了不起的人物也出现了。

和善的燧人氏是该被忘却的。即使伤了食，这回是属于神农氏的领域了，所以那神农氏，至今还被人们所记得。至于火灾，虽然不知道那发明家究竟是什么人，但祖师总归是有的，于是没有法，只好漫称之曰火神，而献以敬畏。看他的画像，是红面孔，红胡须，不过祭祀的时候，却须避去一切红色的东西，而代之以绿色。他大约像西班牙的牛一样，一看见红色，便会亢奋起来，做出一种可怕的行动的。他因此受着崇祀。在中国，这样的恶神还很多。

然而，在人世间，倒似乎因了他们而热闹。赛会也只有火神的，燧人氏的却没有。倘有火灾，则被灾的和邻近的没有被灾的人们，都要祭火神，以表感谢之意。被了灾还要来表感谢之意，虽然未免有些出于意外，但若不祭，据说是第二回还会烧，所以还是感谢了的安全。而且也不但对于火神，就是对于人，有时也一样的这么办，我想，大约也是礼仪的一种罢。

其实，放火，是很可怕的，然而比起烧饭来，却也许更有趣。外国的事情我不知道，若在中国，则无论查检怎样的历史，总寻不出烧饭和点灯的人们的列传来。在社会上，即使怎样的善于烧饭，善于点灯，也毫没有成为名人的希望。然而秦始皇一烧书，至今还俨然做着名人，至于引为希特拉①烧书事件的先例。假使希特拉太太善于开电灯，烤面包罢，那么，要在历史上寻一点先例，恐怕可就难了。但是，幸而那样的事，是不会哄动一世的。

烧掉房子的事，据宋人的笔记说，是开始于蒙古人的。因为他们住着帐篷，不知道住房子，所以就一路的放火。然而，这是诳话。蒙古人中，懂得汉文的很少，所以不来更正的。其实，秦的末年就有着放火的名人项羽在，一烧阿房宫，便天下闻名，至今还会在戏台上出现，连在日本也很有名。然

① 希特拉(A.Hitler,1889～1945)现译希特勒，曾烧毁进步书籍和一切所谓"非德国思想"的书籍。

而，在未烧以前的阿房宫里每天点灯的人们，又有谁知道他们的名姓呢？

现在是爆裂弹呀，烧夷弹呀之类的东西已经做出，加以飞机也很进步，如果要做名人，就更加容易了。而且如果放火比先前放得大，那么，那人就也更加受尊敬，从远处看去，恰如救世主一样，而那火光，便令人以为是光明。

二 关于中国的王道

在前年，曾经拜读过中里介山氏的大作《给支那及支那国民的信》。只记得那里面说，周汉都有着侵略者的资质。而支那人都讴歌他，欢迎他了。连对于朔北的元和清，也加以讴歌了。只要那侵略，有着安定国家之力，保护民生之实，那便是支那人民所渴望的王道，于是对于支那人的执迷不悟之点，愤慨得非常。

那“信”，在满洲出版的杂志上，是被译载了的，但因为未曾输入中国，所以像是回信的东西，至今一篇也没有见。只在去年的上海报上所载的胡适博士的谈话里，有的说，“只有一个方法可以征服中国，即彻底停止侵略，反过来征服中国民族的心。”不消说，那不过是偶然的，但也有些令人觉得好像是对于那信的答复。

征服中国民族的心，这是胡适博士给中国之所谓王道所下的定义，然而我想，他自己恐怕也未必相信自己的话的罢。在中国，其实是彻底的未曾有过王道，“有历史癖和考据癖”的胡博士，该是不至于不知道的。

不错，中国也有过讴歌了元和清的人们，但那是感谢火神之类，并非连心也全被征服了的证据。如果给与一个暗示，说是倘不讴歌，便将更加虐待，那么，即使加以或一程度的虐待，也还可以使人们来讴歌。四五年前，我曾经加盟于一个要求自由的团体，而那时的上海教育局长陈德征氏勃然大怒道，在三民主义的统治之下，还觉得不满么？那可连现在所给与着的一点自由也要收起了。而且，真的是收起了的。每当感到比先前更不自由的时候，我一面佩服着陈氏的精通王道的学识，一面有时也不免想，真该是讴歌三民主义的。然而，现在是已经太晚了。

在中国的王道，看去虽然好像是和霸道对立的东西，其实却是兄弟，这之前和之后，一定要有霸道跑来的。人民之所讴歌，就为了希望霸道的减轻，或者不更加重的缘故。

汉的高祖，据历史家说，是龙种，但其实是无赖出身，说是侵略者，恐怕有些不对的。至于周的武王，则以征伐之名入中国，加以和殷似乎连民族也不同，用现代的话来说，那可是侵略者。然而那时的民众的声音，现在已经没有留存了。孔子和孟子确曾大大的宣传过那王道，但先生们不但是周朝的臣民而已，并且周游历国，有所活动，所以恐怕是为了想做官也难说。说得好看一点，就是因为要“行道”，倘做了官，于行道就较为便当，而要做官，则不如称赞周朝之为便当的。然而，看起别的记载来，却虽是那王道的祖师而且专家的周朝，当讨伐之初，也有伯夷和叔齐扣马而谏，非拖开不可；纣的军队也加反抗，非使他们的血流到漂杵不可。接着是殷民又造了反，虽然特别称之曰“顽民”，从王道天下的人民中除开，但总之，似乎究竟有了一种什么破绽似的。好个王道，只消一个顽民，便将它弄得毫无根据了。

儒士和方士，是中国特产的名物。方士的最高理想是仙道，儒士的便是王道。但可惜的是这两件在中国终于都没有。据长久的历史上的事实所证明，则倘说先前曾有真的王道者，是妄言，说现在还有者，是新药。孟子生于周季，所以以谈霸道为羞，倘使生于今日，则跟着人类的智识范围的展开，怕要羞谈王道的罢。

三 关于中国的监狱

我想，人们是的确由事实而从新省悟，而事情又由此发生变化的。从宋朝到清朝的

①“制艺”亦称制义。科举考试时规定的文体。在明清两代，指摘取“四书”、“五经”中的文句命题、立论的八股文。

末年，许多年间，专以代圣贤立言的“制艺”①这一种烦难的文章取士，到得和法国打了败仗，这才省悟了这方法的错误。于是派留学生到西洋，开设兵器制造局，作为那改正的手段。省悟到这还不够，是在和日本打了败仗之后，这回是竭力开起学校来。于是学生们年年大闹了。从清朝倒掉，国民党掌握政权的时候起，才又省悟了这错误，作为那改正的手段的，是除了大造监狱之外，什么也没有了。

在中国，国粹式的监狱，是早已各处都有的，到清末，就也造了一点西洋式，即所谓文明式的监狱。那是为了示给旅行到此的外国人而建造，应该与为了和外国人好互相应酬，特地派出去，学些文明人的礼节的留学生，属于同一种类的。托了这福，犯人的待遇也还好，给洗澡，也给一定分量的饭吃，所以倒是颇为幸福的地方。但是，就在两三礼拜前，政府因为要行仁政了，还发过一个不准克扣囚粮的命令。从此以后，可更加幸福了。

至于旧式的监狱，则因为好像是取法于

佛教的地狱的，所以不但禁锢犯人，此外还有给他吃苦的职掌。挤取金钱，使犯人的家属穷到透顶的职掌，有时也会兼带的。但大家都以为应该。如果有谁反对罢，那就等于替犯人说话，便要受恶党的嫌疑。然而文明是出奇的进步了，所以去年也有了提倡每年该放犯人回家一趟，给以解决性欲的机会的，颇是人道主义气味之说的官吏。其实，他也并非对于犯人的性欲，特别表着同情，不过因为总不愁竟会实行的，所以也就高声嚷一下，以见自己的作为官吏的存在。然而舆论颇为沸腾了。有一位批评家，还以为这么一来，大家便要不怕牢监，高高兴兴的进去了，很为世道人心愤慨了一下。受了所谓圣贤之教那么久，竟还没有那位官吏的圆滑，固然也令人觉得诚实可靠，然而他的意见，是以为对于犯人，非加虐待不可，却也因此可见了。

从别一条路想，监狱确也并非没有不像以“安全第一”为标语的人们的理想乡的地方。火灾极少，偷儿不来，土匪也一定不来抢。即使打仗，也决没有以监狱为目标，施行轰炸的傻子；即使革命，有释放囚犯的例，而加以屠戮的是没有的。当福建独立之初，虽有说是释放犯人，而一到外面，和他们自己意见不同的人们倒反而失踪了的谣言，然而这样的例子，以前是未曾有过的。总而言之，似乎也并非很坏的处所。只要准带家眷，则即使不是现在似的大水，饥荒，战争，恐怖的时候，请求搬进去住的人们，也未必一定没有的。于是虐待就成为必不可少了。

牛兰夫妇，作为赤化宣传者而关在南京的监狱里，也绝食了三四回了，可是什么效力也没有。这是因为他不知道中国的监狱的精神的缘故。有一位官员诧异的说过：他自己不吃，和别人有什么关系呢？岂但和仁政并无关系而已呢，省些食料，倒是于监狱有益的。甘地的把戏，倘不挑选兴行场，就毫无成效了。

然而，在这样的近于完美的监狱里，却还剩着一种缺点。至今为止，对于思想上的事，都没有很留心。为要弥补这缺点，是在近来新发明的叫作“反省院”的特种监狱里，施着教育。我还没有到那里面去反省过，所以并不知道详情，但要而言之，好像是将三民主义时时讲给犯人听，使他反省着自己的错误。听人说，此外还得做排击共产主义的论文。如果不肯做，或者不能做，那自然，非终身反省不可了，而做得不够格，也还是非反省到死则不可。现在是进去的也有，出来的也有，因为听说还得添造反省院，可见还是进去的多了。考完放出的良民，偶尔也可以遇见，但仿佛大抵是萎靡不振，恐怕是在反省和毕业论文上，将力气使尽了罢。那前途，是在没有希望这一面的。

春末闲谈[①]

北京正是春末，也许我过于性急之故罢，觉着夏意了，于是突然记起故乡的细腰蜂。那时候大约是盛夏，青蝇密集在凉棚索子上，铁黑色的细腰蜂就在桑树间或墙角的蛛网左近往来飞行，有时衔一支小青虫去了，有时拉一个蜘蛛。青虫或蜘蛛先是抵抗着不肯去，但终于乏力，被衔着腾空面去了，坐了飞机似的。

老前辈们开导我，那细腰蜂就是书上所说的果蠃，纯雌无雄，必须捉螟蛉去做继子的。她将小青虫封在窠里，自己在外面日日夜夜敲打着，祝道“像我像我”，经过若干日，——我记不清了，大约七七四十九日罢，——那青虫也就成了细腰蜂了，所以《诗经》里说：“螟蛉有子，果蠃负之。”螟蛉就是

① 最初发表于1925年4月24日北京《莽原》周刊第一期，署名冥昭。后收入《坟》。

桑上小青虫。蜘蛛呢？他们没有提。我记得有几个考据家曾经立过异说，以为她其实自能生卵；其捉青虫，乃是填在窠里，给孵化出来的幼蜂做食料的。但我所遇见的前辈们都不采用此说，还道是拉去做女儿。我们为存留天地间的美谈起见，倒不如这样好。当长夏无事，遣暑林阴，瞥见二虫一拉一拒的时候，便如睹慈母教女，满怀好意，而青虫的宛转抗拒，则活像一个不识好歹的毛鸦头。

但究竟是夷人可恶，偏要讲什么科学。科学虽然给我们许多惊奇，但也搅坏了我们许多好梦。自从法国的昆虫学大家发勃耳(Fabre)①仔细观察之后，给幼蜂做食料的事可就证实了。而且，这细腰蜂不但是普通的凶手，还是一种很残忍的凶手，又是一个学识技术都极高明的解剖学家。她知道青虫的神经构造和作用，用了神奇的毒针，向那运动神经球上只一螫，它便麻痹为不死不活状态，这才在它身上生下蜂卵，封入窠中。青

① 发勃耳(1823～1915)，现译法布尔，法国昆虫学家。著有《昆虫记》等。

虫因为不死不活，所以不动，但也因为不活不死，所以不烂，直到她的子女孵化出来的时候，这食料还和被捕当日一样的新鲜。

三年前，我遇见神经过敏的俄国的E君，有一天他忽然发愁道，不知道将来的科学家，是否不至于发明一种奇妙的药品，将这注射在谁的身上，则这人即甘心永远去做服役和战争的机器了？那时我也就皱眉叹息，装作一齐发愁的模样，以示“所见略同”之至意，殊不知我国的圣君，贤臣，圣贤，圣贤之徒，却早已有过这一种黄金世界的理想了。不是“唯辟作福，唯辟作威，唯辟玉食”么？不是“君子劳心，小人劳力”么？不是“治于人者食(去声)人，治人者食于人”么？可惜理论虽已卓然，而终于没有发明十全的好方法。要服从作威就须不活，要贡献玉食就须不死；要被治就须不活，要供养治人者又须不死。人类升为万物之灵，自然是可贺的，但没有了细腰蜂的毒针，却很使圣君，贤臣，圣贤，圣贤之徒，以至现在的阔人，学者，教育家觉得棘手。将来未可知，若已往，则治人者虽然尽力施行过各种麻痹术，也还不能十分奏效，与果赢并驱争先。即以皇帝一伦而言，便难免时常改姓易代，终没有“万年有道之长”；“二十四史”而多至二十四，就是可悲的铁证。现在又似乎有些别开生面了，世上挺生了一种所谓“特殊智识阶级”的留学生，在研究室中研究之结果，说医学不发达是有益于人种改良的，中国妇女的境遇是极其平等的，一切道理都已不错，一切状态都已够好。E君的发愁，或者也不为无因罢，然而俄国是不要紧的，因为他们不像我们中国，有所谓“特别国情”，还有所谓“特智知识阶级”。

但这种工作，也怕终于像古人那样，不能十分奏效的罢，因为这实在比细腰蜂所做的要难得多。她于青虫，只须不动，所以仅在运动神经球上一螫，即告成功。而我们的工作，却求其能运动，无知觉，该在知觉神经中枢，加以完全的麻醉的。但知觉一失，运动也就随之失却主宰，不能贡献玉食，恭请上自“极峰”下至“特殊智识阶级”的赏收享用了。就现在而言，窃以为除了遗老的圣经贤传法，学者的进研究室主义，文学家和茶摊老板的莫谈国事律，教育家的勿视勿听勿言勿动论之外，委实还没有更好，更完全，更无流弊的方法。便是留学生的特别发见，其实也并未轶出了前贤的范围。

那么，又要“礼失而求诸野”了。夷人，现在因为想去取法，姑且称之为外国，他那里，可有较好的法子么？可惜，也没有。所有者，仍不外乎不准集会，不许开口之类，和我们中华并没有什么很不同。然亦可见至道嘉猷，人同此心，心同此理，固无华夷之限也。猛兽是单独的，牛羊则结队；野牛的大队，就会排角成城以御强敌了，但拉开一匹，定只能牟牟地叫。人民与牛马同流，——此就中国而言，夷人别有分类法云，——治之之道，自然应该禁止集合：这方法是对的。其次要防说话。人能说话，已经是祸胎了，而况有时还要做文章。所以苍颉造字，夜有鬼哭。鬼且反对，而况于官？猴子不会说话，猴界即向无风潮，——可是猴界中也没有官，但这又作别论，——确应该虚心取法，反朴归真，则口且不开，文章自灭：这方法也是对的。然而上文也不过就理论而言，至于实效，却依然是难说。最显著的例，是连那么专制的俄国，而尼古拉二世“龙御上宾”之后，罗马诺夫氏竟已“覆宗绝祀”了。要而言之，那大缺点就在虽有二大良法，而还缺其一，便是：无法禁止人们的思想。

于是我们的造物主——假如天空真有这样的一位“主子”——就可恨了：一恨其没有永远分清“治者”与“被治者”；二恨其不给治者生一枝细腰蜂那样的毒针；三恨其不将被治者造得即使砍去了藏着的思想中枢的脑袋而还能动作——服役。三者得一，阔人的地位即永久稳固，统御也永久省了气力，而天下于是乎太平。今也不然，所以即使单想高高在上，暂时维持阔气，也还得日施手段，夜费心机，实在不胜其委屈劳神之至……。

假使没有了头颅，却还能做服役和战争的机械，世上的情形就何等地醒目呵！这时再不必用什么制帽勋章来表明阔人和窄人了，只要一看头之有无，便知道主奴，官民，上下，贵贱的区别。并且也不至于再闹什么革命，共和，会议等等的乱子了，单是电报，就要省下许多许多来。古人毕竟聪明，仿佛早想到过这样的东西，《山海经》上就记载着一种名叫“刑天”的怪物。他没有了能想的头，却还活着，“以乳为目，以脐为口”，——这一点想得很周到，否则他怎么看，怎么吃呢，——实在是很值得奉为师法的。假使我们的国民都能这样，阔人又何等安全快乐？但他又“执干戚而舞”，则似乎还是死也不肯安分，和我那专为阔人图便利而设的理想底好国民又不同。陶潜先生又有诗道：“刑天舞干戚，猛志固常在。”连这位貌似旷达的老隐士也这么说，可见无头也会仍有猛志，阔人的天下一时总怕难得太平的了。但有了太多的“特殊智识阶级”的国民，也许有特在例外的希望；况且精神文明太高了之后，精神的头就会提前飞去，区区物质的头的有无也算不得什么难问题。

一九二五年四月二十二日。

魏晋风度及文章与药及酒之关系①
——九月间在广州夏期学术演讲会讲

我今天所讲的，就是黑板上写着的这样一个题目。

中国文学史，研究起来，可真不容易，研究古的，恨材料太少，研究今的，材料又太多，所以到现在，中国较完全的文学史尚未出现。今天讲的题目是文学史上的一部分，也是材料太少，研究起来很有困难的地方。因为我们想研究某一时代的文学，至少要知道作者的环境，经历和著作。

汉末魏初这个时代是很重要的时代，在文学方面起一个重大的变化，因当时正在黄巾和董卓大乱之后，而且又是党锢的纠纷之

① 本篇记录稿最初发表于1927年8月11、12、13、15、16、17日广州《民国日报》副刊《现代青年》第一七三至一七八期；改定稿发表于1927年11月16日《北新》半月刊第二卷第二号。后收入《而已集》。

后，这时曹操出来了。——不过我们讲到曹操，很容易就联想起《三国志演义》，更而想起戏台上那一位花面的奸臣，但这不是观察曹操的真正方法。现在我们再看历史，在历史上的记载和论断有时也是极靠不住的，不能相信的地方很多，因为通常我们晓得，某朝的年代长一点，其中必定好人多；某朝的年代短一点，其中差不多没有好人。为什么呢？因为年代长了，做史的是本朝人，当然恭维本朝的人物，年代短了，做史的是别朝人，便很自由地贬斥其异朝的人物，所以在秦朝，差不多在史的记载上半个好人也没有。曹操在史上年代也是颇短的，自然也逃不了被后一朝人说坏话的公例。其实，曹操是一个很有本事的人，至少是一个英雄，我虽不是曹操一党，但无论如何，总是非常佩服他。

研究那时的文学，现在较为容易了，因为已经有人做过工作：在文集一方面有清严可均辑的《全上古三代秦汉三国晋南北朝文》。其中于此有用的，是《全汉文》，《全三国文》，《全晋文》。

在诗一方面有丁福保辑的《全汉三国晋南北朝诗》。——丁福保是做医生的，现在还在。

辑录关于这时代的文学评论有刘师培编的《中国中古文学史》。这本书是北大的讲义，刘先生已死，此书由北大出版。

上面三种书对于我们的研究有很大的帮助。能使我们看出这时代的文学的确有点异彩。

我今天所讲，倘若刘先生的书里已详的，我就略一点；反之，刘先生所略的，我就较详一点。

董卓之后，曹操专权。在他的统治之下，第一个特色便是尚刑名。他的立法是很严的，因为当大乱之后，大家都想做皇帝，大家都想叛乱，故曹操不能不如此。曹操曾自己说过："倘无我，不知有多少人称王称帝！"这句话他倒并没有说谎。因此之故，影响到文章方面，成了清峻的风格。——就是文章要简约严明的意思。

此外还有一个特点，就是尚通脱。他为什么要尚通脱呢？自然也与当时的风气有莫大的关系。因为在党锢之祸以前，凡党中人都自命清流，不过讲“清”讲得太过，便成固执，所以在汉末，清流的举动有时便非常可笑了。

比方有一个有名的人，普通的人去拜访他，先要说几句话，倘这几句话说得不对，往往会遭倨傲的待遇，叫他坐到屋外去，甚而至于拒绝不见。

又如有一个人，他和他的姊夫是不对的，有一回他到姊姊那里去吃饭之后，便要将饭钱算回给姊姊。她不肯要，他就于出门之后，把那些钱扔在街上，算是付过了。

个人这样闹闹脾气还不要紧，若治国平天下也这样闹起执拗的脾气来，那还成甚么话？所以深知此弊的曹操要起来反对这种习气，力倡通脱。通脱即随便之意。此种提倡影响到文坛，便产生多量想说甚么便说甚么的文章。

更因思想通脱之后，废除固执，遂能充分容纳异端和外来的思想，故孔教以外的思想源源引入。

总括起来，我们可以说汉末魏初的文章

是清峻，通脱。在曹操本身，也是一个改造文章的祖师，可惜他的文章传的很少。他胆子很大，文章从通脱得力不少，做文章时又没有顾忌，想写的便写出来。

所以曹操征求人才时也是这样说，不忠不孝不要紧，只要有才便可以。这又是别人所不敢说的。曹操做诗，竟说是“郑康成行酒伏地气绝”，他引出离当时不久的事实，这也是别人所不敢用的。还有一样，比方人死时，常常写点遗令，这是名人的一件极时髦的事。当时的遗令本有一定的格式，且多言身后当葬于何处何处，或葬于某某名人的墓旁；操独不然，他的遗令不但没有依着格式，内容竟讲到遗下的衣服和伎女怎样处置等问题。

陆机虽然评曰“贻尘谤于后王”，然而我想他无论如何是一个精明人，他自己能做文章，又有手段，把天下的方士文士统统搜罗起来，省得他们跑在外面给他捣乱。所以他帷幄里面，方士文士就特别地多。

孝文帝曹丕，以长子而承父业，篡汉而即帝位。他也是喜欢文章的。其弟曹植，还有明帝曹叡，都是喜欢文章的。不过到那个时候，于通脱之外，更加上华丽。丕著有《典论》，现已失散无全本，那里面说："诗赋欲丽"，"文以气为主"。《典论》的零零碎碎，在唐宋类书中；一篇整的《论文》，在《文选》中可以看见。

后来有一般人很不以他的见解为然。他说诗赋不必寓教训，反对当时那些寓训勉于诗赋的见解，用近代的文学眼光看来，曹丕的一个时代可说是"文学的自觉时代"，或如近代所说是为艺术而艺术(Art for Art's Sake)的一派。所以曹丕做的诗赋很好，更因他以"气"为主，故于华丽以外，加上壮大。归纳起来，汉末，魏初的文章，可说是："清峻，通脱，华丽，壮大。"在文学的意见上，曹丕和曹植表面上似乎是不同的。曹丕说文章事可以留名声于千载；但子建却说文章小道，不足论的。据我的意见，子建大概是违心之论。这里有两个原因，第一，子建的文章做得好，一个人大概总是不满意自己所做而羡慕他人所为的，他的文章已经做得好，于是他便敢说文章是小道；第二，子建活动的目标在于政治方面，政治方面不甚得志，遂说文章是无用了。

曹操曹丕以外，还有下面的七个人：孔融，陈琳，王粲，徐幹，阮瑀，应瑒，刘桢，都很能做文章，后来称为“建安七子”。七人的文章很少流传，现在我们很难判断；但，大概都不外是“慷慨”，“华丽”罢。华丽即曹丕所主张，慷慨就因当天下大乱之际，亲戚朋友死于乱者特多，于是为文就不免带着悲凉，激昂和“慷慨”了。

七子之中，特别的是孔融，他专喜和曹操捣乱。曹丕《典论》里有论孔融的，因此他也被拉进“建安七子”一块儿去。其实不对，很两样的。不过在当时，他的名声可非常之大。孔融作文，喜用讥嘲的笔调，曹丕很不满意他。孔融的文章现在传的也很少，就他所有的看起来，我们可以瞧出他并不大对别人讥讽，只对曹操。比方操破袁氏兄弟，曹丕把袁熙的妻甄氏拿来，归了自己，孔融就写信给曹操，说当初武王伐纣，将妲己给了周公了。操问他的出典，他说，以今例古，大概那时也是这样的。又比方曹操要禁酒，说酒可以亡国，非禁不可，孔融又反对他，说也有以女人亡国的，何以不禁婚姻？

其实曹操也是喝酒的。我们看他的“何以解忧？惟有杜康”的诗句，就可以知道。为什么他的行为会和议论矛盾呢？此无他，因曹操是个办事人，所以不得不这样做；孔融是旁观的人，所以容易说些自由话。曹操见他屡屡反对自己，后来借故把他杀了。他杀孔融的罪状大概是不孝。因为孔融有下列的两个主张：

第一，孔融主张母亲和儿子的关系是如瓶之盛物一样，只要在瓶内把东西倒了出来，母亲和儿子的关系便算完了。第二，假使有天下饥荒的一个时候，有点食物，给父亲不给呢？孔融的答案是：倘若父亲是不好的，宁可给别人。——曹操想杀他，便不惜以这种主张为他不忠不孝的根据，把他杀了。倘若曹操在世，我们可以问他，当初求才时就说不忠不孝也不要紧，为何又以不孝之名杀人呢？然而事实上纵使曹操再生，也没人敢问他，我们倘若去问他，恐怕他把我们也杀了！

与孔融一同反对曹操的尚有一个祢衡，后来给黄祖杀掉的。祢衡的文章也不错，而且他和孔融早是“以气为主”来写文章的了。故在此我们又可知道，汉文慢慢壮大起来，是时代使然，非专靠曹操父子之功的。但华丽好看，却是曹丕提倡的功劳。

这样下去一直到明帝的时候，文章上起了个重大的变化，因为出了一个何晏。

何晏的名声很大，位置也很高，他喜欢研究《老子》和《易经》。至于他是怎样的一个人呢？那真相现在可很难知道，很难调查。因为他是曹氏一派的人，司马氏很讨厌他，所以他们的记载对何晏大不满。因此产生许多传说，有人说何晏的脸上是搽粉的，又有人说他本来生得白，不是搽粉的。但究竟何晏搽粉不搽粉呢？我也不知道。

但何晏有两件事我们是知道的。第一，他喜欢空谈，是空谈的祖师；第二，他喜欢吃药，是吃药的祖师。

此外，他也喜欢谈名理。他身子不好；因此不能不服药。

他吃的不是寻常的药，是一种名叫“五

石散”的药。

“五石散”是一种毒药，是何晏吃开头的。汉时，大家还不敢吃，何晏或者将药方略加改变，便吃开头了。五石散的基本，大概是五样药：石钟乳，石硫黄，白石英，紫石英，赤石脂；另外怕还配点别样的药。但现在也不必细细研究它，我想各位都是不想吃它的。

从书上看起来，这种药是很好的，人吃了能转弱为强。因此之故，何晏有钱，他吃起来了；大家也跟着吃。那时五石散的流毒就同清末的鸦片的流毒差不多，看吃药与否以分阔气与否的。现在由隋巢元方做的《诸病源候论》的里面可以看到一些。据此书，可知吃这药是非常麻烦的，穷人不能吃，假使吃了之后，一不小心，就会毒死。先吃下去的时候，倒不怎样的，后来药的效验既显，名曰“散发”。倘若没有“散发”，就有弊而无利。因此吃了之后不能休息，非走路不可，因走路才能“散发”，所以走路名曰“行散”。比方我们看六朝人的诗，有云：“至城东行散”，就是此意。后来做诗的人不知其故，以为“行散”即步行之意，所以不服药也以“行散”二字入诗，这是很笑话的。

走了之后，全身发烧，发烧之后又发冷。普通发冷宜多穿衣，吃热的东西。但吃药后的发冷刚刚要相反：衣少，冷食，以冷水浇身。倘穿衣多而食热物，那就非死不可。因此五石散一名寒食散。只有一样不必冷吃的，就是酒。

吃了散之后，衣服要脱掉，用冷水浇身；吃冷东西；饮热酒。这样看起来，五石散吃的人多，穿厚衣的人就少；比方在广东提倡，一年以后，穿西装的人就没有了。因为皮肉发烧之故，不能穿窄衣。为豫防皮肤被衣服擦伤，就非穿宽大的衣服不可。现在有许多人以为晋人轻裘缓带，宽衣，在当时是人们高逸的表现，其实不知他们是吃药的缘故。一班名人都吃药，穿的衣都宽大，于是不吃药的也跟着名人，把衣服宽大起来了！

还有，吃药之后，因皮肤易于磨破，穿鞋也不方便，故不穿鞋袜而穿屐。所以我们看晋人的画像或那时的文章，见他衣服宽大，不鞋而屐，以为他一定是很舒服，很飘逸的了，其实他心里都是很苦的。

更因皮肤易破，不能穿新的而宜于穿旧的，衣服便不能常洗。因不洗，便多虱。所以在文章上，虱子的地位很高，“扪虱而谈”，当时竟传为美事。比方我今天在这里演讲的时候，扪起虱来，那是不大好的。但在那时不要紧，因为习惯不同之故。这正如清朝是提倡抽大烟的，我们看见两肩高耸的人，不觉得奇怪。现在就不行了，倘若多数学生，他的肩成为一字样，我们就觉得很奇怪了。

此外可见服散的情形及其他种种的书，还有葛洪的《抱朴子》。

到东晋以后，作假的人就很多，在街旁睡倒，说是“散发”以示阔气。就像清时尊读书，就有人以墨涂唇，表示他是刚才写了许多字的样子。故我想，衣大，穿屐，散髮等等，后来效之，不吃也学起来，与理论的提倡实在是无关的。

又因“散发”之时，不能肚饿，所以吃冷物，而且要赶快吃，不论时候，一日数次也不可定。因此影响到晋时“居丧无礼”。——本来魏晋时，对于父母之礼是很繁多的。比方想去访一个人，那么，在未访之前，必先打听他父母及其祖父母的名字，以便避讳。否则，嘴上一说出这个字音，假如他的父母是死了的，主人便会大哭起来——他记得父母了——给你一个大大的没趣。晋礼居丧之时，也要瘦，不多吃饭，不准喝酒。但在吃药之后，为生命计，不能管得许多，只好大嚼，所以就变成“居丧无礼”了。

居丧之际，饮酒食肉，由阔人名流倡之，万民皆从之，因为这个缘故，社会上遂尊称这样的人叫作名士派。

吃散发源于何晏，和他同志的，有王弼和夏侯玄两个人，与晏同为服药的祖师。有他三人提倡，有多人跟着走。他们三人多是会做文章，除了夏侯玄的作品流传不多外，王何二人现在我们尚能看到他们的文章。他们都是生于正始的，所以又名曰“正始名士”。但这种习惯的末流，是只会吃药，或竟假装吃药，而不会做文章。

东晋以后，不做文章而流为清谈，由

《世说新语》一书里可以看到。此中空论多而文章少，比较他们三个差得远了。三人中王弼二十余岁便死了，夏侯何二人皆为司马懿所杀。因为他二人同曹操有关系，非死不可，犹曹操之杀孔融，也是借不孝做罪名的。

二人死后，论者多因其与魏有关而骂他，其实何晏值得骂的就是因为他是吃药的发起人。这种服散的风气，魏，晋，直到隋，唐，还存在着，因为唐时还有“解散方”，即解五石散的药方，可以证明还有人吃，不过少点罢了。唐以后就没有人吃，其原因尚未详，大概因其弊多利少，和鸦片一样罢？

晋名人皇甫谧作一书曰《高士传》，我们以为他很高超。但他是服散的，曾有一篇文章，自说吃散之苦。因为药性一发，稍不留心，即会丧命，至少也会受非常的苦痛，或要发狂；本来聪明的人，因此也会变成痴呆。所以非深知药性，会解救，而且家里的人多深知药性不可。晋朝人多是脾气很坏，高傲，发狂，性暴如火的，大约便是服药的缘故。比方有苍蝇扰他，竟至拔剑追赶；就是说话，也要胡胡涂涂地才好，有时简直是近于发疯。但在晋朝更有以痴为好的，这大概也是服药的缘故。

魏末，何晏他们以外，又有一个团体新起，叫做“竹林名士”，也是七个，所以又称“竹林七贤”。正始名士服药，竹林名士饮酒。竹林的代表是嵇康和阮籍。但究竟竹林名士不纯粹是喝酒的，嵇康也兼服药，而阮籍则是专喝酒的代表。但嵇康也饮酒，刘伶也是这里面的一个。他们七人中差不多都是反抗旧礼教的。

这七人中，脾气各有不同。嵇阮二人的脾气都很大；阮籍老年时改得很好，嵇康就始终都是极坏的。

阮年青时，对于访他的人有加以青眼和白眼的分别。白眼大概是全然看不见眸子的，恐怕要练习很久才能够。青眼我会装，白眼我却装不好。

后来阮籍竟做到“口不臧否人物”的地步，嵇康却全不改变。结果阮得终其天年，而嵇竟丧于司马氏之手，与孔融何晏等一样，遭了不幸的杀害。这大概是因为吃药和吃酒之分的缘故：吃药可以成仙，仙是可以骄视俗人的；饮酒不会成仙，所以敷衍了事。

他们的态度，大抵是饮酒时衣服不穿，帽也不带。若在平时，有这种状态，我们就说无礼，但他们就不同。居丧时不一定按例哭泣；子之于父，是不能提父的名，但在竹林名士一流人中，子都会叫父的名号。旧传下来的礼教，竹林名士是不承认的。即如刘伶——他曾做过一篇《酒德颂》，谁都知道——他是不承认世界上从前规定的道理的，曾经有这样的事，有一次有客见他，他不穿衣服。人责问他；他答人说，天地是我的房屋，房屋就是我的衣服，你们为什么进我的裤子中来？至于阮籍，就更甚了，他连上下古今也不承认，在《大人先生传》里有说："天地解兮六合开，星辰陨兮日月颓，我腾而上将何怀？"他的意思是天地神仙，都是无意义，一切都不要，所以他觉得世上的道理不必争，神仙也不足信，既然一切都是虚无，所以他便沉湎于酒了。然而他还有一个原因，就是他的饮酒不独由于他的思想，大半倒在环境。其时司马氏已想篡位，而阮籍名声很大，所以他讲话就极难，只好多饮酒，少讲话，而且即使讲话讲错了，也可以借醉得到人的原谅。只要看有一次司马懿求和阮籍结亲，而阮籍一醉就是两个月，没有提出的机会，就可以知道了。

阮籍作文章和诗都很好，他的诗文虽然也慷慨激昂，但许多意思都是隐而不显的。宋的颜延之已经说不大能懂，我们现在自然更很难看得懂他的诗了。他诗里也说神仙，但他其实是不相信的。嵇康的论文，比阮籍更好，思想新颖，往往与古时旧说反对。孔子说："学而时习之，不亦说乎？"嵇康做的《难自然好学论》，却道，人是并不好学的，假如一个人可以不做事而又有饭吃，就随便闲游不喜欢读书了，所以现在人之好学，是由于习惯和不得已。还有管叔蔡叔，是疑心周公，率殷民叛，因而被诛，一向公认为坏人的。而嵇康做的《管蔡论》，就也反对历代传下来的意思，说这两个人是忠臣，他们的怀疑周公，是因为地方相距太远，消息不灵通。

但最引起许多人的注意，而且于生命有危险的，是《与山巨源绝交书》中的“非汤武而薄周孔”。司马懿因这篇文章，就将嵇康杀了。非薄了汤武周孔，在现时代是不要紧的，但在当时却关系非小。汤武是以武定天下的；周公是辅成王的；孔子是祖述尧舜，而尧舜是禅让天下的。嵇康都说不好，那么，教司马懿篡位的时候，怎么办才是好呢？没有办法。在这一点上，嵇康于司马氏的办事上有了直接的影响，因此就非死不可了。嵇康的见杀，是因为他的朋友吕安不孝，连及嵇康，罪案和曹操的杀孔融差不多。魏晋，是以孝治天下的，不孝，故不能不杀。为什么要以孝治天下呢？因为天位从禅让，即巧取豪夺而来，若主张以忠治天下，他们的立脚点便不稳，办事便棘手，立论也难了，所以一定要以孝治天下。但倘只是实行不孝，其实那时倒不很要紧的，嵇康的害处是在发议论；阮籍不同，不大说关于伦理上的话，所以结局也不同。

但魏晋也不全是这样的情形，宽袍大袖，大家饮酒。反对的也很多。在文章上我们还可以看见裴颜的《崇有论》，孙盛的《老子非大贤论》，这些都是反对王何们的。在史实上，则何曾劝司马懿杀阮籍有好几回，司马懿不听他的话，这是因为阮籍的饮酒，与时局的关系少些的缘故。

然而后人就将嵇康阮籍骂起来，人云亦云，一直到现在，一千六百多年。季札说："中国之君子，明于礼义而陋于知人心。"这是确的，大凡明于礼义，就一定要陋于知人心的，所以古代有许多人受了很大的冤枉。例如嵇阮的罪名，一向说他们毁坏礼教。但据我个人的意见，这判断是错的。魏晋时代，崇奉礼教的看来似乎很不错，而实在是毁坏礼教，不信礼教的。表面上毁坏礼教者，实则倒是承认礼教，太相信礼教。因为魏晋时所谓崇奉礼教，是用以自利，那崇奉也不过偶然崇奉，如曹操杀孔融，司马懿杀嵇康，都是因为他们和不孝有关，但实在曹操司马懿何尝是著名的孝子，不过将这个名义，加罪于反对自己的人罢了。于是老实人以为如此利用，亵黩了礼教，不平之极，无计可施，激而变成不谈礼教，不信礼教，甚至于反对礼教。——但其实不过是态度，至于他们的本心，恐怕倒是相信礼教，当作宝贝，比曹操司马懿们要迂执得多。现在说一个容易明白的比喻罢，譬如有一个军阀，在北方——在广东的人所谓北方和我常说的北方的界限有些不同，我常称山东山西直隶河南之类为北方——那军阀从前是压迫民党的，后来北伐军势力一大，他便挂起了青天白日旗，说自己已经信仰三民主义了，是总理的信徒。这样还不够，他还要做总理的纪念周。这时候，真的三民主义的信徒，去呢，不去呢？不去，他那里就可以说你反对三民主义，定罪，杀人。但既然在他的势力之下，没有别法，真的总理的信徒，倒会不谈三民主义，或者听人假惺惺的谈起来就皱眉，好像反对三民主义模样。所以我想，魏晋时所谓反对礼教的人，有许多大约也如此。他们倒是迂夫子，将礼教当作宝贝看待的。

还有一个实证，凡人们的言论，思想，行为，倘若自己以为不错的，就愿意天下的别人，自己的朋友都这样做。但嵇康阮籍不这样，不愿意别人来模仿他。竹林七贤中有阮咸，是阮籍的侄子，一样的饮酒。阮籍的儿子阮浑也愿加入时，阮籍却道不必加入，吾家已有阿咸在，够了。假若阮籍自以为行为是对的，就不当拒绝他的儿子，而阮籍却拒绝自己的儿子，可知阮籍并不以他自己的办法为然。至于嵇康，一看他的《绝交书》，就知道他的态度很骄傲的；有一次，他在家打铁——他的性情是很喜欢打铁的——钟会来看他了，他只打铁，不理钟会。钟会没有意味，只得走了。其时嵇康就问他："何所闻而来，何所见而去？"钟会答道："闻所闻而来，见所见而去。"这也是嵇康杀身的一条祸根。但我看他做给他的儿子看的《家诫》——当嵇康被杀时，其子方十岁，算来当他做这篇文章的时候，他的儿子是未满十岁的——就觉得宛然是两个人。他在《家诫》中教他的儿子做人要小心，还有一条一条的教训。有一条是说长官处不可常去，亦不可住宿；官长送人们出来时，你不要在后面，因为恐怕将来官长惩办坏人时，你有暗中密告的嫌疑。又有一条是说宴饮时候有人争论，你可立刻走开，免得在旁批评，因为两者之间必有对与不对，不批评则不像样，一批评就总要是甲非乙，不免受一方见怪。还有人要你饮酒，即使不愿饮也不要坚决地推辞，必须和和气气的拿着杯子。我们就此看来，实在觉得很希奇：嵇康是那样高傲的人，而他教子就要他这样庸碌。因此我们知道，嵇康自己对于他自己的举动也是不满足的。所以批评一个人的言行实在难，社会上对于儿子不像父亲，称为“不肖”，以为是坏事，殊不知世上正有不愿意他的儿子像自己的父亲哩。试看阮籍嵇康，就是如此。这是，因为他们生于乱世，不得已，才有这样的行为，并非他们的本态。但又于此可见魏晋的破坏礼教者，实在是相信礼教到固执之极的。

不过何晏王弼阮籍嵇康之流，因为他们的名位大，一般的人们就学起来，而所学的无非是表面，他们实在的内心，却不知道。因为只学他们的皮毛，于是社会上便很多了没意思的空谈和饮酒。许多人只会无端的空谈和饮酒，无力办事，也就影响到政治上，弄得玩“空城计”，毫无实际了。在文学上也

我以这一丛野草，在明与暗，生与死，过去与未来之际，献于友与仇，人与兽，爱者与不爱者之前作证。

为我自己，为友与仇、人与兽、爱者与不爱者，我希望这野草的死亡与朽腐，火速到来。要不然，我先就未曾生存，这实在比死亡与朽腐更其不幸。

去罢，野草，连着我的题辞！

——鲁迅《野草》题词

一九二七年四月二十六日鲁迅记于广州之白云楼上

这样，嵇康阮籍的纵酒，是也能做文章的，后来到东晋，空谈和饮酒的遗风还在，而万言的大文如嵇阮之作，却没有了。刘勰说："嵇康师心以遣论，阮籍使气以命诗。"这"师心"和"使气"，便是魏末晋初的文章的特色。正始名士和竹林名士的精神灭后，敢于师心使气的作家也没有了。

到东晋，风气变了。社会思想平静得多，各处都夹入了佛教的思想。再至晋末，乱也看惯了，篡也看惯了，文章便更和平。代表平和的文章的人有陶潜。他的态度是随便饮酒，乞食，高兴的时候就谈论和作文章，无尤无怨。所以现在有人称他为"田园诗人"，是个非常和平的田园诗人。他的态度是不容易学的，他非常之穷，而心里很平静。家常无米，就去向人家门口求乞。他穷到有客来见，连鞋也没有，那客人给他从家丁取鞋给他，他便伸了足穿上了。虽然如此，他却毫不为意，还是"采菊东篱下，悠然见南山"。这样的自然状态，实在不易模仿。他穷到衣服也破烂不堪，而还在东篱下采菊，偶然抬起头来，悠然的见了南山，这是何等自然。现在有钱的人住在租界里，雇花匠种数十盆菊花，便做诗，叫作“秋日赏菊效陶彭泽体”，自以为合于渊明的高致，我觉得不大像。

陶潜之在晋末，是和孔融于汉末与嵇康于魏末略同，又是将近易代的时候。但他没有什么慷慨激昂的表示，于是便博得“田园诗人”的名称。但《陶集》里有《述酒》一篇，是说当时政治的。这样看来，可见他于世事也并没有遗忘和冷淡，不过他的态度比嵇康阮籍自然得多，不至于招人注意罢了。还有一个原因，先已说过，是习惯。因为当时饮酒的风气相沿下来，人见了也不觉得奇怪，而且汉魏晋相沿，时代不远，变迁极多，既经见惯，就没有大感触，陶潜之比孔融嵇康和平，是当然的。例如看北朝的墓志，官位升进，往往详细写着，再仔细一看，他是已经经历过两三个朝代了，但当时似乎并不为奇。

据我的意思，即使是从前的人，那诗文完全超于政治的所谓“田园诗人”，“山林诗人”，是没有的。完全超出于人间世的，也是没有的。既然是超出于世，则当然连诗文也没有。诗文也是人事，既有诗，就可以知道于世事未能忘情。譬如墨子兼爱，杨子为我。墨子当然要著书；杨子就一定不著，这才是“为我”。因为若做出书来给别人看，便变成“为人”了。

由此可知陶潜总不能超于尘世，而且，于朝政还是留心，也不能忘掉“死”，这是他诗文中时时提起的。用别一种看法研究起来，恐怕也会成一个和旧说不同的人物罢。

自汉末至晋末文章的一部分的变化与药及酒之关系，据我所知的大概是这样。但我学识太少，没有详细的研究，在这样的热天和雨天费去了诸位这许多时光，是很抱歉的。现在这个题目总算是讲完了。

论“他妈的！”①

无论是谁，只要在中国过活，便总得常听到“他妈的”或其相类的口头禅。我想：这话的分布，大概就跟着中国人足迹之所至罢；使用的遍数，怕也未必比客气的“您好呀”会更少。假使依或人所说，牡丹是中国的“国花”，那么，这就可以算是中国的“国骂”了。

我生长于浙江之东，就是西滢先生之所谓“某籍”。那地方通行的“国骂”却颇简单：专一以“妈”为限，决不牵涉余人。后来稍游各地，才始惊异于国骂之博大而精微：上溯祖宗，旁连姊妹，下递子孙，普及同性，真是“犹河汉而无极也”。而且，不特用于人，也以施之兽。前年，曾见一辆煤车的只轮陷入很深的辙迹里，车夫便愤然跳下，出死力

① 本篇最初发表于1925年7月27日《语丝》周刊第三十七期。后收入《坟》。

打那拉车的骡子道："你娇娇的！你娇娇的！"

别的国度里怎样，我不知道。单知道诺威人Hamsun[①]有一本小说叫《饥饿》，粗野的口吻是很多的，但我并不见这一类话。Gorky[②]所写的小说中多无赖汉，就我所看过的而言，也没有这骂法。惟独Artzybashev[③]在《工人绥惠略夫》里，却使无抵抗主义者亚拉借夫骂了一句"你妈的"。但其时他已经决计为爱而牺牲了，使我们也失却笑他自相矛盾的勇气。这骂的翻译，在中国原极容易的，别国却似乎为难，德文译本作"我使用过你的妈"，日文译本作"你的妈是我的母狗"。这实在太费解，——由我的眼光看起来。

那么，俄国也有这类骂法的了，但因为究竟没有中国似的精博，所以光荣还得归到这边来。好在这究竟又并非什么大光荣，所以他们大约未必抗议；也不如"赤化"之可

① 即挪威小说家汉姆生(1859~1952)，《饥饿》是其发表于1890年的长篇小说。

② 即高尔基。

③ 即阿尔志跋绥夫。

怕，中国的阔人，名人，高人，也不至于骇死的。但是，虽在中国，说的也独有所谓“下等人”，例如“车夫”之类，至于有身分的上等人，例如“士大夫”之类，则决不出之于口，更何况笔之于书。“予生也晚”，赶不上周朝，未为大夫，也没有做士，本可以放笔直干的，然而终于改头换面，从“国骂”上削去一个动词和一个名词，又改对称为第三人称者，恐怕还因为到底未曾拉车，因而也就不免“有点贵族气味”之故。那用途，既然只限于一部分，似乎又有些不能算作“国骂”了；但也不然，阔人所赏识的牡丹，下等人又何尝以为“花之富贵者也”？

这“他妈的”的由来以及始于何代，我也不明白。经史上所见骂人的话，无非是“役夫”，“奴”，“死公”；较厉害的，有“老狗”，“貉子”；更厉害，涉及先代的，也不外乎“而母婢也”，“赘阉遗丑”罢了！还没见过什么“妈的”怎样，虽然也许是士大夫讳而不录。但《广弘明集》记北魏邢子才“以为妇人不可保。谓元景曰，‘卿何必姓王？’元景变色。子才曰，‘我亦何必姓邢；能保五世耶？’”则颇有可以推见消息的地方。

晋朝已经是大重门第，重到过度了；华胄世业，子弟便易于得官；即使是一个酒囊饭袋，也还是不失为清品。北方疆土虽失于拓跋氏，士人却更其发狂似的讲究阀阅，区别等第，守护极严。庶民中纵有俊才，也不能和大姓比并。至于大姓，实不过承祖宗余荫，以旧业骄人，空腹高心，当然使人不耐。但士流既然用祖宗做护符，被压迫的庶民自然也就将他们的祖宗当作仇敌。邢子才的话虽然说不定是否出于愤激，但对于躲在门第下的男女，却确是一个致命的重伤。势位声气，本来仅靠了“祖宗”这惟一的护符而存，“祖宗”倘一被毁，便什么都倒败了。这是倚赖“余荫”的必得的果报。

同一的意思，但没有邢子才的文才，而直出于“下等人”之口的，就是：“他妈的！”

要攻击高门大族的坚固的旧堡垒，却去瞄准他的血统，在战略上，真可谓奇谲的了。最先发明这一句“他妈的”的人物，确要算一个天才，——然而是一个卑劣的天才。

唐以后，自夸族望的风气渐渐消除；到

了金元，已奉夷狄为帝王，自不妨拜屠沽作卿士，“等”的上下本该从此有些难定了，但偏还有人想辛辛苦苦地爬进“上等”去。刘时中的曲子里说：“堪笑这没见识街市匹夫，好打那好顽劣。江湖伴侣，旋将表德官名相体呼，声音多厮称，字样不寻俗。听我一个个细数：粜米的唤子良；卖肉的呼仲甫……开张卖饭的呼君宝；磨面登罗底叫德夫：何足云乎？！”(《乐府新编阳春白雪》三)这就是那时的暴发户的丑态。

“下等人”还未暴发之先，自然大抵有许多“他妈的”在嘴上，但一遇机会，偶窃一位，略识几字，便即文雅起来：雅号也有了；身分也高了；家谱也修了，还要寻一个始祖，不是名儒便是名臣。从此化为“上等人”，也如上等前辈一样，言行都很温文尔雅。然而愚民究竟也有聪明的，早已看穿了这鬼把戏，所以又有俗谚，说：“口上仁义礼智，心里男盗女娼！”他们是很明白的。

于是他们反抗了，曰：“他妈的！”

但人们不能蔑弃扫荡人我的余泽和旧荫，而硬要去做别人的祖宗，无论如何，总是卑劣的事。有时，也或加暴力于所谓“他妈的”的生命上，但大概是乘机，而不是造运会，所以无论如何，也还是卑劣的事。

中国人至今还有无数“等”，还是依赖门第，还是倚仗祖宗。倘不改造，即永远有无声的或有声的“国骂”。就是“他妈的”，围绕在上下和四旁，而且这还须在太平的时候。

但偶尔也有例外的用法：或表惊异，或表感服。我曾在家乡看见乡农父子一同午饭，儿子指一碗菜向他父亲说：“这不坏，妈的你尝尝看！”那父亲回答道：“我不要吃。妈的你吃去罢！”则简直已经醇化为现在时行的“我的亲爱的”的意思了。

一九二五年七月十九日。

拿来主义[①]

中国一向是所谓“闭关主义”，自己不去，别人也不许来。自从给枪炮打破了大门之后，又碰了一串钉子，到现在，成了什么都是“送去主义”了。别的且不说罢，单是学艺上的东西，近来就先送一批古董到巴黎去展览，但终“不知后事如何”；还有几位“大师”们捧着几张古画和新画，在欧洲各国一路的挂过去，叫作“发扬国光”。听说不远还要送梅兰芳博士到苏联去，以催进“象征主义”，此后是顺便到欧洲传道。我在这里不想讨论梅博士演艺和象征主义的关系，总之，活人替代了古董，我敢说，也可以算得显出一点进步了。

但我们没有人根据了“礼尚往来”的仪节，说道：拿来！

---

① 本篇最初发表于1934年6月7日《中华日报·动向》，署名霍冲。后收入《且介亭杂文》。

当然，能够只是送出去，也不算坏事情，一者见得丰富，二者见得大度。尼采就自诩过他是太阳，光热无穷，只是给与，不想取得。然而尼采究竟不是太阳，他发了疯。中国也不是，虽然有人说，掘起地下的煤来，就足够全世界几百年之用，但是，几百年之后呢？几百年之后，我们当然是化为魂灵，或上天堂，或落了地狱，但我们的子孙是在的，所以还应该给他们留下一点礼品。要不然，则当佳节大典之际，他们拿不出东西来，只好磕头贺喜，讨一点残羹冷炙做奖赏。这种奖赏，不要误解为“抛来”的东西，这是“抛给”的，说得冠冕些，可以称之为“送来”，我在这里不想举出实例。

我在这里也并不想对于“送去”再说什么，否则太不“摩登”了。我只想鼓吹我们再吝啬一点，“送去”之外，还得“拿来”，是为“拿来主义”。

但我们被“送来”的东西吓怕了。先有英国的鸦片，德国的废枪炮，后有法国的香粉，美国的电影，日本的印着“完全国货”的各种小东西。于是连清醒的青年们，也对于洋货发生了恐怖。其实，这正是因为那是“送来”的，而不是“拿来”的缘故。

所以我们要运用脑髓，放出眼光，自己来拿！

譬如罢，我们之中的一个穷青年，因为祖上的阴功(姑且让我这么说说罢)，得了一所大宅子，且不问他是骗来的，抢来的，或合法继承的，或是做了女婿换来的。那么，怎么办呢？我想，首先是不管三七二十一，“拿来”！但是，如果反对这宅子的旧主人，怕给他的东西染污了，徘徊不敢走进门，是孱头；勃然大怒，放一把火烧光，算是保存自己的清白，则是昏蛋。不过因为原是羡慕这宅子的旧主人的，而这回接受一切，欣欣然的蹩进卧室，大吸剩下的鸦片，那当然更是废物。“拿来主义”者是全不这样的。

他占有，挑选。看见鱼翅，并不就抛在路上以显其“平民化”，只要有养料，也和朋友们像萝卜白菜一样的吃掉，只不用它来宴大宾；看见鸦片，也不当众摔在毛厕里，以见其彻底革命，只送到药房里去，以供治病之用，却不弄“出售存膏，售完即止”的玄虚。只有烟枪和烟灯，虽然形式和印度，波斯，阿剌伯的烟具都不同，确可以算是一种国粹，倘使背着周游世界，一定会有人看，但我想，除了送一点进博物馆之外，其余的是大可以毁掉的了。还有一群姨太太，也大以请她们各自走散为是，要不然，“拿来主义”怕未免有些危机。

总之，我们要拿来。我们要或使用，或存放，或毁灭。那么，主人是新主人，宅子也就会成为新宅子。然而首先要这人沉着，勇猛，有辨别，不自私。没有拿来的，人不能自成为新人，没有拿来的，文艺不能自成为新文艺。

六月四日。

娜拉走后怎样[1]

——一九二三年十二月二十六日在北京女子高等师范学校文艺会讲

我今天要讲的是“娜拉走后怎样？”

伊孛生[2]是十九世纪后半的瑙威的一个文人。他的著作，除了几十首诗之外，其余都是剧本。这些剧本里面，有一时期是大抵含有社会问题的，世间也称作“社会剧”，其中有一篇就是《娜拉》。

《娜拉》一名Ein Puppenheim，中国译作《傀儡家庭》。但Puppe不单是牵线的傀儡，孩

---

① 本篇最初发表于1924年北京女子高等师范学校《文艺会刊》第六期。同年八月一日上海《妇女杂志》第十卷第八号转载时，该杂志的编者在篇末有附记：“这篇是鲁迅先生在北京女子高等师范学校的讲演稿，曾经刊载该校出版《文艺会刊》的第六期。新近因为我们向先生讨文章，承他把原文重加订正，给本志发表。”

② 即挪威作家易卜生。

子抱着玩的人形[1]也是；引申开去，别人怎么指挥，他便怎么做的人也是。娜拉当初是满足地生活在所谓幸福的家庭里的，但是她竟觉悟了：自己是丈夫的傀儡，孩子们又是她的傀儡。她于是走了，只听得关门声，接着就是闭幕。这想来大家都知道，不必细说了。

娜拉要怎样才不走呢？或者说伊孛生自己有解答，就是Die Frau vom Meer,《海的夫人》的[2]。这女人是已经结婚的了，然而先前有一个爱人在海的彼岸，一日突然寻来，叫她一同去。她便告知她的丈夫，要和那外来人会面。临末，她的丈夫说，“现在放你完全自由。(走与不走)你能够自己选择，并且还要自己负责任。”于是什么事全都改变，她就不走了。这样看来，娜拉倘也得到这样的自由，或者也便可以安住。

但娜拉毕竟是走了的。走了以后怎样？伊孛生并无解答；而且他已经死了。即使不死，他也不负解答的责任。因为伊孛生是在

---

①人形，日语，即人形的玩具。

②《海的夫人》，又译作《海上夫人》。

做诗，不是为社会提出问题来而且代为解答。就如黄莺一样，因为他自己要歌唱，所以他歌唱，不是要唱给人们听得有趣，有益。伊孛生是很不通世故的，相传在许多妇女们一同招待他的筵宴上，代表者起来致谢他作了《傀儡家庭》，将女性的自觉，解放这些事，给人心以新的启示的时候，他却答道，“我写那篇却并不是这意思，我不过是做诗。”

娜拉走后怎样？——别人可是也发表过意见的。一个英国人曾作一篇戏剧，说一个新式的女子走出家庭，再也没有路走，终于堕落，进了妓院了。还有一个中国人，——我称他什么呢？上海的文学家罢，——说他所见的《娜拉》是和现译本不同，娜拉终于回来了。这样的本子可惜没有第二人看见，除非是伊孛生自己寄给他的。但从事理上推想起来，娜拉或者也实在只有两条路：不是堕落，就是回来。因为如果是一匹小鸟，则笼子里固然不自由，而一出笼门，外面便又有鹰，有猫，以及别的什么东西之类；倘使已经关得麻痹了翅子，忘却了飞翔，也诚然是无路可以走。还有一条，就是饿死了，但饿死已经离开了生活，更无所谓问题，所以也不是什么路。

人生最苦痛的是梦醒了无路可以走。做梦的人是幸福的；倘没有看出可走的路，最要紧的是不要去惊醒他。你看，唐朝的诗人李贺，不是困顿了一世的么？而他临死的时候，却对他的母亲说，“阿妈，上帝造成了白玉楼，叫我做文章落成去了。”这岂非明明是一个诳，一个梦？然而一个小的和一个老的，一个死的和一个活的，死的高兴地死去，活的放心地活着。说诳和做梦，在这些时候便见得伟大。所以我想，假使寻不出路，我们所要的倒是梦。

但是，万不可做将来的梦。阿尔志跋绥夫曾经借了他所做的小说，质问过梦想将来的黄金世界的理想家，因为要造那世界，先唤起许多人们来受苦。他说，“你们将黄金世界预约给他们的子孙了，可是有什么给他们自己呢？”有是有的，就是将来的希望。但代价也太大了，为了这希望，要使人练敏了感觉来更深切地感到自己的苦痛，叫起灵魂来目睹他自己的腐烂的尸骸。惟有说诳和做梦，这些时候便见得伟大。所以我想，假使寻不出路，我们所要的就是梦；但不要将来的梦，只要目前的梦。

然而娜拉既然醒了，是很不容易回到梦境的，因此只得走；可是走了以后，有时却也免不掉堕落或回来。否则，就得问：她除了觉醒的心以外，还带了什么去？倘只有一条像诸君一样的紫红的绒绳的围巾，那可是无论宽到二尺或三尺，也完全是不中用。她还须更富有，提包里有准备，直白地说，就是要有钱。

梦是好的；否则，钱是要紧的。

钱这个字很难听，或者要被高尚的君子们所非笑，但我总觉得人们的议论是不但昨天和今天，即使饭前和饭后，也往往有些差别。凡承认饭需钱买，而以说钱为卑鄙者，倘能按一按他的胃，那里面怕总还有鱼肉没有消化完，须得饿他一天之后，再来听他发议论。

所以为娜拉计，钱，——高雅的说罢，就是经济，是最要紧的了。自由固不是钱所能买到的，但能够为钱而卖掉。人类有一个大缺点，就是常常要饥饿。为补救这缺点起见，为准备不做傀儡起见，在目下的社会里，经济权就见得最要紧了。第一，在家应该先获得男女平均的分配；第二，在社会应该获得男女相等的势力。可惜我不知道这权柄如何取得，单知道仍然要战斗；或者也许比要求参政权更要用剧烈的战斗。

要求经济权固然是很平凡的事，然而也许比要求高尚的参政权以及博大的女子解放之类更烦难。天下事尽有小作为比大作为更烦难的。譬如现在似的冬天，我们只有这一件棉袄，然而必须救助一个将要冻死的苦人，否则便须坐在菩提树下冥想普度一切人类的方法去。普度一切人类和救活一人，大小实在相去太远了，然而倘叫我挑选，我就立刻到菩提树下去坐着，因为免得脱下唯一的棉袄来冻杀自己。所以在家里说要参政权，是不至于大遭反对的，一说到经济的平匀分配，或不免面前就遇见敌人，这就当然要有剧烈的战斗。

战斗不算好事情，我们也不能责成人人

都是战士，那么，平和的方法也就可贵了，这就是将来利用了亲权来解放自己的子女。中国的亲权是无上的，那时候，就可以将财产平匀地分配子女们，使他们平和而没有冲突地都得到相等的经济权，此后或者去读书，或者去生发，或者为自己去享用，或者为社会去做事，或者去花完，都请便，自己负责任。这虽然也是颇远的梦，可是比黄金世界的梦近得不少了。但第一需要记性。记性不佳，是有益于己而有害于子孙的。人们因为能忘却，所以自己能渐渐地脱离了受过的苦痛，也因为能忘却，所以往往照样地再犯前人的错误。被虐待的儿媳做了婆婆，仍然虐待儿媳；嫌恶学生的官吏，每是先前痛骂官吏的学生；现在压迫子女的，有时也就是十年前的家庭革命者。这也许与年龄和地位都有关系罢，但记性不佳也是一个很大的原因。救济法就是各人去买一本note-book①来，将自己现在的思想举动都记上，作为将来年龄和地位都改变了之后的参考。假如憎恶孩子要到公园去的时候，取来一翻，看见

---

① Note-book，英语：笔记簿。

上面有一条道，“我想到中央公园去”，那就即刻心平气和了。别的事也一样。

世间有一种无赖精神，那要义就是韧性。听说拳匪乱后，天津的青皮，就是所谓无赖者很跋扈，譬如给人搬一件行李，他就要两元，对他说这行李小，他说要两元，对他说道路近，他说要两元，对他说不要搬了，他说也仍然要两元。青皮固然是不足为法的，而那韧性却大可以佩服。要求经济权也一样，有人说这事情太陈腐了，就答道要经济权；说是太卑鄙了，就答道要经济权；说是经济制度就要改变了，用不着再操心，也仍然答道要经济权。

其实，在现在，一个娜拉的出走，或者也许不至于感到困难的，因为这人物很特别，举动也新鲜，能得到若干人们的同情，帮助着生活。生活在人们的同情之下，已经是不自由了，然而倘有一百个娜拉出走，便连同情也减少，有一千一万个出走，就得到厌恶了，断不如自己握着经济权之为可靠。

在经济方面得到自由，就不是傀儡了么？也还是傀儡。无非被人所牵的事可以减少，而自己能牵的傀儡可以增多罢了。因为在现在的社会里，不但女人常作男人的傀儡，就是男人和男人，女人和女人，也相互地作傀儡，男人也常作女人的傀儡，这决不是几个女人取得经济权所能救的。但人不能饿着静候理想世界的到来，至少也得留一点残喘，正如涸辙之鲋，急谋升斗之水一样，就要这较为切近的经济权，一面再想别的法。

如果经济制度竟改革了，那上文当然完全是废话。

然而上文，是又将娜拉当作一个普通的人物而说的，假使她很特别，自己情愿闯出去做牺牲，那就又另是一回事。我们无权去劝诱人做牺牲，也无权去阻止人做牺牲。况且世上也尽有乐于牺牲，乐于受苦的人物。欧洲有一个传说，耶稣去钉十字架时，休息在Ahasvar①的檐下，Ahasvar不准他，于是被了咒诅，使他永世不得休息，直到末日裁判的时候。Ahasvar从此就歇不下，只是走，现在还在走。走是苦的，安息是乐的，他何

---

① Ahasvar 阿哈斯瓦尔，欧洲传说中的一个补鞋匠，被称作“:流浪的犹太人”。

以不安息呢？虽说背着咒诅，可是大约总该是觉得走比安息还适意，所以始终狂走的罢。

只是这牺牲的适意是属于自己的，与志士们之所谓为社会者无涉。群众，——尤其是中国的，——永远是戏剧的看客。牺牲上场，如果显得慷慨，他们就看了悲壮剧；如果显得觳觫，他们就看了滑稽剧。北京的羊肉铺前常有几个人张着嘴看剥羊，仿佛颇愉快，人的牺牲能给与他们的益处，也不过如此。而况事后走不几步，他们并这一点愉快也就忘却了。

对于这样的群众没有法，只好使他们无戏可看倒是疗救，正无需乎震骇一时的牺牲，不如深沉的韧性的战斗。

可惜中国太难改变了，即使搬动一张桌子，改装一个火炉，几乎也要血；而且即使有了血，也未必一定能搬动，能改装。不是很大的鞭子打在背上，中国自己是不肯动弹的。我想这鞭子总要来，好坏是别一问题，然而总要打到的。但是从那里来，怎么地来，我也是不能确切地知道。

我这讲演也就此完结了。

从百草园到三味书屋

我家的后面有一个很大的园，相传叫作百草园。现在是早已并屋子一起卖给朱文公的子孙了，连那最末次的相见也已经隔了七八年，其中似乎确凿只有一些野草；但那时却是我的乐园。

不必说碧绿的菜畦，光滑的石井栏，高大的皂荚树，紫红的桑椹；也不必说鸣蝉在树叶里长吟，肥胖的黄蜂伏在菜花上，轻捷的叫天子(云雀)忽然从草间直窜向云霄里去了。单是周围的短短的泥墙根一带，就有无限趣味。油蛉在这里低唱，蟋蟀们在这里弹琴。翻开断砖来，有时会遇见蜈蚣；还有斑蝥，倘若用手指按住它的脊梁，便会拍的一声，从后窍喷出一阵烟雾。何首乌藤和木莲藤缠络着，木莲有莲房一般的果实，何首乌有拥肿的根。有人说，何首乌根是有像人形的，吃了便可以成仙，我于是常常拔它起来，牵连不断地拔起来，也曾因此弄坏了泥墙，却从来没有见过有一块根像人样。如果不怕刺，还可以摘到覆盆子，像小珊瑚珠攒成的小球，又酸又甜，色味都比桑椹要好得远。

长的草里是不去的，因为相传这园里有一条很大的赤练蛇。

长妈妈曾经讲给我一个故事听：先前，有一个读书人住在古庙里用功，晚间，在院子里纳凉的时候，突然听到有人在叫他。答应着，四面看时，却见一个美女的脸露在墙头上，向他一笑，隐去了。他很高兴；但竟给那走来夜谈的老和尚识破了机关。说他脸上有些妖气，一定遇见"美女蛇"了；这是人首蛇身的怪物，能唤人名，倘一答应，夜间便要来吃这人的肉的。他自然吓得要死，而那老和尚却道无妨，给他一个小盒子，说只要放在枕边，便可高枕而卧。他虽然照样办，却总是睡不着，——当然睡不着的。到半夜，果然来了，沙沙沙！门外像是风雨声。他正抖作一团时，却听得豁的一声，一道金光从枕边飞出，外面便什么声音也没有了，那金光也就飞回来，敛在盒子里。后来呢？后来，老和尚说，这是飞蜈蚣，它能吸蛇的脑髓，美女蛇就被它治死了。

结末的教训是：所以倘有陌生的声音叫你的名字，你万不可答应他。

这故事很使我觉得做人之险，夏夜乘凉，往往有些担心，不敢去看墙上，而且极想得到一盒老和尚那样的飞蜈蚣。走到百草园的草丛旁边时，也常常这样想。但直到现在，总还没有得到，但也没有遇见过赤练蛇和美女蛇。叫我名字的陌生声音自然是常有的，然而都不是美女蛇。

冬天的百草园比较的无味；雪一下，可就两样了。拍雪人(将自己的全形印在雪上)和塑雪罗汉需要人们鉴赏，这是荒园，人迹罕至，所以不相宜，只好来捕鸟。薄薄的雪，是不行的；总须积雪盖了地面一两天，鸟雀们久已无处觅食的时候才好。扫开一块雪，露出地面，用一枝短棒支起一面大的竹筛来，下面撒些秕谷，棒上系一条长绳，人远远地牵着，看鸟雀下来啄食，走到竹筛底下的时候，将绳子一拉，便罩住了。但所得的是麻雀居多，也有白颊的“张飞鸟”，性子很躁，养不过夜的。

这是闰土的父亲所传授的方法，我却不大能用。明明见它们进去了，拉了绳，跑去一看，却什么都没有，费了半天力，捉住的不过三四只。闰土的父亲是小半天便能捕获几十只，装在叉袋里叫着撞着的。我曾经问他得失的缘由，他只静静地笑道：你太性急，来不及等它走到中间去。

我不知道为什么家里的人要将我送进书塾里去了，而且还是全城中称为最严厉的书塾。也许是因为拔何首乌毁了泥墙罢，也许是因为将砖头抛到间壁的梁家去了罢，也许是因为站在石井栏上跳下来罢，……都无从知道。总而言之：我将不能常到百草园了。Ade，我的蟋蟀们！Ade，我的覆盆子们和木莲们！

出门向东，不上半里，走过一道石桥，便是我的先生的家了。从一扇黑油的竹门进去，第三间是书房。中间挂着一块扁道：三味书屋；扁下面是一幅画，画着一只很肥大的梅花鹿伏在古树下。没有孔子牌位，我们便对着那扁和鹿行礼。第一次算是拜孔子，第二次算是拜先生。

第二次行礼时，先生便和蔼地在一旁答礼。他是一个高而瘦的老人，须发都花白了，还戴着大眼镜。我对他很恭敬，因为我早听到，他是本城中极方正，质朴，博学的人。

不知从那里听来的，东方朔也很渊博，他认识一种虫，名曰“怪哉”，冤气所化，用酒一浇，就消释了。我很想详细地知道这故事，但阿长是不知道的，因为她毕竟不渊博。现在得到机会了，可以问先生。

“先生，‘怪哉’这虫，是怎么一回事？……”我上了生书，将要退下来的时候，赶忙问。

“不知道！”他似乎很不高兴，脸上还有怒色了。

我才知道做学生是不应该问这些事的，只要读书，因为他是渊博的宿儒，决不至于不知道，所谓不知道者，乃是不愿意说。年纪比我大的人，往往如此，我遇见过好几回了。

我就只读书，正午习字，晚上对课。先生最初这几天对我很严厉，后来却好起来了，不过给我读的书渐渐加多，对课也渐渐地加上字去，从三言到五言，终于到七言。

三味书屋后面也有一个园，虽然小，但在那里也可以爬上花坛去折蜡梅花，在地上或桂花树上寻蝉蜕。最好的工作是捉了苍蝇喂蚂蚁，静悄悄地没有声音。然而同窗们到园里的太多，太久，可就不行了，先生在书房里便大叫起来：——

“人都到那里去了？”

人们便一个一个陆续走回去；一同回去，也不行的。他有一条戒尺，但是不常用，也有罚跪的规矩，但也不常用，普通总不过瞪几眼，大声道：——

“读书！”

于是大家放开喉咙读一阵书，真是人声鼎沸。有念“仁远乎哉我欲仁斯仁至矣”的，有念“笑人齿缺曰狗窦大开”的，有念“上九潜龙勿用”的，有念“厥土下上上错厥贡苞茅橘柚”的……先生自己也念书。后来，我们的声音便低下去，静下去了，只有他还大声朗读着：——

“铁如意，指挥倜傥，一座皆惊呢～～；金叵罗，颠倒淋漓噫，千杯未醉嗬～～……”

我疑心这是极好的文章，因为读到这里，他总是微笑起来，而且将头仰起，摇着，向后面拗过去，拗过去。

先生读书入神的时候，于我们是很相宜的。有几个便用纸糊的盔甲套在指甲上做戏。我是画画儿，用一种叫作“荆川纸”的，蒙在小说的绣像上一个个描下来，像习字时候的影写一样。读的书多起来，画的画也多起来；书没有读成，画的成绩却不少了，最成片段的是《荡寇志》和《西游记》的绣像，都有一大本。后来，因为要钱用，卖给一个有钱的同窗了。他的父亲是开锡箔店的；听说现在自己已经做了店主，而且快要升到绅士的地位了。这东西早已没有了罢。

九月十八日。

藤野先生

东京也无非是这样。上野的樱花烂熳的时节，望去确也像绯红的轻云，但花下也缺不了成群结队的“清国留学生”的速成班，头顶上盘着大辫子，顶得学生制帽的顶上高高耸起，形成一座富士山。也有解散辫子，盘得平的，除下帽来，油光可鉴，宛如小姑娘的发髻一般，还要将脖子扭几扭。实在标致极了。

中国留学生会馆的门房里有几本书买，有时还值得去一转；倘在上午，里面的几间洋房里倒也还可以坐坐的。但到傍晚，有一间的地板便常不免要咚咚咚地响得震天，兼以满房烟尘斗乱；问问精通时事的人，答道，“那是在学跳舞。”

到别的地方去看看，如何呢？

我就往仙台的医学专门学校去。从东京出发，不久便到一处驿站，写道：日暮里。

不知怎地，我到现在还记得这名目。其次却只记得水户了，这是明的遗民朱舜水先生客死的地方。仙台是一个市镇，并不大；冬天冷得利害；还没有中国的学生。

大概是物以希为贵罢。北京的白菜运往浙江，便用红头绳系住菜根，倒挂在水果店头，尊为“胶菜”；福建野生着的芦荟，一到北京就请进温室，且美其名曰“龙舌兰”。我到仙台也颇受了这样的优待，不但学校不收学费，几个职员还为我的食宿操心。我先是住在监狱旁边一个客店里的，初冬已经颇冷，蚊子却还多，后来用被盖了全身，用衣服包了头脸，只留两个鼻孔出气。在这呼吸不息的地方，蚊子竟无从插嘴，居然睡安稳了。饭食也不坏。但一位先生却以为这客店也包办囚人的饭食，我住在那里不相宜，几次三番，几次三番地说。我虽然觉得客店兼办囚人的饭食和我不相干，然而好意难却，也只得别寻相宜的住处了。于是搬到别一家，离监狱也很远，可惜每天总要喝难以下咽的芋梗汤。

从此就看见许多陌生的先生，听到许多

新鲜的讲义。解剖学是两个教授分任的。最初是骨学。其时进来的是一个黑瘦的先生，八字须，戴着眼镜，挟着一叠大大小小的书。一将书放在讲台上，便用了缓慢而很有顿挫的声调，向学生介绍自己道：——

“我就是叫作藤野严九郎的……。”

后面有几个人笑起来了。他接着便讲述解剖学在日本发达的历史，那些大大小小的书，便是从最初到现今关于这一门学问的著作。起初有几本是线装的；还有翻刻中国译本的，他们的翻译和研究新的医学，并不比中国早。

那坐在后面发笑的是上学年不及格的留级学生，在校已经一年，掌故颇为熟悉的了。他们便给新生讲演每个教授的历史。这藤野先生，据说是穿衣服太模胡了，有时竟会忘记带领结；冬天是一件旧外套，寒颤颤的，有一回上火车去，致使管车的疑心他是扒手，叫车里的客人大家小心些。

他们的话大概是真的，我就亲见他有一次上讲堂没有带领结。

过了一星期，大约是星期六，他使助手

来叫我了。到得研究室，见他坐在人骨和许多单独的头骨中间，——他其时正在研究着头骨，后来有一篇论文在本校的杂志上发表出来。

“我的讲义，你能抄下来么？”他问。

“可以抄一点。”

“拿来我看！”

我交出所抄的讲义去，他收下了，第二三天便还我，并且说，此后每一星期要送给他看一回。我拿下来打开看时，很吃了一惊，同时也感到一种不安和感激。原来我的讲义已经从头到末，都用红笔添改过了，不但增加了许多脱漏的地方，连文法的错误，也都一一订正。这样一直继续到教完了他所担任的功课：骨学、血管学、神经学。

可惜我那时太不用功，有时也很任性。还记得有一回藤野先生将我叫到他的研究室里去，翻出我那讲义上的一个图来，是下臂的血管，指着，向我和蔼的说道：——

“你看，你将这条血管移了一点位置了。——自然，这样一移，的确比较的好看些，然而解剖图不是美术，实物是那么样的，我们没法改换它。现在我给你改好了，以后你要全照着黑板上那样的画。”

但是我还不服气，口头答应着，心里却想道：——

“图还是我画的不错；至于实在的情形，我心里自然记得的。”

学年试验完毕之后，我便到东京玩了一夏天，秋初再回学校，成绩早已发表了，同学一百余人之中，我在中间，不过是没有落第。这回藤野先生所担任的功课，是解剖实习和局部解剖学。

解剖实习了大概一星期，他又叫我去了，很高兴地，仍用了极有抑扬的声调对我说道：

“我因为听说中国人是很敬重鬼的，所以很担心，怕你不肯解剖尸体。现在总算放心了，没有这回事。”

但他也偶有使我很为难的时候。他听说中国的女人是裹脚的，但不知道详细，所以要问我怎么裹法，足骨变成怎样的畸形，还叹息道，“总要看一看才知道。究竟是怎么一回事呢？”

有一天，本级的学生会干事到我寓里来了，要借我的讲义看。我检出来交给他们，却只翻检了一通，并没有带走。但他们一走，邮差就送到一封很厚的信，拆开看时，第一句是：

“你改悔罢！”

这是《新约》上的句子罢，但经托尔斯泰新近引用过的。其时正值日俄战争，托老先生便写了一封给俄国和日本的皇帝的信，开首便是这一句。日本报纸上很斥责他的不逊，爱国青年也愤然，然而暗地里却早受了他的影响了。其次的话，大略是说上年解剖学试验的题目，是藤野先生讲义上做了记号，我预先知道的，所以能有这样的成绩。末尾是匿名。

我这才回忆到前几天的一件事。因为要开同级会，干事便在黑板上写广告，末一句是“请全数到会勿漏为要”，而且在“漏”字旁边加了一个圈。我当时虽然觉到圈得可笑，但是毫不介意，这回才悟出那字也在讥刺我了，犹言我得了教员漏泄出来的题目。

我便将这事告知了藤野先生；有几个和

我熟识的同学也很不平，一同去诘责干事托辞检查的无礼，并且要求他们将检查的结果，发表出来。终于这流言消灭了，干事却又竭力运动，要收回那一封匿名信去。结末是我便将这托尔斯泰式的信退还了他们。

中国是弱国，所以中国人当然是低能儿，分数在六十分以上，便不是自己的能力了：也无怪他们疑惑。但我接着便有参观枪毙中国人的命运了。第二年添教霉菌学，细菌的形状是全用电影来显示的，一段落已完而还没有到下课的时候，便影几片时事的片子，自然都是日本战胜俄国的情形。但偏有中国人夹在里边：给俄国人做侦探，被日本军捕获，要枪毙了，围着看的也是一群中国人；在讲堂里的还有一个我。

“万岁！”他们都拍掌欢呼起来。

这种欢呼，是每看一片都有的，但在我，这一声却特别听得刺耳。此后回到中国来，我看见那些闲看枪毙犯人的人们，他们也何尝不酒醉似的喝彩，——呜呼，无法可想！但在那时那地，我的意见却变化了。

到第二学年的终结，我便去寻藤野先

生，告诉他我将不学医学，并且离开这仙台。他的脸色仿佛有些悲哀，似乎想说话，但竟没有说。

“我想去学生物学，先生教给我的学问，也还有用的。”其实我并没有决意要学生物学，因为看得他有些凄然，便说了一个慰安他的谎话。

“为医学而教的解剖学之类，怕于生物学也没有什么大帮助。”他叹息说。

将走的前几天，他叫我到他家里去，交给我一张照相，后面写着两个字道：“惜别”，还说希望将我的也送他。但我这时适值没有照相了；他便叮嘱我将来照了寄给他，并且时时通信告诉他此后的状况。

我离开仙台之后，就多年没有照过相，又因为状况也无聊，说起来无非使他失望，便连信也怕敢写了。经过的年月一多，话更无从说起，所以虽然有时想写信，却又难以下笔，这样的一直到现在，竟没有寄过一封信和一张照片。从他那一面看起来，是一去之后，杳无消息了。

但不知怎地，我总还时时记起他，在我

所认为我师的之中，他是最使我感激，给我鼓励的一个。有时我常常想：他的对于我的热心的希望，不倦的教诲，小而言之，是为中国，就是希望中国有新的医学；大而言之，是为学术，就是希望新的医学传到中国去。他的性格，在我的眼里和心里是伟大的，虽然他的姓名并不为许多人所知道。

他所改正的讲义，我曾经订成三厚本，收藏着的，将作为永久的纪念。不幸七年前迁居的时候，中途毁坏了一口书箱，失去半箱书，恰巧这讲义也遗失在内了。责成运送局去找寻，寂无回信。只有他的照相至今还挂在我北京寓居的东墙上，书桌对面。每当夜间疲倦，正想偷懒时，仰面在灯光中瞥见他黑瘦的面貌，似乎正要说出抑扬顿挫的话来，便使我忽又良心发现，而且增加勇气了，于是点上一枝烟，再继续写些为“正人君子”之流所深恶痛疾的文字。

十月十二日。

记念刘和珍君①

一

中华民国十五年三月二十五日，就是国立北京女子师范大学为十八日在段祺瑞执政府前遇害的刘和珍杨德群两君开追悼会的那一天，我独在礼堂外徘徊，遇见程君，前来问我道，“先生可曾为刘和珍写了一点什么没有？”我说“没有”。她就正告我，“先生还是写一点罢；刘和珍生前就很爱看先生的文章。”

这是我知道的，凡我所编辑的期刊，大概是因为往往有始无终之故罢，销行一向就甚为寥落，然而在这样的生活艰难中，毅然预定了《莽原》全年的就有她。我也早觉得有写一点东西的必要了，这虽然于死者毫不相

---

① 本篇最初发表于1926年4月12日《语丝》周刊第七十四期。后收入《华盖集续编》。

干，但在生者，却大抵只能如此而已。倘使我能够相信真有所谓“在天之灵”，那自然可以得到更大的安慰，——但是，现在，却只能如此而已。

可是我实在无话可说。我只觉得所住的并非人间。四十多个青年的血，洋溢在我的周围，使我艰于呼吸视听，那里还能有什么言语？长歌当哭，是必须在痛定之后的。而此后几个所谓学者文人的阴险的论调，尤使我觉得悲哀。我已经出离愤怒了。我将深味这非人间的浓黑的悲凉；以我的最大哀痛显示于非人间，使它们快意于我的苦痛，就将这作为后死者的菲薄的祭品，奉献于逝者的灵前。

二

真的猛士，敢于直面惨淡的人生，敢于正视淋漓的鲜血。

这是怎样的哀痛者和幸福者？然而造化又常常为庸人设计，以时间的流驶，来洗涤旧迹，仅使留下淡红的血色和微漠的悲哀。在这淡红的血色和微漠的悲哀中，又给人暂得偷生，维持着这似人非人的世界。我不知道这样的世界何时是一个尽头！

我们还在这样的世上活着；我也早觉得有写一点东西的必要了。离三月十八日也已有两星期，忘却的救主快要降临了罢，我正有写一点东西的必要了。

三

在四十余被害的青年之中，刘和珍君是我的学生。学生云者，我向来这样想，这样说，现在却觉得有些踌躇了，我应该对她奉献我的悲哀与尊敬。她不是“苟活到现在的我”的学生，是为了中国而死的中国的青年。

她的姓名第一次为我所见，是在去年夏初杨荫榆女士做女子师范大学校长，开除校中六个学生自治会职员的时候。其中的一个就是她；但是我不认识。直到后来，也许已经是刘百昭率领男女武将，强拖出校之后了，才有人指着一个学生告诉我，说：这就是刘和珍。其时我才能将姓名和实体联合起来，心中却暗自诧异。我平素想，能够不为势利所屈，反抗一广有羽翼的校长的学生，无论如何，总该是有些桀骜锋利的，但她却常常微笑着，态度很温和。待到偏安于宗帽胡同，赁屋授课之后，她才始来听我的讲义，于是见面的回数就较多了，也还是始终微笑着，态度很温和。待到学校恢复旧观，往日的教职员以为责任已尽，准备陆续引退的时候，我才见她虑及母校前途，黯然至于泣下。此后似乎就不相见。

总之，在我的记忆上，那一次就是永别了。

四

我在十八日早晨，才知道上午有群众向执政府请愿的事；

下午便得到噩耗，说卫队居然开枪，死伤至数百人，而刘和珍君即在遇害者之列。

但我对于这些传说，竟至于颇为怀疑。

我向来是不惮以最坏的恶意，来推测中国人的，然而我还不料，也不信竟会下劣凶残到这地步。况且始终微笑着的和蔼的刘和珍君，更何至于无端在府门前喋血呢？

然而即日证明是事实了，作证的便是她自己的尸骸。还有一具，是杨德群君的。而且又证明着这不但是杀害，简直是虐杀，因为身体上还有棍棒的伤痕。

但段政府就有令，说她们是“暴徒”！

但接着就有流言，说她们是受人利用的。

惨象，已使我目不忍视了；流言，尤使我耳不忍闻。我还有什么话可说呢？我懂得衰亡民族之所以默无声息的缘由了。沉默呵，沉默呵！不在沉默中爆发，就在沉默中灭亡。

五

但是，我还有要说的话。

我没有亲见；听说，她，刘和珍君，那

时是欣然前往的。

自然，请愿而已，稍有人心者，谁也不会料到有这样的罗网。

但竟在执政府前中弹了，从背部入，斜穿心肺，已是致命的创伤，只是没有便死。同去的张静淑君想扶起她，中了四弹，其一是手枪，立仆；同去的杨德群君又想去扶起她，也被击，弹从左肩入，穿胸偏右出，也立仆。但她还能坐起来，一个兵在她头部及胸部猛击两棍，于是死掉了。

始终微笑的和蔼的刘和珍君确是死掉了，这是真的，有她自己的尸骸为证；沉勇而友爱的杨德群君也死掉了，有她自己的尸骸为证；只有一样沉勇而友爱的张静淑君还在医院里呻吟。当三个女子从容地转辗于文明人所发明的枪弹的攒射中的时候，这是怎样的一个惊心动魄的伟大呵！中国军人的屠戮妇婴的伟绩，八国联军的惩创学生的武功，不幸全被这几缕血痕抹杀了。

但是中外的杀人者却居然昂起头来，不知道个个脸上有着血污……。

六

时间永是流驶，街市依旧太平，有限的几个生命，在中国是不算什么的，至多，不过供无恶意的闲人以饭后的谈资，或者给有恶意的闲人作“流言”的种子。至于此外的深的意义，我总觉得很寥寥，因为这实在不过是徒手的请愿。人类的血战前行的历史，正如煤的形成，当时用大量的木材，结果却只是一小块，但请愿是不在其中的，更何况是徒手。

然而既然有了血痕了，当然不觉要扩大。至少，也当浸渍了亲族；师友，爱人的心，纵使时光流驶，洗成绯红，也会在微漠的悲哀中永存微笑的和蔼的旧影。陶潜说过，“亲戚或余悲，他人亦已歌，死去何所道，托体同山阿。”倘能如此，这也就够了。

七

我已经说过：我向来是不惮以最坏的恶意来推测中国人的。但这回却很有几点出于我的意外。一是当局者竟会这样地凶残，一是流言家竟至如此之下劣，一是中国的女性临难竟能如是之从容。

我目睹中国女子的办事，是始于去年的，虽然是少数，但看那干练坚决，百折不回的气概，曾经屡次为之感叹。至于这一回在弹雨中互相救助，虽殒身不恤的事实，则更足为中国女子的勇毅，虽遭阴谋秘计，压抑至数千年，而终于没有消亡的明证了。倘要寻求这一次死伤者对于将来的意义，意义就在此罢。

苟活者在淡红的血色中，会依稀看见微茫的希望；真的猛士，将更奋然而前行。

呜呼，我说不出话，但以此记念刘和珍君！

四月一日。

为了忘却的记念[①]

一

我早已想写一点文字，来记念几个青年的作家。这并非为了别的，只因为两年以来，悲愤总时时来袭击我的心，至今没有停止，我很想借此算是竦身一摇，将悲哀摆脱，给自己轻松一下，照直说，就是我倒要将他们忘却了。

两年前的此时，即一九三一年的二月七日夜或八日晨，是我们的五个青年作家同时遇害的时候。当时上海的报章都不敢载这件事，或者也许是不愿，或不屑载这件事，只在《文艺新闻》上有一点隐约其辞的文章。那第十一期(五月二十五日)里，有一篇林莽先

---

① 本篇最初发表于1933年4月1日《现代》第二卷第六期。后收入《南腔北调集》。

生作的《白莽印象记》，中间说：

“他做了好些诗，又译过匈牙利和诗人彼得斐[1]的几首诗，当时的《奔流》的编辑者鲁迅接到了他的投稿，便来信要和他会面，但他却是不愿见名人的人，结果是鲁迅自己跑来找他，竭力鼓励他作文学的工作，但他终于不能坐在亭子间里写，又去跑他的路了。不久，他又一次的被了捕。……”

这里所说的我们的事情其实是不确的。白莽并没有这么高慢，他曾经到过我的寓所来，但也不是因为我要求和他会面；我也没有这么高慢，对于一位素不相识的投稿者，会轻率的写信去叫他。我们相见的原因很平常，那时他所投的是从德文译出的《彼得斐传》，我就发信去讨原文，原文是载在诗集前面的，邮寄不便，他就亲自送来了。看去是一个二十多岁的青年，面貌很端正，颜色是黑黑的，当时的谈话我已经忘却，只记得他自说姓徐，象山人；我问他为什么代你收信

① 彼得斐(1823～1849)，即裴多菲，匈牙利爱国诗人。主要诗作有《勇敢的约翰》、《民族之歌》等。

的女士是这么一个怪名字(怎么怪法，现在也忘却了)，他说她就喜欢起得这么怪，罗曼谛克，自己也有些和她不大对劲了。就只剩了这一点。

夜里，我将译文和原文粗粗的对了一遍，知道除几处误译之外，还有一个故意的曲译。他像是不喜欢“国民诗人”这个字的，都改成“民众诗人”了。第二天又接到他一封来信，说很悔和我相见，他的话多，我的话少，又冷，好像受了一种威压似的。我便写一封回信去解释，说初次相会，说话不多，也是人之常情，并且告诉他不应该由自己的爱憎，将原文改变。因为他的原书留在我这里了，就将我所藏的两本集子送给他，问他可能再译几首诗，以供读者的参看。他果然译了几首，自己拿来了，我们就谈得比第一回多一些。这传和诗，后来就都登在《奔流》第二卷第五本，即最末的一本里。

我们第三次相见，我记得是在一个热天。有人打门了，我去开门时，来的就是白莽，却穿着一件厚棉袍，汗流满面，彼此都不禁失笑。这时他才告诉我他是一个革命者，刚由被捕而释出，衣服和书籍全被没收了，连我送他的那两本；身上的袍子是从朋友那里借来的，没有夹衫，而必须穿长衣，所以只好这么出汗。我想，这大约就是林莽先生说的“又一次的被了捕”的那一次了。

我很欣幸他的得释，就赶紧付给稿费，使他可以买一件夹衫，但一面又很为我的那两本书痛惜：落在捕房的手里，真是明珠投暗了。那两本书，原是极平常的，一本散文，一本诗集，据德文译者说，这是他搜集起来的，虽在匈牙利本国，也还没有这么完全的本子，然而印在《莱克朗氏万有文库》(Reclam's Universal—Bibliothek)中，倘在德国，就随处可得，也值不到一元钱。不过在我是一种宝贝，因为这是三十年前，正当我热爱彼得斐的时候，特地托丸善书店从德国去买来的，那时还恐怕因为书极便宜，店员不肯经手，开口时非常惴惴。后来大抵带在身边，只是情随事迁，已没有翻译的意思了，这回便决计送给这也如我的那时一样，热爱彼得斐的诗的青年，算是给它寻得了一个好着落。所以还郑重其事，托柔石亲自送去的。谁料竟会落在“三道头”[1]之类的手里的呢，这岂不冤枉！

二

我的决不邀投稿者相见，其实也并不完全因为谦虚，其中含着省事的分子也不少。由于历来的经验，我知道青年们，尤其是文学青年们，十之九是感觉很敏，自尊心也很旺盛的，一不小心，极容易得到误解，所以倒是故意回避的时候多。见面尚且怕，更不必说敢有托付了。但那时我在上海，也有一个惟一的不但敢于随便谈笑，而且还敢于托他办点私事的人，那就是送书去给白莽的柔石。

我和柔石最初的相见，不知道是何时，在那里。他仿佛说过，曾在北京听过我的讲义，那么，当在八九年之前了。我也忘记了在上海怎么来往起来，总之，他那时住在景

① “三道头”，指当时上海公共租界里的巡官。制服袖上缀有三道倒人字形标志，被称做“三道头”。

云里，离我的寓所不过四五家门面，不知怎么一来，就来往起来了。大约最初的一回他就告诉我是姓赵，名平复。但他又曾谈起他家乡的豪绅的气焰之盛，说是有一个绅士，以为他的名字好，要给儿子用，叫他不要用这名字了。所以我疑心他的原名是“平福”，平稳而有福，才正中乡绅的意，对于“复”字却未必有这么热心。他的家乡，是台州的宁海，这只要一看他那台州式的硬气就知道，而且颇有点迂，有时会令我忽而想到方孝孺，觉得好像也有些这模样的。

他躲在寓里弄文学，也创作，也翻译，我们往来了许多日，说得投合起来了，于是另外约定了几个同意的青年，设立朝华社。目的是在绍介东欧和北欧的文学，输入外国的版画，因为我们都以为应该来扶植一点刚健质朴的文艺。接着就印《朝花旬刊》，印《近代世界短篇小说集》，印《艺苑朝华》，算都在循着这条线，只有其中的一本《蕗谷虹儿画选》，是为了扫荡上海滩上的“艺术家”，即戳穿叶灵凤这纸老虎而印的。

然而柔石自己没有钱，他借了二百多块

钱来做印本。除买纸之外，大部分的稿子和杂务都是归他做，如跑印刷局，制图，校字之类。可是往往不如意，说起来皱着眉头。看他旧作品，都很有悲观的气息，但实际上并不然，他相信人们是好的。我有时谈到人会怎样的骗人，怎样的卖友，怎样的吮血，他就前额亮晶晶的，惊疑地圆睁了近视的眼睛，抗议道，“会这样的么？——不至于此罢？……”

不过朝花社不久就倒闭了，我也不想说清其中的原因，总之是柔石的理想的头，先碰了一个大钉子，力气固然白化，此外还得去借一百块钱来付纸账。后来他对于我那“人心惟危”说的怀疑减少了，有时也叹息道，“真会这样的么？……”但是，他仍然相信人们是好的。

他于是一面将自己所应得的朝花社的残书送到明日书店和光华书局去，希望还能够收回几文钱，一面就拚命的译书，准备还借款，这就是卖给商务印书馆的《丹麦短篇小说集》和戈理基作的长篇小说《阿尔泰莫诺夫之事业》。但我想，这些译稿，也许去年已被兵火烧掉了。

他的迂渐渐的改变起来，终于也敢和女性的同乡或朋友一同去走路了，但那距离，却至少总有三四尺的。这方法很不好，有时我在路上遇见他，只要在相距三四尺前后或左右有一个年青漂亮的女人，我便会疑心就是他的朋友。但他和我一同走路的时候，可就走得近了，简直是扶住我，因为怕我被汽车或电车撞死；我这面也为他近视而又要照顾别人担心，大家都苍皇失措的愁一路，所以倘不是万不得已，我是不大和他一同出去的，我实在看得他吃力，因而自己也吃力。

无论从旧道德，从新道德，只要是损己利人的，他就挑选上，自己背起来。

他终于决定地改变了，有一回，曾经明白的告诉我，此后应该转换作品的内容和形式。我说：这怕难罢，譬如使惯了刀的，这回要他耍棍，怎么能行呢？他简洁的答道：只要学起来！

他说的并不是空话，真也在从新学起来了，其时他曾经带了一个朋友来访我，那就是冯铿女士。谈了一些天，我对于她终于很隔膜，我疑心她有点罗曼谛克，急于事功；我又疑心柔石的近来要做大部的小说，是发源于她的主张的。但我又疑心我自己，也许是柔石的先前的斩钉截铁的回答，正中了我那其实是偷懒的主张的伤疤，所以不自觉地迁怒到她身上去了。——我其实也并不比我所怕见的神经过敏而自尊的文学青年高明。

她的体质是弱的，也并不美丽。

三

直到左翼作家联盟成立之后，我才知道我所认识的白莽，就是在《拓荒者》上做诗的殷夫。有一次大会时，我便带了一本德译的，一个美国的新闻记者所做的中国游记去送他，这不过以为他可以由此练习德文，另外并无深意。然而他没有来。我只得又托了柔石。

但不久，他们竟一同被捕，我的那一本书，又被没收，落在“三道头”之类的手里了。

四

明日书店要出一种期刊，请柔石去做编辑，他答应了；书店还想印我的译著，托他来问版税的办法，我便将我和北新书局所订的合同，抄了一份交给他，他向衣袋里一塞，匆匆的走了。其时是一九三一年一月十六日的夜间，而不料这一去，竟就是我和他相见的末一回，竟就是我们的永诀。

第二天，他就在一个会场上被捕了，衣袋里还藏着我那印书的合同，听说官厅因此正在找寻我。印书的合同，是明明白白的，但我不愿意到那些不明不白的地方去辩解。记得《说岳全传》里讲过一个高僧，当追捕的差役刚到寺门之前，他就“坐化”了，还留下什么“何立从东来，我向西方走”的偈子。这是奴隶所幻想的脱离苦海的惟一的好方法，“剑侠”盼不到，最自在的惟此而已。我不是高僧，没有涅槃的自由，却还有生之留恋，我于是就逃走。

这一夜，我烧掉了朋友们的旧信札，就

和女人抱着孩子走在一个客栈里。不几天，即听得外面纷纷传我被捕，或是被杀了，柔石的消息却很少。有的说，他曾经被巡捕带到明日书店里，问是否是编辑；有的说，他曾经被巡捕带往北新书局去，问是否是柔石，手上上了铐，可见案情是重的。但怎样的案情，却谁也不明白。

他在囚系中，我见过两次他写给同乡的信，第一回是这样的——

"我与三十五位同犯(七个女的)于昨日到龙华。并于昨夜上了镣，开政治犯从未上镣之纪录。此案累及太大，我一时恐难出狱，书店事望兄为我代办之。现亦好，且跟殷夫兄学德文，此事可告周先生；望周先生勿念，我等未受刑。捕房和公安局，几次问周先生地址，但我那里知道。诸望勿念。祝好！

赵少雄一月二十四日。"

以上正面。

"洋铁饭碗，要二三只如不能见面，可将东西望转交赵少雄"

以上背面。

他的心情并未改变，想学德文，更加努力；也仍在记念我，像在马路上行走时候一般。但他信里有些话是错误的，政治犯而上镣，并非从他们开始，但他向来看得官场还太高，以为文明至今，到他们才开始了严酷。其实是不然的。果然，第二封信就很不同，措词非常惨苦，且说冯女士的面目都浮肿了，可惜我没有抄下这封信。其时传说也更加纷繁，说他可以赎出的也有，说他已经解往南京的也有，毫无确信；而用函电来探问我的消息的也多起来，连母亲在北京也急得生病了，我只得一一发信去更正，这样的大约有二十天。

天气愈冷了，我不知道柔石在那里有被褥不？我们是有的。洋铁碗可曾收到了没有？……但忽然得到一个可靠的消息，说柔石和其他二十三人，已于二月七日夜或八日晨，在龙华警备司令部被枪毙了，他的身上中了十弹。

原来如此！……

在一个深夜里，我站在客栈的院子中，周围是堆着的破烂的什物；人们都睡觉了，连我的女人和孩子。我沉重的感到我失掉了很好的朋友，中国失掉了很好的青年，我在悲愤中沉静下去了，然而积习却从沉静中抬起头来，凑成了这样的几句：

惯于长夜过春时，挈妇将雏鬓有丝。

梦里依稀慈母泪，城头变幻大王旗。

忍看朋辈成新鬼，怒向刀丛觅小诗。

吟罢低眉无写处，月光如水照缁衣。

但末二句，后来不确了，我终于将这写给了一个日本的歌人。

可是在中国，那时是确无写处的，禁锢得比罐头还严密。我记得柔石在年底曾回故乡，住了好些时，到上海后很受朋友的责备。他悲愤的对我说，他的母亲双眼已经失明了，要他多住几天，他怎么能够就走呢？我知道这失明的母亲的眷眷的心，柔石的拳拳的心。当《北斗》创刊时，我就想写一点关于柔石的文章，然而不能够，只得选了一幅珂勒惠支(Kaethe Kollwitz)夫人的木刻，名曰《牺牲》，是一个母悲哀地献出她的儿子去的，算是只有我一个人心里知道的柔石的记念。

同时被难的四个青年文学家之中，李伟森我没有会见过，胡也频在上海也只见过一次面，谈了几句天。较熟的要算白莽，即殷夫了，他曾经和我通过信，投过稿，但现在寻起来，一无所得，想必是十七那夜统统烧掉了，那时我还没有知道被捕的也有白莽。然而那本《彼得斐诗集》却在的，翻了一遍，也没有什么，只在一首《Wahlspruch》(格言)的旁边，有钢笔写的四行译文道：

生命诚宝贵，
爱情价更高；
若为自由故，
二者皆可抛！

又在第二页上，写着“徐培根”三个字，我疑心这是他的真姓名。

五

前年的今日，我避在客栈里，他们却是走向刑场了；去年的今日，我在炮声中逃在英租界，他们则早已埋在不知那里的地下了；今年的今日，我才坐在旧寓里，人们都睡觉了，连我的女人和孩子。我又沉重的感到我失掉了很好的朋友，中国失掉了很好的青年，我在悲愤中沉静下去了，不料积习又从沉静中抬起头来，写下了以上那些字。

要写下去，在中国的现在，还是没有写处的。年青时读向子期《思旧赋》，很怪他为什么只有寥寥的几行，刚开头却又煞了尾。然而，现在我懂得了。

不是年青的为年老的写记念，而在这三十年中，却使我目睹许多青年的血，层层淤积起来，将我埋得不能呼吸，我只能用这样的笔墨，写几句文章，算是从泥土中挖一个小孔，自己延口残喘，这是怎样的世界呢。夜正长，路也正长，我不如忘却，不说的好罢。但我知道，即使不是我，将来总会有记起他们，再说他们的时候的。……

二月七——八日。

悼杨铨[①]

岂有豪情似旧时，
花开花落两由之。
何期泪洒江南雨，
又为斯民哭健儿。

① 杨铨，字杏佛，民权保障同盟执行委员，1933年6月18日为国民党蓝衣社特务暗杀于上海，20日鲁迅曾往万国殡仪馆送殓。许寿裳《亡友鲁迅印象记》："是日大雨，鲁迅送殓回去，成诗一首：（略）。这首诗才气纵横，富于新意，无异于龚自珍。"

未有天才之前[①]

——一九二四年一月十七日在北京师范大学附属中学校友会讲

我自己觉得我的讲话不能使诸君有益或者有趣，因为我实在不知道什么事，但推托拖延得太长久了，所以终于不能不到这里来说几句。

我看现在许多人对于文艺界的要求的呼声之中，要求天才的产生也可以算是很盛大的了，这显然可以反证两件事：一是中国现在没有一个天才，二是大家对于现在的艺术的厌薄。天才究竟有没有？也许有着罢，然而我们和别人都没有见。倘使据了见闻，就

① 最初发表于1924年北京师范大学附属中学《校友会刊》第一期。同年12月27日《京报副刊》第二十一号转载时，前有作者的小引：“伏园兄：今天看看正月间在师大附中的演讲，其生命似乎确乎尚在，所以校正寄奉，以备转载。二十二日夜，迅上。”

可以说没有；不但天才，还有使天才得以生长的民众。

天才并不是自生自长在深林荒野里的怪物，是由可以使天才生长的民众产生，长育出来的，所以没有这种民众，就没有天才。有一回拿破仑过Alps山[①]，说，“我比Alps山还要高！”这何等英伟，然而不要忘记他后面跟着许多兵；倘没有兵，那只有被山那面的敌人捉住或者赶回，他的举动，言语，都离了英雄的界线，要归入疯子一类了。所以我想，在要求天才的产生之前，应该先要求可以使天才生长的民众。——譬如想有乔木，想看好花，一定要有好土；没有土，便没有花木了；所以土实在较花木还重要。花木非有土不可，正同拿破仑非有好兵不可一样。

然而现在社会上的论调和趋势，一面固然要求天才，一面却要他灭亡，连预备的土也想扫尽。举出几样来说：

其一就是“整理国故”。自从新思潮来到

① 即阿尔卑斯山，欧洲最高大的山脉，在法意两国之间。拿破仑在1800年进兵意大利同奥地利作战时，曾翻越此山。

中国以后，其实何尝有力，而一群老头子，还有少年，却已丧魂失魄的来讲国故了，他们说，“中国自有许多好东西，都不整理保存，倒去求新，正如放弃祖宗遗产一样不肖。”抬出祖宗来说法，那自然是极威严的，然而我总不信在旧马褂未曾洗净叠好之前，便不能做一件新马褂。就现状而言，做事本来还随各人的自便，老先生要整理国故，当然不妨去埋在南窗下读死书，至于青年，却自有他们的活学问和新艺术，各干各事，也还没有大妨害的，但若拿了这面旗子来号召，那就是要中国永远与世界隔绝了。倘以为大家非此不可，那更是荒谬绝伦！我们和古董商人谈天，他自然总称赞他的古董如何好，然而他决不痛骂画家，农夫，工匠等类，说是忘记了祖宗：他实在比许多国学家聪明得远。

其一是“崇拜创作”。从表面上看来，似乎这和要求天才的步调很相合，其实不然。那精神中，很含有排斥外来思想，异域情调的分子，所以也就是可以使中国和世界潮流隔绝的。许多人对于托尔斯泰，都介涅夫，陀思妥夫斯奇[1]的名字，已经厌听了，然而他们的著作，有什么译到中国来？眼光囚在一国里，听谈彼得和约翰[2]就生厌，定须张三李四才行，于是创作家出来了，从实说，好的也离不了刺取点外国作品的技术和神情，文笔或者漂亮，思想往往赶不上翻译品，甚者还要加上些传统思想，使他适合于中国人的老脾气，而读者却已为他所牢笼了，于是眼界便渐渐的狭小，几乎要缩进旧圈套里去。作者和读者互相为因果，排斥异流，抬上国粹，那里会有天才产生？即使产生了，也是活不下去的。

这样的风气的民众是灰尘，不是泥土，在他这里长不出好花和乔木来！

还有一样是恶意的批评。大家的要求批评家的出现，也由来已久了，到目下就出了许多批评家。可惜他们之中很有不少是不平家，不像批评家，作品才到面前，便恨恨地磨墨，立刻写出很高明的结论道，“唉，幼稚

---

① 即列夫·托尔斯泰、屠格涅夫、陀思妥耶夫斯基，均为俄罗斯伟大的小说家。

② 外国人名常用彼得、约翰等，此处泛指外国人名。

得很。中国要天才！”到后来，连并非批评家也这样叫喊了，他是听来的。其实即使天才，在生下来的时候的第一声啼哭，也和平常的儿童的一样，决不会就是一首好诗。因为幼稚，当头加以戕贼，也可以萎死的。我亲见几个作者，都被他们骂得寒噤了。那些作者大约自然不是天才，然而我的希望是便是常人也留着。

恶意的批评家在嫩苗的地上驰马，那当然是十分快意的事；然而遭殃的是嫩苗——平常的苗和天才的苗。幼稚对于老成，有如孩子对于老人，决没有什么耻辱；作品也一样，起初幼稚，不算耻辱的。因为倘不遭了戕贼，他就会生长，成熟，老成；独有老衰和腐败，倒是无药可救的事！我以为幼稚的人，或者老大的人，如有幼稚的心，就说幼稚的话，只为自己要说而说，说出之后，至多到印出之后，自己的事就完了，对于无论打着什么旗子的批评，都可以置之不理的！

就是在座的诸君，料来也十之九愿有天才的产生罢，然而情形是这样，不但产生天才难，单是有培养天才的泥土也难。我想，天才大半是天赋的；独有这培养天才的泥土，似乎大家都可以做。做土的功效，比要求天才还切近；否则，纵有成千成百的天才，也因为没有泥土，不能发达，要像一碟子绿豆芽。

做土要扩大了精神，就是收纳新潮，脱离旧套，能够容纳，了解那将来产生的天才；又要不怕做小事业，就是能创作的自然是创作，否则翻译，介绍，欣赏，读，看，消闲都可以。以文艺来消闲，说来似乎有些可笑，但究竟较胜于戕贼他。

泥土和天才比，当然是不足齿数的，然而不是坚苦卓绝者，也怕不容易做；不过事在人为，比空等天赋的天才有把握。这一点，是泥土的伟大的地方，也是反有大希望的地方。而且也有报酬，譬如好花从泥土里出来，看的人固然欣然的赏鉴，泥土也可以欣然的赏鉴，正不必花卉自身，这才心旷神怡的——假如当作泥土也有灵魂的说。

杂感[①]

人们有泪，比动物进化，但即此有泪，也就是不进化，正如已经只有盲肠，比鸟类进化，而究竟还有盲肠，终不能很算进化一样。凡这些，不但是无用的赘物，还要使其人达到无谓的灭亡。

现今的人们还以眼泪赠答，并且以这为最上的赠品，因为他此外一无所有。无泪的人则以血赠答，但又各各拒绝别人的血。

人大抵不愿意爱人下泪。但临死之际，可能也不愿意爱人为你下泪么？无泪的人无论何时，都不愿意爱人下泪，并且连血也不要：他拒绝一切为他的哭泣和灭亡。

人被杀于万众聚观之中，比被杀在“人不知鬼不觉”的地方快活，因为他可以妄想，博得观众中的或人的眼泪。但是，无泪的人

① 本篇最初发表于1925年5月8日北京《莽原》周刊第三期。后收入《华盖集》。

无论被杀在什么所在，于他并无不同。

杀了无泪的人，一定连血也不见。爱人不觉他被杀之惨，仇人也终于得不到杀他之乐：这是他的报恩和复仇。

死于敌手的锋刃，不足悲苦；死于不知何来的暗器，却是悲苦。但最悲苦的是死于慈母或爱人误进的毒药，战友乱发的流弹，病菌的并无恶意的侵入，不是我自己制定的死刑。

仰慕往古的，回往古去罢！想出世的，快出世罢！想上天的，快上天罢！灵魂要离开肉体的，赶快离开罢！现在的地上，应该是执着现在，执着地上的人们居住的。

但厌恶现世的人们还住着。这都是现世的仇仇，他们一日存在，现世即一日不能得救。

先前，也曾有些愿意活在现世而不得的人们，沉默过了，呻吟过了，叹息过了，哭泣过了，哀求过了，但仍然愿意活在现世而不得，因为他们忘却了愤怒。

勇者愤怒，抽刃向更强者；怯者愤怒，却抽刃向更弱者。不可救药的民族中，一定有许多英雄，专向孩子们瞪眼。这些孱头们！

孩子们在瞪眼中长大了，又向别的孩子们瞪眼，并且想：

他们一生都过在愤怒中。因为愤怒只是如此，所以他们要愤怒一生，——而且还要愤怒二世，三世，四世，以至末世。

无论爱什么，——饭，异性，国，民族，人类等等，——只有纠缠如毒蛇，执着如怨鬼，二六时中[①]，没有已时者有望。但太觉疲劳时，也无妨休息一会罢；但休息之后，就再来一回罢，而且两回，三回……。血书，章程，请愿，讲学，哭，电报，开会，挽联，演说，神经衰弱，则一切无用。

血书所能挣来的是什么？不过就是你的一张血书，况且并不好看。至于神经衰弱，其实倒是自己生了病，你不要再当作宝贝了，我的可敬爱而讨厌的朋友呀！

我们听到呻吟，叹息，哭泣，哀求，无须吃惊。见了酷烈的沉默，就应该留心了；

---

① 二六时中：即十二个时辰，意谓整天整夜。

见有什么像毒蛇似的在尸林中蜿蜒，怨鬼似的在黑暗中奔驰，就更应该留心了：这在豫告“真的愤怒”将要到来。那时候，仰慕往古的就要回往古去了，想出世的要出世去了，想上天的要上天了，灵魂要离开肉体的就要离开了！……

五月五日。

“友邦惊诧”论[①]

只要略有知觉的人就都知道：这回学生的请愿[②]，是因为日本占据了辽吉，南京政府束手无策，单会去哀求国联，而国联却正和日本是一伙。读书呀，读书呀，不错，学生是应该读书的，但一面也要大人老爷们不至于葬送土地，这才能够安心读书。报上不是说过，东北大学逃散，冯庸大学[③]逃散，日本兵看见学生模样的就枪毙吗？放下书包来请愿，真是已经可怜之至。不道国民党政府却在十二月十八日通电各地军政当局文里，又加上他们“捣毁机关，阻断交通，殴伤中委，拦劫汽车，横击路人及公务人员，私

① 本篇最初发表于1931年12月25日《十字街头》第二期，署名明瑟。后收入《二心集》。

② 指1931年12月间全国各地学生为反对蒋介石的不抵抗政策到南京请愿之事。

③ 冯庸大学乃奉系军阀冯庸所创办的一所大学，1927年成立于沈阳，1931年九一八事变后停办。

逮刑讯，社会秩序，悉被破坏”的罪名，而且指出结果，说是“友邦人士，莫名惊诧，长此以往，国将不国”了！

好个“友邦人士”！日本帝国主义的兵队强占了辽吉，炮轰机关，他们不惊诧；阻断铁路，追炸客车，捕禁官吏，枪毙人民，他们不惊诧。中国国民党治下的连年内战，空前水灾，卖儿救穷，砍头示众，秘密杀戮，电刑逼供，他们也不惊诧。在学生的请愿中有一点纷扰，他们就惊诧了！

好个国民党政府的“友邦人士”！是些什么东西！即使所举的罪状是真的罢，但这些事情，是无论那一个“友邦”也都有的，他们的维持他们的“秩序”的监狱，就撕掉了他们的“文明”的面具。摆什么“惊诧”的臭脸孔呢？

可是“友邦人士”一惊诧，我们的国府就怕了，“长此以往，国将不国”了，好像失了东三省，党国倒愈像一个国，失了东三省谁也不响，党国倒愈像一个国，失了东三省只有几个学生上几篇“呈文”，党国倒愈像一个国，可以博得“友邦人士”的夸奖，永远“国”

下去一样。

几句电文，说得明白极了：怎样的党国，怎样的“友邦”。“友邦”要我们人民身受宰割，寂然无声，略有“越轨”，便加屠戮；党国是要我们遵从这“友邦人士”的希望，否则，他就要“通电各地军政当局”，“即予紧急处置，不得于事后借口无法劝阻，敷衍塞责”了！

因为“友邦人士”是知道的：日兵“无法劝阻”，学生们怎会“无法劝阻”？每月一千八百万的军费，四百万的政费，作什么用的呀，“军政当局”呀？

写此文后刚一天，就见二十一日《申报》登载南京专电云：“考试院部员张以宽，盛传前日为学生架去重伤。兹据张自述，当时因车夫误会，为群众引至中大，旋出校回寓，并无受伤之事。至行政院某秘书被拉到中大，亦当时出来，更无失踪之事。”而“教育消息”栏内，又记本埠一小部分学校赴京请愿学生死伤的确数，则云：“中公死二人，伤三十人，复旦伤二人，复旦附中伤十人，东亚失踪一人（系女性），上中失踪一人，伤三人，文生氏死一人，伤五人……”可见学生并未如国府通电所说，将“社会秩序，破坏无余”，而国府则不但依然能够镇压，而且依然能够诬陷，杀戮。“友邦人士”，从此可以不必“惊诧莫名”，只请放心来瓜分就是了。

二丑艺术[①]

浙东的有一处的戏班中，有一种脚色叫作“二花脸”，译得雅一点，那么，“二丑”就是。他和小丑的不同，是不扮横行无忌的花花公子，也不扮一味仗势的宰相家丁，他所扮演的是保护公子的拳师，或是趋奉公子的清客。总之：身分比小丑高，而性格却比小丑坏。

义仆是老生扮的，先以谏诤，终以殉主；恶仆是小丑扮的，只会作恶，到底灭亡。而二丑的本领却不同，他有点上等人模样，也懂些琴棋书画，也来得行令猜谜，但倚靠的是权门，凌蔑的是百姓，有谁被压迫了，他就来冷笑几声，畅快一下，有谁被陷害了，他又去吓唬一下，吆喝几声。不过他的态度又并不常常如此的，大抵一面又回过

---

① 本篇最初发表于1933年6月18日《申报·自由谈》。后收入《准风月谈》。

脸来，向台下的看客指出他公子的缺点，摇着头装起鬼脸道：你看这家伙，这回可要倒楣哩！

这最末的一手，是二丑的特色。因为他没有义仆的愚笨，也没有恶仆的简单，他是智识阶级。他明知道自己所靠的是冰山，一定不能长久，他将来还要到别家帮闲，所以当受着豢养，分着余炎的时候，也得装着和这贵公子并非一伙。

二丑们编出来的戏本上，当然没有这一种脚色的，他那里肯；小丑，即花花公子们编出来的戏本，也不会有，因为他们只看见一面，想不到的。这二花脸，乃是小百姓看透了这一种人，提出精华来，制定了的脚色。

世间只要有权门，一定有恶势力，有恶势力，就一定有二花脸，而且有二花脸艺术。我们只要取一种刊物，看他一个星期，就会发见他忽而怨恨春天，忽而颂扬战争，忽而译萧伯纳演说，忽而讲婚姻问题；但其间一定有时要慷慨激昂的表示对于国事的不满：这就是用出末一手来了。

这最末的一手，一面也在遮掩他并不是帮闲，然而小百姓是明白的，早已使他的类型在戏台上出现了。

六月十五日。

说“面子”①

“面子”，是我们在谈话里常常听到的，因为好像一听就懂，所以细想的人大约不很多。

但近来从外国人的嘴里，有时也听到这两个音，他们似乎在研究。他们以为这一件事情，很不容易懂，然而是中国精神的纲领，只要抓住这个，就像二十四年前的拔住了辫子一样，全身都跟着走动了。相传前清时候，洋人到总理衙门去要求利益，一通威吓，吓得大官们满口答应，但临走时，却被从边门送出去。不给他走正门，就是他没有面子；他既然没有了面子，自然就是中国有了面子，也就是占了上风了。这是不是事实，我断不定，但这故事，“中外人士”中是颇有些人知道的。

因此，我颇疑心他们想专将“面子”给

① 最初发表于1934年10月上海《漫画生活》月刊第二期。后收入《且介亭杂文》。

我们。

但“面子”究竟是怎么一回事呢？不想还好，一想可就觉得胡涂。它像是很有好几种的，每一种身份，就有一种“面子”，也就是所谓“脸”。这“脸”有一条界线，如果落到这线的下面去了，即失了面子，也叫作“丢脸”。不怕“丢脸”，便是“不要脸”。但倘使做了超出这线以上的事，就“有面子”，或曰“露脸”。而“丢脸”之道，则因人而不同，例如车夫坐在路边赤膊捉虱子，并不算什么，富家姑爷坐在路边赤膊捉虱子，才成为“丢脸”。但车夫也并非没有“脸”，不过这时不算“丢”，要给老婆踢了一脚，就躺倒哭起来，这才成为他的“丢脸”。这一条“丢脸”律，是也适用于上等人的。这样看来，“丢脸”的机会，似乎上等人比较的多，但也不一定，例如车夫偷一个钱袋，被人发见，是失了面子的，而上等人大捞一批金珠珍玩，却仿佛也不见得怎样“丢脸”，况且还有“出洋考察”①，

---

① 旧时的军阀、政客在失势或失意时，常以“出洋考察”为暂时隐退的手段和借口。其中也有些并不真正“出洋”，只用这句话来保全面子的。

是改头换面的良方。

谁都要"面子"，当然也可以说是好事情，但"面子"这东西，却实在有些怪。九月三十日的《申报》就告诉我们一条新闻：沪西有业木匠大包作头之罗立鸿，为其母出殡，邀开"贳器店之王树宝夫妇帮忙，因来宾众多，所备白衣，不敷分配，其时适有名王道才，绰号三喜子，亦到来送殡，争穿白衣不遂，以为有失体面，心中怀恨，……邀集徒党数十人，各执铁棍，据说尚有持手枪者多人，将王树宝家人乱打，一时双方有剧烈之战争，头破血流，多人受有重伤。……"白衣是亲族有服者所穿的，现在必须"争穿"而又"不遂"，足见并非亲族，但竟以为"有失体面"，演成这样的大战了。这时候，好像只要和普通有些不同便是"有面子"，而自己成了什么，却可以完全不管。这类脾气，是"绅商"也不免发露的：袁世凯将要称帝的时候，有人以列名于劝进表中为"有面子"；有一国从青岛撤兵的时候，有人以列名于万民伞上为"有面子"[①]。

① 指1922年12月日本撤走侵占青岛的军队。

所以，要“面子”也可以说并不一定是好事情——但我并非说，人应该“不要脸”。现在说话难，如果主张“非孝”，就有人会说你在煽动打父母，主张男女平等，就有人会说你在提倡乱交——这声明是万不可少的。

况且，“要面子”和“不要脸”实在也可以有很难分辨的时候。不是有一个笑话么？一个绅士有钱有势，我假定他叫四大人罢，人们都以能够和他扳谈为荣。有一个专爱夸耀的小瘪三，一天高兴的告诉别人道：“四大人和我讲过话了！”人问他“说什么呢？”答道：“我站在他门口，四大人出来了，对我说：滚开去！”当然，这是笑话，是形容这人的“不要脸”，但在他本人，是以为“有面子”的，如此的人一多，也就真成为“有面子”了。别的许多人，不是四大人连“滚开去”也不对他说么？

在上海，“吃外国火腿”[1]虽然还不是“有面子”，却也不算怎么“丢脸”了，然而比起被一个本国的下等人所踢来，又仿佛近于

---

①旧时上海俗语，指被外国人所踢。

“有面子”。

中国人要“面子”，是好的，可惜的是这“面子”是“圆机活法”，善于变化，于是就和“不要脸”混起来了。长谷川如是闲说“盗泉”云：“古之君子，恶其名而不饮，今之君子，改其名而饮之。”也说穿了“今之君子”的“面子”的秘密。

十月四日。

从帮忙到扯淡[①]

"帮闲文学"[②]曾经算是一个恶毒的贬辞，——但其实是误解的。

《诗经》是后来的一部经，但春秋时代，其中的有几篇就用之于侑酒；屈原是"楚辞"的开山老祖，而他的《离骚》，却只是不得帮忙的不平。到得宋玉，就现有的作品看起来，他已经毫无不平，是一位纯粹的清客了。然而《诗经》是经，也是伟大的文学作品；屈原宋玉，在文学史上还是重要的作家。为什么呢？——就因为他究竟有文采。

中国的开国的雄主，是把"帮忙"和"帮闲"分开来的，前者参与国家大事，作为重

① 本篇写成时未能刊出，后来发表于1935年9月《杂文》月刊第三号。后收入《且介亭杂文二集》。

② 作者曾在1932年《帮忙文学与帮闲文学》的讲演中说："那些会念书会下棋会画画的人，陪主人念念书，下下棋，画几笔画，这叫做帮闲，也就是篾片！所以帮闲文学又名篾片文学。"

臣，后者却不过叫他献诗作赋，“俳优蓄之”，只在弄臣之列。不满于后者的待遇的是司马相如，他常常称病，不到武帝面前去献殷勤，却暗暗的作了关于封禅的文章，藏在家里，以见他也有计画大典——帮忙的本领，可惜等到大家知道的时候，他已经“寿终正寝”了。然而虽然并未实际上参与封禅的大典，司马相如在文学史上也还是很重要的作家。为什么呢？就因为他究竟有文采。但到文雅的庸主时，“帮忙”和“帮闲”的可就混起来了，所谓国家的柱石，也常是柔媚的词臣，我们在南朝的几个末代时，可以找出这实例。然而主虽然“庸”，却不“陋”，所以那些帮闲者，文采却究竟还有的，他们的作品，有些也至今不灭。

谁说“帮闲文学”是一个恶毒的贬辞呢？

就是权门的清客，他也得会下几盘棋，写一笔字，画画儿，识古董，懂得些猜拳行令，打趣插科，这才能不失其为清客。也就是说，清客，还要有清客的本领的，虽然是有骨气者所不屑为，却又非搭空架者所能企及。例如李渔的《一家言》，袁枚的《随园诗话》，就不是每个帮闲都做得出来的。必须有帮闲之志，又有帮闲之才，这才是真正的帮闲。如果有其志而无其才，乱点古书，重抄笑话，吹拍名士，拉扯趣闻，而居然不顾脸皮，大摆架子，反自以为得意，——自然也还有人以为有趣，——但按其实，却不过“扯淡”而已。帮闲的盛世是帮忙，到末代就只剩了这扯淡。

六月六日。

自嘲[1]

运交华盖欲何求，[2]未敢翻身已碰头。
破帽遮颜过闹市，漏船载酒泛中流。
横眉冷对千夫指，俯首甘为孺子牛。
躲进小楼成一统，管他冬夏与春秋。

① 作于1932年12月。

② 鲁迅《华盖集·题记》："这运（指华盖运），在和尚是好运：顶有华盖，自然是成佛作祖之兆，但俗人可不行，华盖在上，就要给罩住了，只好碰钉子。"

秋夜[1]

在我的后园，可以看见墙外有两株树，一株是枣树，还有一株也是枣树。

这上面的夜的天空，奇怪而高，我生平没有见过这样的奇怪而高的天空。他仿佛要离开人间而去，使人们仰面不再看见。然而现在却非常之蓝，闪闪地䀹着几十个星星的眼，冷眼。他的口角上现出微笑，似乎自以为大有深意，而将繁霜洒在我的园里的野花草上。

我不知道那些花草真叫什么名字，人们叫他们什么名字。我记得有一种开过极细小的粉红花，现在还开着，但是更极细小了，她在冷的夜气中，瑟缩地做梦，梦见春的到来，梦见秋的到来，梦见瘦的诗人将眼泪擦在她最末的花瓣上，告诉她秋虽然来，冬虽

① 本篇最初发表于1924年12月1日《语丝》周刊第三期。后收入《野草》。

然来，而此后接着还是春，胡蝶乱飞，蜜蜂都唱起春词来了。她于是一笑，虽然颜色冻得红惨惨地，仍然瑟缩着。

枣树，他们简直落尽了叶子。先前，还有一两个孩子来打他们别人打剩的枣子，现在是一个也不剩了，连叶子也落尽了，他知道小粉红花的梦，秋后要有春；他也知道落叶的梦，春后还是秋。他简直落尽叶子，单剩干子，然而脱了当初满树是果实和叶子时候的弧形，欠伸得很舒服。但是，有几枝还低亚着，护定他从打枣的竿梢所得的皮伤，而最直最长的几枝，却已默默地铁似的直刺着奇怪而高的天空，使天空闪闪地鬼睒眼；直刺着天空中圆满的月亮，使月亮窘得发白。

鬼睒眼的天空越加非常之蓝，不安了，仿佛想离去人间，避开枣树，只将月亮剩下。然而月亮也暗暗地躲到东边去了。而一无所有的干子，却仍然默默地铁似的直刺着奇怪而高的天空，一意要制他的死命，不管他各式各样地睒着许多蛊惑的眼睛。

哇的一声，夜游的恶鸟飞过了。

我忽而听到夜半的笑声，吃吃地，似乎

不愿意惊动睡着的人，然而四围的空气都应和着笑。夜半，没有别的人，我即刻听出这声音就在我嘴里，我也即刻被这笑声所驱逐，回进自己的房。灯火的带子也即刻被我旋高了。

后窗的玻璃上丁丁地响，还有许多小飞虫乱撞。不多久，几个进来了，许是从窗纸的破孔进来的。他们一进来，又在玻璃的灯罩上撞得丁丁地响。一个从上面撞进去了，他于是遇到火，而且我以为这火是真的。两三个却休息在灯的纸罩上喘气。那罩是昨晚新换的罩，雪白的纸，折出波浪纹的叠痕，一角还画出一枝猩红色的栀子。

猩红的栀子开花时，枣树又要做小粉红花的梦，青葱地弯成弧形了……。我又听到夜半的笑声；我赶紧砍断我的心绪，看那老在白纸罩上的小青虫，头大尾小，向日葵子似的，只有半粒小麦那么大，遍身的颜色苍翠得可爱，可怜。我打一个呵欠，点起一支纸烟，喷出烟来，对着灯默默地敬奠这些苍翠精致的英雄们。

一九二四年九月十五日。

复仇[①]

人的皮肤之厚，大概不到半分，鲜红的热血，就循着那后面，在比密密层层地爬在墙壁上的槐蚕更其密的血管里奔流，散出温热。于是各以这温热互相蛊惑，煽动，牵引，拚命地希求偎倚，接吻，拥抱，以得生命的沉酣的大欢喜。

但倘若用一柄尖锐的利刃，只一击，穿透这桃红色的，菲薄的皮肤，将见那鲜红的热血激箭似的以所有温热直接灌溉杀戮者；其次，则给以冰冷的呼吸，示以淡白的嘴唇，使之人性茫然，得到生命的飞扬的极致的大欢喜；而其自身，则永远沉浸于生命的飞扬的极致的大欢喜中。

这样，所以，有他们俩裸着全身，捏着利刃，对立于广漠的旷野之上。

---

① 本篇最初发表于1924年12月29日《语丝》周刊第七期。后收入《野草》。

他们俩将要拥抱，将要杀戮……路人们从四面奔来，密密层层地，如槐蚕爬上墙壁，如马蚁要扛鲞头[1]。衣服都漂亮，手倒空的。然而从四面奔来，而且拚命地伸长颈子，要赏鉴这拥抱或杀戮。他们已经豫觉着事后的自己的舌上的汗或血的鲜味。

然而他们俩对立着，在广漠的旷野之上，裸着全身，捏着利刃，然而也不拥抱，也不杀戮，而且也不见有拥抱或杀戮之意。

他们俩这样地至于永久，圆活的身体，已将干枯，然而毫不见有拥抱或杀戮之意。

路人们于是乎无聊；觉得有无聊钻进他们的毛孔，觉得有无聊从他们自己的心中由毛孔钻出，爬满旷野，又钻进别人的毛孔中。他们于是觉得喉舌干燥，脖子也乏了；终至于面面相觑，慢慢走散；甚而至于居然觉得干枯到失了生趣。

于是只剩下广漠的旷野，而他们俩在其间裸着全身，捏着利刃，干枯地立着；以死人似的眼光，赏鉴这路人们的干枯，无血的

① 鲞头：即鱼头。江浙等地俗称干鱼、腊鱼为鲞。

大戮，而永远沉浸于生命的飞扬的极致的大欢喜中。

一九二四年十二月二十日。

这样的战士[1]

要有这样的一种战士——已不是蒙昧如非洲土人而背着雪亮的毛瑟枪的；也并不疲惫如中国绿营兵而却佩着盒子炮[2]。他毫无乞灵于牛皮和废铁的甲胄；他只有自己，但拿着蛮人所用的，脱手一掷的投枪。

他走进无物之阵，所遇见的都对他一式点头。他知道这点头就是敌人的武器，是杀人不见血的武器，许多战士都在此灭亡，正如炮弹一般，使猛士无所用其力。

那些头上有各种旗帜，绣出各样好名称：慈善家，学者，文士，长者，青年，雅人，君子……。头下有各样外套，绣出各式好花样：学问，道德，国粹，民意，逻辑，公义，东方文明……。

---

① 本篇最初发表于1925年12月21日《语丝》周刊第五十八期。后收入《野草》。

② 盒子炮，即驳壳枪，手枪的一种，外有特制的木盒，故名。

但他举起了投枪。

他们都同声立了誓来讲说，他们的心都在胸膛的中央，和别的偏心的人类两样。他们都在胸前放着护心镜，就为自己也深信心在胸膛中央的事作证。

但他举起了投枪。

他微笑，偏侧一掷，却正中了他们的心窝。

一切都颓然倒地；——然而只有一件外套，其中无物。无物之物已经脱走，得了胜利，因为他这时成了戕害慈善家等类的罪人。

但他举起了投枪。

他在无物之阵中大踏步走，再见一式的点头，各种的旗帜，各样的外套……。

但他举起了投枪。

他终于在无物之阵中老衰，寿终。他终于不是战士，但无物之物则是胜者。

在这样的境地里，谁也不闻战叫：太平。

太平……。

但他举起了投枪！

一九二五年十二月十四日。

过客[①]

时：或一日的黄昏。

地：或一处。

人：老翁——约七十岁，白须发，黑长袍。

女孩——约十岁，紫发，乌眼珠，白地黑方格长衫。

过客——约三四十岁，状态困顿倔强，眼光阴沉，黑须，乱发，黑色短衣裤皆破碎， 赤足著破鞋，胁下挂一个口袋，支着等身的竹杖。

东，是几株杂树和瓦砾；西，是荒凉破败的丛葬；其间有一条似路非路的痕迹。一间小土屋向这痕迹开着一扇门；门侧有一段枯树根。

---

① 本篇最初发表于1925年3月9日《语丝》周刊第十七期。后收入《野草》。

（女孩正要将坐在树根上的老翁搀起。）

翁——孩子。喂，孩子！怎么不动了呢？

孩——（向东望着，）有谁走来了，看一看罢。

翁——不用看他。扶我进去罢。太阳要下去了。

孩——我，——看一看。

翁——唉，你这孩子！天天看见天，看见土，看见风，还不够好看么？什么也不比这些好看。你偏是要看谁。太阳下去时候出现的东西，不会给你什么好处的。……还是进去罢。

孩——可是，已经近来了。阿阿，是一个乞丐。

翁——乞丐？不见得罢。

（过客从东面的杂树间跄踉走出，暂时踌躕之后，慢慢地走近老翁去。）

客——老丈，你晚上好？

翁——阿，好！托福。你好？

客——老丈，我实在冒昧，我想在你那里讨一杯水喝。我走得渴极了。这地方又没有一个池塘，一个水洼。

翁——唔，可以可以。你请坐罢。(向女孩)孩子，你拿水来，杯子要洗干净。

(女孩默默地走进土屋去。)

翁——客官，你请坐。你是怎么称呼的。

客——称呼？——我不知道。从我还能记得的时候起，我就只一个人。我不知道我本来叫什么。我一路走，有时人们也随便称呼我，各式各样地，我也记不清楚了，况且相同的称呼也没有听到过第二回。

翁——阿阿。那么，你是从那里来的呢？

客——(略略迟疑，)我不知道。从我还能记得的时候起，我就在这么走。

翁——对了。那么，我可以问你到那里去么？

客——自然可以。——但是，我不知道。从我还能记得的时候起，我就在这么走，要走到一个地方去，这地方就在前面。我单记得走了许多路，现在来到这里了。我接着就要走向那边去，(西指，)前面！

(女孩小心地捧出一个木杯来，递去。)

客——(接杯，)多谢，姑娘。(将水两口

喝尽，还杯，）多谢，姑娘。这真是少有的好意。我真不知道应该怎样感激！

翁——不要这么感激。这于你是没有好处的。

客——是的，这于我没有好处。可是我现在很恢复了些力气了。我就要前去。老丈，你大约是久住在这里的，你可知道前面是怎么一个所在么？

翁——前面？前面，是坟。

客——（诧异地，）坟？

孩——不，不，不的。那里有许多许多野百合，野蔷薇，我常常去玩，去看他们的。

客——（西顾，仿佛微笑，）不错。那些地方有许多许多野百合，野蔷薇，我也常常去玩过，去看过的。但是，那是坟。（向老翁，）老丈，走完了那坟地之后呢？

翁——走完之后？那我可不知道。我没有走过。

客——不知道？！

孩——我也不知道。

翁——我单知道南边；北边；东边，你

的来路。那是我最熟悉的地方，也许倒是于你们最好的地方。你莫怪我多嘴，据我看来，你已经这么劳顿了，还不如回转去，因为你前去也料不定可能走完。

客——料不定可能走完？……(沉思，忽然惊起，)那不行！我只得走。回到那里去，就没一处没有名目，没一处没有地主，没一处没有驱逐和牢笼，没一处没有皮面的笑容，没一处没有眶外的眼泪。我憎恶他们，我不回转去！

翁——那也不然。你也会遇见心底的眼泪，为你的悲哀。

客——不。我不愿看见他们心底的眼泪，不要他们为我的悲哀！

翁——那么，你，(摇头，)你只得走了。

客——是的，我只得走了。况且还有声音常在前面催促我，叫唤我，使我息不下。可恨的是我的脚早经走破了，有许多伤，流了许多血。(举起一足给老人看，)因此，我的血不够了；我要喝些血。但血在那里呢？可是我也不愿意喝无论谁的血。我只得喝些水，来补充我的血。一路上总有水，我倒也并不感到什么不足。只是我的力气太稀薄了，血里面太多了水的缘故罢。今天连一个小水洼也遇不到，也就是少走了路的缘故罢。

翁——那也未必。太阳下去了，我想，还不如休息一会的好罢，像我似的。

客——但是，那前面的声音叫我走。

翁——我知道。

客——你知道？你知道那声音么？

翁——是的。他似乎曾经也叫过我。

客——那也就是现在叫我的声音么？

翁——那我可不知道。他也就是叫过几声，我不理他，他也就不叫了，我也就记不清楚了。

客——唉唉，不理他……。（沉思，忽然吃惊，倾听着，）不行！我还是走的好。我息不下。可恨我的脚早经走破了。（准备走路。）

孩——给你！（递给一片布，）裹上你的伤去。

客——多谢，（接取，）姑娘。这真

是……。这真是极少有的好意。这能使我可以走更多的路。(就断砖坐下，要将布缠在踝上，)但是，不行！(竭力站起，)姑娘，还了你罢，还是裹不下。况且这太多的好意，我没法感激。

翁——你不要这么感激，这于你没有好处。

客——是的，这于我没有什么好处。但在我，这布施是最上的东西了。你看，我全身上可有这样的。

翁——你不要当真就是。

客——是的。但是我不能。我怕我会这样：倘使我得到了谁的布施，我就要像兀鹰看见死尸一样，在四近徘徊，祝愿她的灭亡，给我亲自看见；或者咒诅她以外的一切全都灭亡，连我自己，因为我就应该得到咒诅。但是我还没有这样的力量；即使有这力量，我也不愿意她有这样的境遇，因为她们大概总不愿意有这样的境遇。我想，这最稳当。(向女孩，)姑娘，你这布片太好，可是太小一点了，还了你罢。

孩——(惊惧，退后，)我不要了！你带

走！

客——(似笑，)哦哦，……因为我拿过了？

孩——(点头，指口袋，)你装在那里，去玩玩。

客——(颓唐地退后，)但这背在身上，怎么走呢？……

翁——你息不下，也就背不动。——休息一会，就没有什么了。

客——对咧，休息……。(默想，但忽然惊醒，倾听。)不，我不能！我还是走好。

翁——你总不愿意休息么？

客——我愿意休息。

翁——那么，你就休息一会罢。

客——但是，我不能……。

翁——你总还是觉得走好么？

客——是的。还是走好。

翁——那么，你也还是走好罢。

客——(将腰一伸，)好，我告别了。我很感谢你们。(向着女孩，)姑娘，这还你，请你收回去。

(女孩惊惧，敛手，要躲进土屋里去。)

翁——你带去罢。要是太重了，可以随时抛在坟地里面的。

孩——(走向前，)阿阿，那不行！

客——阿阿，那不行的。

翁——那么，你挂在野百合野蔷薇上就是了。

孩——(拍手，)哈哈！好！

客——哦哦……。

(极暂时中，沉默。)

翁——那么，再见了。祝你平安。(站起，向女孩，)孩子，扶我进去罢。你看，太阳早已下去了。(转身向门。)

客——多谢你们。祝你们平安。(徘徊，沉思，忽然吃惊，)然而我不能！我只得走。我还是走好罢……。(即刻昂了头，奋然向西走去。)

(女孩扶老人走进土屋，随即阖了门。过客向野地里跄踉地闯进去，夜色跟在他后面。)

一九二五年三月二日。

影的告别[1]

人睡到不知道时候的时候，就会有影来告别，说出那些话——

有我所不乐意的在天堂里，我不愿去；有我所不乐意的在地狱里，我不愿去；有我所不乐意的在你们将来的黄金世界里，我不愿去。

然而你就是我所不乐意的。

朋友，我不想跟随你了，我不愿住。

我不愿意！

呜乎呜乎，我不愿意，我不如彷徨于无地。

我不过一个影，要别你而沉没在黑暗里了。然而黑暗又会吞并我，然而光明又会使我消失。

然而我不愿彷徨于明暗之间，我不如在

① 本篇最初发表于1924年12月8日《语丝》周刊第四期。后收入《野草》。

黑暗里沉没。

然而我终于彷徨于明暗之间，我不知道是黄昏还是黎明。我姑且举灰黑的手装作喝干一杯酒，我将在不知道时候的时候独自远行。

呜乎呜乎，倘若黄昏，黑夜自然会来沉没我，否则我要被白天消失，如果现是黎明。

朋友，时候近了。

我将向黑暗里彷徨于无地。

你还想我的赠品。我能献你甚么呢？无已，则仍是黑暗和虚空而已。但是，我愿意只是黑暗，或者会消失于你的白天；我愿意只是虚空，决不占你的心地。

我愿意这样，朋友——我独自远行，不但没有你，并且再没有别的影在黑暗里。只有我被黑暗沉没，那世界全属于我自己。

一九二四年九月二十四日。

淡淡的血痕中[1]

——记念几个死者和生者和未生者

目前的造物主，还是一个怯弱者。

他暗暗地使天变地异，却不敢毁灭一个这地球；暗暗地使生物衰亡，却不敢长存一切尸体；暗暗地使人类流血，却不敢使血色永远鲜秾；暗暗地使人类受苦，却不敢使人类永远记得。

他专为他的同类——人类中的怯弱者——设想，用废墟荒坟来衬托华屋，用时光来冲淡苦痛和血痕；日日斟出一杯微甘的苦酒，不太少，不太多，以能微醉为度，递给人间，使饮者可以哭，可以歌，也如醒，也如醉，若有知，若无知，也欲死，也欲生。他

① 本篇最初发表于1926年4月19日《语丝》周刊第七十五期。后收入《野草》。作者在《〈野草〉英文译本序》中说："段祺瑞政府枪击徒手民众后，作《淡淡的血痕中》"。

必须使一切也欲生；他还没有灭尽人类的勇气。

几片废墟和几个荒坟散在地上，映以淡淡的血痕，人们都在其间咀嚼着人我的渺茫的悲苦。但是不肯吐弃，以为究竟胜于空虚，各各自称为“天之僇民”，以作咀嚼着人我的渺茫的悲苦的辩解，而且悚息着静待新的悲苦的到来。新的，这就使他们恐惧，而又渴欲相遇。

这都是造物主的良民。他就需要这样。

叛逆的猛士出于人间；他屹立着，洞见一切已改和现有的废墟和荒坟，记得一切深广和久远的苦痛，正视一切重叠淤积的凝血，深知一切已死，方生，将生和未生。他看透了造化的把戏；他将要起来使人类苏生，或者使人类灭尽，这些造物主的良民们。

造物主，怯弱者，羞惭了，于是伏藏。天地在猛士的眼中于是变色。

一九二六年四月八日。

死火[1]

我梦见自己在冰山间奔驰。

这是高大的冰山，上接冰天，天上冻云弥漫，片片如鱼鳞模样。山麓有冰树林，枝叶都如松杉。一切冰冷，一切青白。

但我忽然坠在冰谷中。

上下四旁无不冰冷，青白。而一切青白冰上，却有红影无数，纠结如珊瑚网。我俯看脚下，有火焰在。

这是死火。有炎炎的形，但毫不摇动，全体冰结，像珊瑚枝；尖端还有凝固的黑烟，疑这才从火宅中出，所以枯焦。这样，映在冰的四壁，而且互相反映，化为无量数影，使这冰谷，成红珊瑚色。

哈哈！

当我幼小的时候，本就爱看快舰激起的

① 本篇最初发表于1925年5月4日《语丝》周刊第二十五期。后收入《野草》。

浪花，洪炉喷出的烈焰。不但爱看，还想看清。可惜他们都息息变幻，永无定形。虽然凝视又凝视，总不留下怎样一定的迹象。

死的火焰，现在先得到了你了！

我拾起死火，正要细看，那冷气已使我的指头焦灼；但是，我还熬着，将他塞入衣袋中间。冰谷四面，登时完全青白。我一面思索着走出冰谷的法子。

我的身上喷出一缕黑烟，上升如铁线蛇。冰谷四面，又登时满有红焰流动，如大火聚，将我包围。我低头一看，死火已经燃烧，烧穿了我的衣裳，流在冰地上了。

“唉，朋友！你用了你的温热，将我惊醒了。”他说。我连忙和他招呼，问他名姓。

“我原先被人遗弃在冰谷中，”他答非所问地说，“遗弃我的早已灭亡，消尽了。我也被冰冻冻得要死。倘使你不给我温热，使我重行烧起，我不久就须灭亡。”

“你的醒来，使我欢喜。我正在想着走出冰谷的方法；我愿意携带你去，使你永不冰结，永得燃烧。”

“唉唉！那么，我将烧完！”

“你的烧完，使我惋惜。我便将你留下，仍在这里罢。”

“唉唉！那么，我将冻灭了！”

“那么，怎么办呢？”

“但你自己，又怎么办呢？”他反而问。

“我说过了：我要出这冰谷……。”

“那我就不如烧完！”

他忽而跃起，如红彗星，并我都出冰谷口外。有大石车突然驰来，我终于碾死在车轮底下，但我还来得及看见那车就坠入冰谷中。

“哈哈！你们是再也遇不着死火了！”我得意地笑着说，仿佛就愿意这样似的。

一九二五年四月二十三日。

墓碣文[1]

我梦见自己正和墓碣[2]对立，读着上面的刻辞。那墓碣似是沙石所制，剥落很多，又有苔藓丛生，仅存有限的文句——

……于浩歌狂热之际中寒；于天上看见深渊。于一切眼中看见无所有；于无所希望中得救。……

……有一游魂，化为长蛇，口有毒牙。不以啮人，自啮其身，终以殒颠。……

……离开！……

我绕到碣后，才见孤坟，上无草木，且已颓坏。即从大阙口中，窥见死尸，胸腹俱破，中无心肝。而脸上却绝不显哀乐之状，但蒙蒙如烟然。

我在疑惧中不及回身，然而已看见墓碣

---

① 本篇最初发表于1925年6月22日《语丝》周刊第三十二期。后收入《野草》。

② 圆顶的墓碑。

阴面的残存的文句——

……抉心自食，欲知本味。创痛酷烈，本味何能知？……

……痛定之后，徐徐食之。然其心已陈旧，本味又何由知？……

……答我。否则，离开！……

我就要离开。而死尸已在坟中坐起，口唇不动，然而说——

“待我成尘时，你将见我的微笑！”

我疾走，不敢反顾，生怕看见他的追随。

一九二五年六月十七日。

题《彷徨》①

寂寞新文苑，
平安旧战场。
两间余一卒，
荷戟独彷徨。

① 作于1933年3月。

《野草》题辞

当我沉默着的时候，我觉得充实；我将开口，同时感到空虚。

过去的生命已经死亡。我对于这死亡有大欢喜，因为我借此知道它曾经存活。死亡的生命已经朽腐。我对于这朽腐有大欢喜，因为我借此知道它还非空虚。

生命的泥委弃在地面上，不生乔木，只生野草，这是我的罪过。

野草，根本不深，花叶不美，然而吸取露，吸取水，吸取陈死人的血和肉，各各夺取它的生存。当生存时，还是将遭践踏，将遭删刈，直至于死亡而朽腐。

但我坦然，欣然。我将大笑，我将歌唱。我自爱我的野草，但我憎恶这以野草作装饰的地面。

地火在地下运行，奔突；熔岩一旦喷出，将烧尽一切野草，以及乔木，于是并且无可朽腐。

但我坦然，欣然。我将大笑，我将歌唱。

天地有如此静穆，我不能大笑而且歌唱。天地即不如此静穆，我或者也将不能。我以这一丛野草，在明与暗，生与死，过去与未来之际，献于友与仇，人与兽，爱者与不爱者之前作证。

为我自己，为友与仇，人与兽，爱者与不爱者，我希望这野草的死亡与朽腐，火速到来。要不然，我先就未曾生存，这实在比死亡与朽腐更其不幸。

去罢，野草，连着我的题辞！

一九二七年四月二十六日，

鲁迅记于广州之白云楼上。

《呐喊》自序

我在年青时候也曾经做过许多梦，后来大半忘却了，但自己也并不以为可惜。所谓回忆者，虽说可以使人欢欣，有时也不免使人寂寞，使精神的丝缕还牵着已逝的寂寞的时光，又有什么意味呢，而我偏苦于不能全忘却，这不能全忘的一部分，到现在便成了《呐喊》的来由。

我有四年多，曾经常常，——几乎是每天，出入于质铺和药店里，年纪可是忘却了，总之是药店的柜台正和我一样高，质铺的是比我高一倍，我从一倍高的柜台外送上衣服或首饰去，在侮蔑里接了钱，再到一样高的柜台上给我久病的父亲去买药。回家之后，又须忙别的事了，因为开方的医生是最有名的，以此所用的药引也奇特：冬天的芦根，经霜三年的甘蔗，蟋蟀要原对的，结子的平地木，……多不是容易办到的东西。然而我的父亲终于日重一日的亡故了。

有谁从小康人家而坠入困顿的么，我以为在这途路中，大概可以看见世人的真面目；我要到N进K学堂去了[①]，仿佛是想走异路，逃异地，去寻求别样的人们。我的母亲没有法，办了八元的川资，说是由我的自便；然而伊哭了，这正是情理中的事，因为那时读书应试是正路，所谓学洋务，社会上便以为是一种走投无路的人，只得将灵魂卖给鬼子，要加倍的奚落而且排斥的，而况伊又看不见自己的儿子了。然而我也顾不得这些事，终于到N去进了K学堂了，在这学堂里，我才知道世上还有所谓格致，算学，地理，历史，绘图和体操。生理学并不教，但我们却看到些木版的《全体新论》和《化学卫生论》之类了。我还记得先前的医生的议论和方药，和现在所知道的比较起来，便渐渐的悟得中医不过是一种有意的或无意的骗子，同时又很起了对于被骗的病人和他的家族的同情；而且从译出的历史上，又知道了日本维新是大半发端于西方医学的事实。

---

① 即南京的江南水师学堂。

因为这些幼稚的知识，后来便使我的学籍列在日本一个乡间的医学专门学校里了。我的梦很美满，预备卒业回来，救治像我父亲似的被误的病人的疾苦，战争时候便去当军医，一面又促进了国人对于维新的信仰。我已不知道教授微生物学的方法，现在又有了怎样的进步了，总之那时是用了电影，来显示微生物的形状的，因此有时讲义的一段落已完，而时间还没有到，教师便映些风景或时事的画片给学生看，以用去这多余的光阴。其时正当日俄战争的时候，关于战事的画片自然也就比较的多了，我在这一个讲堂中，便须常常随喜我那同学们的拍手和喝采。有一回，我竟在画片上忽然会见我久违的许多中国人了，一个绑在中间，许多站在左右，一样是强壮的体格，而显出麻木的神情。据解说，则绑着的是替俄国做了军事上的侦探，正要被日军砍下头颅来示众，而围着的便是来赏鉴这示众的盛举的人们。

这一学年没有完毕，我已经到了东京了，因为从那一回以后，我便觉得医学并非一件紧要事，凡是愚弱的国民，即使体格如何健全，如何茁壮，也只能做毫无意义的示众的材料和看客，病死多少是不必以为不幸的。所以我们的第一要著，是在改变他们的精神，而善于改变精神的是，我那时以为当然要推文艺，于是想提倡文艺运动了。在东京的留学生很有学法政理化以至警察工业的，但没有人治文学和美术；可是在冷淡的空气中，也幸而寻到几个同志了，此外又邀集了必须的几个人，商量之后，第一步当然是出杂志，名目是取“新的生命”的意思，因为我们那时大抵带些复古的倾向，所以只谓之《新生》。

《新生》的出版之期接近了，但最先就隐去了若干担当文字的人，接着又逃走了资本，结果只剩下不名一钱的三个人。创始时候既已背时，失败时候当然无可告语，而其后却连这三个人也都为各自的运命所驱策，不能在一处纵谈将来的好梦了，这就是我们的并未产生的《新生》的结局。

我感到未尝经验的无聊，是自此以后的事。我当初是不知其所以然的；后来想，凡有一人的主张，得了赞和，是促其前进的，得了反对，是促其奋斗的，独有叫喊于生人中，而生人并无反应，既非赞同，也无反对，如置身毫无边际的荒原，无可措手的了，这是怎样的悲哀呵，我于是以我所感到者为寂寞。

这寂寞又一天一天的长大起来，如大毒蛇，缠住了我的灵魂了。

然而我虽然自有无端的悲哀，却也并不愤懑，因为这经验使我反省，看见自己了：就是我决不是一个振臂一呼应者云集的英雄。

只是我自己的寂寞是不可不驱除的，因为这于我太痛苦。我于是用了种种法，来麻醉自己的灵魂，使我沉入于国民中，使我回到古代去，后来也亲历或旁观过几样更寂寞更悲哀的事，都为我所不愿追怀，甘心使他们和我的脑一同消灭在泥土里的，但我的麻醉法却也似乎已经奏了功，再没有青年时候的慷慨激昂的意思了。

S会馆[1]里有三间屋，相传是往昔曾在

---

①指绍兴县馆，位于北京宣武门外。作者在1912年5月到1919年11月住在这里。

院子里的槐树上缢死过一个女人的，现在槐树已经高不可攀了，而这屋还没有人住；许多年，我便寓在这屋里钞古碑。客中少有人来，古碑中也遇不到什么问题和主义，而我的生命却居然暗暗的消去了，这也就是我惟一的愿望。夏夜，蚊子多了，便摇着蒲扇坐在槐树下，从密叶缝里看那一点一点的青天，晚出的槐蚕又每每冰冷的落在头颈上。

那时偶或来谈的是一个老朋友金心异①，将手提的大皮夹放在破桌上，脱下长衫，对面坐下了，因为怕狗，似乎心房还在怦怦的跳动。

"你钞了这些有什么用？"有一夜，他翻着我那古碑的钞本，发了研究的质问了。

"没有什么用。"

"那么，你钞他是什么意思呢？"

"没有什么意思。"

"我想，你可以做点文章……"

我懂得他的意思了，他们正办《新青年》，然而那时仿佛不特没有人来赞同，并且也还没有人来反对，我想，他们许是感到寂

① 指钱玄同，《新青年》编辑部成员之一。

寞了，但是说：

“假如一间铁屋子，是绝无窗户而万难破毁的，里面有许多熟睡的人们，不久都要闷死了，然而是从昏睡入死灭，并不感到就死的悲哀。现在你大嚷起来，惊起了较为清醒的几个人，使这不幸的少数者来受无可挽救的临终的苦楚，你倒以为对得起他们么？”

“然而几个人既然起来，你不能说决没有毁坏这铁屋的希望。”

是的，我虽然自有我的确信，然而说到希望，却是不能抹杀的，因为希望是在于将来，决不能以我之必无的证明，来折服了他之所谓可有，于是我终于答应他也做文章了，这便是最初的一篇《狂人日记》。从此以后，便一发而不可收，每写些小说模样的文章，以敷衍朋友们的嘱托，积久了就有了十余篇。

在我自己，本以为现在是已经并非一个切迫而不能已于言的人了，但或者也还未能忘怀于当日自己的寂寞的悲哀罢，所以有时候仍不免呐喊几声，聊以慰藉那在寂寞里奔驰的猛士，使他不惮于前驱。至于我的喊声是勇猛或是悲哀，是可憎或是可笑，那倒是不暇顾及的；但既然是呐喊，则当然须听将令的了，所以我往往不恤用了曲笔，在《药》的瑜儿的坟上平空添上一个花环，在《明天》里也不叙单四嫂子竟没有做到看见儿子的梦，因为那时的主将是不主张消极的。至于自己，却也并不愿将自以为苦的寂寞，再来传染给也如我那年青时候似的正做着好梦的青年。

这样说来，我的小说和艺术的距离之远，也就可想而知了，然而到今日还能蒙着小说的名，甚而至于且有成集的机会，无论如何总不能不说是一件侥幸的事，但侥幸虽使我不安于心，而悬揣人间暂时还有读者，则究竟也仍然是高兴的。

所以我竟将我的短篇小说结集起来，而且付印了，又因为上面所说的缘由，便称之为《呐喊》。

一九二二年十二月三日，

鲁迅记于北京。

写在《坟》后面

在听到我的杂文已经印成一半的消息的时候，我曾经写了几行题记，寄往北京去。当时想到便写，写完便寄，到现在还不满二十天，早已记不清说了些什么了。今夜周围是这么寂静，屋后面的山脚下腾起野烧的微光；南普陀寺还在做牵丝傀儡戏，时时传来锣鼓声，每一间隔中，就更加显得寂静。电灯自然是辉煌着，但不知怎地忽有淡淡的哀愁来袭击我的心，我似乎有些后悔印行我的杂文了。我很奇怪我的后悔；这在我是不大遇到的，到如今，我还没有深知道所谓悔者究竟是怎么一回事。但这心情也随即逝去，杂文当然仍在印行，只为想驱逐自己目下的哀愁，我还要说几句话。

记得先已说过：这不过是我的生活中的一点陈迹。如果我的过往，也可以算作生活，那么，也就可以说，我也曾工作过了。

但我并无喷泉一般的思想，伟大华美的文章，既没有主义要宣传，也不想发起一种什么运动。不过我曾经尝得，失望无论大小，是一种苦味，所以几年以来，有人希望我动动笔的，只要意见不很相反，我的力量能够支撑，就总要勉力写几句东西，给来者一些极微末的欢喜。人生多苦辛，而人们有时却极容易得到安慰，又何必惜一点笔墨，给多尝些孤独的悲哀呢？于是除小说杂感之外，逐渐又有了长长短短的杂文十多篇。其间自然也有为卖钱而作的。这回就都混在一处。我的生命的一部分，就这样地用去了，也就是做了这样的工作。然而我至今终于不明白我一向是在做什么。比方作土工的罢，做着做着，而不明白是在筑台呢还在掘坑。所知道的是即使是筑台，也无非要将自己从那上面跌下来或者显示老死；倘是掘坑，那就当然不过是埋掉自己。总之：逝去，逝去，一切一切，和光阴一同早逝去，在逝去，要逝去了。——不过如此，但也为我所十分甘愿的。

然而这大约也不过是一句话。当呼吸还

在时，只要是自己的，我有时却也喜欢将陈迹收存起来，明知不值一文，总不能绝无眷恋，集杂文而名之曰《坟》，究竟还是一种取巧的掩饰。刘伶喝得酒气熏天，使人荷锸跟在后面，道：死便埋我。虽然自以为放达，其实是只能骗骗极端老实人的。

所以这书的印行，在自己就是这么一回事。至于对别人，记得在先也已说过，还有愿使偏爱我的文字的主顾得到一点喜欢；憎恶我的文字的东西得到一点呕吐，——我自己知道，我并不大度，那些东西因我的文字而呕吐，我也很高兴的。别的就什么意思也没有了。倘若硬要说出好处来，那么，其中所介绍的几个诗人的事，或者还不妨一看；最末的论“费厄泼赖”[①]这一篇，也许可供参考罢，因为这虽然不是我的血所写，却是见了我的同辈和比我年幼的青年们的血而写的。

偏爱我的作品的读者，有时批评说，我的文字是说真话的。这其实是过誉，那原因就因为他偏爱。我自然不想太欺骗人，但也

① 英文Fair Play音译，意为公平竞争。

未尝将心里的话照样说尽，大约只要看得可以交卷就算完。我的确时时解剖别人，然而更多的是更无情面地解剖我自己，发表一点，酷爱温暖的人物已经觉得冷酷了，如果全露出我的血肉来，末路正不知要到怎样。我有时也想就此驱除旁人，到那时还不唾弃我的，即使是枭蛇鬼怪，也是我的朋友，这才真是我的朋友。倘使并这个也没有，则就是我一个人也行。但现在我并不。因为，我还没有这样勇敢，那原因就是我还想生活，在这社会里。还有一种小缘故，先前也曾屡次声明，就是偏要使所谓正人君子也者之流多不舒服几天，所以自己便特地留几片铁甲在身上，站着，给他们的世界上多有一点缺陷，到我自己厌倦了，要脱掉了的时候为止。

倘说为别人引路，那就更不容易了，因为连我自己还不明白应当怎么走。中国大概很有些青年的“前辈”和“导师”罢，但那不是我，我也不相信他们。我只很确切地知道一个终点，就是：坟。然而这是大家都知道的，无须谁指引。问题是在从此到那的道路。那当然不只一条，我可正不知那一条好，虽然至今有时也还在寻求。在寻求中，我就怕我未熟的果实偏偏毒死了偏爱我的果实的人，而憎恨我的东西如所谓正人君子也者偏偏都矍铄，所以我说话常不免含胡，中止，心里想：对于偏爱我的读者的赠献，或者最好倒不如是一个“无所有”。我的译著的印本，最初，印一次是一千，后来加五百，近时是二千至四千，每一增加，我自然是愿意的，因为能赚钱，但也伴着哀愁，怕于读者有害，因此作文就时常更谨慎，更踌躇。有人以为我信笔写来，直抒胸臆，其实是不尽然的，我的顾忌并不少。我自己早知道毕竟不是什么战士了，而且也不能算前驱，就有这么多的顾忌和回忆。还记得三四年前，有一个学生来买我的书，从衣袋里掏出钱来放在我手里，那钱上还带着体温。这体温便烙印了我的心，至今要写文字时，还常使我怕毒害了这类的青年，迟疑不敢下笔。我毫无顾忌地说话的日子，恐怕要未必有了罢。但也偶尔想，其实倒还是毫无顾忌地说话，对得起这样的青年。但至今也还没有决心这样做。

今天所要说的话也不过是这些，然而比较的却可以算得真实。此外，还有一点余文。

记得初提倡白话的时候，是得到各方面剧烈的攻击的。后来白话渐渐通行了，势不可遏，有些人便一转而引为自己之功，美其名曰“新文化运动”。又有些人便主张白话不妨作通俗之用；又有些人却道白话要做得好，仍须看古书。前一类早已二次转舵，又反过来嘲骂“新文化”了；后二类是不得已的调和派，只希图多留几天僵尸，到现在还不少。我曾在杂感上掊击过的。

新近看见一种上海出版的期刊，也说起要做好白话须读好古文，而举例为证的人名中，其一却是我。这实在使我打了一个寒噤。别人我不论，若是自己，则曾经看过许多旧书，是的确的，为了教书，至今也还在看。因此耳濡目染，影响到所做的白话上，常不免流露出它的字句，体格来。但自己却正苦于背了这些古老的鬼魂，摆脱不开，时常感到一种使人气闷的沉重。就是思想上，也何尝不中些庄周韩非的毒，时而很随便，时而很峻急。孔孟的书我读得最早，最熟，然而倒似乎和我不相干。大半也因为懒惰罢，往往自己宽解，以为一切事物，在转变中，是总有多少中间物的。动植之间，无脊椎和脊椎动物之间，都有中间物；或者简直可以说，在进化的链子上，一切都是中间物。当开首改革文章的时候，有几个不三不四的作者，是当然的，只能这样，也需要这样。他的任务，是在有些警觉之后，喊出一种新声；又因为从旧垒中来，情形看得较为分明，反戈一击，易制强敌的死命。但仍应该和光阴偕逝，逐渐消亡，至多不过是桥梁中的一木一石，并非什么前途的目标，范本。跟着起来便该不同了，倘非天纵之圣，积习当然也不能顿然荡除，但总得更有新气象。以文字论，就不必更在旧书里讨生活，却将活人的唇舌作为源泉，使文章更加接近语言，更加有生气。至于对于现在人民的语言的穷乏欠缺，如何救济，使他丰富起来，那也是一个很大的问题，或者也须在旧文中取得若干资料，以供使役，但这并不在我现在所要说的范围以内，姑且不论。

我以为我倘十分努力，大概也还能够博采口语，来改革我的文章。但因为懒而且忙，至今没有做。我常疑心这和读了古书很有些关系，因为我觉得古人写在书上的可恶思想，我的心里也常有，能否忽而奋勉，是毫无把握的。我常常诅咒我的这思想，也希望不再见于后来的青年。去年我主张青年少读，或者简直不读中国书，乃是用许多苦痛换来的真话，决不是聊且快意，或什么玩笑，愤激之辞。古人说，不读书便成愚人，那自然也不错的。然而世界却正由愚人造成，聪明人决不能支持世界，尤其是中国的聪明人。现在呢，思想上且不说，便是文辞，许多青年作者又在古文，诗词中摘些好看而难懂的字面，作为变戏法的手巾，来装潢自己的作品了。我不知这和劝读古文说可有相关，但正在复古，也就是新文艺的试行自杀，是显而易见的。

不幸我的古文和白话合成的杂集，又恰在此时出版了，也许又要给读者若干毒害。只是在自己，却还不能毅然决然将他毁灭，还想借此暂时看看逝去的生活的余痕。惟愿偏爱我的作品的读者也不过将这当作一种纪念，知道这小小的丘陇中，无非埋着曾经活过的躯壳。待再经若干岁月，又当化为烟埃，并纪念也从人间消去，而我的事也就完毕了。上午也正在看古文，记起了几句陆士衡的吊曹孟德文，便拉来给我的这一篇作结——

既晞古以遗累，信简礼而薄葬。

彼裘绂于何有，贻尘谤于后王。

嗟大恋之所存，故虽哲而不忘。

览遗籍以慷慨，献兹文而凄伤！

一九二六，一一，一一，夜。鲁迅。

我要骗人[①]

疲劳到没有法子的时候，也偶然佩服了超出现世的作家，要模仿一下来试试。然而不成功。超然的心，是得像贝类一样，外面非有壳不可的。而且还得有清水。浅间山[②]边，倘是客店，那一定是有的罢，但我想，却未必有去造“象牙之塔”的人的。

为了希求心的暂时的平安，作为穷余的一策，我近来发明了别样的方法了，这就是骗人。

去年的秋天或是冬天，日本的一个水兵，在闸北被暗杀了。忽然有了许多搬家的人，汽车租钱之类，都贵了好几倍。搬家的

① 本篇最初发表于1936年4月号日本《改造》月刊。原稿为日文，后由作者译成中文，发表于1936年6月上海《文学丛报》月刊第三期。后收入《且介亭杂文末编》。

② 浅间山：日本的火山，过去常有人去投火山口自杀；同时是游览地区，山下设有旅馆等。

自然是中国人，外国人是很有趣似的站在马路旁边看。我也常常去看的。一到夜里，非常之冷静，再没有卖食物的小商人了，只听得有时从远处传来着犬吠。然而过了两三天，搬家好像被禁止了。警察拼死命的在殴打那些拉着行李的大车夫和洋车夫，日本的报章，中国的报章，都异口同声的对于搬了家的人们给了一个“愚民”的徽号。这意思就是说，其实是天下太平的，只因为有这样的“愚民”，所以把颇好的天下，弄得乱七八糟了。

我自始至终没有动，并未加入“愚民”这一伙里。但这并非为了聪明，却只因为懒惰。也曾陷在五年前的正月的上海战争——日本那一面，好像是喜欢称为“事变”似的——的火线下，而且自由早被剥夺，夺了我的自由的权力者，又拿着这飞上空中了，所以无论跑到那里去，都是一个样。中国的人民是多疑的。无论那一国人，都指这为可笑的缺点。然而怀疑并不是缺点。总是疑，而并不下断语，这才是缺点。我是中国人，所以深知道这秘密。其实，是在下着断语的，而这断语，乃是：到底还是不可信。但后来的事实，却大抵证明了这断语的的确。中国人不疑自己的多疑。所以我的没有搬家，也并不是因为怀着天下太平的确信，说到底，仍不过为了无论那里都一样的危险的缘故。五年以前翻阅报章，看见过所记的孩子的死尸的数目之多，和从不见有记着交换俘虏的事，至今想起来，也还是非常悲痛的。

虐待搬家人，殴打车夫，还是极小的事情。中国的人民，是常用自己的血，去洗权力者的手，使他又变成洁净的人物的，现在单是这模样就完事，总算好得很。

但当大家正在搬家的时候，我也没有整天站在路旁看热闹，或者坐在家里读世界文学史之类的心思。走远一点，到电影院里散闷去。一到那里，可真是天下太平了。这就是大家搬家去住的处所。我刚要跨进大门，被一个十二三岁的女孩子捉住了。是小学生，在募集水灾的捐款，因为冷，连鼻子尖也冻得通红。我说没有零钱，她就用眼睛表示了非常的失望。我觉得对不起人，就带她进了电影院，买过门票之后，付给她一块钱。她这回是非常高兴了，称赞我道，“你是好人”，还写给我一张收条。只要拿着这收条，就无论到那里，都没有再出捐款的必要。于是我，就是所谓“好人”，也轻松的走进里面了。

看了什么电影呢？现在已经丝毫也记不起。总之，大约不外乎一个英国人，为着祖国，征服了印度的残酷的酋长，或者一个美国人，到亚非利加去，发了大财，和绝世的美人结婚之类罢。这样的消遣了一些时光，傍晚回家，又走进了静悄悄的环境。听到远地里的犬吠声。女孩子的满足的表情的相貌，又在眼前出现，自己觉得做了好事情了，但心情又立刻不舒服起来，好像嚼了肥皂或者什么一样。

诚然，两三年前，是有过非常的水灾的，这大水和日本的不同，几个月或半年都不退。但我又知道，中国有着叫作“水利局”的机关，每年从人民收着税钱，在办事。但反而出了这样的大水了。我又知道，有一个团体演了戏来筹钱，因为后来只有二十几元，衙门就发怒不肯要。连被水灾所害的难民成群的跑到安全之处来，说是有害治安，就用机关枪去扫射的话也都听到过。恐怕早已统统死掉了罢。然而孩子们不知道，还在拼命的替死人募集生活费，募不到，就失望，募到手，就喜欢。而其实，一块来钱，是连给水利局的老爷买一天的烟卷也不够的。我明明知道着，却好像也相信款子真会到灾民的手里似的，付了一块钱。实则不过买了这天真烂漫的孩子的欢喜罢了。我不爱看人们的失望的样子。

倘使我那八十岁的母亲，问我天国是否真有，我大约是会毫不踌躕，答道真有的罢。

然而这一天的后来的心情却不舒服。好像是又以为孩子和老人不同，骗她是不应该似的，想写一封公开信，说明自己的本心，去消释误解，但又想到横竖没有发表之处，于是中止了，时候已是夜里十二点钟。到门外去看了一下。

已经连人影子也看不见。只在一家的檐下，有一个卖馄饨的，在和两个警察谈闲天。这是一个平时不大看见的特别穷苦的肩贩，存着的材料多得很，可见他并无生意。

用两角钱买了两碗，和我的女人两个人分吃了。算是给他赚一点钱。

庄子曾经说过："干下去的(曾经积水的)车辙里的鲋鱼，彼此用唾沫相湿，用湿气相嘘，"——然而他又说，"倒不如在江湖里，大家互相忘却的好。"

可悲的是我们不能互相忘却。而我，却愈加恣意的骗起人来了。如果这骗人的学问不毕业，或者不中止，恐怕是写不出圆满的文章来的。

但不幸而在既未卒业，又未中止之际，遇到山本社长了。因为要我写一点什么，就在礼仪上，答道"可以的"。因为说过"可以"，就应该写出来，不要使他失望，然而，到底也还是写了骗人的文章。

写着这样的文章，也不是怎么舒服的心地。要说的话多得很，但得等候"中日亲善"更加增进的时光。不久之后，恐怕那"亲善"的程度，竟会到在我们中国，认为排日即国贼——因为说是共产党利用了排日的口号，使中国灭亡的缘故——而到处的断头台上，都闪烁着太阳的圆圈[1]的罢，但即使到了这样子，也还不是披沥真实的心的时光。

单是自己一个人的过虑也说不定：要彼此看见和了解真实的心，倘能用了笔，舌，或者如宗教家之所谓眼泪洗明了眼睛那样的便当的方法，那固然是非常之好的，然而这样便宜事，恐怕世界上也很少有。这是可以悲哀的。一面写着漫无条理的文章，一面又觉得对不起热心的读者了。

临末，用血写添几句个人的豫感，算是一个答礼罢。

二月二十三日。

---

① 指日本的国旗。

死[①]

当印造凯绥·珂勒惠支(Kaethe Kollwitz)所作版画的选集时，曾请史沫德黎(A. Smedley)[②]女士做一篇序。自以为这请得非常合适，因为她们俩原极熟识的。不久做来了，又逼着茅盾先生译出，现已登在选集上。其中有这样的文字："许多年来，凯绥·珂勒惠支——她从没有一次利用过赠授给她的头衔——作了大量的画稿，速写，铅笔作的和钢笔作的速写，木刻，铜刻。把这些来研究，就表示着有二大主题支配着，她早年的主题是反抗，而晚年的是母爱，母性的保障，救济，以及死。而笼照于她所有的作品之上的，是受难的，悲剧的，以及保护被压

---

① 本篇最初发表于1936年9月20日《中流》半月刊第一卷第二期。后收入《且介亭杂文附集》。

② 史沫德黎(1890~1950)，现译史沫特莱，美国革命女作家、记者。

迫者深切热情的意识。

“有一次我问她：‘从前你用反抗的主题，但是现在你好像很有点抛不开死这观念。这是为什么呢？’用了深有所苦的语调，她回答道，‘也许因为我是一天一天老了！’……”

我那时看到这里，就想了一想。算起来：她用“死”来做画材的时候，是一九一〇年顷；这时她不过四十三四岁。我今年的这“想了一想”，当然和年纪有关，但回忆十余年前，对于死却还没有感到这么深切。大约我们的生死久已被人们随意处置，认为无足重轻，所以自己也看得随随便便，不像欧洲人那样的认真了。有些外国人说，中国人最怕死。这其实是不确的，——但自然，每不免模模胡胡的死掉则有之。

大家所相信的死后的状态，更助成了对于死的随便。谁都知道，我们中国人是相信有鬼(近时或谓之“灵魂”)的，既有鬼，则死掉之后，虽然已不是人，却还不失为鬼，总还不算是一无所有。不过设想中的做鬼的久暂，却因其人的生前的贫富而不同。穷人们是大抵以为死后就去轮回的，根源出于佛教。佛教所说的轮回，当然手续繁重，并不这么简单，但穷人往往无学，所以不明白。这就是使死罪犯人绑赴法场时，大叫"二十年后又是一条好汉"，面无惧色的原因。况且相传鬼的衣服，是和临终时一样的，穷人无好衣裳，做了鬼也决不怎么体面，实在远不如立刻投胎，化为赤条条的婴儿的上算。我们曾见谁家生了小孩，胎里就穿着叫化子或是游泳家的衣服的么？从来没有。这就好，从新来过。也许有人要问，既然相信轮回，那就说不定来生会堕入更穷苦的景况，或者简直是畜生道，更加可怕了。但我看他们是并不这样想的，他们确信自己并未造出该入畜生道的罪孽，他们从来没有能堕畜生道的地位，权势和金钱。

然而有着地位，权势和金钱的人，却又并不觉得该堕畜生道；他们倒一面化为居士，准备成佛，一面自然也主张读经复古，兼做圣贤。他们像活着时候的超出人理一样，自以为死后也超出了轮回的。至于小有金钱的人，则虽然也不觉得该受轮回，但此外也别无雄才大略，只豫备安心做鬼。所以年纪一到五十上下，就给自己寻葬地，合寿材，又烧纸锭，先在冥中存储，生下子孙，每年可吃羹饭。这实在比做人还享福。假使我现在已经是鬼，在阳间又有好子孙，那么，又何必零星卖稿，或向北新书局去算账呢，只要很闲适的躺在楠木或阴沉木的棺材里，逢年逢节，就自有一桌盛馔和一堆国币摆在眼前了，岂不快哉！

就大体而言，除极富贵者和冥律无关外，大抵穷人利于立即投胎，小康者利于长久做鬼。小康者的甘心做鬼，是因为鬼的生活(这两字大有语病，但我想不出适当的名词来)，就是他还未过厌的人的生活的连续。阴间当然也有主宰者，而且极其严厉，公平，但对于他独独颇肯通融，也会收点礼物，恰如人间的好官一样。

有一批人是随随便便，就是临终也恐怕不大想到的，我向来正是这随便党里的一个。三十年前学医的时候，曾经研究过灵魂的有无，结果是不知道；又研究过死亡是否苦痛，结果是不一律，后来也不再深究，忘记了。近十年中，有时也为了朋友的死，写点文章，不过好像并不想到自己。这两年来病特别多，一病也比较的长久，这才往往记起了年龄，自然，一面也为了有些作者们笔下的好意的或是恶意的不断的提示。

从去年起，每当病后休养，躺在藤躺椅上，每不免想到体力恢复后应该动手的事情：做什么文章，翻译或印行什么书籍。想定之后，就结束道：就是这样罢——但要赶快做。这“要赶快做”的想头，是为先前所没有的，就因为在不知不觉中，记得了自己的年龄。却从来没有直接的想到“死”。

直到今年的大病，这才分明的引起关于死的豫想来。原先是仍如每次的生病一样，一任着日本的S医师的诊治的。他虽不是肺病专家，然而年纪大，经验多，从习医的时期说，是我的前辈，又极熟识，肯说话。自然，医师对于病人，纵使怎样熟识，说话是还是有限度的，但是他至少已经给了我两三回警告，不过我仍然不以为意，也没有转告别人。大约实在是日子太久，病象太险了的缘故罢，几个朋友暗自协商定局，请了美国的D医师来诊察了。他是在上海的唯一的欧洲的肺病专家，经过打诊，听诊之后，虽然誉我为最能抵抗疾病的典型的中国人，然而也宣告了我的就要灭亡；并且说，倘是欧洲人，则在五年前已经死掉。这判决使善感的朋友们下泪。我也没有请他开方，因为我想，他的医学从欧洲学来，一定没有学过给死了五年的病人开方的法子。然而D医师的诊断却实在是极准确的，后来我照了一张用X光透视的胸像，所见的景象，竟大抵和他的诊断相同。

我并不怎么介意于他的宣告，但也受了些影响，日夜躺着，无力谈话，无力看书。连报纸也拿不动，又未曾炼到"心如古井"，就只好想，而从此竟有时要想到"死"了。不过所想的也并非"二十年后又是一条好汉"，或者怎样久住在楠木棺材里之类，而是临终之前的琐事。在这时候，我才确信，我是到底相信人死无鬼的。我只想到过写遗嘱，以为我倘曾贵为宫保，富有千万，儿子和女婿及其他一定早已逼我写好遗嘱了，现在却谁也不提起。但是，我也留下一张罢。当时好像很想定了一些，都是写给亲属的，其中有的是：

一，不得因为丧事，收受任何人的一文钱。——但老朋友的，不在此例。

二，赶快收敛，埋掉，拉倒。

三，不要做任何关于纪念的事情。

四，忘记我，管自己生活。——倘不，那就真是胡涂虫。

五，孩子长大，倘无才能，可寻点小事情过活，万不可去做空头文学家或美术家。

六，别人应许给你的事物，不可当真。

七，损着别人的牙眼，却反对报复，主张宽容的人，万勿和他接近。

此外自然还有，现在忘记了。只还记得在发热时，又曾想到欧洲人临死时，往往有一种仪式，是请别人宽恕，自己也宽恕了别人。我的怨敌可谓多矣，倘有新式的人问起我来，怎么回答呢？我想了一想，决定的是：让他们怨恨去，我也一个都不宽恕。

但这仪式并未举行，遗嘱也没有写，不过默默的躺着，有时还发生更切迫的思想：原来这样就算是在死下去，倒也并不苦痛；

但是，临终的一刹那，也许并不这样的罢；然而，一世只有一次，无论怎样，总是受得了的……。后来，却有了转机，好起来了。到现在，我想，这些大约并不是真的要死之前的情形，真的要死，是连这些想头也未必有的，但究竟如何，我也不知道。

九月五日。

俄文译本《阿Q正传》序及著者自叙传略①

《阿Q正传》序

这在我是很应该感谢，也是很觉得欣幸的事，就是：我的一篇短小的作品，仗着深通中国文学的王希礼(B.A.Vassiliev)先生的翻译，竟得展开在俄国读者的面前了。

我虽然已经试做，但终于自己还不能很有把握，我是否真能够写出一个现代的我们国人的魂灵来。别人我不得而知，在我自己，总仿佛觉得我们人人之间各有一道高墙，将各个分离，使大家的心无从相印。这就是我们古代的聪明人，即所谓圣贤，将人

① 本篇最初发表于1925年6月15日《语丝》周刊第三十一期，乃应《阿Q正传》俄译者王希礼之请而写的。其中《阿Q正传》序》译成俄文后，收入1929年列宁格勒激浪出版社出版的《阿Q正传》(俄文版鲁迅短篇小说选集)一书。

们分为十等，说是高下各不相同。其名目现在虽然不用了，但那鬼魂却依然存在，并且，变本加厉，连一个人的身体也有了等差，使手对于足也不免视为下等的异类。造化生人，已经非常巧妙，使一个人不会感到别人的肉体上的痛苦了，我们的圣人和圣人之徒却又补了造化之缺，并且使人们不再会感到别人的精神上的痛苦。

我们的古人又造出了一种难到可怕的一块一块的文字；但我还并不十分怨恨，因为我觉得他们倒并不是故意的。然而，许多人却不能借此说话了，加以古训所筑成的高墙，更使他们连想也不敢想。现在我们所能听到的，不过是几个圣人之徒的意见和道理，为了他们自己；至于百姓，却就默默的生长，萎黄，枯死了，像压在大石底下的草一样，已经有四千年！

要画出这样沉默的国民的魂灵来，在中国实在算一件难事，因为，已经说过，我们究竟还是未经革新的古国的人民，所以也还是各不相通，并且连自己的手也几乎不懂自己的足。我虽然竭力想摸索人们的魂灵，但时时总自憾有些隔膜。在将来，围在高墙里面的一切人众，该会自己觉醒，走出，都来开口的罢，而现在还少见，所以我也只得依了自己的觉察，孤寂地姑且将这些写出，作为在我的眼里所经过的中国的人生。

我的小说出版之后，首先收到的是一个青年批评家的谴责；后来，也有以为是病的，也有以为滑稽的，也有以为讽刺的；或者还以为冷嘲，至于使我自己也要疑心自己的心里真藏着可怕的冰块。然而我又想，看人生是因作者而不同，看作品又因读者而不同，那么，这一篇在毫无“我们的传统思想”的俄国读者的眼中，也许又会照见别样的情景的罢，这实在是使我觉得很有意味的。

一九二五年五月二十六日，于北京。鲁迅。

著者自叙传略

我于一八八一年生在浙江省绍兴府城里的一家姓周的家里。父亲是读书的；母亲姓鲁，乡下人，她以自修得到能够看书的学力。听人说，在我幼小时候，家里还有四五十亩水田，并不很愁生计。但到我十三岁时，我家忽而遭了一场很大的变故，几乎什么也没有了；我寄住在一个亲戚家，有时还被称为乞食者。我于是决心回家，而我底父亲又生了重病，约有三年多，死去了。我渐至于连极少的学费也无法可想；我底母亲便给我筹办了一点旅费，教我去寻无需学费的学校去，因为我总不肯学做幕友或商人，——这是我乡衰落了的读书人家子弟所常走的两条路。

其时我是十八岁，便旅行到南京，考入水师学堂了，分在机关科。大约过了半年我又走出，改进矿路学堂去学开矿，毕业之后，即被派往日本去留学。但待到在东京的豫备学校毕业，我已经决意要学医了，原因之一是因为我确知道了新的医学对于日本的维新有很大的助力。我于是进了仙台(Sendai)医学专门学校，学了两年。这时正值俄日战争，我偶然在电影上看见一个中国人因做侦探而将被斩，因此又觉得在中国还应该先提倡新文艺。我便弃了学籍，再到东京，和几个朋友立了些小计画，但都陆续失败了。我又想往德国去，也失败了。终于，因为我的母亲和几个别的人很希望我有经济上的帮助，我便回到中国来；这时我是二十九岁。

我一回国，就在浙江杭州的两级师范学堂做化学和生理学教员，第二年就走出，到绍兴中学堂去做教务长，第三年又走出，没有地方可去，想在一个书店去做编译员，到底被拒绝了。但革命也就发生，绍兴光复后，我做了师范学校的校长。革命政府在南京成立，教育部长招我去做部员，移入北京，一直到现在。近几年，我还兼做北京大学，师范大学，女子师范大学的国文系讲师。

我在留学时候，只在杂志上登过几篇不好的文章。初做小说是一九一八年，因了我的朋友钱玄同的劝告，做来登在《新青年》上的。这时才用“鲁迅”的笔名(Penname)；也常用别的名字做一点短论。现在汇印成书的只有一本短篇小说集《呐喊》，其余还散在几种杂志上。别的，除翻译不计外，印成的又有一本《中国小说史略》。

自传[①]

鲁迅，以一八八一年生于浙江之绍兴城内姓周的一个大家族里。父亲是秀才；母亲姓鲁，乡下人，她以自修到能看文学作品的程度。家里原有祖遗的四五十亩田，但在父亲死掉之前，已经卖完了。这时我大约十三四岁，但还勉强读了三四年多的中国书。

因为没有钱，就得寻不用学费的学校，于是去到南京，住了大半年，考进了水师学堂。不久，分在管轮班，我想，那就上不了舱面了，便走出，又考进了矿路学堂，在那里毕业，被送往日本留学。但我又变计，改而学医，学了两年，又变计，要弄文学了。于是看些文学书，一面翻译，也作些论文，设法在刊物上发表。直到一九一〇年，我的

① 本自传当作于1934年3、4月间。本文加注后重收入《集外集拾遗补编》。

母亲无法生活，这才回国，在杭州师范学校作助教，次年在绍兴中学作监学。一九一二年革命后，被任为绍兴师范学校校长。

但绍兴革命军的首领是强盗出身，我不满意他的行为，他说要杀死我了，我就到南京，在教育部办事，由此进北京，做到社会教育司的第二科科长。一九一八年“文学革命”运动起，我始用“鲁迅”的笔名作小说，登在《新青年》上，以后就时时作些短篇小说和短评；一面也做北京大学，师范大学，女子师范大学的讲师。因为做评论，敌人就多起来，北京大学教授陈源开始发表这“鲁迅”就是我，由此弄到段祺瑞将我撤职，并且还要逮捕我。我只好离开北京，到厦门大学做教授；约有半年，和校长以及别的几个教授冲突了，便到广州，在中山大学做了教务长兼文科教授。

又约半年，国民党北伐分明很顺利，厦门的有些教授就也到广州来了，不久就清党，我一生从未见过有这么杀人的，我就辞了职，回到上海，想以译作谋生。但因为加入自由大同盟，听说国民党在通缉我了，我便躲起来。此后又加入了左翼作家联盟，民权同盟。到今年，我的一九二六年以后出版的译作，几乎全被国民党所禁止。

我的工作，除翻译及编辑的不算外，创作的有短篇小说集二本，散文诗一本，回忆记一本，论文集一本，短评八本，《中国小说史略》一本。

自题小像[①]

灵台无计逃神矢，
风雨如磐暗故园。
寄意寒星荃不察[②]，
我以我血荐轩辕。

---

① 许寿裳《怀旧》："1903年他(鲁迅)二十三岁，在东京有一首《自题小像》赠我。"鲁迅于1903年重写时题："二十一岁时作，五十一岁时写之，时辛未二月十六日也。"

② 寒星：宋玉《九辩》："愿寄言夫流星兮。"荃不察：屈原《离骚》："荃不察余之中情兮，反信谗斎而怒。"

新月·飞鸟

泰戈尔诗选

文学艺术袖珍馆 第1辑

[印]泰戈尔 著
郑振铎 译

哈尔滨出版社
HARBIN PUBLISHING HOUSE

图书在版编目（CIP）数据

新月·飞鸟：泰戈尔诗选 /（印）泰戈尔著；郑振铎译，—哈尔滨：哈尔滨出版社，2011.11（2023.6 重印）

（文学艺术袖珍馆 . 第 1 辑）

ISBN 978-7-5484-0668-6

Ⅰ . ①新…　Ⅱ . ①泰… ②郑…　Ⅲ . ①诗集—印度—现代 Ⅳ . ① I351.25

中国版本图书馆 CIP 数据核字（2011）第 129291 号

书　　名：新月·飞鸟——泰戈尔诗选

XINYUE · FEINIAO
TAGEER SHI XUAN

作　　者：[印] 泰戈尔 著　郑振铎 译
责任编辑：李维娜
版式设计：张文艺
封面设计：末末美书

出版发行：哈尔滨出版社（Harbin Publishing House）
社　　址：哈尔滨市香坊区泰山路 82-9 号　**邮编：**150090
经　　销：全国新华书店
印　　刷：天津光之彩印刷有限公司
网　　址：www.hrbcbs.com
E-mail：hrbcbs@yeah.net
编辑版权热线：（0451）87900271　87900272
销售热线：（0451）87900202　87900203

开　　本：787mm × 1092mm　1/32　**印张：**42　**字数：**560 千字
版　　次：2011 年 11 月第 1 版
印　　次：2023 年 6 月第 2 次印刷
书　　号：ISBN 978-7-5484-0668-6
定　　价：118.80 元（全六册）

前言 PREFACE

在1915年，这个新文化运动潮头初起的年份，陈独秀先生主编的《青年杂志》(《新青年》)第2期上，有四首总名为《赞歌》的译诗，它的作者是印度诗人泰戈尔。1924年，应孙中山先生的邀请，泰戈尔来到中国，掀起了一场“泰戈尔热”，这场热潮持续至今，已近百年，而那一首首隽永、深刻、优美的诗篇，也滋润了一代代的中国人。因此，泰戈尔不仅是印度人民的诗人，也是中国人民的诗人。

泰戈尔不仅是中国人民的诗人，更是世界人民的诗人。早在1913年，诺贝尔文学奖的桂冠首次被一个亚洲人戴上了头顶，在颁奖词中，瑞典皇家学院说道：“由于他那至为敏锐、清新与优美的诗篇；这些诗不但具有高超的技巧，并且由他自己用英文表达出来，便使他那充满诗意的思想成为西方文学的一部分。”由此，整个世界都知道了泰戈尔，泰戈尔也用他那隽永而深刻的诗歌、富于感染力的小说、深含哲理的戏剧一次又一次征服了全世界读者的心，用那一缕缕爱的柔光，温润着亿万人的心灵。

泰戈尔不仅是一位诗人，还是一位擅长多种文体的作家，更是一位成就卓著的作曲家和画家。他在70岁的时候开始学习绘画，画作达1500余幅，曾展出于世界各地。1950年，印度人民定下了自己的国歌《人民的意志》，而它的作者就是泰戈尔。

1861年5月7日，罗宾德拉纳特·泰戈尔在印度加尔各答一个文化教养深厚的贵族家庭出生，其父亲戴宾德纳特·泰戈尔是著名的社会活动家和哲学家。因为家庭环境的熏陶，也因为他卓越的天赋，泰戈尔8岁开始写诗，12岁进行剧本创作，15岁时在大学杂志《知识幼苗》上发表了一部长达一千六百行的长诗《野花》，自此正式开始了他长达65年的辉煌创作历程。

在这段漫长的创作生涯中，泰戈尔的诗歌创作必然也要经历某种变化，学界一般将泰戈尔的诗歌创作分为前期、中期和后期三个阶段。前期从十九世纪七十年代起至二十世纪初印度反英运动止，这段时间是他的黄金时代，风华正茂，思想活跃，感觉敏锐。其后期创作则是从一九一九年起至一九四一年诗人逝世，这段时间内泰戈尔先生为了世界各国独立和解放运动多方奔走，其思想更臻成熟，作品的战斗性也更强。

在前后之间的中间时期，是泰戈尔思想上最为复杂的时期，此时，他因为意见分歧而推出群众斗争，转向自我思想的清理和净化。因而此时他思想的基调是复杂而矛盾的，爱国主义、宗教观念、人道主义等各种观念在他头脑中交战，孤独、痛苦、忧愁、矛盾时时侵袭着他的心灵。这段时间内他的诗歌创作当然也更为复杂和丰富，相对来说也更难理解，对此，评论家各有说道，褒贬不一。

本书所选的《新月集》、《飞鸟集》以及他获得诺贝尔文学奖的《吉檀迦利》，就诞生于他创作生涯的中期。研究者周尔琨先生曾就其中期创作说道："作为现实主义者，泰戈尔总结人生的经验，清理思想，准备继续战斗；作为'爱'的宗教崇奉者，他爱人，爱神，追求'梵''我'合一。在他表面平静的思想的海洋里，潜伏着通向现实生活的、压抑不住的激流。爱国主义和民主主义思想渗透在他的泛神论的宗教中，成为他中期思想的中心支柱。这也就构成了他后期思想飞跃的基础。"

《新月集》是一部儿童诗集，诗人用他那神奇的笔触，将儿童世界中那绚丽多姿的生活画面和奇特纯净的内心世界一一描绘，语言秀丽空灵，在看似散漫的结构中，凝结着纯净的灵魂。在这些诗中，我们不仅能看到孩子和母亲那鲜活生动的样子，更能从中体会到一种天使般圣洁的光辉。这既是一部父母献给孩子的最好礼物，也是一条找回人们失落的童年的神奇通道。

《飞鸟集》则是一部蕴涵哲理的英文格言诗集，在短小的篇幅中道出了深刻的智慧，是这部诗集最鲜明的特色。在泰戈尔的笔下，流萤、落叶，黑夜、白昼，背叛、自由，无不成诗。经由神奇的诗笔的点染，我们惊奇地发现，诗意就在身边，诗意无处不在。在将这部诗集翻译完之后，郑振铎先生曾深情地说它“包含着深邃的大道理……像山坡草地上的一丛丛的野花，在早晨的太阳光下，纷纷地伸出头来。随你喜爱什么吧，那颜色和香味是多种多样的”。

从郑振铎先生初译《新月集》、《飞鸟集》至今，已有将近八十年的历史。其间风云变幻，虽然中国文学也跟随时代的命脉几经沉浮变革，但郑先生的译本却多次被重刊发行。这也算得上是对先人以及中国文学的一种慰藉吧。

目录

CONTENTS

欢迎泰戈尔 · 1

【新月集】

译者自序 · 13

再版自序 · 18

家庭 · 19

海边 · 20

来源 · 22

孩童之道 · 23

不被注意的花饰 · 25

偷睡眠者 · 28

开始 · 31

孩子的世界 · 33

时间与原因 · 35

责备 · 36

审判官 · 38

玩具 · 39

天文家 · 40

云与波 · 42

金色花 · 45

仙人世界 · 47

流放的地方 · 49

雨天 · 52

纸船 · 54

水手 · 56

对岸 · 58

花的学校 · 61

商人 · 62

同情 · 64

职业 · 66

长者 · 68

小大人 · 70

十二点钟 · 73

著作家 · 74
恶邮差 · 76
英雄 · 79
告别 · 83
召唤 · 85
第一次的茉莉 · 87
榕树 · 88
祝福 · 90
赠品 · 91
我的歌 · 93
孩子天使 · 94
最后的买卖 · 95

【飞鸟集】

1922年版《飞鸟集》例言 · 101
一九三三年版本序 · 107
飞鸟集 · 109

【郑振铎译泰戈尔诗拾遗】

采果集 · 181
爱者之贻 · 185
歧路 · 196
世纪末日 · 200
爱者之贻 · 203
花环 · 206
无题 · 208

欢迎泰戈尔①

我在梦中见到一座城，全地球上的一切其他城市，都不能攻胜它；

我梦见这城是一座新的朋友的城。

没有东西比健全的爱更伟大，它引导着一切。

它无时无刻不在这座城的人民的动作上容貌上，及言语上表现出来。

——惠特曼(Whitman)

泰戈尔(Rabindranath Tagore)快要东来了。在这本杂志放在读者手中或书桌上时，他也许已经到了中国。

我可以预想得到：当泰戈尔穿了他的印

---

① 泰戈尔于1923年访华，此文为郑振铎欢迎泰戈尔访华而作。原载于1923年9月10日《小说月报》14卷第9期。

度的朴质的长袍，由经了远航而疲倦的船上，登到中国的岸上时，我们一定会热烈地崇拜地张开爱恋的双臂，跑去欢迎他；当他由挂满了青翠的松枝的门口，走到铺满了新从枝头撷下的美丽的花的讲坛上，当他振着他沉着而美丽的语声，作恳挚的讲演时，我们一定会狂拍着两掌，坐着，立着，甚至于站在窗台上，或立在窗外，带着热忱与敬意，在那里倾听，心里注满了新的愉快与新的激动。

诚然的，我们应该如此地欢迎他；然而我们的这种欢迎，似乎还不能表达我们对于他的崇敬，爱恋与感激之心的百一。

我们不欢迎残民以逞，以红血白骨筑凯旋门的凯萨，这是应该让愚妄的人去欢迎的；我们不欢迎终日以计算金钱为游戏的富豪，不欢迎食祖先的余赐的帝王或皇子，这是应该让卑鄙的人去欢迎的；我们不欢迎庸碌的乘机会而获享大名的外交家、政治家及其他的人，这是应该让无知的，或狡猾而有作用的人去欢迎的。

我们所欢迎的乃是给爱与光与安慰与幸福于我们的人，乃是我们的亲爱的兄弟，我们的知识上与灵魂上的同路的旅伴。

世界上使我们值得去欢迎的恐怕还不到几十个人。泰戈尔便是这值得欢迎的最少数的人中的最应该使我们带着热烈的心情去欢迎的一个人！

他是给我们以爱与光与安慰与幸福的，是提了灯指导我们在黑暗的旅途中向前走的，是我们一个最友爱的兄弟，一个灵魂上的最密切的同路的伴侣。

他在荆棘丛生的地球上，为我们建筑了一座宏丽而静谧的诗的灵的乐园。这座诗的灵的乐园，是如日光一般，无往而不在的，是容纳一切阶级，一切人类的；只要谁是愿意，他便可自由地受欢迎地进内。在这座灵的乐园里，有许多白衣的诗的天使在住着。我们愉悦时，他们则和着我们歌唱；我们忧郁时，他们则柔和地安慰着我们；爱者被他的情人所弃，悲泣如不欲生，他们则向他唱道："你弃了我，自己走去了。我想我应该因你而悲伤，把你的孤寂的影像放在我的心上，织在一首金的歌里。但是，唉，我真不幸，时间不幸，时间是太短促了。青春一年一年的消磨了；春天是逃走了；脆弱的花是无谓的凋谢了，聪明的人警告我说，人生不过是荷叶上的一滴露水。难道我不管这一切，而只注视那以她的背向我的人么？那是很鲁笨的，因为时间是短促的。"当他听见这个歌声，他的悲思渐渐地如秋云似的融消了，他抹去了他的眼泪，向新的路走去；母亲失去了她和孩子，整日地坐在那里下泪，她们则向她唱出这样的一个歌来："当清寂的黎明，你在暗中，伸出双臂，要抱你睡在床上的孩子时，我要说道，'孩子不在那里呀！'——母亲，我走了。我要变成一股清风，抚摸着你，我要变成水中的小波，当你浴时把你吻了又吻。大风之夜，当雨点在树叶中淅沥时，你在床上，会听见我的微语，当电光从开着的窗口闪进你的屋里时，我的笑声也偕了他一同闪时进了，如果你醒着躺在床上，想着你的孩子到了深夜，我便要从星里向你唱道，‘睡呀母亲，睡呀。’我要坐在照彻各处的月光上，偷到你的床上，乘你睡着时，躺在你的胸上。我要变成一个梦儿，从你眼皮的小孔中，钻到你睡眠的深处；当你醒起来吃惊地四顾时，我便如闪耀的萤火，熠熠地向暗中飞去了。当普耶大祭日，邻家的孩子们来屋里游玩时，我便要融化在笛声里，整日在你心头震荡。亲爱的阿姨带了普耶礼来，问道，‘我的孩子在哪里呢，姊姊？’母亲，你要柔声地告诉她道，‘他呀，他现在是在我的瞳人里，他现在是在我的身体里，在我的灵魂里。’”她听了这个歌，她的愁怀便可宽解了许多，如被初日所照的晨雾一样，渐渐地收敛起来了；我们怀疑，伊们便能为我们指示出一条信仰大路来；我们失望，她们便能为我们重燃起希望的火炬来。总之，无论我们怎样地在这世界被损害，被压抑，如一到这诗的灵的乐园里，则无有不受到沁入心底的慰安，无有不从死的灰中再燃着生命的青春的光明来的。

我们对于这个乐园的伟大创造者，应该怎样地致我们的祝福，我们的崇慕，我们的敬爱之诚呢?

现在的世界，正如一个狭小而黑暗的小室。什么人都受物质主义的黑雾笼罩着，什么人都被这“现实”的小室紧紧地幽闭着。这小室里面是可怖的沉闷，干枯与无聊。在里面的人，除了费他的时力，费他的生命在计算着金钱，在筹思着互相剥夺之策，在喧扰的黑暗中互相争辩着嘲骂着如盲目者似的以外，便什么东西都不知道，什么生的幸福都没有享受到了。泰戈尔则如一个最伟大的发现者一样，为这样人类发现了灵的亚美利亚，指示他们以更好的美丽的人的生活；他入一线绚烂而纯白的曙光，从这暗室的天窗里射进来，使他们得以互相看见他们自己，看见他们的周围情境，看见一切事物的内在真相。虽然有许多人，久在暗中生活，见了这光，便不能忍受地紧闭了两眼，甚且诅骂着，然而大多数肯睁了眼四顾的，却已惊喜得欲狂起来。这光把室内周围的美丽和宏丽的陈设都照出来，把人类的内在的心都照出来。

“光，我的光，充满世界的光，吻于眼帘的光，悦我心曲的光！

“呵，可爱的光，这光在我生命的心中跳舞；可爱的光，这光击我爱情的弦便鸣，天开朗了，风四远地吹，笑声满于地上了。”

《吉檀迦利》之五十七

他们现在是明白世界，明白人生了。

我们对于这个伟大的发现者，这个能说出世界与人生的真相者，应该怎样地致我们的祝福，我们的崇慕，我们的敬爱之诚呢？

西方乃至全个世界，都被卷在血红的云与嫉妒的旋风里。每个民族，每个国家，每个党派，都以愤怒的眼互视着，都在粗声高唱着报仇的歌，都在发狂似的随了铁的声、枪的声而跳舞着。他们贪婪无厌，如毒龙之张了大嘴，互相吞咬，他们似乎要吞尽了人类，吞尽了世界；许多壮美的人为此而死，许多爱和平的人被其牺牲，许多宏丽的房宇为之崩毁，许多珠玉似的喷泉，为之干竭，许多绿的草染了血而变色，许多荫蔽千亩的森林被枪火烧得枯焦。泰戈尔则如一个伟人似的，立在喜马拉雅山之巅，立在阿尔卑斯山之巅，在静谧绚烂的旭光中，以他迅雷似的语声，为他们宣传和平的福音，爱的福音。他的生命如“一线镇定而纯洁之光，到他们当中去，使他们愉悦而沉默”。他立在他们黑黢黢的心中，把他的“和善的眼光堕在他们上面，如那黄昏的善爱的和平，覆盖着日间的骚扰”。

世界的清晨，已在黑暗的东方之后等待着了。和平之神已将鼓翼飞来了。

他在祈祷，他在赞颂，他在等候。他的

歌声虽有时而沉寂，而他的歌声却仍将在未来者的活泼泼的心中唱将出来的，他的使命也终将能完成的。

我们对于这个伟大的传道者又应该怎样致我们的祝福，我们的崇慕，我们的敬爱之诚呢?

他现在是来了，是捧了这满握的美丽的赠品来了！他将把他的诗的灵的乐园带来给我们，他将使我们在黑漆漆的室中，得见一线的光明，得见世界与人生的真相，他将为我们宣传和平的福音。

我们将如何的喜悦，将如何热烈地欢迎他呢?

任我们怎样的欢迎他，似乎都不能表示我们对于他的崇慕与敬爱之心的百一。

“我醒过来，在清晨得到他的信。

“当夜间渐渐地万籁无声，群星次第出现时，我要把这封信摊放在我的膝上，沉默地坐着。

“萧萧的绿叶会向我高声地读它，潺潺的溪流，会为我吟诵着它，而七个智慧星，也将在天上对我把歌唱出来。”

《采果集》之四。

这是泰戈尔他自己歌咏上帝的诗章之一，而我们现在也似乎有这种感想。我们表面上的热烈的欢迎，所不能表白的愉快与崇拜与恋慕，在这时是可以充分地表白出来。

他的伟大是无所不在的；而他的情思则惟我们在对熠熠的繁星，潺潺的流水，或偃卧于绿荫上的绿草上，荡舟于群山四围的清溪里，或郁闷地坐在车中，惊骇的中夜静听着窗外奔腾呼号的大风雨时才能完全领会到。

我们应不仅为表面上的热烈的欢迎！

新月集

《新月集》………

译者自序

我对于泰戈尔(R. Tagore)的诗最初发生浓厚的兴趣，是在第一次读《新月集》的时候。那时离现在将近五年，许地山君坐在我家的客厅里，长发垂到两肩，很神秘地在黄昏的微光中，对我谈到泰戈尔的事。他说：他在缅甸时，看到泰戈尔的画像，又听人讲到他，便买了他的诗集来读。过了几天，我到许地山君 的宿舍里去。他说："我拿一本泰戈尔的诗选送给你。"他便到书架上去找那本诗集。我立在窗前，四围静悄悄的，只有水池中喷泉的潺潺的声音。我静静地等候读那本美丽的书。他不久便从书架上取下很小的一本绿纸面的书来。他说："这是一个日本人选的泰戈尔诗，你先拿去看看。泰戈尔不久前曾到过日本。”我坐了车回家，在归程中，借着新月与市灯的微光，约略地把它翻看了一遍。最使我喜欢的是其中所选的几首《新月集》的诗。那一夜，在灯下又看了一次。第二天，地山见我时，问道：“你最喜欢哪几首？”我说：“《新月集》的几首。”他隔了几天，又拿了一本很美丽的书给我，他说：“这就是《新月集》。”从那时后，《新月集》便常在我的书桌上。直到现在，我还时时把它翻开来读。

我译《新月集》，也是受地山君的鼓励。有一天，他把他所译的《吉檀迦利》的几首诗给我看，都是用古文译的。我说：“译得很好，但似乎太古奥了。”他说：“这一类的诗，应该用这个古奥的文体译。至于《新月集》，却又须用新妍流露的文字译。我想译《吉檀迦利》，你为何不译《新月集》呢？”于是我与他约，我们同时动手译这两部书。此后二年中，他的《吉檀迦利》固未译成，我的《新月集》也时译时辍。直至《小说月报》改革后，我才把自己所译的《新月集》在它上面发表了几首。地山译的《吉檀迦利》却始终没有再译下去。已译的几首也始终不肯拿出来发表。后来王独清君译的《新月集》也出版了，我更懒得把自己的译下去。许多朋友却时时催我把这个工作做完。他们都说，王君的译文太不容易懂了，似乎有再译 的必要。那时我正有选译泰戈尔诗的计划，便一方面把旧译的稿整理一下，一方面参考了王君的译文，又新译了八九首出来，结果便成了现在的这个译本。原集里还有九首诗，因为我不大喜欢它们，所以没有译出来。

我喜欢《新月集》，如我之喜欢安徒生的童话。安徒生的文字美丽而富有诗趣，他有一种不可测的魔力，能把我们从忙扰的人世间带到美丽和平的花的世界、虫的世界、人鱼的世界里去；能使我们忘了一切艰苦的境遇，随了他走进有静的方池的绿水、有美的挂在黄昏的天空的雨后弧虹等等的天国里去。《新月集》也具有这种不可测的魔力。它把我们从怀疑贪望的成人的世界，带到秀嫩天真的儿童的新月之国里去。我们忙着费时间在计算数字，它却能使我们重又回到坐在泥土里以枯枝断梗为戏的时代；我们忙着入海采珠，掘山寻金，它却能使我们在心里重温着在海滨以贝壳为餐具，以落叶为舟，以绿草的露点为圆珠的儿童的梦。总之，我们只要一翻开它来，便立刻如得到两只有魔术的翼膀，可以使自己从现实的苦闷的境地里飞翔到美静天真的儿童国里去。

有许多人以为《新月集》是一部写给儿童看的书。这是他们受了广告上附注的“儿歌”(Child Poems)二字的暗示的缘故。实际上，《新月集》虽然未尝没有几首儿童可以看得懂的诗歌，而泰戈尔之写这些诗，却决非为儿童而作的。它并不是一部写给儿童读的诗歌集，乃是一部叙述儿童心理、儿童生活的最好的诗歌集。这正如俄国许多民众小说家所作的民众小说，并不是为民众而作，而是写民众的生活的作品一样。我们如果认清了这一点，便不会无端地引起什么怀疑与什么争论了。

我的译文自己很不满意，但似乎还很忠实，且不至看不懂。

读者的一切指教，我都欢迎地承受。

我最后应该向许地山君表示谢意。他除了鼓励我以外，在这个译本写好时，还曾为我校读了一次。

郑振铎 十二，八，二十二。

《新月集》………

再版自序

《新月集》译本出版后，曾承几位朋友批评，这是我要对他们表白十二分的谢意的。现在乘再版的机会，把第一版中所有错误，就所能觉察到的，改正一下。读者诸君及朋友们如果更有所发现，希望他们能够告诉我，俾得于第三版时再校正。

郑振铎 十三，三，二十。

家庭

我独自在横跨过田地的路上走着，夕阳像一个守财奴似的，正藏起它的最后的金子。

白昼更加深沉地投入黑暗之中，那已经收割了的孤寂的田地，默默地躺在那里。

天空里突然升起了一个男孩子的尖锐的歌声。他穿过看不见的黑暗，留下他的歌声的辙痕跨过黄昏的静谧。

他的乡村的家坐落在荒凉的边上，在甘蔗田的后面，躲藏在香蕉树，瘦长的槟榔树，椰子树和深绿色的贾克果树的阴影里。

我在星光下独自走着的路上停留了一会，我看见黑沉沉的大地展开在我的面前，用她的手臂拥抱着无量数的家庭，在那些家庭里有着摇篮和床铺，母亲们的心和夜晚的灯，还有年轻轻的生命，他们满心欢乐，却浑然不知这样的欢乐对于世界的价值。

海边

孩子们会集在无边无际的世界的海边。

无垠的天穹静止地临于头上，不息的海水在足下汹涌。孩子们会集在无边无际的世界的海边，叫着，跳着。

他们拿沙来建筑房屋，拿空贝壳来做游

戏。他们把落叶编成了船，笑嘻嘻地把他们放到大海上。孩子们在世界的海边，做他们的游戏。

他们不知道怎样泅水，他们不知道怎样撒网。采珠的人为了珠潜水，商人们在他们的船上航行，孩子们却只把小圆石聚了又散。他们不搜求宝藏；他们不知道怎样撒网。

大海哗笑着涌起波浪，而海滩的微笑荡漾着淡淡的光芒。致人死命的波涛，对着孩子们唱无意义的歌曲，就像一个母亲在摇动她孩子的摇篮时一样。大海和孩子们一同游戏，而海滩的微笑荡漾着淡淡的光芒。

孩子们会集在无边无际的世界的海边。狂风暴雨飘游在无辙迹的天空上，航船沉碎在无辙迹的海水里，死正在外面活动，孩子们却在游戏。在无边无际的世界的海边，孩子们大会集着。

来源

这掠过婴儿眼上的睡眠——有谁知道它是从哪里来的吗？是的，有谣传说它住在林荫中，萤火朦胧照着的仙村里，那里挂着两颗甜柔迷人的花蕊。它从那里来吻着婴儿的眼睛。

在婴儿睡梦中唇上闪现的微笑——有谁知道它是从哪里生出来的吗？是的，有谣传说一线新月的微光，触到了消散的秋云的边缘，微笑就在被朝雾洗净的晨梦中，第一次生出来了——这就是那婴儿睡梦中唇上闪现的微笑。

在婴儿的四肢上，花朵般地喷发的甜柔

清新的生气，有谁知道它是在哪里藏了这么许久吗？是的，当母亲还是一个少女，它就在温柔安静的爱的神秘中，充塞在她的心里了——这就是那婴儿四肢上喷发的甜柔新鲜的生气。

孩童之道

只要孩子愿意，他此刻便可飞上天去。

他所以不离开我们，并不是没有缘故。

他爱把他的头倚在妈妈的胸间，他即使是一刻不见她，也是不行的。

孩子知道各式各样的聪明话，虽然世间的人很少懂得这些话的意义。

他所以永不想说，并不是没有缘故。

他所要做的一件事，就是要学习从妈妈的嘴唇里说出来的话。那就是他所以看来这样天真的缘故。

孩子有成堆的黄金与珠子，但他到这个世界上来，却像一个乞丐。

他所以这样假装了来，并不是没有缘故。

这个可爱的小小的裸着身体的乞丐，所以假装着完全无助的样子，便是想要乞求妈妈的爱的财富。

孩子在纤小的新月的世界里，是一切束缚都没有的。

他所以放弃了他的自由，并不是没有缘故。

他知道有无穷的快乐藏在妈妈的心的小小一隅里，被妈妈亲爱的手臂所拥抱，其甜美远胜过自由。

孩子永不知道如何哭泣。他所住的是完全的乐土。

他所以要流泪，并不是没有缘故。

虽然他用了可爱的脸儿上的微笑，引逗得他妈妈的热切的心向着他，然而他的因为细故而发的小小的哭声，却编成了怜与爱的双重约束的带子。

不被注意的花饰

啊，谁给那件小外衫染上颜色的，我的孩子，谁使你的温软的肢体穿上那件红的小外衫的?

你在早晨就跑出来到天井里玩儿，你，跑着就像摇摇欲跌似的。

但是谁给那件小外衫染上颜色的，我的孩子?

什么事叫你大笑起来的，我的小小的命芽儿?

妈妈站在门边，微笑地望着你。

她拍着她的双手，她的手镯丁当地响着，你手里拿着你的竹竿儿在跳舞，活像一个小小的牧童。

但是什么事叫你大笑起来的，我的小小的命芽儿?

喔，乞丐，你双手攀搂住妈妈的头颈，要乞讨些什么？

喔，贪得无厌的心，要我把整个世界从天上摘下来，像摘一个果子似的，把它放在你的一双小小的玫瑰色的手掌上么？

喔，乞丐，你要乞讨些什么？

风高兴地带走了你踝铃的丁当。

太阳微笑着，望着你的打扮。

当你睡在你妈妈的臂弯里时，天空在上面望着你，而早晨蹑手蹑脚地走到你的床跟前，吻着你的双眼。

风高兴地带走了你踝铃的丁当。

仙乡里的梦婆飞过朦胧的天空，向你

飞来。

在你妈妈的心头上，那世界母亲，正和你坐在一块儿。

他，向星星奏乐的人，正拿着他的横笛，站在你的窗边。

仙乡里的梦婆飞过朦胧的天空，向你飞来。

偷睡眠者

谁从孩子的眼里把睡眠偷了去呢？我一定要知道。

妈妈把她的水罐挟在腰间，走到近村汲水去了。

这是正午的时候，孩子们游戏的时间已经过去了；池中的鸭子沉默无声。

牧童躺在榕树的荫下睡着了。

白鹤庄重而安静地立在檬果树边的泥泽里。

就在这个时候，偷睡眠者跑来从孩子的两眼里捉住睡眠，便飞去了。

当妈妈回来时，她看见孩子四肢着地地在屋里爬着。

谁从孩子的眼里把睡眠偷了去呢？我一定要知道。我一定要找到她，把她锁起来。

我一定要向那个黑洞里张望，在这个洞里，有一道小泉从圆的有皱纹的石上滴下来。

我一定要到醉花丛林中的沉寂的树影里搜寻，在这林中，鸽子在它们住的地方咕咕地叫着，仙女的脚环在繁星满天的静夜里丁当地响着。

我要在黄昏时，向静静的萧萧的竹林里窥望，在这林中，萤火虫闪闪地耗费它们的光明，只要遇见一个人，我便要问他：“谁能告诉我偷睡眠者住在什么地方？”

谁从孩子的眼里把睡眠偷了去呢？我一定要知道。

只要我能捉住她，怕不会给她一顿好教训！

我要闯入她的巢穴，看她把所有偷来的睡眠藏在什么地方。

我要把它都夺来，带回家去。

我要把她的双翼缚得紧紧的，把她放在河边，然后叫她拿一根芦苇在灯心草和睡莲间钓鱼为戏。

黄昏，街上已经收了市，村里的孩子们都坐在妈妈的膝上时，夜鸟便会讥笑地在她耳边说：

“你现在还想偷谁的睡眠呢？”

开始

“我是从哪儿来的，你，在哪儿把我捡起来的？”孩子问他的妈妈说。

她把孩子紧紧地搂在胸前，半哭半笑地

答道——

“你曾被我当做心愿藏在我的心里，我的宝贝。

“你曾存在于我孩童时代玩的泥娃娃身上——每天早晨我用泥土塑造我的神像，那时我反复地塑了又捏碎了的就是你。

“你曾和我们的家庭守护神一同受到祀奉，我崇拜家神时也就崇拜了你。

“你曾活在我所有的希望和爱情里，活在我的生命里，我母亲的生命里。

“在主宰着我们家庭的不死的精灵的膝上，你已经被抚育了好多代了。

“当我做女孩子的时候，我的心的花瓣儿张开，你就像一股花香似的散发出来。“你的软软的温柔，在我的青春的肢体上开花了，像太阳出来之前的天空上的一片曙光。

“上天的第一宠儿，晨曦的孪生兄弟，你从世界的生命的溪流浮泛而下，终于停泊在我的心头。

“当我凝视你的脸蛋儿的时候，神秘之感淹没了我——你这属于一切人的，竟成了我的。

“为了怕失掉你，我把你紧紧地搂在胸前。是什么魔术把这世界的宝贝引到我这双纤小的手臂里来呢？”

孩子的世界

我愿我能在我孩子的自己的世界的中

心，占一角清净地。

我知道有星星同他说话，天空也在他面前垂下，用它傻傻的云朵和彩虹来娱悦他。

那些大家以为他是哑的人，那些看去像是永不会走动的人，都带了他们的故事，捧了满装着五颜六色的玩具的盘子，匍匐地来到他的窗前。

我愿我能在横过孩子心中的道路上游行，解脱了一切的束缚；

在那儿，使者奉了无所谓的使命奔走于无史的诸王的王国间；

在那儿，理智以她的法律造为纸鸢而飞放，真理也使事实从桎梏中自由了。

时间与原因

当我送你彩色玩具的时候，我的孩子，我明白了为什么云中水上会幻弄出这许多颜色，为什么花朵都用颜色染起——当我送你彩色玩具的时候，我的孩子。

当我唱歌使你跳舞的时候，我彻底地知道为什么树叶上响出音乐，为什么波浪把它们的合唱送进静听的大地的心头——当我唱歌使你跳舞的时候。

当我把糖果递到你贪婪的手中的时候，我懂得为什么花心里有蜜，为什么水果里隐藏着甜汁——当我把糖果递到你贪婪的手中的时候。

当我吻你的脸使你微笑的时候，我的宝贝，我的确了解晨光从天空流下时，是怎样的高兴，暑天的凉风吹到我身上时是怎样的愉快——当我吻你的脸使你微笑的时候。

责备

为什么你眼里有了眼泪，我的孩子？

他们真是可怕，常常无谓地责备你！

你写字时墨水玷污了你的手和脸——这就是他们所以骂你龌龊的缘故么？

呵，呸！他们也敢因为圆圆的月儿用墨水涂了脸，便骂它龌龊么？

他们总要为了每一件小事去责备你，我

的孩子。他们总是无谓地寻人错处。

你游戏时扯破了你的衣服——这就是他们说你不整洁的缘故么?

呵，呸!秋之晨从它的破碎的云衣中露出微笑。那末，他们要叫它什么呢?

他们对你说什么话，尽管可以不去理睬他，我的孩子。

他们把你做错的事长长地记了一笔帐。

谁都知道你是十分喜欢糖果的——这就是他们所以称你做贪婪的缘故么?

呵，呸!我们是喜欢你的，那末，他们要叫我们什么呢?

审判官

你想说他什么尽管说罢，但是我知道我孩子的短处。

我爱他并不因为他好，只是因为他是我的小小的孩子。

你如果把他的好处与坏处两两相权一下，恐怕你就会知道他是如何的可爱罢？

当我必须责罚他的时候，他更成为我的生命的一部分了。

当我使他眼泪流出时，我的心也和他同哭了。

只有我才有权去骂他，去责罚他，因为只有热爱人的才可以惩戒人。

玩具

孩子，你真是快活呀，一早晨坐在泥土里，耍着折下来的小树枝儿。

我微笑地看你在那里耍着那根折下来的小树枝儿。

我正忙着算帐，一小时一小时在那里加迭数字。

也许你在看我，想道：这种好没趣的游戏，竟把你的一早晨的好时间浪费掉了！

孩子，我忘了聚精会神玩耍树枝与泥饼

的方法了。

我寻求贵重的玩具，收集金块与银块。

你呢，无论找到什么便去做你的快乐的游戏，我呢，却把我的时间与力气都浪费在那些我永不能得到的东西上。

我在我的脆薄的独木船里挣扎着要航过欲望之海，竟忘了我也是在那里做游戏了。

天文家

我不过说："当傍晚圆圆的满月挂在迦昙波的枝头时，有人能去捉住它么？"

哥哥却对我笑道："孩子呀，你真是我所见到的顶顶傻的孩子。月亮离我们这样远，谁能去捉住它呢？”

我说：“哥哥，你真傻！当妈妈向窗外探望，微笑着往下看我们游戏时，你也能说她远么？”

哥哥还是说：“你这个傻孩子！但是，孩子，你到哪里去找一个大得能逮住月亮的网呢？”

我说：“你自然可以用双手去捉住它呀。”

但是哥哥还是笑着说：“你真是我所见到的顶顶傻的孩子！如果月亮走近了，你便知道它是多么大了。”

我说：“哥哥，你们学校里所教的，真是没有用呀！当妈妈低下脸儿跟我们亲嘴时，她的脸看来也是很大的么？”

但是哥哥还是说："你真是一个傻孩子。"

云与波

妈妈，住在云端的人对我唤道——

"我们从醒的时候游戏到白日终止。

"我们与黄金色的曙光游戏，我们与银白色的月亮游戏。"

我问道："但是，我怎么能够上你那里去呢？"

他们答道："你到地球的边上来，举手向天，就可以被接到云端里来了。"

“我妈妈在家里等我呢，”我说，“我怎么能离开她而来呢？”

于是他们微笑着浮游而去。

但是我知道一件比这个更好的游戏，妈妈。

我做云，你做月亮。

我用两只手遮盖你，我们的屋顶就是青碧的天空。

住在波浪上的人对我唤道——

“我们从早晨唱歌到晚上——我们前进又前进地旅行，也不知我们所经过的是什么地方。”

我问道：“但是，我怎么能加入你们队

伍里去呢？”

他们告诉我说：“来到岸旁，站在那里，紧闭你的两眼，你就被带到波浪上来了。”

我说：“傍晚的时候，我妈妈常要我在家里——我怎么能离开她而去呢！”

于是他们微笑着，跳舞着奔流过去。

但是我知道一件比这个更好的游戏。

我是波浪，你是陌生的岸。

我奔流而进，进，进，笑哈哈地撞碎在你的膝上。

世界上就没有一个人会知道我们俩在什么地方。

金色花

假如我变了一朵金色花，只是为了好玩，长在那棵树的高枝上，笑哈哈地在风中摇摆，又在新生的树叶上跳舞，妈妈，你会认识我么？

你要是叫道："孩子，你在哪里呀？"我暗暗地在那里匿笑，却一声儿不响。

我要悄悄地开放花瓣儿，看着你工作。

当你沐浴后，湿发披在两肩，穿过金色花的林荫，走到你做祷告的小庭院时，你会嗅到这花的香气，却不知道这香气是从我身上来的。

当你吃过中饭，坐在窗前读《罗摩衍那》，那棵树的阴影落在你的头发与膝上时，我便要投我的小小的影子在你的书页上，正投在你所读的地方。

但是你会猜得出这就是你的小孩子的小影子么？

当你黄昏时拿了灯到牛棚里去，我便要突然地再落到地上来，又成了你的孩子，求你讲个故事给我听。

“你到哪里去了，你这坏孩子？”

“我不告诉你，妈妈。”这就是你同我那时所要说的话了。

仙人世界

如果人们知道了我的国王的宫殿在哪里，它就会消失在空气中的。

墙壁是白色的银，屋顶是耀眼的黄金。

皇后住在有七个庭院的宫苑里——她戴的一串珠宝，值得整整七个王国的全部财富。

不过，让我悄悄地告诉你，妈妈，我的国王的宫殿究竟在哪里。

它就在我们阳台的角上，在那栽着杜尔茜花的花盆放着的地方。

公主躺在远远的隔着七个不可逾越的重

洋的那一岸沉睡着。

除了我自己，世界上便没有人能够找到她。

她臂上有镯子，她耳上挂着珍珠——她的头发拖到地板上。

当我用我的魔杖点触她的时候，她就会醒过来，而当她微笑时，珠玉将会从她唇边落下来。

不过，让我在我的耳朵边悄悄地告诉你，妈妈——她就住在我们阳台的角上，在那栽着杜尔茜花的花盆放着的地方。

当你要到河里洗澡的时候，你走上屋顶的那座阳台来罢。

我就坐在墙的阴影所聚会的一个角落里。

我只让小猫儿跟我在一起，因为它知道那故事里的理发匠住的地方。

不过，让我在你的耳朵边悄悄地告诉你，那故事里的理发匠到底住在哪里。

他住的地方，就在阳台的角上，在那栽着杜尔茜花的花盆放着的地方。

流放的地方

妈妈，天空上的光成了灰色了——我不知道是什么时候了。

我玩得怪没劲儿的，所以到你这里来了。这是星期六，是我们的休息日。

放下你的活计，妈妈——坐在靠窗的一边，告诉我童话里的特潘塔沙漠在什么地方？

雨的影子遮掩了整个白天。

凶猛的电光用它的爪子抓着天空。

当乌云在轰轰地响着，天打着雷的时候，我总爱心里带着恐惧爬伏到你的身上。

当大雨倾泻在竹叶子上好几个钟头，而我们的窗户为狂风震得格格发响的时候，我就爱独自和你坐在屋里，妈妈，听你讲童话里的特潘塔沙漠的故事。

它在哪里，妈妈，在哪一个海洋的岸上，在哪些个山峰的脚下，在哪一个国王的国土里？

田地上没有此疆彼壤的界石，也没有村

人在黄昏时走回家的，或妇人在树林里捡拾枯枝而捆载到市场上去的道路。沙地上只有一小块一小块的黄色草地，只有一株树，就是那一对聪明的老鸟儿在那里做窝的，那个地方就是特潘塔沙漠。

我能够想象得到，就在这样一个乌云密布的日子，国王的年轻的儿子，怎样地独自骑着一匹灰色马，走过这个沙漠，去寻找那被囚禁在不可知的重洋之外的巨人宫里的公主。

当雨雾在遥远的天空下降，电光像一阵突然发作的痛楚的痉挛似地闪射的时候，他可记得他的不幸的母亲，为国王所弃，正在扫除牛棚，眼里流着眼泪，当他骑马走过童话里的特潘塔沙漠的时候？

看，妈妈，一天还没有完，天色就差不多黑了，那边村庄的路上没有什么旅客了。

牧童早就从牧场上回家了，人们都已从田地里回来，坐在他们草屋的檐下的草席上，眼望着阴沉的云块儿。

妈妈，我把我所有的书本都放在书架上了——不要叫我现在做功课。

当我长大了，大得像爸爸一样的时候，我将会学到必须学的东西的。

但是，今天你可得告诉我，妈妈，童话里的特潘塔沙漠在什么地方？

雨天

乌云很快地集拢在森林的黝黑的边缘上。

孩上，不要出去呀！

湖边的一行棕树，向暝暗的天空撞着头——羽毛零乱的乌鸦，静悄悄地栖在罗望子的枝上，河的东岸正被乌沉沉的暝色所侵袭。

我们的牛系在篱上，高声鸣叫。

孩子，在这里等着，等我先把牛牵进牛棚里去。

许多人都挤在池水泛溢的田间，捉那从泛溢的池中逃出来的鱼儿，雨水成了小河，流过狭街，好像一个嬉笑的孩子从他妈妈那里跑开，故意要恼她一样。

听呀，有人在浅滩上喊船夫呢。

孩子，天色瞑暗了，渡头的摆渡船已经停了。

天空好像是在滂沱的雨上快跑着——河里的水喧叫而且暴躁——妇人们早已拿着汲满了水的水罐，从恒河畔匆匆地回家了。

夜里用的灯，一定要预备好。

孩子，不要出去呀！

到市场去的大道已没有人走，到河边去的小路又很滑。风在竹林里咆哮着，挣扎着，好像一只落在网中的野兽。

纸船

我每天把纸船一个个放在急流的溪中。

我用大黑字写我的名字和我住的村名在纸船上。

我希望住在异地的人会得到这纸船，知道我是谁。

我把园中长的秀利花载在我的小船上，希望这些黎明开的花能在夜里被平平安安地带到岸上。

我投我的纸船到水里，仰望天空，看见小朵的云正张着满鼓着风的白帆。

我不知道天上有我的什么游伴把这些船放下来同我的船比赛！夜来了，我的脸埋在手臂里，梦见我的纸船在子夜的星光下缓缓地浮泛前去。

睡仙坐在船里，带着满载着梦的篮子。

水手

船夫曼特胡的船只停泊在拉琪根琪码头。

这只船无用地装载着黄麻，无所事事地停泊在那里已经好久了。

只要他肯把他的船借给我，我就给它安装一百只桨，扬起五个或六个或七个布帆来。

我决不把它驾驶到愚蠢的市场上去。

我将航行遍仙人世界里的七个大海和十三条河道。

但是，妈妈，你不要躲在角落里为我哭泣。

我不会像罗摩犍陀罗似的，到森林中去，一去十四年才回来。

我将成为故事中的王子，把我的船装满了我所喜欢的东西。

我将带我的朋友阿细和我作伴，我们要快快乐乐地航行于仙人世界里的七个大海和十三条河道。

我将在绝早的晨光里张帆航行。

中午，你正在池塘里洗澡的时候，我们将在一个陌生的国王的国土上了。

我们将经过特浦尼浅滩，把特潘塔沙漠抛落在我们的后边。

当我们回来的时候，天色快黑了，我将

告诉你我们所见到的一切。

我将越过仙人世界里的七个大海和十三条河道。

对岸

我渴想到河的对岸去。

在那边，好些船只一行儿系在竹竿上——

人们在早晨乘船渡过那边去，肩上扛着犁头，去耕耘他们的远处的田——

在那边，牧人使他们鸣叫着的牛游泳到河旁的牧场去——

黄昏的时候，他们都回家了，只留下豺

狼在这满长着野草的岛上哀叫。

妈妈，如果你不在意，我长大的时候，要做这渡船的船夫。

据说有好些古怪的池塘藏在这个高岸之后。

雨过去了，一群一群的野鹜飞到那里去，茂盛的芦苇在岸边四围生长，水鸟在那里生——

竹鸡带着跳舞的尾巴，将它们细小的足印印在洁净的软泥上——

黄昏的时候，长草顶着白花，邀月光在长草的波浪上浮游。

妈妈，如果你不在意，我长大的时候，要做这渡船的船夫。

我要自此岸至彼岸，渡过来，渡过去，所有村中正在那儿沐浴的男孩女孩，都要诧异地望着我。

太阳升到中天，早晨变为正午了，我将跑到你那里去，说道："妈妈，我饿了！"

一天完了，影子俯伏在树底下，我便要在黄昏中回家来。

我将永不同爸爸那样，离开你到城里去做事。

妈妈，如果你不在意，我长大的时候，要做这渡船的船夫。

花的学校

当雷云在天上轰响，六月的阵雨落下的时候，润湿的东风走过荒野，在竹林中吹着口笛。

于是一群一群的花从无人知道的地方突然跑出来，在绿草上狂欢地跳着舞。

妈妈，我真的觉得那群花朵是在地下的学校里上学。

他们关了门做功课，如果他们想在散学以前出来游戏，他们的老师是要罚他们站壁角的。

雨一来，他们便放假了。

树枝在林中互相碰触着，绿叶在狂风里萧萧地响着，雷云拍着大手，花孩子们便在那时候穿了紫的、黄的、白的衣裳，冲了出来。

你可知道，妈妈，他们的家是在天上，在星星所住的地方。

你没有看见他们怎样地急着要到那儿去么？你不知道他们为什么那样急急忙忙么？

我自然能够猜得出他们是对谁扬起双臂来：他们也有他们的妈妈，就像我有我自己的妈妈一样。

商人

妈妈，让我们想象，你待在家里，我到异邦去旅行。

再想象，我的船已经装得满满地在码头上等候启碇了。

现在，妈妈，好生想一想再告诉我，回来的时候我要带些什么给你。

妈妈，你要一堆一堆的黄金么？

在金河的两岸，田野里全是金色的稻实。

在林荫的路上，金色花也一朵一朵地落在地上。

我要为你把它们全都收拾起来，放在好几百个篮子里。

妈妈，你要秋天的雨点一般大的珍珠么？

我要渡海到珍珠岛的岸上去。

那个地方，在清晨的曙光里，珠子在草地的野花上颤动，珠子落在绿草上，珠子被汹狂的海浪一大把一大把地撒在沙滩上。

我的哥哥呢，我要送他一对有翼的马，会在云端飞翔的。

爸爸呢，我要带一支有魔力的笔给他，他还没有觉得，笔就写出字来了。

你呢，妈妈，我一定要把那个值七个王国的首饰箱和珠宝送给你。

同情

如果我只是一只小狗，而不是你的小孩，亲爱的妈妈，当我想吃你的盘里的东西时，你要向我说“不”么？

你要赶开我，对我说道：“滚开，你这淘气的小狗”么？

那末，走罢，妈妈，走罢！当你叫唤我的时候，我就永不到你那里去，也永不要你再喂我吃东西了。

如果我只是一只绿色的小鹦鹉，而不是你的小孩，亲爱的妈妈，你要把我紧紧地锁住，怕我飞走么？

你要对我摇你的手，说道：“怎样的一个不知感恩的贱鸟呀！整夜地尽在咬它的链子”么？

那末，走罢，妈妈，走罢！我要跑到树林里去——我就永不再让你抱我在你的臂里了。

职业

早晨，钟敲十下的时候，我沿着我们的小巷到学校去。

每天我都遇见那个小贩，他叫道：“镯子呀，亮晶晶的镯子！”

他没有什么事情急着要做，他没有哪条街一定要走，他没有什么地方一定要去，他没有什么时间一定要回家。

我愿意我是一个小贩，在街上过日子，叫着：“镯子呀，亮晶晶的镯子！”

下午四点，我从学校里回家。

从一家门口，我看得见一个园丁在那里

掘地。

他用他的锄子，要怎么掘，便怎么掘，他被尘土污了衣裳，如果他被太阳晒黑了或是身上被打湿了，都没有人骂他。

我愿意我是一个园丁，在花园里掘地。谁也不来阻止我。

天色刚黑，妈妈就送我上床。

从开着的窗口，我看得见更夫走来走去。

小巷又黑又冷清，路灯立在那里，像一个头上生着一只红眼睛的巨人。

更夫摇着他的提灯，跟他身边的影子一起走着，他一生一次都没有上床去过。

我愿意我是一个更夫，整夜在街上走，

提了灯去追逐影子。

长者

妈妈，你的孩子真傻！她是那末可笑地不懂得事！

她不知道路灯和星星的分别。

当我们玩着把小石子当食物的游戏时，她便以为它们真是吃的东西，竟想放进嘴里去。

当我翻开一本书，放在她面前，在她读a,b,c时，她却用手把书页撕了，无端快活地叫起来，你的孩子就是这样做功课的。

当我生气地对她摇头，骂她，说她顽皮

时，她却哈哈大笑，以为很有趣。

谁都知道爸爸不在家，但是，如果我在游戏时高声叫一声“爸爸”，她便要高兴地四面张望，以为爸爸真是近在身边。

当我把洗衣人带来载衣服回去的驴子当做学生，并且警告她说，我是老师，她却无缘无故地乱叫起我哥哥来。

你的孩子要捉月亮。

她是这样的可笑——她把格尼许唤作琪奴许。

妈妈，你的孩子真傻，她是那末可笑地不懂事！

小大人

我人很小，因为我是一个小孩子，到了我像爸爸一样年纪时，便要变大了。

我的先生要是走来说道："时候晚了，把你的石板，你的书拿来。"

我便要告诉他道："你不知道我已经同爸爸一样大了么？

我决不再学什么功课了。"

我的老师便将惊异地说道："他读书不读书可以随便，因为他是大人了。"

我将自己穿了衣裳，走到人群拥挤的市

场里去。

我的叔叔要是跑过来说道：“你要迷路了，我的孩子，让我领着你罢。”

我便要回答道：“你没有看见么，叔叔，我已经同爸爸一样大了？我决定要独自一个人到市场里去。”

叔叔便将说道：“是的，他随便到哪里去都可以，因为他是大人了。”

当我正拿钱给我保姆时，妈妈便要从浴室中出来，因为我是知道怎样用我的钥匙去开银箱的。

妈妈要是说道：“你在做什么呀，顽皮的孩子？”

我便要告诉她道：“妈妈，你不知道我

已经同爸爸一样大了么？我必须拿钱给保姆。”

妈妈便将自言自语道：“他可以随便把钱给他所喜欢的人，因为他是大人了。”

当十月里放假的时候，爸爸将要回家，他会以为我还是一个小孩子，为我从城里带了小鞋子和小绸衫来。

我便要说道：“爸爸，把这些东西给哥哥罢，因为我已经同你一样大了。”

爸爸便将想了一想，说道——“他可以随便去买他自己穿的衣裳，因为他是大人了。”

十二点钟

妈妈，我真想现在不做功课了。我整个早晨都在念书呢。

你说，现在还不过是十二点钟。假定不会晚过十二点罢——

难道你不能把不过是十二点钟想象成下午么?

我能够容容易易地想象：现在太阳已经到了那片稻田的边缘上了，老态龙钟的渔婆正在池边采撷香草做她的晚餐。

我闭上了眼就能够想到，马塔尔树下的阴影是更深黑了，池塘里的水看来黑得发亮。

假如十二点钟能够在黑夜里来到，为什么黑夜不能在十二点钟的时候来到呢？

著作家

你说爸爸写了许多书，但我却不懂得他所写的东西。

他整个黄昏读书给你听，但是你真懂得他的意思么？

妈妈，你给我们讲的故事，真是好听呀！我很奇怪，爸爸为什么不能写那样的书呢？

难道他从来没有从他自己的妈妈那里听见过巨人和神仙和公主的故事么？

还是已经完全忘记了？

他常常耽误了沐浴，你不得不走去叫他一百多次。

你总要等候着，把他的菜温着等他，但他忘了，还尽管写下去。

爸爸老是以著书为游戏。

如果我一走进爸爸房里去游戏，你就要走来叫道："真是一个顽皮的孩子！"

如果我稍为出一点声音，你就要说："你没有看见你爸爸正在工作么？"

老是写了又写，有什么趣味呢？

当我拿起爸爸的钢笔或铅笔，像他一模一样地在他的书上写着，a，b，c，d，e，

f , g , h , i , ——那时，你为什么跟我生气呢，妈妈？

爸爸写时，你却从来不说一句话。

当我爸爸耗费了那末一大堆纸时，妈妈，你似乎全不在乎。

但是，如果我只取了一张纸去做一只船，你却要说：“孩子，你真讨厌！”

你对于爸爸拿黑点子涂满了纸的两面，污损了许多许多张纸，你心里以为怎样呢？

恶邮差

你为什么坐在那边地板上不言不动的，告诉我呀，亲爱的妈妈？

雨从开着的窗口打进来了，把你身上全打湿了，你却不管。

你听见钟已打四下了么？正是哥哥从学校里回家的时候了。

到底发生了什么事，你的神色这样不对？

你今天没有接到爸爸的信么？

我看见邮差在他的袋里带了许多信来，几乎镇里的每个人都分送到了。

只有爸爸的信，他留起来给他自己看。我确信这个邮差是个坏人。

但是不要因此不乐呀，亲爱的妈妈。

明天是邻村市集的日子。你叫女仆去买

些笔和纸来。

我自己会写爸爸所写的一切信；使你找不出一点错处来。

我要从A字一直写到K字。

但是，妈妈，你为什么笑呢？

你不相信我能写得同爸爸一样好！

但是我将用心画格子，把所有的字母都写得又大又美。

当我写好了时，你以为我也像爸爸那样傻，把它投入可怕的邮差的袋中么？

我立刻就自己送来给你，而且一个字母，一个字母地帮助你读。

我知道那邮差是不肯把真正的好信送给你的。

英雄

妈妈，让我们想象我们正在旅行，经过一个陌生而危险的国土。

你坐在一顶轿子里，我骑着一匹红马，在你旁边跑着。

是黄昏的时候，太阳已经下山了。约拉地希的荒地疲乏而灰暗地展开在我们面前，大地是凄凉而荒芜的。

你害怕了，想道——“我不知道我们到了什么地方了。”

我对你说道："妈妈，不要害怕。"

草地上刺蓬蓬地长着针尖似的草，一条狭而崎岖的小道通过这块草地。

在这片广大的地面上看不见一只牛；它们已经回到它们村里的牛棚去了。

天色黑了下来，大地和天空都显得朦朦胧胧的，而我们不能说出我们正走向什么所在。

突然间，你叫我，悄悄地问我道："靠近河岸的是什么火光呀？"

正在那个时候，一阵可怕的呐喊声爆发了，好些人影子向我们跑过来。

你蹲坐在你的轿子里，嘴里反复地祷念着神的名字。

轿夫们，怕得发抖，躲藏在荆棘丛中。

我向你喊道："不要害怕，妈妈，有我在这里。"

他们手里执着长棒，头发披散着，越走越近了。

我喊道："要当心！你们这些坏蛋！再向前走一步，你们就要送命了。"

他们又发出一阵可怕的呐喊声，向前冲过来。

你抓住我的手，说道："好孩子，看在上天面上，躲开他们罢。"

我说道："妈妈，你瞧我的。"

于是我刺策着我的马匹，猛奔过去，我的剑和盾彼此碰著作响。

这一场战斗是那么激烈，妈妈，如果你从轿子里看得见的话，你一定会发冷战的。

他们之中，许多人逃走了，还有好些人被砍杀了。

我知道你那时独自坐在那里，心里正在想着，你的孩子这时候一定已经死了。

但是我跑到你的跟前，浑身溅满了鲜血，说道："妈妈，现在战争已经结束了。"

你从轿子里走出来，吻着我，把我搂在你的心头，你自言自语地说道：

"如果我没有我的孩子护送我，我简直不知道怎么办才好。"

一千件无聊的事天天在发生，为什么这样一件事不能够偶然实现呢？

这很像一本书里的一个故事。

我的哥哥要说道："这是可能的事么？我老是在想，他是那么嫩弱呢！"

我们村里的人们都要惊讶地说道："这孩子正和他妈妈在一起，这不是很幸运么？"

告别

是我走的时候了，妈妈，我走了。

当清寂的黎明，你在暗中伸出双臂，要抱你睡在床上的孩子时，我要说道："孩子不在那里呀！"——妈妈，我走了。

我要变成一股清风抚摸着你——我要变成水的涟漪，当你浴时，把你吻了又吻。

大风之夜，当雨点在树叶中淅沥时，你在床上，会听见我的微语，当电光从开着的窗口闪进你的屋里时，我的笑声也偕了它一同闪进了。

如果你醒着躺在床上，想你的孩子到深夜，我便要从星空向你唱道："睡呀！妈妈，睡呀。"

我要坐在各处游荡的月光上，偷偷地来到你的床上，乘你睡着时，躺在你的胸上。

我要变成一个梦儿，从你的眼皮的微缝中，钻到你睡眠的深处。当你醒来吃惊地四望时，我便如闪耀的萤火似的熠熠地向暗中飞去了。

当普耶节日，邻舍家的孩子们来屋里游玩时，我便要融化在笛声里，整日价在你心头震荡。

亲爱的阿姨带了普耶礼来，问道："我们的孩子在哪里，姊姊？"妈妈，你将要柔声地告诉她："他呀，他现在是在我的瞳仁里，他现在是在我的身体里，在我的灵魂里。"

召唤

她走的时候，夜间黑漆漆的，他们都睡了。

现在，夜间也是黑漆漆的，我唤她道："回来，我的宝贝；世界都在沉睡，当星星互相凝视的时候，你来一会儿是没有人会知道的。”

她走的时候，树木正在萌芽，春光刚刚来到。

现在花已盛开，我唤道：“回来，我的宝贝。孩子们漫不经心地在游戏，把花聚在一起，又把它们散开。你如走来，拿一朵小花去，没有人会发觉的。”

常常在游戏的那些人，仍然还在那里游戏，生命总是如此地浪费。

我静听他们的空谈，便唤道：“回来，我的宝贝，妈妈的心里充满着爱，你如走来，仅仅从她那里接一个小小的吻，没有人会妒忌的。”

第一次的茉莉

呵，这些茉莉花，这些白的茉莉花！

我仿佛记得我第一次双手满捧着这些茉莉花，这些白的茉莉花的时候。

我喜爱那日光，那天空，那绿色的大地；

我听见那河水淙淙的流声，在黑漆的午夜里传过来；

秋天的夕阳，在荒原上大路转角处迎我，如新妇揭起她的面纱迎接她的爱人。

但我想起孩提时第一次捧在手里的白茉莉，心里充满着甜蜜的回忆。

我生平有过许多快活的日子，在节日宴会的晚上，我曾跟着说笑话的人大笑。

在灰暗的雨天的早晨，我吟哦过许多飘逸的诗篇。

我颈上戴过爱人手织的醉花的花圈，作为晚装。

但我想起孩提时第一次捧在手里的白茉莉，心里充满着甜蜜的回忆。

榕树

喂，你站在池边的蓬头的榕树，你可会忘记了那小小的孩子，就像那在你的枝上筑巢又离开了你的鸟儿似的孩子？

“我是从哪儿来的，你，在哪儿把我捡起来的？”孩子问他的妈妈说。

她把孩子紧紧地搂在胸前，半哭半笑地答道——

“你曾被我当做心愿藏在我的心里，我的宝贝。”

“你曾存在于我孩童时代玩的泥娃娃身上——每天早晨我用泥土塑造我的神像，那时我反复地塑了又捏碎了的就是你。”

—— 泰戈尔《新月集 · 开始》

你不记得是他怎样坐在窗内，诧异地望着你深入地下的纠缠的树根么?

妇人们常到池边，汲了满罐的水去，你的大黑影便在水面上摇动，好像睡着的人挣扎着要醒来似的。

日光在微波上跳舞，好像不停不息的小梭在织着金色的花毡。

两只鸭子挨着芦苇，在芦苇影子上游来游去，孩子静静地坐在那里想着。

他想做风，吹过你的萧萧的枝杈；想做你的影子，在水面上，随了日光而俱长；想做一只鸟儿，栖息在你的最高枝上；还想做那两只鸭，在芦苇与阴影中间游来游去。

祝福

祝福这个小心灵，这个洁白的灵魂，他为我们的大地，赢得了天的接吻。

他爱日光，他爱见他妈妈的脸。

他没有学会厌恶尘土而渴求黄金。

紧抱他在你的心里，并且祝福他。

他已来到这个歧路百出的大地上了。

我不知道他怎么从群众中选出你来，来到你的门前抓住你的手问路。

他笑着，谈着，跟着你走，心里没有一

点儿疑惑。

不要辜负他的信任，引导他到正路，并且祝福他。

把你的手按在他的头上，祈求着：底下的波涛虽然险恶，然而从上面来的风，会鼓起他的船帆，送他到和平的港口的。

不要在忙碌中把他忘了，让他来到你的心里，并且祝福他。

赠品

我要送些东西给你，我的孩子，因为我们同是漂泊在世界的溪流中的。

我们的生命将被分开，我们的爱也将被

忘记。

但我却没有那样傻，希望能用我的赠品来买你的心。

你的生命正是青青，你的道路也长着呢，你一口气饮尽了我们带给你的爱，便回身离开我们跑了。

你有你的游戏，有你的游伴。如果你没有时间同我们在一起，如果你想不到我们，那有什么害处呢？

我们呢，自然的，在老年时，会有许多闲暇的时间，去计算那过去的日子，把我们手里永久失了的东西，在心里爱抚着。

河流唱着歌很快地流去，冲破所有的堤防。但是山峰却留在那里，忆念着，满怀依依之情。

我的歌

我的孩子，我这一只歌将扬起它的乐声围绕你的身旁，好像那爱情的热恋的手臂一样。

我这一只歌将触着你的前额，好像那祝福的接吻一样。

当你只是一个人的时候，它将坐在你的身旁，在你耳边微语着；当你在人群中的时候，它将围住你，使你超然物外。

我的歌将成为你的梦的翼翅，它将把你的心移送到不可知的岸边。

当黑夜覆盖在你路上的时候，它又将成

为那照临在你头上的忠实的星光。

我的歌又将坐在你眼睛的瞳仁里，将你的视线带入万物的心里。

当我的声音因死亡而沉寂时，我的歌仍将在我活泼泼的心中唱着。

孩子天使

他们喧哗争斗，他们怀疑失望，他们辩论而没有结果。

我的孩子，让你的生命到他们当中去，如一线镇定而纯洁之光，使他们愉悦而沉默。

他们的贪心和妒忌是残忍的；他们的话，好像暗藏的刀，渴欲饮血。

我的孩子，去，去站在他们愤懑的心中，把你的和善的眼光落在它们上面，好像那傍晚的宽洪大量的和平，覆盖着日间的骚扰一样。

我的孩子，让他们望着你的脸，因此能够知道一切事物的意义；让他们爱你，因此他们能够相爱。

来，坐在无垠的胸膛上，我的孩子。朝阳出来时，开放而且抬起你的心，像一朵盛开的花；夕阳落下时，低下你的头，默默地做完这一天的礼拜。

最后的买卖

早晨，我在石铺的路上走时，我叫道："谁来雇用我呀。"

皇帝坐着马车，手里拿着剑走来。

他拉着我的手，说道："我要用权力来雇用你。"

但是他的权力算不了什么，他坐着马车走了。

正午炎热的时候，家家户户的门都闭着。

我沿着屈曲的小巷走去。

一个老人带着一袋金钱走出来。

他斟酌了一下，说道："我要用金钱来雇用你。"

他一个一个地数着他的钱，但我却转身离去了。

黄昏了，花园的篱上满开着花。

美人走出来，说道："我要用微笑来雇用你。"

她的微笑黯淡了，化成泪容了，她孤寂地回身走进黑暗里去。

太阳照耀在沙地上，海波任性地浪花四溅。

一个小孩坐在那里玩贝壳。

他抬起头来，好像认识我似的，说道："我雇你不用什么东西。"

从此以后，在这个小孩的游戏中做成的买卖，使我成了一个自由的人。

飞鸟集

1922年版

《飞鸟集》例言

译诗是一件最不容易的工作。原诗音节的保留固然是绝不可能的事！就是原诗意义的完全移植，也有十分的困难。散文诗算是最容易译的，但有时也须费十分的力气。如惠德曼(Walt Whitman)的《草叶集》便是一个例子。这有二个原因：第一，有许多诗中特用的美丽文句，差不多是不能移动的。在一种文字里，这种字眼是“诗的”是“美的”，如果把他移植在第二种文字中，不是找不到相当的好字，便是把原意丑化了，变成非“诗的”了。在泰戈尔的《人格论》中，曾讨论到这一层。他以为诗总是要选择那“有生气的”字眼，——就是那些不仅仅为报告用而能融化于我们心中，不因市井常用而损坏它的形式的字眼。譬如在英文里，“意识”(consciousness)这个字，带有多少科学的意义，所以诗中不常用它。印度文的同意字chetana则是一个“有生气”而常用于诗歌里的字。又如英文的“感情”(feeling)这个字是充满了生命的，但彭加利文[①]里的同意字anubhuti则诗中绝无用之者。在这些地方，译诗的人实在感到万分的困难。第二，诗歌的文句总是含蓄的，暗示的。他的句法的构造，多简短而含义丰富。有的时候，简直不能译。如直译，则不能达意。如稍加诠释，则又把原文的风韵与含蓄完全消灭，而使之不成一首诗了。

因此，我主张诗集的介绍，只应当在可能的范围选择，而不能——也不必——完全整册地搬运过来。

大概诗歌的选译，有二个方便的地方：第一，选择可以适应译者的兴趣。在一个诗集中的许多诗，译者未必都十分喜欢它。如果不十分喜欢他，不十分感觉得它的美好，

---

① 孟加拉文的旧译。

则他的译文必不能十分得神，至少也把这快乐的工作变成一种无意义的苦役。选译则可以减灭译者的这层痛苦。第二，便是减少上述的两层翻译上的困难。因为如此便可以把不能译的诗，不必译出来。译出来而丑化了或是为读者所看不懂，则反不如不译的好。

但我并不是在这里宣传选译主义。诗集的全选，是我所极端希望而且欢迎的。不过这种工作应当让给那些有全译能力的译者去做。我为自己的兴趣与能力所限制，实在不敢担任这种重大的工作。且为大多数的译者计，我也主张选译是较好的一种译诗方法。

现在我译泰戈尔的诗，便实行了这种选译的主张，以前我也有全译泰戈尔各诗集的野心。有好些友人也极力劝我把它们全译出来。我试了几次。但我的野心与被大家鼓起的勇气，终于给我的能力与兴趣打败了。

现在所译的泰戈尔各集的诗，都是我所最喜欢读的，而且是我的能力所比较能够译得出的。

有许多诗，我自信是能够译得出的，但因为自己翻译它们的兴趣不大强烈，便不高兴去译它们。还有许多诗我是很喜欢读它们，而且是极愿意把它们译出来的。但因为自己能力的不允许，便也只好舍弃了它们。

即在这些译出的诗中，有许多也是自己觉得译得不好，心中很不满意的。但实在不忍再割舍它们了。只好请读者赏读它的原意，不必注意于粗陋的译文。

泰戈尔的诗集用英文出版的共有六部：

(一)《园丁集》(*Gardener*)

(二)《吉檀迦利》(*Jitanjali*)

(三)《新月集》(*CrescentMoon*)

(四)《采果集》(*Fruit-Gathering*)

(五)《飞鸟集》(*StrayBirds*)

(六)《爱者之贻与歧路》(*Lover's Gift And Grossing*)

但据B. K. Roy的《泰戈尔与其诗》(*R. Tagore: The Man And His Poetry*)一书上所载，他用彭加利文写的重要诗集，却有下面的许多种：

Sandhva Sangit,
Kshanika,
Probhat Sangit,
Kanika,
Bhanusingher Padabali,
Kahini,
Chabi O Gan,
Sishn,
Kari O Komal,
Naibadya,
Prakritir Pratisodh,
Utsharga,
Sonartari,
Kheya,
Chaitali,
Gitanzali,
Kalpana,
Gitimal ya,
Katha.

我的这几本诗选，是根据那六部用英文写的诗集译下来的。因为我不懂梵文。

在这几部诗集中，间有重出的诗篇，如《海边》一诗，已见于《新月集》中，而又列入《吉檀迦利》，排为第六十首。《飞鸟集》的第九十八首，也与同集中的第二百六十三首相同。像这一类的诗篇，都照先见之例，把他列入最初见的地方。

我的译文自信是很忠实的。误解的地方，却也保不定完全没有。如读者偶有发现，肯公开地指教我，那是我所异常欢迎的。

郑振铎　一九二二，六，二六。

一九三三年版本………

序

《飞鸟集》曾经全译出来一次，因为我自己的不满意，所以又把它删节为现在的选译本。以前，我曾看见有人把这诗集选译过，但似乎错得太多，因此我译时不曾拿它来参考。

近来小诗十分发达。它们的作者大半都是直接或间接受泰戈尔此集的影响的。此集的介绍，对于没有机会得读原文的，至少总有些贡献。

这诗集的一部分译稿是积了许多时候的，但大部分却都是在西湖俞楼译的。

我在此谢谢叶圣陶、徐玉诺二君。他们替我很仔细地校读过这部译文，并且供给了许多重要的意见给我。

郑振铎 六，二六。

飞鸟集

1

夏天的飞鸟，飞到我窗前唱歌，又飞去了。

秋天的黄叶，它们没有什么可唱，只叹息一声，飞落在那里。

2

世界上的一队小小的漂泊者呀，请留下你们的足印在我的文字里。

3

世界对着它的爱人，把它浩瀚的面具揭下了。

它变小了，小如一首歌，小如一回永恒的接吻。

4

是“地”的泪点，使她的微笑保持着青春不谢。

5

广漠无垠的沙漠热烈地追求着一叶绿草的爱，但她摇摇头，笑起来，飞了开去。

6

如果错过了太阳时你流了泪，那末你也要错过群星了。

7

跳舞着的流水呀，在你途中的泥沙，要求你的歌声，你的流动呢。你肯挟跛足的泥沙而俱下么？

8

她的热切的脸，如夜雨似的，搅扰着我的梦魂。

9

有一次，我们梦见大家都是不相识的。
我们醒了，却知道我们原是相亲爱的。

10

忧思在我的心里平静下去，正如黄昏在寂静的林中。

11

有些看不见的手指，如懒懒的微飔似的，正在我的心上，奏着潺湲的乐声。

12

“海水呀，你说的是什么？”
“是永恒的疑问。”
“天空呀，我回答的话是什么？”
“是永恒的沉默。”

13

静静地听，我的心呀，听那“世界”的低

语，这是他对你的爱的表示呀。

14

创造的神秘，有如夜间的黑暗，——是伟大的。而知识的幻影，不过如晨间之雾。

15

不要因为峭壁是高的，而让你的爱情坐在峭壁上。

16

我今晨坐在窗前，“世界”如一个过路的人似的，停留了一会儿，向我点点头又走过去了。

17

这些微飔，是绿叶的簌簌之声呀；他们在我的心里，愉悦地微语着。

18

你看不见你的真相，你所看见的，只是你的影子。

19

主呀，我的那些愿望真是愚傻呀，它们杂在你的歌声中喧叫着呢。

让我只是静听着吧。

20

我不能选择那最好的。

是那最好的选择我。

21

那些把灯背在他们的背上的人，把他们的影子投到他们前面去。

22

我存在，乃是所谓生命的一个永久的奇迹。

23

“我们，萧萧的树叶，都有声响回答那暴风雨，但你是谁呢，那样地沉默着？”

“我不过是一朵花。”

24

休息之隶属于工作，正如眼睑之隶属于眼睛。

25

人是一个初生的孩子，他的力量，就是生长的力量。

26

上帝希望我们酬答他的，在于他送给我们的花朵，而不在于太阳和土地。

27

光如一个裸体的孩子，快快活活地在绿叶当中游戏，他不知道人是会欺诈的。

28

啊，美呀，在爱中找你自己吧，不要到你镜子的谄谀中去找呀。

29

我的心冲激着她的波浪在“世界”的海岸上，蘸着眼泪在上边写着她的题记：

“我爱你。”

30

“月儿呀，你等候什么呢？”

“要致敬意于我必须给他让路的太阳。”

31

绿树长到了我的窗前，仿佛是喑哑的大地发出的渴望的声音。

32

上帝自己的清晨，在他自己看来也是新奇的。

33

生命因了“世界”的要求，得到他的资产，因了爱的要求，得到他的价值。

34

干的河床，并不感谢他的过去。

35

鸟儿愿为一朵云。

云儿愿为一只鸟。

36

瀑布歌道：“我得到自由时便有歌声了。”

37

我不能说出这心为什么那样默默地颓丧着。

那小小的需要，他是永不要求，永不知道，永不记着的。

38

妇人，你在料理家事的时候，你的手足歌唱着，正如山间的溪水歌唱着在小石中流过。

39

太阳横过西方的海面时，对着东方，致他的最后的敬礼。

40

不要因为你自己没有胃口，而去责备你的食物。

41

群树如表示大地的愿望似的，竖趾立着，向天空窥望。

42

你微微地笑着，不同我说什么话，而我觉得，为了这个，我已等待得久了。

43

水里的游鱼是沉默的，陆地上的兽类是喧闹的，空中的飞鸟是歌唱着的；但是人类却兼有了海里的沉默，地上的喧闹，与空中的音乐。

44

“世界”在踌躇之心的琴弦上跑过去，奏出忧郁的乐声。

45

他把他的刀剑当做他的上帝。

当他的刀剑胜利时他自己却失败了。

46

上帝从创造中找到他自己。

47

阴影戴上她的面幕，秘密地，温顺地，用她的沉默的爱的脚步，跟在“光”后边。

48

群星不怕显得像萤火虫那样。

49

谢谢上帝，我不是一个权力的轮子，而是被压在这轮下的活人之一。

50

心是尖锐的，不是宽博的，它执着在每一点上，却并不活动。

51

你的偶像委散在尘土中，这可证明上帝的尘土比你的偶像还伟大。

52

人在他的历史中表现不出他自己，他在历史中奋斗着露出头角。

53

玻璃灯因为瓦灯叫他做表兄而责备瓦灯，但当明月出来时，玻璃灯却温和地微笑着，叫明月为——“我亲爱的，亲爱的姊姊。”

54

我们如海鸥之与波涛相遇似的，遇见了，走近了。海鸥飞去，波涛滚滚地流开，我们也分别了。

55

日间的工作完了，于是我像一只拖在海滩上的小船，静静地听着晚潮跳舞的乐声。

56

我们的生命是天赋的，我们唯有献出生命，才能得到生命。

57

当我们是大为谦卑的时候，便是我们最近于伟大的时候。

58

麻雀看见孔雀负担着它的翎尾，替它担忧。

59

决不害怕刹那——永恒之声这样地唱着。

60

飓风于无路之中寻求最短之路，又突然地在“无何有之国”终止它的寻求了。

61

在我自己的杯中，饮了我的酒吧，朋友。

一倒在别人的杯里，这酒的腾跳的泡沫

便要消失了。

62

“完全”为了对“不全”的爱，把自己装饰得美丽。

63

上帝对人说道：“我医治你，所以要伤害我，我爱你，所以要惩罚你。”

64

谢谢火焰给你光明，但是不要忘了那执灯的人，他是坚忍地站在黑暗当中呢。

65

小草呀，你的足步虽小，但是你拥有你足下的土地。

66

幼花开放了它的蓓蕾，叫道：“亲爱的

世界呀，请不要萎谢了。”

67

上帝对于大帝国会生厌，却决不会厌恶那小小的花朵。

68

错误经不起失败，但是真理却不怕失败。

69

瀑布歌道：“虽然渴者只要少许的水便够了，我却很快活地给与了我全部的水。”

70

把那些花朵抛掷上去的那一阵子无休无止的狂欢大喜的劲儿，其源泉是在哪里呢？

71

樵夫的斧头，问树要斧柄。

树便给了他。

72

这寡独的黄昏，幕着雾与雨，我在我心的孤寂里，感觉到它的叹息了。

73

贞操是从丰富的爱情中生出来的资产。

74

雾，像爱情一样，在山峰的心上游戏，生出种种美丽的变幻。

75

我们把世界看错了，反说他欺骗我们。

76

诗人的风，正出经海洋和森林，求它自己的歌声。

77

每一个孩子生出时所带的神示说：上帝对于人尚未灰心失望呢。

78

绿草求她地上的伴侣。
树木求他天空的寂寞。

79

人对他自己建筑起堤防来。

80

我的朋友，你的语声飘荡在我的心里，像那海水的低吟之声，绕缭在静听着的松林之间。

81

这个不可见的黑暗之火焰，以繁星为其火花的，到底是什么呢？

82

使生如夏花之绚烂，死如秋叶之静美。

83

那想做好人的，在门外敲着门，那爱人的，看见门敞开着。

84

在死的时候，众多合而为一，在生的时候，这“一”化而为众多。

上帝死了的时候，宗教便将合而为一。

85

艺术家是自然的情人，所以他是自然的奴隶，也是自然的主人。

86

“你离我有多少远呢，果实呀？”

“我是藏在你的心里呢，花呀。”

87

这个渴望是为了那个在黑夜里感觉得到，在大白天里却看不见的。

88

露珠对湖水说道："你，是在荷叶下面的大露珠，我是在荷叶上面的较小的露珠。"

89

刀鞘保护刀的锋利，它自己则满足于它的迟钝。

90

在黑暗中"一"视若一体，在光亮中，"一"便视若众多。

91

大地借助于绿草，显出她自己的殷勤好客。

92

绿叶的生与死乃是旋风的急骤的旋转，它的更广大的旋转的圈子乃是在天上繁星之间徐缓地转动。

93

权威对世界说道："我是我的。"

世界便把权威囚禁在她的宝座下面。

爱情对世界说道："我是你的。"

世界便给予爱情以在她屋内来往的自由。

94

浓雾仿佛是大地的愿望。

它藏起了太阳，而太阳乃是她所呼求的。

95

安静些吧，我的心，这些大树都是祈祷者呀。

96

瞬刻的喧声，讥笑着永恒的音乐。

97

我想起了浮泛在生与爱与死的川流上的许多别的时代，以及这些时代之被遗忘，我便感觉到离开尘世的自由了。

98

我灵魂里的忧郁就是她的新妇的面纱。
这面纱等候着在夜间卸去。

99

死之印记给生的钱币以价值；使它能够用生命来购买那真正的宝物。

100

白云谦逊地站在天之一隅。
晨光给他戴上了霞彩。

101

尘土受到损辱，却以她的花朵来报答。

102

只管走过去，不必逗留着去采了花朵来保存，因为一路上，花朵自会继续开放的。

103

根是地下的枝。

枝是空中的根。

104

远远去了的夏之音乐，翱翔于秋间，寻求它的旧垒。

105

不要从你自己的袋里掏出勋绩借给你的朋友，这是污辱他的。

106

无名的日子的感触，攀缘在我的心上，正像那绿色的苔藓，攀缘在老树的周身。

107

回声嘲笑着她的原声，以证明她是原声。

108

当富贵利达的人夸说他得到上帝的特别恩惠时，上帝却羞了。

109

我投射我自己的影子在我的路上，因为我有一盏还没有燃点起来的明灯。

110

人走进喧哗的群众里去，为的是要淹没他自己的沉默的呼号。

111

终止于衰竭的是“死亡”，但“圆满”却终止于无穷。

112

太阳穿一件朴素的光衣。白云却披了灿烂的裙裾。

113

山峰如群儿之喧嚷，举起他们的双臂，想去捉天上的星星。

114

道路虽然拥挤，却是寂寞的，因为它是不被爱的。

115

权威以它的恶行自夸；落下的黄叶与浮游过的云片都在笑它。

116

今天大地在太阳光里向我嘤嘤哼鸣，像一个织着布的妇人，用一种已经被忘却的语言，哼着一些古代歌曲。

117

绿草是无愧于它所生长的伟大世界的。

118

梦是一个一定要谈话的妻子。

睡眠是一个默默地忍受的丈夫。

119

夜与逝去的日子接吻，轻轻地在耳旁说道：“我是死，是你的母亲。我就要给你以新的生命。”

120

黑夜呀，我感觉得你的美了，你的美如一个可爱的妇人，当她把灯灭了的时候。

121

我把在那些已逝去的世界上的繁荣带到我的世界上来。

122

亲爱的朋友呀，当我静听着海涛时，我有好几次在暮色深沉的黄昏里，在这个海岸上，感得你的伟大思想的沉默了。

123

鸟以为把鱼举在空中是一种慈善的举动。

124

夜对太阳说道："在月亮中，你送了你的情书给我。"

"我已在绿草上留下我的流着泪点的回答了。"

125

伟人是一个天生的孩子，当他死时，他把他的伟大的孩提时代给了世界。

126

不是槌的打击，乃是水的载歌载舞，使鹅卵石臻于完美。

127

蜜蜂从花中啜蜜，离开时嗡嗡地道谢。

浮夸的蝴蝶却相信花是应该向他道谢的。

128

如果你不等待着要说出完全的真理，那末把话说出来是很容易的。

129

“可能”问“不可能”道：

“你住在什么地方呢？”

它回答道："在那无能为力者的梦境里。"

130

如果你把所有的错误都关在门外时，真理也要被关在外面了。

131

我听见有些东西在我心的忧闷后面萧萧作响——我不能看见它们。

132

闲暇在动作时便是工作。

静止的海水荡动时便成波涛。

133

绿叶恋爱时便成了花。

花崇拜时便成了果实。

134

埋在地下的树根使树枝产生果实，却并不要求什么报酬。

135

阴雨的黄昏，风不休地吹着。

我看着摇曳的树枝，想念着万物的伟大。

136

子夜的风雨，如一个巨大的孩子，在不得时宜的黑夜里醒来，开始游戏，和喊叫起来了。

137

海呀，我这暴风雨的孤寂的新妇呀，你虽掀起波浪追随你的情人，但是无用呀。

138

文字对工作说道："我惭愧我的空虚。"

工作对文字说道："当我看见你时，我

便知道我是怎样的贫乏了。”

139

时间是变化的财富，但时钟在它的游戏文章里却使它只不过是变化而没有财富。

140

真理穿了衣裳觉得事实太拘束了。

在想象中，她却转动得很舒畅。

141

当我到这里、到那里地旅行着时，路呀，我厌倦了你了，但是，现在，当你引导我到各处去时，我便爱上你，与你结婚了。

142

让我设想，在群星之中，有一粒星是指导着我的生命通过不可知的黑暗的。

143

妇人，你用了你美丽的手指，触着我的器具，秩序便如音乐似的生出来了。

144

一个忧郁的声音，筑巢于逝水似的年华中。

它在夜里向我唱道——“我爱你。”

145

燃着的火，以他的熊熊之光焰禁止我走近他。

把我从潜藏在灰中的余烬里救出来吧。

146

我有群星在天上，

但是，唉，我屋里的小灯却没有点亮。

147

死文字的尘土沾着你。

用沉默去洗净你的灵魂吧。

148

生命里留了许多罅隙，从中送来了死之忧郁的音乐。

149

世界已在早晨敞开了它的光明之心。

出来吧，我的心，带了你的爱去与它相会。

150

我的思想随着这些闪耀的绿叶而闪耀着，我的心灵接触着这日光也唱了起来；我的生命因为偕了万物一同浮泛在空间的蔚蓝，时间的墨黑中，正在快乐着呢。

151

上帝的巨大的威权是在柔和的微飔里，而不在狂风暴雨之中。

152

在梦中，一切事都散漫着，都压着我，但这不过是一个梦呀。当我醒来时，我便将觉得这些事都已聚集在你那里，我也便将自由了。

153

落日问道："有谁在继续我的职务呢？"

瓦灯说道："我要尽我力之所能的做去，我的主人。"

154

采着花瓣时，得不到花的美丽。

155

沉默蕴蓄着语声，正如鸟巢拥围着睡鸟。

156

大的不怕与小的同游。

居中的却远而避之。

157

夜秘密地把花开放了，却让那白日去领受谢词。

158

权力认为牺牲者的痛苦是忘恩负义。

159

当我们以我们的充实为乐时，那末，我们便能很快乐地跟我们的果实分手了。

160

雨点与大地接吻，微语道，——“我们是你的思家的孩子，母亲，现在从天上回到你这里来了。”

161

蛛网好像要捉露点，却捉住了苍蝇。

162

爱情呀，当你手里拿着点亮了的痛苦之灯走来时，我能够看见你的脸，而且以你为幸福。

163

萤火对天上的星道：“学者说你的光明，总有一天会消灭的。”

天上的星不回答他。

164

在黄昏的微光里，有那清晨的鸟儿来到我的沉默的鸟巢里。

165

思想掠过我的心上，如一群野鸭飞过天空。

我听见它们鼓翼之声了。

166

沟洫总喜欢想：河流的存在，是专为着供给它水流的。

167

世界以它的痛苦同我接吻，而要求歌声做报酬。

168

压迫着我的，到底是我的想要外出的灵魂呢，还是那世界的灵魂，敲着我心的门，想要进来呢？

169

思想以它自己的言语喂养它自己，而成长起来。

170

我把我的心之碗轻轻浸入这沉默的时刻中；它充满了爱了。

171

或者你在做着工作，或者你没有。

当你不得不说："让我们做些事吧！"那末就要开始胡闹了。

172

向日葵羞于把无名的花朵看做她的同胞。

太阳升上来了，向它微笑，道："你好么，我的宝贝儿？"

173

"谁如命运似的推着我向前走呢？"

"那是我自己，在身背后大跨步走着。"

174

云把水倒在河的水杯里，它们自己却藏在远山之中。

175

我一路走去，从我的水瓶中漏出水来。

只留着极少极少的水供我家里用。

176

杯中的水是光辉的；海中的水却是黑色的。

小理可以用文字来说清楚；大理却只有沉默。

177

你的微笑是你自己田园里的花，你的谈吐是你自己山上的松林的萧萧，但是你的心呀，却是那个女人，那个我们全都认识的女人。

178

我把小小的礼物留给我所爱的人——大的礼物却留给一切的人。

179

妇人呀，你用你的眼泪的深邃包绕着世界的心，正如大海包绕着大地。

180

太阳以微笑向我问候。

雨，它的忧闷的姊姊，向我的心谈话。

181

我的书间之花，落下它那被遗忘的花瓣。

在黄昏中，这花成熟为一颗记忆的金果。

182

我像那夜间之路，正静悄悄地听着记忆的足音。

183

黄昏的天空，在我看来，像一扇窗户，一盏灯火，灯火背后的一次等待。

184

太忙于做好事的人，反而找不到时间去做好事。

185

我是秋云，空空地不载着雨水，但在成熟的稻田中，看见了我充实。

186

他们嫉妒，他们残杀，人反而称赞他们。

然而上帝却害了羞，匆匆地把他的记忆埋藏在绿草下面。

187

脚趾乃舍弃了其过去的手指。

188

黑暗向光明旅行，但是盲者却向死亡旅行。

189

小狗疑心大宇宙阴谋篡夺它的位置。

190

静静地坐吧，我的心，不要扬起你的尘土。

让世界自己寻路向你走来。

191

弓在箭要射出之前，低声对箭说道——“你的自由是我的。”

192

妇人，在你的笑声里有着生命之泉的音乐。

193

全是理智的心，恰如一柄全是锋刃的刀。

叫使用它的人手上流血。

194

上帝爱人间的灯光甚于他自己的大星。

195

这世界乃是为美之音乐所驯服了的、狂风骤雨的世界。

196

夕照中的云彩向太阳说道：“我的心经了你的接吻，便似金的宝箱了。”

197

接触着，你许会杀害；远离着，你许会占有。

198

蟋蟀的唧唧，夜雨的淅沥，从黑暗中传到我的耳边，好似我已逝的少年时代沙沙地来到我梦境中。

199

花朵向失落了它所有的星辰的曙天叫道："我的露点全失落了。"

200

燃烧着的木块，熊熊地生出火光，叫道——"这是我的花朵，我的死亡。"

201

黄蜂以邻蜂储蜜之巢为太小。

它的邻人要它去建筑一个更小的。

202

河岸向河流说道："我不能留住你的波浪。"

"让我保存你的足印在我心里吧。"

203

白日以这小小地球的喧扰，淹没了整个宇宙的沉默。

204

歌声在空中感得无限，图画在地上感得无限，诗呢，无论在空中，在地上都是如此；

因为诗的词句含有能走动的意义与能飞翔的音乐。

205

太阳在西方落下时，它的早晨的东方已静悄悄地站在它面前。

206

让我不要错误地把自己放在我的世界里而使它反对我。

207

荣誉羞着我，因为我暗地里求着它。

208

当我没有什么事做时，便让我不做什么

事，不受骚扰地沉入安静深处吧，一如那海水沉默时海边的暮色。

209

少女呀，你的纯朴，如湖水之碧，表现出你的真理之深邃。

210

最好的东西不是独来的。

他伴了所有的东西同来。

211

上帝的右手是慈爱的，但是他的左手却可怕。

212

我的晚色从陌生的树木中走来，它用我的晓星所不懂得的语言说话。

213

夜之黑暗是一只口袋，盛满了发出黎明的金光的口袋。

214

我们的欲望，把彩虹的颜色，借给那只不过是云雾的人生。

215

上帝等待着要从人的手上把他自己的花朵作为礼物赢回去。

216

我的忧思缠扰着我，要问我它们自己的名字。

217

果实的事业是尊重的，花的事业是甜美的，但是让我做叶的事业罢，叶是谦逊地专心地垂着绿荫的。

218

我的心向着阑珊的风，张了帆，要到无论何处的荫凉之岛去。

219

独夫们是凶暴的，但人民是善良的。

220

把我当做你的杯吧，让我为了你，而且为了你的人而盛满了水吧。

221

狂风暴雨像是那因他的爱情被大地所拒绝而在痛苦中的天神的哭声。

222

世界不会裂开，因为死亡并不是一个罅隙。

223

生命因为付出了爱情，而更为富足。

224

我的朋友，你伟大的心闪射出东方朝阳的光芒，正如黎明中一个积雪的孤峰。

225

死之流泉，使生的止水跳跃。

226

那些有一切东西而没有您的人，我的上帝，在讥笑着那些没有别的东西而只有您的人呢。

227

生命的运动在它自己的音乐里得到它的休息。

228

踢足只能从地上扬起灰尘而不能得到收获。

229

我们的名字，便是夜里海波上发出的光，痕迹也不留地就泯灭了。

230

让睁眼看着玫瑰花的人也看看它的刺。

231

鸟翼上系上了黄金，这鸟便永不能再在天上翱翔了。

232

我们地方的荷花又在这里陌生的水上开了花，放出同样的清香，只是名字换了。

233

在心的远景里，那相隔的距离显得更广阔了。

234

月儿把她的光明遍照在天上，却留着她的黑斑给她自己。

235

不要说：“这是早晨了。”别用一个“昨天”的名词把它打发掉。

把它当做第一次看到的还没有名字的新生孩子吧。

236

青烟对天空夸口，灰烬对大地夸口，都以为它们是火的兄弟。

237

雨点向茉莉花微语道：“把我永久地留

在你的心里吧。”

茉莉花叹息了一声，落在地上了。

238

怏怯的思想呀，不要怕我。

我是一个诗人。

239

我的心在朦胧的沉默里，似充满了蟋蟀的鸣声——那灰色的微明的歌声。

240

爆竹呀，你对于群星的侮蔑，又跟了你自己回到地上来了。

241

你曾经带领着我，穿过我的白天的拥挤不堪的旅行，而到达了我的黄昏的孤寂之境。

在通宵的寂静里，我等待着它的意义。

242

我们的生命就似渡过一个大海，我们都相聚在这个狭小的舟中。

死时，我们便到了岸，各往各的世界去了。

243

真理之川从他的错误之沟渠中流过。

244

今天我的心是在想家了，在想着那跨过时间之海的那一个甜蜜的时候。

245

鸟的歌声是曙光从大地反响过去的回声。

246

晨光问毛莨道："你是不是骄傲得不肯和我接吻么？"

247

小花问道："我要怎样地对你唱，怎样地崇拜你呢，太阳呀？"

太阳答道："只要用你的纯洁的简朴的沉默。"

248

当人是兽时，他比兽还坏。

249

黑云受光的接吻时便变成天上的花朵。

250

不要让刀锋讥笑它柄子的拙钝。

251

夜的沉默，如一个深深的灯盏，银河便是它燃着的灯光。

252

死像大海的无限的歌声，日夜冲击着生命的光明岛的四周。

253

花瓣似的山峰在饮着日光，这山岂不像一朵花吗？

254

“真实”的含义被误解、轻重被倒置，那就成了“不真实”。

255

我的心呀，从世界的流动中，找你的美吧，正如那小船得到风与水的优美似的。

256

眼不以能视来骄人，却以它们的眼镜来骄人。

257

我住在我的这个小小世界里，生怕使它再缩小一丁点儿了。把我抬举到您的世界里去吧，让我有高高兴兴地失去我的一切的自由。

258

虚伪永远不能凭借它生长在权力中而变成真实。

259

我的心，同着它的歌的拍子拍舐岸的波浪，渴望着要抚爱这个阳光煦和的绿色世界。

260

道旁的草，爱那天上的星吧，那末，你的梦境便可在花朵里实现了。

261

让你的音乐如一柄利刃，直刺入市井喧

扰的心中吧。

262

这树的颤动之叶，触动着我的心，像一个婴儿的手指。

263

小花睡在尘土里。

它寻求蛱蝶走的道路。

264

我是在道路纵横的世界上。

夜来了。打开您的门吧，家之世界啊。

265

我已经唱过了您的白天的歌。

在黄昏时候，让我拿着您的灯走过风雨飘摇的道路吧。

266

我不要求你进我的屋里。

你且到我无量的孤寂里吧，我的爱人！

267

死之隶属于生命，正与出生一样。

举足是在走路，正如放下足也是在走路。

268

我已经学会了你在花与阳光里微语的意义——再教我明白你在苦与死中所说的话吧。

269

夜的花朵来晚了，当早晨吻着她时，她颤栗着，叹息了一声，萎落在地上了。

270

从万物的愁苦中，我听见了“永恒母亲”的呻吟。

271

大地呀，我到你岸上时是一个陌生人，住在你屋内时是一个宾客，离开你的门时是一个朋友。

272

当我去时，让我的思想到你那里来，如那夕阳的余光，映在沉默的星天的边上。

273

在我的心头燃点起那休憩的黄昏星吧，然后让黑夜向我微语着爱情。

274

我是一个在黑暗中的孩子。

我从夜的被单里向你伸出我的双手，母亲。

275

白天的工作完了。把我的脸掩藏在您的

臂间吧，母亲。让我做梦。

276

集会时的灯光，点了很久，会散时，灯便立刻灭了。

277

当我死时，世界呀，请在你的沉默中，替我留着“我已经爱过了”这句话吧。

278

我们在热爱世界时便生活在这世界上。

279

让死者有那不朽的名，但让生者有那不朽的爱。

280

我看见你，像那半醒的婴孩在黎明的微光里看见他的母亲，于是微笑而又睡去了。

281

我将死了又死，以明白生是无穷无竭的。

282

当我和拥挤的人群一同在路上走过时，我看见您从阳台上送过来的微笑，我歌唱着，忘却了所有的喧哗。

283

爱就是充实了的生命，正如盛满了酒的酒杯。

284

他们点了他们自己的灯，在他们的寺院内，吟唱他们自己的话语。

但是小鸟们却在你的晨光中，唱着你的名字——因为你的名字便是快乐。

285

领我到您的沉寂的中心，使我的心充满了歌吧。

286

让那些选择了他们自己的焰火丝丝的世界的，就生活在那里吧。

我的心渴望着您的繁星，我的上帝。

287

爱的痛苦环绕着我的一生，像汹涌的大海似的唱着，而爱的快乐却像鸟儿们在花林里似的唱着。

288

假如您愿意，您就熄了灯吧。

我将明白您的黑暗，而且将喜爱它。

289

当我在那日子的终了，站在您的面前

时，您将看见我的伤疤，而知道我有我的许多创伤，但也有我的医治的法儿。

290

总有一天，我要在别的世界的晨光里对你唱道："我以前在地球的光里，在人的爱里，已经见过你了。"

291

从别的日子里飘浮到我的生命里的黑云，不再落下雨点或引起风暴了，却只给予我的夕阳的天空以色彩。

292

真理引起了反对它自己的狂风骤雨，那场风雨吹散了真理的广播的种子。

293

昨夜的风雨给今日的早晨戴上了金色的和平。

294

真理仿佛带了它的结论而来；而那结论却产生了它的第二个。

295

他是有福的，因为他的名望并没有比他的真实更光亮。

296

您的名字的甜蜜充溢着我的心，而我忘掉了我自己的——就像您的早晨的太阳升起时，那大雾便消失了。

297

静悄悄的黑夜具有母亲的美丽，而吵闹的白天具有孩子的美。

298

当人微笑时，世界爱了他。当他大笑时，世界便怕他了。

299

上帝等待着人在智慧中重新获得童年。

300

让我感到这个世界乃是您的爱的成形吧，那末，我的爱将帮助着它。

301

您的太阳光对着我的心头的冬天微笑着，从来不怀疑它的春天的花朵。

302

上帝在他的爱里吻着“有涯”，而人却吻着“无涯”。

303

您横越过不毛之年的沙漠而到达了圆满的时刻。

304

上帝的静默使人的思想成熟而为语言。

305

“永恒的旅客”呀，你可以在我的歌中找到你的足迹。

306

让我不至羞辱您吧，父亲，您在您的孩子们身上显现出您的光荣。

307

这一天是不快活的，光在蹙额的云下，如一个被打的儿童，在灰白的脸上留着泪痕，风又叫号着似一个受伤的世界的哭声。但是我知道我正跋涉着去会我的朋友。

308

今天晚上棕榈叶在嚓嚓地作响，海上有大浪，满月啊，就像世界在心脉悸跳。从什么不可知的天空，您在您的沉默里带来了爱的痛苦的秘密？

309

我梦见了一颗星，一个光明的岛屿，我将在那里出生，而在它的快速的闲暇的深处，我的生命将成熟它的事业，像在秋天的阳光之下的稻田。

310

雨中的湿土的气息，就像从渺小的无声的群众那里来的一阵子巨大的赞美歌声。

311

说爱情会失去的那句话，乃是我们不能够当做真理来接受的一个事实。

312

我们将有一天会明白，死永远不能够夺去我们的灵魂所获得的东西，因为她所获得的，和她自己是一体。

313

上帝在我的黄昏的微光中，带着花到我这里来。这些花都是我过去之时的，在他的花篮中，还保存得很新鲜。

314

主呀，当我的生之琴弦都已调得谐和时，你的手的一弹一奏，都可以发出爱的乐声来。

315

让我真真实实地活着吧，我的上帝，这样，死对于我也就成了真实的了。

316

人类的历史很忍耐地在等待着被侮辱者的胜利。

317

我这一刻感到你的眼光正落在我的心上，像那早晨阳光中的沉默落在已收获的孤寂的田野上一样。

318

我渴望着歌的岛屿立在这喧哗的波涛起伏的海中。

319

夜的序曲是开始于夕阳西下的音乐，开始于它难以形容的黑暗的庄严的赞歌。

320

我攀登上高峰，发现在名誉的荒芜不毛的高处，简直找不到遮身之地。我的导引者啊，领导着我在光明逝去之前，进到沉静的山谷里去吧，在那里，生的收获成熟为黄金的智慧。

321

在这个黄昏的朦胧里，好些东西看来都有些幻象——尖塔的底层在黑暗里消失了，树顶像墨水的斑点似的。我将等待着黎明，而当我醒来的时候，就会看到在光明里的您的城市。

322

我曾经受苦过，曾经失望过，曾经体会过“死亡”，于是我以我在这伟大的世界里为乐。

323

在我的一生里，也有贫乏和沉默的地域。它们是我忙碌的日子得到日光与空气的几片空旷之地。

324

我的未完成的过去，从后边缠绕到我身上，使我难于死去，请从它那里释放了我吧。

325

“我相信你的爱。”让这句话做我的最后的话。

郑振铎译泰戈尔诗
拾遗

采果集

2

我少年时候的生命如同一朵花一般——当春天的微飔来求乞于她的门上时，一朵花从她的丰富里失去一两瓣花片也并不觉得损失。

现在少年的光阴过去了，我的生命如同一个果子一般，没有什么东西耗费了，只等着完完全全地带着她的充实甜美的负担，贡献她自己。

4

我醒过来，于晨光中找到他的信。

我不知道它里面说的是什么，因为我不会读它。

让那聪明人一个人读他的书吧，我不去

惊扰他。因为谁知道他能不能读信中所说的话呢?

当我把它擎在我的前额，把它印在我的心里。

当夜天渐渐地静默了，群星一个一个出来的时候，我要把它展开，摆在我的膝上，静悄悄地坐着。

沙沙的树叶要高声对我读它，潺潺的溪流要曼吟它，七颗聪明的星也要从天上对我歌唱它。

我不能找到我所要找的，我不能知道我所要学的；但是，这封不能读的信却减轻了我的负担，却使我的思想转而为歌。

15

你的话是简单的，我的主人，但却不是谈论你的那些人的话。

我懂得你的群星的语言，懂得你的树林的静默。

我知道我的心开放起来如一朵花；我知

道我的生命自己充满着，如一条伏泉。

你的歌，如同从寂寞的雪地飞来的鸟一般，飞来在我的心里筑巢。在四月温热的时候，我满足地等待着这个快乐季候的来临。

23

诗人的心于风与水的声音中间，在生命之波上浮游而且跳舞。

现在太阳西下了，黑暗的天空降落在海面，如垂下的睫毛落在倦眼上一样。这是他把笔搁下，在这沉默的永久秘密当中，使他的思想沉入深渊之底的时候了。

24

夜间黑漆漆的，你的微睡深沉在我身的安慰里。

醒吧，喂，爱情的痛苦，因为我不知道怎么样去开那扇门，我只好站在门外。

时间等着，群星守着，风静止着，沉默很沉重地压在我心里。

醒吧，爱情，醒吧！倒满我的空杯，用歌的呼吸激扰夜间吧。

25

晨雀唱着歌。

在晨光未露之前，在如毒龙之夜还把天空握在他的冷黑圈子里的时候，他什么时候有早晨的语言呢？

告诉我，晨雀呀，由天与树叶盖成的两重夜里，东方的使者他怎么会找到他的路来到你的梦中？

当你叫到“太阳正在走来，夜要过去了”时，世界是不会相信你的。

喂，睡着的人，醒醒吧！

显露你的前额，等着光的第一次祝福，在快乐的忠实里，与晨雀一块歌唱吧。

爱者之贻

4

她接近我的心，如草花之接近土地；她对于我之甜蜜，如睡眠之于疲倦的肢体。我对于她的爱情是我充溢的生命的流泛，如河水之秋涨，寂静地迅速流逝着。我的歌与我的爱情是一体，如溪流的潺湲，以他金色波涛的水流歌唱着。

5

如果我占有了天空和他所有的星星，占有了地球和他无穷的宝藏，我仍是要求增加的。但是，如果她成了我的，则我虽仅有这个世界上的最小一隅，即已感到很满足了。

9

妇人，你的篮子很重，你的肢体也疲倦了。你要走多远的路？你所求的是什么呢？道路很长，太阳下的尘土太热了。

看，湖水深而且满，水色黑如乌鸦的眼睛。湖岸倾斜着而衬着绿草。

把你的倦足伸到水里去。午潮的风，把他的手指穿过你的头发；鸽子咕咕地唱他的睡歌，树叶微语着那安眠于绿茵中的秘密。

时间逝了，太阳落了，有什么要紧？横过荒地的道路在朦胧中失去，又有什么要紧？

23

我爱这沙岸。这里有寂静的池沼，压在在那里呷呷地叫着，龟伏在日光底下曝着；黄昏时，有些漂游的渔舟，藏在茂草中间。

你爱那有树的对岸。那里，阴影聚在竹丛的枝上，妇人们捧了水瓶，从弯曲的小巷里出来。

同是这一条河在我们中间流着。它对它两岸唱的是同样的歌。我在星光底下，一个人躺在沙上，静听着水声；你也在早晨的光明里，坐在斜坡的边上，静听着。然而，我从它那里听得的话你却不知道，而它向你说的密语，对于我也永远是一个秘密。

25

我握住你的双手，我的心跃入你眼的黑睛里，寻求你这永远避我而逃出于言语之外者。

然而我知道我必须满足我的变动与易灭的爱情。因为我们有一回曾在街道中遇见。我有力量带你通过这个众多世界的群众，经过这个歧路百出的旅程么？我有食粮能供给你经过架着死亡之桥的黑暗的空罅么？

28

我梦见她坐在我头的旁边，手指温柔地撩动我的头发，奏着她的接触的和谐。我望着她的脸，晶莹的眼泪颤动着，直到不能说话的痛苦烧去我的睡眠，如一个水泡似的。

我坐了起来，看见窗外银河的光辉，如一个着火的沉默的世界。我不知道她在这个时候，有没有和我做着同韵律的梦。

29

我想，当我们的眼光在篱间相遇时，我有些话要对她说。但她走过去了。而我对她说的话，却如一只小艇，日夜在时间的每一个波浪上冲摇着。它似乎在秋云上驶行着，在不住地探问着；又似乎变成黄昏的花朵盛开着，在落照中寻求它已失的时间。我对她说的话，又如萤火似的，在我心上闪熠着，于失望的尘中，寻觅它的意义。

30

春花开放出来，如不言之爱的热烈的苦痛。我旧时歌声的回忆，随了他们的呼吸而俱来。我的心突然长出欲望的绿叶来。我的爱没有来，但她的接触是在我的肢体上，她的语声也横过芬芳的田野而到来。她的眼波在天空的忧愁的深处；但是她的眼睛在哪里呢？她的吻香飞熠在空气之中，但是她的樱唇在哪里呢？

36

我的镣铐，你在我心上奏着乐。我和你整日地游戏着，我把你当成我的装饰品。我们是最好的朋友，我的镣铐。有些时候我惧怕你，但我的惧怕使我爱你更甚。你是我漫漫黑夜的伴侣，我的镣铐。在我和你说再会之前，我向你鞠躬。

38

我飘浮在上面的川流，当我少年时，它迅速而湍急地流着。春风微微地吹拂着，林花盛放如着火；鸟儿们不停息地歌唱着。

我旋晕地急驶着，被热情的水流所带走。我没有时间去看，去感觉，去把全世界拿到我身边来。

现在，那个少年是消失了。我登到岸上来，我能够听见万物的深沉的乐音，天空也对我展开了它缀满繁星的心。

42

你不过是一幅图画而不是如那些明星一样的真实，如这个灰尘一样的真实么？它们都随着万物的脉息而搏动着，但你则完全固定着你的静止的画成的形象。

你以前曾和我一同走着，你的呼吸温暖，你的肢体吟唱着生命之歌。我的世界，在你的语声里找到它的话语，用你的容光来接触我的心。你突然地停步不进了，伫立在永久的荫旁，剩我一人向前走去。

生命如一个小孩，它笑着，一边跑着，一边喋喋地谈着死：它招呼我向前走去，我跟随着那不可见的脚步；但你立在那里，停在那些灰尘与明星之外，你不过是一幅图画。

不，那是不能够的。如果生命之流在你那里停止了，那么它便也要停止滚滚的河流，便也要停止具有色彩绚烂的足音的黎明的足迹了。如果你的头发的闪熠的微光在无望的黑暗中瞑灭了，那么夏天的绿荫也将和她的梦境一同死去了。

我忘了你，这会是真的么？我们匆匆地、头也不回地走着。忘了路旁篱落上开着的花。在忘掉一切的情景中，它们的香气不知不觉进入我们的呼吸，还充满着乐音。你已离开了我的世界，而去坐在我的生命的根上，所以这便是遗忘——回忆迷失在它自己的深处。

你已不再在我的歌声之前了，但你现在与他们是一个。你偕了晨光的第一条光线而到我这里来。到了夕阳的最后的金光消失时，我才不见了你。就是这时以后，我也仍在黑暗中寻求你。不，你不仅仅是一幅图画。

44

当你死的时候，你对于我以外的一切，算是死了，你算是从世界的万物里消失不见了。但却完全的重生在我的忧愁里。我觉得我的生命完成了，男人与女人对于我永远成了一体。

45

携了美丽与秩序到我的艰苦的生命里来吧，妇人，当你生时，你曾携过他们到我的屋里。请扫除掉时间的尘屑，倒满了空的水瓶，备补了所有的疏忽。然后请打开神庙的内门，点燃明烛，让我们在我们的上神之前沉默地相遇着。

48

我每天走着那条旧路。我携果子到市集里去，我牵我的牛到草地上去，我划我的船渡过那条河水，所有这些路，我都十分熟悉。

有一天清晨，我的篮子里满装了东西。许多人在田野里忙着，牧场上停息着许多牛；地球的胸因喜米谷的成熟而扬起着。

大气中突然起了一阵颤动，天空似乎和我的前额接吻。我的心警醒起来，如清晨之跳出雾中。

我忘记了循原路走去。我离开原路走了几步，我看着我的熟悉的世界，而觉得奇异，好像一朵花，我以前所见的仅是它的蓓蕾。

我日常的智慧害了羞。我在这万物的仙国里飘游着。我那天清晨的失路，寻到我的永久的童年，可算是我生平最好的幸运。

50

“来，月亮，下来吻我爱的前额。”母亲这样说着，她把她的小女孩抱在膝上。那时，月亮如梦似的微笑着。夏天的微香在黑暗中偷偷地进来；夜鸟的歌声也从芒果林的阴影密蔽的寂静里送过来。在一个远处的村间，从一个农夫的笛里，吹来一阵悲哀音调的泉源。年轻的母亲坐在土阶上，孩子在她的膝上，她温柔地咿唔道："来，月亮，下来吻我爱的前额。"她有时抬头看天上的光明，有时又低首看在她臂间的地上的光明。我诧异着月亮的恬静。

孩子笑着，学着她母亲的话，"来，月亮，下来。"母亲微笑着，明月照澈的夜也微笑着。我，作诗的人，这孩子的母亲的丈夫，隐在看不见的地方，凝视着这幅图画。

51

早秋的时节天上没有一片云。河水溢到岸沿来，冲刷着立在浅水边的倾侧的树的裸根。长而狭的路，如乡村的渴舌，没入河水中去。

我的心满盈盈的，我朝四周观望着，看着沉默的天空，流泛的河水，觉得快乐正在外面展延着，真朴如儿童脸上的微笑。

57

这个秋天是我的，因为她在我心头震撼着。她的闪耀的足铃在我的血管里玎玲地响着，她的雾色的面纱，扰动着我的呼吸。我在所有我的梦中知道她的棕色头发的接触。她走出去，在颤抖的树叶上，那些树叶在我的生命的脉搏里跳舞；她的两眼从青的天空上微笑着，从我那里饮啜他们的光明。

歧路

12

我的心呀，紧紧地握住你的忠诚，天要黎明了。

“允诺”的种子已经深深地埋在土里，不久便要发芽了。

睡眠如一颗蓓蕾，将要向光开放它的心，沉静也将找到它的声音。

你的担负要变成你的赠赐，你的痛苦也将烛照你的道路，这日子是近了。

16

你黎明时走到我的门口，唱着歌；我被你从睡梦中惊醒。我很生气，你便悄悄地走开了。

你正午时走进门来，向我要水喝；我正

在做事，我很恼怒，你便遭到斥责地走出去了。

你黄昏时，带了熊熊的火炬走进来。

我看你好像是一个恐怖者，我便把门关上了。

现在，在夜半的时候，我孤寂地坐在黑漆漆的房里，却要叫被我斥走的你回来了。

20

天色晦暝，雨淅沥地下着。

愤怒的电光从破碎的云幕里射下来。

森林如一只囚在笼中的狮子，失望地摇着鬃毛。

在这样的一天，在狂风虎虎地扑打他们的翼膀的中间，让我在你面前找到我的平安吧。

因为这忧郁的天空，已荫盖着我的孤独，使你与我的心的接触的意义更为深沉。

77

“旅客，你到什么地方去？”

“我沿着林荫的路，在红色的黎明中，到海里沐浴去。”

“旅客，那个海在什么地方？”

“它在这个河的尽处，在黎明开朗为清晨的地方，在白昼没落为黄昏的地方。”

“旅客，同你一块儿来的有多少人？”

“我不知道怎样去数他们。

“他们提着点亮了的灯，终夜在旅行着；他们经过陆与水，终日在歌唱着。”

“旅客，那个海有多远？”

“它有多远，正是我们所要问的。

“它的波涛的澎湃，涨泛到天上，当我们静止不言之时。它永远的似乎在近，却又在远。”

“旅客，日光是灼炀的热。”

“是的，我们的旅路是长而艰难的。

“谁精神疲倦了便歌唱，谁心里懦怯了便歌唱。”

“旅客，如果黑夜包围了他们呢？”

“我们便将躺下去睡，直睡到新的清晨偕了它的歌声而照耀着，及海的呼唤在空中浮泛着时。”

世纪末日

1

这个世纪的最后的太阳，在西方的血红的云与嫉忌的旋风中落下去了。

各个国家的自私的赤裸裸的热情，沉醉于贪望之中，跟了钢铁的相触声与复仇的咆哮的歌声而跳舞着。

2

饥饿的国家，它自己会在自己的无耻的供养里暴烈地愤怒地烧灼起来。

因为它已把世界当做它的食物而舐着嚼着，一口气吞了下去。

它膨胀了，又膨胀了。

甚至在它的非圣洁的宴会中，天上突然落下武器，贯穿了它的粗大的心胸。

3

地平线上所现的红色的光，不是和平的曙光，我的祖国呀。

它是火葬的柴火的光，把那伟大的尸体——国家的自私的心——烧成了灰的，它已因自己的嗜欲过度而死去了。

你的清晨则正在东方的忍耐的黑暗之后等待着。乳白而且静寂。

4

留意着呀，印度。

带了你的信仰的祭礼给那个神圣的朝阳。让欢迎它的第一首颂歌在你的口里唱出。

“来吧，和平，你上帝自己的大痛苦的女儿。”

“带了你的惬意的宝藏，强毅的利剑。”

“与你的冠于前额的温和而来吧。”

5

不要羞馁，我的兄弟们呀，披着朴素的白袍，站在骄傲与威权之前。

让你的冠冕是谦虚的，你的自由是灵魂的自由。

天天建筑上帝的座位在你的贫穷的广漠的赤地上，而且要知道庞巨的东西并不是伟大的，骄傲的东西并不是永久的。

爱者之贻

我的歌呀，你的市场在什么地方呢？夏天的微风里杂着学者鼻烟的气味；人们不休地辩论那“油依赖着桶或是桶依赖着油”的问题；黄色的稿子对于逝水似的无价值的人生蹙着眉峰；你的市场是在这些地方么？我的歌叫道：唉，不是，不是。

我的歌呀，你的市场在什么地方呢？幸福的人住在云石的宫殿里，十分骄傲，十分肥胖。他的书放在架上，皮装金字，且有奴仆为之拂去尘埃，他们的洁白的纸上写着的是奉献于冥冥之神的；你的市场是在这个地方么？我的歌喘着气答道：不是，不是。

我的歌呀，你的市场在什么地方呢？青年学生，坐在那里，头低到书上，他的心飘荡在青年的梦境里；散文在书桌上巡掠着，诗歌则深藏在心里。你的市场是在这个地方么？你愿意在那种尘埃满布的无秩序中捉迷藏么？我的歌迟疑不决地沉静着。

我的歌呀，你的市场在什么地方呢？新妇在家里忙碌着，当她一得闲暇，便跑到卧室里去，急急地从她枕下取出一本小说，这书被婴儿粗忽地玩弄着，而且充满着她的头发香。你的市场是在这个地方么？我的歌叹息一声颤震着，意思未定。

我的歌呀，你的市场在什么地方呢？禽鸟的歌声，宏纤毕闻；溪流的潺湲，也能清晰地听到，世界的一切琴弦将他们的音乐倾注在两个翱翔的心上。你的市场是在这个地方么？我的歌突然地叫道：是的，是的。

昨夜我在花园里，献我的青春的白沫腾跳的酒给你。你举杯在唇边，开了两眼微笑着；而我掀起你的面纱，解开你的辫发，让你的沉默而甜柔的脸贴在我的胸前，明月的梦正泛溢在微睡的世界里。

今天在清露冷凝的黎明的静谧里，你走向大神的寺院去，沐过浴，穿着白色长袍，手里拿着满篮鲜花。我在这黎明的静谧里，在到寺院去的寂寞的路旁的树荫下面，头低垂着。

花环

我的花如乳、如蜜、如酒，我用一条金带把他们结成了一个花环。但他们逃避了我的注意，飞散开了，只有带子留着。

我的歌声如乳、如蜜、如酒，他们存在于我跳动的心的韵律里。但他们，这暇时的爱者，又展开翼膀，飞了开去，我的心在沉寂中跳动着。

我所爱的美人，如乳、如蜜、如酒，她的唇如早晨的玫瑰；她的眼如蜂一般的黑。我使我的心静静的，只怕惊动了她。但她却也如我的花、我的歌一样，逃避了我，只有我的爱情留着。

有许多次，春天在我们的房外敲着门，那时，我忙着做我的工，你也不曾答理他。

现在，只有我一个人在那里，心里病着，而春天又来了，但我不知道怎样才能叫他从门口回转身去。当他走来而欲以快乐的冠给我戴时，我们的门是闭着的，现在他来时所带的是忧愁的赠品，我却不能不开门让他走进来了。

无题

静听，我的心。他的笛声，就是野花的气息的音乐，闪亮的树叶、光耀的流水的音乐，影子回响着蜜蜂之翼的音乐。

笛声从我朋友的唇上，偷走了微笑，把这微笑蔓延在我的生命上。

生如夏花

生命，一次又一次轻薄过。
轻狂不知疲倦。

——题记

1

我听见回声，来自山谷和心间。
以寂寞的镰刀收割空旷的灵魂，
不断地重复决绝，又重复幸福。
终有绿洲摇曳在沙漠，
我相信自己，
生来如同璀璨的夏日之花。
不凋不败，妖冶如火。
承受心跳的负荷和呼吸的累赘，
乐此不疲。

2

我听见音乐，来自月光和胴体。
辅极端的诱饵捕获飘渺的唯美，
一生充盈着激烈，又充盈着纯然。
总有回忆贯穿于世间，
我相信自己，
死时如同静美的秋日落叶。
不盛不乱，姿态如烟。
即便枯萎也保留丰肌清骨的傲然，
玄之又玄。

3

我听见爱情，我相信爱情。
爱情是一潭挣扎的蓝藻，
如同一阵凄微的风，
穿过我失血的静脉，
驻守岁月的信念。

4

我相信一切能够听见，

甚至预见离散，遇见另一个自己。
而有些瞬间无法把握，
任凭东走西顾，逝去的必然不返。
请看我头置簪花，一路走来一路盛开，
频频遗漏一些，又深陷风霜雨雪的感动。

5

般若波罗蜜，一声一声。
生如夏花，死如秋叶。
还在乎拥有什么。

再别康桥

徐志摩诗选

文学艺术袖珍馆 第1辑

徐志摩——著

哈尔滨出版社
HARBIN PUBLISHING HOUSE

图书在版编目（CIP）数据

再别康桥：徐志摩诗选 / 徐志摩著 . —哈尔滨：哈尔滨出版社，2011.11（2023.6 重印）

（文学艺术袖珍馆 . 第 1 辑）

ISBN 978-7-5484-0668-6

Ⅰ . ①再… Ⅱ . ①徐… Ⅲ . ①诗集—中国—现代 Ⅳ . ① I226

中国版本图书馆 CIP 数据核字（2011）第 129293 号

书　　名：再别康桥——徐志摩诗选

ZAI BIE KANGQIAO
XUZHIMO SHI XUAN

作　　者： 徐志摩 著
责任编辑： 李维娜
版式设计： 张文艺
封面设计： 末末美书

出版发行： 哈尔滨出版社（Harbin Publishing House）
社　　址： 哈尔滨市香坊区泰山路 82-9 号　**邮编：** 150090
经　　销： 全国新华书店
印　　刷： 天津光之彩印刷有限公司
网　　址： www.hrbcbs.com
E-mail ：hrbcbs@yeah.net
编辑版权热线：（0451）87900271　87900272
销售热线：（0451）87900202　87900203

开　　本： 787mm × 1092mm　1/32　**印张：** 42　**字数：** 560 千字
版　　次： 2011 年 11 月第 1 版
印　　次： 2023 年 6 月第 2 次印刷
书　　号： ISBN 978-7-5484-0668-6
定　　价： 118.80 元（全六册）

凡购本社图书发现印装错误，请与本社印制部联系调换。
服务热线：（0451）87900279

前言

PREFACE

徐志摩，1896年出生于浙江海宁县硖石镇的一个富商家庭，原名章垿，初字槱森，小名又申，志摩是诗人赴美留学前另取的名字。尽管徐志摩本人认为“徐氏固商贾之家，没有读书人”(1926年10月8日家书)，但是据陈从周先生考证，徐氏家族从周朝到现在，代有名人，徐志摩的父亲徐申如更是一位著名的实业家和开明绅士，曾长期担任硖石镇商会的会长，在当地颇具影响力。徐父十分重视对志摩的教育，曾聘请郑孝胥教习志摩书法，徐志摩在北大读书期间，徐父又以一千大洋的贽礼，让其拜在梁启超门下，这些无疑对徐志摩日后的成长有重要影响。

1918年8月徐志摩开始了为期四年的赴欧美留学的历程，先是在美国克拉克大学获得历史学学士，紧接着又攻读哥伦比亚大学的政治学硕士学位，1920年10月入伦敦大学政治经济学院，在伦敦期间结识林长民林徽因父女，并陷入对林徽因的爱恋中，次年在狄更生的推荐下以特别生的资格入剑桥大学皇家学院。这段留学经历对于徐志摩人生道路的选择有着重要意义，特别是伦敦剑桥的时光尤其让诗人有一种割舍不断的情结，他在给父母的信中写道："儿自到伦敦以来，顿觉性灵益发开展，求学兴味益浓，庶几有成，其在此乎？儿尤喜与英国名士交接，得益倍蓰，真所谓学不完的聪明。"这些"名士"包括威尔斯、罗素、哈代、曼斯菲尔德、狄更生等人，正是受到他们的影响，加上康桥给予诗人的灵感，以及对林徽因的恋情等诸种因素，诗人的创作欲望喷薄而出，从此便一发不可收拾。

1922年8月徐志摩在博士未毕业的情况下突然决定回国，个中原因众说纷纭，可知的是诗人归国后主要做了两件事情：一是参与梁启超“文艺复兴”事宜，二是去看望林徽因。可惜的是林徽因此时已与梁思成确定恋爱关系，徐志摩却无所顾忌地去梁林约会的地方找林徽因，去的次数多了，不免引起梁思成的反感，梁思成于是在门上贴一张纸条：“Lovers want to be left alone.（情人不愿受干扰）。”一时传为笑谈。

归国初期的徐志摩不了解国内文坛状况，加上秉性率直，因此写文章得罪了不少文人，但也正是这些争议或非议，令他声名鹊起。1923年，徐志摩、胡适等以聚餐形式建立了“新月社”，从而翻开中国诗歌发展史新的一页，极大地促进了新诗的发展。一直到1926年10月徐志摩与陆小曼成婚离京南下，这段时间是新月社的鼎盛时期。婚后的徐志摩迫于经济压力等原因，先后担任北京大学、光华大学、东吴大学教授。

1931年11月19日8时徐志摩乘济南号飞机从南京起飞，北行飞抵济南附近党家庄上空触山，机毁遇难。诗人的一生极其短暂却绚烂传奇，他用生命实践着他的诗，而后人却只能由他的诗来实现他未完成的生命。

不到十年的创作生涯，志摩留给后人四本诗集：《志摩的诗》(1925年出版)，《翡冷翠的一夜》(1927年出版)，《猛虎集》(1931年出版)，《云游》(陈梦家编，1932年出版)。诗人曾说他的一生大抵都有一个情感的线索可以找寻，其实他的诗也同样循着这条情感的轨迹前行。胡适在《追忆志摩》中指出："他的人生观真是一种单纯的信仰，这里面只有三个大字：一个是爱，一个是自由，一个是美。"(《新月》四卷一期《志摩纪念号》)对这三种精神的向往和追求构成了徐志摩诗歌的主要内容。天性浪漫的诗人在爱情面前神魂颠倒，在诗歌中更是写出了他对真挚爱情的渴望和执著。《雪花的快乐》用欢快的调子唱出了对爱情的神往，《翡冷翠的一夜》则用拟人手法表现了对“容不得恋爱”的世界的控诉。对自由的追求贯穿在诗人所有的诗歌中，他渴望得到爱情的自由、理想的自由、社会的自由。《为要寻一个明星》，“明星”也就是诗人心目中的理想，主人公虽然骑的是一匹瞎马，虽然自己面对的是黑夜、荒野，但他仍义无反顾地冲过去，直到“荒野里倒著一只牲口”，“黑夜里躺著一具尸首”，直到“这回天上透出了水晶似的光明”，他仍坚持着他的理想。

对美的追求更多地体现在诗歌的形式上，作为新格律诗的倡导者与实践者，徐志摩的诗歌表现出了鲜明的形式美感特征，具体表现在：第一，结构的完美统一。《再别康桥》是一个代表，全诗七节，每节四行，每行两顿或三顿，不拘一格而又法度严谨，严守二四押韵的韵式，节奏优美而又契合诗人的情感起伏，从而产生一种独特的审美快感。第二，意象的复叠美。诗人往往会重复使用同一意象，如《我不知道风是在那一个方向吹》一诗，每一节都在重复不知道“是在那个方向吹”的风这一意象，在回环往复的重叠之中，营造了一种迷茫的气氛，给人留下了深刻的印象。第三，语言的优美。他的语言新颖自然，平易优美，既无半文半白的语句，也少有食欧不化的痕迹，还能运用一些浅显的口语模拟声态，为现代汉诗的语言探索注入了新的活力，如《残诗》有意识地使用北京话里的口语，这些口语在徐志摩的提炼下显得“珠圆玉润”，意味深长。

当然，徐志摩的诗也有一些缺点，比如过于注重诗歌的形式、情感的过度宣泄等，但对于这样一位激情而浪漫的诗人而言，“什么半成熟的未成熟的意念都在指顾间散作缤纷的花雨”，纵然不够完美，却也淳朴而真实。

目录 CONTENTS

再别康桥 · 1

沙扬挪拉——赠日本女郎 · 4

偶然 · 6

起造一座墙 · 8

我来扬子江边买一把莲蓬 · 10

去罢 · 13

我有一个恋爱 · 15

她是睡著了 · 18

别拧我，疼 · 22

雪花的快乐 · 24

为要寻一个明星 · 26

我不知道风是在那一个方向吹 · 28

不再是我的乖乖 · 31

我等候你 · 34

两地相思 · 39

变与不变 · 43

季候 · 45

难忘 · 47

枉然 · 49

阔的海 · 51

两个月亮 · 53

云游 · 56

残破 · 58

为谁 · 61

难得 · 63

最后的那一天 · 65

草上的露珠儿 · 67

朝雾里的小草花 · 71

秋月 · 73

黄鹂 · 76

雁儿们 · 78

这是一个懦怯的世界 · 81

这年头活着不易 · 84

呻吟语 · 87

生活 · 89
火车禽住轨 · 91
月下雷峰影片 · 95
再不见雷峰 · 96
五老峰 · 98
石虎胡同七号 · 102
沪杭车中 · 105
灰色的人生 · 107
又一次试验 · 111
盖上几张油纸 · 113
残诗 · 117
翡冷翠的一夜 · 119
哀曼殊斐儿 · 124
半夜深巷琵琶 · 128
在哀克刹脱(Exeter)教堂前 · 130
常州天宁寺闻礼忏声 · 133
西伯利亚 · 137
夏日田间即景(近沙士顿) · 140
海韵 · 143

苏苏 · 147

运命的逻辑 · 149

爱的灵感——奉适之 · 151

北方的冬天是冬天 · 173

天国的消息 · 175

夜 · 177

一封信——给抱怨生活干燥的朋友 · 189

白话词十二首 · 194

康桥再会罢 · 206

再别康桥

轻轻的我走了，
　正如我轻轻的来；
我轻轻的招手，
　作别西天的云彩。

那河畔的金柳，
　是夕阳中的新娘；
波光里的艳影，
　在我的心头荡漾。

软泥上的青荇，
　油油的在水底招摇；
在康河的柔波里，
　我甘心做一条水草！

那榆荫下的一潭，

不是清泉，是天上虹，
揉碎在浮藻间，
沉淀着彩虹似的梦。

寻梦？撑一支长篙，
向青草更青处漫溯，
满载一船星辉，
在星辉斑斓里放歌。

但我不能放歌，
悄悄是别离的笙箫；
夏虫也为我沉默，
沉默是今晚的康桥！

悄悄的我走了，
正如我悄悄的来；
我挥一挥衣袖，
不带走一片云彩。

十一月六日

徐志摩在1920年到1922年期间，曾留学剑桥大学——剑桥旧翻“康桥”，对此地的自然风光印象深刻，他曾在《我所知道的康桥》一文中说：“在星光下听水声，听近村晚钟声，听河畔倦牛刍草声，是我康桥经验中最神秘的一种：大自然的优美，宁静，调谐在这星光与波光的默契中不期然的淹入了你的性灵。”1928年7月的一个傍晚，他重回母校，在寂静的校园漫步，回想往日美好时光，怅然若失身之所在，遂于乘船回国途中写下此诗。本诗感情细腻、节奏舒缓，将作者对康桥的眷恋、离愁融入美丽的静止之中，细细品读，令人心醉。

沙扬娜拉

——赠日本女郎

最是那一低头的温柔，

　　像一朵水莲花不胜凉风的娇羞，

　道一声珍重，道一声珍重，

　　那一声珍重里有蜜甜的忧愁——

　　　沙扬娜拉！

1924年6月，徐志摩陪同泰戈尔访日，写作了《沙扬娜拉》组诗十八首，后来再版《志摩的诗》时，删去十七首，仅存本书所选最后一首，并加副标题：赠日本女郎。“沙扬娜拉”为日文“再见”音译，有学者称实际上并无日本女郎，本文是写给徐志摩的爱情女神林徽因的。本诗虽然简短，然而韵律优美、节奏舒缓，富有民族乐感；兼之融合了轻柔、明净的水莲花意象，丝毫不见斧凿之功，可谓“清水出芙蓉，天然去雕饰”，是徐志摩诗歌的代表作之一。

偶然

我是天空里的一片云，
偶尔投影在你的波心——
　　你不必讶异，
　　更无须欢喜——
在转瞬间消灭了踪影。

你我相逢在黑夜的海上，
你有你的，我有我的，方向；
　　你记得也好，
　　最好你忘掉，
在这交会时互放的光亮！

徐志摩和陆小曼曾合写剧本《卞昆冈》，其中第五幕中有一段老瞎子唱歌，唱词就是这首《偶然》，1926年5月27日，本诗单独发表于《晨报副刊·诗镌》第九期。徐志摩的学生、诗人卞之琳曾评论此诗道："这首诗在作者诗中是在形式上最完美的一首。""偶然"是一个抽象概念，作者却用"云水相逢"、"你我相遇"的场景将此抽象概念具体化，同时又在其中渗透进一种"随缘而来，随缘而散"的洒脱态度。细品此诗，可以看到，在洒然的背后，作者极为看重"交会时互放的光亮"，那偶然交会时的怦然心动，才是作者真正要赞颂的。

起造一座墙

你我千万不可亵渎那一个字，
别忘了在上帝跟前起的誓。
我不仅要你最柔软的柔情，
蕉衣似的永远裹着我的心；
我要你的爱有纯钢似的强，
在这流动的生里起造一座墙；
任凭秋风吹尽满园的黄叶，
任凭白蚁蛀烂千年的画壁；
就使有一天霹雳震翻了宇宙，——
也震不翻你我“爱墙”内的自由！

徐志摩和张幼仪、林徽因、陆小曼之间的爱情故事，是20世纪一个让人津津乐道的传奇。对于爱情，徐志摩曾说："我将于茫茫人海中访我唯一灵魂之伴侣；得之，我幸；不得，我命，如此而已。"徐志摩和陆小曼的结合，曾引起社会上的众多议论，给他们带来了极大的压力。1925年，处在社会舆论的风口浪尖之上，他写了这首诗，用第二人称的讲话形式，表达了自己对爱和自由的坚定追求，唱响了一曲爱的赞歌。

我来扬子江边买一把莲蓬

我来扬子江边买一把莲蓬；
　手剥一层层莲衣，
　看江鸥在眼前飞，
　忍含着一眼悲泪——
我想着你，我想着你，阿小龙！

我尝一尝莲瓤，回味曾经的温存：——
　那阶前不卷的重帘，
　掩护着同心的欢恋。
　我又听着你的盟言，
“永远是你的，我的身体，我的灵魂。”

我尝一尝莲心，我的心比莲心苦；
　我长夜里怔忡，
　挣不开的恶梦，
　谁知我的苦痛？

你害了我，爱，这日子叫我如何过？

但我不能责你负，我不忍猜你变，
　我心肠只是一片柔：
　你是我的！我依旧
　将你紧紧的抱搂——
除非是天翻——
但谁能想像那一天？

当爱情的火焰在心中灼烧，任何一个微不足道的事物都能引起心灵的震荡，所以有“睹物思人”之说。买来一把莲蓬，看到江边盘旋的江鸥，作者想到远方的爱人，然而这想念也是为泪水包裹的。第二节以莲蓬的香甜映衬热恋时的温存，旖旎缠绵。然而好景不长，剥开一层层温存的外衣，获得的却是比莲心还苦的结局。然而，第四节，作者依旧没有放弃对爱的渴望，依旧在迟迟等待，不由得让人想到一句古诗“莲子清如水”，翻译成白话就是——我对你的爱恋如水一般绵延不绝，如水一般清澈纯洁……

去罢

去罢，人间，去罢！
　我独立在高山的峰上；
去罢，人间，去罢！
　我面对著无极的穹苍。

去罢，青年，去罢！
　与幽谷的香草同埋；
去罢，青年，去罢！
　悲哀付与暮天的群鸦。

去罢，梦乡，去罢！
　我把幻景的玉杯摔破；
去罢，梦乡，去罢！
　我笑受山风与海涛之贺。

去罢，种种，去罢！

当前有插天的高峰！
去罢，一切，去罢！
当前有无穷的无穷！

面对无常世事，大概每个人都有过梦破之时。梦破之后，怎么办？一句“去罢”体现了一种决绝的姿态，既然现实是这般污浊，那所有的一切就都“去罢”，只余孤独的“我”独立天地之间。诗人在“幻景的玉杯摔破”之后，在“悲哀”填满胸口之际，选择了“笑受山风与海涛之贺”，在自然的种种奇景之中看到了希望——“当前有无穷的无穷”。事实上，一个人只有跟世俗的赘疣说“去罢”，只有体味过孤独的况味，才能真正成为大写的人，拥有“无穷”的精神空间。

我有一个恋爱

我有一个恋爱，
我爱天上的明星，
我爱他们的晶莹：——
　人间没有这异样的神明。

在冷峭的暮冬的黄昏，
在寂寞的灰色的清晨，
在海上，在风雨后的山顶：——
　永远有一颗，万颗的明星！

山涧边小草花的知心，
高楼上小孩童的欢欣，
旅行人的灯亮与南针：——
　万万里外闪烁的精灵！

我有一个破碎的魂灵，

像一堆破碎的水晶，
散布在荒野的枯草里：——
　饱啜你一瞬瞬的殷勤。

人生的冰激与柔情，
我也曾尝味，我也曾容忍；
有时阶砌下蟋蟀的秋吟：——
　引起我心伤，逼迫我泪零。

我袒露我的坦白的胸襟，
献爱与一天的明星；
任凭人生是幻是真，
地球在或是消泯：——
　大空中永远有不昧的明星！

一般来说恋爱是两个人之间的事，然而诗人在本诗中却把“明星”当成了恋爱的对象。“明星”固然是诗人心中永不熄灭的爱情之火的美好象征，然而换一个角度想：是否是因为对人与人之间的爱的失望，导致了诗人的“移情别恋”呢？从“冷峭”、“灰色”、“破碎的水晶”“蟋蟀的秋吟”等意象，我们可以体会到诗人的痛苦和伤悲，因为失恋，所以伤悲。然而在最后，诗人从阴郁和沉闷的调子中突然跳出，因为他看到了“大空中永远有不昧的明星”。无论人世间如何浮沉，爱情本身，永远明亮。

她是睡著了

她是睡著了——
星光下一朵斜欹的白莲；
她入梦境了——
香炉里袅起一缕碧螺烟。

她是眠熟了——
涧泉幽抑了喧响的琴弦；
她在梦乡了——
粉蝶儿，翠蝶儿，翻飞的欢恋。

停匀的呼吸：
清芬，渗透了她的周遭的清氛；
有福的清氛
怀抱著，抚摩著，她纤纤的身形！

奢侈的光阴！

静，沙沙的尽是闪亮的黄金，
　平铺著无垠，
波鳞间轻漾著光艳的小艇。

　醉心的光景：
给我披一件彩衣，啜一坛芳醴，
　折一支藤花，
舞，在葡萄丛中颠倒，昏迷。

　看呀，美丽！
三春的颜色移上了她的香肌，
　是玫瑰，是月季，
是朝阳里水仙，鲜妍，芳菲！

　梦底的幽秘，
挑逗著她的心——纯洁的灵魂——
　像一只蜂儿，
在花心恣意的唐突——温存。

　童真的梦境！

静默，休教惊断了梦神的殷勤；
　　抽一丝金络，
抽一丝银络，抽一丝晚霞的紫曛；

　　玉腕与金梭，
织缣似的精审，更番的穿度——
　　化生了彩霞，
神阙，安琪儿的歌，安琪儿的舞。

　　可爱的梨涡，
解释了处女的梦境的欢喜，
　　像一颗露珠，
颤动的，在荷盘中闪耀著晨曦！

人都有七情六欲，诗人尤甚。当徐志摩看到自己挚爱的恋人在眼前熟睡时可人美丽的样子，那欢喜之情便势不可当地袭来。全诗围绕爱人睡着的样子铺陈开去，由外及内，由实而虚，描绘出了少女美丽的睡态。需要注意的是，徐志摩在诗中透露出来的不是原始的情欲，我们通过他的笔触看到了他对爱情的虔诚，他爱的不仅是少女的容颜，更是她的全部，甚至那些围绕在她身边的“清氛”。美人如斯，爱人如斯！

别拧我，疼

“别拧我，疼，”……
你说，微锁着眉心。

那“疼”，一个精圆的半吐，
在舌尖上溜——转。

一双眼也在说话，
睛光里漾起
心泉的秘密。

梦
洒开了
轻纱的网。

“你在哪里？”
“让我们死，”你说。

爱情令人心驰神往，是受到诗人赞美的宠儿。它莫可名状，但它附身爱人之间时，却挑动着这世上最敏感的神经。徐志摩在这首诗中，将爱情从神坛上请了下来，一对情侣之间的亲密动作使它无处遁形。恋爱中的男女都是迷糊的——我轻轻地拧了对方一下，对方装作十分疼痛并喊出了声来；可是对方心里却十分幸福——让我们死。这种爱中透出来的小风情，小柔情不禁让人莞尔，爱情强至如斯！

雪花的快乐

假如我是一朵雪花，
翩翩的在半空里潇洒，
　我一定认清我的方向——
　飞飏，飞飏，飞飏，——
这地面上有我的方向。

不去那冷寞的幽谷，
不去那凄清的山麓，
　也不上荒街去惆怅——
　飞飏，飞飏，飞飏，——
你看，我有我的方向！

在半空里娟娟的飞舞，
认明了那清幽的住处，
　等着她来花园里探望——
　飞飏，飞飏，飞飏，——

啊，她身上有朱砂梅的清香！

那时我凭藉我的身轻，
盈盈的，沾住了她的衣襟，
　贴近她柔波似的心胸——
　消溶，消溶，消溶——
溶入了她柔波似的心胸！

徐志摩的诗歌清浅晓畅，有一种孩童般的明澈，从这种明澈中，我们能看到一个毫无遮掩的、真实的人，看到他的哭笑喜怒。本诗就是一个典型的例子。这首诗的意思非常简单，诗人原本是自由的雪花，因为爱上了一个“她”，就认定方向向她追逐而去，和她相偎相伴，乃至“溶入了她柔波似的心胸”。诗人的天真烂漫，以及他爱情的纯洁，跃然纸上。

为要寻一个明星

我骑著一匹拐腿的瞎马，
　　向著黑夜里加鞭；——
　　向著黑夜里加鞭，
我跨著一匹拐腿的瞎马！

我冲入这黑绵绵的昏夜，
　　为要寻一颗明星；——
　　为要寻一颗明星，
我冲入这黑茫茫的荒野。

累坏了，累坏了我跨下的牲口，
　　那明星还不出现；——
　　那明星还不出现，
累坏了，累坏了马鞍上的身手。

这回天上透出了水晶似的光明，

荒野里倒著一只牲口，
黑夜里躺著一具尸首。——
这回天上透出了水晶似的光明！

人们往往一提到徐志摩，就想到那一段段缠绵的爱情，想到他永远儒雅风流的绅士作风。然而，徐志摩同时也是一个斗士，只是诗人在战斗时总也忘不了披一件“美”的外衣，所以人们往往只看到他的“美”，而忘记了他还在战斗、在流血。本诗中的明星，代表的显然是人世间光明的一面，然而处在那个混浊的世界，必须要战斗，才能从黑暗的手中夺过光明。为此，诗人骑着瞎马，独自穿行在茫茫黑夜，哪怕最后倒毙于“荒野里”也在所不惜，因为“水晶似的光明”出现在了天际。

我不知道风是在那一个方向吹

我不知道风
是在那一个方向吹——
我是在梦中，
在梦的轻波里依洄。

我不知道风
是在那一个方向吹——
我是在梦中，
她的温存我的迷醉。

我不知道风
是在那一个方向吹——
我是在梦中，
甜美是梦里的光辉。

我不知道风

是在那一个方向吹——
我是在梦中，
她的负心，我的伤悲。

我不知道风
是在那一个方向吹——
我是在梦中，
在梦的悲哀里心碎！

我不知道风
是在那一个方向吹——
我是在梦中，
黯淡是梦里的光辉。

爱情千古事，得失寸心知。爱情的方向变幻莫测，就像不知道风儿下一刻会从哪个方向吹来，是以让人迷醉，是以让人心碎。这首诗里，隐藏着一个爱情故事的完整章节，“在梦的轻波里依洄”的浅浅的恋爱，随后是“温存”、“迷醉”，然后是沉浸在爱情的“光辉”里；随之转折，“她的负心”令我“伤悲”，于是“心碎”，然而，“黯淡是梦里的光辉”告诉我们，诗人没有因此而绝望，哪怕是仅留一段回忆，也是属于生命的“光辉”。

不再是我的乖乖

一

前天我是一个小孩，
这海滩最是我的爱；
早起的太阳赛如火炉，
趁暖和我来做我的工夫：
检满一衣兜的贝壳，
在这海砂上起造宫阙；
哦，这浪头来得凶恶，
冲了我得意的建筑——
我喊一声海，海！
你是我小孩儿的乖乖！

二

昨天我是一个“情种”，
到这海滩上来发疯；
西天的晚霞慢慢的死，

血红变成姜黄，又变紫，
一颗星在半空里窥伺，
我匐伏在砂堆里画字，
一个字，一个字，又一个字，
谁说不是我心爱的游戏？
我喊一声海，海！
不许你有一点儿的更改！

三

今天！咳，为什么要有今天？
不比从前，没了我的疯癫，
再没有小孩时的新鲜，
这回再不来这大海的边沿！
头顶上不见天光的方便，
海上只暗沉沉的一片，
暗潮侵蚀了砂字的痕迹，
却冲不淡我悲惨的颜色——
我喊一声海，海！
你从此不再是我的乖乖！

海永远都是那片海，按照自己的旋律演奏着永恒的歌谣；人永远都在变化，此一刻的我和彼一刻的我就不是同一个我。所以说，变化的不是海，而是看海的人。初次看海，因为“我是一个小孩”，童真童稚无邪烂漫，所以即便海“冲了我得意的建筑”，它依旧是“小孩儿的乖乖”；再去看海，“我”已经受到爱情的戕害，然而“我”的心中依然有爱，所以执著地在海滩上“画字”，希望找回心中的爱，让爱永驻，因而不许海“有一点儿的更改”；第三次看海，青春的“疯癫”和孩童的天真都已退去，生命被岁月侵蚀得斑驳苍黄，“悲惨的颜色”填充了生活，于是，那海“从此不再是我的乖乖”。这三个阶段，就是人生的三个历程，诗人希望永远留住孩童的天真烂漫、青春的激情“疯癫”，然而，“人生就是一场悲剧”(叔本华)，海不可能永远是“我的乖乖”。

我等候你

我等候你。
我望着户外的昏黄
如同望着将来，
我的心震盲了我的听。
你怎还不来？希望
在每一秒钟上允许开花。
我守候着你的步履，
你的笑语，你的脸，
你的柔软的发丝，
守候着你的一切；
希望在每一秒钟上
枯死——你在那里？
我要你，要得我心里生痛，
我要你的火焰似的笑，
要你的灵活的腰身，
你的发上眼角的飞星；

我陷落在迷醉的氛围中，
像一座岛，
在蟒绿的海涛间，不自主的在浮沉……
喔，我迫切的想望
你的来临，想望
那一朵神奇的优昙
开上时间的顶尖！
你为什么不来，忍心的？
你明知道，我知道你知道，
你这不来于我是致命的一击，
打死我生命中乍放的阳春，
教坚实如矿里的铁的黑暗，
压迫我的思想与呼吸；
打死可怜的希冀的嫩芽，
把我，囚犯似的，交付给
妒与愁苦，生的羞惭
与绝望的惨酷。
这也许是痴。竟许是痴。
我信我确然是痴；

但我不能转拨一支已然定向的舵
万方的风息都不客许我犹豫——
我不能回头，运命驱策着我！
我也知道这多半是走向
毁灭的路；但
为了你，为了你
我什么也都甘愿；
这不仅我的热情，
我的仅有的理性亦如此说。
痴！想磔碎一个生命的纤微
为要感动一个女人的心！
想博得的，能博得的，至多是
她的一滴泪，
她的一阵心酸，
竟许一半声漠然的冷笑；
但我也甘愿，即使
我粉身的消息传到
她的心里如同传给
一块顽石，她把我看作
一只地穴里的鼠，一条虫，

我还是甘愿！
痴到了真，是无条件的，
上帝他也无法调回一个
痴定了的心，如同一个将军
有时调回已上死线的士兵。
枉然，一切都是枉然，
你的不来是不容否认的实在，
虽则我心里烧着泼旺的火，
饥渴着你的一切，
你的发，你的笑，你的手脚；
任何的痴想与祈祷
不能缩短一小寸
你我间的距离！
户外的昏黄已然
凝聚成夜的乌黑，
树枝上挂着冰雪，
鸟雀们典去了它们的啁啾，
沉默是这一致穿孝的宇宙。
钟上的针不断的比着
玄妙的手势，像是指点，

像是同情，像是嘲讽，
每一次到点的打动，我听来是
我自己的心的
活埋的丧钟。

徐志摩对于陆小曼的深情，不但体现在《爱眉小札》那甜得发腻的情话上，体现在几十年来始终被说道的各种“花边新闻”上，作为一个诗人，更是会体现在徐志摩的诗歌上。这首《我等候你》，就是这种诗歌。诗中的抒情主人公，用一种谦卑犹如奴隶的语气倾诉着自己对于“爱情主人”的依恋、渴望和挚爱。爱情到底是什么？爱，到底是一种怎样的形态？读这首诗，我们不由得想到俄罗斯伟大诗人普希金的爱情名篇《我曾经爱过你》：“我曾经默默无语，毫无指望地爱过你，/我既忍受着羞怯，又忍受着嫉妒的折磨；/我曾经那样真诚，那样温柔地爱过你……”两种爱之守望的姿势，同样令人心醉。

两地相思

一、他——

今晚的月亮像她的眉毛，
　这弯弯的够多俏！
今晚的天空像她的爱情，
　这蓝蓝的够多深！
那样多是你的，我听她说，
　你再也不用疑惑；
给你一团火，她的香唇，
　还有她更热的腰身！
谁说做人不该多吃点苦？——
　吃到了底才有数。
这来可苦了她，盼死了我，
　半年不是容易过！
她这时候，我想正靠著窗，
　手托著俊俏脸庞，

在想，一滴泪正挂在腮边，
　像露珠沾上草尖
在半忧愁半欢喜的预计，
　计算著我的归期：
啊，一颗纯洁的爱我的心，
　那样的专！那样的真！
还不摧快你胯下的牲口，
　趁月光清水似流，
趁月光清水似流，赶回家
　去亲你唯一的她！

二、她——

今晚的月色让我想起，
　我半年前的昏迷，
那晚我不该喝那三杯酒，
　添了我一世的愁；
我不该把自由随手给扔，——
　活该我今儿的闷！
他待我倒是一片至诚，

　像竹园里的新笋，
不怕风吹，不怕雨打一样
　他还是往上滋长；
他为我吃尽了苦，就为我
　他今天还在奔波；——
我又没有勇气对他明讲
　我改变了的心肠！
今晚的月儿弓样，到月圆时
　我，我如何能躲避！
我怕，我爱，这来我真是难，
　恨不能往地底钻；
可是你，爱，永远有我的心，
　听凭我是浮是沉；
他来时要抱，我就让他抱，
　（这葫芦不破的好，）
但每回我让他亲——我的唇，
　爱，亲的是你的吻！

本诗发表于1926年6月10日《晨报副刊·诗镌》第11号。这是一首构思新颖的诗，在月光清似流水的夜晚，诗人描绘相隔千里之外的两个场景：男人因温柔的月光而遐想此时远方美丽的恋人，恋人的专一与炙热的爱情，牵动着他急切地翘盼着归期，盼望着与恋人相拥；而这个时候，远方的恋人因为温柔的月光想起远方的男人，牵动的却是忧愁，爱情与等待禁锢了她宝贵的自由，面对男人真诚的爱情她又怕又愧又悔，只能相见时强忍着、生硬地迎合那个热情的拥抱。这样两幅矛盾的场景摆放于一首诗中，一种张力就自然显现。

变与不变

树上的叶子说："这来又变样儿了，
你看，有的是抽心烂，有的是卷边焦！"
"可不是，"答话的是我自己的心：
它也在冷酷的西风里褪色，凋零。

这时候连翩的明星爬上了树尖；
"看这儿，"它们仿佛说，"有没有改变？"
"看这儿，"无形中又发动了一个声音，
"还不是一样鲜明？"——插话的是我的魂灵！

全诗结构的基础是对话。树上的叶子、树尖的明星以及诗人的心灵，在三者的喁喁细语之间，流露出了全部的诗意。树上的叶子“又变样儿了”，看到“变样儿了”的叶子，“我自己的心”也随之“褪色、凋零”；然而树尖的明星不同意这“变”，它们说其实变化并不存在，即便表面上一切都在流变，然而依旧有某种永恒的东西，还是“一样鲜明”。这永久不变的“鲜明”，才是“我的魂灵”所赞同、所欣赏、所祈羡、所赞颂的。在这“变与不变”之中，我们就得到一丝明悟：无论物换星移还是沧海桑田，宇宙之中那永恒的基调，足以支撑起我们积极生活的基础。

季候

一

他俩初起的日子，
像春风吹着春花。
花对风说“我要”，
风不回话：他给！

二

但春花早变了泥，
春风也不知去向。
她怨，说天时太冷；
“不久就冻冰。”他说。

大自然将规律赋予了任何事物，时间方面的规律就是“季候”的轮转。在季候的轮回之中，花开，然后花谢。本诗的第一节描写了一幅和美幸福的景象，春风和春花相依偎、相慰藉，甜言蜜语、细细呢喃；然而第二节，笔锋陡转，“她”说“冷”，他则说“冻冰”，两人的感情显然已经陷入了极大的危机，此前温软的春花春风也早已不知去向。难道，爱情也存在着这种季候？难道，在时间的催逼之下，一切浓烈、甜美的感情都要归于寒冷、冰冻？我们宁愿相信，这只是诗人一时的激愤之言。

难忘

这日子——从天亮到昏黄，
虽则有时花般的阳光，
从郊外的麦田，
半空中的飞燕，
照亮到我劳倦的眼前，
给我刹那间的舒爽，
我还是不能忘——
不忘旧时的积累，
也不分是恼是愁是悔，
在心头，在思潮的起伏间，
像是迷雾，像是诅咒的凶险：
它们包围，它们缠绕，
它们狞露着牙，它们咬，
它们烈火般的煎熬，
它们伸拓着巨灵的掌，
把所有的忻快拦挡……

普鲁斯特的巨著《追忆逝水年华》，让我们知道了“记忆”有多么深厚博大；有的记忆是隐藏的，有的记忆是掩映着露出半边身子的，有的记忆，则是刻骨铭心“难忘”的。世间大概唯有“痛”最让人难忘，哪怕是在日光柔软的清晨、在莺飞草长的春天、在伶俐的燕子划过明快的蓝天放声歌唱之时，“难忘”的记忆一旦袭来，人就毫无抵挡能力地被淹没其中，而内心，就只能接受“难忘”的煎熬。它迷蒙如雾，它凶险如诅咒，无论它是多么可恶可恨可厌可憎，它都是我们生命的一部分。这一部分，是那么令人“难忘”。

枉然

你枉然用手锁着我的手，
女人，用口擒住我的口，
枉然用鲜血注入我的心，
火烫的泪珠见证你的真；

迟了！你再不能叫死的复活，
从灰土里唤起原来的神奇：
纵然上帝怜念你的过错，
他也不能拿爱再交给你！

爱情是上帝赐给人类最好的礼物，也是施加给人类最残忍的刑罚。爱情之残忍，在于她爱的他不一定爱着她；爱情的神奇与可贵也在于，她爱的他竟然也爱着她。如果爱情发生错位，那么，怎么挽留、如何祈求，都终究只是“枉然”，只会让自己陷入更大的陷阱和痛苦。所以人们说：爱情可遇，不可求。

阔的海

阔的海空的天我不需要，
我也不想放一只巨大的纸鹞
上天去捉弄四面八方的风；
我只要一分钟
我只要一点光
我只要一条缝，
像一个小孩爬伏
在一间暗屋的窗前
望着西天边不死的一条
缝，一点
光，一分
钟。

当强烈而巨大的愿望无法满足，人们往往会走向另一个极端，用一种近乎卑微的姿态，寻求另一种希望的慰藉。谁不想得到“阔的海”、“空的天”？只是要而不能得，于是只能祈求“一条缝”、“一点光”、“一分钟”。之前的期望越是强烈，之后的乞求就越是卑微。反过来看，卑微的乞求背后，藏着的是更大、更热切的愿望。这个愿望是什么？无关紧要，重要的是，每个人都要有一个属于自己的愿望，都有一片属于自己心灵的“阔的海”。

两个月亮

我望见两个月亮：
一般的样，不同的相。

一个这时正在天上，
披敞着雀毛的衣裳；
她不吝惜她的恩情，
满地全是她的金银。
她不忘故宫的琉璃，
三海间有她的清丽。
她跳出云头，跳上树，
又躲进新绿的藤萝。
她那样玲珑，那样美，
水底的鱼儿也得醉！
但她有一点子不好，
她老爱向瘦小里耗；
有时满天只见星点，

没了那迷人的圆脸，
虽则到时候照样回来，
但这份相思有些难挨！

还有那个你看不见，
虽则不提有多么艳！
她也有她醉涡的笑，
还有转动时的灵妙；
说慷慨她也从不让人，
可惜你望不到我的园林！
可贵是她无边的法力，
常把我灵波向高里提：
我最爱那银涛的汹涌，
浪花里有音乐的银钟；
就那些马尾似的白沫，
也比得珠宝经过雕琢。
　一轮完美的明月，
　又况是永不残缺！
只要我闭上这一双眼．
她就婷婷的升上了天！

徐志摩在其散文《鬼话》中，曾说到月亮在自己心中永远是美好的，因为其象征着爱情。在这首清新愉悦的诗中，诗人描写了“两个月亮”，一轮是天上的月亮，那是真实的月亮；而另一轮月亮，则初读起来让人有些费解，我以为，这轮月亮是一种象征，象征着诗人那永远丰满的对于爱情的执著和热情。这轮月亮能“把我灵波向高里提”，这轮月亮里有“音乐”，有珠宝般的“马尾似的白沫”，最主要的，它是“一轮完美的明月”，且“永不残缺”。世界上能够达到完美、能够“永不残缺”的，除了诗人心目中的爱情本身，还能有什么呢？徐志摩是有福的，他能拥有这样一轮月亮；但愿这轮月亮的月光，能普照天下之人。

云游

那天你翩翩的在空际云游，
自在，轻盈，你本不想停留
在天的那方或地的那角，
你的愉快是无拦阻的逍遥。
你更不经意在卑微的地面
有一流涧水，虽则你的明艳
在过路时点染了他的空灵，
使他惊醒，将你的倩影抱紧。

他抱紧的是绵密的忧愁，
因为美不能在风光中静止；
他要，你已飞度万重的山头，
去更阔大的湖海投射影子！
他在为你消瘦，那一流涧水，
在无能的盼望，盼望你飞回！

很多人都想在徐志摩的诗中找出宏大的主旨、形而上的内涵，似乎没有了深邃，徐志摩就只能是个二流诗人。然而徐志摩之为徐志摩，就在于他的空灵、清浅，这种风格源自他清灵的内心，而不是如某些人般矫揉造作的呻吟。这首《云游》就是一首爱情诗，一首在爱情中败北的失恋者的爱情诗。本诗表面上固然是写天上的云在空中漫游，然而“云”显然暗指了自己恋爱的对象，而“卑微的地面”的那“一流涧水”就是诗人的自喻。如此一来，整首诗豁然开朗。其中妙处，还是请读者自己品味吧。

残破

一

深深的在深夜里坐着，
　当窗有一团不圆的光亮，
　　风挟着灰土，在大街上
　　　小巷里奔跑：
　我要在枯秃的笔尖上袅出
　一种残破的残破的音调，
　为要抒写我的残破的思潮。

二

深深的在深夜里坐着：
生尖角的夜凉在窗缝里，
　妒忌屋内残余的暖气，
　　也不饶恕我的肢体：

但我要用我半干的墨水描成
一些残破的残破的花样，
因为残破，残破是我的思想。

三

深深的在深夜里坐着，
左右是一些丑怪的鬼影；
　焦枯的落魄的树木
　　在冰沉沉的河沿叫喊，
　　比着绝望的姿势，
正如我要在残破的意识里
重兴起一个残破的天地。

四

深深的在深夜里坐着，
闭上眼回望到过去的云烟；
阿，她还是一枝冷艳的白莲，
　斜靠着晓风，万种的玲珑；

但我不是阳光，也不是露水，
我有的只是些残破的呼吸，
　如同封锁在壁椽间的群鼠，
追逐着，追求着黑暗与虚无！

这是一首凄冷、悲凉的诗歌，然而在我的感觉中，徐志摩就如同一个纯洁的赤子，即便悲凉，也还带着天真的、“为赋新词强说愁”的意味。这不得不让我感叹，徐志摩永远活在青春当中。全诗围绕“残破”二字，极力铺陈、渲染凄冷的氛围，那深夜中昏暗的月光，那生着“尖角”的夜里的凉气，那朽败的枯木，无不让人觉得冷意森森。然而在最后一节中作者露出了“马脚”，原来这一切的凄冷，都因为如“冷艳的白莲”的“她”。徐志摩啊，这位多情的诗人，这首如同初恋一般美丽的诗。

为谁

这几天秋风来得格外尖厉：
　我怕看我们的庭院，
　树叶伤鸟似的猛旋，
　中著了无形的利箭——
没了，全没了：生命，颜色，美丽！

就剩下西墙上的几道爬山虎：
　他那豹斑似的秋色，
　忍熬著风拳的打击，
　低低的喘一声呜咽——
“我为你耐著！”他仿佛对我声诉。

它为我耐著，那艳色的秋萝，
　但秋风不容情的追，
　追，（摧残是他的恩惠！）
　追尽了生命的余辉！——

这回墙上不见了勇敢的秋萝！

今夜那青光的三星在天上。
　倾听著秋后的空院，
　悄悄的，更不闻呜咽：
　落叶在泥土里安眠——
只我在这深夜，为谁凄惘？

生命、颜色、美丽，爱情即是全部。徐志摩对爱情的执著总是让人向往。夜深人静，孤独，落寞，深痛。曾经的回忆侵袭心头，那美丽的过往总是如此悄悄地、满满地占据着我们的身心。也许，这只是一个梦，一个破碎了的梦。花凋花谢。也许我们都已经明白是梦，却深陷其中，无法自拔。这份感触究竟是为谁，亦已是谁的谁？

难得

难得，夜这般的清静，
　难得，炉火这般的温，
更是难得，无言的相对，
　一双寂寞的灵魂！

也不必筹营，也不必详论，
　更没有虚骄，猜忌与嫌憎，
只静静的坐对着一炉火，
　只静静的默数远巷的更。

喝一口白水，朋友，
　滋润你的干裂的口唇；
你添上几块煤，朋友，
　一炉的红焰感念你的殷勤。

在冰冷的冬夜，朋友，

人们方始珍重难得的炉薪；
在这冰冷的世界，
方始凝结了少数同情的心！

这首诗并未因徐志摩之名而出名，但这不影响它的温情与诗意。与其说这首诗是写给万千民众的，倒不如说这是徐志摩写给自己的诗。是时，军阀混战，徐志摩又因追求爱情而境遇惨淡。诗中氤氲的气氛，对坐在火炉前默不开口的两个人，似乎在保护着一点光明和温暖。诗人是不是说患难见真情并不知道，但这首质朴温馨的小诗能在诗人不如意时供给其力量却是毋庸置疑的。方寸乱时能有此心态，的确“难得”。

最后的那一天

在春风不再回来的那一年，
　在枯枝不再青条的那一天，
　　那时间天空再没有光照，
　　只黑蒙蒙的妖氛弥漫著
太阳，月亮，星光死去了的空间；

在一切标准推翻的那一天，
　在一切价值重估的那时间，
　　暴露在最后审判的威灵中，
　　一切的虚伪与虚荣与虚空：
赤裸裸的灵魂们匍匐在主的跟前；——

我爱，那时间你我再不必张皇，
　更不须声诉，辨冤，再不必隐藏，——
　　你我的心，像一朵雪白的并蒂莲，
　　在爱的青梗上秀挺，欢欣，鲜妍，——

在主的跟前，爱是唯一的荣光。

在基督教的理论体系中，有一个重要的说法就是“末日审判”，说到了那一日，耶稣复活，所有人都要接受审判，行善者上天堂，作恶者下地狱。作者在本诗中就运用了这个典故。有趣的是，本诗的第二节第二句化用了尼采的一句话“重估一切价值”，而正是这个尼采，曾宣布“上帝已经死了”。本诗在前面两节中渲染铺陈了末日审判的可怕情景，在这个背景当中，最后一节突出“爱”这一主题，书写了一曲“爱的颂歌”。

草上的露珠儿

草上的露珠儿
　颗颗是透明的水晶球，
新归来的燕儿
　在旧巢里呢喃个不休；

诗人哟！可不是春至人间
　　　还不开放你
　　　创造的喷泉，
嗤嗤！吐不尽南山北山的璠瑜，
　　　洒不完东海西海的琼珠，
　　　融和琴瑟箫笙的音韵，
　　　饮餐星辰日月的光明！
诗人哟！可不是春在人间
　　　还不开放你
　　　创造的喷泉！

这一声霹雳
　震破了漫天的云雾，
显焕的旭日
　又升临在黄金的宝座；

柔软的南风
　吹绉了大海慷慨的面容，
洁白的海鸥
　上穿云下没波自在优游；

诗人哟！可不是趁航时候，
　还不准备你
　　　歌吟的渔舟！
看哟！那白浪里
　　　金翅的海鲤，
　　　白嫩的长鲵，
　　　虾须和螯脐！
快哟！一头撒网一头放钩，
　　　收！收！
你父母妻儿亲戚朋友

　享定了希世的珍馐。
诗人哟！可不是趁航时候，
　　还不准备你
　　歌吟的渔舟！

诗人哟！
　你是时代精神的先觉者哟！
　你是思想艺术的集戚者哟！
　你是人天之际的创造者哟！
　你资材是河海风云，
　鸟兽花草神鬼蝇蚊，
　一言以蔽之：天文地文人文；

你的洪炉是“印曼桀乃欣”，
永生的火焰“烟士披里纯”，
炼制着诗化美化灿烂的鸿钧；

你是高高在上的云雀天鹨，
纵横四海不问今古春秋，
散布着希世的音乐锦绣；

你是精神困穷的慈善翁，
你展览真善美的万丈虹，
你居住在真生命的最高峰！

这首诗写于1921年11月23日，可算得上是诗人最早的一篇作品。习诗未久的诗人，此时胸中澎湃着一股汹涌的浪潮，这浪潮是由诗歌引起的，因而这首诗，就是对诗人以及诗歌最挚诚的礼赞。诗是“文学中的文学”，诗是“天文地文之文”，而诗人，就是“居住在真生命的最高峰”的“精神困穷的慈善翁”，不断撒播着真、善、美的甘露。这首诗似乎是一个宣言，宣告着徐志摩本人对于诗歌的抱负，宣告了一个真正的诗人的诞生。而徐志摩用此后的作品和生命证明了，他没有辜负这年轻时的“狂妄”宣言。

朝雾里的小草花

这岂是偶然，小玲珑的野花！
　你轻含着鲜露颗颗，
　怦动的，像是慕光明的花蛾，
在黑暗里想念焰彩，晴霞；

我此时在这蔓草丛中过路，
　无端的内感，惘怅与惊讶，
　在这迷雾里，在这岩壁下，
思忖着，泪怦怦的，人生与鲜露？

此诗写于1924年8月，发表于1924年12月5日，此时，正是新月社成立初期。这时的新月社也如同这朝雾里的小草花，含着朝露，想念着晴霞。徐志摩似乎是想通过这棵小草花告诉我们：不管你现在多渺小，也要像小小的野花有鲜露一样，绽放自己的光彩，实现生命的价值，一如他对自己的新月社的期待和告诫。

秋月

一样是月色，
今晚上的，因为我们都在抬头看——
看它，一轮腴满的妩媚，
从乌黑得如同暴徒一般的
云堆里升起——
看得格外的亮，分外的圆。
它展开在道路上，
它飘闪在水面上，
它沉浸在
水草盘结得如同忧愁般的
水底；
它睥睨在古城的雉堞上，
万千的城砖在它的清亮中
呼吸，
它抚摩着
错落在城厢外内的墓墟，

在宿鸟的继续的呼声里，
想见新旧的鬼，
也和我们似的相依偎的站着，
眼珠放着光，
咀嚼着彻骨的阴凉；
银色的缠绵的诗情
如同水面的星磷，
在露盈盈的空中飞舞。
听那四野的吟声——
永恒的卑微的谐和，
悲哀揉和着欢畅，
怨仇与恩爱，
晦冥交抱着火电，
在这幽绝的秋夜与秋野的
苍茫中，
“解化”的伟大
在一切纤微的深处
展开了
婴儿的微笑！

“少时不识月，呼作白玉盘”，这是以童稚之心写月；“明月几时有，把酒问青天”，这是以豪荡之情写月。中国文学，历来与“月”有着不解之缘，古今文人，也为“月”洒下过无数珠玉般美丽的诗句。徐志摩的这首诗，也是写月，然而他写的月，和其他诗人的月都不同，他的月，是带有佛性之慈悲的月，是包孕一切、溶解一切的月。这月，“展开在道路上”，“飘闪在水面上”，城砖墓墟、宿鸟夜鬼，无不笼罩其中。这月，将一切笼罩在自己的苍茫之中，在“一切纤微的深处”“解化”着伟大。这月，就是“婴儿的微笑”——不含一丝杂质，孕育一切希望，包孕永恒和谐。

黄鹂

一掠颜色飞上了树，
“看，一只黄鹂！”有人说。
翘着尾尖，它不作声，
艳异照亮了浓密——
像是春光，火焰，像是热情，

等候它唱，我们静着望，
怕惊了它。但它一展翅，
冲破浓密，化一朵彩云；
它飞了，不见了，没了——
像是春光，火焰，像是热情。

本诗所显示的某种神秘感和象征主义意味，在徐志摩的诗中是少见的。黄鹂象征了“春光，火焰”和“热情”，这是毫无疑义的，然而，这只黄鹂略有些诡异的行踪，以及那些“等候它唱”的“我们”，还有那“春光、火焰”和“热情”的具体所指，都让人不能不加以沉思。因为象征手法的运用，使得这首诗呈现出解释上的歧义性和丰富性。比如可以这么解释：黄鹂象征“春光、火焰”、“热情”的爱情，因为外力的干扰，而使得诗人不得不放弃这段爱情。这和诗人本身的感情经历也是相符的。当然，这个解读只是诸多解读可能中的一种。

雁儿们

雁儿们在云空里飞，
　　看她们的翅膀，
　　看她们的翅膀，
有时候纡回，
　　有时候匆忙。

雁儿们在云空里飞，
　　晚霞在她们身上，
　　晚霞在她们身上，
有时候银辉，
　　有时候金芒。

雁儿们在云空里飞，
　　听她们的歌唱！
　　听她们的歌唱！
有时候伤悲，

　　有时候欢畅。

雁儿们在云空里飞，
　　为什么翱翔？
　　为什么翱翔？
她们少不少旅伴？
她们有没有家乡？

雁儿们在云空里彷徨，
　　天地就快昏黑！
　　天地就快昏黑！
前途再没有天光，
孩子们往那儿飞？

天地在昏黑里安睡，
　　昏黑迷住了山林，
　　昏黑催眠了海水；
这时候有谁在倾听
昏黑里泛起的伤悲。

对于此诗，茅盾曾评论道："我们所能感受到的，也只有那么一点微波似的青烟似的情绪。"诚如是言，在这首诗中，我们能感受到一种莫名的、淡淡的惆怅。那在天地间徘徊、在昏黑里迷惘的雁儿们，不由得勾起我们心中模糊的怅惘，似乎心头被一层淡淡的迷雾所笼罩，湿漉漉的，因而悲凉。茅盾先生一语点破了此诗的关键，然而他对此诗的总体价值是否定的，认为缺乏更深厚的蕴藉和内涵。可是，诗歌是情感的自然流淌，一首诗，要是能够引起读者心中的共鸣，能够让人的心灵更加温润柔软，不就够了吗？

这是一个懦怯的世界

这是一个懦怯的世界，
　容不得恋爱，容不得恋爱！
披散你的满头发，
赤露你的一双脚；
跟著我来，我的恋爱，
抛弃这个世界
殉我们的恋爱！

我拉著你的手，
爱，你跟著我走；
　听凭荆棘把我们的脚心刺透，
　听凭冰雹劈破我们的头，
你跟著我走，
我拉著你的手，
　逃出了牢笼，恢复我们的自由！
　跟著我来，

　　我的恋爱！
人间已经掉落在我们的后背，——
看呀，这不是白茫茫的大海？
白茫茫的大海，
白茫茫的大海，
　　无边的自由，我与你与恋爱！

顺著我的指头看，
那天边一小星的蓝——
　　那是一座岛，岛上有青草，
　　鲜花，美丽的走兽与飞鸟；
快上这轻快的小艇，
去到那理想的天庭——
　　恋爱，欢欣，自由——
　　辞别了人间，永远！

在中国，自由恋爱是20世纪西风东渐之后才产生的一个新鲜事物，或者上溯几千年，在《诗经》中也能找到自由恋爱的踪迹。然而在20世纪初，自由恋爱被一些卫道之士视为洪水猛兽，所以，想要坚持自由恋爱，必须要有巨大的勇气。徐志摩就是这方面的典范。他为了爱情，勇敢地和整个世界战斗，这一首诗从表面上看是要从卑污、懦怯的人间逃到自由恋爱的理想天国，可是从另一个角度看，不也是一篇抨击卫道士们的檄文吗？

这年头活着不易

昨天我冒着大雨到烟霞岭下访桂：
　　南高峰在烟霞中不见，
　　在一家松茅铺的屋檐前
　　我停步，问一个村姑今年
翁家山的桂花有没有去年开的媚，

那村姑先对着我身上细细的端详：
　　活像只羽毛浸瘪了的鸟，
　　我心想，她定觉得蹊跷，
　　在这大雨天单身走远道，
倒来没来头的问桂花今年香不香。

“客人，你运气不好，来得太迟又太早；
　　这里就是有名的满家弄，
　　往年这时候到处香得凶，
　　这几天连绵的雨，外加风，

弄得这稀糟，今年的早桂就算完了。”

果然这桂子林也不能给我点子欢喜；
　　枝上只见焦萎的细蕊，
　　看着凄惨，唉，无妄的灾！
　　为什么这到处是憔悴？
这年头活着不易！这年头活着不易！

西湖，九月

诗歌的本质是抒情的，然而当文学变得越来越复杂，诗歌必然也要添加其他文艺形式的元素。这就是一首融合戏剧的叙事性而写就的诗歌。这首诗的戏剧结构完整而严谨，时间、序幕、情节、独白等一应俱全。在徐志摩的诗中，这种艺术手法并不常见。并且，这首诗所蕴涵的悲剧精神和悲观情绪，也是徐志摩的诗中所少见的。——那些恋爱诗虽然也有悲凉、悲观的意味，然而终究是对爱、自由和美的赞颂，基调中依旧是昂扬的，张扬着青春感的。“这年头活着不易”应该是对人间现实的慨叹；那美好桂花的“凄惨”，也是对一切遭遇不幸的人们的悲悯。

呻吟语

我亦愿意赞美这神奇的宇宙，
我亦愿意忘却了人间有忧愁，
　　像一只没挂累的梅花雀，
　　清朝上歌唱，黄昏时跳跃；——
假如她清风似的常在我的左右！

我亦想望我的诗句清水似的流，
我亦想望我的心池鱼似的悠悠；
　　但如今膏火是我的心，
　　再休问我闲暇的诗情？——
上帝！你一天不还她生命与自由！

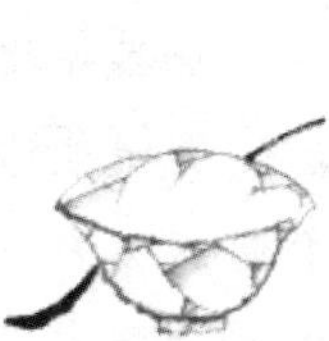

从一开始的“愿意赞美这神奇的宇宙”，到最后对“上帝”的质问和反叛，在短短十行诗里面完成了转变。作者在一开始固然是“呻吟”，想象着“她”在自己身边时的美好情景，反衬了自己当下孤苦、忧愁的心情。然而“呻吟”仅仅是开始，当对“她”的思念在心头堆积，当“她”不在的巨大痛楚捶打着诗人的心，“呻吟”就变成了愤怒，就变成了质问。只是，“自由”的“由”是阳平，读起来感觉比较温柔，没有力度，如果能将“生命与自由”换成“自由与生命”，当更能体现出愤怒的效果。——当然，作者这么安排，也有可能是为了更突出“自由”的重要。

生活

阴沉，黑暗，毒蛇似的蜿蜒，
生活逼成了一条甬道：
一度陷入，你只可向前，
手扪索着冷壁的黏潮，

在妖魔的脏腑内挣扎，
头顶不见一线的天光，
这魂魄，在恐怖的压迫下，
除了消灭更有什么愿望？

五月二十九日

这是一幅阴森恐怖的景象，毒蛇似的道路，阴冷潮湿的墙壁，妖魔的脏腑一般的环境。然而，这样的景象，就是我们社会现实的写照，就是我们的生活！诗人用形象化的象征手法，将笔触深入到了生活中最阴暗的一面。人类其实是一种懦弱的种群，最典型的特征就是不敢直面冷冰冰的生活。诗人之可贵，就是不仅敢于面对世界的真相，更能将这样的真相用自己的笔书写出来，让真相赤裸裸地呈现在大众面前。于是，我们就看到了这样阴暗、丑陋、肮脏的生活。诗人逼着我们直面真相，此时我们发现，直面真相原来并不是很难。

火车禽住轨

火车禽住轨，在黑夜里奔：
过山，过水，过陈死人的坟；

过桥，听钢骨牛喘似的叫，
过荒野，过门户破烂的庙；

过池塘，群蛙在黑水里打鼓，
过噤口的村庄，不见一粒火；

过冰清的小站，上下没有客，
月台袒露着肚子，像是罪恶。

这时车的呻吟惊醒了天上
三两个星，躲在云缝里张望：

那是干什么的，他们在疑问，

大凉夜不歇着，直闹又是哼；

长虫似的一条，呼吸是火焰，
一死儿往暗里闯，不顾危险，

就凭那精窄的两道，算是轨，
驮着这份重，梦一般的累坠。

累坠！那些奇异的善良的人，
放平了心安睡，把他们不论；

俊的村的命全盘交给了它，
不论爬的是高山还是低洼，

不问深林里有怪鸟在诅咒，
天象的辉煌全对着毁灭走；

只图眼着过得，裂大嘴打呼，
明儿车一到，抢了皮包走路！

这态度也不错！愁没有个底；
你我在天空，那天也不休息，

睁大了眼，什么事都看分明，
但自己又何尝能支使运命？

说什么光明，智慧永恒的美，
彼此同是在一条线上受罪；

就差你我的寿数比他们强，
这玩艺反正是一片湖涂账。

火车和铁轨，自从诞生时起，就犹如宿命一般纠缠不清、撕掳不清，它们仿佛是冤家，又仿佛是相依为命的伙伴，人世间的矛盾与复杂，似乎都能在它们那里看到。本诗分三部分，第一部分从火车上乘客的角度，描写从火车上看到的各种阴森景象；第二部分用拟人手法，从星星的角度诉说火车、铁轨以及乘客；最后一部分写星星的自白。整首诗似乎都笼罩在一种阴郁的氛围之下，连天上的星星也对自己进行否定，连那“光明”、“智慧”和“永恒的美”似乎也失去了光泽，似乎只有那混迹人间、近乎麻木的旅客的态度，是人们唯一的选择。当作者逐渐深入这个世界、了解人间的真相，看到了世界和生活的复杂时，表现出这样的阴郁和矛盾，似乎也是必然吧。

月下雷峰影片

我送你一个雷峰塔影，
　满天稠密的黑云与白云；
我送你一个雷峰塔顶，
　明月泻影在眠熟的波心。

深深的黑夜，依依的塔影，
　团团的月彩，纤纤的波鳞——
假如你我荡一支无遮的小艇，
　假如你我创一个完全的梦境！

诗的最后一句说“假如你我创一个完全的梦境”。实际上，这首诗不就是如梦境般美丽吗？对于这样优美的诗，我们无须多说什么，只要进入那种情境，展开想象的翅膀，让自己沉浸在其中，沉浸在其中……

再不见雷峰

再不见雷峰，雷峰坍成了一座大荒冢，
　　顶上有不少交抱的青葱；
　　顶上有不少交抱的青葱，
再不见雷峰，雷峰坍成了一座大荒冢。

为什么感慨，对着这光阴应分的摧残？
　　世上多的是不应分的变态；
　　世上多的是不应分的变态，
为什么感慨，对着这光阴应分的摧残？

为什么感慨：这塔是镇压，这坟是掩埋，
　　镇压还不如掩埋来得痛快！
　　镇压还不如掩埋来得痛快，
为什么感慨：这塔是镇压，这坟是掩埋。

再没有雷峰，雷峰从此掩埋在人的记忆中：

像曾经的幻梦，曾经的爱宠；
像曾经的幻梦，曾经的爱宠，
再没有雷峰；雷峰从此掩埋在人的记忆中。

九月，西湖。

从这首诗表现的情绪来看，对于“雷峰塔的倒掉”，诗人的情感是复杂的，一方面是缅怀“西湖十景”之一的永远消失，一方面也是对于这“镇压”的塔的倒掉的拍手喝彩。而实际上，这首诗里面隐藏着徐志摩自身的特殊感受，此时刚从英国归来的徐志摩，感情上和林徽因的恋情失败，婚姻上和陆小曼磨难重重，而“五卅惨案”等政治变故又让他心生怵惕，原本带有学生气的那种梦幻此时完全崩塌，他不得不调整自己的心态，重新面对这个世界。而恰于此时倒掉的雷峰塔，也象征了徐志摩自身那破灭了的梦幻。

五老峰

不可摇撼的神奇，
　　　不容注视的威严，
这耸峙，这横蟠，
　　　这不可攀援的峻险！
看！那巉岩缺处
　　　透露著天，窈远的苍天，
在无限广博的怀抱间，
　　　这磅礴的伟象显现！

是谁的意境，是谁的想像？
　　　是谁的工程与搏造的手痕？
在这亘古的空灵中
　　　陵慢著天风，天体与天氛！
有时朵朵明媚的彩云，
　　　轻颤的妆缀著老人们的苍鬓，
像一树虬干的古梅在月下

　　吐露了艳色鲜葩的清芬！

山麓前伐木的村童，
　　在山涧的清流中洗濯呼啸，
认识老人们的嗔颦，
　　迷雾海沫似的喷涌，铺罩，
淹没了谷内的青林，
　　隔绝了鄱阳的水色袅淼，
陡壁前闪亮著火电，听呀！
　　五老们在渺茫的雾海外狂笑！

朝霞照他们的前胸，
　　晚霞戏逗著他们赤秃的头颅；
黄昏时，听异鸟的欢呼，
　　在他们鸠盘的肩旁怯怯的透露
不昧的明星光与月彩：
　　柔波里缓泛著的小艇与轻舸。
听呀！在海会静穆的钟声里，
　　有朝山人在落叶林中过路！

更无有人事的虚荣，
　　更无有尘世的仓促与噩梦，
灵魂！记取这从容与伟大，
　　在五老峰前饱啜自由的山风！
这不是山峰，这是古圣人的祈祷，
　　凝聚成这“冻乐”似的建筑神工，
给人间一个不朽的凭证——
　　一个“崛强的疑问”在无极的蓝空！

本诗作于1924年。此时，他爱慕已久的“女神”林徽因随着未婚夫去了美国留学，宣告着他此次爱情的彻底失败。在这种痛苦而怅惘的心境下，他到庐山小住，临洞庭而背靠五老峰。他本意是想用庐山绝美的景色来抚慰自己受伤的心灵，然而未曾料到，带给了他巨大震撼的，却是庐山上那些开山劈石的石工。石工们的劳动虽然异常艰辛，然而他们的精神却和身体一样强壮。他们从肺腑间发出来的呼号，有一种悲慨和壮阔，一如那“无极的蓝空”。听着这似乎来自遥远洪荒的、发自胸腔肺腑的呐喊呼号，诗人忘记了心中的小悲苦、小烦闷，一股澎湃的激情腾涌而生，遂提笔创作了这篇歌颂庐山石工的诗歌。

石虎胡同七号

我们的小园庭，有时荡漾着无限温柔；
善笑的藤娘，袒酥怀任团团的柿掌绸缪，
百尺的槐翁，在微风中俯身将棠姑抱搂，
黄狗在篱边，守候睡熟的珀儿，他的小友，
小雀儿新制求婚的艳曲，在媚唱无休——
我们的小园庭，有时荡漾着无限温柔。

我们的小园庭，有时淡描着依稀的梦景；
雨过的苍茫与满庭荫绿，织成无声幽暝，
小蛙独坐在残兰的胸前，听隔院蚓鸣，
一片化不尽的雨云，倦展在老槐树顶，
掠檐前作圆形的舞旋，是蝙蝠，还是蜻
蜓？——
我们的小园庭，有时淡描着依稀的梦景。

我们的小园庭，有时轻喟着一声奈何；

奈何在暴雨时，雨捶下捣烂鲜红无数，
奈何在新秋时，未凋的青叶惆怅地辞树，
奈何在深夜里，月儿乘云艇归去，西墙已度，
远巷薤露的乐音，一阵阵被冷风吹过——
我们的小园庭，有时轻喟着一声奈何。

我们的小园庭，有时沉浸在快乐之中；
雨后的黄昏，满院只美荫，清香与凉风，
大量的蹇翁，巨樽在手，蹇足直指天空，
一斤，两斤，杯底喝尽，满怀酒欢，满面酒红，
连珠的笑声中，浮沉着神仙似的酒翁——
我们的小园庭，有时沉浸在快乐之中。

当人们在物欲横流的社会上打滚时，当人们在尔虞我诈的职场上拼斗时，每个人都渴望卸下沉重的面具，放松疲惫的心灵，找一处安宁的庭院，修补自己伤痕累累的身躯。在这个庭院之中，有风雨缠绵，有树藤相依，白日鸟声婉转，夜晚蟋蟀弹琴。在这个庭院里，日光悠闲，连时间也放射出柔和的光芒，生命的愉悦和幸福，盛满了庭院的每个角落。这样的庭院，是每个人都想拥有的一个家。“石虎胡同七号”，就是徐志摩为我们准备的这样一个庭院。

沪杭车中

匆匆匆！催催催！
一卷烟，一片山，几点云影，
一道水，一条桥，一支橹声，
一林松，一丛竹，红叶纷纷；

　艳色的田野，艳色的秋景，
梦境似的分明，模糊，消隐——
　催催催！是车轮还是光阴？
催老了秋容，催老了人生！

时间和速度有着天然的联系，从某种角度而言，时间就是一种速度。子在川上曰：“逝者如斯夫！”就是对这种关系的一声古老喟叹。在时间的催逼之下，人们似乎总有一种迫不及待的感觉，觉得生命易逝，就好像身后有一头怪兽在追逐自己不断奔跑着前行。然而就在这样的紧迫感中，人们却丧失了生的意义。作者坐在“沪杭车中”，在速度之中感受到时间对“人生”的催逼，然而无论时间怎样“匆匆匆！催催催”，我们都不能忽略了身边的风景，那“一卷烟，一片山，几点云影”。

因情是掼不破的纯晶，
爱是实现生命之唯一途径：
死是座伟秘的洪炉，
此中凝炼万象所从来之神明。

我哀思焉能电花似的飞骋，
感动你在天日遥远的灵魂？
我洒泪向风中遥送，
问何时能堪破生死之门？

—— 徐志摩《哀曼殊斐儿》

灰色的人生

我想——我想开放我的宽阔的粗暴的嗓音，唱一支
野蛮的大胆的骇人的新歌；
我想拉破我的袍服，我的整齐的袍服，露出我的胸膛，
肚腹，肋骨与筋络；
我想放散我一头的长发，像一个游方僧似的散披着一头的乱发；
我也想跣我的脚，跣我的脚，在巉牙似的道上，快活地，
无畏地走着。

我要调谐我的嗓音，傲慢的，粗暴的，唱一阕荒唐的，摧残的，弥漫的歌调；
我伸出我的巨大的手掌，向着天与

地，海与山，无餍地求讨，寻捞；

我一把揪住了西北风，问他要落叶的颜色，

我一把揪住了东南风，问他要嫩芽的光泽；

我蹲身在大海的边旁，倾听他的伟大的酣睡的声浪；

我捉住了落日的彩霞，远山的露霭，秋月的明辉，散放在我的发上，胸前，袖里，脚底……

我只是狂喜地大踏步向前——向前——口唱着暴烈的，粗伧的，不成章的歌调；

来，我邀你们到海边去，听风涛震撼大空的声调；

来，我邀你们到山中去，听一柄利斧所伐老树的清音；

来，我邀你们到密室里去，听残废的，寂寞的灵魂的呻吟；

来，我邀你们到云霄外去，听古怪的

大鸟孤独的悲鸣；

来，我邀你们到民间去，听衰老的，病痛的，贫苦的，残毁的，受压迫的，烦闷的，奴服的，懦怯的，丑陋的，罪恶的自杀的，——和着深秋的风声与雨声——合唱的“灰色的人生”！

国家残破，民生凋敝，社会丑陋，面对如此种种，作为一个诗人，奈何奈何？痛苦的感情在心中积郁着，无奈的情怀在胸中肿胀着，铅灰色的人生已经压得诗人喘不过气了。于是，诗人在忍无可忍、无可奈何、欲哭无泪的时候，爆发了。诗人在第一节中以一个“野蛮人”的形象出现，诉说着自己对于“野性”的诉求——在灰色的人生中，还有什么能比“野性”更让人向往的呢？携带着野性，诗人在第二节中展开了自己的旅行，那是自由的、无羁的、灿烂的、活泼的旅行。然而，现实毕竟是现实，想象终究是想象，在第三节的结尾处，作者还是不能忘怀现实的残酷，发出了诅咒般的呐喊，那呐喊声，是那么痛彻心扉，如狼嚎般凄厉，并发人深省。

又一次试验

上帝捋着他的须，
说“我又有了兴趣；
上次的试验有点糟，
这回的保管是高妙”。

脱下了他的枣红袍，
载上了他的遮阳帽，
老头他抓起一把土，
快活又有了工作做。

“这回不叫再像我，”
他弯着手指使劲塑；
“鼻孔还是给你有，
可不把灵性往里透！

“给了也还是白丢，

能有几个走回头；
灵性又不比鲜鱼子，
化生在水里就长翅！

“我老头再也不上当，
眼看圣洁的变肮脏，——
就这儿情形多可气，
那个安琪身上不带蛆！”

本诗发表于1926年5月6日《晨报副刊·诗镌》第6号上。这首看上去很是有趣乃至搞笑的诗，实际上带着明显的社会意识。作者借“上帝造人”的故事，描绘了上帝的“又一次试验”，诙谐、幽默又稍带讽刺地映射了对人性的失望——前一次造的“人”有点糟，给了灵性也是白丢，这一次干脆不给了，还不如在麻木里面安生过活。这是上帝的自嘲，也是诗人对世人的嘲讽，对愚钝人性的哀婉。

盖上几张油纸

一片，一片，半空里
　掉下雪片；
有一个妇人，有一个妇人，
　独坐在阶沿。

虎虎的，虎虎的，风响
　在树林间；
有一个妇人，有一个妇人，
　独自在哽咽。

为什么伤心，妇人，
　这大冷的雪天？
为什么啼哭，莫非是
　失掉了钗钿？

不是的，先生，不是的，

不是为钗钿；
也是的，也是的，我不见了
我的心恋。

那边松林里，山脚下，先生，
有一只小木箧，
装着我的宝贝，我的心，
三岁儿的嫩骨！

昨夜我梦见我的儿
叫一声“娘呀——
天冷了，天冷了，天冷了，
儿的亲娘呀！”

今天果然下大雪，屋檐前
望得见冰条，
我冷冰冰的被窝里摸——
摸我的宝宝。

方才我买来几张油纸，

　盖在儿的床上；
我唤不醒我熟睡的儿——
　我因此心伤。

一片，一片，半空里
　掉下雪片；
有一个妇人，有一个妇人，
　独坐在阶沿。

虎虎的，虎虎的，风响
　在树林间；
有一个妇人，有一个妇人，
　独自在哽咽。

这首诗的内容很简单，讲述的是一个妇人在风雪中哀泣自己昨夜被冻死的孩子。诗人先是将笔触放在“一片，一片”的雪花上，在雪花中，在台阶上，坐着一位“独自在哽咽”的妇人；随着复沓回环的诗句的演进，我们了解到，原来妇人在为夭折的儿子哭泣。通读全诗，再回过头来读那一句“天冷了，天冷了，天冷了，/儿的亲娘呀！”着实让人心中酸痛。母亲无力在寒冷的冬夜盖上厚厚的被褥，却只能在孩子被冻死后“买来几张油纸”“盖在儿的床上”，此中伤痛，怎不令人泣下！

残诗

怨谁？怨谁？这不是青天里打雷？
关着，锁上；赶明儿瓷花砖上堆灰！
别瞧这白石台阶儿光滑，赶明儿，唉，
石缝里长草，石板上青青的全是莓！
那廊下的青玉缸里养着鱼，真凤尾，
可还有谁给换水，谁给捞草，谁给喂？
要不了三五天准翻著白肚鼓著眼，
不浮著死，也就让冰分儿压一个扁！
顶可怜是那几个红嘴绿毛的鹦哥，
让娘娘教得顶乖，会跟着洞箫唱歌，
真娇养惯，喂食一迟，就叫人名儿骂，
现在，您叫去！就剩空院子给您答话！……

辛亥革命成功后，清帝溥仪虽然退位，却还一直住在皇宫之中，享受国民政府的优厚待遇。1924年11月5日，执掌北京城的冯玉祥驱逐溥仪出宫。这一做法虽然也遭到非议，然而当时民间大抵一片叫好之声。徐志摩此诗就写于这个时候。古人有“昔日王谢堂前燕，飞入寻常百姓家”之句，感慨今昔沧桑之变，然而却多少有些怀旧恋古情调。此诗虽然也是从景物入手描写封建王朝的没落，然而其中的嘲弄意味，却令人忍俊不禁。尤其是那只聒噪的鹦鹉，写尽了那些遗老遗少们愚蠢可怜的形貌。

翡冷翠的一夜

你真的走了，明天？那我，那我，……
你也不用管，迟早有那一天；
你愿意记着我，就记着我，
要不然趁早忘了这世界上
有我，省得想起时空着恼，
只当是一个梦，一个幻想；
只当是前天我们见的残红，
怯怜怜的在风前抖擞，一瓣，
两瓣，落地，叫人踩，变泥……
唉，叫人踩，变泥——变了泥倒干净，
这半死不活的才叫是受罪，
看着寒伧，累赘，叫人白眼——
天呀！你何苦来，你何苦来……
我可忘不了你，那一天你来，
就比如黑暗的前涂见了光彩，
你是我的先生，我爱，我的恩人，

你教给我甚么是生命，甚么是爱，
你惊醒我的昏迷，偿还我的天真，
没有你我那知道天是高，草是青？
你摸摸我的心，它这下跳得多快；
再摸我的脸，烧得多焦，亏这夜黑
看不见；爱，我气都喘不过来了，
别亲我了；我受不住这烈火似的活，
这阵子我的灵魂就像是火砖上的
熟铁，在爱的锤子下，砸，砸，火花
四散的飞洒……我晕了，抱着我，
爱，就让我在这儿清静的园内，
闭着眼，死在你的胸前，多美！
头顶白杨树上的风声，沙沙的，
算是我的丧歌，这一阵清风，
橄榄林里吹来的，带着石榴花香，
就带了我的灵魂走，还有那萤火，
多情的殷勤的萤火，有他们照路，
我到了那三环洞的桥上再停步，
听你在这儿抱着我半暖的身体，
悲声的叫我，亲我，摇我，咂我，……

我就微笑的再跟着清风走，
随他领着我，天堂，地狱，那儿都成，
反正丢了这可厌的人生，实现这死
在爱里，这爱中心的死不强如
五百次的投生？……自私，我知道，
可我也管不着……你伴着我死？
什么，不成双就不是完全的“爱死”，
要飞升也得两对翅膀儿打伙，
进了天堂还不一样的要照顾，
我少不了你，你也不能没有我；
要是地狱，我单身去你更不放心，
你说地狱不定比这世界文明
(虽则我不信，)像我这娇嫩的花朵，
难保不再遭风暴，不叫雨打，
那时候我喊你，你也听不分明，——
那不是求解脱反投进了泥坑，
倒叫冷眼的鬼串通了冷心的人，
笑我的命运，笑你懦怯的粗心？
这话也有理，那叫我怎么办呢？
活着难，太难，就死也不得自由，

我又不愿你为我牺牲你的前程……
唉！你说还是活着等，等那一天！
有那一天吗？——你在，就是我的信心；
可是天亮你就得走，你真的忍心
丢了我走？我又不能留你，这是命；
但这花，没阳光晒，没甘露浸，
不死也不免瓣尖儿焦萎，多可怜！
你不能忘我，爱，除了在你的心里，
我再没有命；是，我听你的话，我等，
等铁树儿开花我也得耐心等；
爱，你永远是我头顶的一颗明星：
要是不幸死了，我就变一个萤火，
在这园里，挨着草根，暗沉沉的飞，
黄昏飞到半夜，半夜飞到天明，
只愿天空不生云，我望得见天，
天上那颗不变的大星，那是你，
但愿你为我多放光明，隔着夜，
隔着天，通着恋爱的灵犀一点……

六月十一日，一九二五年翡冷翠山中

写作这首诗的时候，徐志摩正在意大利的佛罗伦萨，羁旅天涯，不由想起远方的恋人，以及他们不为社会所容的爱情，心中愁肠百结，于是借用女子之口，写作了这首意蕴独特的诗。这首诗写的是一个女子失恋后的内心意识流动，笔调深入到心灵的深处，细腻多致，写出了内心一层层的变化，依恋，哀愁，感激，自怜，幸福，执著，挚爱……细细品味，就好像在听一个温柔的女子在自己面前哀哀地诉说，让人在心中感慨的同时，不由得对女子那深沉的爱情给予赞叹。

哀曼殊斐儿

我昨夜梦入幽谷，
　听子规在百合丛中泣血，
我昨夜梦登高峰，
　见一颗光明泪自天堕落。

古罗马的郊外有座暮园，
　静偃着百年前客殇的诗骸；
百年后海岱士(Hades)黑辇的车轮。
　又喧响于芳丹卜罗的青林边。

说宇宙是无情的机械，
　为甚明灯似的理想闪耀在前？
说造化是真善美之表现，
　为甚五彩虹不常住天边？

我与你虽仅一度相见——

　但那二十分不死的时间！
谁能信你那仙姿灵态，
　竟已朝露似的永别人间？

非也！生命只是个实体的幻梦：
　美丽的灵魂，永承上帝的爱宠；
三十年小住，只似昙花之偶现，
　泪花里我想见你笑归仙宫。

你记否伦敦约言，曼殊斐儿！
　今夏再见于琴妮湖之边；
琴妮湖永抱着白朗矶的雪影，
　此日我怅望云天，泪下点点！

我当年初临生命的消息，
　梦也似的骤感恋爱之庄严；
生命的觉悟是爱之成年，
　我今又因死而感生与恋之涯沿！

因情是掼不破的纯晶，

　　爱是实现生命之唯一途径：
死是座伟秘的洪炉，
　　此中凝炼万象所从来之神明。

我哀思焉能电花似的飞骋，
　　感动你在天日遥远的灵魂？
我洒泪向风中遥送，
　　问何时能戡破生死之门？

徐志摩留学英国，从罗素那里学到了社会意识，从曼殊斐儿(今译为曼斯菲尔德)那里则获得了纯正的艺术感觉。他一直都没有忘记1922年7月对英国著名女作家曼殊斐儿(今译为曼斯菲尔德)的拜访。对于此次拜访，后来他曾记述道："我见曼殊斐儿，比方说只不过二十分钟模样的谈话，但我怎么能形容我那时在美的神奇的启示中的全生的震荡？——我与你虽一度相见——但那二十分不死的时间，果然，要不是那一次巧合的相见，我这一辈子，就永远也见不着她——会面后不到六个月她就死了。"细细品味这首诗，可以看到诗人在其中寄托了自己对逝者美丽的哀思和永恒的情谊。

半夜深巷琵琶

又被它从睡梦中惊醒，深夜里的琵琶！
　　是谁的悲思，
　　是谁的手指，
像一阵凄风，像一阵惨雨，像一阵落花，
　　在这夜深深时，
　　在这睡昏昏时，
挑动著紧促的弦索，乱弹著宫商角徵，
　　和著这深夜，荒街，
　　柳梢头有残月挂，
阿，半轮的残月，像是破碎的希望，给他
　　头戴一顶开花帽，
　　身上带著铁链条，
在光阴的道上疯了似的跳，疯了似的笑，
　　完了，他说，吹糊你的灯，
　　她在坟墓的那一边等，
等你去亲吻，等你去亲吻，等你去亲吻！

本诗从环境着手，在凄冷的夜里，在昏昏沉沉的睡眠之中，忽然听到悲哀的琵琶声，那如“凄风”、如“惨雨”、如“落花”一般的乐音，勾引出了诗人内心的悲哀。看着天上的残月，诗人想到自己破碎的希望，想着自己残破的年华，悲从中来，难以抑止。而那个代表着希望的“她”，要想要去“亲吻”，却必须要走到“坟墓的那一边”。生，代表着希望的凋零；死，才能获得爱神的“亲吻”。如此尴尬难言的境地，这样窘迫悲哀的心情，在这种晦暗凄凉的夜里，凸显出了一种悲剧的力度。

在哀克刹脱(Exeter)教堂前

这是我自己的身影，今晚间
　倒映在异乡教宇的前庭，——
　　一座冷峭峭森严的大殿，
　　　一个峭阴阴孤耸的身影。

我对着寺前的雕像发问：
　“是谁负责这离奇的人生？”
老朽的雕像瞅着我发愣，
　仿佛怪嫌这离奇的疑问。

我又转问那冷郁郁的大星，
　它正升起在这教堂的后背；
但它答我以嘲讽似的迷瞬，——
　在星光下相对，我与我的迷谜！

这时间我身旁的那颗老树，

　　他荫蔽着战迹碑下的无辜，
幽幽的叹一声长气，像是
　　凄凉的空院里凄凉的秋雨。

他至少有百余年的经验，
　　人间的变幻他长短都见过；
生命的顽皮他也曾计数；
　　春夏间汹汹，冬季里婆婆。

他认识这镇上最老的前辈，
　　看他们受洗，长黄毛的婴孩；
看他们配偶，也在这教门内，——
　　最后看他们的名字上墓碑！

这半悲惨的趣剧他早经看厌，
　　他自身臃肿的残余更不沾恋；
因此他与我同心，发一阵叹息——
　　啊！我身影边平添了斑斑的落叶！

一九二五，七月。

对死亡的诘问，就是对生之意义的探寻。意识到死亡的存在，才能更透彻地理解生命的轻与重。所以海德格尔才说“向死而生”。这首描述死亡的诗，是徐志摩诗作中少有的具有形而上意味的诗篇。我们说过徐志摩是个青春诗人，他的诗作似乎永远带着青春的清丽与流亮。而这样一位青春诗人在思想中遭遇死亡之时，他的困惑，他的不解，他对生与死的思考，就体现在这首诗中。这种在死亡意识的催逼下产生的对生的反抗与逃离、对死的痴迷与向往，大概是很多青年人都曾有过的感受。

常州天宁寺闻礼忏声

有如在火一般可爱的阳光里，偃卧在长梗的，杂乱的丛草里，听初夏第一声的鹧鸪，从天边直响入云中，从云中又回响到天边；

有如在月夜的沙漠里，月光温柔的手指，轻轻的抚摩着一颗颗热伤了的砂砾，在鹅绒般软滑的热带的空气里，听一个骆驼的铃声，轻灵的，轻灵的，在远处响着，近了，近了，又远了……

有如在一个荒凉的山谷里，大胆的黄昏星，独自临照着阳光死去了的宇宙，野草与野树默默的祈祷着，听一个瞎子，手扶着一个幼童，铛的一响算命锣，在这黑沉沉的世界里回响着；

有如在大海里的一块礁石上，浪涛像猛虎般的狂扑着，天空紧紧的绷着黑云的厚幕，听大海向那威吓着的风暴，低声的，柔声的，忏悔他一切的罪恶；

有如在喜马拉雅的顶巅，听天外的风，追赶着天外的云的急步声，在无数雪亮的山壑间回响着；

有如在生命的舞台的幕背，听空虚的笑声，失望与痛苦的呼吁声，残杀与淫暴的狂欢声，厌世与自杀的高歌声，在生命的舞台上合奏着。

我听着了天宁寺的礼忏声！

这是那里来的神明？人间再没有这样的境界！

这鼓一声，钟一声，磬一声，木鱼一声，佛号一声……乐音在大殿里，迂缓的，曼长的回荡着，无数冲突的波流谐合了，无数相反的色彩净化了，无数现世的高低消灭了……

这一声佛号，一声钟，一声鼓，一声木鱼，一声磬，谐音盘礴在宇宙间——解开一小颗时间的埃尘，收束了无量数世纪的因果；

这是那里来的大和谐——星海里的光彩，大千世界的音籁，真生命的洪流：止息了一切的动，一切的扰攘；

在天地的尽头，在金漆的殿椽间，在佛像的眉宇间，在我的衣袖里，在耳鬓边，在官感里，在心灵里，在梦里……

在梦里，这一瞥间的显示，青天，白水，绿草，慈母温软的胸怀，是故乡吗？是故乡吗？

光明的翅羽，在无极中飞舞！

大圆觉底里流出的欢喜，在伟大的，

庄严的，寂灭的，无疆的，和谐的静定中实现了！

颂美呀，涅槃！赞美呀，涅槃！

同一种声响，听在不同人的耳朵里，会有不同的感觉；同一个场景，看在不同人的眼里，会有各异的感受。无数人游览过常州天宁寺，无数人听到过这里的礼忏之声，然而，这种汹涌澎湃的感受，这种轻盈透彻的明悟，又有谁能够体会得到？释迦牟尼为解世间苦厄，于菩提树下顿悟解脱之道，发愿开释人间疾苦，这种大慈悲心，就散发在此礼忏声中。受了这礼忏声的洗礼，一呼一吸之间，即见佛性；一举一动之中，就能获得欢喜。所谓涅槃，不过是内心的解脱。徐志摩的这首诗，就为我们描述了解脱后的欢喜，这欢喜是大欢喜，这欢喜是大慈悲。

西伯利亚

西伯利亚：——我早年时想像
你不是受上天恩情的地域：
荒凉，严肃，不可比况的冷酷。
在冻雾里，在无边的雪地里，
有局促的生灵们，半像鬼、枯瘼、
黑面目，伛偻，默无声的工作。
在他们，这地面是寒冰的地狱，
天空不留一丝霞采的希翼，
更不问人事的恩情，人情的旖[旎]；
这是为怨郁的人间淤藏怨郁，
茫茫的白雪里渲染人道的鲜血，
西伯利亚，你象征的是恐怖，荒虚。

但今天，我面对这异样的风光——
不是荒原，这春夏间的西伯利亚，
更不见严冬时的坚冰，枯枝，寒鸦；

在这乌拉尔东来的草田，茂旺，葱秀，
牛马的乐园，几千里无际的绿洲，
更有那重叠的森林，赤松与白杨，
灌属的小丛林，手挽手的滋长；
那赤皮松，像钜万赭衣的战士，
森森的，悄悄的，等待冲锋的号示，
那白杨，婀娜的多姿，最是那树皮，
白如霜，依稀林中仙女们的轻衣；
就这天——这天也不是寻常的开朗：
看，蓝空中往来的是轻快的仙航，——
那不是云彩，那是天神们的微笑，
琼花似的幻化在这圆穹的周遭……

一九二五年过西伯利亚倚车窗眺景随笔

此诗为徐志摩1925年3月路经西伯利亚时“倚车窗眺景”所作，收录于《翡冷翠的一夜》。全诗分为两个部分，前一半是想象，后一半则是实景，他为我们描述了两个完全不同，甚至是截然相反的西伯利亚。徐志摩是在1925年去的苏俄，此时的苏俄已经发生了巨大而深刻的变化，在这个背景之下，徐志摩并未将目光停留在想象与现实的差异之上，他带着新鲜与好奇去理解现在的苏俄是什么模样。一边是来自托尔斯泰等文人在他脑中烙下的恐怖的影像，一边则是眼前开阔、积极、大气的景象，作者用几乎同样的笔墨描述了两者，用孩子式的目光为我们打量千里之外的变迁。而就徐志摩的个人经历来说，1925年正是“新月社”有所发展的一年，到底是这广袤的西伯利亚使徐志摩的心绪开阔了些许，还是“新月社”的发展让徐志摩少了几分无奈和感叹、多了一分憧憬与希望，或者，只是因为那天是难得的晴天？更也许，是这三者的混合吧。

夏日田间即景(近沙士顿)

柳条青青,
南风薰薰,
幻成奇峰瑶岛
一天的黄云白云,
那边麦浪中间,
有农妇笑语殷殷。

笑语殷殷——
问后园豌豆肥否,
问杨梅可有鸟来偷;
好几天不下雨了,
玫瑰花还未曾红透;
梅夫人今天进城去,
且看她有新闻无有。

笑语殷殷——
“我们家的如今好了，
已经照常上工去，
不再整天的无聊，
不再逞酒使气，
回家来有说有笑，
疼他儿女——爱他的妻；
呀！真巧！你看那边，
蓬着头，走来的，笑嘻嘻，
可不是他，(哈哈！)满身是泥！”

南风薰薰，
草木青青，
满地和暖的阳光，
满天的白云黄云，
那边麦浪中间，
有农夫农妇，笑语殷殷。

沙士顿是英国剑桥附近的一座村庄，徐志摩在剑桥大学留学期间，曾在这个村庄居住过一段时间。吟咏乡村景象的诗篇，古往今来不可胜数，如陶渊明的“暧暧远人村，依依墟里烟”，如陆游的“莫笑农家腊酒浑，丰年留客足鸡豚”，显然，徐志摩此诗的诗意，来自这些经典的古诗。此诗以农夫农妇的“笑语殷殷”为主线，在一片优美的风光之中，描述了农妇之间的对话。在这对话中，我们看到了农家生活的喜乐哀愁，以及蕴藉其中的农家的淳朴、欢欣和积极。于是，那“农夫农妇”的殷殷笑语，就带上了诗的意味。

海韵

一

“女郎，单身的女郎：
　你为什么留恋
　这黄昏的海边？——
女郎，回家吧，女郎！”
　“阿不；回家我不回，
　我爱这晚风吹。”——
　在沙滩上，在暮霭里，
有一个散发的女郎——
徘徊，徘徊。

二

“女郎，散发的女郎，
　你为什么彷徨

　在这冷清的海上？
女郎，回家吧，女郎！”
　“阿不；你听我唱歌，
　大海，我唱，你来和。”——
　在星光下，在凉风里，
轻荡着少女的清音——
高吟，低哦。

三

“女郎，胆大的女郎！
　那天边扯起了黑幕，
　这顷刻间有恶风波，——
女郎，回家吧，女郎！”
　“阿不；你看我凌空舞，
　学一个海鸥没海波。”——
　在夜色里，在沙滩上，
急旋着一个苗条的身影，——
婆娑，婆娑。

四

“听呀，那大海的震怒，
　女郎，回家吧，女郎！
看呀，那猛兽似的海波，
　女郎，回家吧，女郎！”
“阿不；海波他不来吞我，
　我爱这大海的颠簸！”——
　在潮声里，在波光里，
　阿，一个慌张的少女在海沫里，
蹉跎，蹉跎。

五

“女郎，在那里，女郎？
　在那里，你嘹亮的歌声，
在那里，你窈窕的身影？
　在那里，阿，勇敢的女郎？”
黑夜吞没了星辉，
　这海边再没有光芒；

海潮吞没了沙滩，
　沙滩上再不见女郎，——
再不见女郎！

读罢全诗，我们的脑海中留下了那么一个女郎的形象，她热爱自由，勇于追求自己的所爱；她高兴时就热烈歌舞，沉浸在自己内心狂喜的光芒之中。然而就是这样一个女郎，却永远消失在了波涛汹涌的大海里。我们在为女郎的消失而扼腕叹息时，情不自禁地会想到——这个女郎和大海究竟代表了什么？我想，这个女郎大概就是所有怀着赤子之心、热烈地追求自由的人的写照；而大海，无疑就是那吞噬一切美、自由和爱的污秽的社会。

苏苏

苏苏是一痴心的女子：
　　像一朵野蔷薇，她的丰姿；
　　像一朵野蔷薇，她的丰姿
来一阵暴风雨，摧残了她的身世。

这荒草地里有她的墓碑：
　　淹没在蔓草里，她的伤悲；
　　淹没在蔓草里，她的伤悲——
阿，这荒土里化生了血染的蔷薇！

那蔷薇是痴心女的灵魂，
　　在清早上受清露的滋润，
　　到黄昏里有晚风来温存，
更有那长夜的慰安，看星斗纵横。

你说这应分是她的平安？

但运命又叫无情的手来攀，
攀，攀尽了青条上的灿烂，——
可怜呵，苏苏她又遭一度的摧残！

在荒原一般的世界上，有多少美丽无奈地凋零？有几多悲剧一次次上演？当目睹了太多的悲惨之后，人们往往就变得麻木。每一颗麻木的心，都是一块社会之坟上的墓砖，让他人窒息的同时，也让自己窒息。苏苏这样美丽如蔷薇的女子，就这样被“运命”那“无情的手”所“摧残”，读罢此诗，怎能不让人心生悲悯？怎能不让麻木的心再度柔软？让我们永远保有和诗人一样柔软而敏感的心吧，如此，才能让温情的力量在社会上重现生机。

运命的逻辑

一

前天她在水晶宫似照亮的大厅里跳舞——
　　多么亮她的袜！
　　多么滑她的发！
她那牙齿上的笑痕叫全堂的男子们疯魔。

二

　　昨天她短了资本，
　　变卖了她的灵魂；
那戴喇叭帽的魔鬼在她的耳边传授了秘诀，
她起了绉纹的脸又搽上不少男子们的心血。

三

今天在城隍庙前街沿上坐着的这个老丑，
她胸前挂着一串，不是珍珠，是男子们的
　枯髅；
　　神道见了她摇头，
　　魔鬼见了她哆嗦！

诗人很直白地描绘了一个妙龄女子为生活所迫而选择堕落的整个生命历程，短短的几句话，却把一朵花与命运联系在了一起，笼罩了她一生的历程。这种堕落让人不能不伤心！是一种什么样的“运命的逻辑”，让变卖了灵魂后的肉体使神鬼见了都唾弃？本诗体现了作为新派文人的徐志摩的文人思潮，即诗人主张关注妇女命运，追求人性的完美，同时在这首诗中，诗人也是在对民不聊生、世风日下的社会现状进行控诉！

爱的灵感

——奉适之

下面这些诗行好歹是他撩拨出来的，正如这十年来大多数的诗行好歹是他撩拨出来的！

不妨事了，你先坐着罢。
这阵子可不轻，我当是
已经完了，已经整个的
脱离了这世界，飘渺的，
不知到了那儿。仿佛有
一朵莲花似的云拥着我，
(她脸上浮着莲花似的笑)
拥着到远极了的地方去……
唉，我真不希罕再回来，
人说解脱，那许就是罢！
我就像是一朵云，一朵

纯白的，纯白的云，一点
不见分量，阳光抱着我，
我就是光，轻灵的一球，
往远处飞，往更远的飞；
什么累赘，一切的烦愁，
恩情，痛苦，怨，全都远了；
就是你——请你给我口水，
是橙子吧，上口甜着哪——
就是你，你是我的谁呀！
就你也不知那里去了：
就有也不过是晓光里
一发的青山，一缕游丝，
一翳微妙的晕；说至多
也不过如此，你再要多
我那朵云也不能承载，
你，你得原谅，我的冤家！……
不碍，我不累，你让我说，
我只要你睁着眼，就这样，
叫哀怜与同情，不说爱，
在你的泪水里开着花，

我陶醉着它们的幽香；
在你我这最后，怕是吧，
一次的会面，许我放娇，
容许我完全占定了你，
就这一响，让你的热情，
像阳光照着一流幽涧，
透澈我的凄冷的意识；
你手把住我的，正这样，
你看你的壮健，我的衰，
容许我感受你的温暖，
感受你在我血液里流，
鼓动我将次停歇的心，
留下一个不死的印痕：
这是我唯一，唯一的祈求……
好，我再喝一口，美极了，
多谢你。现在你听我说。
但我说什么呢？到今天，
一切事都已到了尽头，
我只等待死，等待黑暗，
我还能见到你，偎着你，

真像情人似的说着话，
因为我够不上说那个，
你的温柔春风似的围绕，
这於我是意外的幸福，
我只有感谢，（她合上眼。）
什么话都是多余，因为
话只能说明能说明的，
更深的意义，更大的真，
朋友，你只能在我的眼里，
在枯干的泪伤的眼里认取。
　　我是个平常的人，
我不能盼望在人海里
值得你一转眼的注意。
你是天风：每一个浪花
一定得感到你的力量，
从它的心里激出变化，
每一根小草也一定得
在你的踪迹下低头，在
缘的颤动中表示惊异；
但谁能止限风的前程，

他横掠过海，作一声吼，
狮虎似的扫荡着田野，
当前是冥茫的无穷，他
如何能想起曾经呼吸
到浪的一花，草的一瓣？
遥远是你我间的距离；
远，太远！假如一支夜蝶
有一天得能飞出天外，
在星的烈焰里去变灰
(我常自己想)那我也许
有希望接近你的时间。
唉，痴心，女子是有痴心的，
你不能不信罢？有时候
我自己也觉得真奇怪，
心窝里的牢结是谁给
打上的？为什么打不开？
那一天我初次望到你，
你闪亮得如同一颗星，
我只是人丛中的一点，
一撮沙土，但一望到你，

我就感到异样的震动，
猛袭到我生命的全部，
真像是风中的一朵花，
我内心摇晃得像昏晕，
脸上感到一阵的火烧，
我觉得幸福，一道神异的
光亮在我的眼前扫过，
我又觉得悲哀，我想哭，
纷乱占据了我的灵府。
但我当时一点不明白，
不知这就是陷入了爱！
“陷入了爱”，真是的！前缘，
孽债，不知倒底是什么？
但从此我再没有平安，
是中了毒，是受了催眠，
教运命的铁链给锁住，
我再不能踌躇：我爱你！
从此起我的一瓣瓣的
思想都染着你，在醒时，
在梦里，想躲也躲不去，

我抬头望，蓝天里有你，
我开口唱，悠扬里有你，
我要遗忘，我向远处跑，
另走一道，又碰到了你！
枉然是理智的殷勤，因为
我不是盲目，我只是痴！
但我爱你，我不是自私。
爱你，但永不能接近你。
爱你，但从不要享受你。
即使你来到我的身边，
我许向你望，但你不能
丝毫觉察到我的秘密。
我不妒忌，不艳羡，因为
我知道你永远是我的，
它不能脱离我正如我
不能躲避你，别人的爱
我不知道，也无须知晓，
我的是我自己的造作，
正如那林叶在无形中
收取早晚的霞光，我也

在无形中收取了你的。
我可以，我是准备，到死
不露一句，因为我不必。
死，我是早已望见了的。
那天爱的结打上我的
心头，我就望见死，那个
美丽的永恒的世界；死，
我甘愿的投向，因为它
是光明与自由的诞生。
从此我轻视我的躯体，
更不计较今世的浮荣，
我只企望着更绵延的
时间来收容我的呼吸，
灿烂的星做我的眼睛，
我的发丝，那般的晶莹，
是纷披在天外的云霞，
博大的风在我的腋下
胸前眉宇间盘旋，波涛
冲洗我的胫踝，每一个
激荡涌出光艳的神明！

再有电火做我的思想，
天边掣起蛇龙的交舞，
雷震我的声音，蓦地里
叫醒了春，叫醒了生命。
无可思量，呵，无可比况，
这爱的灵感，爱的力量！
正如旭日的威棱扫荡
田野的迷雾，爱的来临
也不容平凡，卑琐以及
一切的庸俗侵占心灵
它那原来青爽的平阳。
我不说死吗？更不畏惧，
再没有疑虑，再不吝惜
这躯体如同一个财虏；
我勇猛的用我的时光。
用我的时光，我说？天哪，
这多少年是亏我过的！
没有朋友，离背了家乡，
我投到那寂寞的荒城，
在老农中间学做老农，

穿着大布，脚登着草鞋，
栽青的桑，栽白的木棉，
在天不曾放亮时起身，
手搅着泥，头戴着炎阳，
我做工，满身浸透了汗，
一颗热心抵挡着劳倦；
但渐次的我感到趣味，
收拾一把草如同珍宝，
在泥水里照见我的脸，
涂着泥，在坦白的云影
前不露一些羞愧！自然
是我的享受；我爱秋林，
我爱晚风的吹动，我爱
枯苇在晚凉中的颤动，
半残的红叶飘摇到地，
鸦影侵入斜日的光圈；
更可爱是远寺的钟声
交挽村舍的炊烟共做
静穆的黄昏！我做完工，
我慢步的归去，冥茫中

有飞虫在交哄，在天上
有星，我心中亦有光明！
到晚上我点上一支蜡，
在红焰的摇曳中照出
板壁上唯一的画像，
独立在旷野里的耶稣，
（因为我没有你的除了
悬在我心里的那一幅，）
到夜深静定时我下跪，
望着画像做我的祈祷，
有时我也唱，低声的唱，
发放我的热烈的情愫
缕缕青烟似的上通到天。
但有谁听到，有谁哀怜？
你踞坐在荣名的顶巅，
有千万人迎着你鼓掌，
我，陪伴我有冷，有黑夜，
我流着泪，独跪在床前！
一年，又一年，再过一年，
新月望到圆，圆望到残，

寒雁排成了字，又分散，
鲜艳长上我手栽的树，
又叫一阵风给刮做灰。
我认识了季候，星月与
黑夜的神秘，太阳的成，
我认识了地土，它能把
一颗子培成美的神奇，
我也认识一切的生存，
爬虫，飞鸟，河边的小草，
再有乡人们的生趣，我
也认识，他们的单纯与
真，我都认识。
　　　　　　　　跟着认识
是愉快，是爱，再不畏虑
孤寂的侵凌。那三年间
虽则我的肌肤变成粗，
焦黑薰上脸，剥坼刻上
手脚，我心头只有感谢：
因为照亮我的途径有
爱，那盏神灵的灯，再有

穷苦给我精力，推着我
向前，使我怡然的承当
更大的穷苦，更多的险。
你奇怪吧，我有那能耐？
不可思量是爱的灵感！
我听说古时间有一个
孝女，她为救她的父亲
胆敢上犯君王的天威，
那是纯爱的驱使我信。
我又听说法国中古时
有一个乡女子叫贞德，
她有一天忽然脱去了
她的村服，丢了她的羊，
穿上戎装拿着刀，带领
十万兵，高叫一声“杀贼”，
就冲破了敌人的重围，
救全了国。那也一定是
爱！因为只有爱能给人
不可理解的英勇和胆；
只有爱能使人睁开眼，

认识真，认识价值；只有
爱能使人全神的奋发，
向前闯，为了一个目标，
忘了火是能烧，水能淹。
正如没有光热这地上
就没有生命，要不是爱，
那精神的光热的根源，
一切光明的惊人的事
也就不能有。
　　　　　　啊我懂得！
我说“我懂得”我不惭愧：
因为天知道我这几年，
独自一个柔弱的女子，
投身到灾荒的地域去，
走千百里巉岈的路程，
自身挨着饿冻的惨酷
以及一切不可名状的
苦处说来够写几部书，
是为了什么？为了什么
我把每一个老年灾民

不问他是老人是老妇，
当作生身父母一样看，
每一个儿女当作自身
骨血，即使不能给他们
救度，至少也要吹几口
同情的热气到他们的
脸上，叫他们从我的手
感到一个完全在爱的
纯净中生活着的同类？
为了什么甘愿哺啜
在平时乞丐都不屑的
饮食，吞咽腐朽与肮脏
如同可口的膏粱；甘愿
在尸体的恶臭能醉倒
人的村落里工作如同
发见了什么珍异？为了
什么？就为“我懂得”，朋友，
你信不？我不说，也不能
说，因为我心里有一个
不可能的爱所以发放

满怀的热到另一方向，
也许我即使不知爱也
能同样做谁知道，但我
总得感谢你，因为从你
我获得生命的意识和
在我内心光亮的点上，
又从意识的沉潜引渡
到一种灵界的莹澈，又
从此产生智慧的微芒
致无穷尽的精神的勇。
啊，假如你能想像我在
灾地时一个夜的看守！
一样的天，一样的星空，
我独自在旷野里或在
桥梁边或在剩有几簇
残花的藤蔓的村篱旁
仰望，那时天际每一个
光亮都为我生着意义，
我饮咽它们的美如同
音乐，奇妙的韵味通流

到内脏与百骸，坦然的
我承受这天赐不觉得
虚怯与羞惭，因我知道
不为己的劳作虽不免
疲乏体肤，但它能拂拭
我们的灵窍如同琉璃，
利便天光无碍的通行。

我话说远了不是？但我
已然诉说到我最后的
回目，你纵使疲倦也得
听到底，因为别的机会
再不会来。你看我的脸
烧红得如同石榴的花，
这是生命最后的光焰，
多谢你不时的把甜水
浸润我的咽喉，要不然
我一定早叫喘息窒死。
你的“懂得”是我的快乐。
我的时刻是可数的了，

我不能不赶快！

　　　　　　　我方才

说过我怎样学农，怎样

到灾荒的魔窟中去伸

一支柔弱的奋斗的手。

我也说过我灵的安乐

对满天星斗不生内疚。

但我终究是人是软弱，

不久我的身体得了病，

风雨的毒浸入了纤微，

酿成了猖狂的热。我哥

将我从昏盲中带回家，

我奇怪那一次还不死，

也许因为还有一种罪

我必得在人间受。他们

叫我嫁人，我不能推托。

我或许要反抗假如我

对你的爱是次一等的，

但因我的既不是时空

所能衡量，我即不计较

分秒间的短长。我做了
新娘，我还做了娘，虽则
天不许我的骨血存留。
这几年来我是个木偶，
一堆任凭摆布的泥土；
虽则有时也想到你，但
这想到是正如我想到
西天的明霞或一朵花，
不更少也不更多。同时
病，一再的回复，销蚀了
我的躯壳，我早准备死，
怀抱一个美丽的秘密，
将永恒的光明交付给
无涯的幽冥。我如果有
一个母亲我也许不忍
不让她知道，但她早已
死去，我更没有沾恋；我
每次想到这一点便忍
不住微笑漾上了口角。
我想我死去再将我的

秘恋〈密〉化成仁慈的风雨，
化成指点希望的长虹，
化成石上的苔藓，葱翠
淹没它们的冥顽；化成
黑暗中翅膀的舞，化成
农时的鸟歌；化成水面
锦绣的文章；化成波涛，
永远宣扬宇宙的灵通；
化成月的惨绿在每个
睡孩的梦上添深颜色；
化成星系间的妙乐……
最后的转变是未料的，
天不遂我理想的心愿，
又叫在热谵中漏泄了
我的怀内的珠光！但我
再也不梦想你竟能来，
血肉的你与血肉的我
竟能在我临去的俄顷
陶然的相偎倚，我说，你
听，你听，我说。真是奇怪，

这人生的聚散！

现在我

真，真可以死了，我要你
这样抱着我直到我去，
直到我的眼再不睁开，
直到我飞，飞，飞去太空，
散成沙，散成光，散成风，
啊苦痛，但苦痛是短的，
是暂时的；快乐是长的，
爱是不死的：

我，我要睡……

十二月二十五日早六时完成

如果说每个人都必须为自己的生命寻找一个支撑，那么，徐志摩所赖以生存的最大精神支撑，就是“爱”。用这样长的篇幅书写对爱的感悟、对爱的赞颂，在诗坛之上也是不多见的，也许只有徐志摩这样对爱怀着宗教般虔诚的青春诗人，才能写出这样一首关于爱的大诗。作者将叙述的语气设定在一个奄奄一息的女子身上，她将自己从恋爱到死亡的整个生命历程一一向自己的恋人披露，真挚、坦白。而从这场可以说是悲剧的恋爱之中，我们却看到了爱的永恒。爱之永恒，一如死之永恒，是任何人、任何事物乃至时间都无法摧毁的。

北方的冬天是冬天

北方的冬天是冬天！
满眼黄沙漠漠的地与天；
赤膊的树枝，硬搅着北风光，——
一队队敢死的健儿，傲立在战阵前！
不留半片残青，没有一丝黏恋，
只拼着精光的筋骨；凝敛着生命的精液，
耐，耐三冬的霜鞭与雪拳与风剑，
直耐到春阳征服了消杀与枯寂与凶惨，
直耐到春阳打开了生命的牢监，放出一瓣的树头鲜！
直耐到忍耐的奋斗功效见，健儿克敌回家酣笑颜！
北方的冬天是冬天！
满眼黄沙茫茫的地与天；
田里一只呆顿的黄牛，
西天边画出几线的悲鸣雁。

世人都以徐志摩为情诗圣手，但作为诗人，徐志摩同时也是一个斗士。这首《北方的冬天是冬天》，让人看到了他作为斗士的另一面。全诗大肆渲染了北方的冬天那刚直坚韧的景致，用光秃的树枝打造出萧然凛冽的场景，而结尾处呆顿的黄牛和悲鸣雁不仅使北方的冬天具有更加浓郁的悲凉感，也从一定程度上柔化了全诗，使之凸显本土文化因素。当时的中国就是北方的冬天，而一排排战士般的树枝便是徐志摩心中的另一面镜子。

天国的消息

可爱的秋景！无声的落叶，
轻盈的轻盈的，掉落在这小径，
竹篱内，隐约的，有小儿女的笑声。

呖呖的清音，缭绕著村舍的静谧，
仿佛是幽谷里的小鸟，欢噪著清晨，
驱散了昏夜的晦塞，开始无限光明。

霎那的欢欣，昙花似的涌现，
开豁了我的情绪，忘却了春恋；
人生的惶惑与悲哀，惆怅与短促——
在这稚子的欢笑声里，想见了天国！

晚霞泛滥著金色的枫林，
凉风吹拂著我孤独的身形；
我灵海里啸响着伟大的波涛，

应和更伟大的脉搏，更伟大的灵潮！

诗人无疑是崇敬自然的，这也是湖畔派诗人共有的特点。徐志摩将自然当做人类生命的家园，他宁愿在这儿守着三分土木，也要锄去荒草，图个明净。诗人在《天国的消息》中用大自然的种种为我们勾勒出和谐致远的氛围，诗人很享受大自然的这种馈赠——豁达之意跃然纸上，这与晋人陶渊明的“桃花源”有着惊人的相似。值得一提的是，诗篇最后一段并没有像陶渊明一般将大自然的馈赠当做自己在入世受挫后独享的温柔乡，而是启示你我要追随着自然之子，去聆听那永恒的声响。

夜

一

夜，无所不包的夜，我颂美你！

夜，现在万象都像乳饱了的婴孩，在你大母温柔的怀抱中眠熟。

一天只是紧叠的乌云，像野外一座帐篷，静悄悄的，静悄悄的；

河面只闪着些纤微，软弱的辉芒，桥边的长梗水草，黑沉沉的像几条烂醉的鲜鱼横浮在水上，任凭惫懒的柳条，在他们的眉尾边撩拂；

对岸的牧场，屏围着墨青色的榆荫，阴森森的，

像一座鑱空的古墓；那边树背光芒，又是什么呢？

我在这沉静的境界中徘徊，在凝神地

倾听……听不出青林的夜乐，听不出康河的梦呓，听不出鸟翅的飞声；

我却在这静谧中，听出宇宙进行的声息，黑夜的脉搏与呼吸，听出无数的梦魂的匆忙踪迹；

也听出我自己的幻想，感受了神秘的冲动；在豁动他久敛的羽翮，准备飞出他沉闷的巢居，飞出这沉寂的环境，去寻访。

黑夜的奇观，去寻访更玄奥的秘密——

听呀，他已经沙沙的飞出云外去了！

二

一座大海的边沿，黑夜将慈母似的胸怀，紧贴住安息的万象；

波澜也只是睡意，只是懒懒的向空疏的砂滩上洗淹，像一个小沙弥在瞌睡地撞他的夜钟，只是一片模糊的声响。

那边岩石的面前，直竖着一个伟大的

黑影——是人吗?

一头的长发，散披在肩上，在微风中颤动；

他的两肩，瘦的，长的，向着无限的的天空举着，——

他似在祷告，又似在悲泣——

是呀，悲泣——

海浪还只在慢沉沉的推送——

看呀，那不是他的一滴眼泪?

一颗明星似的眼泪，掉落在空疏的海砂上，落在倦懒的浪头上，落在睡海的心窝上，落在黑夜的脚边——一颗明星似的眼泪!

一颗神灵，有力的眼泪，仿佛是发酵的酒娘，爆炸的引火，霹雳的电子；

他唤醒了海，唤醒了天，唤醒了黑夜，唤醒了浪涛——真伟大的革命——

霎时地扯开了满天的云幕，化散了迟重的雾气。

纯碧的天中，复现出一轮团圆的明月，

一阵威武的西风，猛扫着大海的琴弦，开始，神伟的音乐。

海见了月光的笑容，听了大风的呼啸，也像初醒的狮虎，

摇摆咆哮起来——

霎时地浩大的声响，霎时地普遍的猖狂！

夜呀！你曾经见过几滴那明星似的眼泪？

三

到了二十世纪的不夜城。

夜呀，这是你的叛逆，这是恶俗文明的广告，无耻，淫猥，残暴，肮脏——表面却是一致的辉耀，看，这边是跳舞会的尾声，

那边是夜宴的收稍，那厢高楼上一个肥狠的犹大，正在奸污他钱掳的新娘；

那边街道的转角上，有两个强人，擒

住一个过客，一手用刀割断他的喉管，一手掏他的钱包；

那边酒店的门外，麇聚着一群醉鬼，蹒跚地在秽语，狂歌，

音似钝刀刮锅底——

幻想更不忍观望，赶快的掉转翅膀，向清净境界飞去。

飞过了海，飞过了山，也飞回了一百多年的光阴——

他到了“湖滨诗侣”的故乡。

多明净的夜色！只淡淡的星辉在湖胸上舞旋，三四个草虫叫夜；

四围的山峰都把宽广的身影，寄宿在葛濑士迷亚柔软的湖心，

沉酣的睡熟；

那边“乳鸽山庄”放射出几缕油灯的稀光，斜倭在庄前的荆篱上；

听呀，那不是，罪翁吟诗的清音——

The poets who in earth have made us heir

of truth a pure delight by heavenly lays!

Oh! Might my name be numberd among their,

The glady bowld end my untal days!

诗人解释大自然的精神,

美妙与诗歌的欢乐,苏解人间爱困!

无羡富贵,但求为此高尚的诗歌者之一人

便撒手长瞑,我已不负吾生。

我便无憾地辞尘埃,返归无垠!

他音虽不亮,然韵节流畅,证见旷达的情怀,一个个的音符,都变成了活动的火星,从窗棂里点飞出来!飞人天空,仿佛一串鸢灯,凭彻青云,下照流波,馀音漉漉的惊起了林里的栖禽,放歌称叹。

接着清脆的嗓音,又不是他妹妹桃绿水(Dorothy)的?

呀,原来新染烟癖的高柳列奇(Coleridge)也在他家作客,三人团坐在那间湫隘的客室里，壁炉前烤火炉里烧着他们早上在园里亲劈的栗柴，在必拍的作响，铁架上的水壶也已经滚沸，嗤嗤的有声：

To sit without emotion, hope or aim
In the loved presence of my cottage fire,
And bisties of the flapping of the flame
Or kettle whispering its faint under song.
坐处在可爱的将息炉火之前，
无情绪的兴奋，无冀，无筹营，
听，但听火焰，飐摇的微喧，
听水壶的沸响，自然的乐音。

夜呀，象这样人间难得的纪念，你保了多少……

四

他又离了诗侣的山庄，飞出了湖滨，重复逆溯着汹涌的时潮，到了几百年前海岱儿堡(Heidelberg)的一个跳舞盛会。

雄伟的赭色宫堡，一体沉浸在满月的银涛中，山下的尼波河(Nubes)

在悄悄的进行。

堡内只是舞过闹酒的欢声，那位海量的侏儒今晚已喝到第六十三瓶啤酒，嚷着要吃那大厨里烧烤的全牛，引得满庭假发粉面的男客，长裙如云女宾，哄堂的大笑。

在这笑声里幻想又溜回了不知几十世纪的一个昏夜——

眼前只见烽烟四起，巴南苏斯的群山，点成一座照彻云天的大火屏，

远远听得呼声，古朴壮硕的呼声——

“阿加孟龙打破了屈次奄，夺回了海伦，现在凯旋回雅典了，希腊的人民呀，大家快来欢呼呀！

——阿加孟龙，王中的王！”

这呼声又将我幻想的双翼，吹回更不知无量数的世纪，到了一个更古的黑夜，

一座大山洞的眼前；

一群男女，老的，少的，腰围兽皮或树叶的原民，蹲踞在一堆柴火的眼前，在煨烧大块的兽肉。猛烈地腾窜的火花，照出他们强固的躯体，黝黑多毛的肌肤——

这是人类文明的摇荡时期。

夜呀，你是我们的老乳娘！

五

最后飞出了气围，飞出了时空的关塞，

当前是宇宙的大观！

几百万个太阳，大的小的，红的黄的，放花竹似的在无极中激震，旋转——

但人类的地球呢？

一海的星砂，却向那里找去，

不好，他的归路迷了！

夜呀，你在那里？

光明，你又在那里？

六

“不要怕，前面有我。”一个声音说。

“你是谁呀？”

“不必问，跟着我来不会错的。我是宇宙的枢纽，我是光明的泉源，我是神圣的冲动，我是生命的生命，我是诗魂的向导；不要多心，跟我来不会错的。”

“我不认识你。”

“你已经认识我！在我的眼前，太阳，草木，星，月，介壳，鸟兽，各类的人，虫豸，都是同胞，他们都是从我取得生命，都受我的爱护，我是太阳的太阳，永生的火焰；

你只要听我指导不必猜疑，我叫你上山，你不要怕险，我教你入水，你不要怕淹，我教你蹈火，你不要怕烧，我叫你跟我走，你不要问我是谁；

我不在这里，也不在那里，但只随便

那里都有我。若然万象都是空的幻的，我是终古不变的真理与实在；

你方才遨游黑夜的胜迹，你已经得见他许多珍藏的秘密，——你方才经过大海的边沿，不是看见一颗明星似的眼泪吗？——那就是我。

你要真静定，须向狂风暴雨的底里求去；

你要真和谐，须向混沌的底里求去；

你要真平安，须向大变乱，大革命的底里求去；

你要真幸福，须向真痛里尝去；

你要真实在，须向真空虚里悟去；

你要真生命，须向最危险的方向访去；

你要真天堂，须向地狱里守去。

这方向就是我。

这是我的话，我的教训，我的启方；

我现在已经领你回到你好奇的出发处，引起你游兴的夜里；

你看这不是湛露的绿草，这不是温驯

的康河？

愿你再不要多疑，听我的话，不会错的——我永远在你的周围。

一九二二年七月康桥

在这首聆听自然的散文诗中，作者真正敞开了自己的胸怀，打开胸怀，“天眼”显现，于是，作者不但发现了被遮蔽的日常生活的存在，更发现了被遮蔽的本真的自我。于是，当这些遮蔽被拭去，作者看到了“神”，感受到了“神”的光芒。《夜》的内涵与徐志摩作品中惯有的浪漫抒情差别很大，它直抵存在的深渊，寻找着自我救赎的道路。在诗中，作者先是将一切都推到绝望的边缘，当空虚和暴风雨劈头盖脸地袭来，当心灵的防线即将崩溃，在动荡和混沌之中，生活现身，真理现身，真正博大的诗，也就现身了。

一封信
——给抱怨生活干燥的朋友

得到你的信，像是掘到了地下的珍藏，一样的希罕一样的宝贵。

看你的信，像是看古代的残碑，表面是模糊的，意致却是深微的。

又像是在尼罗河边幕夜，在月正照着金字塔的时候，梦见一个穿黄金袍服的帝王，对着我作谜语，我知道他的意思，他说："我无非是一个体面的木乃伊。"

又像是我在这重山脚下半夜梦醒时，听见松林里夜营的soprano，可怜的遭人厌毁的鸟，他虽则没有子规那样天赋的妙舌，但我却懂得他的怨愤，他的理想，他的急调，他的嘲讽与咒诅：我知道他怎样的鄙蔑一切，鄙蔑光明，鄙蔑烦嚣的燕雀，也鄙弃自喜的画眉。

又像是我在普陀山发现的一个奇景；外面看是一大块岩石，但里面却早被海水蚀空，只剩罗汉头似的一个脑壳，每次海涛向这岛身搂抱时，发出极奥妙的音响，像是情话，像是咒诅，像是祈祷，在雕空的石笋，钟乳间呜咽，像大和琴的谐音，在皋雪格的古诗的花椽，石楹间回荡——但除非你有耐心与勇气，攀下几重的石岩，俯身下去凝神的察看与倾听，你也许永远不会想象，不必说发现这样的秘密。

又像是……但是我知道，朋友，你已经听够了我的比喻，也许你愿意听我自然的嗓音与不做作的语调，不愿意收受用幻想的亮箔包裹着的话，虽则，我不能不补一句，你自己就是最喜欢从一个弯曲的白银喇叭里，吹弄你的古怪的调子。

你说："风大土大，生活干燥。"这话仿佛是一阵奇怪的凉风，使我感觉一个恐惧的战栗；像一团飘零的秋叶，使我的灵魂里掉下一滴悲悯的清泪。

我的记忆里，我似乎自信，并不是没有葡萄酒的颜色与香味，并不是没妩媚的微笑的痕迹，我想我总可以抵抗你那句灰色的语调的影响——

是的，昨天下午我在田里散步的时候，我不是分明看见两块凶恶的黑云消灭在太阳猛烈的光焰里，五只小山羊，兔子一样的白净，听着她们妈的吩咐在路旁寻草吃，三个割草的小孩在一个稻屯前抛掷镰刀；自然的活泼给我不少的鼓舞，我对着白云里矗着的宝塔喊说我知道生命是有意趣的。

今天太阳不曾出来，一捆捆的云在空中紧紧的挨着，你的那句话碰巧又添上了几重云蒙，我又疑惑昨天的宣言了。

我也觉得奇怪，朋友，何以你那句话在我的心里，竟像白垩涂在玻璃上，这半透明的沉闷是一种很巧妙的刑罚，我差不多要喊痛了。

我向我的窗外望，暗沉沉的一片，也

没有月亮，也没有星光，日光更不必想，他早已离别了，那边黑蔚蔚的是林子，树上，我知道，是夜鸮的寓处，树下累累的在初夜的微芒中排列着，我也知道，是坟墓，僵的白骨埋在硬的泥里，磷火也不见一星，这样的静，这样的惨，黑夜的胜利是完全的了。

我闭着眼向我的灵府里问讯，呀，我竟寻不到一个与干燥脱离的生活的意象，干燥像一个影子，永远跟着生活的脚后，又像是葱头的葱管，永远附着在生活的头顶，这是一件奇事。

朋友，我抱歉，我不能答复你的话，虽则我很想，我不是爽恺的西风，吹不散天上的云罗，我手里只有一把粗拙的泥锹，如其有美丽的理想或是希望要埋葬，我的工作是现成的——我也有过我的经验。

朋友，我并且恐怕，说到最后，我只得收受你的影响，因为你那句话，已经凶狠的咬入我的心里，像一个有毒的蝎子，已经沉沉的压在我的心上，像一块盘陀石，我只能忍耐，我只能忍耐。……

二月二十六日

这是一篇散文诗，从文中即可知晓，这篇散文诗是一封回信，写给一位抱怨“风大土大，生活干燥”的朋友。“干燥的生活”是一种什么状态呢？大概就是无趣、无聊、无味，找不到乐趣，灵魂和情感都塞满了细细的尘土，虽然不痛，却总是燥闷。这种感觉大概每个人都曾有过，甚至可以说，这种状态是生活的一种常态，如诗人在这篇散文诗中所言：“干燥像一个影子，永远跟着生活的脚后。”然而陷入这种干燥的生活，又要如何超拔呢？依赖别人是不行的，即便是诗人，也无法吹散“天上的云罗”。意义和乐趣都需要自己去寻找，人生的滋味需要自己用心品味。诗人在写这篇散文诗的过程中，就已经摆脱了干燥的况味。那么，朋友，你要通过怎样的方式来摆脱生活的干燥呢？

白话词十二首

（一）转调满庭芳

池边青草，院里绿阴，向窗外一望，晚晴真好啊！帘也打起来，门也打开来，有客来么，正好。我一个人吃酒正觉得寂寞，又想起行人未归，好不难过，坐下吃一杯酒吧，荼蘼是开过了，还有梨花可赏呢。

不要谈到从前赏花的胜会，打扮起来，高朋满座，看着外面的王孙公子，车水马龙，虽然遇到风雨，依然觉得痛快，如今没有这种兴会了，这样的好时节也是空的。

原词　　　　转调满庭芳

芳草池塘，绿阴庭院，晚晴寒透窗纱。玉钩金镤，管是客来唦。寂寞尊前席上，惟愁语，海角天涯。能留否，荼蘼落尽，犹赖有梨花。

当年，曾胜赏，生香薰袖，活火分茶。极目犹龙骄马，流水轻车。不怕风狂雨骤，恰才称，煮酒残花。如今也，不成怀抱，得似旧时那？

（二）蝶恋花

这样的长夜，真不好过，去是想去的，怎样去呢？告诉他快些回来罢，大好的青春，不要孤负啊。

随便吃一杯呢，有点醉意有点酸意也活得有趣，不要笑我这个年纪还要戴花，不只我老了，春也快老呢？

原词 **蝶恋花上巳召亲族**

永夜厌厌，欢意少。空梦长安，认取长安道。为报今年春色好。花光月影宣相照。

随意杯盘虽草草。酒美梅酸，恰称人怀抱。醉莫插花花莫笑。可怜春似人将老。

（三）怨王孙

困处在深闺，春要快去了，行人一点的消息都没有，寄一个信给他么？托谁寄呢？这怎么好。

多情的自然是什么都放不下，寒食又到了，这静悄，秋千也空着，只有向月亮浸着白白的梨花。

原词　　　　　　怨王孙

帝里春晚，重门深院。草绿阶前，暮天雁断。楼上远信谁传？恨绵绵。

多情自是多沾惹，难拼舍，又是寒食也。秋千巷陌人静，皎月初斜，浸梨花。

（四）浣溪纱

登楼一看，天气真好，不过春已远了，人还未归，触景伤怀，我真不愿意再看。

楼下呢，新竹也长成了，落花片片，给燕带到巢里，这都是伤心的，何况树上的杜鹃叫得尤其难听。

原词　　　　　　　浣溪纱

楼上晴天碧四垂。楼前芳草接天涯。劝君莫上最高梯。

新笋已成堂下竹，落花都上燕巢泥，忍听林表杜鹃啼。

（五）减字木兰花

刚才向花担卖(买)得一枝春花，新鲜得很，泪珠般的朝露，还未干呢?

恐怕那个人会笑我“没有春花长得好看”。我要戴起来，定要他说出我好看还是花好看。

原词　　　　　　　减字木兰花

卖花担上，买得一枝春欲放。泪染轻匀。犹带彤霞晓露痕。

怕郎猜道，奴面不如花面好。云鬓斜簪，徒要教郎比并看。

（六）品令

啊！秋雨来了，今年来得这样早呢？对着这黄昏雨景，那不能不吃一杯酒，写一首诗，莲花的季节快完了，莲房还小呢。

花草虽然有情，怎比得人情好呢，有一句话，我要待酒后向荷花问一问，“你比去年老了一些么，我呢？”

原词 **品令**

急雨惊秋晓。今岁较，秋风早。一觞一咏，更须莫负，晚风残照。可惜莲花已谢，莲房尚小。

汀蘋岸草。怎称得，人情好。有些言语，也待醉折，荷花问道。道与荷花，人比去年总老。

（七）行香子

秋天的光景是不错的，不过我有一点伤感，看见菊花黄又晓得是重阳快到了。

风也到了，雨也到了，凉也到了，不能不加一件衣吃一杯酒。

醉醒来又是黄昏的时候，孤另得可怕，凄凉得难过，怎么长的夜，还有捣衣声，虫叫声，更漏声，震动耳鼓，打动心门，一个人对着明月怎睡得着呢？

原词　　　　　　　　行香子

天与秋光，转转情伤。探金英，知近重阳。薄衣初试，绿蚁初尝。渐一番风，一番雨，一番凉。

黄昏院落，凄凄惶惶。酒醒时，往事愁肠。那堪永夜，明月空床。闻砧声捣，蛩声细，漏声长。

（八）永遇乐

夕阳衬着的暮云特别艳丽，那人去的还未归，还有柳啊，梅啊，春天也不早，元宵快到，现在虽然晴和，到时候的风雨恐怕免不了，酒朋诗友啊，不要劳驾罢！

想起在中州时的快活日子，重阳啦，端五啦，说不尽的热闹，如今这个年头，打扮已经懒了，更说不到去逛，只管听着人家顽罢。

原词　　　　　　　　永遇乐

落日熔金，暮云合璧，人在何处。染柳烟浓，吹梅笛怨，春意知几许。元宵佳节，融和天气。次第岂无风雨。来相召，香车宝马，谢他酒朋诗侣。

中州盛日，闺门多暇，记得偏重三五。铺翠冠儿，捻金雪柳，簇带争济楚。如今憔悴，风鬟霜鬓，怕见夜间出去。不如向，帘儿底下，听人笑语。

（九）渔家傲

下雪了，春快来了，梅花也妆扮起来呢，好象半面美人儿刚才出浴的样子。

天公也很凑趣呢，你看这样好月亮，花前月下，怎好不吃一杯，何况对着这样好梅花。

原词　渔家傲

雪里已知春信至。寒梅点缀琼枝腻。香脸半开娇旖旎。当庭际。玉人浴出新妆洗。

造化可能偏有意。故教明月玲珑地。共赏金尊沈绿蚁。莫辞醉，此花不与群花比。

（十）庆清朝慢

这一盘花长得象美人一般，天真可爱，教人怎不爱惜她，何况春花都已开过，越发觉得她的时妆一新，不单风啊月啊有些不自在，春皇为了她也不愿走呢。

所以东城的哥儿南乡的姐儿，都争着赏花去，不过赏花的酒吃过了，还有什么花要赏呢？假使能够挽留的话，一天早赏到晚，晚赏到早，我都愿意的。

原词　庆清朝慢

禁幄低张，彤栏巧护，就中独占残春。

容华淡伫，绰约俱见天真。待得群花过后，一番风露晓妆新。妖娆艳态，妒风笑月，长殢东君。

东城边，南陌上，正日烘池馆，竞走香轮。绮筵散日，谁人可继芳尘。更好明光宫殿，几枝先近日边匀。金尊倒，拼了尽烛，不管黄昏。

（十一）多丽 白菊

一个人独住小楼，又为秋天更觉寂寞，夜也特别长，管他呢，早睡罢，怎晓夜来风雨，无情地，打得花枝尽落，愁眉丧脸。只有菊花，越有风雨越发起劲，你看啊，一股清香，荼蘼不如呢?

不过秋也快还(完)了，花也觉得渐渐憔悴，怪可怜的，我倒有点依依不舍的样子，有什么办法呢，纵然是十分爱惜也爱惜不来啊，各处的菊花都不过如此，东篱不是一样吗?

原词　　　　　　多丽 咏白菊

小楼寒，夜长帘幕低垂。恨萧萧无情风雨，夜来揉损琼肌。也不似，贵妃醉脸，也不似，孙寿愁眉，韩令偷香，徐娘傅粉、莫将比拟未新奇。细看取，屈平陶令，风韵正相宜。微风起，清芬酝藉，不减荼蘼。

渐秋阑，雪清玉瘦，向人无限依依。似愁凝，汉皋解佩，似泪洒，纨扇题诗。朗月清风，浓烟暗雨，天教憔悴度芳姿。纵爱惜，不知从此，留得几多时。人情好，何须更忆，泽畔东篱。

（十二）满庭芳 残梅

躲起小阁来，日子虽然显长，也觉得深幽有趣。炉香已过，天也晚了，种的梅花很不错呀，何必要到外面看去？寂寞是寂寞一点，从前何先生在扬州时不是这样吗？

要晓得梅花不是讲热闹的，也经不起风雨，现在这样零落，我太难过了，由他去罢，感情是永远不能磨灭的，再到了有月亮的时候，对他的零落影子也一样可爱。

原词　　　　满庭芳 残梅

小阁藏春，闲窗锁昼，画堂无限深幽。篆香烧尽，日影下帘钩。手种江梅更好，又何必，临水登楼。无人到，寂寥浑似。何逊在扬州。

从来，知韵胜，难堪雨藉，不耐风揉。更谁家横笛，吹动浓愁。莫恨香消雪减，须信道，扫迹情留，难言处，良宵淡月，疏影尚风流。

《白话词十二首》原收藏于旅美人士张歆海处，1985年5月，徐志摩之子徐积锴自美返国探亲之时，将之带回。后经陈从周整

理，在《新文学史料》1985年第4期发表。根据陈从周先生考证分析，这些白话词的创作时间约在1924年左右。自新文化运动兴起之中，文学界革故鼎新，白话文逐渐替代古文，占据了绝对的优势，然而白话文与古文之优劣短长，则时至今日，犹自聚讼纷纭。特别是作为“文学的文学”的诗歌，支持古文的一派认为就诗歌而言，白话文远远无法达到古典诗歌的水平。也许就是因为这个原因，立志于白话诗歌创作的徐志摩创作了这组《白话词十二首》，或者想以此对白话文和古文进行某种“检测”，或者想以此证明白话诗歌完全能够达到古典诗歌的水平。其实验之成败，诸位读者自有自己的体会和感觉，然而作为一个诗人，其开拓的勇气和精神，则足以令人称道。

康桥再会罢

康桥，再会罢；
我心头盛满了别离的情绪，
你是我难得的知己，我当年
辞别家乡父母，登太平洋去，
(算来一秋二秋，已过了四度
春秋，浪迹在海外，美土欧洲)
扶桑风色，檀香山芭蕉况味，
平波大海，开拓我心胸神意，
如今都变了梦里的山河，
渺茫明灭，在我灵府的底里；
我母亲临别的泪痕，她弱手
向波轮远去送爱儿的巾色，
海风咸味，海鸟依恋的雅意，
尽是我记忆的珍藏，我每次
摩按，总不免心酸泪落，便想
理箧归家，重向母怀中匐伏，

回复我天伦挚爱的幸福；
我每想人生多少跋涉劳苦，
多少牺牲，都只是枉费无补，
我四载奔波，称名求学，毕竟
在知识道上，采得几茎花草，
在真理山中，爬上几个峰腰，
钧天妙乐，曾否闻得，彩红色，
可仍记得？——但我如何能回答？
我但自熹楼高车快的文明，
不曾将我的心灵污抹，今日
我对此古风古色，桥影藻密，
依然能坦胸相见，惺惺惜别。

康桥，再会罢！
你我相知虽迟，然这一年中
我心灵革命的怒潮，尽冲泻
在你妩媚河身的两岸，此后
清风明月夜，当照见我情热
狂溢的旧痕，尚留草底桥边，
明年燕子归来，当记我幽叹

音节，歌吟声息，缦烂的云纹
霞彩，应反映我的思想情感，
此日撒向天空的恋意诗心，
赞颂穆静腾辉的晚景，清晨
富丽的温柔；听！那和缓的钟声
解释了新秋凉绪，旅人别意，
我精魂腾耀，满想化入音波，
震天彻地，弥盖我爱的康桥，
如慈母之于睡儿，缓抱软吻；
康桥！汝永为我精神依恋之乡！
此去身虽万里，梦魂必常绕
汝左右，任地中海疾风东指，
我亦必纡道西回，瞻望颜色；
归家后我母若问海外交好，
我必首数康桥；在温清冬夜
蜡梅前，再细辨此日相与况味；
设如我星明有福，素愿竟酬，
则来春花香时节，当复西航，
重来此地，再检起诗针诗线，
绣我理想生命的鲜花，实现

年来梦境缠绵的销魂踪迹，
散香柔韵节，增媚河上风流；
故我别意虽深，我愿望亦密，
昨宵明月照林，我已向倾吐
心胸的蕴积，今晨雨色凄清，
小鸟无欢，难道也为是怅别
情深，累藤长草茂，涕泪交零！

·

康桥！山中有黄金，天上有明星，
人生至宝是情爱交感，即使
山中金尽，天上星散，同情还
永远是宇宙间不尽的黄金，
不昧的明星；赖你和悦宁静
的环境，和圣洁欢乐的光阴，
我心我智，方始经爬梳洗涤，
灵苗随春草怒生，沐日月光辉，
听自然音乐，哺啜古今不朽
——强半汝亲栽育——的文艺精英；
恍登万丈高峰，猛回头惊见
真善美浩瀚的光华，覆翼在

人道蠕动的下界，朗然照出
生命的经纬脉络，血赤金黄，
尽是爱主恋神的辛勤手绩；
康桥！你岂非是我生命的泉源？
你惠我珍品，数不胜数；最难忘
骞士德顿桥下的星磷坝乐，
弹舞殷勤，我常夜半凭阑干，
倾听牧地黑野中倦牛夜嚼，
水草间鱼跃虫嗤，轻挑静寞；
难忘春阳晚照，泼翻一海纯金，
淹没了寺塔钟楼，长垣短堞，
千百家屋顶烟突，白水青山，
难忘茂林中老树纵横；巨干上
黛薄荼青，却教斜刺的朝霞，
抹上些微胭脂春意，忸怩神色；
难忘七月的黄昏，远树凝寂，
像墨泼的山形，衬出轻柔暝色，
密稠稠，七分鹅黄，三分橘绿，
那妙意只可去秋梦边缘捕捉；
难忘榆荫中深宵清啭的诗禽，

一腔情热，教玫瑰噙泪点首，
满天星环舞幽吟，款住远近
浪漫的梦魂，深深迷恋香境；
难忘村里姑娘的腮红颈白；
难忘屏绣康河的垂柳婆娑，
娜娜的克莱亚，硕美的校友居；
——但我如何能尽数，总之此地
人天妙合，虽微如寸芥残垣，
亦不乏纯美精神；流贯其间，
而此精神，正如宛次宛土所谓
“通我血液，浃我心脏，”有“镇驯
矫饬之功；”我此去虽归乡土，
而临行怫怫，转若离家赴远；
康桥！我故里闻此，能弗怨汝
僭爱，然我自有谠言代汝答付；
我今去了，记好明春新杨梅
上市时节，盼望我含笑归来，
再见罢，我爱的康桥。

在汉语世界中，当人们说到“康桥”的时候，几乎会条件反射般地想到徐志摩；人们对康桥的印象，也大抵来自徐志摩的描述。而从徐志摩和康桥之情缘来说，徐志摩也是康桥的最佳“代言”。诗人之所以钟爱康桥，将之当成自己的精神故乡，其原因从本诗中可窥见一二。在康桥美丽的自然景色之中，诗人尽情地感受着生命的爱和美，感受着人与自然的和谐共存。历史上不知道有多少人从康桥上走过，然而能从中得到这番感受的，大概就徐志摩一个了，因为他有一颗赤子之心，因为有一双时刻寻找美的眼睛，因为，他是一个真正的诗人。

文学艺术袖珍馆　第1辑

桨声灯影里的秦淮河

朱自清散文选

朱自清　著

哈尔滨出版社
HARBIN PUBLISHING HOUSE

图书在版编目（CIP）数据
浆声灯影里的秦淮河：朱自清散文选 / 朱自清著
.—哈尔滨：哈尔滨出版社，2011.11（2023.6 重印）
（文学艺术袖珍馆 . 第 1 辑）
ISBN 978-7-5484-0668-6

Ⅰ . ①桨… Ⅱ . ①朱… Ⅲ . ①散文集 – 中国 – 现代
Ⅳ . ① I266

中国版本图书馆 CIP 数据核字（2011）第 129289 号

书　　名：浆声灯影里的秦淮河——朱自清散文选
JIANGSHENG DENGYING LI DE QINHUAIHE
ZHUZIQING SANWEN XUAN

作　　者：朱自清 著
责任编辑：李维娜
版式设计：张文艺
封面设计：末末美书

出版发行：哈尔滨出版社（Harbin Publishing House）
社　　址：哈尔滨市香坊区泰山路 82-9 号　邮编：150090
经　　销：全国新华书店
印　　刷：天津光之彩印刷有限公司
网　　址：www.hrbcbs.com
E-mail ：hrbcbs@yeah.net
编辑版权热线：（0451）87900271　87900272
销售热线：（0451）87900202　87900203

开　　本：787mm × 1092mm　1/32　印张：42　字数：560 千字
版　　次：2011 年 11 月第 1 版
印　　次：2023 年 6 月第 2 次印刷
书　　号：ISBN 978-7-5484-0668-6
定　　价：118.80 元（全六册）

前言 PREFACE

朱自清死后一天，北平街头，一群小学生哄抢着一张报纸，其中一个惊慌地喊道：“作《背影》的朱自清先生昨天死了！”这一句话炸开在车马喧嚣的街头，忽惊醒众生，才知道君子其永逝，往日里漫长的背影竟蓦地被人们想起。后来，沈从文也追忆起这位当年的同侪，他在《不毁灭的背影》中娓娓道来：“《毁灭》与《背影》的作者，站在住处窗口边，没有散文没有诗，默默地过了六年。这种午睡刚醒或黄昏前后镶嵌到绿荫窗口边憔悴清瘦的影子，在同住七个老同事记忆中，一定终生不易消失。”

这是不毁灭的背影，然而斯人已逝，影迹徒留，却如月没在阑干中，只把花香抑在黑暗下，摇曳难寻，气为之滞。这是让人想来便觉无比惆怅的景况，远行者背影凄迷，后来人在渐渐忘怀，至如今已一甲子时间了，拾掇前尘，恐怕该是走进那方被岁月压得漫长的背影，寻住那人，再话巴山的时候了。

1898年11月22日，戊戌肃杀，正是北国露重霜浓之时，江苏海城中却诞下一名男婴，初名朱自华，这就是以后的朱自清先生了。朱氏一门，本是绍兴大姓，只因朱自清的祖父与父亲先后宦居海城与扬州，所以朱自清的前半生大多数时间都生活在扬州城中安乐巷里。

少授经史，工诗能文，在传统家族中成长，深受传统文化影响的朱自清，年尚少时，便已经根基扎实，颇负才名。14岁上进入当地中学学习，18岁上即考入了北京大学预科，第二年升入了本科哲学系，三年之后，朱自清便以优异的成绩修完课程提前毕业了。可以说，负书北大的几年，正是朱自清一生学问的始翔处，这几年间，朱自清顺风顺水，不仅学业优长，在毕业的前一年，出版了自己的处女诗集《睡吧，小小的人》，更是在入学之前，娶得了乡里同庚武钟谦以为媳妇，齐家治平，一路之上顺风顺水。

北大毕业之后，朱自清回归扬州，先后在江浙一带多所中学任教。这一段时间，他加入了文学研究会，积极参加风靡当时的新文学运动，与俞平伯、叶圣陶等人创办《诗》月刊，发表了长诗《毁灭》，并刊刻出版了个人新诗集《踪迹》。作为新文学早期的重要诗人，朱自清开始以其诗名引人注目，也给当时愤有余而力不足的文坛，带来了些许鼎革的新鲜气息。

当然，朱自清最负盛名，也是让他得以跻身现代文坛大师地位的是其散文的创作。朱自清的散文创作初为人知始于1923年，他发表的第一篇较有影响力的文章便是《桨声灯影里的秦淮河》。这篇文章代表了朱自清散文的早期风格，正与其为人相似，是“拙诚中又妩媚(沈从文语)”，而文章中如水波汤漾般流露出的细密绵腻，更是为人注目与玩味，颇受方家肯定。

从此之后，朱自清逐渐弃诗从文，将注意力转移到了散文创作上。到了1928年，已经被清华大学聘为文学教授的朱自清，出版了散文集《背影》。《背影》中包括了朱自清的代表作《背影》、《荷塘月色》等等名篇。这些名篇的诞生，意味着朱自清的散文创作已经进入了成熟与鼎盛的时期，而他的名字也将在文学史上占有一份沉甸甸的分量。这一时期的散文，褪去了早期的些许浮躁，从气质上逐渐变得洗练圆融而畅美，其创作的题材也产生了一些变化，从早期表现较多的世道流离与现实破琐，如《执政府大屠杀记》、《白种人——上帝的骄子》等等，转向了对人伦辗转、亲情冷暖的关照，如《背影》、《儿女》等等。文字上的变化自然也是朱自清人生阶段改变的心境反映，之前的青年学生，如今已经变成了大学的教授。当时少年，如今成了负担家庭的男人，面对自己家中的种种颓败变化，此间的心境想必早已尝知现实的涩苦，再不如少年时那般闲情冶游与针砭褒贬了。夫人情泰而不作，穷则鸣之，此于朱自清是人生的不幸，于文学史却正是一桩幸事，其间迁变因果，实在是耐人寻味。

正是在这一段时间，发生了两件事。第一件事是，朱自清的发妻武钟谦因劳累过度而得痨病过世，朱自清痛不欲生，几为断肠；第二件事是，两年之后，朱自清经好友叶公超介绍结识了第二任妻子陈竹隐，同年，朱自清旅欧进修，翌年，朱自清回国任清华大学文学系主任，并与陈竹隐结成了伉俪。这两件事一悲一喜，悲喜相继，而朱自清的生命与他的创作也在这悲喜相交中，发生了极关键的转折。与陈竹隐结婚之后，已经进入而立之年、经历过人生悲喜的朱自清，变得愈发沉谨，更多的精力转向了学问，而他的文学创作虽然不曾停歇，但可以说，已经是进入了衰年，虽然其范犹在，然生动与灵气同鼎盛时已难匹敌。不过，甚值一提者，乃是在此时期，朱自清出版了《欧游杂记》与《伦敦杂记》两本记录自己旅欧印象的散文小集，这两本小集可说是朱自清散文创作生涯中较为别具一格的作品。

可惜可叹的是，《伦敦杂记》之后，朱自清的作品便愈发鲜见了。这其中的原因，怪不得先生本人，其可罪者，正在这时代的颠乱。抗战爆发，偌大的华北，已经放不下一张平静的书桌。朱自清先生跟随着清华诸校南迁的队伍，一路颠沛，避祸昆明，成为了诸校改组后西南联大的中国文学系主任。当是时，时艰岁苦，联大八年摧折，让他本就不好的身体愈发沉沦。抗战胜利之后，朱自清随校迁回北平，然而将息未得，内战又起。在兵燹炽烈烈物价飞涨的日子里，人口众多的朱家陷入了困窘的生活境地，不时地挨饿，这让朱自清久积的胃病愈演愈烈。最后，朱自清先生又因联名抗议并拒食美援面粉而忍饥挨饿，以至于胃病复发，溘然仙逝。那一天是1948年8月12日，一代散文大家于贫病中死于北大附属医院病床之上，享年不过五十。

古人说，先生之风，山高水长。虽然先生已逝去，但是想起斯人斯事，尤堪击节，在那漫长而伟岸的背影中，留给后人可以瞻知的，除了隽永的文气，更是其为人之风范。譬如闻一多先生被暗杀之后，虽然朱自清先生与其相交平平，但是感其气节，竟不顾生命之危险，参加纪念闻一多的追悼会，并力主为闻一多修集。可惜的是，《闻一多全集》刚交付梓，尚未出版，朱自清先生却已然驾鹤。后来，朱自清先生的弟子王瑶在悼念先生之时，引用了一句当年朱自清先生悼念闻一多先生的名言："他是不甘心的，我们也是不甘心的。"

我们确是不甘心的，怕我们这些后来人在大步向前的同时，忘记了回首反顾，忘记了背后那一盏漫长的背影，忘记了背影中隽永的文章与闪光的灵魂。鉴于此，编者辑此小集，选编收录了朱自清先生一生最具代表性的散文作品，以飨读者。当然，我们的工作或有疏漏，祈愿读者与方家不吝指正。

目录 CONTENTS

桨声灯影里的秦淮河 · 1
温州的踪迹 · 16
扬州的夏日 · 28
潭柘寺　戒坛寺 · 33
荷塘月色 · 40
匆匆 · 44
歌声 · 46
一封信 · 48
海行杂记 · 54
罗马 · 63
白种人——上帝的骄子！ · 74
航船中的文明 · 79
执政府大屠杀记 · 84
说梦 · 98
背影 · 103

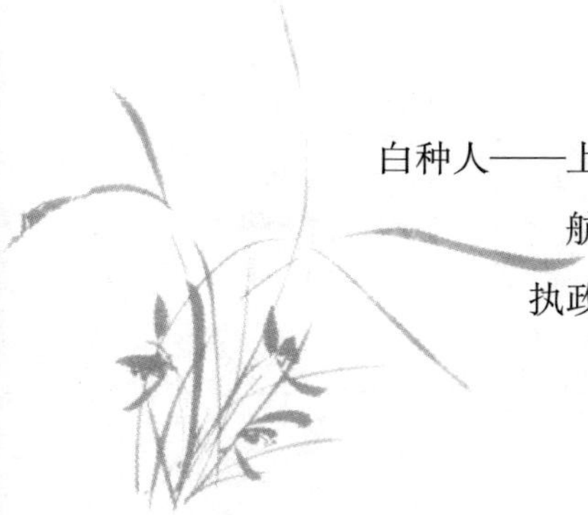

给亡妇 · 107

儿女 · 115

怀魏握青君 · 127

我所见的叶圣陶 · 131

《梅花》后记 · 138

《子恺漫画》代序 · 143

阿河 · 147

飘零 · 161

白采 · 167

沉默 · 172

正义 · 178

谈抽烟 · 184

论气节 · 187

论做作 · 195

论青年 · 202

论自己 · 208

桨声灯影里的秦淮河

一九二三年八月的一晚，我和平伯同游秦淮河；平伯是初泛，我是重来了。我们雇了一只“七板子”，在夕阳已去，皎月方来的时候，便下了船。于是桨声汩——汩，我们开始领略那晃荡着蔷薇色的历史的秦淮河的滋味了。

秦淮河里的船，比北京万甡园，颐和园的船好，比西湖的船好，比扬州瘦西湖的船也好。这几处的船不是觉着笨，就是觉着简陋、局促；都不能引起乘客们的情韵，如秦淮河的船一样。秦淮河的船约略可分为两种：一是大船；一是小船，就是所谓“七板子”。大船舱口阔大，可容二三十人。里面陈设着字画和光洁的红木家具，桌上一律嵌着冰凉的大理石面。窗格雕镂颇细，使人起柔腻之感。窗格里映着红色蓝色的玻璃；玻璃上有精致的花纹，也颇悦人目。“七板子”规模虽不及大船，但那淡蓝色的栏干，空敞的舱，也足系人情思。而最出色处却在它的舱前。舱前是甲板上的一部。上面有弧形的顶，两边用疏疏的栏干支着。里面通常放着两张藤的躺椅。躺下，可以谈天，可以望远，可以顾盼两岸的河房。大船上也有这个，便在小船上更觉清隽罢了。舱前的顶下，一律悬着灯彩；灯的多少，明暗，彩苏的精粗，艳晦，是不一的。但好歹总还你一个灯彩。这灯彩实在是最能钩人的东西。夜幕垂垂地下来时，大小船上都点起灯火。从两重玻璃里映出那辐射着的黄黄的散光，反晕出一片朦胧的烟霭；透过这烟霭，在黯黯的水波里，又逗起缕缕的明漪。在这薄霭和微漪里，听着那悠然的间歇的桨声，谁能不被引入他的美梦去呢？只愁梦太多了，这些大小船儿如何载得起呀？我们这时模模糊糊的谈着明末的秦淮河的艳迹，如《桃花扇》及《板桥杂记》里所载的。我们真神往了。我们仿佛亲见那时华灯映水，画舫凌波的光景了。于是我们的船便成了历史的重载了。我们终于恍然秦淮河的船所以雅丽过于他处，而又有奇异的吸引力的，实在是许多历史的影象使然了。

秦淮河的水是碧阴阴的；看起来厚而不腻，或者是六朝金粉所凝么？我们初上船的时候，天色还未断黑，那漾漾的柔波是这样的恬静，委婉，使我们一面有水阔天空之想，一面又憧憬着纸醉金迷之境了。等到灯火明时，阴阴的变为沉沉了：黯淡的水光，像梦一般；那偶然闪烁着的光芒，就是梦的眼睛了。我们坐在舱前，因了那隆起的顶棚，仿佛总是昂着首向前走着似的；于是飘飘然如御风而行的我们，看着那些自在的湾泊着的船，船里走马灯般的人物，便像是下界一般，迢迢的远了，又像在雾里看花，尽朦朦胧胧的。这时我们已过了利涉桥，望见东关头了。沿路听见断续的歌声：有从沿河的妓楼飘来的，有从河上船里度来的。我们明知那些歌声，只是些因袭的言词，从生涩的歌喉里机械的发出来的；但它们经了夏夜的微风的吹漾和水波的摇拂，袅娜着到我们耳边的时候，已经不单是她们的歌声，而混着微风和河水的密语了。于是我们不得不被牵惹着，震撼着，相与浮沉于这歌声里了。从东关头转湾，不久就到大中桥。大中桥共有三个桥拱，都很阔大，俨然是三座门儿；使我们觉得我们的船和船里的我们，在桥下过去时，真是太无颜色了。桥砖是深褐色，表明它的历史的长久；但都完好无缺，令人太息于古昔工程的坚美。桥上两旁都是木壁的房子，中间应该有街路？这些房子都破旧了，多年烟熏的迹，遮没了当年的美丽。我想象秦淮河的极盛时，在这样宏阔的桥上，特地盖了房子，必然是髹漆得富富丽丽的；晚间必然是灯火通明的。现在却只剩下一片黑沉沉！但是桥上造着房子，毕竟使我们多少可以想见往日的繁华；这也慰情聊胜无了。过了大中桥，便到了灯月交辉，笙歌彻夜的秦淮河；这才是秦淮河的真面目哩。

　　大中桥外，顿然空阔，和桥内两岸排着密密的人家的景象大异了。一眼望去，疏疏的林，淡淡的月，衬着蓝蔚的天，颇像荒江野渡光景；那边呢，郁丛丛的，阴森森的，又似乎藏着无边的黑暗：令人几乎不信那是繁华的秦淮河了。但是河中眩晕着的灯光，纵横着的画舫，悠扬着的笛韵，夹着那吱吱的胡琴声，终于使我们认识绿如茵陈酒的秦淮水了。此地天裸露着的多些，故觉夜来的独迟些；从清清的水影里，我们感到的只是薄薄的夜——这正是秦淮河的夜。大中桥外，本来还有一座复成桥，是船夫口中的我们的游踪尽处，或也是秦淮河繁华的尽处了。我的脚曾踏过复成桥的脊，在十三四岁的时候。但是两次游秦淮河，却都不曾见着复成桥的面；明知总在前途的，却常觉得有些虚无缥缈似的。我想，不见倒也好。这时正是盛夏。我们下船后，借着新生的晚凉和河上的微风，暑气已渐渐销散；到了此地，豁然开朗，身子顿然轻了——习习的清风荏苒在面上，手上，衣上，这便又感到了一缕新凉了。南京的日光，大概没有杭州猛烈；西湖的夏夜老是热蓬蓬的，水像沸着一般，秦淮河的水却尽是这样冷冷地绿着。任你人影的憧憧，歌声的扰扰，总像隔着一层薄薄的绿纱面幂似的；它尽是这样静静的，冷冷的绿着。我们出了大中桥，走不上半里路，船夫便将船划到一旁，停了桨由它宕着。他以为那里正是繁华的极点，再过去就是荒凉了；所以让我们多多赏鉴一会儿。他自己却静静的蹲着。他是看惯这光景的了，大约只是一个无可无不可。这无可无不可，无论是升的沉的，总之，都比我们高了。

那时河里闹热极了；船大半泊着，小半在水上穿梭似的来往。停泊着的都在近市的那一边，我们的船自然也夹在其中。因为这边略略的挤，便觉得那边十分的疏了。在每一只船从那边过去时，我们能画出它的轻轻的影和曲曲的波，在我们的心上；这显着是空，且显着是静了。那时处处都是歌声和凄厉的胡琴声，圆润的喉咙，确乎是很少的。但那生涩的，尖脆的调子能使人有少年的，粗率不拘的感觉，也正可快我们的意。况且多少隔开些儿听着，因为想象与渴慕的做美，总觉更有滋味；而竞发的喧嚣，抑扬的不齐，远近的杂沓，和乐器的嘈嘈切切，合成另一意味的谐音，也使我们无所适从，如随着大风而走。这实在因为我们的心枯涩久了，变为脆弱；故偶然润泽一下，便疯狂似的不能自主了。但秦淮河确也腻人。即如船里的人面，无论是和我们一堆儿泊着的，无论是从我们眼前过去的，总是模模糊糊的，甚至渺渺茫茫的；任你张圆了眼睛，揩净了眦垢，也是枉然。这真够人想呢。在我们停泊的地方，灯光原是纷然的；不过这些灯光都是黄而有晕的。黄已经不能明了，再加上了晕，便更不成了。灯愈多，晕就愈甚；在繁星般的黄的交错里，秦淮河仿佛笼上了一团光雾。光芒与雾气腾腾的晕着，什么都只剩了轮廓了；所以人面的详细的曲线，便消失于我们的眼底了。但灯光究竟夺不了那边的月色；灯光是浑的，月色是清的，在浑沌的灯光里，渗入了一派清辉，却真是奇迹！那晚月儿已瘦削了两三分。她晚妆才罢，盈盈的上了柳梢头。天是蓝得可爱，仿佛一汪水似的；月儿便更出落得精神了。岸上原有三株两株的垂杨树，淡淡的影子，在水里摇曳着。它们那柔细的枝条浴着月光，就像一支支美人的臂膊，交互的缠着，挽着；又像是月儿披着的发。而月儿偶然也从它们的交叉处偷偷窥看我们，大有小姑娘怕羞的样子。岸上另有几株不知名的老树，光光的立着；在月光里照起来。却又俨然是精神矍铄的老人。远处——快到天际线了，才有一两片白云，亮得现出异彩，像美丽的贝壳一般。白云下便是黑黑的一带轮廓；是一条随意坏的不规则的曲线。这一段光景，和河中的风味大异了。但灯与月竟能并存着，交融着，使月成了缠绵的月，灯射着渺渺的灵辉；这正是天之所以厚秦淮河，也正是天之所以厚我们了。

这时却遇着了难解的纠纷。秦淮河上原有一种歌妓，是以歌为业的。从前都在茶舫上，唱些大曲之类。每日午后一时起；什么时候止，却忘记了。晚上照样也有一回。也在黄晕的灯光里。我从前过南京时，曾随着朋友去听过两次。因为茶舫里的人脸太多了，觉得不大适意，终于听不出所以然。前年听说歌妓被取缔了，不知怎的，颇涉想了几次——却想不出什么。这次到南京，先到茶舫上去看看，觉得颇是寂寥，令我无端的怅怅了。不料她们却仍在秦淮河里挣扎着，不料她们竟会纠缠到我们，我于是很张皇了。她们也乘着“七板子”，她们总是坐在舱前的。舱前点着石油汽灯，光亮眩人眼目：坐在下面的，自然是纤毫毕见了——引诱客人们的力量，也便在此了。舱里躲着乐工等人，映着汽灯的余辉蠕动着；他们是永远不被注意的。每船的歌妓大约都是二人；天色一黑。她们的船就在大中桥外往来不息的兜生意。无论行着的船，泊着的船，都要来兜揽的。这都是我后来推想出来的。那晚不知怎样，忽然轮着我们的船了。我们的船好好的停着，一只歌舫划向我们来的；渐渐和我们的船并着了。铄铄的灯光逼得我们皱起了眉头；我们的风尘色全给它托出来了，这使我踧踖不安了。那时一个伙计跨过船来，拿着摊开的歌折，就近塞向我的手里，说："点几出吧！"他跨过来的时候，我们船上似乎有许多眼光跟着。同时相近的别的船上也似乎有许多眼睛炯炯的向我们船上看着。我真窘了！我也装出大方的样子，向歌妓们瞥了一眼，但究竟是不成的！我勉强将那歌折翻了一翻，却不曾看清了几个字；便赶紧递还那伙计，一面不好意思地说："不要，我们……不要。"他便塞给平伯。平伯掉转头去，摇手说："不要！"那人还腻着不走。平伯又回过脸来，摇着头道："不要！"于是那人重到我处。我窘着再拒绝了他。他这才有所不屑似的走了。我的心立刻放下，如释了重负一般。我们就开始自白了。

我说我受了道德律的压迫，拒绝了她们；心里似乎很抱歉的。这所谓抱歉，一面对于她们，一面对于我自己。她们于我们虽然没有很奢的希望；但总有些希望的。我们拒绝了她们，无论理由如何充足，却使她们的希望受了伤；这总有几分不做美了。这是我觉得很怅怅的。至于我自己，更有一种不足之感。我这时被四面的歌声诱惑了，降服了；但是远远的，远远的歌声总仿佛隔着重衣搔痒似的，越搔越搔不着痒处。我于是憧憬着贴耳的妙音了。在歌舫划来时，我的憧憬，变为盼望；我固执的盼望着，有如饥渴。虽然从浅薄的经验里，也能够推知，那贴耳的歌声，将剥去了一切的美妙；但一个平常的人像我的，谁愿凭了理性之力去丑化未来呢？我宁愿自己骗着了。不过我的社会感性是很敏锐的；我的思力能拆穿道德律的西洋镜，而我的感情却终于被它压服着，我于是有所顾忌了，尤其是在众目昭彰的时候。道德律的力，本来是民众赋予的；在民众的面前，自然更显出它的威严了。我这时一面盼望，一面却感到了两重的禁制：一，在通俗的意义上，接近妓者总算一种不正当的行为；二，妓是一种不健全的职业，我们对于她们，应有哀矜勿喜之心，不应赏玩的去听她们的歌。在众目睽睽之下，这两种思想在我心里最为旺盛。她们暂时压倒了我的听歌的盼望，这便成就了我的灰色的拒绝。

那时的心实在异常状态中，觉得颇是昏乱。歌舫去了，暂时宁靖之后，我的思绪又如潮涌了。两个相反的意思在我心头往复：卖歌和卖淫不同，听歌和狎妓不同，又干道德甚事？——但是，但是，她们既被逼的以歌为业，她们的歌必无艺术味的；况她们的身世，我们究竟该同情的。所以拒绝倒也是正办。但这些意思终于不曾撇开我的听歌的盼望。它力量异常坚强；它总想将别的思绪踏在脚下。从这重重的争斗里，我感到了浓厚的不足之感。这不足之感使我的心盘旋不安，起坐都不安宁了。唉！我承认我是一个自私的人！平伯呢，却与我不同。他引周启明先生的诗，“因为我有妻子，所以我爱一切的女人，因为我有子女，所以我爱一切的孩子。”①

他的意思可以见了。他因为推及的同情，爱着那些歌妓，并且尊重着她们，所以拒绝了她们。在这种情形下，他自然以为听

---

①原诗是，“我为了自己的儿女才爱小孩子，为了自己的妻才爱女人”，见《雪朝》第48页。

歌是对于她们的一种侮辱。但他也是想听歌的，虽然不和我一样，所以在他的心中，当然也有一番小小的争斗；争斗的结果，是同情胜了。至于道德律，在他是没有什么的；因为他很有蔑视一切的倾向，民众的力量在他是不大觉着的。这时他的心意的活动比较简单，又比较松弱，故事后还怡然自若；我却不能了。这里平伯又比我高了。

在我们谈话中间，又来了两只歌舫。伙计照前一样的请我们点戏，我们照前一样的拒绝了。我受了三次窘，心里的不安更甚了。清艳的夜景也为之减色。船夫大约因为要赶第二趟生意，催着我们回去；我们无可无不可的答应了。我们渐渐和那些晕黄的灯光远了，只有些月色冷清清的随着我们的归舟。我们的船竟没个伴儿，秦淮河的夜正长哩！到大中桥近处，才遇着一只来船。这是一只载妓的板船，黑漆漆的没有一点光。船头上坐着一个妓女；暗里看出，白地小花的衫子，黑的下衣。她手里拉着胡琴，口里唱着青衫的调子。她唱得响亮而圆转；当她的船箭一般驶过去时，余音还袅袅的在我们耳际，使我们倾听而向往。想不到在弩末的游踪里，还能领略到这样的清歌！这时船过大中桥了，森森的水影，如黑暗张着巨口，要将我们的船吞了下去，我们回顾那渺渺的黄光，不胜依恋之情；我们感到了寂寞了！这一段地方夜色甚浓，又有两头的灯火招邀着；桥外的灯火不用说了，过了桥另有东关头疏疏的灯火。我们忽然仰头看见依人的素月，不觉深悔归来之早了！走过东关头，有一两只大船湾泊着，又有几只船向我们来着。嚣嚣的一阵歌声人语，仿佛笑我们无伴的孤舟哩。东关头转湾，河上的夜色更浓了；临水的妓楼上，时时从帘缝里射出一线一线的灯光；仿佛黑暗从酣睡里眨了一眨眼。我们默然的对着，静听那汩——汩的桨声，几乎要入睡了；朦胧里却温寻着适才的繁华的余味。我那不安的心在静里愈显活跃了！这时我们都有了不足之感，而我的更其浓厚。我们却只不愿回去，于是只能由懊悔而怅惘了。船里便满载着怅惘了。直到利涉桥下，微微嘈杂的人声，才使我豁然一惊；那光景却又不同。右岸的河房里，都大开了窗户，里面亮着晃晃的电灯，电灯的光射到水上，蜿蜒曲折，闪闪不息，正如跳舞着的仙女的臂膊。我们的船已在她的臂膊里了；如睡在摇篮里一样，倦了的我们便又入梦了。那电灯下的人物，只觉像蚂蚁一般，更不去萦念。这是最后的梦；可惜是最短的梦！黑暗重复落在我们面前，我们看见傍岸的空船上一星两星的，枯燥无力又摇摇不定的灯光。我们的梦醒了，我们知道就要上岸了；我们心里充满了幻灭的情思。

1923年10月11日作完，于温州。

(原载1924年1月25日《东方杂志》第21卷第2号20周年纪念号)

温州的踪迹

一 “月朦胧，鸟朦胧，帘卷海棠红”①

这是一张尺多宽的小小的横幅，马孟容君画的。上方的左角，斜着一卷绿色的帘子，稀疏而长；当纸的直处三分之一，横处三分之二。帘子中央，着一黄色的，茶壶嘴似的钩儿——就是所谓软金钩么？“钩弯”垂着双穗，石青色；丝缕微乱，若小曳于轻风中。纸右一圆月，淡淡的青光遍满纸上；月的纯净，柔软与平和，如一张睡美人的脸。从帘的上端向右斜伸而下，是一枝交缠的海棠花。花叶扶疏，上下错落着，共有五丛；或散或密，都玲珑有致。叶嫩绿色，仿佛掐得出水似的；在月光中掩映着，微微有浅深之别。花正盛开，红艳欲流；黄色的雄蕊历

① 画题，系旧句。

历的，闪闪的。衬托在丛绿之间，格外觉着妖娆了。枝欹斜而腾挪，如少女的一只臂膊。枝上歇着一对黑色的八哥，背着月光，向着帘里。一只歇得高些，小小的眼儿半睁半闭的，似乎在入梦之前，还有所留恋似的。那低些的一只别过脸来对着这一只，已缩着颈儿睡了。帘下是空空的，不着一些痕迹。

试想在圆月朦胧之夜，海棠是这样的妩媚而嫣润；枝头的好鸟为什么却双栖而各梦呢？在这夜深人静的当儿，那高踞着的一只八哥儿，又为何尽撑着眼皮儿不肯睡去呢？他到底等什么来着？舍不得那淡淡的月儿么？舍不得那疏疏的帘儿么？不，不，不，您得到帘下去找，您得向帘中去找——您该找着那卷帘人了？他的情韵风怀，原是这样这样的哟！朦胧的岂独月呢；岂独鸟呢？但是，咫尺天涯，教我如何耐得？我拼着千呼万唤；你能够出来么？

这页画布局那样经济，设色那样柔活，故精彩足以动人。虽是区区尺幅，而情韵之厚，已足沦肌浃髓而有余。我看了这画。瞿然而惊：留恋之怀，不能自已。故将所感受的印象细细写出，以志这一段因缘。但我于中西的画都是门外汉，所说的话不免为内行所笑。——那也只好由他了。

1924年2月1日，温州作。

二　绿

我第二次到仙岩①的时候，我惊诧于梅雨潭的绿了。

梅雨潭是一个瀑布潭。仙岩有三个瀑布，梅雨瀑最低。走到山边，便听见花花花花的声音；抬起头，镶在两条湿湿的黑边儿里的，一带白而发亮的水便呈现于眼前了。我们先到梅雨亭。梅雨亭正对着那条瀑布；坐在亭边，不必仰头，便可见它的全体了。亭下深深的便是梅雨潭。这个亭踞在突出的

---

①山名，瑞安的胜迹。

一角的岩石上，上下都空空儿的；仿佛一只苍鹰展着翼翅浮在天宇中一般。三面都是山，像半个环儿拥着；人如在井底了。这是一个秋季的薄阴的天气。微微的云在我们顶上流着；岩面与草丛都从润湿中透出几分油油的绿意。而瀑布也似乎分外的响了。那瀑布从上面冲下，仿佛已被扯成大小的几绺；不复是一幅整齐而平滑的布。岩上有许多棱角；瀑流经过时，作急剧的撞击，便飞花碎玉般乱溅着了。那溅着的水花。晶莹而多芒；远望去，像一朵朵小小的白梅。微雨似的纷纷落着。据说，这就是梅雨潭之所以得名了。但我觉得像杨花，格外确切些。轻风起来时，点点随风飘散，那更是杨花了。——这时偶然有几点送入我们温暖的怀里，便倏的钻了进去，再也寻它不着。

梅雨潭闪闪的绿色招引着我们；我们开始追捉她那离合的神光了。揪着草，攀着乱石，小心探身下去，又鞠躬过了一个石穹门，便到了汪汪一碧的潭边了。瀑布在襟袖之间；但我的心中已没有瀑布了。我的心随潭水的绿而摇荡。那醉人的绿呀！仿佛一张极大极大的荷叶铺着，满是奇异的绿呀。我想张开两臂抱住她；但这是怎样一个妄想呀。——站在水边，望到那面，居然觉着有些远呢！这平铺着，厚积着的绿，着实可爱。她松松的皱缬着，像少妇拖着的裙幅；她轻轻的摆弄着，像跳动的初恋的处女的心；她滑滑的明亮着，像涂了“明油”一般，有鸡蛋清那样软，那样嫩，令人想着所曾触过的最嫩的皮肤；她又不杂些儿尘滓，宛然一块温润的碧玉，只清清的一色——但你却看不透她！我曾见过北京什刹海拂地的绿杨，脱不了鹅黄的底子，似乎太淡了。我又曾见过杭州虎跑寺近旁高峻而深密的“绿壁”，从叠着无穷的碧草与绿叶的，那又似乎太浓了。其余呢，西湖的波太明了，秦淮河的也太暗了。可爱的，我将什么来比拟你呢？我怎么比拟得出呢？大约潭是很深的，故能蕴蓄着这样奇异的绿；仿佛蔚蓝的天融了一块在里面似的，这才这般的鲜润呀。——那醉人的绿呀！我若能裁你以为带，我将赠给那轻盈的舞女；她必能临风飘举了。我若能挹你以为眼，我将赠给那善歌的盲妹；她必明眸善睐了。我舍不得你；我怎舍得你呢？我用手拍着你，抚摩着你，如同一个十二三岁的小姑娘。我又掬你入口，便是吻着她了。我送你一个名字，我从此叫你“女儿绿”，好么？

我第二次到仙岩的时候，我不禁惊诧于梅雨潭的绿了。

2月8日，温州作。

三　白水漈

几个朋友伴我游白水漈。这也是个瀑布；但是太薄了，又太细了。有时闪着些须的白光；等你定睛看去，却又没有——只剩一片飞烟而已。从前有所谓“雾縠”，大概就是这样了。所以如此，全由于岩石中间突然空了一段；水到那里，无可凭依，凌虚飞下，便扯得又薄又细了。当那空处，最是奇迹。白光嬗为飞烟，已是影子，有时却连影子也不见。有时微风过来，用纤手挽着那影子，它便袅袅的成了一个软弧；但她的手才松，它又像橡皮带儿似的，立刻伏伏帖帖的缩回来了。我所以猜疑，或者另有双不可知的巧手，要将这些影子织成一个幻网。——微风想夺了她的，她怎么肯呢？

幻网里也许织着诱惑；我的依恋便是个老大的证据。

3月16日，宁波作。

四　生命的价格——七毛钱

生命本来不应该有价格的；而竟有了价格！人贩子，老鸨，以至近来的绑票土匪，都就他们的所有物，标上参差的价格，出卖于人；我想将来许还有公开的人市场呢！在种种“人货”里，价格最高的，自然是土匪们的票了，少则成千，多则成万；大约是有历史以来，“人货”的最高的行情了。其次是老鸨们所有的妓女，由数百元到数千元，是常常听到的。最贱的要算是人贩子的货色！他们所有的，只是些男女小孩，只是些“生货”，所以便卖不起价钱了。

人贩子只是“仲买人”，他们还得取给于“厂家”，便是出卖孩子们的人家。“厂家”的价格才真是道地呢！《青光》里曾有一段记载，说三块钱买了一个丫头；那是移让过来的，但价格之低，也就够令人惊诧了！“厂家”的价格，却还有更低的！三百钱，五百钱买一个孩子，在灾荒时不算难事！但我不曾见过。我亲眼看见的一条最贱的生命，是七毛钱买来的！这是一个五岁的女孩子。一个五岁的“女孩子”卖七毛钱，也许不能算是最贱；但请您细看：将一条生命的自由和七枚小银元各放在天平的一个盘里，您将发现，正如九头牛与一根牛毛一样，两个盘儿的重量相差实在太远了！

我见这个女孩，是在房东家里。那时我

正和孩子们吃饭；妻走来叫我看一件奇事，七毛钱买来的孩子！孩子端端正正的坐在条凳上；面孔黄黑色，但还丰润；衣帽也还整洁可看。我看了几眼，觉得和我们的孩子也没有什么差异；我看不出她的低贱的生命的符记——如我们看低贱的货色时所容易发见的符记。我回到自己的饭桌上，看看阿九和阿菜，始终觉得和那个女孩没有什么不同！但是，我毕竟发见真理了！我们的孩子所以高贵，正因为我们不曾出卖他们，而那个女孩所以低贱，正因为她是被出卖的；这就是她只值七毛钱的缘故了！呀，聪明的真理！

妻告诉我这孩子没有父母，她哥嫂将她卖给房东家姑爷开的银匠店里的伙计，便是带着她吃饭的那个人。他似乎没有老婆，手头很窘的，而且喜欢喝酒，是一个糊涂的人！我想这孩子父母若还在世，或者还舍不得卖她，至少也要迟几年卖她；因为她究竟是可怜可怜的小羔羊。到了哥嫂的手里，情形便不同了！家里总不宽裕，多一张嘴吃饭，多费些布做衣，是显而易见的。将来人大了，由哥嫂卖出，究竟是为难的；说不定还得找补些儿，才能送出去。这可多么冤呀！不如趁小的时候，谁也不注意，做个人情，送了干净！您想，温州不算十分穷苦的地方，也没碰着大荒年，干什么得了七个小毛钱，就心甘情愿的将自己的小妹子捧给人家呢？说等钱用？谁也不信！七毛钱了得什么急事！温州又不是没人买的！大约买卖两方本来相知；那边恰要个孩子顽儿，这边也乐得出脱，便半送半卖的含糊定了交易。我猜想那时伙计向袋里一摸一股脑儿掏了出来，只有七毛钱！哥哥原也不指望着这笔钱用，也就大大方方收了完事。于是财货两交，那女孩便归伙计管业了！

这一笔交易的将来，自然是在运命手里；女儿本姓“碰”，由她去碰罢了！但可知的，运命决不加惠于她！第一幕的戏已启示于我们了！照妻所说，那伙计必无这样耐心，抚养她成人长大！他将像豢养小猪一样，等到相当的肥壮的时候，便卖给屠户，任他宰割去；这其间他得了赚头，是理所当然的！但屠户是谁呢？在她卖做丫头的时候，便是主人！“仁慈的”主人只宰割她相当的劳力，如养羊而剪它的毛一样。到了相当的年纪，便将她配人。能够这样，她虽然被撇在丫头坯里，却还算不幸中之幸哩。但在目下这钱世界里，如此大方的人究竟是少的；我们所见的，十有六七是刻薄人！她若卖到这种人手里，他们必搒榨她过量的劳力。供不应求时，便骂也来了，打也来了！等她成熟时，却又好转卖给人家作妾；平常搒榨的不够，这儿又找补一个尾子！偏生这孩子模样儿又不好；入门不能得丈夫的欢心，容易遭大妇的凌虐，又是显然的！她的一生，将消磨于眼泪中了！也有些主人自己收婢作妾的；但红颜白发，也只空断送了她的一生！和前例相较，只是五十步与百步而已。——更可危的，她若被那伙计卖在妓院里，老鸨才真是个令人肉颤的屠户呢！我们可以想到：她怎样逼她学弹学唱，怎样驱遣她去做粗活！怎样用藤筋打她，用针刺她！怎样督责她承欢卖笑！她怎样吃残羹冷饭！

怎样打熬着不得睡觉！怎样终于生了一身毒疮！她的相貌使她只能做下等妓女；她的沦落风尘是终生的！她的悲剧也是终生的！——唉！七毛钱竟买了你的全生命——你的血肉之躯竟抵不上区区七个小银元么！生命真太贱了！生命真太贱了！

因此想到自己的孩子的运命，真有些胆寒！钱世界里的生命市场存在一日，都是我们孩子的危险！都是我们孩子的侮辱！您有孩子的人呀，想想看，这是谁之罪呢？这是谁之责呢？

4月9日，宁波作

原载《我们的七月》

扬州的夏日

扬州从隋炀帝以来，是诗人文士所称道的地方；称道的多了，称道得久了，一般人便也随声附和起来。直到现在，你若向人提起扬州这个名字，他会点头或摇头说："好地方！好地方！"特别是没去过扬州而念过些唐诗的人，在他心里，扬州真像蜃楼海市一般美丽；他若念过《扬州画舫录》一类书，那更了不得了。但在一个久住扬州像我的人，他却没有那么多美丽的幻想，他的憎恶也许掩住了他的爱好；他也许离开了三四年并不去想它。若是想呢，——你说他想什么？女人；不错，这似乎也有名，但怕不是现在的女人吧？——他也只会想着扬州的夏日，虽然与女人仍然不无关系的。

北方和南方一个大不同，在我看，就是北方无水而南方有。诚然，北方今年大雨，永定河，大清河甚至决了堤防，但这并不能算是有水；北平的三海和颐和园虽然有点儿水，但太平衍了，一览而尽，船又那么笨头笨脑的。有水的仍然是南方。扬州的夏日，好处大半便在水上——有人称为“瘦西湖”，这个名字真是太“瘦”了，假西湖之名以行，“雅得这样俗”，老实说，我是不喜欢的。下船的地方便是护城河，曼衍开去，曲曲折折，直到平山堂，——这是你们熟悉的名字——有七八里河道，还有许多杈杈桠桠的支流。这条河其实也没有顶大的好处，只是曲折而有些幽静，和别处不同。

沿河最著名的风景是小金山，法海寺，五亭桥；最远的便是平山堂了。金山你们是知道的，小金山却在水中央。在那里望水最好，看月自然也不错——可是我还不曾有过那样福气。“下河”的人十之九是到这儿的，人不免太多些。法海寺有一个塔，和北海的一样，据说是乾隆皇帝下江南，盐商们连夜督促匠人造成的。法海寺著名的自然是这个塔；但还有一桩，你们猜不着，是红烧猪头。夏天吃红烧猪头，在理论上也许不甚相宜；可是在实际上，挥汗吃着，倒也不坏的。五亭桥如名字所示，是五个亭子的桥。桥是拱形，中一亭最高，两边四亭，参差相称；最宜远看，或看影子，也好。桥洞颇多，乘小船穿来穿去，另有风味。平山堂在蜀冈上。登堂可见江南诸山淡淡的轮廓："山色有无中"一句话，我看是恰到好处，并不算错。这里游人较少，闲坐在堂上，可以永日。沿路光景，也以闲寂胜。从天宁门或北门下船。蜿蜒的城墙，在水里倒映着苍黝的影子，小船悠然地撑过去，岸上的喧扰像没有似的。

船有三种：大船专供宴游之用，可以挟妓或打牌。小时候常跟了父亲去，在船里听着谋得利洋行的唱片。现在这样乘船的大概少了吧？其次是"小划子"，真像一瓣西瓜，由一个男人或女人用竹篙撑着。乘的人多了，便可雇两只，前后用小凳子跨着：这也可算得"方舟"了。后来又有一种"洋划"，比大船小，比"小划子"大，上支布篷，可以遮日遮雨。“洋划”渐渐地多，大船渐渐地少，然而“小划子”总是有人要的。这不独因为价钱最贱，也因为它的伶俐。一个人坐在船中，让一个人站在船尾上用竹篙一下一下地撑着，简直是一首唐诗，或一幅山水画。而有些好事的少年，愿意自己撑船，也非“小划子”不行。“小划子”虽然便宜，却也有些分别。譬如说，你们也可想到的，女人撑船总要贵些；姑娘撑的自然更要贵啰。这些撑船的女子，便是有人说过的“瘦西湖上的船娘”。船娘们的故事大概不少，但我不很知道。据说以乱头粗服，风趣天然为胜；中年而有风趣，也仍然算好。可是起初原是逢场作戏，或尚不伤廉惠；以后居然有了价格，便觉意味索然了。

北门外一带，叫做下街，“茶馆”最多，往往一面临河。船行过时，茶客与乘客可以随便招呼说话。船上人若高兴时，也可以向茶馆中要一壶茶，或一两种“小笼点心”，在河中喝着，吃着，谈着。回来时再将茶壶和所谓小笼，连价款一并交给茶馆中人。撑船的都与茶馆相熟，他们不怕你白吃。扬州的小笼点心实在不错：我离开扬州，也走过七八处大大小小的地方，还没有吃过那样好的点心；这其实是值得惦记的。茶馆的地方大致总好，名字也颇有好的。如香影廊，绿杨村，红叶山庄，都是到现在还记得的。绿杨村的幌子，挂在绿杨树上，随风飘展，使人想起“绿杨城郭是扬州”的名句。里面还有小池，丛竹，茅亭，景物最幽。这一带的茶馆布置都历落有致，迥非上海，北平方方正正的茶楼可比。

“下河”总是下午。傍晚回来，在暮霭朦胧中上了岸，将大褂折好搭在腕上，一手微微摇着扇子；这样进了北门或天宁门走回家中。这时候可以念“又得浮生半日闲”那一句诗了。

(原载1929年12月11日《白华旬刊》第4期)

潭柘寺　戒坛寺

早就知道潭柘寺，戒坛寺。在商务印书馆的《北平指南》上，见过潭柘的铜图，小小的一块，模模糊糊的，看了一点没有想去的意思。后来不断地听人说起这两座庙；有时候说路上不平静，有时候说路上红叶好。说红叶好的劝我秋天去；但也有人劝我夏天去。有一回骑驴上八大处，赶驴的问逛过潭柘没有，我说没有。他说潭柘风景好，那儿满是老道，他去过，离八大处七八十里地，坐轿骑驴都成。我不大喜欢老道的装束，尤其是那满蓄着的长头发，看上去啰里啰唆，龌里龌龊的。更不想骑驴走七八十里地，因为我知道驴子与我都受不了。真打动我的倒是“潭柘寺”这个名字。不懂不是？就是不懂的妙。躲懒的人念成“潭拓寺”，那更莫名其妙了。这怕是中国文法的花样；要是来个欧化，说是“潭和柘的寺”，那就用不着咬嚼或吟味了。还有在一部诗话里看见近人咏戒台松的七古，诗腾挪夭矫，想来松也如此。所以去。但是在夏秋之前的春天，而且是早春；北平的早春是没有花的。

这才认真打听去过的人。有的说住潭柘好，有的说住戒坛好。有的人说路太难走，走到了筋疲力尽，再没兴致玩儿；有人说走路有意思。又有人说，去时坐了轿子，半路上前后两个轿夫吵起来，把轿子搁下，直说不抬了。于是心中暗自决定，不坐轿，也不走路；取中道，骑驴子。又按普通说法，总是潭柘寺在前，戒坛寺在后，想着戒坛寺一定远些；于是决定住潭柘，因为一天回不来，必得住。门头沟下车时，想着人多，怕雇不着许多驴，但是并不然——雇驴的时候，才知道戒坛去便宜一半，那就是说近一半。这时候自己忽然逞起能来，要走路。走吧。

这一段路可够瞧的。像是河床，怎么也挑不出没有石子的地方，脚底下老是绊来绊去的，教人心烦。又没有树木，甚至于没有一根草。这一带原是煤窑，拉煤的大车往来不绝，尘土里饱和着煤屑，变成黯淡的深灰色，教人看了透不出气来。走一点钟光景。自己觉得已经有点办不了，怕没有走到便筋疲力尽；幸而山上下来一条驴，如获至宝似地雇下，骑上去。这一天东风特别大。平常骑驴就不稳，风一大真是祸不单行。山上东西都有路，很窄，下面是斜坡；本来从西边走，驴夫看风势太猛，将驴拉上东路。就这么着，有一回还几乎让风将驴吹倒；若走西边，没有准儿会驴我同归哪。想起从前人画风雪骑驴图，极是雅事；大概那不是上潭柘寺去的。驴背上照例该有些诗意，但是我，下有驴子，上有帽子眼镜，都要照管；又有迎风下泪的毛病，常要掏手巾擦干。当其时真恨不得生出第三只手来才好。

东边山峰渐起，风是过不来了；可是驴也骑不得了，说是坎儿多。坎儿可真多。这时候精神倒好起来了：崎岖的路正可以练腰脚，处处要眼到心到脚到，不像平地上。人多更有点竞赛的心理，总想走上最前头去，再则这儿的山势虽然说不上险，可是突兀，丑怪，巉刻的地方有的是。我们说这才有点儿山的意思；老像八大处那样，真教人气闷闷的。于是一直走到潭柘寺后门；这段坎儿路比风里走过的长一半，小驴毫无用处，驴夫说：“咳，这不过给您做个伴儿！”

墙外先看见竹子，且不想进去。又密，又粗，虽然不够绿。北平看竹子，真不易。又想到八大处了，大悲庵殿前那一溜儿，薄得可怜，细得也可怜，比起这儿，真是小巫见大巫了。进去过一道角门，门旁突然亭亭地矗立着两竿粗竹子，在墙上紧紧地挨着；要用批文章的成语，这两竿竹子足称得起“天外飞来之笔”。

正殿屋角上两座琉璃瓦的鸱吻，在台阶下看，值得徘徊一下。神话说殿基本是青龙潭，一夕风雨，顿成平地，涌出两鸱吻。只可惜现在的两座太新鲜，与神话的朦胧幽秘的境界不相称。但是还值得看，为的是大得好，在太阳里嫩黄得好，闪亮得好；那拴着的四条黄铜链子也映衬得好。寺里殿很多，层层折折高上去，走起来已经不平凡，每殿大小又不一样，塑像摆设也各出心裁。看完了，还觉得无穷无尽似的。正殿下延清阁是待客的地方，远处群山像屏障似的。屋子结构甚巧，穿来穿去，不知有多少间，好像一所大宅子。可惜尘封不扫，我们住不着。话说回来，这种屋子原也不是预备给我们这么多人挤着住的。寺门前一道深沟，上有石桥；那时没有水，若是现在去，倚在桥上听潺潺的水声，倒也可以忘我忘世。过桥四株马尾松，枝枝覆盖，叶叶交通，另成一个境界。西边小山上有个古观音洞。洞无可看，但上去时在山坡上看潭柘的侧面，宛如仇十洲的《仙山楼阁图》；往下看是陡峭的沟岸，越显得深深无极，潭柘简直有海上蓬莱的意味了。寺以泉水著名，到处有石槽引水长流，倒也涓涓可爱。只是流觞亭雅得那样俗，在石地上楞刻着蚰蜒般的槽；那样流觞，怕只有孩子们愿意干。现在兰亭的“流觞曲水”也和这儿的一鼻孔出气，不过规模大些。晚上因为带的铺盖薄，冻得睁着眼，却听了一夜的泉声；心里想要不冻着，这泉声够多清雅啊！寺里并无一个老道，但那几个和尚，满身铜臭，满眼势利，教人老不能忘记，倒也麻烦的。

第二天清早，二十多人满雇了牲口，向戒坛而去，颇有浩浩荡荡之势。我的是一匹骡子，据说稳得多。这是第一回，高高兴兴骑上去。这一路要翻罗喉岭。只是土山，可是道儿窄，又曲折，虽不高，老那么凸凸凹凹的。许多处只容得一匹牲口过去。平心说，是险点儿。想起古来用兵，从间道袭敌人，许也是这种光景吧。

戒坛在半山上，山门是向东的。一进去就觉得平旷；南面只有一道低低的砖栏，下边是一片平原，平原尽处才是山，与众山屏蔽的潭柘气象便不同。进二门，更觉得空阔疏朗，仰看正殿前的平台，仿佛汪洋千顷。这平台东西很长，是戒坛最胜处，眼界最宽，教人想起“振衣千仞冈”的诗句。三株名松都在这里。“卧龙松”与“抱塔松”同是偃仆的姿势，身躯奇伟，鳞甲苍然，有飞动之意。“九龙松”老干槎丫，如张牙舞爪一般。若在月光底下，森森然的松影当更有可看。此地最宜低回流连，不是匆匆一览所可领略。潭柘以层折胜，戒坛以开朗胜；但潭柘似乎更幽静些。戒坛的和尚，春风满面，却远胜于潭柘的；我们之中颇有悔不该住潭柘的。戒坛后山上也有个观音洞。洞宽大而深，大家点了火把嚷嚷闹闹地下去；半里光景的洞满是油烟，满是声音。洞里有石虎，石龟，上天梯，海眼等等，无非是凑凑人的热闹而已。

还是骑骡子。回到长辛店的时候，两条腿几乎不是我的了。

1934年8月3日作

(原载1934年8月6日《清华暑期周刊》第9卷第3、4合刊)

荷塘月色

这几天心里颇不宁静。今晚在院子里坐着乘凉，忽然想起日日走过的荷塘，在这满月的光里，总该另有一番样子吧。月亮渐渐地升高了，墙外马路上孩子们的欢笑，已经听不见了；妻在屋里拍着闰儿，迷迷糊糊地哼着眠歌。我悄悄地披了大衫，带上门出去。

沿着荷塘，是一条曲折的小煤屑路。这是一条幽僻的路；白天也少人走，夜晚更加寂寞。荷塘四面，长着许多树，蓊蓊郁郁的。路的一旁，是些杨柳，和一些不知道名字的树。没有月光的晚上，这路上阴森森的，有些怕人。今晚却很好，虽然月光也还是淡淡的。

路上只我一个人，背着手踱着。这一片天地好像是我的；我也像超出了平常的自己，到了另一世界里。我爱热闹，也爱冷静；爱群居，也爱独处。像今晚上，一个人在这苍茫的月下，什么都可以想，什么都可以不想，便觉是个自由的人。白天里一定要做的事，一定要说的话，现在都可不理。这是独处的妙处，我且受用这无边的荷香月色好了。

曲曲折折的荷塘上面，弥望的是田田的叶子。叶子出水很高，像亭亭的舞女的裙。层层的叶子中间，零星地点缀着些白花，有袅娜地开着的，有羞涩地打着朵儿的；正如一粒粒的明珠，又如碧天里的星星，又如刚出浴的美人。微风过处，送来缕缕清香，仿佛远处高楼上渺茫的歌声似的。这时候叶子与花也有一丝的颤动，像闪电般，霎时传过荷塘的那边去了。叶子本是肩并肩密密地挨着，这便宛然有了一道凝碧的波痕。叶子底下是脉脉的流水，遮住了，不能见一些颜色；而叶子却更见风致了。

月光如流水一般，静静地泻在这一片叶子和花上。薄薄的青雾浮起在荷塘里。叶子和花仿佛在牛乳中洗过一样；又像笼着轻纱的梦。虽然是满月，天上却有一层淡淡的云，所以不能朗照；但我以为这恰是到了好处——酣眠固不可少，小睡也别有风味的。月光是隔了树照过来的，高处丛生的灌木，落下参差的斑驳的黑影，峭楞楞如鬼一般；弯弯的杨柳的稀疏的倩影，却又像是画在荷叶上。塘中的月色并不均匀；但光与影有着和谐的旋律，如梵婀玲上奏着的名曲。

荷塘的四面，远远近近，高高低低都是树，而杨柳最多。这些树将一片荷塘重重围住；只在小路一旁，漏着几段空隙，像是特为月光留下的。树色一例是阴阴的，乍看像一团烟雾；但杨柳的丰姿，便在烟雾里也辨得出。树梢上隐隐约约的是一带远山，只有些大意罢了。树缝里也漏着一两点路灯光，没精打采的，是渴睡人的眼。这时候最热闹的，要数树上的蝉声与水里的蛙声；但热闹是它们的，我什么也没有。

忽然想起采莲的事情来了。采莲是江南的旧俗，似乎很早就有，而六朝时为盛；从诗歌里可以约略知道。采莲的是少年的女子，她们是荡着小船，唱着艳歌去的。采莲人不用说很多，还有看采莲的人。那是一个热闹的季节，也是一个风流的季节。梁元帝《采莲赋》里说得好："于是妖童媛女，荡舟心许；鹢首徐回，兼传羽杯；棹将移而藻挂，船欲动而萍开。尔其纤腰束素，迁延顾步；夏始春余，叶嫩花初，恐沾裳而浅笑，畏倾船而敛裾。"

可见当时嬉游的光景了。这真是有趣的事，可惜我们现在早已无福消受了。

于是又记起《西洲曲》里的句子："采莲南塘秋，莲花过人头；低头弄莲子，莲子清如水。"今晚若有采莲人，这儿的莲花也算得"过人头"了；只不见一些流水的影子，是不行的。这令我到底惦着江南了。——这样想着，猛一抬头，不觉已是自己的门前；轻轻地推门进去，什么声息也没有，妻已睡熟好久了。

1927年7月，北京清华园。

（原载1927年7月10日《小说月报》第18卷第7期）

匆匆

燕子去了，有再来的时候；杨柳枯了，有再青的时候；桃花谢了，有再开的时候。但是，聪明的，你告诉我，我们的日子为什么一去不复返呢？——是有人偷了他们罢：那是谁？又藏在何处呢？是他们自己逃走了罢：现在又到了哪里呢？

我不知道他们给了我多少日子；但我的手确乎是渐渐空虚了。在默默里算着，八千多日子已经从我手中溜去；像针尖上一滴水滴在大海里，我的日子滴在时间的流里，没有声音，也没有影子。我不禁头涔涔而泪潸潸了。

去的尽管去了，来的尽管来着；去来的中间，又怎样地匆匆呢？早上我起来的时候，小屋里射进两三方斜斜的太阳。太阳他有脚啊，轻轻悄悄地挪移了；我也茫茫然跟着旋转。于是，洗手的时候，日子从水盆里过去；吃饭的时候，日子从饭碗里过去；默默时，便从凝然的双眼前过去。我觉察他去的匆匆了，伸出手遮挽时，他又从遮挽着的手边过去，天黑时，我躺在床上，他便伶伶俐俐地从我身上跨过，从我脚边飞去了。等我睁开眼和太阳再见，这算又溜走了一日。我掩着面叹息。但是新来的日子的影儿又开始在叹息里闪过了。

在逃去如飞的日子里，在千门万户的世界里的我能做些什么呢？只有徘徊罢了，只有匆匆罢了；在八千多日的匆匆里，除徘徊外，又剩些什么呢？过去的日子如轻烟，被微风吹散了，如薄雾，被初阳蒸融了；我留着些什么痕迹呢？我何曾留着像游丝样的痕迹呢？我赤裸裸来到这世界，转眼间也将赤裸裸的回去罢？但不能平的，为什么偏要白白走这一遭啊？

你聪明的，告诉我，我们的日子为什么一去不复返呢？

1922年3月28日

（原载1922年4月11日《时事新报·文学旬刊》第34期）

歌声

昨晚中西音乐歌舞大会里“中西丝竹和唱”的三曲清歌，真令我神迷心醉了。

仿佛一个暮春的早晨，霏霏的毛雨①默然洒在我脸上，引起润泽，轻松的感觉。新鲜的微风吹动我的衣袂，像爱人的鼻息吹着我的手一样。我立的一条白矾石的甬道上，经了那细雨，正如涂了一层薄薄的乳油；踏着只觉越发滑腻可爱了。

这是在花园里。群花都还做她们的清梦。那微雨偷偷洗去她们的尘垢，她们的甜软的光泽便自焕发了。在那被洗去的浮艳下，我能看到她们在有日光时所深藏着的恬静的红，冷落的紫，和苦笑的白与绿。以前锦绣般在我眼前的，现有都带了黯淡的颜色。——是愁着芳春的销歇么？是感着芳春

① 细雨如牛毛，扬州称为“毛雨”。

的困倦么?

大约也因那蒙蒙的雨，园里没了浓郁香气。涓涓的东风只吹来一缕缕饿了似的花香；夹带着些潮湿的草丛的气息和泥土的滋味。园外田亩和沼泽里，又时时送过些新插的秧，少壮的麦，和成荫的柳树的清新的蒸气。这些虽非甜美，却能强烈地刺激我的鼻观，使我有愉快的倦怠之感。

看啊，那都是歌中所有的：我用耳，也用眼，鼻，舌，身，听着；也用心唱着。我终于被一种健康的麻痹袭取了。于是为歌所有。此后只由歌独自唱着，听着，世界上便只有歌声了。

1921年11月3日，上海。

(原载1921年11月5日《时事新报·学灯副刊》)

一封信

在北京住了两年多了，一切平平常常地过去。要说福气，这也是福气了。因为平平常常，正像“糊涂”一样“难得”，特别是在“这年头”。但不知怎的，总不时想着在那儿过了五六年转徙无常的生活的南方。转徙无常，诚然算不得好日子；但要说到人生味，怕倒比平平常常时候容易深切地感着。现在终日看见一样的脸板板的天，灰蓬蓬的地；大柳高槐，只是大柳高槐而已。于是木木然，心上什么也没有；有的只是自己，自己的家。我想着我的渺小，有些战栗起来；清福究竟也不容易享的。

这几天似乎有些异样。像一叶扁舟在无边的大海上，像一个猎人在无尽的森林里。走路，说话，都要费很大的力气；还不能如意。心里是一团乱麻，也可说是一团火。似乎在挣扎着，要明白些什么，但似乎什么也没有明白。一部《十七史》，从何处说起，正可借来作近日的我的注脚。昨天忽然有人提起《我的南方》的诗。这是两年前初到北京，在一个村店里，喝了两杯“莲花白”以后，信笔涂出来的。于今想起那情景，似乎有些渺茫；至于诗中所说的，那更是遥遥乎远哉了，但是事情是这样凑巧：今天吃了午饭，偶然抽一本旧杂志来消遣，却翻着了三年前给S的一封信。信里说着台州，在上海，杭州，宁波之南的台州。这真是“我的南方”了。我正苦于想不出，这却指引我一条路，虽然只是“一条”路而已。

我不忘记台州的山水，台州的紫藤花，台州的春日，我也不能忘记S。他从前欢喜喝酒，欢喜骂人；但他是个有天真的人。他待朋友真不错。L从湖南到宁波去找他，不名一文；他陪他喝了半年酒才分手。他去年结了婚。为结婚的事烦恼了几个整年的他，这算是叶落归根了；但他也与我一样，已快上那“中年”的线了吧。结婚后我们见过一次，匆匆的一次。我想，他也和一切人一样，结了婚终于是结了婚的样子了吧。但我老只是记着他那喝醉了酒，很妩媚的骂人的意态；这在他或已懊悔着了。

南方这一年的变动，是人的意想所赶不上的。我起初还知道他的踪迹；这半年是什么也不知道了。他到底是怎样地过着这狂风似的日子呢？我所沉吟的正在此。我说过大海，他正是大海上的一个小浪；我说过森林，他正是森林里的一只小鸟。恕我，恕我，我向那里去找你？

这封信曾印在台州师范学校的《绿丝》上。我现在重印在这里；这是我眼前一个很好的自慰的法子。

九月二十七日记

S兄：

…………

我对于台州，永远不能忘记！我第一日到六师校时，系由埠头坐了轿子去的。轿子走的都是僻路；使我诧异，为什么堂堂一个府城，竟会这样冷静！那时正是春天，而因天气的薄阴和道路的幽寂，使我宛然如入了秋之国土。约莫到了卖冲桥边，我看见那清绿的北固山，下面点缀着几带朴实的洋房子，心胸顿然开朗，仿佛微微的风拂过我的面孔似的。到了校里，登楼一望，见远山之上，都幂着白云。四面全无人声，也无人影；天上的鸟也无一只。只背后山上谡谡的松风略略可听而已。那时我真脱却人间烟火气而飘飘欲仙了！后来我虽然发见了那座楼实在太坏了：柱子如鸡骨，地板如鸡皮！但自然的宽大使我忘记了那房屋的狭窄。我于是曾好几次爬到北固山的顶上，去领略那飕飕的高风，看那低低的，小小的，绿绿的田亩。这是我最高兴的。

来信说起紫藤花，我真爱那紫藤花！在那样朴陋——现在大概不那样朴陋了吧——的房子里，庭院中，竟有那样雄伟，那样繁华的紫藤花，真令我十二分惊诧！她的雄伟与繁华遮住了那朴陋，使人一对照，反觉朴陋倒是不可少似的，使人幻想“美好的昔日”！我也曾几度在花下徘徊：那时学生都上课去了，只剩我一人。暖和的晴日，鲜艳的花色，嗡嗡的蜜蜂，酝酿着一庭的春意。我自己如浮在茫茫的春之海里，不知怎么是好！那花真好看：苍老虬劲的枝干，这么粗这么粗的枝干，宛转腾挪而上；谁知她的纤指会那样嫩，那样艳丽呢？那花真好看：一缕缕垂垂的细丝，将她们悬在那皴裂的臂上，临风婀娜，真像嘻嘻哈哈的小姑娘，真像凝妆的少妇，像两颊又像双臂，像胭脂又像粉……我在他们下课的时候，又曾几度在楼头眺望：那丰姿更是撩人：云哟，霞哟，仙女哟！我离开台州以后，永远没见过那样好的紫藤花，我真惦记她，我真妒羡你们！

此外，南山殿望江楼上看浮桥(现在早已没有了)，看憧憧的人在长长的桥上往来着；东湖水阁上，九折桥上看柳色和水光，看钓鱼的人；府后山沿路看田野，看天；南门外看梨花——再回到北固山，冬天在医院前看山上的雪；都是我喜欢的。说来可笑，我还记得我从前住过的旧仓头杨姓的房子里的一张画桌；那是一张红漆的，一丈光景长而狭的画桌，我放它在我楼上的窗前，在上面读书，和人谈话，过了我半年的生活。现住想已搁起来无人用了吧？唉！

台州一般的人真是和自然一样朴实；我一年里只见过三个上海装束的流氓！学生中我颇有记得的。前些时有位P君写信给我，我虽未有工夫作复，但心中很感谢！乘此机会请你为我转告一句。

我写的已多了；这些胡乱的话，不知可附载在《绿丝》的末尾，使它和我的旧友见见面么？

弟　自清。1927年9月27日。

（原载1927年10月14日《清华周刊·清华文艺副刊》第2期）

海行杂记

这回从北京南归，在天津搭了通州轮船，便是去年曾被盗劫的。盗劫的事，似乎已很渺茫；所怕者船上的肮脏，实在令人不堪耳。这是英国公司的船；这样的肮脏似乎尽够玷污了英国国旗的颜色。但英国人说：这有什么呢？船原是给中国人乘的，肮脏是中国人的自由，英国人管得着！英国人要乘船，会去坐在大菜间里，那边看看是什么样子？那边，官舱以下的中国客人是不许上去的，所以就好了。是的，这不怪同船的几个朋友要骂这只船是“帝国主义”的船了。“帝国主义的船”！我们到底受了些什么“压迫”呢？有的，有的！

我现在且说茶房吧。

我若有常常恨着的人，那一定是宁波的茶房了。他们的地盘，一是轮船，二是旅馆。他们的团结，是宗法社会而兼梁山泊式的；所以未可轻侮，正和别的“宁波帮”一样。他们的职务本是照料旅客；但事实正好相反，旅客从他们得着的只是侮辱，恫吓，与欺骗罢了。中国原有“行路难”之叹，那是因交通不便的缘故；但在现在便利的交通之下，即老于行旅的人，也还时时发出这种叹声，这又为什么呢？茶房与码头工人之艰于应付，我想比仅仅的交通不便，有时更显其“难”吧！所以从前的“行路难”是唯物的；现在的却是唯心的。这固然与社会的一般秩序及道德观念有多少关系，不能全由当事人负责任；但当事人的“性格恶”实也占着一个重要的地位的。

我是乘船既多，受侮不少，所以姑说轮船里的茶房。你去定舱位的时候，若遇着乘客不多，茶房也许会冷脸相迎；若乘客拥挤，你可就倒楣了。他们或者别转脸，不来理你；或者用一两句比刀子还尖的话，打发你走路——譬如说：“等下趟吧。”他说得如此轻松，凭你急死了也不管。大约行旅的人总有些异常，脸上总有一副着急的神气。他们是以逸待劳的，乐得和你开开玩笑，所以一切反应总是懒懒的，冷冷的；你愈急，他们便愈乐了。他们于你也并无仇恨，只想玩弄玩弄，寻寻开心罢了，正和太太们玩弄叭儿狗一样。所以你记着：上船定舱位的时候，千万别先高声呼唤茶房。你不是急于要找他们说话么？但是他们先得训你一顿，虽然只是低低的自言自语："啥事体啦？哇啦哇啦的！"接着才响声说，"噢，来哉，啥事体啦？"你还得记着：你的话说得愈慢愈好，愈低愈好；不要太客气，也不要太不客气。这样你便是门槛里的人，便是内行；他们固然不见得欢迎你，但也不会玩弄你了。——只冷脸和你简单说话；要知道这已算承蒙青眼，应该受宠若惊的了。

定好了舱位，你下船是愈迟愈好；自然，不能过了开船的时候。最好开船前两小时或一小时到船上，那便显得你是一个有"涵养工夫"的，非急莘莘的"阿木林"可比了。而且茶房也得上岸去办他自己的事，去早了倒绊住了他；他虽然可托同伴代为招呼，但总之麻烦了。为了客人而麻烦，在他们是不值得，在客人是不必要；所以客人便只好受“阿木林”的待遇了。有时船于明早十时开行，你今晚十点上去，以为晚上总该合式了；但也不然。晚上他们要打牌，你去了足以扰乱他们的清兴；他们必也恨恨不平的。这其间有一种“分”，一种默喻的“规矩”，有一种“门槛经”，你得先做若干次“阿木林”，才能应付得“恰到好处”呢。

开船以后，你以为茶房闲了，不妨多呼唤几回。你若真这样做时，又该受教训了。茶房日里要谈天，料理私货；晚上要抽大烟，打牌，那有闲工夫来伺候你！他们早上给你舀一盆脸水，日里给你开饭，饭后给你拧手巾；还有上船时给你摊开铺盖，下船时给你打起铺盖：好了，这已经多了，这已经够了。此外若有特别的事要他们做时，那只算是额外效劳。你得自己走出舱门，慢慢地叫着茶房，慢慢地和他说，他也会照你所说的做，而不加损害于你。最好是预先打听了两个茶房的名字，到这时候悠然叫着，那是更其有效的。但要叫得大方，仿佛很熟悉的样子，不可有一点讷讷。叫名字所以更其有效者，被叫者觉得你有意和他亲近(结果酒资不会少给)，而别的茶房或竟以为你与这被叫者本是熟悉的，因而有了相当的敬意；所以你第二次第三次叫时，别人往往会帮着你叫的。但你也只能偶尔叫他们；若常常麻烦，他们将发见，你到底是“阿木林”而冒充内行，他们将立刻改变对你的态度了。至于有些人睡在铺上高声朗诵的叫着“茶房”的，那确似乎搭足了架子；在茶房眼中，其为“阿”字号无疑了。他们于是忿然的答应：“啥事体啦？哇啦啦！”但走来倒也会走来的。你若再多叫两声，他们又会说：“啥事体啦？茶房当山歌唱！”除非你真麻木，或真生了气，你大概总不愿再叫他们了吧。

“子入太庙，每事问，”至今传为美谈。但你入轮船，最好每事不必问。茶房之怕麻烦，之懒惰，是他们的特征；你问他们，他们或说不晓得，或故意和你开开玩笑，好在他们对客人们，除行李外，一切是不负责任的。大概客人们最普遍的问题，“明天可以到吧？”“下午可以到吧？”一类。他们或随便答复，或说，“慢慢来好啰，总会到的。”或简单的说，“早呢！”总是不得要领的居多。他们的话常常变化，使你不能确信；不确信自然不回了。他们所要的正是耳根清净呀。

茶房在轮船里，总是盘踞在所谓“大菜间”的吃饭间里。他们常常围着桌子闲谈，客人也可插进一两个去。但客人若是坐满了，使他们无处可坐，他们便恨恨了；若在晚上，他们老实不客气将电灯灭了，让你们暗中摸索去吧。所以这吃饭间里的桌子竟像他们专利的。当他们围桌而坐，有几个固然有话可谈；有几个却连话也没有，只默默坐着，或者在打牌。我似乎为他们觉着无聊，但他们也就这样过去了。他们的脸上充满了倦怠，嘲讽，麻木的气分，仿佛下工夫练就了似的。最可怕的就是这满脸：所谓“施施然拒人于千里之外”者，便是这种脸了。晚上映着电灯光，多少遮过了那灰滞的颜色；他们也开始有了些生气。他们搭了铺抽大烟，或者拖开桌子打牌。他们抽了大烟，渐有笑语；他们打牌，往往通宵达旦——牌声，争论声充满那小小的“大菜间”里。客人们，尤其是抱了病，可睡不着了；但于他们有甚么相干呢？活该你们洗耳恭听呀！他们也有不抽大烟，不打牌的，便搬出香烟画片来一张张细细赏玩：这却是“雅人深致”了。

我说过茶房的团结是宗法社会而兼梁山泊式的，但他们中间仍不免时有战氛。浓郁的战氛在船里是见不着的；船里所见，只是轻微淡远的罢了。“唯口出好兴戎”，茶房的口，似乎很值得注意。他们的口，一例是练得极其尖刻的；一面自然也是地方性使然。他们大约是“宁可输在腿上，不肯输在嘴上”。所以即使是同伴之间，往往因为一句有意的或无意的，不相干的话，动了真气，抡眉竖目的恨恨半天而不已。这时脸上全失了平时冷静的颜色，而换上热烈的狰狞了。但也终于只是口头“恨恨”而已，真个拔拳来打，举脚来踢的，倒也似乎没有。语云，“君子动口，小人动手；”茶房们虽有所争乎，殆仍不失为君子之道也。有人说，“这正是南方人之所以为南方人，”我想，这话也有理。茶房之于客人，虽也“不肯输在嘴上”，但全是玩弄的态度，动真气的似乎很少；而且你愈动真气，他倒愈可以玩弄你。这大约因为对于客人，是以他们的团体为靠山的；客人总是孤单的多，他们“倚众欺”起来，不怕你不就范的：所以用不着动真气。而且万一吃了客人的亏，那也必是许多同伴陪着他同吃的，不是一个人失了面子：又何必动真气呢？尅实说来，客人要他们动真气，还不够资格哪！至于他们同伴间的争执，那才是切身的利害，而且单枪匹马做去，毫无可恃的现成的力量；所以便是小题，也不得不大做了。

茶房若有向客人微笑的时候，那必是收酒资的几分钟了。酒资的数目照理虽无一定，但却有不成文的谱。你按着谱斟酌给与，虽也不能得着一声“谢谢”，但言语的压迫是不会来的了。你若给得太少，离谱太远，他们会始而嘲你，继而骂你，你还得加钱给他们；其实既受了骂，大可以不加的了，但事实上大多数受骂的客人，慑于他们的威势，总是加给他们的。加了以后，还得听许多唠叨才罢。有一回，和我同船的一个学生，本该给一元钱的酒资的，他只给了小洋四角。茶房狠狠力争，终不得要领，于是说："你好带回去做车钱吧！"将钱向铺上一撂，忿然而去。那学生后来终于添了一些钱重交给他；他这才默然拿走，面孔仍是板板的，若有所不屑然。——付了酒资，便该打铺盖了；这时仍是要慢慢来的，一急还是要受教训，虽然你已给过酒资了。铺盖打好以后，茶房的压迫才算是完了，你再预备受码头工人和旅馆茶房的压迫吧。

我原是声明了叙述通州轮船中事的，但却做了一首"诅茶房文"；在这里，我似乎有些自己矛盾。不，"天下老鸦一般黑，"我们若很谨慎的将这句话只用在各轮船里的宁波茶房身上，我想是不会悖谬的。所以我虽就一般立说，通州轮船的茶房却已包括在内；特别指明与否，是无关重要的。

1926年7月，白马湖。

罗马

罗马(Rome)是历史上大帝国的都城，想象起来，总是气象万千似的。现在它的光荣虽然早过去了，但是从七零八落的废墟里，后人还可仿佛于百一。这些废墟，旧有的加上新发掘的，几乎随处可见，像特意点缀这座古城的一般。这边几根石柱子，那边几段破墙，带着当年的尘土，寂寞地陷在大坑里；虽然在夏天中午的太阳，照上去也黯黯淡淡，没有多少劲儿。就中罗马市场(Forum Romanum)规模最大。这里是古罗马城的中心，有法庭，神庙，与住宅的残迹。卡司多和波鲁斯庙的三根哥林斯式的柱子，顶上还有片石相连着；在全场中最为秀拔，像三个丰姿飘洒的少年用手横遮着额角，正在眺望这一片古市场。想当年这里终日挤挤闹闹的也不知有多少人，各有各的心思，各有各的手法；现在只剩三两起游客指手画脚地在死一般的寂静里。犄角上有一所住宅，情形还好；一面是三间住屋，有壁画，已模糊了，地是嵌石铺成的；旁厢是饭厅，壁画极讲究，画的都是正大的题目，他们是很看重饭厅的。市场上面便是巴拉丁山，是饱历兴衰的地方。最早是一个村落，只有些茅草屋子；罗马共和末期，一姓贵族聚居在这里；帝国时代，更是繁华。游人走上山去，两旁宏壮的住屋还留下完整的黄土坯子，可以见出当时阔人家的气局。屋顶一片平场，原是许多花园，总名法内赛园子，也是四百年前的旧迹；现在点缀些花木，一角上还有一座小喷泉。在这园子里看脚底下的古市场，全景都在望中了。

市场东边是斗狮场，还可以看见大概的规模；在许多宏壮的废墟里，这个算是情形最好的。外墙是一个大圆圈儿，分四层，要仰起头才能看到顶上。下三层都是一色的圆拱门和柱子，上一层只有小长方窗户和楞子，这种单纯的对照教人觉得这座建筑是整整的一块，好像直上云霄的松柏，老干亭亭，没有一些繁枝细节。里面中间原是大平场；中古时在这儿筑起堡垒，现在满是一道道颓毁的墙基，倒成了四不像。这场子便是斗狮场；环绕着的是观众的坐位。下两层是包厢，皇帝与外宾的在最下层，上层是贵族的；第三层公务员坐；最上层平民坐：共可容四五万人。狮子洞还在下一层，有口直通场中。斗狮是一种刑罚，也可以说是一种裁判：罪囚放在狮子面前，让狮子去搏他；他若居然制死了狮子，便是直道在他一边，他就可自由了。但自然是让狮子吃掉的多；这些人大约就算活该。想到临场的罪囚和他亲族的悲苦与恐怖，他的仇人的痛快，皇帝的威风，与一般观众好奇的紧张的面目，真好比一场恶梦。这个场子建筑在一世纪，原是戏园子，后来才改作斗狮之用。

斗狮场南面不远是卡拉卡拉浴场。古罗马人颇讲究洗澡，浴场都造得好，这一所更其华丽。全场用大理石砌成，用嵌石铺地；有壁画，有雕像，用具也不寻常。房子高大，分两层，都用圆拱门，走进去觉得稳稳的；里面金碧辉煌，与壁画雕像相得益彰。居中是大健身房，有喷泉两座。场子占地六英亩，可容一千六百人洗浴。洗浴分冷热水蒸气三种，各占一所屋子。古罗马人上浴场来，不单是为洗澡；他们可以在这儿商量买卖，和解讼事等等，正和我们上茶店上饭店一般作用。这儿还有好些游艺，他们公余或倦后来洗一个澡，找几个朋友到游艺室去消遣一回，要不然，到客厅去谈谈话，都是很“写意”的。现在却只剩下一大堆遗迹。大理石本来还有不少，早给搬去造圣彼得等教堂去了；零星的物件陈列在博物院里。我们所看见的只是些巍巍峨峨参参差差的黄土骨子，站在太阳里，还有学者们精心研究出来的“卡拉卡拉浴场图”的照片，都只是所谓过屠门大嚼而已。

罗马从中古以来便以教堂著名。康南海《罗马游纪》中引杜牧的诗“南朝四百八十寺，多少楼台烟雨中”，光景大约有些相像的；只可惜初夏去的人无从领略那烟雨罢了。圣彼得堂最精妙，在城北尼罗圆场的旧址上。尼罗在此地杀了许多基督教徒。据说圣彼得上十字架后也便葬在这里。这教堂几经兴废，现在的房屋是十六世纪初年动工，经了许多建筑师的手。密凯安杰罗七十二岁时，受保罗第三的命，在这儿工作了十七年。后人以为天使保罗第三假手于这一个大艺术家，给这座大建筑定下了规模；以后虽有增改，但大体总是依着他的。教堂内部参照卡拉卡拉浴场的式样，许多高大的圆拱门稳稳地支着那座穹隆顶。教堂长六百九十六英尺，宽四百五十英尺，穹隆顶高四百〇三英尺，可是乍看不觉得是这么大。因为平常看屋子大小，总以屋内饰物等为标准，饰物等的尺寸无形中是有谱子的。圣彼得堂里的却大得离了谱子，“天使像巨人，鸽子像老鹰”；所以教堂真正的大小，一下倒不容易看出了。但是你若看里面走动着的人，便渐渐觉得不同。教堂用彩色大理石砌墙，加上好些嵌石的大幅的名画，大都是亮蓝与朱红二色；鲜明丰丽，不像普通教堂一味阴沉沉的。密凯安杰罗雕的彼得像，温和光洁，别是一格，在教堂的犄角上。

圣彼得堂两边的列柱回廊像两只胳膊拥抱着圣彼得圆场；留下一个口子，却又像个玦。场中央是一座埃及的纪功方尖柱，左右各有大喷泉。那两道回廊是十七世纪时亚历山大第三所造，成于倍里尼（Bernini）之手。廊子里有四排多力克式石柱，共二百八十四根；顶上前后都有栏干，前面栏干上并有许多小雕像。场左右地上有两块圆石头，站在上面看同一边的廊子，觉得只有一排柱子，气魄更雄伟了。这个圆场外有一道弯弯的白石线，便是梵蒂冈与意大利的分界。教皇每年复活节站在圣彼得堂的露台上为人民祝福，这个场子内外据说是拥挤不堪的。

圣保罗堂在南城外，相传是圣保罗葬地的遗址，也是柱子好。门前一个方院子，四面廊子里都是些整块石头凿出来的大柱子，比圣彼得的两道廊子却质朴得多。教堂里面也简单空廓，没有什么东西。但中间那八十根花岗石的柱子，和尽头处那六根蜡石的柱子，纵横地排着，看上去仿佛到了人迹罕至的远古的森林里。柱子上头墙上，周围安着嵌石的历代教皇像，一律圆框子。教堂旁边另有一个小柱廊，是十二世纪造的。这座廊子围着一所方院子，在低档的墙基上排着两层各色各样的细柱子——有些还嵌着金色玻璃块儿。这座廊子精工可以说像湘绣，秀美却又像王羲之的书法。

在城中心的威尼斯方场上巍然蹯踞着的，是也马奴儿第二的纪功廊。这是近代意大利的建筑，不缺少力量。一道弯弯的长廊，在高大的石基上。前面三层石级：第一层在中间，第二三层分开左右两道，通到廊子两头。这座廊子左右上下都匀称，中间又有那一弯，便兼有动静之美了。从廊前列柱间看到暮色中的罗马全城，觉得幽远无穷。

罗马艺术的宝藏自然在梵蒂冈宫；卡辟多林博物院中也有一些，但比起梵蒂冈来就太少了。梵蒂冈有好几个雕刻院，收藏约有四千件，著名的《拉奥孔》(Laocoon)便在这里。画院藏画五十幅都是精品，拉飞尔的“基督现身图”是其中之一，现在却因修理关着。梵蒂冈的壁画极精彩，多是拉飞尔和他门徒的手笔，为别处所不及。有四间拉飞尔室和一些廊子，里面满是他们的东西。拉飞尔由此得名。他是乌尔比奴人，父亲是诗人兼画家。他到罗马后，极为人所爱重，大家都要教他画；他忙不过来，只好收些门徒作助手。他的特长在画人体。这是实在的人，肢体圆满而结实，有肉有骨头。这自然受了些佛罗伦司派的影响，但大半还是他的天才。他对于气韵，远近，大小与颜色也都有敏锐的感觉，所以成为大家。他在罗马住的屋子还在，坟在国葬院里。歇司丁堂与拉飞尔室齐名，也在宫内。这个神堂是十五世纪时歇司士司第四造的，长一百三十三英尺，宽四十五英尺。两旁墙的上部，都由佛罗伦司派画家装饰，有波铁乞利在内。屋顶的画满都是密凯安杰罗的，歇司丁堂著名在此。密凯安杰罗是佛罗伦司派的极峰。他不多作画，一生精华都在这里。他画这屋顶时候，以深沉肃穆的心情渗入画中。他的构图里气韵流动着，形体的勾勒也自然灵妙，还有那雄伟出尘的风度，都是他独具的好处。堂中祭坛的墙上也是他的大画，叫做“最后的审判”。这幅壁画是以后多年画的，费了他七年工夫。

罗马城外有好几处隧道，是一世纪到五世纪时候基督教徒挖下来做墓穴的，但也用作敬神的地方。尼罗搜杀基督教徒，他们往往避难于此。最值得看的是圣卡里斯多隧道。那儿还有一种热诚花，十二瓣，据说是代表十二使徒的。我们看的是圣赛巴司提亚堂底下的那一处，大家点了小蜡烛下去。曲曲折折的狭路，两旁是大大小小深深浅浅的墓穴；现在自然是空的，可是有时还看见些零星的白骨。有一处据说圣彼得住过，成了龛堂，壁上画得很好。别处也还有些壁画的残迹。这个隧道似乎有四层，占的地方也不小。圣赛巴司提亚堂里保存着一块石头，上有大脚印两个；他们说是耶稣基督的，现在供养在神龛里。另一个教堂也供着这么一块石头，据说是仿本。

缧绁堂建于第五世纪，专为供养拴过圣

彼得的一条铁链子。现在这条链子还好好的在一个精美的龛子里。堂中周理乌司第二纪念碑上有密凯安杰罗雕的几座像；摩西像尤为著名。那种原始的坚定的精神和勇猛的力量从眉目上，胡须上，胳膊上，手上，腿上，处处透露出来，教你觉得见着了一个伟大的人。又有个阿拉古里堂，中有圣婴像。这个圣婴自然便是耶稣基督；是十五世纪耶路撒冷一个教徒用橄榄木雕的。他带它到罗马，供养在这个堂里。四方来许愿的很多，据说非常灵验；它身上密层层地挂着许多金银饰器都是人家还愿的。还有好些信写给它，表示敬慕的意思。

罗马城西南角上，挨着古城墙，是英国坟场或叫做新教坟场。这里边葬的大都是艺术家与诗人，所以来参谒来凭吊的意大利人和别国的人终日不绝。就中最有名的自然是十九世纪英国浪漫诗人雪莱与济兹的墓。雪莱的心葬在英国，他的遗灰在这儿。墓在古城墙下斜坡上，盖有一块长方的白石；第一行刻着“心中心”，下面两行是生卒年月，再下三行是莎士比亚“风暴”中的仙歌。

彼无毫毛损，海涛变化之，从此更神奇。

好在恰恰关合雪莱的死和他的为人。济兹墓相去不远，有墓碑，上面刻着道：“这座坟里是英国一位少年诗人的遗体；他临死时候，想着他仇人们的恶势力，痛心极了，叫将下面这一句话刻在他的墓碑上：“‘这儿躺着一个人，他的名字是用水写的。’”

末一行是速朽的意思；但他的名字正所谓“不废江河万古流”，又岂是当时人所料得到的。后来有人别作新解，根据这一行话做了一首诗，连济兹的小像一块儿刻铜嵌在他墓旁墙上。这首诗的原文是很有风趣的。

济兹名字好，说是水写成；一点一滴水，后人的泪痕——英雄枯万骨，难如此感人。

安睡罢，陈词虽挂漏，高风自峥嵘。

这座坟场是罗马富有诗意的一角；有些爱罗马的人虽不死在意大利，也会遗嘱葬在这座“永远的城”的永远的一角里。

（原载1932年10月1日《中学生》第28号）

白种人——上帝的骄子！

去年暑假到上海，在一路电车的头等里，见一个大西洋人带着一个小西洋人，相并地坐着。我不能确说他俩是英国人或美国人；我只猜他们是父与子。那小西洋人，那白种的孩子，不过十一二岁光景，看去是个可爱的小孩，引我久长的注意。他戴着平顶硬草帽，帽檐下端正地露着长圆的小脸。白中透红的面颊，眼睛上有着金黄的长睫毛，显出和平与秀美。我向来有种癖气：见了有趣的小孩，总想和他亲热，做好同伴；若不能亲热，便随时亲近亲近也好。在高等小学时，附设的初等里，有一个养着乌黑的西发的刘君，真是依人的小鸟一般；牵着他的手问他的话时，他只静静地微仰着头，小声儿回答——我不常看见他的笑容，他的脸老是那么幽静和真诚，皮下却烧着亲热的火把。我屡次让他到我家来，他总不肯；后来两年不见，他便死了。我不能忘记他！我牵过他的小手，又摸过他的圆下巴。但若遇着蓦生的小孩，我自然不能这么做，那可有些窘了；不过也不要紧，我可用我的眼睛看他——一回，两回，十回，几十回！孩子大概不很注意人的眼睛，所以尽可自由地看，和看女人要遮遮掩掩的不同。我凝视过许多初会面的孩子，他们都不曾向我抗议；至多拉着同在的母亲的手，或倚着她的膝头，将眼看她两看罢了。所以我胆子很大。这回在电车里又发了老癖气，我两次三番地看那白种的孩子，小西洋人！

初时他不注意或者不理会我，让我自由地看他。但看了不几回，那父亲站起来了，儿子也站起来了，他们将到站了。这时意外的事来了。那小西洋人本坐在我的对面；走近我时，突然将脸尽力地伸过来了，两只蓝眼睛大大地睁着，那好看的睫毛已看不见了；两颊的红也已褪了不少了。和平，秀美的脸一变而为粗俗，凶恶的脸了！他的眼睛里有话："咄！黄种人，黄种的支那人，你——

你看吧！你配看我！”他已失了天真的稚气，脸上满布着横秋的老气了！我因此宁愿称他为“小西洋人”。他伸着脸向我足有两秒钟；电车停了，这才胜利地掉过头，牵着那大西洋人的手走了。大西洋人比儿子似乎要高出一半；这时正注目窗外，不曾看见下面的事。儿子也不去告诉他，只独断独行地伸他的脸；伸了脸之后，便又若无其事的，始终不发一言——在沉默中得着胜利，凯旋而去。不用说，这在我自然是一种袭击，“出其不意，攻其不备”的袭击！

这突然的袭击使我张皇失措；我的心空虚了，四面的压迫很严重，使我呼吸不能自由。我曾在N城的一座桥上，遇见一个女人；我偶然地看她时，她却垂下了长长的黑睫毛，露出老练和鄙夷的神色。那时我也感着压迫和空虚，但比起这一次，就稀薄多了：我在那小西洋人两颗枪弹似的眼光之下，茫然地觉着有被吞食的危险，于是身子不知不觉地缩小——大有在奇境中的阿丽思的劲儿！我木木然目送那父与子下了电车，在马路上开步走；那小西洋人竟未一回头，断然地去了。我这时有了迫切的国家之感！我做着黄种的中国人，而现在还是白种人的世界，他们的骄傲与践踏当然会来的；我所以张皇失措而觉着恐怖者，因为那骄傲我的，践踏我的，不是别人，只是一个十来岁的“白种的”孩子，竟是一个十来岁的白种的“孩子”！我向来总觉得孩子应该是世界的，不应该是一种，一国，一乡，一家的。我因此不能容忍中国的孩子叫西洋人为“洋鬼子”。但这个十来岁的白种的孩子，竟已被撳入人种与国家的两种定型里了。他已懂得凭着人种的优势和国家的强力，伸着脸袭击我了。这一次袭击实是许多次袭击的小影，他的脸上便缩印着一部中国的外交史。他之来上海，或无多日，或已长久，耳濡目染，他的父亲，亲长，先生，父执，乃至同国，同种，都以骄傲践踏对付中国人；而他的读物也推波助澜，将中国编排得一无是处，以长他自己的威风。所以他向我伸脸，决非偶然而已。

这是袭击，也是侮蔑，大大的侮蔑！我因了自尊，一面感着空虚，一面却又感着愤怒；于是有了迫切的国家之念。我要诅咒这小小的人！但我立刻恐怖起来了：这到底只是十来岁的孩子呢，却已被传统所埋葬；我们所日夜想望着的"赤子之心"，世界之世界（非某种人的世界，更非某国人的世界！），眼见得在正来的一代，还是毫无信息的！这是你的损失，我的损失，他的损失，世界的损失；虽然是怎样渺小的一个孩子！但这孩子却也有可敬的地方：他的从容，他的沉默，他的独断独行，他的一去不回头，都是力的表现，都是强者适者的表现。决不婆婆妈妈的，决不粘粘搭搭的，一针见血，一刀两断，这正是白种人之所以为白种人。

我真是一个矛盾的人。无论如何，我们最要紧的还是看看自己，看看自己的孩子！谁也是上帝之骄子；这和昔日的王侯将相一样，是没有种的！

1925年6月19日夜

（原载1925年7月5日《文学周报》第180期）

航船中的文明

第一次乘夜航船，从绍兴府桥到西兴渡口。

绍兴到西兴本有汽油船。我因急于来杭，又因年来逐逐于火车轮船之中，也想“回到”航船里，领略先代生活的异样的趣味；所以不顾亲戚们的坚留和劝说(他们说航船里是很苦的)，毅然决然的于下午六时左右下了船。有了“物质文明”的汽油船，却又有“精神文明”的航船，使我们徘徊其间，左右顾而乐之，真是二十世纪中国人的幸福了！

航船中的乘客大都是小商人；两个军弁是例外。满船没有一个士大夫；我区区或者可充个数儿，——因为我曾读过几年书，又忝为大夫之后——但也是例外之例外！真的，那班士大夫到哪里去了呢？这不消说得，都到了轮船里去了！士大夫虽也擎着大旗拥护精神文明，但千虑不免一失，竟为那物质文明的孙儿，满身洋油气的小顽意儿骗得定定的，忍心害理的撇了那老相好。于是航船虽然照常行驶，而光彩已减少许多！这确是一件可以慨叹的事；而“国粹将亡”的呼声，似也不是徒然的了。呜呼，是谁之咎欤？

既然来到这“精神文明”的航船里，正可将船里的精神文明考察一番，才不虚此一行。但从那里下手呢？这可有些为难，踌躇之间，恰好来了一个女人。——我说“来了”，仿佛亲眼看见，而孰知不然；我知道她“来了”，是在听见她尖锐的语音的时候。至于她的面貌，我至今还没有看见呢。这第一要怪我的近视眼，第二要怪那袭人的暮色，第三要怪——哼——要怪那“男女分坐”的精神文明了。女人坐在前面，男人坐在后面；那女人离我至少有两丈远，所以便不可见其脸了。且慢，这样左怪右怪，“其词若有憾焉”，你们或者猜想那女人怎样美呢。而孰知又大大的不然！我也曾“约略的”看来，都是乡下的黄面婆而已。至于尖锐的语音，那是少年的妇女所常有的，倒也不足为奇。然而这一次，那来了的女人的尖锐的语音竟致劳动区区的执笔者，却又另有缘故。在那语音里，表示出对于航船里精神文明的抗议；她说，“男人女人都是人！”她要坐到后面来，(因前面太挤，实无他故，合并声明，)而航船里的“规矩”是不许的。船家拦住她，她仗着她不是姑娘了，便老了脸皮，大着胆子，慢慢的说了那句话。她随即坐在原处，而“批评家”的议论繁然了。一个船家在船沿上走着，随便的说，“男人女人都是人，是的，不错。做秤钩的也是铁，做秤锤的也是铁，做铁锚的也是铁，都是铁呀！”这一段批评大约十分巧妙，说出诸位“批评家”所要说的，于是众喙都息，这便成了定论。至于那女人，事实上早已坐下了：“孤掌难鸣”，或者她饱饫了诸位“批评家”的宏论，也不要鸣了罢。“是非之心”，虽然“人皆有之”，而撑船经商者流，对于名教之大防，竟能剖辨得这样“详明”，也着实亏他们了。中国毕竟是礼义之邦，文明之古国呀！——我悔不该乱怪那“男女分坐”的精神文明了！

“祸不单行”，凑巧又来了一个女人。她是带着男人来的。——呀，带着男人！正是；所以才“祸不单行”呀！——说得满口好绍兴的杭州话，在黑暗里隐隐露着一张白脸；带着五六分城市气。船家照他们的“规矩”，要将这一对儿生刺刺的分开；男人不好意思做声，女的却抢着说，“我们是‘一堆生’①的！”太亲热的字眼，竟在“规规矩矩的”航船里说了！于是船家命令的嚷道：“我们有我们的规矩，不管你‘一堆生’不‘一堆生’的！”大家都微笑了。有的沉吟的说：“一堆生的？”有的惊奇的说：“一‘堆’生的！”有的嘲讽的说：“哼，一堆生的！”在这四面楚歌里，凭你怎样伶牙俐齿，也只得服从了！“妇者，服也”，这原是她的本行呀。只看她毫不置辩，毫不懊恼，还是若无其事的和人攀谈，便知她确乎是“服也”了。这不能不感谢船家和乘客诸公“卫道”之功；而论功行赏，船家尤当

① 原注：“一块儿”也。

首屈一指。呜呼，可以风矣！

在黑暗里征服了两个女人，这正是我们的光荣；而航船中的精神文明，也粲然可见了——于是乎书。

1924年5月3日。

执政府大屠杀记

三月十八是一个怎样可怕的日子！我们永远不应该忘记这个日子！

这一日，执政府的卫队，大举屠杀北京市民——十分之九是学生！死者四十余人，伤者约二百人！这在北京是第一回大屠杀！

这一次的屠杀，我也在场，幸而直到出场时不曾遭着一颗弹子；请我的远方的朋友们安心！第二天看报，觉得除一两家报纸外，各报记载多有与事实不符之处。究竟是访闻失实，还是安着别的心眼儿，我可不得而知，也不愿细论。我只说我当场眼见和后来耳闻的情形，请大家看看这阴惨惨的二十世纪二十六年三月十八日的中国！——十九日《京报》所载几位当场逃出的人的报告，颇是翔实，可以参看。

我先说游行队。我自天安门出发后，曾

将游行队从头至尾看了一回。全数约二千人；工人有两队，至多五十人；广东外交代表团一队，约十余人；国民党北京特别市党部一队，约二三十人；留日归国学生团一队，约二十人，其余便多是北京的学生了，内有女学生三队。拿木棍的并不多，而且都是学生，不过十余人；工人拿木棍的，我不曾见。木棍约三尺长，一端削尖了，上贴书有口号的纸，做成旗帜的样子。至于“有铁钉的木棍”我却不曾见！

我后来和清华学校的队伍同行，在大队的最后。我们到执政府前空场上时，大队已散开在满场了。这时府门前站着约莫两百个卫队，分两边排着；领章一律是红地，上面“府卫”两个黄铜字，确是执政府的卫队。他们都背着枪，悠然的站着：毫无紧张的颜色。而且枪上不曾上刺刀，更不显出什么威武。这时有一个人爬在石狮子头上照相。那边府里正面楼上，栏干上伏满了人，而且拥挤着，大约是看热闹的。在这一点上，执政府颇像寻常的人家，而不像堂堂的“执政府”

了。照相的下了石狮子，南边有了报告的声音：“他们说是一个人没有，我们怎么样？”这大约已是五代表被拒以后了；我们因走进来晚，故未知前事——但在这时以前，群众的嚷声是决没有的。到这时才有一两处的嚷声了：“回去是不行的！”“吉兆胡同！”“……”忽然队势散动了，许多人纷纷往外退走；有人连声大呼：“大家不要走，没有什么事！”一面还扬起了手，我们清华队的指挥也扬起手叫道：“清华的同学不要走，没有事！”这其间，人众稍稍聚拢，但立刻即又散开；清华的指挥第二次叫声刚完，我看见众人纷纷逃避时，一个卫队已装完子弹了！我赶忙向前跑了几步，向一堆人旁边睡下；但没等我睡下，我的上面和后面各来了一个人，紧紧地挨着我。我不能动了，只好蜷曲着。

这时已听到劈劈拍拍的枪声了；我生平是第一次听枪声，起初还以为是空枪呢(这时已忘记了看见装子弹的事)。但一两分钟后，有鲜红的热血从上面滴到我的手背上，马褂上了，我立刻明白屠杀已在进行！这时并不害怕，只静静的注意自己的运命，其余什么都忘记。全场除劈拍的枪声外，也是一片大静默，绝无一些人声；什么“哭声震天”，只是记者先生们的“想当然耳”罢了。我上面流血的那一位，虽滴滴地流着血，直到第一次枪声稍歇，我们爬起来逃走的时候，他也不则一声。这正是死的袭来，沉默便是死的消息。事后想起，实在有些悚然。在我上面的不知是谁？我因为不能动转，不能看见他；而且也想不到看他——我真是个自私的人！后来逃跑的时候，才又知道掉在地下的我的帽子和我的头上，也滴了许多血，全是他的！他足流了两分钟以上的血，都流在我身上，我想他总吃了大亏，愿神保佑他平安！第一次枪声约经过五分钟，共放了好几排枪；司令的是用警笛；警笛一鸣，便是一排枪，警笛一声接着一声，枪声就跟着密了，那警笛声甚凄厉，但有几乎一定的节拍，足见司令者的从容！后来听别的目睹者说，司令者那时还用指挥刀指示方向，总是向人多的地方射击！又有目睹者说，那时执政府楼上还有人手舞足蹈的大乐呢！

我现在缓叙第一次枪声稍歇后的故事，且追述些开枪时的情形。我们进场距开枪时，至多四分钟；这其间有照相有报告，有一两处的嚷声，我都已说过了。我记得，我确实记得，最后的嚷声距开枪只有一分余钟；这时候，群众散而稍聚，稍聚而复纷散，枪声便开始了。这也是我说过的。但“稍聚”的时候，阵势已散，而且大家存了观望的心，颇多趑趄不前的，所谓“进攻”的事是决没有的！至于第一次纷散之故，我想是大家看见卫队从背上取下枪来装子弹而惊骇了；因为第二次纷散时，我已看见一个卫队(其余自然也是如此，他们是依命令动作的)装完子弹了。在第一次纷散之前，群众与卫队有何冲突，我没有看见，不得而知。但后来据一个受伤的说，他看见有一部分人——有些是拿木棍的——想要冲进府去。这事我想来也是有的；不过这决不是卫队开枪的缘由，至多只是他们的借口。他们的荷枪挟弹与不上刺刀(故示镇静)与放群众自由入辕门内(便于射击)，都是表示他们“聚而歼旃”的决心，冲进去不冲进去是没有多大关系的。证以后来东门口的拦门射击，更是显明！原来先逃出的人，出东门时，以为总可得着生路；那知迎头还有一支兵，——据某一种报上说，是从吉兆胡同来的手枪队，不用说，自然也是杀人不眨眼的府卫队了！——开枪痛击。那时前后都有枪弹，人多门狭，前面的枪又极近，死亡枕藉！这是事后一个学生告诉我的；他说他前后两个人都死了，他躲闪了一下，总算幸免。这种间不容发的生死之际也够人深长思了。

照这种种情形，就是不在场的诸君，大约也不至于相信群众先以手枪轰击卫队了吧。而且轰击必有声音，我站的地方，离开卫队不过二十余步，在第二次纷散之前，却绝未听到枪声。其实这只要看政府巧电的含糊其辞，也就够证明了。至于所谓当场夺获的手枪，虽然像煞有介事地举出号数，使人相信，但我总奇怪；夺获的这些支手枪，竟没有一支曾经当场发过一响，以证明他们自己的存在。——难道拿手枪的人都是些傻子么？还有，现在很有人从容的问：“开枪之前，有警告么？”我现在只能说，我看见的一个卫队，他的枪口是正对着我们的，不过那是刚装完子弹的时候。而在我上面的那位可怜的朋友，他流血是在开枪之后约一两分钟时。我不知卫队的第一排枪是不是朝天放的，但即使是朝天放的，也不算是警告；因为未开枪时，群众已经纷散，放一排朝天枪(假定如此)后，第一次听枪声的群众，当然是不会回来的了(这不是一个人胆力的事，我们也无须假充硬汉)，何用接二连三地放平枪呢！即使怕一排枪不够驱散众人，尽放朝天枪好了，何用放平枪呢！所以即使卫队曾放了一排朝天枪，也决不足做他们丝毫的辩解；况且还有后来的拦门痛击呢，这难道还要问：“有无超过必要程度？”

第一次枪声稍歇后，我茫然地随着众人奔逃出去。我刚发脚的时候，便看见旁边有两个同伴已经躺下了！我来不及看清他们的面貌，只见前面一个，右乳部有一大块殷红的伤痕，我想他是不能活了！那红色我永远不忘记！同时还听见一声低缓的呻吟，想是另一位的，那呻吟我也永远不忘记！我不忍从他们身上跨过去，只得绕了道弯着腰向前跑，觉得通身懈弛得很；后面来了一个人，立刻将我撞了一交。我爬了两步，站起来仍是弯着腰跑。这时当路有一副金丝圆眼镜，好好地直放着；又有两架自行车，颇挡我们的路，大家都很艰难地从上面踏过去。我不自主地跟着众人向北躲入马号里。我们偃卧在东墙角的马粪堆上。马粪堆很高，有人想爬墙过去。墙外就是通路。我看着一个人站着，一个人正向他肩上爬上去；我自己觉得决没有越墙的气力，便也不去看他们。而且里面枪声早又密了，我还得注意运命的转变。这时听见墙边有人问："是学生不是？"下文不知如何，我猜是墙外的兵问的。那两个爬墙的人，我看见，似乎不是学生，我想他们或者得了兵的允许而下去了。若我猜的不大错，从这一句简单的问语里，我们可以看出卫队乃至政府对于学生海样深的仇恨！而且可以看出，这一次的屠杀确是有意这样“整顿学风”的；我后来知道，这时有几个清华学生和我同在马粪堆上。有一个告诉我，他旁边有一位女学生曾喊他救命，但是他没有法子，这真是可遗憾的事，她以后不知如何了！我们偃卧马粪堆上，不过两分钟，忽然看见对面马厩里有一个兵拿着枪，正装好子弹，似乎就要向我们放。我们立刻起来，仍弯着腰逃走；这时场里还有疏散的枪声，我们也顾不得了。走出马路，就到了东门口。

这时枪声未歇，东门口拥塞得几乎水泄不通。我隐约看见底下蜷缩地蹲着许多人，我们便推推搡搡，拥挤着，挣扎着，从他们身上踏上去。那时理性真失了作用，竟恬然不以为怪似的。我被挤得往后仰了几回，终于只好竭全身之力，向前而进。在我前面的一个人，脑后大约被枪弹擦伤，汩汩地流着血；他也同样地一歪一倒地挣扎着。但他一会儿便不见了，我想他是平安的下去了。我还在人堆上走。这个门是平安与危险的界线，是生死之门，故大家都不敢放松一步。这时希望充满在我心里。后面稀疏的弹子，倒觉不十分在意。前一次的奔逃，但求不即死而已，这回却求生了；在人堆上的众人，都积极地显出生之努力。但仍是一味的静；大家在这千钧一发的关头，那有闲心情和闲工夫来说话呢？我努力的结果，终于从人堆上滚了下来，我的运命这才算定了局。那时门口只剩两个卫队，在那儿闲谈，侥幸得很，手枪队已不见了！后来知道门口人堆里实在有些是死尸，就是被手枪队当门打死的！现在想着死尸上越过的事，真是不寒而栗呵！

我真不中用，出了门口，一面走，一面只是喘息！后面有两个女学生，有一个我真佩服她；她还能微笑着对她的同伴说："他们也是中国人哪！"这令我惭愧了！我想人处这种境地，若能从怕的心情转为奋兴的心情，才真是能救人的人。苦只一味的怕，"斯亦不足畏也已！"我呢，这回是由怕而归于木木然，实是很可耻的！但我希望我的经验能使我的胆力逐渐增大！这回在场中有两件事很值得纪念：一是清华同学韦杰三君(他现在已离开我们了！)受伤倒地的时候，别的两位同学冒死将他抬了出来；一是一位女学生曾经帮助两个男学生脱险。这都是我后来知道的。这都是侠义的行为，值得我们永远敬佩的！

我和那两个女学生出门沿着墙往南而行。那时还有枪声，我极想躲入胡同里，以免危险；她们大约也如此的，走不上几步，便到了一个胡同口；我们便想拐弯进去。这时墙角上立着一个穿短衣的看闲的人，他向我们轻轻地说："别进这个胡同！"我们莫名其妙地依从了他，走到第二个胡同进去；这才真脱险了！后来知道卫队有抢劫的事(不仅报载，有人亲见)，又有用枪柄，木棍，大刀，打人，砍人的事，我想他们一定就在我们没走进的那条胡同里做那些事！感谢那位看闲的人！卫队既在场内和门外放枪，还觉杀的不痛快，更拦着路邀击；其泄忿之道，真是无所不用其极了！区区一条生命，在他们眼里，正和一根草，一堆马粪一般，是满不在乎的！所以有些人虽幸免于枪弹，仍是被木棍，枪柄打伤，大刀砍伤；而魏士毅女士竟死于木棍之下，这真是永久的战栗啊！据燕大的人说，魏女士是于逃出门时被一个卫兵从后面用有楞的粗大棍儿兜头一下，打得脑浆迸裂而死！我不知她出的是哪一个门，我想大约是西门吧。因为那天我在西直门的电车上，遇见一个高工的学生，他告诉我，他从西门出来，共经过三道门(就是海军部的西辕门和陆军部的东西辕门)，每道门皆有卫队用枪柄，木棍和大刀向逃出的人猛烈地打击。他的左臂被打好几次，已不能动弹了。我的一位同事的儿子，后脑被打平了，现在已全然失了记忆；我猜也是木棍打的。受这种打击而致重伤或死的，报纸上自然有记载；致轻伤的就无可稽考，但必不少。所以我想这次受伤的还不止二百人！卫队不但打人，行劫，最可怕的是剥死人的衣服，无论男女，往往剥到只剩一条裤为止；这只要看看前几天《世界日报》的照相就知道了。就是不谈什么“人道”，难道连国家的体统，“临时执政”的面子都不顾了么；段祺瑞你自己想想吧！听说事后执政府乘人不知，已将死尸掩埋了些，以图遮掩耳目。这是我的一个朋友从执政府里听来的；若是的确，那一定将那打得最血肉模糊的先掩埋了。免得激动人心。但一手岂能尽掩天下耳目呢？我不知道现在，那天去执政府的人还有失踪的没有？若有，这个消息真是很可怕的！

这回的屠杀，死伤之多，过于五卅事件，而且是“同胞的枪弹”，我们将何以间执别人之口！而且在首都的堂堂执政府之前，光天化日之下，屠杀之不足，继之以抢劫，剥尸这种种兽行，段祺瑞等固可行之而不恤，但我们国民有此无脸的政府，又何以自容于世界！——这正是世界的耻辱呀！我们也想想吧！此事发生后，警察总监李鸣钟匆匆来到执政府，说“死了这么多人，叫我怎么办？”他这是局外的说话，只觉得无善法以调停两间而已。我们现在局中，不能如他的从容，我们也得问一问："死了这么多人，我们该怎么办？"

1926年3月23日作屠杀后五天写完

（原载1926年3月29日《语丝》第72期）

说梦

伪《列子》里有一段梦话，说得甚好："周之尹氏大治产，其下趣役者，侵晨昏而不息。有老役夫筋力竭矣，而使之弥勤。昼则呻呼而即事，夜则昏惫而熟寐。精神荒散，昔昔梦为国君：居人民之上，总一国之事；游燕宫观，恣意所欲，其乐无比。觉则复役人。……尹氏心营世事，虑钟家业，心形俱疲，夜亦昏惫而寐。昔昔梦为人仆：趋走作役，无不为也；数骂杖挞，无不至也。眠中啽呓呻呼，彻旦息焉。……"

此文原意是要说出"苦逸之复，数之常也；若欲觉梦兼之，岂可得邪？"这其间大有玄味，我是领略不着的；我只是断章取义地赏识这件故事的自身，所以才老远地引了来。我只觉得梦不是一件坏东西。即真如这件故事所说，也还是很有意思的。因为人生有限，我们若能夜夜有这样清楚的梦，则过了一日，足抵两日，过了五十岁，足抵一百岁；如此便宜的事，真是落得的。至于梦中的“苦乐”，则照我素人的见解，毕竟是“梦中的”苦乐，不必斤斤计较的。若必欲斤斤计较，我要大胆地说一句：他和那些在墙上贴红纸条儿，写着“夜梦不祥，书破大吉”的，同样地不懂得梦！

但庄子说道，“至人无梦。”伪《列子》里也说道，“古之真人，其觉自忘，其寝不梦。”——张湛注曰，“真人无往不忘，乃当不眠，何梦之有？”可知我们这几位先哲不甚以做梦为然，至少也总以为梦是不大高明的东西。但孔子就与他们不同，他深以“不复梦见周公”为憾；他自然是爱做梦的，至少也是不反对做梦的。——殆所谓时乎做梦则做梦者欤？我觉得“至人”，“真人”，毕竟没有我们的份儿，我们大可不必妄想；只看“乃当不眠”一个条件，你我能做到么？唉，你若主张或实行“八小时睡眠”，就别想做“至人”，“真人”了！但是，也不用担心，还有为我们掮木梢的：我们知道，愚人也无梦！他们是一枕黑甜，哼呵到晓，一些儿梦的影子也找不着的！我们徼幸还会做几个梦，虽因此失了“至人”，“真人”的资格，却也因此而得免于愚人，未尝不是运气。至于“至人”，“真人”之无梦和愚人之无梦，究竟有何分别？却是一个难题。我想偷懒，还是摭拾上文说过的话来答吧：“真人……乃当不眠，……”而愚人是“一枕黑甜，哼呵到晓”的！再加一句，此即孔子所谓“上智与下愚不移”也。说到孔子，孔子不反对做梦，难道也做不了“至人”，“真人”？我说，“唯唯，否否！”孔子是“圣人”，自有他的特殊的地位，用不着再来争“至人”，“真人”的名号了。但得知道，做梦而能梦周公，才能成其所以为圣人；我们也还是够不上格儿的。

我们终于只能做第二流人物。但这中间也还有个高低。高的如我的朋友P君：他梦见花，梦见诗，梦见绮丽的衣裳，……真可算得有梦皆甜了。低的如我：我在江南时，本忝在愚人之列，照例是漆黑一团地睡到天光；不过得声明，哼呵是没有的。北来以后，不知怎样，陡然聪明起来，夜夜有梦，而且不一其梦。但我究竟是新升格的，梦尽管做，却做不着一个清清楚楚的梦！成夜地乱梦颠倒，醒来不知所云，恍然若失。最难堪的是每早将醒未醒之际，残梦依人，腻腻不去；忽然双眼一睁，如坠深谷，万象寂然——只有一角日光在墙上痴痴地等着！我此时决不起来，必凝神细想，欲追回梦中滋味于万一；但照例是想不出，只惘惘然茫茫然似乎怀念着些什么而已。虽然如此，有一点是知道的：梦中的天地是自由的，任你徜徉，任你翱翔；一睁眼却就给密密的麻绳绑上了，就大大地不同了！我现在确乎有些精神恍惚，这里所写的就够教你知道。但我不因此诅咒梦；我只怪我做梦的艺术不佳，做不着清楚的梦。若做着清楚的梦，若夜夜做着清楚的梦，我想精神恍惚也无妨的。照现在这样一大串儿糊里糊涂的梦，直是要将这个“我”化成漆黑一团，却有些儿不便。是的，我得学些本事，今夜做他几个好好的梦。我是彻头彻尾赞美梦的，因为我是素人，而且将永远是素人。

(原载1925年10月《清华周刊》第24卷第8号)

背影

我与父亲不相见已二年余了，我最不能忘记的是他的背影。那年冬天，祖母死了，父亲的差使也交卸了，正是祸不单行的日子，我从北京到徐州，打算跟着父亲奔丧回家。到徐州见着父亲，看见满院狼藉的东西，又想起祖母，不禁簌簌地流下眼泪。父亲说，“事已如此，不必难过，好在天无绝人之路！”

回家变卖典质，父亲还了亏空；又借钱办了丧事。这些日子，家中光景很是惨淡，一半为了丧事，一半为了父亲赋闲。丧事完毕，父亲要到南京谋事，我也要回北京念书，我们便同行。

到南京时，有朋友约去游逛，勾留了一日；第二日上午便须渡江到浦口，下午上车北去。父亲因为事忙，本已说定不送我，叫旅馆里一个熟识的茶房陪我同去。他再三嘱咐茶房，甚是仔细。但他终于不放心，怕茶房不妥帖；颇踌躇了一会。其实我那年已二十岁，北京已来往过两三次，是没有甚么要紧的了。他踌躇了一会，终于决定还是自己送我去。我两三回劝他不必去；他只说，“不要紧，他们去不好！”

我们过了江，进了车站。我买票，他忙着照看行李。行李太多了，得向脚夫行些小费，才可过去。他便又忙着和他们讲价钱。我那时真是聪明过分，总觉他说话不大漂亮，非自己插嘴不可。但他终于讲定了价钱；就送我上车。他给我拣定了靠车门的一张椅子；我将他给我做的紫毛大衣铺好坐位。他嘱我路上小心，夜里警醒些，不要受凉。又嘱托茶房好好照应我。我心里暗笑他的迂；他们只认得钱，托他们直是白托！而且我这样大年纪的人，难道还不能料理自己么？唉，我现在想想，那时真是太聪明了！

我说道，“爸爸，你走吧。”他往车外看了看，说，“我买几个橘子去。你就在此地，不要走动。”我看那边月台的栅栏外有几个卖东西的等着顾客。走到那边月台，须穿过铁道，须跳下去又爬上去。父亲是一个胖子，走过去自然要费事些。我本来要去的，他不肯，只好让他去。我看见他戴着黑布小帽，穿着黑布大马褂，深青布棉袍，蹒跚地走到铁道边，慢慢探身下去，尚不大难。可是他穿过铁道，要爬上那边月台，就不容易了。他用两手攀着上面，两脚再向上缩；他肥胖的身子向左微倾，显出努力的样子。这时我看见他的背影，我的泪很快地流下来了。我赶紧拭干了泪，怕他看见，也怕别人看见。我再向外看时，他已抱了朱红的橘子望回走了。过铁道时，他先将橘子散放在地上，自己慢慢爬下，再抱起橘子走。到这边时，我赶紧去搀他。他和我走到车上，将橘子一股脑儿放在我的皮大衣上。于是扑扑衣上的泥土，心里很轻松似的，过一会说，“我走了；到那边来信！”我望着他走出去。他走了几步，回过头看见我，说，“进去吧，里边没人。”等他的背影混入来来往往的人里，再找不着了，我便进来坐下，我的眼泪又来了。

近几年来，父亲和我都是东奔西走，家中光景是一日不如一日。他少年出外谋生，独力支持，做了许多大事。那知老境却如此颓唐！他触目伤怀，自然情不能自已。情郁于中，自然要发之于外；家庭琐屑便往往触他之怒。他待我渐渐不同往日。但最近两年的不见，他终于忘却我的不好，只是惦记着我，惦记着我的儿子。我北来后，他写了一信给我，信中说道，“我身体平安，惟膀子疼痛利害，举箸提笔，诸多不便，大约大去之期不远矣。”我读到此处，在晶莹的泪光中，又看见那肥胖的，青布棉袍，黑布马褂的背影。唉！我不知何时再能与他相见！

1925年10月在北京。

（原载1925年11月22日《文学周报》第200期）

给亡妇

谦，日子真快，一眨眼你已经死了三个年头了。这三年里世事不知变化了多少回，但你未必注意这些个，我知道。你第一惦记的是你几个孩子，第二便轮着我。孩子和我平分你的世界，你在日如此；你死后若还有知，想来还如此的。告诉你，我夏天回家来着：迈儿长得结实极了，比我高一个头。闰儿父亲说是最乖，可是没有先前胖了。采芷和转子都好。五儿全家夸她长得好看；却在腿上生了湿疮，整天坐在竹床上不能下来，看了怪可怜的。六儿，我怎么说好，你明白，你临终时也和母亲谈过，这孩子是只可以养着玩儿的，他左挨右挨去年春天，到底没有挨过去。这孩子生了几个月，你的肺病就重起来了。我劝你少亲近他，只监督着老妈子照管就行。你总是忍不住，一会儿提，一会儿抱的。可是你病中为他操的那一份儿心也够瞧的。那一个夏天他病的时候多，你成天儿忙着，汤呀，药呀，冷呀，暖呀，连觉也没有好好儿睡过。那里有一分一毫想着你自己。瞧着他硬朗点儿你就乐，干枯的笑容在黄蜡般的脸上，我只有暗中叹气而已。

从来想不到做母亲的要像你这样。从迈儿起，你总是自己喂乳，一连四个都这样。你起初不知道按钟点儿喂，后来知道了，却又弄不惯；孩子们每夜里几次将你哭醒了，特别是闷热的夏季。我瞧你的觉老没睡足。白天里还得做菜，照料孩子，很少得空儿。你的身子本来坏，四个孩子就累你七八年。到了第五个，你自己实在不成了，又没乳，只好自己喂奶粉，另雇老妈子专管她。但孩子跟老妈子睡，你就没有放过心；夜里一听见哭，就竖起耳朵听，工夫一大就得过去看。十六年初，和你到北京来，将迈儿，转子留在家里；三年多还不能去接他们，可真把你惦记苦了。你并不常提，我却明白。你后来说你的病就是惦记出来的；那个自然也有份儿，不过大半还是养育孩子累的。你的短短的十二年结婚生活，有十一年耗费在孩子们身上；而你一点不厌倦，有多少力量用多少，一直到自己毁灭为止。你对孩子一般儿爱，不问男的女的，大的小的。也不想到什么“养儿防老，积谷防饥”，只拚命的爱去。你对于教育老实说有些外行，孩子们只要吃得好玩得好就成了。这也难怪你，你自己便是这样长大的。况且孩子们原都还小，吃和玩本来也要紧的。你病重的时候最放不下的还是孩子。病的只剩皮包着骨头了，总不信自己不会好；老说：“我死了，这一大群孩子可苦了。”后来说送你回家，你想着可以看见迈儿和转子，也愿意；你万不想到会一走不返的。我送车的时候，你忍不住哭了，说：“还不知能不能再见？”可怜，你的心我知道，你满想着好好儿带着六个孩子回来见我的。谦，你那时一定这样想，一定的。

除了孩子，你心里只有我。不错，那时你父亲还在；可是你母亲死了，他另有个女人，你老早就觉得隔了一层似的。出嫁后第一年你虽还一心一意依恋着他老人家，到第二年上我和孩子可就将你的心占住，你再没有多少工夫惦记他了。你还记得第一年我在北京，你在家里。家里来信说你待不住，常回娘家去。我动气了，马上写信责备你。你教人写了一封覆信，说家里有事，不能不回去。这是你第一次也可以说第末次的抗议，我从此就没给你写信。暑假时带了一肚子主意回去，但见了面，看你一脸笑，也就拉倒了。打这时候起，你渐渐从你父亲的怀里跑到我这儿。你换了金镯子帮助我的学费，叫我以后还你；但直到你死，我没有还你。你在我家受了许多气，又因为我家的缘故受你家里的气，你都忍着。这全为的是我，我知道。那回我从家乡一个中学半途辞职出走。家里人讽你也走。哪里走！只得硬着头皮往你家去。那时你家像个冰窖子，你们在窖里足足住了三个月。好容易我才将你们领出来了，一同上外省去。小家庭这样组织起来了。你虽不是什么阔小姐，可也是自小娇生惯养的，做起主妇来，什么都得干一两手；

你居然做下去了，而且高高兴兴地做下去了。菜照例满是你做，可是吃的都是我们；你至多夹上两三筷子就算了。你的菜做得不坏，有一位老在行大大地夸奖过你。你洗衣服也不错，夏天我的绸大褂大概总是你亲自动手。你在家老不乐意闲着；坐前几个“月子”，老是四五天就起床，说是躺着家里事没条没理的。其实你起来也还不是没条理；咱们家那么多孩子，哪儿来条理？在浙江住的时候，逃过两回兵难，我都在北平。真亏你领着母亲和一群孩子东藏西躲的；末一回还要走多少里路，翻一道大岭。这两回差不多只靠你一个人。你不但带了母亲和孩子们，还带了我一箱箱的书；你知道我是最爱书的。在短短的十二年里，你操的心比人家一辈子还多；谦，你那样身子怎么经得住！你将我的责任一股脑儿担负了去，压死了你；我如何对得起你！

你为我的捞什子书也费了不少神；第一回让你父亲的男佣人从家乡捎到上海去。他说了几句闲话，你气得在你父亲面前哭了。

第二回是带着逃难，别人都说你傻子。你有你的想头：“没有书怎么教书？况且他又爱这个玩意儿。”其实你没有晓得，那些书丢了也并不可惜；不过教你怎么晓得，我平常从来没和你谈过这些个！总而言之，你的心是可感谢的。这十二年里你为我吃的苦真不少，可是没有过几天好日子。我们在一起住，算来也还不到五个年头。无论日子怎么坏，无论是离是合，你从来没对我发过脾气，连一句怨言也没有。——别说怨我，就是怨命也没有过。老实说，我的脾气可不大好，迁怒的事儿有的是。那些时候你往往抽噎着流眼泪，从不回嘴，也不号啕。不过我也只信得过你一个人，有些话我只和你一个人说，因为世界上只你一个人真关心我，真同情我。你不但为我吃苦，更为我分苦；我之有我现在的精神，大半是你给我培养着的。这些年来我很少生病。但我最不耐烦生病，生了病就呻吟不绝，闹那伺候病的人。你是领教过一回的，那回只一两点钟，可是也够麻烦了。你常生病，却总不开口，挣扎着起来；

一来怕搅我，二来怕没人做你那份儿事。我有一个坏脾气，怕听人生病，也是真的。后来你天天发烧，自己还以为南方带来的疟疾，一直瞒着我。明明躺着，听见我的脚步，一骨碌就坐起来。我渐渐有些奇怪，让大夫一瞧，这可糟了，你的一个肺已烂了一个大窟窿了！大夫劝你到西山去静养，你丢不下孩子，又舍不得钱；劝你在家里躺着，你也丢不下那份儿家务。越看越不行了，这才送你回去。明知凶多吉少，想不到只一个月工夫你就完了！本来盼望还见得着你，这一来可拉倒了。你也何尝想到这个？父亲告诉我，你回家独住着一所小住宅，还嫌没有客厅，怕我回去不便哪。

前年夏天回家，上你坟上去了。你睡在祖父母的下首，想来还不孤单的。只是当年祖父母的坟太小了，你正睡在圹底下。这叫做“抗圹”，在生人看来是不安心的；等着想办法哪。那时圹上圹下密密地长着青草，朝露浸湿了我的布鞋。你刚埋了半年多，只有圹下多出一块土，别的全然看不出新坟的样子。我和隐今夏回去，本想到你的坟上来；因为她病了没来成。我们想告诉你，五个孩子都好，我们一定尽心教养他们，让他们对得起死了的母亲——你！谦，好好儿放心安睡吧，你。

1932年10月11日作。

（原载1933年1月1日《东方杂志》第30卷第1号）

儿女

我现在已是五个儿女的父亲了。想起圣陶喜欢用的“蜗牛背了壳”的比喻，便觉得不自在。新近一位亲戚嘲笑我说，“要剥层皮呢！”更有些悚然了。十年前刚结婚的时候，在胡适之先生的《藏晖室札记》里，见过一条，说世界上有许多伟大的人物是不结婚的；文中并引培根的话，“有妻子者，其命定矣。”当时确吃了一惊，仿佛梦醒一般；但是家里已是不由分说给娶了媳妇，又有甚么可说？现在是一个媳妇，跟着来了五个孩子；两个肩头上，加上这么重一副担子，真不知怎样走才好。“命定”是不用说了；从孩子们那一面说，他们该怎样长大，也正是可以忧虑的事。我是个彻头彻尾自私的人，做丈夫已是勉强，做父亲更是不成。自然，“子孙崇拜”，“儿童本位”的哲理或伦理，我也有些知道；既做着父亲，闭了眼抹杀孩子们的权利，知道是不行的。可惜这只是理论，实际上我是仍旧按照古老的传统，在野蛮地对付着，和普通的父亲一样。近来差不多是中年的人了，才渐渐觉得自己的残酷；想着孩子们受过的体罚和叱责，始终不能辩解——像抚摩着旧创痕那样，我的心酸溜溜的。有一回，读了有岛武郎《与幼小者》的译文，对了那种伟大的，沉挚的态度，我竟流下泪来了。去年父亲来信，问起阿九，那时阿九还在白马湖呢；信上说，“我没有耽误你，你也不要耽误他才好。”我为这句话哭了一场；我为什么不像父亲的仁慈？我不该忘记，父亲怎样待我们来着！人性许真是二元的，我是这样地矛盾；我的心像钟摆似的来去。

你读过鲁迅先生的《幸福的家庭》么？我的便是那一类的“幸福的家庭”！每天午饭和晚饭，就如两次潮水一般。先是孩子们你来他去地在厨房与饭间里查看，一面催我或妻发“开饭”的命令。急促繁碎的脚步，夹着笑和嚷，一阵阵袭来，直到命令发出为止。他们一递一个地跑着喊着，将命令传给厨房里佣人；便立刻抢着回来搬凳子。于是这个说，“我坐这儿！”那个说，“大哥不让我！”大哥却说，“小妹打我！”我给他们调解，说好话。但是他们有时候很固执，我有时候也不耐烦，这便用着叱责了；叱责还不行，不由自主地，我的沉重的手掌便到他们身上了。于是哭的哭，坐的坐，局面才算定了。接着可又你要大碗，他要小碗，你说红筷子好，他说黑筷子好；这个要干饭，那个要稀饭，要茶要汤，要鱼要肉，要豆腐，要萝卜；你说他菜多，他说你菜好。妻是照例安慰着他们，但这显然是太迂缓了。我是个暴躁的人，怎么等得及？不用说，用老法子将他们立刻征服了；虽然有哭的，不久也就抹着泪捧起碗了。吃完了，纷纷爬下凳子，桌上是饭粒呀，汤汁呀，骨头呀，渣滓呀，加上纵横的筷子，欹斜的匙子，就如一块花花绿绿的地图模型。吃饭而外，他们的大事便是游戏。游戏时，大的有大主意，小的有小主意，各自坚持不下，于是争执起来；或者大的欺负了小的，或者小的竟欺负了大的，被欺负的哭着嚷着，到我或妻的面前诉苦；我大抵仍旧要用老法子来判断的，但不理的时候也有。最为难的，是争夺玩具的时候：这一个的与那一个的是同样的东西，却偏要那一个的；而那一个便偏不答应。在这种情形之下，不论如何，终于是非哭了不可的。这些事件自然不至于天天全有，但大致总有好些起。我若坐在家里看书或写什么东西，管保一点钟里要分几回心，或站起来一两次的。若是雨天或礼拜日，孩子们在家的多，那么，摊开书竟看不下一行，提起笔也写不出一个字的事，也有过的。我常和妻说，“我们家真是成日的千军万马呀！”有时是不但“成日”，连夜里也有兵马在进行着，在有吃乳或生病的孩子的时候！

我结婚那一年，才十九岁。二十一岁，有了阿九；二十三岁，又有了阿菜。那时我正像一匹野马，那能容忍这些累赘的鞍鞯，辔头，和缰绳？摆脱也知是不行的，但不自觉地时时在摆脱着。现在回想起来，那些日子，真苦了这两个孩子；真是难以宽宥的种种暴行呢！阿九才两岁半的样子，我们住在杭州的学校里。不知怎地，这孩子特别爱哭，又特别怕生人。一不见了母亲，或来了客，就哇哇地哭起来了。学校里住着许多人，我不能让他扰着他们，而客人也总是常有的；我懊恼极了，有一回，特地骗出了妻，关了门，将他按在地下打了一顿。这件事，妻到现在说起来，还觉得有些不忍；她说我的手太辣了，到底还是两岁半的孩子！我近年常想着那时的光景，也觉黯然。阿菜在台州，那是更小了；才过了周岁，还不大会走路。也是为了缠着母亲的缘故吧，我将她紧紧地按在墙角里，直哭喊了三四分钟；因此生了好几天病。妻说，那时真寒心呢！但我的苦痛也是真的。我曾给圣陶写信，说孩子们的折磨，实在无法奈何；有时竟觉着还是自杀的好。这虽是气愤的话，但这样的心情，确也有过的。后来孩子是多起来了，磨折也磨折得久了，少年的锋棱渐渐地钝起来了；加以增长的年岁增长了理性的裁制力，我能够忍耐了——觉得从前真是一个“不成材的父亲”，如我给另一个朋友信里所说。但我的孩子们在幼小时，确比别人的特别不安静，我至今还觉如此。我想这大约还是由于我们抚育不得法；从前只一味地责备孩子，让他们代我们负起责任，却未免是可耻的残酷了！

正面意义的“幸福”，其实也未尝没有。正如谁所说，小的总是可爱，孩子们的小模样，小心眼儿，确有些教人舍不得的。阿毛现在五个月了，你用手指去拨弄她的下巴，或向她做趣脸，她便会张开没牙的嘴格格地笑，笑得像一朵正开的花。她不愿在屋里待着；待久了，便大声儿嚷。妻常说，“姑娘又要出去溜达了。”她说她像鸟儿般，每天总得到外面溜一些时候。闰儿上个月刚过了三岁，笨得很，话还没有学好呢。他只能说三四个字的短语或句子，文法错误，发音模糊，又得费气力说出；我们老是要笑他的。他说“好”字，总变成“小”字；问他“好不好？”他便说“小”，或“不小”。我们常常逗着他说这个字玩儿；他似乎有些觉得，近来偶然也能说出正确的“好”字了——特别在我们故意说成“小”字的时候。他有一只搪瓷碗，是一毛来钱买的；买来时，老妈子教给他，“这是一毛钱。”他便记住“一毛”两个字，管那只碗叫“一毛”，有时竟省称为“毛”。这在新来的老妈子，是必需翻译了才懂的。他不好意思，或见着生客时，便咧着嘴痴笑；我们常用了土话，叫他做“呆瓜”。他是个小胖子，短短的腿，走起路来，蹒跚可笑；若快走或跑，便更“好看”了。他有时学我，将两手叠在背后，一摇一摆的；那是他自己和我们都要乐的。他的大姊便是阿菜，已是七岁多了，在小学校里念着书。在饭桌上，一定得啰啰唆唆地报告些同学或他们父母的事情；气喘喘地说着，不管你爱听不爱听。说完了总问我：“爸爸认识么？”“爸爸知道么？”妻常禁止她吃饭时说话，所以她总是问我。她的问题真多：看电影便问电影里的是不是人？是不是真人？怎么不说话？看照相也是一样。不知谁告诉她，兵是要打人的。

她回来便问，兵是人么？为什么打人？近来大约听了先生的话，回来又问张作霖的兵是帮谁的？蒋介石的兵是不是帮我们的？诸如此类的问题，每天短不了，常常闹得我不知怎样答才行。她和闰儿在一处玩儿，一大一小，不很合式，老是吵着哭着。但合式的时候也有：譬如这个往床底下躲，那个便钻进去追着；这个钻出来，那个也跟着——从这个床到那个床，只听见笑着，嚷着，喘着，真如妻所说，像小狗似的。现在在京的，便只有这三个孩子；阿九和转儿是去年北来时，让母亲暂时带回扬州去了。阿九是欢喜书的孩子。他爱看《水浒》，《西游记》，《三侠五义》，《小朋友》等；没有事便捧着书坐着或躺着看。只不欢喜《红楼梦》，说是没有味儿。是的，《红楼梦》的味儿，一个十岁的孩子，哪里能领略呢？去年我们事实上只能带两个孩子来；因为他大些，而转儿是一直跟着祖母的，便在上海将他俩丢下。我清清楚楚记得那分别的一个早上。我领着阿九从二洋泾桥的旅馆出来，送他到母亲和转儿住着的亲戚家去。妻嘱咐说，“买点吃的给他们吧。”我们走过四马路，到一家茶食铺里。阿九说要熏鱼，我给买了；又买了饼干，是给转儿的。便乘电车到海宁路。下车时，看着他的害怕与累赘，很觉恻然。到亲戚家，因为就要回旅馆收拾上船，只说了一两句话便出来；转儿望望我，没说什么，阿九是和祖母说什么去了。我回头看了他们一眼，硬着头皮走了。后来妻告诉我，阿九背地里向她说：“我知道爸爸欢喜小妹，不带我上北京去。”其实这是冤枉的。他又曾和我们说，“暑假时一定来接我啊！”我们当时答应着；但现在已是第二个暑假了，他们还在迢迢的扬州待着。他们是恨着我们呢？还是惦着我们呢？妻是一年来老放不下这两个，常常独自暗中流泪；但我有什么法子呢！想到“只为家贫成聚散”一句无名的诗，不禁有些凄然。转儿与我较生疏些。但去年离开白马湖时，她也曾用了生硬的扬州话(那时她还没有到过扬州呢)，和那特别尖的小嗓子向着我：“我要到北京去。”她晓得什么北京，只跟着大孩子们说罢了；但当时听着，现在想着的我，却真是抱歉呢。这兄妹俩离开我，原是常事，离开母亲，虽也有过一回，这回可是太长了；小小的心儿，知道是怎样忍耐那寂寞来着！

我的朋友大概都是爱孩子的。少谷有一回写信责备我，说儿女的吵闹，也是很有趣的，何至可厌到如我所说；他说他真不解。子恺为他家华瞻写的文章，真是“蔼然仁者之言”。圣陶也常常为孩子操心：小学毕业了，到什么中学好呢？——这样的话，他和我说过两三回了。我对他们只有惭愧！可是近来我也渐渐觉着自己的责任。我想，第一该将孩子们团聚起来，其次便该给他们些力量。我亲眼见过一个爱儿女的人，因为不曾好好地教育他们，便将他们荒废了。他并不是溺爱，只是没有耐心去料理他们，他们便不能成材了。我想我若照现在这样下去，孩子们也便危险了。我得计划着，让他们渐渐知道怎样去做人才行。但是要不要他们像我自己呢？这一层，我在白马湖教初中学生时，也曾从师生的立场上问过丏尊，他毫不踌躇地说，“自然啰。”近来与平伯谈起教子，他却答得妙，“总不希望比自己坏啰。”是的，只要不“比自己坏”就行，“像”不“像”倒是不在乎的。职业，人生观等，还是由他们自己去定的好；自己顶可贵，只要指导，帮助他们去发展自己，便是极贤明的办法。

予同说，“我们得让子女在大学毕了业，才算尽了责任。”SK说，“不然，要看我们的经济，他们的材质与志愿；若是中学毕了业，不能或不愿升学，便去做别的事，譬如做工人吧，那也并非不行的。”自然，人的好坏与成败，也不尽靠学校教育；说是非大学毕业不可，也许只是我们的偏见。在这件事上，我现在毫不能有一定的主意；特别是这个变动不居的时代，知道将来怎样？好在孩子们还小，将来的事且等将来吧。目前所能做的，只是培养他们基本的力量——胸襟与眼光；孩子们还是孩子们，自然说不上高的远的，慢慢从近处小处下手便了。这自然也只能先按照我自己的样子：“神而明之，存乎其人，”光辉也罢，倒楣也罢，平凡也罢，让他们各尽各的力去。我只希望如我所想的，从此好好地做一回父亲，便自称心满意。——想到那“狂人”“救救孩子”的呼声，我怎敢不悚然自勉呢？

1928年6月24日晚写毕，北京清华园。

（原载1928年10月10日《小说月报》第19卷第10号）

怀魏握青君

两年前差不多也是这些日子吧，我邀了几个熟朋友，在雪香斋给握青送行。雪香斋以绍酒著名。这几个人多半是浙江人，握青也是的，而又有一两个是酒徒，所以便拣了这地方。说到酒，莲花白太腻，白干太烈；一是北方的佳人，一是关西的大汉，都不宜于浅斟低酌。只有黄酒，如温旧书，如对故友，真是醰醰有味。只可惜雪香斋的酒还上了色；若是“竹叶青”，那就更妙了。握青是到美国留学去，要住上三年；这么远的路，这么多的日子，大家确有些惜别，所以那晚酒都喝得不少。出门分手，握青又要我去中天看电影。我坐下直觉头晕。握青说电影如何如何，我只糊糊涂涂听着；几回想张眼看，却什么也看不出。终于支持不住，出其不意，哇地吐出来了。观众都吃一惊，附近的人全堵上了鼻子；这真有些惶恐。握青扶我回到旅馆，他也吐了。但我们心里都觉得这一晚很痛快。我想握青该还记得那种狼狈的光景吧?

我与握青相识，是在东南大学。那时正是暑假，中华教育改进社借那儿开会。我与方光焘君去旁听，偶然遇着握青；方君是他的同乡，一向认识，便给我们介绍了。那时我只知道他很活动，会交际而已。匆匆一面，便未再见。三年前，我北来作教，恰好与他同事。我初到，许多事都不知怎样做好；他给了我许多帮助。我们同住在一个院子里，吃饭也在一处。因此常和他谈论。我渐渐知道他不只是很活动，会交际；他有他的真心，他有他的锐眼，他也有他的傻样子。许多朋友都以为他是个傻小子，大家都叫他老魏，连听差背地里也是这样叫他；这个太亲昵的称呼，只有他有。

但他决不如我们所想的那么“傻”，他是个玩世不恭的人——至少我在北京见着他是如此。那时他已一度受过人生的戒，从前所有多或少的严肃气分，暂时都隐藏起来了；剩下的只是那冷然的玩弄一切的态度。我们知道这种剑锋般的态度，若赤裸裸地露出，便是自己矛盾，所以总得用了什么法子盖藏着。他用的是一副傻子的面具。我有时要揭开他这副面具，他便说我是《语丝》派。但他知道我，并不比我知道他少。他能由我一个短语，知道全篇的故事。他对于别人，也能知道；但只默喻着，不大肯说出。他的玩世，在有些事情上，也许太随便些。但以或种意义说，他要复仇；人总是人，又有什么办法呢？至少我是原谅他的。

以上其实也只说得他的一面；他有时也能为人尽心竭力。他曾为我决定一件极为难的事。我们沿着墙根，走了不知多少趟；他源源本本，条分缕析地将形势剖解给我听。你想，这岂是傻子所能做的？幸亏有这一面，他还能高高兴兴过日子；不然，没有笑，没有泪，只有冷脸，只有“鬼脸”，岂不郁郁地闷煞人！

我最不能忘的，是他动身前不多时的一个月夜。电灯灭后，月光照了满院，柏树森森地竦立着。屋内人都睡了；我们站在月光里，柏树旁，看着自己的影子。他轻轻地诉说他生平冒险的故事。说一会，静默一会。这是一个幽奇的境界。他叙述时，脸上隐约浮着微笑，就是他心地平静时常浮在他脸上的微笑；一面偏着头，老像发问似的。这种月光，这种院子，这种柏树，这种谈话，都很可珍贵；就由握青自己再来一次，怕也不一样的。

他走之前，很愿我做些文字送他；但又用玩世的态度说，“怕不肯吧？我晓得，你不肯的。”我说，“一定做，而且一定写成一幅横披——只是字不行些。”但是我惭愧我的懒，那“一定”早已几乎变成“不肯”了！而且他来了两封信，我竟未覆只字。这叫我怎样说好呢？我实在有种坏脾气，觉得路太遥远，竟有些渺茫一般，什么便都因循下来了。好在他的成绩很好，我是知道的；只此就很够了。别的，反正他明年就回来，我们再好好地谈几次，这是要紧的。——我想，握青也许不那么玩世了吧。

1928年5月25日夜。

我所见的叶圣陶

我第一次与圣陶见面是在民国十年的秋天。那时刘延陵兄介绍我到吴淞炮台湾中国公学教书。到了那边，他就和我说："叶圣陶也在这儿。"我们都念过圣陶的小说，所以他这样告我。我好奇地问道："怎样一个人？"出乎我的意外，他回答我："一位老先生哩。"但是延陵和我去访问圣陶的时候，我觉得他的年纪并不老，只那朴实的服色和沉默的风度与我们平日所想象的苏州少年文人叶圣陶不甚符合罢了。

记得见面的那一天是一个阴天。我见了生人照例说不出话；圣陶似乎也如此。我们只谈了几句关于作品的泛泛的意见，便告辞了。延陵告诉我每星期六圣陶总回甪直去；他很爱他的家。他在校时常邀延陵出去散步；我因与他不熟，只独自坐在屋里。不久，中国公学忽然起了风潮。我向延陵说起一个强硬的办法；——实在是一个笨而无聊的办法！——我说只怕叶圣陶未必赞成。但是出乎我的意外，他居然赞成了！后来细想他许是有意优容我们吧；这真是老大哥的态度呢。我们的办法天然是失败了，风潮延宕下去；于是大家都住到上海来。我和圣陶差不多天天见面；同时又认识了西谛，予同诸兄。这样经过了一个月；这一个月实在是我的很好的日子。

我看出圣陶始终是个寡言的人。大家聚谈的时候，他总是坐在那里听着。他却并不是喜欢孤独，他似乎老是那么有味地听着。至于与人独对的时候，自然多少要说些话；但辩论是不来的。他觉得辩论要开始了，往往微笑着说："这个弄不大清楚了。"这样就过去了。他又是个极和易的人，轻易看不见他的怒色。他辛辛苦苦保存着的《晨报》副张，上面有他自己的文字的，特地从家里捎来给我看；让我随便放在一个书架上，给散失了。当他和我同时发见这件事时，他只略露惋惜的颜色，随即说："由他去末哉，由他去末哉！"我是至今惭愧着，因为我知道他作文是不留稿的。他的和易出于天性，并非阅历世故，矫揉造作而成。他对于世间妥协的精神是极厌恨的。在这一月中，我看见他发过一次怒；——始终我只看见他发过这一次怒——那便是对于风潮的妥协论者的蔑视。

风潮结束了，我到杭州教书。那边学校当局要我约圣陶去。圣陶来信说："我们要痛痛快快游西湖，不管这是冬天。"他来了，教我上车站去接。我知道他到了车站这一类地方，是会觉得寂寞的。他的家实在太好了，他的衣着，一向都是家里管。我常想，他好像一个小孩子；像小孩子的天真，也像小孩子的离不开家里人。必须离开家里人时，他也得找些熟朋友伴着；孤独在他简直是有些可怕的。所以他到校时，本来是独住一屋的，却愿意将那间屋做我们两人的卧室，而将我那间做书室。这样可以常常相伴；我自然也乐意，我们不时到西湖边去；有时下湖，有时只喝喝酒。在校时各据一桌，我只预备功课，他却老是写小说和童话。初到时，学校当局来看过他。第二天，我问他，“要不要去看看他们？”他皱眉道：“一定要去么？等一天吧。”后来始终没有去。他是最反对形式主义的。

那时他小说的材料，是旧日的储积；童话的材料有时却是片刻的感兴。如《稻草人》中《大喉咙》一篇便是。那天早上，我们都醒在床上，听见工厂的汽笛；他便说：“今天又有一篇了，我已经想好了，来的真快呵。”那篇的艺术很巧，谁想他只是片刻的构思呢！他写文字时，往往拈笔伸纸，便手不停挥地写下去，开始及中间，停笔踌躇时绝少。他的稿子极清楚，每页至多只有三五个涂改的字。他说他从来是这样的。每篇写毕，我自然先睹为快；他往往称述结尾的适宜，他说对于结尾是有些把握的。看完，他立即封寄《小说月报》；照例用平信寄。我总劝他挂号；但他说：“我老是这样的。”他在杭州不过两个月，写的真不少，教人羡慕不已。《火灾》里从《饭》起到《风潮》这七篇，还有《稻草人》中一部分，都是那时我亲眼看他写的。

在杭州待了两个月，放寒假前，他便匆匆地回去了；他实在离不开家，临去时让我告诉学校当局，无论如何不回来了。但他却到北平住了半年，也是朋友拉去的。我前些日子偶翻十一年的《晨报副刊》，看见他那时途中思家的小诗，重念了两遍，觉得怪有意思。北平回去不久，便入了商务印书馆编译部，家也搬到上海。从此在上海待下去，直到现在——中间又被朋友拉到福州一次，有一篇《将离》抒写那回的别恨，是缠绵悱恻的文字。这些日子，我在浙江乱跑，有时到上海小住，他常请了假和我各处玩儿或喝酒。有一回，我便住在他家，但我到上海，总爱出门，因此他老说没有能畅谈；他写信给我，老说这回来要畅谈几天才行。

十六年一月，我接眷北来，路过上海，许多熟朋友和我饯行，圣陶也在。那晚我们痛快地喝酒，发议论；他是照例地默着。酒喝完了，又去乱走，他也跟着。到了一处，朋友们和他开了个小玩笑；他脸上略露窘意，但仍微笑地默着。圣陶不是个浪漫的人；在一种意义上，他正是延陵所说的“老先生”。但他能了解别人，能谅解别人，他自己也能“作达”，所以仍然——也许格外——是可亲的。那晚快夜半了，走过爱多亚路，他向我诵周美成的词，“酒已都醒，如何消夜永！”我没有说什么；那时的心情，大约也不能说什么的。我们到一品香又消磨了半夜。这一回特别对不起圣陶；他是不能少睡觉的人。他家虽住在上海，而起居还依着乡居的日子；早七点起，晚九点睡。有一回我九点十分去，他家已熄了灯，关好门了。这种自然的，有秩序的生活是对的。那晚上伯祥说：“圣兄明天要不舒服了。”想起来真是不知要怎样感谢才好。

第二天我便上船走了，一眨眼三年半，没有上南方去。信也很少，却全是我的懒。我只能从圣陶的小说里看出他心境的迁变；这个我要留在另一文中说。圣陶这几年里似乎到十字街头走过一趟，但现在怎么样呢？我却不甚了然。他从前晚饭时总喝点酒，

"以半醺为度"；近来不大能喝酒了，却学了吹笛——前些日子说已会一出《八阳》，现在该又会了别的了吧。他本来喜欢看看电影，现在又喜欢听听昆曲了。但这些都不是"厌世"，如或人所说的；圣陶是不会厌世的，我知道。又，他虽会喝酒，加上吹笛，却不曾抽什么"上等的纸烟"，也不曾住过什么"小小别墅"，如或人所想的，这个我也知道。

1930年7月，北平清华园。

《梅花》后记

这一卷诗稿的运气真坏！我为它碰过好几回壁，几乎已经绝望。现在承开明书店主人的好意，答应将它印行，让我尽了对于亡友的责任，真是感激不尽！

偶然翻阅卷前的序，后面记着一九二四年二月；算来已是四年前的事了。而无隅的死更在前一年。这篇序写成后，曾载在《时事新报》的《文学旬刊》上。那时即使有人看过，现在也该早已忘怀了吧？无隅的棺木听说还停在上海某处；但日月去得这样快，五年来人事代谢，即在无隅的亲友，他的名字也已有点模糊了吧？想到此，颇有些莫名的寂寞了。我与无隅末次聚会，是在上海西门三德里一个楼上。那时他在美术专门学校学西洋画，住着万年桥附近小弄堂里一个亭子间。我是先到了那里，再和他同去三德里的。那一暑假，我从温州到上海来玩儿；因为他春间交给我的这诗稿还未改好，所以一面访问，一面也给他个信。见面时，他那瘦黑的，微笑的脸，还和春间一样；从我认识他时，他的脸就是这样。我怎么也想不到，隔了不久的日子，他会突然离我们而去！——但我在温州得信很晚，记得仿佛已在他死后一两个月；那时我还忙着改这诗稿，打算寄给他呢。

他似乎没有什么亲戚朋友，至少在上海是如此。他的病情和死期，没人能说得清楚，我至今也还有些茫然；只知道病来得极猛，而又没钱好好医治而已。后事据说是几个同乡的学生凑了钱办的。他们大抵也没钱，想来只能草草收殓罢了。棺木是寄在某处。他家里想运回去，苦于没有这笔钱——虽然不过几十元。他父亲与他朋友林醒民君都指望这诗稿能卖得一点钱。不幸碰了四回壁，还留在我手里；四个年头已飞也似地过去了。自然，这其间我也得负多少因循的责任。直到现在，卖是卖了，想起无隅的那薄薄的棺木，在南方的潮湿里，在数年的尘封里，还不知是什么样子！其实呢，一堆腐骨，原无足惜；但人究竟是人，明知是迷执，打破却也不易的。

无隅的父亲到温州找过我，那大约是一九二二年的春天吧。一望而知，这是一个老实的内地人。他很愁苦地说，为了无隅读书，家里已用了不少钱。谁知道会这样呢？他说，现在无隅还有一房家眷要养活，运棺木的费，实在想不出法。听说他有什么稿子，请可怜可怜，给他想想法吧！我当时答应下来；谁知道一耽搁就是这些年头！后来他还转托了一位与我不相识的人写信问我。我那时已离开温州，因事情尚无头绪，一时忘了作覆，从此也就没有音信。现在想来，实在是很不安的。

我在序里略略提过林醒民君，他真是个值得敬爱的朋友！最热心无隅的事的是他；四年中不断地督促我的是他。我在温州的时候，他特地为了无隅的事，从家乡玉环来看我，又将我删改过的这诗稿，端端正正的抄了一遍，给编了目录，就是现在付印的稿本了。我去温州，他也到汉口宁波各地做事；常有信给我，信里总殷殷问起这诗稿。去年他到南洋去，临行还特地来信催我。他说无隅死了好几年了，仅存的一卷诗稿，还未能付印，真是一件难以放下的心事；请再给向什么地方试试，怎样？他到南洋后，至今尚无消息，海天远隔，我也不知他在何处。现在想寄信由他家里转，让他知道这诗稿已能付印；他定非常高兴的。古语说，“一死一生，乃见交情；”

他之于无隅，这五年以来，有如一日，真是人所难能的！

关心这诗稿的，还有白采与周了因两位先生。白先生有一篇小说，叫《作诗的儿子》，是纪念无隅的，里面说到这诗稿。那时我还在温州。他将这篇小说由平伯转寄给我，附了一信，催促我设法付印。他和平伯，和我，都不相识；因这一来，便与平伯常常通信，后来与我也常通信了。这也算很巧的一段因缘。我又告诉醒民，醒民也和他写了几回信。据醒民说，他曾经一度打算出资印这诗稿；后来因印自己的诗，力量来不及，只好罢了。可惜这诗稿现在行将付印，而他已死了三年，竟不能见着了！周了因先生，据醒民说，也是无隅的好友。醒民说他要给这诗稿写一篇序，又要写一篇无隅的传。但又说他老是东西飘泊着，没有准儿；只要有机会将这诗稿付印，也就不必等他的文章了。我知道他现在也在南洋什么地方；路是这般远，我也只好不等他了。

春余夏始，是北京最好的日子。我重翻这诗稿，温寻着旧梦，心上倒像有几分秋意似的。

1928年5月9日作。

(原载1928年7月22日《文学周报》第236期)

《子恺漫画》[1]代序

子恺兄：

知道你的漫画将出版，正中下怀，满心欢喜。

你总该记得，有一个黄昏，白马湖上的黄昏，在你那间天花板要压到头上来的，一颗骰子似的客厅里，你和我读着竹久梦二的漫画集。你告诉我那篇序做得有趣，并将其大意译给我听。我对于画，你最明白，彻头彻尾是一条门外汉。但对于漫画，却常常要像煞有介事地点头或摇头；而点头的时候总比摇头的时候多——虽没有统计，我肚里有数。那一天我自然也乱点了一回头。

点头之余，我想起初看到一本漫画，也是日本人画的。里面有一幅，题目似乎是《□□子爵の泪》(上两字已忘记)，画着一个微侧的半身像：他严肃的脸上戴着眼镜，有三

① 丰子恺的漫画集。

五颗双钩的泪珠儿，滴滴答答历历落落地从眼睛里掉下来。我同时感到伟大的压迫和轻松的愉悦，一个奇怪的矛盾！梦二的画有一幅——大约就是那画集里的第一幅——也使我有类似的感觉。那幅的题目和内容，我的记性真不争气，已经模糊得很。只记得画幅下方的左角或右角里，并排地画着极粗极肥又极短的一个“！”和一个“？”。可惜我不记得他们哥儿俩谁站在上风，谁站在下风。我明白(自己要脸)他们俩就是整个儿的人生的谜；同时又觉着像是那儿常常见着的两个胖孩子。我心眼里又是糖浆，又是姜汁，说不上是什么味儿。无论如何，我总得惊异；涂呀抹的几笔，便造起个小世界，使你又要叹气又要笑。叹气虽是轻轻的，笑虽是微微的，似一把锋利的裁纸刀，戳到喉咙里去，便可要你的命。而且同时要笑又要叹气，真是不当人子，闹着玩儿！

话说远了。现在只问老兄，那一天我和你说什么来着？——你觉得这句话有些儿来势汹汹，不易招架么？不要紧，且看下文——

我说："你可和梦二一样，将来也印一本。"你大约不曾说什么；是的，你老是不说什么的。我之说这句话，也并非信口开河，我是真的那么盼望着的。况且那时你的小客厅里，互相垂直的两壁上，早已排满了那小眼睛似的漫画的稿；微风穿过它们间时，几乎可以听出飒飒的声音。我说的话，便更有把握。现在将要出版的《子恺漫画》，他可以证明我不曾说谎话。

你这本集子里的画，我猜想十有八九是我见过的。我在南方和北方与几个朋友空口白嚼的时候，有时也嚼到你的漫画。我们都爱你的漫画有诗意；一幅幅的漫画，就如一首首的小诗——带核儿的小诗。你将诗的世界东一鳞西一爪地揭露出来，我们这就像吃橄榄似的，老觉着那味儿。《花生米不满足》使我们回到惫懒的儿时，《黄昏》使我们沉入悠然的静默。你到上海后的画，却又不同。你那和平愉悦的诗意，不免要搀上了胡椒末；在你的小小的画幅里，便有了人生的鞭痕。我看了《病车》，叹气比笑更多，正和那天看梦二的画时一样。但是，老兄，真有你的，上海到底不曾太委屈你，瞧你那《买粽子》的劲儿！你的画里也有我不爱的：如那幅《楼上黄昏，马上黄昏》，楼上与马上的实在隔得太近了。你画过的《忆》里的小孩子，他也不赞成。

今晚起了大风。北方的风可不比南方的风，使我心里扰乱；我不再写下去了。

1926年11月2日，北平。

（原载1926年11月23日《语丝》第54期）

阿河

我这一回寒假，因为养病，住到一家亲戚的别墅里去。那别墅是在乡下。前面偏左的地方，是一片淡蓝的湖水，对岸环拥着不尽的青山。山的影子倒映在水里，越显得清清朗朗的。水面常如镜子一般。风起时，微有皱痕；像少女们皱她们的眉头，过一会子就好了。湖的余势束成一条小港，缓缓地不声不响地流过别墅的门前。门前有一条小石桥，桥那边尽是田亩。这边沿岸一带，相间地栽着桃树和柳树，春来当有一番热闹的梦。别墅外面缭绕着短短的竹篱，篱外是小小的路。里边一座向南的楼，背后便倚着山。西边是三间平屋，我便住在这里。院子里有两块草地，上面随便放着两三块石头。另外的隙地上，或罗列着盆栽，或种莳着花草。篱边还有几株枝干蟠曲的大树，有一株几乎要伸到水里去了。

我的亲戚韦君只有夫妇二人和一个女儿。她在外边念书，这时也刚回到家里。她邀来三位同学，同到她家过这个寒假；两位是亲戚，一位是朋友。她们住着楼上的两间屋子。韦君夫妇也住在楼上。楼下正中是客厅，常是闲着，西间是吃饭的地方；东间便是韦君的书房，我们谈天，喝茶，看报，都在这里。我吃了饭，便是一个人，也要到这里来闲坐一回。我来的第二天，韦小姐告诉我，她母亲要给她们找一个好好的女用人；长工阿齐说有一个表妹，母亲叫他明天就带来做做看呢。她似乎很高兴的样子，我只是不经意地答应。

平屋与楼屋之间，是一个小小的厨房。我住的是东面的屋子，从窗子里可以看见厨房里人的来往。这一天午饭前，我偶然向外看看，见一个面生的女用人，两手提着两把白铁壶，正往厨房里走；韦家的李妈在她前面领着，不知在和她说甚么话。她的头发乱蓬蓬的，像冬天的枯草一样。身上穿着镶边的黑布棉袄和夹裤，黑里已泛出黄色；棉袄长与膝齐，夹裤也直拖到脚背上。脚倒是双天足，穿着尖头的黑布鞋，后跟还带着两片同色的“叶拔儿”。想这就是阿齐带来的女用人了；想完了就坐下看书。晚饭后，韦小姐告诉我，女用人来了，她的名字叫“阿河”。我说，“名字很好，只是人土些；还能做么？”她说，“别看她土，很聪明呢。”我说，“哦。”便接着看手中的报了。

以后每天早上，中上，晚上，我常常看见阿河挈着水壶来往；她的眼似乎总是望前看的。两个礼拜匆匆地过去了。韦小姐忽然和我说，你别看阿河土，她的志气很好，她是个可怜的人。我和娘说，把我前年在家穿的那身棉袄裤给了她吧。我嫌那两件衣服太花，给了她正好。娘先不肯，说她来了没有几天；后来也肯了。今天拿出来让她穿，正合式呢。我们教给她打绒绳鞋，她真聪明，一学就会了。她说拿到工钱，也要打一双穿呢。我等几天再和娘说去。

“她这样爱好！怪不得头发光得多了，

原来都是你们教她的。好！你们尽教她讲究，她将来怕不愿回家去呢。”大家都笑了。

旧新年是过去了。因为江浙的兵事，我们的学校一时还不能开学。我们大家都乐得在别墅里多住些日子。这时阿河如换了一个人。她穿着宝蓝色挑着小花儿的布棉袄裤；脚下是嫩蓝色毛绳鞋，鞋口还缀着两个半蓝半白的小绒球儿。我想这一定是她的小姐们给帮忙的。古语说得好，“人要衣裳马要鞍”，阿河这一打扮，真有些楚楚可怜了。她的头发早已是刷得光光的，覆额的留海也梳得十分伏帖。一张小小的圆脸，如正开的桃李花；脸上并没有笑，却隐隐地含着春日的光辉，像花房里充了蜜一般。这在我几乎是一个奇迹；我现在是常站在窗前看她了。我觉得在深山里发见了一粒猫儿眼；这样精纯的猫儿眼，是我生平所仅见！我觉得我们相识已太长久，极愿和她说一句话——极平淡的话，一句也好。但我怎好平白地和她攀谈呢？这样郁郁了一礼拜。

这是元宵节的前一晚上。我吃了饭，在

屋里坐了一会，觉得有些无聊，便信步走到那书房里。拿起报来，想再细看一回。忽然门钮一响，阿河进来了。她手里拿着三四支颜色铅笔；出乎意料地走近了我。她站在我面前了，静静地微笑着说："白先生，你知道铅笔刨在哪里？"一面将拿着的铅笔给我看。我不自主地立起来，匆忙地应道，"在这里；"我用手指着南边柱子。但我立刻觉得这是不够的。我领她走近了柱子。这时我像闪电似地踌躇了一下，便说，"我……我……"她一声不响地已将一支铅笔交给我。我放进刨子里刨给她看。刨了两下，便想交给她；但终于刨完了一支，交还了她。她接了笔略看一看，仍仰着脸向我。我窘极了。刹那间念头转了好几个圈子；到底硬着头皮搭讪着说，"就这样刨好了。"我赶紧向门外一瞥，就走回原处看报去。但我的头刚低下，我的眼已抬起来了。于是远远地从容地问道，"你会么？"她不曾掉过头来，只"嘤"了一声，也不说话。我看了她背影一会。觉得应该低下头了。等我再抬起头来时，她已默默地向外走了。她似乎总是望前看的；我想再问她一句话，但终于不曾出口。我撇下了报，站起来走了一会，便回到自己屋里。

我一直想着些什么，但什么也没有想出。

第二天早上看见她往厨房里走时，我发愿我的眼将老跟着她的影子！她的影子真好。她那几步路走得又敏捷，又匀称，又苗条，正如一只可爱的小猫。她两手各提着一只水壶，又令我想到在一条细细的索儿上抖擞精神走着的女子。这全由于她的腰；她的腰真太软了，用白水的话说，真是软到使我如吃苏州的牛皮糖一样。不止她的腰，我的日记里说得好：“她有一套和云霞比美，水月争灵的曲线，织成大大的一张迷惑的网！”而那两颊的曲线，尤其甜蜜可人。她两颊是白中透着微红，润泽如玉。她的皮肤，嫩得可以掐出水来；我的日记里说，“我很想去掐她一下呀！”她的眼像一双小燕子，老是在滟滟的春水上打着圈儿。她的笑最使我记住，像一朵花漂浮在我的脑海里。我不是说过，她的小圆脸像正开的桃花么？那么，她微笑的时候，便是盛开的时候了：花房里充满了蜜，真如要流出来的样子。她的发不甚厚，但黑而有光，柔软而滑，如纯丝一般。只可惜我不曾闻着一些儿香。唉！从前我在窗前看她好多次，所得的真太少了；若不是昨晚一见，——虽只几分钟——我真太对不起这样一个人儿了。

午饭后，韦君照例地睡午觉去了，只有我，韦小姐和其他三位小姐在书房里。我有意无意地谈起阿河的事。我说："你们怎知道她的志气好呢？"

"那天我们教给她打绒绳鞋；"一位蔡小姐便答道，"看她很聪明，就问她为甚么不念书？她被我们一问，就伤心起来了。……"

"是的，"韦小姐笑着抢了说，"后来还哭了呢；还有一位傻子陪她淌眼泪呢。"

那边黄小姐可急了，走过来推了她一下。蔡小姐忙拦住道，"人家说正经话，你们尽闹着玩儿！让我说完了呀——""我代你说啵，"韦小姐仍抢着说，"——她说她只有一个爹，没有娘。嫁了一个男人，倒有三十多岁，土头土脑的，脸上满是疤！他是李妈的邻舍，我还看见过呢。……”“好了，底下我说吧。”蔡小姐接着道，“她男人又不要好，尽爱赌钱；她一气，就住到娘家来，有一年多不回去了。”

“她今年几岁？”我问。

“十七不知十八？前年出嫁的，几个月就回家了，”蔡小姐说。

“不，十八，我知道，”韦小姐改正道。

“哦。你们可曾劝她离婚？”

“怎么不劝；”韦小姐应道，“她说十八回去吃她表哥的喜酒，要和她的爹去说呢。”

“你们教她的好事，该当何罪！”我笑了。

她们也都笑了。

十九的早上，我正在屋里看书，听见外面有嚷嚷的声音；这是从来没有的。我立刻走出来看；只见门外有两个乡下人要走进来，却给阿齐拦住。他们只是央告，阿齐只是不肯。这时韦君已走出院中，向他们道，

“你们回去吧。人在我这里，不要紧的。快回去，不要瞎吵！”

两个人面面相觑，说不出一句话；俄延了一会，只好走了。我问韦君什么事？他说，“阿河啰！还不是瞎吵一回子。”

我想他于男女的事向来是懒得说的，还是回头问他小姐的好；我们便谈到别的事情上去。

吃了饭，我赶紧问韦小姐，她说，“她是告诉娘的，你问娘去。”

我想这件事有些尴尬，便到西间里问韦太太；她正看着李妈收拾碗碟呢。她见我问，便笑着说，“你要问这些事做什么？她昨天回去，原是借了阿桂的衣裳穿了去的，打扮得娇滴滴的，也难怪，被她男人看见了，便约了些不相干的人，将她抢回去过了一夜。今天早上，她骗她男人，说要到此地来拿行李。她男人就会信她，派了两个人跟着。那知她到了这里，便叫阿齐拦着那跟来的人；她自己便跪在我面前哭诉，说死也不愿回她男人家去。你说我有什么法子。只好让那跟来的人先回去再说。好在没有几天，她们要上学了，我将来交给她的爹吧。唉，现在的人，心眼儿真是越过越大了；一个乡下女人，也会闹出这样惊天动地的事了！”

“可不是，”李妈在旁插嘴道，“太太你不知道；我家三叔前儿来，我还听他说呢。我本不该说的，阿弥陀佛！太太，你想她不愿意回婆家，老愿意住在娘家，是什么道理？家里只有一个单身的老子；你想那该死的老畜生！他舍不得放她回去呀！”

“低些，真的么？”韦太太惊诧地问。

“他们说得千真万确的。我早就想告诉太太了，总有些疑心；今天看她的样子，真有几分对呢。太太，你想现在还成什么世界！”

“这该不至于吧。”我淡淡地插了一句。

“少爷，你那里知道！”韦太太叹了一口气，“——好在没有几天了，让她快些走吧；别将我们的运气带坏了。她的事，我们以后也别谈吧。”

开学的通告来了，我定在二十八走。二

十六的晚上，阿河忽然不到厨房里挈水了。韦小姐跑来低低地告诉我，“娘叫阿齐将阿河送回去了；我在楼上，都不知道呢。”我应了一声，一句话也没有说。正如每日有三顿饱饭吃的人，忽然绝了粮；却又不能告诉一个人！而且我觉得她的前面是黑洞洞的，此去不定有什么好歹！那一夜我是没有好好地睡，只翻来覆去地做梦，醒来却又一例茫然。这样昏昏沉沉地到了二十八早上，懒懒地向韦君夫妇和韦小姐告别而行，韦君夫妇坚约春假再来住，我只得含糊答应着。出门时，我很想回望厨房几眼；但许多人都站在门口送我，我怎好回头呢？

到校一打听，老友陆已来了。我不及料理行李，便找着他，将阿河的事一五一十告诉他。他本是个好事的人；听我说时，时而皱眉，时而叹气，时而擦掌。听到她只十八岁时，他突然将舌头一伸，跳起来道，“可惜我早有了我那太太！要不然，我准得想法子娶她！”

“你娶她就好了；现在不知鹿死谁手

呢？”

我俩默默相对了一会，陆忽然拍着桌子道，“有了，老汪不是去年失了恋么？他现在还没有主儿，何不给他俩撮合一下。”

我正要答说，他已出去了。过了一会子，他和汪来了，进门就嚷着说，“我和他说，他不信；要问你呢！”

“事是有的，人呢，也真不错。只是人家的事，我们凭什么去管！”我说。

“想法子呀！”陆嚷着。

“什么法子？你说！”

“好，你们尽和我开玩笑，我才不理会你们呢！”汪笑了。

我们几乎每天都要谈到阿河，但谁也不曾认真去“想法子”。

一转眼已到了春假。我再到韦君别墅的时候，水是绿绿的，桃腮柳眼，着意引人。我却只惦着阿河，不知她怎么样了。那时韦小姐已回来两天。我背地里问她，她说，“奇得很！阿齐告诉我，说她二月间来求娘来了。她说她男人已死了心，不想她回去；只不肯白白地放掉她。他教她的爹拿出八十块钱来，人就是她的爹的了；他自己也好另娶一房人。可是阿河说她的爹那有这些钱？她求娘可怜可怜她！娘的脾气你知道。她是个古板的人；她数说了阿河一顿，一个钱也不给！我现在和阿齐说，让他上镇去时，带个信儿给她，我可以给她五块钱。我想你也可以帮她些，我教阿齐一块儿告诉她吧。只可惜她未必肯再上我们这儿来啰！”

“我拿十块钱吧，你告诉阿齐就是。”

我看阿齐空闲了，便又去问阿河的事。他说，“她的爹正给她东找西找地找主儿呢。只怕难吧，八十块大洋呢！”

我忽然觉得不自在起来，不愿再问下去。

过了两天，阿齐从镇上回来，说，“今天见着阿河了。娘的，齐整起来了。穿起了裙子，做老板娘娘了！据说是自己拣中的；这种年头！”

我立刻觉得，这一来全完了！只怔怔地看着阿齐，似乎想在他脸上找出阿河的影子。咳，我说什么好呢？愿命运之神长远庇护着她吧！

第二天我便托故离开了那别墅；我不愿再见那湖光山色，更不愿再见那间小小的厨房！

1926年1月11日作

（原载1926年11月22日《文学周报》第200期）

飘零

一个秋夜，我和P坐在他的小书房里，在晕黄的电灯光下，谈到W的小说。

“他还在河南吧？C大学那边很好吧？”我随便问着。

“不，他上美国去了。”

“美国？做什么去？”

“你觉得很奇怪吧？——波定谟约翰郝勃金医院打电报约他做助手去。”

“哦！就是他研究心理学的地方！他在那边成绩总很好？——这回去他很愿意吧？”

“不见得愿意。他动身前到北京来过，我请他在启新吃饭；他很不高兴的样子。”

“这又为什么呢？”

“他觉得中国没有他做事的地方。”

“他回来才一年呢。C大学那边没有钱吧？”

“不但没有钱，他们说他是疯子！”

“疯子！”

我们默然相对，暂时无话可说。

我想起第一回认识W的名字，是在《新生》杂志上。那时我在P大学读书，W也在那里。我在《新生》上看见的是他的小说；但一个朋友告诉我，他心理学的书读得真多；P大学图书馆里所有的，他都读了。文学书他也读得不少。他说他是无一刻不读书的。我第一次见他的面，是在P大学宿舍的走道上；他正和朋友走着。有人告诉我，这就是W了。微曲的背，小而黑的脸，长头发和近视眼，这就是W了。以后我常常看他的文字，记起他这样一个人。有一回我拿一篇心理学的译文，托一个朋友请他看看。他逐一给我改正了好几十条，不曾放松一个字。永远的惭愧和感谢留在我心里。

我又想到杭州那一晚上。他突然来看我了。他说和P游了三日，明早就要到上海去。他原是山东人；这回来上海，是要上美国去的。我问起哥仑比亚大学的《心理学，哲学，与科学方法》杂志，我知道那是有名的杂志。但他说里面往往一年没有一篇好文章，没有什么意思。他说近来各心理学家在英国开了一个会，有几个人的话有味。他又用铅笔随便的在桌上一本簿子的后面，写了《哲学的科学》一个书名与其出版处，说是新书，可以看看。他说要走了。我送他到旅馆里。见他床上摊着一本《人生与地理》，随便拿过来翻着。他说这本小书很著名，很好的。我们在晕黄的电灯光下，默然相对了一会，又问答了几句简单的话；我就走了。直到现在，还不曾见过他。

他到美国去后，初时还写了些文字，后来就没有了。他的名字，在一般人心里，已如远处的云烟了。我倒还记着他。两三年以后，才又在《文学日报》上见到他一篇诗，是写一种清趣的。我只念过他这一篇诗。他的小说我却念过不少；最使我不能忘记的是那篇《雨夜》，是写北京人力车夫的生活的。W是学科学的人，应该很冷静，但他的小说却又很热很热的。

这就是W了。

P也上美国去，但不久就回来了。他在波定谟住了些日子，W是常常见着的。他回国后，有一个热天，和我在南京清凉山上谈起W的事。他说W在研究行为派的心理学。他几乎终日在实验室里；他解剖过许多老鼠，研究它们的行为。p说自己本来也愿意学心理学的；但看了老鼠临终的颤动，他执刀的手便战战的放不下去了。因此只好改行。而W是“奏刀騞然”，“踌躇满志”，P觉得那是不可及的。P又说W研究动物行为既久，看明它们所有的生活，只是那几种生理的欲望，如食欲，性欲，所玩的把戏，毫无什么大道理存乎其间。因而推想人的生活，也未必别有何种高贵的动机；我们第一要承认我们是动物，这便是真人。W的确是如此做人的。P说他也相信W的话；真的，P回国后的态度是大大的不同了。W只管做他自己的人，却得着P这样一个信徒，他自己也未必料得着的。

P又告诉我W恋爱的故事。是的，恋爱

的故事！P说这是一个日本人，和W一同研究的，但后来走了，这件事也就完了。P说得如此冷淡，毫不像我们所想的恋爱的故事！P又曾指出《来日》上W的一篇《月光》给我看。这是一篇小说，叙述一对男女趁着月光在河边一只空船里密谈。那女的是个有夫之妇。这时四无人迹，他俩谈得亲热极了。但P说W的胆子太小了，所以这一回密谈之后，便撒了手。这篇文字是W自己写的，虽没有如火如荼的热闹，但却别有一种意思。科学与文学，科学与恋爱，这就是W了。

"'疯子'！"我这时忽然似乎彻悟了说，"也许是的吧？我想。一个人冷而又热，是会变疯子的。"

"唔，"p点头。

"他其实大可以不必管什么中国不中国了；偏偏又恋恋不舍的！"

"是啰。W这回真不高兴。K在美国借了他的钱。这回他到北京，特地老远的跑去和K要钱。K的没钱，他也知道；他也并不指望这笔钱用。只想借此去骂他一顿罢了，据说拍了桌子大骂呢！”

“这与他的写小说一样的道理呀！唉，这就是W了。”

P无语，我却想起一件事：“W到美国后有信来么？”

“长远了，没有信。”

我们于是都又默然。

1926年7月20日，白马湖。

（原载1926年8月1日《文学周报》第236期）

白采

盛暑中写《白采的诗》一文，刚满一页，便因病搁下。这时候薰宇来了一封信，说白采死了，死在香港到上海的船中。他只有一个人；他的遗物暂存在立达学园里。有文稿，旧体诗词稿，笔记稿，有朋友和女人的通信，还有四包女人的头发！我将薰宇的信念了好几遍，茫然若失了一会；觉得白采虽于生死无所容心，但这样的死在将到吴淞口了的船中，也未免太惨酷了些——这是我们后死者所难堪的。

白采是一个不可捉摸的人。他的历史，他的性格，现在虽从遗物中略知梗概，但在他生前，是绝少人知道的；他也绝口不向人说，你问他他只支吾而已。他赋性既这样遗世绝俗，自然是落落寡合了；但我们却能够看出他是一个好朋友，他是一个有真心的人。

“不打不成相识，”我是这样的知道了白采的。这是为学生李芳诗集的事。李芳将他的诗集交我删改，并嘱我作序。那时我在温州，他在上海。我因事忙，一搁就是半年；而李芳已因不知名的急病死在上海。我很懊悔我的需缓，赶紧抽了空给他工作。正在这时，平伯转来白采的信，短短的两行，催我设法将李芳的诗出版；又附了登在《觉悟》上的小说《作诗的儿子》，让我看看——里面颇有讥讽我的话。我当时觉得不应得这种讥讽，便写了一封近两千字的长信，详述事件首尾，向他辩解。信去了便等回信；但是杳无消息。等到我已不希望了，他才来了一张明信片；在我看来，只是几句半冷半热的话而已。我只能以“岂能尽如人意？但求无愧我心！”自解，听之而已。

但平伯因转信的关系，却和他常通函札。平伯来信，屡屡说起他，说是一个有趣的人。有一回平伯到白马湖看我。我和他同往宁波的时候，他在火车中将白采的诗稿《羸疾者的爱》给我看。我在车身不住的动摇中，读了一遍。觉得大有意思。我于是承认平伯的话，他是一个有趣的人。我又和平伯说，他这篇诗似乎是受了尼采的影响。后来平伯来信，说已将此语函告白采，他颇以为然。我当时还和平伯说，关于这篇诗，我想写一篇评论；平伯大约也告诉了他。有一回他突然来信说起此事；他盼望早些见着我的文字，让他知道在我眼中的他的诗究竟是怎样的。我回信答应他，就要做的。以后我们常常通信，他常常提及此事。但现在是三年以后了，我才算将此文完篇；他却已经死了，看不见了！他暑假前最后给我的信还说起他的盼望。天啊！我怎样对得起这样一个朋友，我怎样挽回我的过错呢？

平伯和我都不曾见过白采，大家觉得是一件缺憾。有一回我到上海，和平伯到西门林荫路新正兴里五号去访他：这是按着他给我们的通信地址去的。但不幸得很，他已经搬到附近什么地方去了；我们只好嗒然而归。新正兴里五号是朋友延陵君住过的：有一次谈起白采，他说他姓童，在美术专门学校念书；他的夫人和延陵夫人是朋友，延陵夫妇曾借住他们所赁的一间亭子间。那是我看延陵时去过的，床和桌椅都是白漆的；是一间虽小而极洁净的房子，几乎使我忘记了是在上海的西门地方。现在他存着的摄影里，据我看，有好几张是在那间房里照的。又从他的遗札里，推想他那时还未离婚；他离开新正兴里五号，或是正为离婚的缘故，也未可知。这却使我们事后追想，多少感着些悲剧味了。但平伯终于未见着白采，我竟得和他见了一面。那是在立达学园我预备上火车去上海前的五分钟。这一天，学园的朋友说白采要搬来了；我从早上等了好久，还没有音信。正预备上车站，白采从门口进来了。他说着江西话，似乎很老成了，是饱经世变的样子。我因上海还有约会，只匆匆一谈，便握手作别。他后来有信给平伯说我“短小精悍”，却是一句有趣的话。这是我们最初的一面，但谁知也就是最后的一面呢！

去年年底，我在北京时，他要去集美作教；他听说我有南归之意，因不能等我一面，便寄了一张小影给我。这是他立在露台上远望的背影，他说是聊寄伫盼之意。我得此小影，反复把玩而不忍释，觉得他真是一个好朋友。这回来到立达学园，偶然翻阅《白采的小说》，《作诗的儿子》一篇中讥讽我的话，已经删改；而薰宇告我，我最初给他的那封长信，他还留在箱子里。这使我惭愧从前的猜想，我真是小器的人哪！但是他现在死了，我又能怎样呢？我只相信，如爱墨生的话，他在许多朋友的心里是不死的！

上海，江湾，立达学园。

(原载1926年10月5日《一般》第10号第2期)

沉默

沉默是一种处世哲学，用得好时，又是一种艺术。

谁都知道口是用来吃饭的，有人却说是用来接吻的。我说满没有错儿；但是若统计起来，口的最多的(也许不是最大的)用处，还应该是说话，我相信。按照时下流行的议论，说话大约也算是一种“宣传”，自我的宣传。所以说话彻头彻尾是为自己的事。若有人一口咬定是为别人，凭了种种神圣的名字；我却也愿意让步，请许我这样说：说话有时的确只是间接地为自己，而直接的算是为别人！

自己以外有别人，所以要说话；别人也有别人的自己，所以又要少说话或不说话。于是乎我们要懂得沉默。你若念过鲁迅先生的《祝福》，一定会立刻明白我的意思。

一般人见生人时，大抵会沉默的，但也有不少例外。常在火车轮船里，看见有些人迫不及待似地到处向人问讯，攀谈，无论那是搭客或茶房，我只有羡慕这些人的健康；因为在中国这样旅行中，竟会不感觉一点儿疲倦！见生人的沉默，大约由于原始的恐惧，但是似乎也还有别的。假如这个生人的名字，你全然不熟悉，你所能做的工作，自然只是有意或无意的防御——像防御一个敌人。沉默便是最安全的防御战略。你不一定要他知道你，更不想让他发现你的可笑的地方——一个人总有些可笑的地方不是？——你只让他尽量说他所要说的，若他是个爱说的人。末了你恭恭敬敬和他分别。假如这个生人，你愿意和他做朋友，你也还是得沉默。但是得留心听他的话，选出几处，加以简短的，相当的赞词；至少也得表示相当的同意。这就是知己的开场，或说起码的知己也可。假如这个人是你所敬仰的或未必敬仰的“大人物”，你记住，更不可不沉默！大人物的言语，乃至脸色眼光，都有异样的地方；你最好远远地坐着，让那些勇敢的同伴上前线去。——自然，我说的只是你偶然地遇着或随众访问大人物的时候。若你愿意专诚拜谒，你得另想办法；在我，那却是一件可怕的事。——你看看大人物与非大人物或大人物与大人物间谈话的情形，准可以满足，而不用从牙缝里迸出一个字。说话是一件费神的事，能少说或不说以及应少说或不说的时候，沉默实在是长寿之一道。至于自我宣传，诚哉重要——谁能不承认这是重要呢？——但对于生人，这是白费的；他不会领略你宣传的旨趣，只暗笑你的宣传热；他会忘记得干干净净，在和你一鞠躬或一握手以后。

朋友和生人不同，就在他们能听也肯听你的说话——宣传。这不用说是交换的，但是就是交换的也好。他们在不同的程度下了解你，谅解你；他们对于你有了相当的趣味和礼貌。你的话满足他们的好奇心，他们就趣味地听着；你的话严重或悲哀，他们因为礼貌的缘故，也能暂时跟着你严重或悲哀。

在后一种情形里，满足的是你；他们所真感到的怕倒是矜持的气氛。他们知道“应该”怎样做；这其实是一种牺牲，“应该”也“值得”感谢的。但是即使在知己的朋友面前，你的话也还不应该说得太多；同样的故事，情感，和警句，隽语，也不宜重复的说。《祝福》就是一个好榜样。你应该相当的节制自己，不可妄想你的话占领朋友们整个的心——你自己的心，也不会让别人完全占领呀。你更应该知道怎样藏匿你自己。只有不可知，不可得的，才有人去追求；你若将所有的尽给了别人，你对于别人，对于世界，将没有丝毫意义，正和医学生实习解剖时用过的尸体一样。那时是不可思议的孤独，你将不能支持自己，而倾仆到无底的黑暗里去。一个情人常喜欢说：“我愿意将所有的都献给你！”谁真知道他或她所有的是些什么呢？第一个说这句话的人，只是表示自己的慷慨，至多也只是表示一种理想；以后跟着说的，更只是“口头禅”而已。所以朋友间，甚至恋人间，沉默还是不可少的。你的话应该像黑夜的星星，不应该像除夕的爆竹——谁稀罕那彻宵的爆竹呢？而沉默有时更有诗意。譬如在下午，在黄昏，在深夜，在大而静的屋子里，短时的沉默，也许远胜于连续不断的倦怠了的谈话。有人称这种境界为“无言之美”，你瞧，多漂亮的名字！——至于所谓“拈花微笑”，那更了不起了！

可是沉默也有不行的时候。人多时你容易沉默下去，一主一客时，就不准行。你的过分沉默，也许把你的生客惹恼了，赶跑了！倘使你愿意赶他，当然很好；倘使你不愿意呢，你就得不时的让他喝茶，抽烟，看画片，读报，听话匣子，偶然也和他谈谈天气，时局——只是复述报纸的记载，加上几个不能解决的疑问——，总以引他说话为度。于是你点点头，哼哼鼻子，时而叹叹气，听着。他说完了，你再给起个头，照样的听着。但是我的朋友遇见过一个生客，他是一位准大人物，因某种礼貌关系去看我的朋友。他坐下时，将两手笼起，搁在桌上。说了几句话，就止住了，两眼炯炯地直看着我的朋友。我的朋友窘极，好容易陆陆续续地找出一句半句话来敷衍。这自然也是沉默的一种用法，是上司对属僚保持威严用的。用在一般交际里，未免太露骨了；而在上述的情形中，不为主人留一些余地，更属无礼。大人物以及准大人物之可怕，正在此等处。至于应付的方法，其实倒也有，那还是沉默；只消照样笼了手，和他对看起来，他大约也就无可奈何了罢？

（原载1932年11月7日《清华周刊》第38卷第6期）

正义

人间的正义是在哪里呢？

正义是在我们的心里！从明哲的教训和见闻的意义中，我们不是得着大批的正义么？但白白的搁在心里，谁也不去取用，却至少是可惜的事。两石白米堆在屋里，总要吃它干净，两箱衣服堆在屋里，总要轮流穿换，一大堆正义却扔在一旁，满不理会，我们真大方，真舍得！看来正义这东西也真贱，竟抵不上白米的一个尖儿，衣服的一个扣儿。——爽性用它不着，倒也罢了，谁都又装出一副发急的样子，张张皇皇的寻觅着。这个葫芦里卖的什么药？我的聪明的同伴呀，我真想不通了！

我不曾见过正义的面，只见过它的弯曲的影儿——在“自我”的唇边，在“威权”的面前，在“他人”的背后。

正义可以做幌子，一个漂亮的幌子，所以谁都愿意念着它的名字。“我是正经人，我要做正经事”，谁都向他的同伴这样隐隐的自诩着。但是除了用以“自诩”之外，正义对于他还有什么作用呢？他独自一个时，在生人中间时，早忘了它的名字，而去创造“自己的正义”了！他所给予正义的，只是让它的影儿在他的唇边闪烁一番而已。但是，这毕竟不算十分孤负正义，比那凭着正义的名字以行罪恶的，还胜一筹。可怕的正是这种假名行恶的人。他嘴里唱着正义的名字，手里却满满的握着罪恶；他将这些罪恶送给社会，粘上金碧辉煌的正义的签条送了去。社会凭着他所唱的名字和所粘的签条，欣然受了这份礼；就是明知道是罪恶，也还是欣然受了这份礼！易卜生“社会栋梁”一出戏，就是这种情形。这种人的唇边，虽更频繁的闪烁着正义的弯曲的影儿，但是深藏在他们心底的正义，只怕早已霉了，烂了，且将毁灭了。在这些人里，我见不着正义！

在亲子之间，师傅学徒之间，军官兵士

之间，上司属僚之间，似乎有正义可见了，但是也不然。卑幼大抵顺从他们长上的，长上要施行正义于他们，他们诚然是不“能”违抗的——甚至“父教子死，子不得不死”一类话也说出来了。他们发见有形的扑鞭和无形的赏罚在长上们的背后，怎敢去违抗呢？长上们凭着威权的名字施行正义，他们怎敢不遵呢？但是你私下问他们，“信么？服么？”他们必摇摇他们的头，甚至还奋起他们的双拳呢！这正是因为长上们不凭着正义的名字而施行正义的缘故了。这种正义只能由长上行于卑幼，卑幼是不能行于长上的，所以是偏颇的；这种正义只能施于卑幼，而不能施于他人，所以是破碎的；这种正义受着威权的鼓弄，有时不免要扩大到它的应有的轮廓之外，那时它又是肥大的。这些仍旧只是正义的弯曲的影儿。不凭着正义的名字而施行正义，我在这等人里，仍旧见不着它！

在没有威权的地方，正义的影儿更弯曲了。名位与金钱的面前，正义只剩淡如水的微痕了。你瞧现在一班大人先生见了所谓督军等人的劲儿！他们未必愿意如此的，但是一当了面，估量着对手的名位，就不免心里一软，自然要给他一些面子——于是不知不觉的就敷衍起来了。至于平常的人，偶然见了所谓名流，也不免要吃一惊，那时就是心里有一百二十个不以为然，也只好姑且放下，另做出一番“足恭”的样子，以表倾慕之诚。所以一班达官通人，差不多是正义的化外之民，他们所做的都是合于正义的，乃至他们所做的就是正义了！——在他们实在无所谓正义与否了。呀！这样，正义岂不已经沦亡了？却又不然。须知我只说“面前”是无正义的，“背后”的正义却幸而还保留着。社会的维持，大部分或者就靠着这背后的正义罢。但是背后的正义，力量究竟是有限的，因为隔开一层，不由的就单弱了。一个为富不仁的人，背后虽然免不了人们的指谪，面前却只有恭敬。一个华服翩翩的人，犯了违警律，就是警察也要让他五分。这就是我们的正义了！我们的正义百分之九十九是在背后的，而在极亲近的人间，有时连这个背后的正义也没有！因为太亲近了，什么也可以原谅了，什么也可以马虎了，正义就任怎么弯曲也可以了。背后的正义只有存生疏的人们间。生疏的人们间，没有什么密切的关系，自然可以用上正义这个幌子。至于一定要到背后才叫出正义来，那全是为了情面的缘故。情面的根柢大概也是一种同情，一种廉价的同情。现在的人们只喜欢廉价的东西，在正义与情面两者中，就尽先取了情面，而将正义放在背后。在极亲近的人间，情面的优先权到了最大限度，正义就几乎等于零，就是在背后也没有了。背后的正义虽也有相当的力量，但是比起面前的正义就大大的不同，启发与戒惧的功能都如搀了水的薄薄的牛乳似的——于是仍旧只算是一个弯曲的影儿。在这些人里，我更见不着正义！

人间的正义究竟是在哪里呢？满藏在我们心里！为什么不取出来呢？它没有优先权！在我们心里，第一个尖儿是自私，其余就是威权，势力，亲疏，情面等等；等到这些角色一一演毕，才轮得到我们可怜的正义。你想，时候已经晚了，它还有出台的机会么？没有！所以你要正义出台，你就得排除一切，让它做第一个尖儿。你得凭着它自己的名字叫它出台。你还得抖擞精神，准备一副好身手，因为它是初出台的角儿，捣乱的人必多，你得准备着打——不打不成相识呀！打得站住了脚携住了手，那时我们就能从容的瞻仰正义的面目了。

1924年5月14日作。

（原载《我们的七月》）

谈抽烟

有人说，“抽烟有什么好处？还不如吃点口香糖，甜甜的，倒不错。”不用说，你知道这准是外行。口香糖也许不错，可是喜欢的怕是女人孩子居多；男人很少赏识这种玩意儿的；除非在美国，那儿怕有些个例外。一块口香糖得咀嚼老半天，还是嚼不完，凭你怎么斯文，那朵颐的样子，总遮掩不住，总有点儿不雅相。这其实不像抽烟，倒像衔橄榄。你见过衔着橄榄的人？腮帮子上凸出一块，嘴里不时地滋儿滋儿的。抽烟可用不着这么费劲；烟卷儿尤其省事，随便一叼上，悠然的就吸起来，谁也不来注意你。抽烟说不上是什么味道；勉强说，也许有点儿苦吧。但抽烟的不稀罕那“苦”而稀罕那“有点儿”。他的嘴太闷了，或者太闲了，就要这么点儿来凑个热闹，让他觉得嘴还是他的。嚼一块口香糖可就太多，甜甜的，够多腻味；

而且有了糖也许便忘记了“我”。

抽烟其实是个玩意儿。就说抽卷烟吧，你打开匣子或罐子，抽出烟来，在桌上顿几下，衔上，擦洋火，点上。这其间每一个动作都带股劲儿，像做戏一般。自己也许不觉得，但到没有烟抽的时候，便觉得了。那时候你必然闲得无聊；特别是两只手，简直没放处。再说那吐出的烟，袅袅地缭绕着，也够你一回两回地捉摸；它可以领你走到顶远的地方去。——即便在百忙当中，也可以让你轻松一忽儿。所以老于抽烟的人，一叼上烟，真能悠然遐想。他霎时间是个自由自在的身子，无论他是靠在沙发上的绅士，还是蹲在台阶上的瓦匠。有时候他还能够叼着烟和人说闲话；自然有些含含糊糊的，但是可喜的是那满不在乎的神气。这些大概也算是游戏三昧吧。

好些人抽烟，为的有个伴儿。譬如说一个人单身住在北平，和朋友在一块儿，倒是有说有笑的，回家来，空屋子像水一样。这时候他可以摸出一支烟抽起来，借点儿暖气。黄昏来了，屋子里的东西只剩些轮廓，暂时懒得开灯，也可以点上一支烟，看烟头上的火一闪一闪的，像亲密的低语，只有自己听得出。要是生气，也不妨迁怒一下，使劲儿吸他十来口。客来了，若你倦了说不得话，或者找不出可说的，干坐着岂不着急？这时候最好拈起一支烟将嘴堵上等你对面的人。若是他也这么办，便尽时间在烟子里爬过去。各人抓着一个新伴儿，大可以盘桓一会的。

从前抽水烟旱烟，不过一种不伤大雅的嗜好，现在抽烟却成了派头。抽烟卷儿指头黄了，由它去。用烟嘴不独麻烦，也小气，又跟烟隔得那么老远的。今儿大褂上一个窟窿，明儿坎肩上一个，由他去。一支烟里的尼古丁可以毒死一个小麻雀，也由它去。总之，蹩蹩扭扭的，其实也还是个“满不在乎”罢了。烟有好有坏，味有浓有淡，能够辨味的是内行，不择烟而抽的是大方之家。

1933年10月11日作

（原载《大公报·文艺副刊》第6期）

论气节

气节是我国固有的道德标准，现代还用着这个标准来衡量人们的行为，主要的是所谓读书人或士人的立身处世之道。但这似乎只在中年一代如此，青年代倒像不大理会这种传统的标准，他们在用着正在建立的新的标准，也可以叫做新的尺度。中年代一般的接受这传统，青年代却不理会它，这种脱节的现象是这种变的时代或动乱时代常有的。因此就引不起什么讨论。直到近年，冯雪峰先生才将这标准这传统作为问题提出，加以分析和批判：这是在他的《乡风与市风》那本杂文集里。

冯先生指出“士节”的两种典型：一是忠臣，一是清高之士。他说后者往往因为脱离了现实，成为“为节而节”的虚无主义者，结果往往会变了节。他却又说“士节”是对人生的一种坚定的态度，是个人意志独立的表现。因此也可以成就接近人民的叛逆者或革命家，但是这种人物的造就或完成，只有在后来的时代，例如我们的时代。冯先生的分析，笔者大体同意；对这个问题笔者近来也常常加以思索，现在写出自己的一些意见，也许可以补充冯先生所没有说到的。

气和节似乎原是两个各自独立的意念。《左传》上有“一鼓作气”的话，是说战斗的。后来所谓“士气”就是这个气，也就是“斗志”；这个“士”指的是武士。孟子提倡的“浩然之气”，似乎就是这个气的转变与扩充。他说“至大至刚”，说“养勇”，都是带有战斗性的。“浩然之气”是“集义所生”，“义”就是“有理”或“公道”。后来所谓“义气”，意思要狭隘些，可也算是“浩然之气”的分支。现在我们常说的“正义感”，虽然特别强调现实，似乎也还可以算是跟“浩然之气”联系着的。至于文天祥所歌咏的“正气”，更显然跟“浩然之气”一脉相承。不过在笔者看来两者却并不完全相同，文氏似乎在强调那消极的节。

节的意念也在先秦时代就有了，《左传》里有“圣达节，次守节，下失节”的话。古代注重礼乐，乐的精神是“和”，礼的精神是“节”。礼乐是贵族生活的手段，也可以说是目的。

他们要定等级，明分际，要有稳固的社会秩序，所以要“节”，但是他们要统治，要上统下，所以也要“和”。礼以“节”为主，可也得跟“和”配合着；乐以“和”为主，可也得跟“节”配合着。节跟和是相反相成的。明白了这个道理，我们可以说所谓“圣达节”等等的“节”，是从礼乐里引申出来成了行为的标准或做人的标准；而这个节其实也就是传统的“中道”。按说“和”也是中道，不同的是“和”重在合，“节”重在分；重在分所以重在不犯不乱，这就带上消极性了。

向来论气节的，大概总从东汉末年的党祸起头。那是所谓处士横议的时代。在野的士人纷纷的批评和攻击宦官们的贪污政治，中心似乎在太学。这些在野的士人虽然没有严密的组织，却已经在联合起来，并且博得了人民的同情。宦官们害怕了，于是乎逮捕拘禁那些领导人。这就是所谓“党锢”或“钩党”，“钩”是“钩连”的意思。从这两个名称上可以见出这是一种群众的力量。那时逃亡的党人，家家愿意收容着，所谓“望门投止”，也可以见出人民的态度，这种党人，大家尊为气节之士。气是敢作敢为，节是有所不为——有所不为也就是不合作。这敢作敢为是以集体的力量为基础的，跟孟子的“浩然之气”与世俗所谓“义气”只注重领导者的个人不一样。后来宋朝几千太学生请愿罢免奸臣，以及明朝东林党的攻击宦官，都是集体运动，也都是气节的表现。但是这种表现里似乎积极的“气”更重于消极的“节”。

在专制时代的种种社会条件之下，集体的行动是不容易表现的，于是士人的立身处世就偏向了“节”这个标准。在朝的要做忠臣。这种忠节或是表现在冒犯君主尊严的直谏上，有时因此牺牲性命；或是表现在不做新朝的官甚至以身殉国上。忠而至于死，那是忠而又烈了。在野的要做清高之士，这种人表示不愿和在朝的人合作，因而游离于现实之外；或者更逃避到山林之中，那就是隐逸之士了。这两种节，忠节与高节，都是个人的消极的表现。忠节至多造就一些失败的英雄，高节更只能造就一些明哲保身的自了汉，甚至于一些虚无主义者。原来气是动的，可以变化。我们常说志气，志是心之所向，可以在四方，可以在千里，志和气是配合着的。节却是静的，不变的；所以要“守节”，要不“失节”。有时候节甚至于是死的，死的节跟活的现实脱了榫，于是乎自命清高的人结果变了节，冯雪峰先生论到周作人，就是眼前的例子。从统治阶级的立场看，“忠言逆耳利于行”，忠臣到底是卫护着这个阶级的，而清高之士消纳了叛逆者，也是有利于这个阶级的。所以宋朝人说“饿死事小，失节事大”，原先说的是女人，后来也用来说士人，这正是统治阶级代言人的口气，但是也表示着到了那时代士的个人地位的增高和责任的加重。

“士”或称为“读书人”，是统治阶级最下层的单位，并非“帮闲”。他们的利害跟君相是共同的，在朝固然如此，在野也未尝不如此。固然在野的处士可以不受君臣名分的束缚，可以“不事王侯，高尚其事”，但是他们得吃饭，这饭恐怕还得靠农民耕给他们吃，而这些农民大概是属于他们做官的祖宗的遗产的。“躬耕”往往是一句门面话，就是偶然有个把真正躬耕的如陶渊明，精神上或意识形态上也还是在负着天下兴亡之责的士，陶的《述酒》等诗就是证据。可见处士虽然有时横议，那只是自家人吵嘴闹架，他们生活的基础一般的主要的还是在农民的劳动上，跟君主与在朝的大夫并无两样，而一般的主要的意识形态，彼此也是一致的。

然而士终于变质了，这可以说是到了民国时代才显著。从清朝末年开设学校，教员和学生渐渐加多，他们渐渐各自形成一个集团；其中有不少的人参加革新运动或革命运动，而大多数也倾向着这两种运动。这已是气重于节了。等到民国成立，理论上人民是主人，事实上是军阀争权。这时代的教员和学生意识着自己的主人身份，游离了统治的军阀；他们是在野，可是由于军阀政治的腐败，却渐渐获得了一种领导的地位。他们虽然还不能和民众打成一片，但是已经在渐渐的接近民众。五四运动划出了一个新时代。自由主义建筑在自由职业和社会分工的基础上。教员是自由职业者，不是官，也不是候补的官。学生也可以选择多元的职业，不是只有做官一路。他们于是从统治阶级独立，不再是“士”或所谓“读书人”，而变成了“知识分子”，集体的就是“知识阶级”。残余的“士”或“读书人”自然也还有，不过只是些残余罢了。这种变质是中国现代化的过程的一段，而中国的知识阶级在这过程中也曾尽了并且还在想尽他们的任务，跟这时代世界上别处的知识阶级一样，也分享着他们一般的运命。若用气节的标准来衡量，这些知识分子或这个知识阶级开头是气重于节，到了现在却又似乎是节重于气了。

知识阶级开头凭着集团的力量勇猛直

前，打倒种种传统，那时候是敢作敢为一股气。可是这个集团并不大，在中国尤其如此，力量到底有限，而与民众打成一片又不容易，于是碰到集中的武力，甚至加上外来的压力，就抵挡不住。而一方面广大的民众抬头要饭吃，他们也没法满足这些饥饿的民众。他们于是失去了领导的地位，逗留在这夹缝中间，渐渐感觉着不自由，闹了个“四大金刚悬空八只脚”。他们于是只能保守着自己，这也算是节罢；也想缓缓的落下地去，可是气不足，得等着瞧。可是这里的是偏于中年一代。青年代的知识分子却不如此，他们无视传统的“气节”，特别是那种消极的“节”，替代的是“正义感”，接着“正义感”的是“行动”，其实“正义感”是合并了“气”和“节”，“行动”还是“气”。这是他们的新的做人的尺度。等到这个尺度成为标准，知识阶级大概是还要变质的罢？

1947年4月13、14日作。

（原载1947年5月1日《知识与生活》第二期）

论做作

做作就是“佯”，就是“乔”，也就是“装”。苏北方言有“装佯”的话，“乔装”更是人人皆知。旧小说里女扮男装是乔装，那需要许多做作。难在装得像。只看坤角儿扮须生的，像的有几个？何况做戏还只在戏台上装，一到后台就可以照自己的样儿，而女扮男装却得成天儿到处那么看！侦探小说里的侦探也常在乔装，装得像也不易，可是自在得多。不过——难也罢，易也罢，人反正有时候得装。其实你细看，不但“有时候”，人简直就爱点儿装。“三分模样七分装”是说女人，男人也短不了装，不过不大在模样上罢了。装得像难，装得可爱更难；一番努力往往只落得个“矫揉造作！”所以“装”常常不是一个好名儿。

“一个做好，一个做歹”，小呢逼你出些

码头钱，大呢就得让你去做那些不体面的尴尬事儿。这已成了老套子，随处可以看见。那做好的是装做好，那做歹的也装得格外歹些；一松一紧的拉住你，会弄得你啼笑皆非。这一套儿做作够受的。贫和富也可以装。贫寒人怕人小看他，家里尽管有一顿没一顿的，还得穿起好衣服在街上走，说话也满装着阔气，什么都不在乎似的。——所谓“苏空头”。其实“空头”也不止苏州有。——有钱人却又怕人家打他的主意，开口闭口说穷，他能特地去当点儿什么，拿当票给人家看。这都怪可怜见的。还有一些人，人面前老爱论诗文，谈学问，仿佛天生他一副雅骨头。装斯文其实不能算坏，只是未免“雅得这样俗”罢了。

有能耐的人，有权位的人有时不免“装模作样”，“装腔作势”。马上可以答应的，却得“考虑考虑”；直接可以答应的，却让你绕上几个大弯儿。论地位也只是“上不在天，下不在田”，而见客就不起身，只点点头儿，答话只喉咙里哼一两声儿。谁教你求他，他就是这么着！——“笑骂由他笑骂，好官儿什么的我自为之！”话说回来，拿身份，摆架子有时也并非全无道理。老爷太太在仆人面前打情骂俏，总不大像样，可不是得装着点儿？可是，得恰到分际，“过犹不及”。总之别忘了自己是谁！别尽拣高枝爬，一失脚会摔下来的。老想着些自己，谁都装着点儿，也就不觉得谁在装。所谓“装模做样”，“装腔作势”。却是特别在装别人的模样，别人的腔和势！为了抬举自己，装别人；装不像别人，又不成其为自己，也怪可怜见的。

“不痴不聋，不作阿姑阿翁”，有些事大概还是装聋作哑的好。倒不是怕担责任，更不是存着什么坏心眼儿。有些事是阿姑阿翁该问的，值得问的，自然得问；有些是无需他们问的，或值不得他们问的，若不痴不聋，事必躬亲，阿姑阿翁会做不成，至少也会不成其为阿姑阿翁。记得那儿说过美国一家大公司经理，面前八个电话，每天忙累不堪，另一家经理，室内没有电话，倒是从容不迫的。这后一位经理该是能够装聋作哑的人。“不闻不问”，有时候该是一句好话：“充耳不闻”，“闭目无睹”，也许可以作“无为而治”的一个注脚。其实无为多半也是装出来的。至于装作不知，那更是现代政治家外交家的惯技，报纸上随时看得见。——他们却还得勾心斗角的“做姿态”，大概不装不成其为政治家外交家罢？

装欢笑，装悲泣，装嗔，装恨，装惊慌，装镇静，都很难；固然难在像，有时还难在不像而不失自然。“小心陪笑”也许能得当局的青睐，但是旁观者在恶心。可是“强颜为欢”，有心人却领会那欢颜里的一丝苦味。假意虚情的哭泣，像旧小说里妓女向客人那样，尽管一把眼泪一把鼻涕的，也只能引起读者的微笑。——倒是那“忍泪佯低面”，教人老大不忍。佯嗔薄怒是女人的“作态”，作得恰好是爱娇，所以《乔醋》是一折好戏。爱极翻成恨，尽管“恨得人牙痒痒的”，可是还不失为爱到极处。“假意惊慌”似乎是旧小说的常语，事实上那“假意”往往露出马脚。镇静更不易，秦舞阳心上有气脸就铁青，怎么也装不成，荆轲的事，一半儿败在他的脸上。淝水之战谢安装得够镇静的，可是不觉得意忘形摔折了屐齿。所以一个人喜怒不形于色，真够一辈子半辈子装的。《乔醋》是戏，其实凡装，凡做作，多少都带点儿戏味——有喜剧，有悲剧。孩子们爱说“假装”这个，“假装”那个，戏味儿最厚。他们认真“假装”，可是悲喜一场，到头儿无所为。成人也都认真的装，戏味儿却淡薄得多；戏是无所为的，至少扮戏中人的可以说是无所为，而人们的做作常常是有所为的。所以戏台上装得像的多，人世间装得像的少。戏台上装得像就有叫好儿的，人世间即使装得像，逗人爱也难。逗人爱的大概是比较的少有所为或只消极的有所为的。前面那些例子，值得我们吟味，而装痴装傻也许是值得重提的一个例子。

作阿姑阿翁得装几分痴，这装是消极的有所为：“金殿装疯”也有所为，就是积极的。历来才人名士和学者，往往带几分傻气。那傻气多少有点儿装，而从一方面看，那装似乎不大有所为，至多也只是消极的有所为。陶渊明的“我醉欲眠卿且去”说是率真，是自然；可是看魏晋人的行径，能说他不带着几分装？不过装得像，装得自然罢了。阮嗣宗大醉六十日，逃脱了和司马昭做亲家，可不也一半儿醉一半儿装？他正是“喜怒不形于色”的人，而有一向当时人多说他痴，他大概是颇能做作的罢？

装睡装醉都只是装糊涂。睡了自然不说话，醉了也多半不说话——就是说话，也尽可以装疯装傻的，给他个驴头不对马嘴。郑板桥最能懂得装糊涂，他那“难得糊涂”一个警句，真喝破了千古聪明人的秘密。还有善忘也往往是装傻，装糊涂；省麻烦最好自然是多忘记，而“忘怀”又正是一件雅事儿。到此为止，装傻，装糊涂似乎是能以逗人爱的；才人名士和学者之所以成为才人名士和学者，至少有几分就仗着他们那不大在乎的装劲儿能以逗人爱好。可是这些人也良莠不齐，魏晋名士颇有仗着装糊涂自私自利的。这就“在乎”了，有所为了，这就不再可爱了。在四川话里装糊涂称为“装疯迷窍”，北平话却带笑带骂的说“装蒜”，“装孙子”，可见民众是不大赏识这一套的——他们倒是下的稳着儿。

1942年10月31日—11月2日作。

(原载1943年1月15日《文学创作》第1卷第4期)

论青年

冯友兰先生在《新事论·赞中华》篇里第一次指出现在一般人对于青年的估价超过老年之上。这扼要的说明了我们的时代。这是青年时代，而这时代该从五四运动开始。从那时起，青年人才抬起了头，发现了自己，不再仅仅的做祖父母的孙子，父母的儿子，社会的小孩子。他们发现了自己，发现了自己的群，发现了自己和自己的群的力量。他们跟传统斗争，跟社会斗争，不断的在争取自己领导权甚至社会领导权，要名副其实的做新中国的主人。但是，像一切时代一切社会一样，中国的领导权掌握在老年人和中年人的手里，特别是中年人的手里。于是乎来了青年的反抗，在学校里反抗师长，在社会上反抗统治者。他们反抗传统和纪律，用怠工，有时也用挺击。中年统治者记得五四以前青年的沉静，觉着现在青年爱捣乱，惹麻烦，第一步打算压制下去。可是不成。于是乎敷衍下去。敷衍到了难以收拾的地步，来了集体训练，开出新局面，可是还得等着瞧呢。

青年反抗传统，反抗社会，自古已然，只是一向他们低头受压，使不出大力气，见得沉静罢了。家庭里父代和子代闹别扭是常见的，正是压制与反抗的征象。政治上也有老少两代的斗争，汉朝的贾谊到戊戌六君子，例子并不少。中年人总是在统治的地位，老年人势力足以影响他们的地位时，就是老年时代，青年人势力足以影响他们的地位时，就是青年时代。老年和青年的势力互为消长，中年人却总是在位，因此无所谓中年时代。老年人的衰朽，是过去，青年人还幼稚，是将来，占有现在的只是中年人。他们一面得安慰老年人，培植青年人，一面也在讥笑前者，烦厌后者。安慰还是顺的，培植却常是逆的，所以更难。培植是凭中年人的学识经验做标准，大致要养成有为有守爱人爱物的中国人。青年却恨这种切近的典型的标准妨碍他们飞跃的理想。他们不甘心在理想还未疲倦的时候就被压进典型里去，所以总是挣扎着，在憧憬那海阔天空的境界。中年人不能了解青年人为什么总爱旁逸斜出不走正路，说是时代病。其实这倒是成德达材的大路；压迫的，挣扎着，材德的达成就在这两种力的平衡里。这两种力永恒的一步步平衡着，自古已然，不过现在更其表面化罢了。

青年人爱说自己是“天真的”，“纯洁的”。但是看看这时代，老练的青年可真不少。老练却只是工于自谋，到了临大事，决大疑，似乎又见得幼稚了。青年要求进步，要求改革，自然很好，他们有的是奋斗的力量。不过大处着眼难，小处下手易，他们的饱满的精力也许终于只用在自己的物质的改革跟进步上；于是骄奢淫佚，无所不为，有利无义，有我无人。中年里原也不缺少这种人，效率却赶不上青年的大。眼光小还可以有一步路，便是做自了汉，得过且过的活下去；或者更退一步，遇事消极，马马虎虎对付着，一点不认真。中年人这两种也够多的。可是青年时就染上这些习气，未老先衰，不免更教人毛骨悚然。所幸青年人容易回头，“浪子回头金不换”，不像中年人往往将错就错，一直沉到底里去。

青年人容易脱胎换骨改样子，是真可以自负之处；精力足，岁月长，前路宽，也是真可以自负之处。总之可能多。可能多倚仗就大，所以青年人狂。人说青年时候不狂，什么时候才狂？不错。但是这狂气到时候也得收拾一下，不然会忘其所以的。青年人爱讽刺，冷嘲热骂，一学就成，挥之不去；但是这只足以取快一时，久了也会无聊起来的。青年人骂中年人逃避现实，圆通，不奋斗，妥协，自有他们的道理。不过青年人有时候让现实笼罩住，伸不出头，张不开眼，只模糊的看到面前一段儿路，真是“前不见古人，后不见来者”。这又是小处。若是能够偶然到所谓“世界外之世界”里歇一下脚，也许可以将自己放大些。青年也有时候偏执不回，过去一度以为读书就不能救国就是的。那时蔡孑民先生却指出“读书不忘救国，救国不忘读书”。这不是妥协，而是一种权衡轻重的圆通观。懂得这种圆通，就可以将自己放平些。能够放大自己，放平自己，才有真正的“工作与严肃”，这里就需要奋斗了。

蔡孑民先生不愧人师，青年还是需要人师。用不着满口仁义道德，道貌岸然，也用不着一手摊经，一手握剑，只要认真而亲切的服务，就是人师。但是这些人得组织起来，通力合作。讲情理，可是不敷衍，重诱导，可还归到守法上。不靠婆婆妈妈气去乞怜青年人，不靠甜言蜜语去买好青年人，也不靠刀子手枪去示威青年人。只言行一致后先一致的按着应该做的放胆放手做去。不过基础得打在学校里；学校不妨尽量社会化，青年训练却还是得在学校里。学校好像实验室，可以严格的计划着进行一切；可不是温室，除非让它堕落到那地步。训练该注重集体的，集体训练好，个体也会改样子。人说教师只消传授知识就好，学生做人，该自己磨练去。但是得先有集体训练，教青年有胆量帮助人，制裁人，然后才可以让他们自己磨练去。这种集体训练的大任，得教师担当起来。现行的导师制注重个别指导，琐碎而难实践，不如缓办，让大家集中力量到集体训练上。学校以外倒是先有了集中训练，从集中军训起头，跟着来了各种训练班。前者似乎太单纯了，效果和预期差得多，后者好像还差不多。不过训练班至多只是百尺竿头更进一步，培植根基还得在学校里。在青年时代，学校的使命更重大了，中年教师的责任也更重大了，他们得任劳任怨的领导一群群青年人走上那成德达材的大路。

1944年6月9日作。

（原载1944年8月《中学生》第78期）

论自己

翻开辞典，“自”字下排列着数目可观的成语，这些“自”字多指自己而言。这中间包括着一大堆哲学，一大堆道德，一大堆诗文和废话，一大堆人，一大堆我，一大堆悲喜剧。自己“真乃天下第一英雄好汉”，有这么些可说的，值得说值不得说的！难怪纽约电话公司研究电话里最常用的字，在五百次通话中会发现三千九百九十次的“我”。这“我”字便是自己称自己的声音，自己给自己的名儿。

自爱自怜！真是天下第一英雄好汉也难免的，何况区区寻常人！冷眼看去，也许只觉得那托自尊大狂妄得可笑；可是这只见了真理的一半儿。掉过脸儿来，自爱自怜确也有不得不自爱自怜的。幼小时候有父母爱怜你，特别是有母亲爱怜你。到了长大成人，

“娶了媳妇儿忘了娘”，娘这样看时就不必再爱怜你，至少不必再像当年那样爱怜你。——女的呢，“嫁出门的女儿，泼出门的水”；做母亲的虽然未必这样看，可是形格势禁而且鞭长莫及，就是爱怜得着，也只算找补点罢了。爱人该爱怜你？然而爱人们的嘴一例是甜蜜的，谁能说“你泥中有我，我泥中有你!”真有那么回事儿？赶到爱人变了太太，再生了孩子，你算成了家，太太得管家管孩子，更不能一心儿爱怜你。你有时候会病，“久病床前无孝子”，太太怕也够倦的，够烦的。住医院？好，假如有运气住到像当年北平协和医院样的医院里去，倒是比家里强得多。但是护士们看护你，是服务，是工作；也许夹上点儿爱怜在里头，那是“好生之德”，不是爱怜你，是爱怜“人类”。——你又不能老呆在家里，一离开家，怎么着也算“作客”；那时候更没有爱怜你的。可以有朋友招呼你；但朋友有朋友的事儿，那能教他将心常放在你身上？可以有属员或仆役伺候你，那——说得上是爱怜么？总而言之，天下第一爱怜自己的，只有自己；自爱自怜的道理就在这儿。

再说，“大丈夫不受人怜。”穷有穷干，苦有苦干；世界那么大，凭自己的身手，哪儿就打不开一条路？何必老是向人愁眉苦脸唉声叹气的！愁眉苦脸不顺耳，别人会来爱怜你？自己免不了伤心的事儿，咬紧牙关忍着，等些日子，等些年月，会平静下去的。说说也无妨，只别不拣时候不看地方老是向人叨叨，叨叨得谁也不耐烦的岔开你或者躲开你。也别怨天怨地将一大堆感叹的句子向人身上扔过去。你怨的是天地，倒碍不着别人，只怕别人奇怪你的火气怎么这样大。——自己也免不了吃别人的亏。值不得计较的，不做声吞下肚去。出入大的想法子复仇，力量不够，卧薪尝胆的准备着。可别这儿那儿尽嚷嚷——嚷嚷完了一扔开，倒便宜了那欺负你的人。“好汉胳膊折了往袖子里藏”，为的是不在人面前露怯相，要人爱怜这“苦人儿”似的，这是要强，不是装。说也怪，不受人怜的人倒是能得人怜的人；要强的人总是最能自爱自怜的人。

大丈夫也罢，小丈夫也罢，自己其实是渺乎其小的，整个儿人类只是一个小圆球上一些碳水化合物，像现代一位哲学家说的，别提一个人的自己了。庄子所谓马体一毛，其实还是放大了看的。英国有一家报纸登过一幅漫画，画着一个人，仿佛在一间铺子里，周遭陈列着从他身体里分析出来的各种原素，每种标明分量和价目，总数是五先令——那时合七元钱。现在物价涨了，怕要合国币一千元了罢？然而，个人的自己也就值区区这一千元儿！自己这般渺小，不自爱自怜着点又怎么着！然而，“顶天立地”的是自己，“天地与我并生，万物与我为一”的也是自己；有你说这些大处只是好听的话语，好看的文句？你能愣说这样的自己没有！有这么的自己，岂不更值得自爱自怜的？再说自己的扩大，在一个寻常人的生活里也可见出。且先从小处看。小孩子就爱搜集各国的邮票，正是在扩大自己的世界。从前有人劝学世界语，说是可以和各国人通信。你觉得这话幼稚可笑？可是这未尝不是扩大自己的一个方向。再说这回抗战，许多人都走过了若干地方，增长了若干阅历。特别是青年人身上，你一眼就看出来，他们是和抗战前不同了，他们的自己扩大了。——这样看，自己的小，自己的大，自己的由小而大。在自己都是好的。

自己都觉得自己好，不错；可是自己的确也都爱好。做官的都爱做好官，不过往往只知道爱做自己家里人的好官，自己亲戚朋友的好官；这种好官往往是自己国家的贪官污吏。做盗贼的也都爱做好盗贼——好喽啰，好伙伴，好头儿，可都只在贼窝里。有大好，有小好，有好得这样坏。自己关闭在自己的丁点大的世界里，往往越爱好越坏。所以非扩大自己不可。但是扩大自己得一圈儿一圈儿的，得充实，得踏实。别像肥皂泡儿，一大就裂。“大丈夫能屈能伸”，该屈的得屈点儿，别只顾伸出自己去。也得估计自己的力量。力量不够的话，“人一能之，己百之，人十能之，己千之”；得寸是寸，得尺是尺。总之路是有的。看得远，想得开，把得稳；自己是世界的时代的一环，别脱了节才真算好。力量怎样微弱，可是是自己的。相信自己，靠自己，随时随地尽自己的一份儿往最好里做去，让自己活得有意思，一时一刻一分一秒都有意思。这么着，自爱自怜才真是有道理的。

1942年9月1日作。

(原载1942年11月15日《人世间》第1卷第2期)